巴山夜雨

张恨水作品典藏 小说十种

张恨水 著

BA SHAN YE YU

时代出版传媒股份有限公司
安徽文艺出版社

图书在版编目（CIP）数据

巴山夜雨/张恨水著. —合肥：安徽文艺出版社，2018.10
（张恨水作品典藏·小说十种）
ISBN 978-7-5396-5421-8

Ⅰ．①巴… Ⅱ．①张… Ⅲ．①长篇小说－中国－现代 Ⅳ．①I246.5

中国版本图书馆 CIP 数据核字（2018）第 077758 号

出 版 人：朱寒冬
责任编辑：宋潇婧　　王婧婧　　装帧设计：丁　明　张诚鑫

出版发行：时代出版传媒股份有限公司　www.press-mart.com
　　　　　安徽文艺出版社　　www.awpub.com
地　　址：合肥市翡翠路1118号　邮政编码：230071
营 销 部：(0551)63533889
印　　制：安徽新华印刷股份有限公司　(0551)65859551

开本：700×1000　1/16　印张：39.5　字数：600 千字
版次：2018 年 10 月第 1 版　2018 年 10 月第 1 次印刷
定价：88.00 元(精装)

（如发现印装质量问题，影响阅读，请与出版社联系调换）
版权所有，侵权必究

总序

精进不已与现实主义

谢家顺

安徽文艺出版社拟出版"张恨水作品典藏",这是一件十分有意义的事。安徽文艺出版社与张恨水有着很深的渊源,在20世纪八九十年代就曾先后出版过"张恨水选集"和"张恨水散文"两套丛书,对张恨水小说和散文的代表作进行了精心的整理和呈现,产生了广泛的影响。时光流逝,然读者对张恨水作品的欣赏和阅读热情仍在。为了传承经典,也为了给读者呈现更多的精品图书,安徽文艺出版社策划了此套"张恨水作品典藏"。首辑精选了张恨水小说十种,合集出版。嘱我作序,幸甚之际不胜惶恐,谨以下文字,与读者交流。

1944年5月16日,是张恨水五十寿辰。时在重庆的抗敌文协、新闻协会、新民报社等单位联合发起为其祝寿的活动。而重庆《新民报》《新民报晚刊》,成都《新民报晚刊》等报则于当天刊发"张恨水先生五十岁寿辰 创作三十年纪念特辑"。"精进不已"四字是时任重庆新华日报社社长的潘梓年为祝贺张恨水创作三十周年而做的精辟总结,他在贺词中说:"恨水先生所以能够坚持不懈,精进不已,自然是由于他有他的识力,他有他的修养,但更重要的,恐怕还是由于他有一个明确的立场——坚主抗战,坚主团结,坚主民主。"

当天,重庆《新华日报》发表消息《小说家张恨水先生创作三十年纪念 重庆新闻界和文艺界打算举行茶会庆祝,张氏谦不肯受》并刊发短评《张恨水先生三十年》,以示祝贺。短评说:"他的小说与旧型章回小说显然有一个分水界,那就是他的现实主义道路。"并指出他的创作倾向是"无不以同情弱小,反抗强暴为主要的'母题'"。

随之,"精进不已""现实主义"也就成了学术界评价张恨水小说创作的两个重要关键词和标杆。

面对社会各界的祝贺,张恨水撰写了《总答谢——并自我检讨》一文,刊登在1944年5月20至22日的重庆《新民报》上,以表感谢。他在文中做了如下表述:

我觉得章回小说,不尽是要遗弃的东西,不然,《红楼》《水浒》,何以成为世界名著呢?自然,章回小说,有其缺点存在,但这个缺点,不是无可挽救的(挽救的当然不是我)。而新派小说,虽一切前进,而文法上的组织,非习惯读中国书、说中国话的普通民众所能接受。正如雅颂之诗,高则高矣,美则美矣,而匹夫匹妇对之莫名其妙。我们没有理由遗弃这一班人,也无法把西洋文法组织的文字,硬灌入这一批人的脑袋。窃不自量,我愿为这班人工作。有人说,中国旧章回小说,浩如烟海,尽够这班人享受的了,何劳你再去多事?但这里有个问题,那浩如烟海的东西,他不是现代的反映,那班人需要一点写现代事物的小说,他们从何觅取呢?大家若都鄙弃章回小说而不为,让这班人永远去看侠客口中吐白光、才子中状元、佳人后花园私定终身的故事,拿笔杆的人,似乎要负一点责任。我非大言不惭,能负这个责任,可是不妨抛砖引玉(抛砖甚多,而玉始终未出,这是不才得享微名的缘故),让我来试一试,而旧章回小说,可以改良的办法,也不妨试一试。我向来自视很为渺小,失败了根本没有关系。因此,我继续地向下写,继续地守着缄默。

为了上述的原因,我于小说的取材,是多方面的,意思就是多试一试。其间以社会为经,言情为纬者多,那是由于故事的构造,和文字组织便利的缘故。将近百种的里面,可以拿出见人的,约占百分之七八十,写完而自己感觉太不像样的,总是自己搁置了。也有人勉强拿去出版的,我常是自己读之汗下,而更进一步言之,所有曾出版的书新近看来,都觉不妥,至少也应当重修庙宇一次。这是我百分之百的实话。所以人家问我代表作是什么,我无法答复出来。

关于改良方面,我自始就增加一部分风景的描写与心理的描写,有时也写些小动作,实不相瞒,这是得自西洋小说。所以章回小说的老套,我是一向取逐渐淘汰手法,那意为也是试试看。在近十年来,除了文法上的组织,我简直不用旧章回小说的套子了。严格地说,也许这成了姜子牙骑的"四不像"。由于上述,质是绝不能和量相称,真是"虽多亦奚何为"?

这段文字可以看成是张恨水对自己三十年小说创作的总结与对读者的回应。为了表达的方便,我们选取张恨水十部具有代表性的小说做一梳理——

1.《春明外史》:1924年4月16日至1929年1月24日在北京《世界晚报》副刊《夜光》连载。

这是张恨水第一部有影响的长篇小说,全书百万字,是一部以《二十年目睹之怪现状》为蓝本的谴责小说。小说通过新闻记者杨杏园与青楼雏妓梨云、才女李冬青的爱情故事,描写民国初年,北洋军阀政府时期的逸闻遗事和社会风貌,其中有些片段可看作民初野史,在一定程度上暴露了当时政治的黑暗。这是张恨水的成名作,而他自认为是一部"得意之作""用心之作"。

《春明外史》单行本第一集共十三回,由其弟张啸空主持印刷,发行一千余册;第二集十三回。1927年,《世界日报》经理吴范寰合并一、二集出版。世界日报社于1929年出单行本三集,三十九回。现在看到的较早版本是1931年世界书局出版的八十六回本,分上下函,共十二册。

2.《金粉世家》:1927年2月13日至1932年5月22日在北京《世界日报》副刊《明珠》连载。

该小说连载五年,一百一十二回,共两千一百九十六次,百万言。这是张恨水又一代表作,奠定了他在小说创作界的地位。小说描写北洋军阀统治时期,国务总理的儿子金燕西与普通人家姑娘冷清秋由恋爱、结婚到分离的故事,表现了豪门的盛衰过程,也在一定程度上反映了上层社会的腐败,被誉为"民国《红楼梦》"。

1932年12月,上海世界书局初版单行本,正集五十六回,续集五十六回,加楔子和尾声,共计二函十二册。单行本中,删去了上场白,加上张恨水自序。

3.《啼笑因缘》:1930年3月17日至11月30日在上海《新闻报》副刊《快活林》连载。

《啼笑因缘》共二十二回,约二十四万字。小说通过平民化的阔公子樊家树与唱大鼓书的女子沈凤喜的爱情悲剧,揭露军阀罪行。该书是一部以言情为经,以社会为纬,旨在暴露的作品,于爱情纠葛之中穿插封建军阀强占民女及侠客锄强扶弱的情节,富有传奇色彩,体现了"社会""言情""武侠"三位一体的艺术大融合。张恨水曾说:"到我写《啼笑因缘》时,我就有了写小说必须赶上时代的想法。"小说注意映照现实,也注意到了读者群文化意识的变化,因此在《啼笑因缘》里,"才子佳人"角色被普通民众所取代,反封建思想和平民精神得到了张扬。

《啼笑因缘》是张恨水打通南北的一部作品,曾产生了广泛的社会影响,被誉为"言情传奇"。

1930年12月,上海三友书社初版单行本,有插图八幅(其中作者像、手迹各一幅,明星公司所摄制的《啼笑因缘》影片的剧照六幅)、李浩然先生题词、严独鹤序、作者撰写的自序以及《作完〈啼笑因缘〉后的说话》。

为防止此书被盗版,张恨水被迫续写了十回,续集由三友书社于1933年1月初版。而《啼笑因缘》的续书之多更是民国小说中之最。小说至今再版三十余次。

这部小说入选20世纪"百年百种优秀中国文学图书"。

4.《北雁南飞》:1934年2月2日至1935年10月18日在上海《晨报》连载。

小说描写了辛亥革命前至北伐战争时期,女主人公姚春华的一段不自由的婚姻悲剧。张恨水在单行本自序中称:"这部书的命意,很是简单,读者可以一望而知。这不过是写过渡时代一种反封建的男女行为。"在现实主义精神的承继、浪漫的才子情调、佛的空寂幻灭、侠义精神的弘扬及礼教的坚持与维新等方面,《北雁南飞》均体现了张恨水鲜明的文化立场。该书被称为"中国版的《伊豆的舞女》"。

1946 年、1947 年山城出版社出单行本,二册,共三十八回,三十四万字。

5.《燕归来》:1934 年 7 月 31 日至 1936 年 6 月 26 日在上海《新闻报》副刊《快活林》连载。

1934 年 5 月,张恨水携北华美专工友小李,离开北平,前往西北考察,历时近三个月,途经郑州、洛阳、西安、兰州等地,足迹遍布西北地区,并在西安拜会了杨虎城和邵力子。这次西北之行,张恨水目睹盘踞在西北的封建军阀的种种恶行——横征暴敛,抓丁拉夫,弄得民不聊生,亲耳听见了西北人民的痛苦呻吟,思想上受到很大震动。

他曾写道:"在西北之行之后,我不讳言我的思想变了,文学也自然变了。"

《燕归来》描写了三个男学生陪同一个女学生杨燕秋回西北寻亲的故事,记述了旅途中所见的风土人情及人物间的情感纠葛。作品让读者目睹了一个不幸家庭一步步被饥饿、战乱逼向毁灭的过程,呈现了西北人民的苦难和坚韧。作品还以游历者的角度,对历史文化古迹遭到践踏进行反思。

《燕归来》艺术上的独特之处有二:一是打破了章回小说写一件事的发展单线直下的手法,采用插叙的叙述方法,在情节发展中拦腰插进有关人物身世的章回,读来跳脱有致,富有机趣;二是在人物塑造方面,作家注意对人物性格、行为的刻画,并运用大量细节点染,使小说中人物的神貌、性格,更加生动,栩栩如生。[①] 因此,这部小说成为张恨水创作转型期的标志性作品。

6.《夜深沉》:1936 年 6 月 27 日至 1939 年 3 月 7 日在上海《新闻报》副刊《茶话》连载。

---

① 杨义主编《张恨水名作欣赏》,中国和平出版社,1996 年,第 181 页。

小说描写马车夫丁二和与卖唱姑娘杨月容的爱情生活及不幸遭遇,是张恨水所写的最后一部纯言情的著作。此书将主要人物——车夫丁二和与卖唱女杨月容的情致与心理处理得十分委婉、细腻而动人,与《啼笑因缘》并列为张恨水两大言情著作。《夜深沉》最动人的是对人物情感、情致与情绪的刻画。

小说先后创作于南京、重庆,单行本于1941年6月由上海三友书社初版。

7.《八十一梦》:1939年12月1日至1941年4月25日在重庆《新民报》副刊《最后关头》连载。

小说约十八万字,以散文体形式,采取"寓言十九,托之于梦"的手法,对国民党统治下的"陪都"腐败的官场和社会上的种种黑暗现象进行了无情揭露和有力鞭挞。由于书中人、事均有所指,所以受到了进步人士的欢迎,也引起了国民党特务的注意。

除了楔子和尾声,只有十四个梦。其原因,作者在楔子中有交代,说是因为稿子上沾了一点油腥,"刺激了老鼠的特殊嗅觉器官",因而老鼠钻进这些"故纸堆"中"磨勘"一番,结果只剩下一捧稀破烂糟的纸渣,但"好在所记的八十一梦是梦梦自告段落,纵然失落了中间许多篇,于各个梦里的故事无碍",暗示小说因揭露黑暗的社会现实而触犯了当局,引来了麻烦。

《八十一梦》运用"寓言十九,托之于梦"的手法,笔酣墨畅,恣意挥洒。全书充满了诡谲玄幻的悬念,上下古今,纵横捭阖,犀燃烛照,对那些间接或直接有害于抗战的社会现象痛加鞭挞。文学界盛赞该书是"梦的寓言",是一部现代文学史上的"奇书"。

该书1942年3月由重庆新民报社初版(《新民报》文艺丛书之一),简称"新民报社十四梦本"。1955年1月,北京通俗文艺出版社经作者删节后再版,简称"通俗文艺版删节本"。

8.《傲霜花》(又名《第二条路》):1943年6月19日至1945年12月17日,长篇小说《第二条路》在重庆、成都《新民报晚刊》连载。

1947年2月,上海百新书店初版,易名《傲霜花》。小说描写抗战时期陪都重庆的一群文化人歧路彷徨的种种行状与心态,对战时知识分子的行为与心态做了深刻的文化反思和人性自省,被誉为"张恨水笔下的《围城》"。

9.《大江东去》:1940年在香港《国民日报》连载,1947年1月24日至次年7月21日被北平《新民报》转载。

小说约二十万字,以抗战时期军人家庭婚变的故事为主线,并在其中详细记述南京保卫战与南京大屠杀的内容,抗战、言情兼而有之,是"中国20世纪小说史上唯一记录了南京大屠杀惨况的小说"。

《大江东去》既有对人物形象、心理的细致刻画,又有宏大的历史场景;既展现出国家的灾难、人性的裂变,又能抚慰创伤,振奋民族精神。其创作技巧也在张恨水小说中独树一帜,采用双视角的叙述手法:一是从男性视角描摹战争,交代故事发生的客观环境;一是从女性视角抒发缠绵之情,反衬战争的残酷。不足的是,作品中的抗战与言情未实现有机结合,有疏离、浮泛之憾。

1942年冬,重庆新民报社出版单行本时,删去原稿第十三至十六回及第十七回的一部分,增加了有关南京大屠杀和保卫中华门战斗的片断及对日军屠城惨状的描写。全书一册,二十回,近十六万字。

10.《巴山夜雨》:1946年4月4日至1948年12月6日在北平《新民报》副刊《北海》连载。

小说以抗战时期的重庆为背景,以大学教授李南泉一家的生活为中轴,描写小公务员、教员、卖文为生的知识分子们生活的清贫困苦,达官和奸商们生活的豪华奢侈,老百姓痛苦不堪的日常生活和种种社会现象。这是一部带有自传性质的小说,也是张恨水病前创作的最后一部小说。小说富有浓郁的生活气息,以文人李南泉的生活见闻为主线,把抗战时期生活艰辛的文人、醉生梦死的太太们、堕落荒唐的伪文人、卑微多劫的女伶、发国难财的游击商、飞扬跋扈的公馆子女以及狗仗人势的副官串联起来,构成了一幅抗战时期的社会风俗画。

"巴山夜雨"源于李商隐《夜雨寄北》:"君问归期未有期,巴山夜雨涨秋池。"以此为题,隐含着作者抗战时期生活困苦、漂泊无定的家园之思。《巴山夜雨》是张恨水"痛定思痛"之后的"探索之作"。作者以冷峻理性的笔触，在控诉日寇战争暴行的同时，对民族心理进行探索，解剖国人在抗战中表现出来的"劣根性"，人物栩栩如生，语言幽默犀利，在小说的描写功力上达到了炉火纯青的程度。台湾学者赵孝萱称该书"是张恨水的最重要代表作，也是他一生作品最高峰"。

小说单行本于1986年3月由四川文艺出版社首次出版发行。

通过对上述十部小说的梳理，我们可以从以下三个方面发现张恨水作为小说家的特点：

第一，他的职业是报人，是报人作家。他以报人开阔的眼光、丰富的阅历和敏锐的感觉来洞察社会，追求和表现社会现象的新闻性，描述和评判社会风气的变幻性，以一种形象的方式展示了20世纪上半叶中国社会的奇闻逸事、风俗习惯、民间疾苦、民族情绪，具有较强的社会历史价值。

第二，在小说文本的表现样式上，张恨水成功地实现了对中国传统章回小说的继承和改良，形式上由"章回"变为"章"。他以特定的身份，从特定的角度，对传统文学智慧加以继承和点化，对新文学智慧（包括外来文学智慧）做了一定程度的借鉴和吸收。他精进不已地使自己从旧文学营垒中探出头来，迈出脚来，最终走到可以和新文学相比较的探索者的地步。（杨义语）

第三，他的小说故事性、画面感强，极具现实表现力和艺术穿透力，小说文本实现了从报纸连载到单行本，再至影视等其他艺术形式传播的良性循环。

我们从这十部小说里，还可以窥探到张恨水小说创作模式与风格的转变，这就是，以1931年九一八事变为界，前期为"言情+社会"，后期为"社会+言情"。这不仅仅是创作侧重点的转变，而且是从过去的"叙述人生"上升到自觉地"要替人民呼吁"的现实主义新境界。我们可以这么认为，1931年九一八事变后张恨水创作意识发生大转变，1934年西北之行后张恨水的创作发生了思想、文字大变迁。正如汤哲声先生所言："他的前期小说展示了他作为一个作家的文学魅力，后期小说展示的是作为一个作家的人格魅力。"

有鉴于此,张恨水自20世纪20年代至40年代创作的这十部小说,可看作他小说创作黄金时代的典范,代表了作为小说家的张恨水的最高创作成就,值得我们永远品鉴与珍藏。

戊戌初夏书于池州寒暄斋

(谢家顺,池州学院文学与传媒学院教授、通俗文学与张恨水研究中心主任,安徽省张恨水研究会副会长)

目　录

总序　精进不已与现实主义／谢家顺 …………… 001

第 一 章　菜油灯下 ………… 001
第 二 章　红球挂起 ………… 014
第 三 章　斯文扫地 ………… 029
第 四 章　空谷佳人 ………… 044
第 五 章　自朝至暮 ………… 059
第 六 章　魂兮归来 ………… 087
第 七 章　疲劳轰炸 ………… 113
第 八 章　八日七夜 ………… 137
第 九 章　人间惨境 ………… 162
第 十 章　残月西沉 ………… 181
第十一章　蟾宫折桂 ………… 209
第十二章　清平世界 ………… 231
第十三章　各得其所 ………… 247
第十四章　茅屋风光 ………… 273
第十五章　房牵萝补 ………… 297
第十六章　家教之辱 ………… 319
第十七章　我的上帝 ………… 336
第十八章　鸡鸣而起 ………… 364

第十九章	内科外科	388
第二十章	生财有道	431
第二十一章	有了钱了	439
第二十二章	西窗烛影	459
第二十三章	未能免俗	483
第二十四章	月儿弯弯	512
第二十五章	群莺乱飞	539
第二十六章	天上人间	566
第二十七章	灯下归心	590

巴山夜雨

第一章　菜油灯下

　　四川的天气,最是变幻莫测,一晴可以二三十天。当中秋节前后,大太阳熏蒸了一个季节,由两三场雷雨,变成了连绵的阴雨,一天跟着一天,只管向下沉落。在这种雨丝笼罩的天气下,有一排茅草屋,背靠着一带山,半隐沉在烟水雾气里。茅草檐下流下来的水,像给这屋子挂上了排珠帘。这屋子虽然是茅草盖顶,竹片和黄泥夹的墙壁,可是这一带茅草屋里的人士,倒不是生下来就住着茅草屋的。他们认为这种叫作"国难房子"的建筑,相当符合了时代需要的条件。竹片夹壁上,开着大窗户,窗户外面,一带四五尺宽的走廊。虽然是阴雨沉沉的,在这走廊上,还可以散步。我们书上第一个出场的人物李南泉先生,就在这里踱着步,缓缓来去。他是个四十多岁的男子,中等身材,穿了件有十年历史的灰色湖绉旧夹衫,赤着脚,踏上了前面翻掌的青布鞋。两手背在身后,两肩扛起,把那个长圆的脸子衬着向下沉。他是很有些日子不曾理发,头上一把向后的头发,连鬓角上都弯了向后。在这鬓角弯曲的头发上,很有些白丝。胡楂子是毛刺刺的,成圈的围了嘴巴。他在这走廊上,看了廊子外面一道终年干涸的小溪,这时却流着一湾清水。把那乱生在干溪里的杂草,洗刷得绿油油的。溪那面,也是一排山。树叶和草,也新加了一道碧绿的油漆。

　　在这绿色中间,几条白线,错综着顺着山势下来,那是山上的积雨,流下的小瀑布,瀑布上面,就被云雾遮掩了,然而还透露着几丛模糊的树影。这是对面的山峰,若向走廊两头看去,远处的山和近处人家,全埋藏在雨雾里。这位李先生,似乎感到了一点画意,四处打量着。由画意就想到了那久已沦陷的江南。他又有点诗意了。踱着步子,自吟着李商隐的绝句道:"君问归期未有期,巴山夜雨涨秋池。"有人在走廊北头窗子里发言道:"李先生在吟诗? 佳兴不浅!"李南泉道:"吴先生,来聊聊天吧,真是闷得慌。"吴先生是位老教授,六十岁了。他穷得抽不起纸烟,捧着一支水烟袋走出屋子来。他虽捧了水烟袋,衣服是和这东西不调和的,乃是一套灰布中山服,而且颜色浆洗得惨淡,襟摆飘飘然,并不沾身。他笑道:"真是闷得慌,这雨一下就是十来天。可是下雨也有好处,不用跑警报了。"李南泉笑道:"老兄忙什么,天一晴,敌机就会来的。"吴先生手捧着水烟袋正待要吸烟,听了这话,不由得嗐了一声,因道:"我们这抗战,哪年才能够结束呢?东西天天涨价,我们还拿的是那永远不动的几个钱薪水。别的罢了,贵了我就不买。可是这米粮涨价,那就不得了,我吴春圃也是个十年寒窗的出身,于今就弄成这样。"说着,他腾出一只捧水烟袋的手,将灰布中山服的衣襟,连连牵扯了几下。李南泉把一只脚抬了起来,笑道:"你看看,我还没有穿袜子呢,袜子涨了价不是,干脆,我就打赤脚。好在是四川打赤脚,乃是最普通的事。"

吴春圃笑道:"许多太太也省了袜子,那可不是入乡随俗,是摩登。"李南泉摇摇头道:"不尽然。我太太在南京的时候,她就反对不穿袜子,理由是日子久了,鞋帮子所套着的脚板,会分出了一道黑白的界线,那更难看。"李太太正把厨房里的晚餐做好,端了一碗煮豇豆走过来,她笑道:"你没事,讨论女人的脚。"李南泉道:"无非是由生活问题上说来,这是由严肃转到轻松,大概还不至于落到低级。"吴先生鉴于他夫妻两个近来喜欢抬杠,恐怕因这事又引起了他们的争论,便从中插上一句话道:"阴天难受,咱们摸四圈吧?"李太太一听到打牌,就引起了兴致。把碗放在窗户台上,牵了牵身上穿的蓝布大褂,笑道:"吴先生能算一角,我就来。"吴先生默然地先吸了两袋水烟,然后喷着烟向李南泉笑道:"李先生不反对吗?"李南泉笑道:"我负了一个反对太太打牌的名声,其实有下情。一个四个孩子的母亲,真够忙的,我的力量,根本已用不起女用人,也因为了她身体弱,孩子闹,不得不忍痛负担。她一打牌去了,孩子们就闹得天翻地覆。统共是两间屋子,我没法躲开他们。而我靠着混饭吃的臭文章,就不能写。还有一层……"李太太摇着手道:"别说了,我们不过是因话答话,闹着好玩,你就提出了许多理由,住在这山旮旯里,什么娱乐也没有,打小牌输赢也不过是十块八块儿的,权当了打摆子。"说

巴山夜雨

着,端起那碗菜,走进屋去。李先生看看太太的脸色,有点向下沉,还真是生气,不便再说什么,含着笑,抬头看对面山上的云雾,隔溪有一丛竹子,竹竿被雨水压着,微弯了腰,雨水一滴滴地向下落,他顺眼看着有点出神。吴先生又吸了两袋烟,笑道:"李太太到南方这多年了,还说的一口纯粹的北平话。可是和四川人说起话来,又用地道的四川话。这能说各种方言,也是一种天才。你瞧我在外面跑了几十年,依然是山东土腔。"李南泉分明知道他是搭讪,然而究是朋友一番好意,也就笑道:"能说各种方言,也不见得就是一种技能吧?"吴先生捧着水烟袋来回地在廊上走了几步,又笑道:"李先生这两天听到什么新闻没有?"李南泉道:"前两天到城里买点东西,接洽点事情,接连遇着两次警报,根本没工夫打听消息。"吴先生道:"报上登着,德苏的关系,微妙得很,德国会和苏联打起来吗?"李南泉笑道:"我们看报的人,最好新闻登到哪里,我们谈到哪里。国际问题,只有各国的首脑人物自己可以知道自己的事。就是对手方面的态度,他也摸不着。中国那些国际问题专家,那种佛庙抽签式的预言,千万信不得。"吴先生道:"我们自己的事怎样?敌人每到夏季,一直轰炸到雾季,这件事真有点讨厌。"李南泉道:"欧洲有问题,飞机没我们的份,而且……"说到这里,李太太由房门口伸出半截身子来,笑道:"你就别'而且'了。饭都凉了。难得阴天,晚上凉快,也可以早点睡。吃饭吧。"李先生一看太太,脸上并没有什么怒容,刚才的小冲突,算是过去了,便向吴先生点个头道:"回头我们再聊聊。"说着走进他的家去。

　　李先生这屋子,是合署办公式的。书房、客室、餐厅,带上避暑山庄的消夏室,全在这间屋子里。因为他在这屋子里,还添置了一架四川人叫作"凉板"的,乃是竹片儿编在短木架子上的小榻。靠墙一张白桌子上,点了一盏陶器菜油灯。三根灯草,漂在灯碟子里,冒出三分长的火焰。照见桌上放着一碗白煮老豇豆,一碗苋菜。另有个小碟子,放着两大片咸鸭蛋。李太太已是盛满了一碗黄色的平价米蒸饭,放到上手桌沿边,笑道:"吃吧。今天这糙米饭,是经我亲自挑剔过稗子的,免得你在菜油灯下慢慢地挑。"李先生还没有坐过来,下手跪在方凳子上吃饭的小女孩,早已伸出筷子,把那块咸鸭蛋,夹着放在她饭碗上。李太太过去,拍着女孩儿的肩膀道："玲儿，这是你爸爸吃的。"玲儿回转头来看妈妈一眼，撇着嘴哇哇地哭了。李南泉道："太太，你就让孩子吃了就是了。也不能让我和孩子抢东西吃呀！"李太太将手摇着小女儿道："你这孩子，也是真馋，你不是已经吃过了吗？"李先生坐下来吃饭，见女儿不哭了。两个大的男孩子站在桌沿边扒着筷子，口对着饭碗沿，两只眼睛，却不住向妹妹打量。对妹妹那半边咸蛋，似乎特别感到兴趣。

她左手托着鸭蛋壳，右手做个兰花式，将两个指头钳着蛋黄蛋白吃。李先生放下筷子，把碟子里其余的半个蛋，再撅成两半，每个孩子，分了半截放在碗头。李太太道："他们每个人一个蛋，都吃光了。你也并没有多得，分给他们干什么。这老豇豆老苋菜你全不爱吃，你又何必和孩子们客气？"李先生刚扶起筷子来，扒了两口饭，这就放下筷子来，长叹了一口气道："我们能忍心自己吃，让孩子们瞪眼瞧着吗？霜筠，你吃了蛋没有？"他对太太表示亲切，特地叫了太太一声小字。李太太笑道："哎呀！你就别干心疼了。每天少发两次书呆子牢骚，少撅我两次，比什么都好。"李南泉笑道："我们原是爱情伴侣，变成了柴米夫妻，我记得，在十年前吧？我们一路骑驴去逛白云观。你披着青呢斗篷，鬓边斜插着一支通草扎的海棠花，脚下踏着海绒小蛮靴。恰好，那驴夫给你的那一支鞭子，用彩线绕着，非常的美丽。我在后面，看到你那斗篷，披在驴背上，实在是一幅绝好的美女图。那个时候，我就想着，我实在有福气，娶得这样一个入画的太太。"李太太笑道："不要说了，孩子们这样大了，当着他们的面，说这些事情，也怪难为情吧。"李南泉道："这倒不尽然。你看我们三天一抬杠，给孩子们的印象，也不大好。说些过去的事，也让他们知道，爹娘在过去原不是一来就板面孔的。"李太太道："说到这点，我就有些不大理解。从前我年纪轻，又有上人在家里做主，我简直就不理会到你身上什么事。可是你对我很好。现在呢？我成了你家一个大脚老妈，什么事我没给你做到？你只瞧瞧你那袜子，每双都给你补过五六次。你就不对了，总觉得我当家不如你的意。"

她说这话，将筷子拌着那碗里的糙米饭，似乎感到不大好咽下去，只是将筷子拌着，却没有向口里扒送。李南泉道："你吃不下去吧？"她笑道："下午吃了两个冷烧饼,肚里还饱着呢。没关系,这碗饭我总得咽下去。"说着就把旁边竹几上一大瓦壶开水,向饭碗里倾倒下去,然后把筷子一和弄,站在桌子边,连水带饭,一口气扒着吃下去。李南泉道:"霜筠,你这样的吃饭,那是不消化的。"说着,他把苋菜碗端起来,也向饭碗里倒着汤。李太太道:"你说我,你不也是淘汤吃饭?明天我起个早,天不亮我就到菜市去,给你买点肉来吃。"李南泉道:"泥浆路滑,别为了嘴苦了腿。我也不那么馋。"李太太在门柱钉上扯下一条洗脸巾,浸在方木凳子上的洗脸盆里,对孩子们道:"来吧,我给你们洗脸。"玲儿已把那咸鸭蛋吃了个精光。她把小手托着那块鸭蛋皮送到嘴边上,伸长了舌头,只管在蛋壳里舔着。爬下椅子,走到母亲面前,她把那钳着蛋壳的手举了起来,指着母亲道:"妈!明天买肉吃,你不骗我呵!我们有七八天没有吃肉了。"李先生已把那碗淘苋菜汤的饭吃完了,放下筷子碗,摇摇头叹口气道:"听了孩子这话,我做爸爸的,真是惭愧死了。"李太太一面和孩子洗脸洗手,一面笑道:"你真叫爱惭愧了。她知道什么叫七八天?昨天还找出了一大块腊肉骨头熬豆腐汤呢。"李南泉笑道:"你看,你现在过日子过得十分妈妈经了,是几天吃一回肉你都记得。当年我们在北平、上海吃小饭馆子,两个人一点,就是四五样菜,吃不完一半全剩下了。"

李太太道:"怎么能谈从前的事,现在不是抗战吗?而且我们吃了这两三年的苦,也就觉悟到过去的浪费,是一种罪孽。"李南泉站起来,先打了个哈哈,点头道:"太太,你不许生气,我得驳你一句。既说到怕浪费,为什么你还要打牌?难道那不算浪费时间,浪费精力?而且,又浪费金钱。腾出那工夫你在家里写两张字,就算跟着我画两张画也好。再不然,跟着隔壁柳老先生补习几句英文,全比打牌强嘛!你不在家,王嫂把孩子带出去玩去了,我想喝口茶,还得自己烧开水;我不锁门,又不敢离开一步。你既决心做个贤内助,你就不该这样办。"李太太道:"一个人,总有个嗜好,没有嗜好,那是木头了。不过,我也想穿了,我也犯不上为了打小牌,丧失两口子的和气。从今以后,我不打牌了。"说时,他们家雇的女佣王嫂,正进来收拾饭菜碗,听了这话,她抿了嘴笑着出去。李南泉笑道:"你瞧见吗?连王嫂都不大信任这话。"李太太已把一个女孩两个男孩的手脸都洗完,倒了水,把桌上菜油灯加了一根灯草,而且换了一根新的小竹片儿,放在油碟子里,算是预备剔灯芯的,然后把这盏陶器油灯,放在临窗的三屉小桌上,笑向李先生道:"你来做你的夜课吧,开水马上就开,我会给你泡一杯好茶来。"她这么一交代,就有点没留神到手上,灯盏略微歪着,流了好些个灯油在手臂上。她赶快在字纸篓里抓了一把烂纸在手上擦着。不擦罢了,擦过之后,把字纸上的墨,反是涂了满手臂。

李南泉笑道:"这是何苦,省那点水,反而给你许多麻烦。"李太太笑道:"你不要管我了。你似乎还有点事。今天晚上凉快,你应该解决了吧?"李南泉道:"你说的那个剧本?我有点不愿写了。"李太太还继续将纸擦着手,不过换了一张干净纸。她昂着头问道:"那为什么?只差半幕戏了。假如你交了卷,他们戏剧委员会把本子通过了,就可以付咱们一笔稿费。拿了来买两斗米,给你添一件蓝布大褂,这不好吗?我相信他们也不会不通过。意识方面,不用说,你是鼓励抗战精神。情节也挺热闹的,有戏子,有地下工作人员,有汉奸,有大腹贾。对话方面……"李南泉微微向太太鞠了个躬,笑道:"先谢谢你。这完全是你参谋的功劳,纯粹的国语,而且是经过滤缸滤过的文艺国语。就凭这一点,比南方剧作家写得要好得多,准能通过。"李太太笑道:"老夫老妻,耍什么骨头?真的,你打半夜夜工,把它写完吧。"李南泉道:"我本来要写完的。这次进城,遇到许先生一谈之后,让我扫兴。人家是小说家,又是剧作家,文艺界第一流红人。可是,他对写剧本,不感到兴趣了。他说,剧本交出去,三月四月,不准给稿费。出书,不到上演,不好卖。而且轰炸季节里,印刷也不行。戏上演了,说是有百分之二或百分之四的上演税,那非要戏挣钱不可。若赔本呢,人家还怪你剧本写得不好,抹一鼻子灰。就算戏挣了钱,剧团里的人,那份艺术家浪漫脾气,有钱就花,管你是谁的。去晚了,钱花光了,拿不到。去早了,人家说是没有结账。上演一回剧本,能拿到多少钱,那实在是难说。"

李太太道:"真的吗?"南泉道:"怎么不真,千真万确。这还是指在重庆而言。若论大后方其他几个城市,成都、昆明、贵阳、桂林,剧团上演你的剧本,那是瞧得起你。你要上演税,那叫梦话,你写信去和他要,他根本不睬,所以写剧本完全是

巴山夜雨

为人作嫁的事。许先生那分流利的国语,再加上几分幽默感,不用说他用小说的笔法去布局,就单凭对话,也会是好戏。然而他没有在剧本上找到米,找到蓝布大褂。"李太太笑道:"这么一说,你就不该写剧本了。不过只差半幕戏,不写起来,怪可惜儿的。"她说着,自去料理家务去了。李先生在屋子里来回走了几转,有点儿烟瘾上来,便打开三屉桌的中间抽屉。见里面纸张上面,放了小纸包印着黄色山水图案画的纸烟盒。上面有两个字:黄河。因道:"怎么着?换了个牌子。这烟简直没法儿抽。"那女用人王嫂正进房来,便道:"朗个的?你不是说神童牌要不得,叫着狗屁牌吗?太太说,今天买黄河牌,比神童还要相因①些。"李先生摇摇头道:"这叫人不到黄河心不死。好烟抽不起,抽这烟,抽得口里臭气熏天,我下决心戒纸烟了。王嫂有火柴没有?"王嫂笑道:"土洋火咯,庞臭!你还是在灯上点吧。"李南泉把这盒黄河牌拿在手上踌躇了一会子,终于取了一支来,对着菜油灯头,把烟吸了。他的手挽在背后,走出房门来,在走廊上来回地踱着步。隔了窗户,见那位吴教授戴上老花眼镜,正伏在一张白木桌子上,看数学练习本。原来他除在大学当副教授之外,又在高中里兼了几点钟代数、几何。

  李先生一想,人家年纪比我大,还在做苦功呢,自己就别偷懒了。于是折转身来,走回屋子里去。那盏菜油灯,已添满了油。看那淡黄的颜色,半透明的,看到碟子底和三根灯草的全部。笑道:"今天的油好,没有掺假。难得的事。为了这油好,我也得写几个字。"于是将一把竹制的太师椅端正了,坐了下来。那一部写着的剧本,就在桌子头边,移了过来,先看看最后写的两页,觉得对话颇是够劲,便顺手打开抽屉,将那盒黄河牌纸烟取出,抽出一支,对着灯火吸着,昂起头来,望着窗子外面,见对面山溪那丛竹子,为这边的灯光所映照,一条伟大的尾巴,直伸到走廊茅屋檐下。那正是一竿比较长的竹子,为积雨压着垂下来了。一阵风过噼噼啪啪,几十点响声,雨点落在地上。这很有点诗意,立刻拿起面前的毛笔,文不加点地写下去。右手拿着笔,左手就把灯盏碟子里的小竹片儿剔了好几回灯草。同

---

① 相因,川语,便宜。

时,左手也不肯休息,慢慢地伸到桌子抽屉里去,摸索那纸烟。摸到了烟盒,也就跟着取一支放在嘴角,再伸到灯火上去点着,一面吸烟,一面写稿。眼前觉得灯光比较明亮。抬头看时,也不知道太太是什么时候走了来的,正靠了桌子角,拿着竹片儿轻轻地剔着灯草。笑道:"这好,我写到什么时候,你剔灯剔到什么时候。你不必管了,在菜油灯下,写了四五年稿子,也就无所谓了。反正到了看不见的时候,你一定会自来剔灯。"

李太太笑道:"我看你全副精神都在写剧本,所以我没有打搅你,老早给你泡好了一杯茶,你也没有喝。蚊子不咬你吗?"这句话把李先生提醒,"哎呀"了一声,放下了笔,立刻跳了起来,站在椅子外,弯着腰去摸腿。李太太道:"你抬起腿来我看吧。"李先生把右脚放在竹椅子上,掀起裤脚来看看,见一路红包由脚背上一直通到大腿缝里。李太太道:"可了不得,赶快找点儿老虎油来搽搽。还有那一条腿呢?"李先生放下右脚,又把左脚放在椅子上。照样查看,照样地还是由脚背上起包到大腿缝里。李太太道:"这就去用老虎油来搽。两条腿全搽上,你也会感到火烧了大腿。"李先生放下脚来,摇摇头笑道:"这半幕戏我要写完了,恐怕流血不少。我的意思是弄点血汗供养全家,倒没有想到先喂了一群蚊子。"李太太道:"我是害了你了。那么,就不必再写了。"李南泉情不自禁地,又把那不到黄河心不死的纸烟,取了一支在手,就着灯火把烟吸了,背了两手,在屋子里踱着步子来去。李太太笑道:"你说这黄河牌的纸烟抽不得,我看你左一支右一支地抽着,把这盒烟都抽完了,你还说这烟难抽呢。"她说着,手上拿了一件旧的青衣服和一卷棉线,坐到旁边竹椅子上去。李南泉道:"怎么着,你还要补衣服吗?蚊子对你会客气,它不咬你?"李太太道:"把这件衣服补起来,预备跑警报穿,天晴又没有工夫了。"

李南泉叹了一口气,又坐到那张竹椅子上去。李太太道:"你还打算写?今天也大意了,忘记了买蚊烟。你真要写的话,我到吴先生家里,去给你借两条蚊烟来。"李南泉道:"我看吴先生家也未必有。他在那里看卷子,时时刻刻拿着一把扇子在桌子下轰赶蚊子。"李太太道:"这是你们先生们算盘打得不对。舍不得钱

巴山夜雨

买蚊烟,蚊子叮了,将来打摆子,那损失就更大了。"李先生翻翻自己写的剧本,颇感兴趣,太太说什么话,他已没有听到,提起笔来,继续地写。后来闻到药味,低头一看,才知太太已在桌子脚下燃起了一根蚊烟。这更可以没有顾忌,低了头写下去。其间剔了几回灯草,最后一次,就是剔起来,也只亮了两分钟。抬头看时,碟子里面,没有了油。站起身来,首先发觉全家都静悄悄地睡了。好在太太细心,事情全已预备好,已把残破了瓶口的一只菜油瓶子,放在旁边竹制的茶几上。他往灯盏里加了油,瓶子放到原处,手心里感觉到油腻腻的,正弯着腰到字纸篓里去要拾起残破纸来,这就想到太太拿字纸擦油,曾擦了一手的墨迹。于是拐到里面屋里,找一块干净的手纸缓缓擦着。这时看看太太和三个孩子,全已在床上睡熟。难得一个凉快天,而且不必担心夜袭,自然是痛痛快快地睡去了。这屋里的旧红漆桌子上,也是放了一盏菜油灯。豆大的灯光,映照得屋子里黄黄儿的,人影子都模糊不清。

听听屋子外面,一切声音,全已停止。倒是那檐溜下的雨点,滴滴笃笃,不断向地面落着。听到床上的鼻息声,与外面的雨点相应和,这倒很可以添着人的一番愁思。他觉得心里有一分很大的凄楚滋味,不由得有一声长叹,要由口里喷了出来。可是他想到这一声长叹若把太太惊醒了,又要增加她一番痛苦。因之他立刻忍住了那叹声,悄悄儿走到外面屋子来。外面屋子这盏灯,因为加油之后,还没有剔起灯草,比屋子里面还要昏黑。四川的蚊烟,是像灌香肠一样的做法,乃是把薄纸卷作长筒子,把木屑砒霜粉之类塞了进去,大长条儿地点着。但四川的地,又是很容易反潮的,蚊烟燃着放在地上,很容易熄。因之必须把蚊烟的一头架放烟身的中间,每到烧近烟身的时候,就该将火头移上前一截。现在没有移,一个火头,把蚊烟烧成了三截。三个火头烧着烟,烧得全屋子里烟雾缭绕,整个屋子成了烟洞。于是立刻把房门打开,把烟放了出去,将空气纳了进来。那半寸高的灯焰,在烟雾中跳动了几下,眼前一黑。李先生在黑暗中站了一会,失声笑了起来。外面吴春圃问道:"李先生还没有睡吗?摸黑坐着。"李南泉顺步走出房门,见屋檐外面已是一天星斗。

吴先生还是捧了水烟袋,站在走廊上。因问道:"吴兄也没有睡?"他答道:"看了几十份卷子,看得头昏眼花,站在这里休息休息。"两人说着话,越发靠近了廊沿的边端。抬头看那檐外的天色,已经没有了一点儿云渣,满天的星斗,像蓝幕上钉遍了银扣,半钩新月,正当天中,把雨水洗过了的山谷草木,照得青幽幽的。虫子在瓜棚豆架下,唧唧哼哼地叫着;两三个萤火虫,带着淡绿色的小灯笼,悠然地在屋檐外飞过。吴春圃吸了一口烟,因道:"夜色很好。四川的天气,就是这样,说好就好,说变就变。明天当然是个大晴天,早点吃饭,预备逃警报。"李南泉道:"这制空权不拿在自己手里,真是伤脑筋的事。明天有警报,我打算不走,万一飞机临头,我就在屋后面山洞子里躲一躲了事。"吴春圃道:"当然也不要紧。可是你不走,太太又得操心。我一家人倒是全不躲。明天来了警报,我们就在屋角上站着聊聊。"李南泉道:"吴先生明天没有课吗?"他道:"暑假中,本来我是可以休息休息的。不过我一家数口,不找补一些外快,怎么能对付得过去?我们没有法子节流,再节流只有勒紧裤带子不吃饭了,所以我无可奈何,只有开源。你看我这个开源的法子怎么样?"李南泉摇摇头道:"不妥当。人不是机器,超过了预定的工作,我们这中年人吃不消。"

吴先生一昂头,笑道:"什么中年人,我们简直是晚年人了。"吴太太在屋子里叫道:"俺说,别拉呱了吧?夜深着呢。李先生写了一夜的文章,咱别打搅人家。"这一口道地山东话,把吴先生引着打了一个哈哈。接着道:"俺这口子……"说着,他真的回去了。李南泉站在走廊下出了一会神,也就走进屋子去。在后面屋里,找到了一盒火柴,将前面油灯点着,也立刻关上了门。他在灯下再坐下来,又把写的剧本看看,觉得收得很好,自己就把最后一幕,从头到尾又看了一遍。正觉得有趣,忽听到对面山溪岸上,有人连连地叫了几声李先生。他打开门来,在走廊上站着问道:"是哪一位?"说时,隔了那丛竹子,看到山麓人行路上,晃荡着两个灯笼。灯光下有一群男女的影子。有一个女子声音答道:"李先生,是我呀!我看到你屋子里还点着灯呢,故而冒叫一声。"李南泉笑道:"杨老板说话都带着戏词儿,怎么这样夜深,还在我们这山沟里走?"那杨老板笑道:"我们在陈先生家里打小牌过阴天。"李南泉道:"下来坐一会儿吗?"她道:"夜深了,不打搅了。明儿见。"说毕,那一群人影拥着灯笼走了。李南泉一回头,看到走廊上一个火星,正是吴春圃先生捧着水烟袋,燃了纸煤,站在走廊上。他先笑道:"过去的是杨艳华,唱得不错,李先生很赏识她。"李南泉道:"到了四川,很难得听到好京戏,有这么一个坤角儿,我就觉得很过瘾了。其实白天跑警报,晚上听戏,也太累人,我一个星期难得去听一次。"

吴春圃道:"她也常上你们家来。"李南泉道:"那是我太太也认识她。要不然我就应当避一避这个嫌疑。和唱花旦的女孩子来往有点儿那个……"说着打了一个哈哈。吴先生笑道:"那一点儿没关系。她们唱戏的女孩子,满不在乎。你避嫌疑,她还会笑你迂腐。你没有听到她走路上过,就老远地叫着你吗?大有拜干爹之意。"说着也是哈哈一笑,这笑声终于把睡觉的李太太惊醒了。她扶着门道:"就是一位仙女这样叫了你一声,也不至于高兴到睡不着觉吧?看你这样大说大笑,可把人家邻居惊动了。睡吧。"李南泉知道这事对太太是有点那个,因笑道:"是该睡了。大概十二点钟了。吴先生明天见。"他走回房去,见她披着长衣未扣,便握着她的手道:"你看手冰凉。何必起来,叫我一声就得了。"李太太对他看了一看,微微一笑,接着又摇了两摇头,也就进后面屋子睡觉去了。只看她后面的剪发,脖子微昂起来,可以想到她不高兴。李先生关上房门,把灯端着送到后面屋子来,因道:"霜筠,你又在生气。"李太太在榻上一个翻身道:"我才爱生气呢!"李南泉道:"你何必多顾虑。我已是中年以上的人,而且又穷。凭她杨艳华这样年轻漂亮,而又有相当的地位,她会注意到我这个穷措大?人家和我客气,笑嘻嘻地叫着李先生,我总不好意思不睬人家。再说,她到我们家来了,你又为什么殷勤招待呢?"李太太道:"嗳,睡吧,谁爱管这些闲事。"

李先生明知道太太还是不高兴,但究竟夜深了,自不能絮絮叨叨地去辩明。屋子旁边,另外一张小床,是李先生他独自享受的,他也就安然躺下。这小床倒是一张小藤绷子,但其宽不到三尺。床已没有了架子,只把两条凳子支着,床左靠了夹壁,床右就是一张小桌子,桌沿上放着一盏菜油灯。灯下堆叠着几十本书。李先生在临睡之前,照例是将枕头叠得高高,斜躺在床上,就着这豆大的灯光,看他一小时书。今天虽然已是深夜,可是还不想睡,就依然垫高了枕头躺着,抽出一本书,对着灯看下去。这本书,正是《宋史列传》,叙着南渡后的一班官吏。这和他心里的积郁,有些相互辉映。他看了两三篇列传,还觉得余兴未阑,又继续看下去。夜静极了,没有什么声音,只有那茅屋上不尽的雨点,两三分钟,滴答一声,落在屋檐下的石板上。窗户虽是关闭的,依然有一缕幽静的风,由缝里钻了进来。这风吹到人身上,有些凉浸浸的。人都睡静了,耗子却越发放大了胆,三个一行,后面的跟着前面的尾巴,在地面上不断来往逡巡,去寻找地面上的残余食物。另有一个耗子,由桌子腿上爬上了桌子,一直爬到桌子正中心来。它把鼻子尖上的一丛长须,不住地扇动,前面两个爪子,抱住了鼻子尖,鼻子嘴乱动。

  李南泉和它仅只相隔一尺远,放下书一回头,它猛可地一跳,把桌子角上的一杯凉茶倒翻。耗子大吃一惊,人也大吃一惊,那凉茶由桌上斜流过来,要侵犯桌沿上这一叠书。他只得匆忙起来,将书抢着放开。这又把李太太惊醒了。她在枕上问道:"你今晚透着太兴奋一点儿似的吧?还不睡?"李南泉道:"我还兴奋呢,我看南宋亡国史,看得感慨万端。"李太太道:"你常念的那句赵瓯北诗,'家无半亩忧天下',倒是真的。你倒也自负不凡。"李南泉正拿了一块抹布擦抹桌上的水渍。听了这话,不由得两手一拍道:"妙!你不愧是文人的太太。你大有进步了,你会知道赵瓯北这个诗人。好极了!你前途无可限量。"他说着,又在桌上拍了一下。那盏菜油灯的油,本已油干到底,灯草也无油可吸,他这样一拍,灯草震得向下一滑溜,眼前就漆黑了。李太太在黑暗中问道:"你这可是太兴奋了吧?捡着你一句话这么重说一遍,也没有什么稀奇,你就灯都弄熄了。怎么办?"李先生在黑暗中站着出了一会神,笑道:"摸得到油也摸不到火柴。反正是睡觉了。黑暗就黑暗吧。"这时,火柴盒子摇着响。李太太道:"我是向来预备着火柴的,你点上灯吧。这样,你可以牵着一床薄被盖上,免得着了凉,阴天,晚上可凉。"

  李先生摸索着上了床,笑道:"多谢美意,我已躺下了。外面满天星斗,据我的经验,阴雨之后,天一放晴,空中是非常地明朗,可能明天上午,就要闹警报,今天

巴山夜雨

我们该好好养一养神。"李太太道："我倒想起一件事。明天上午，徐先生来找你。"李先生听了这话，却又爬起床，向太太摸索着接过火柴，把灯重点起来。李先生这一个动作，是让他太太惊异的。因道："你已经睡觉了，我说句徐先生要来，你怎么又爬起来了？"李南泉道："你等我办完一件事，再来告诉你。"说着，就把点着了的这盏灯，送到外面屋子里去。李太太更是奇怪，就披衣踏鞋，跟着走到前面屋子来。见她丈夫伏在三屉小桌上，文不加点地，在写一张字条。李太太道："你这是做什么？"李先生已把那字条写起，站起来道："我讨厌那些发国难财的囤积商人。我见了他就要生气。你说老徐要来找我，我知道他是为什么事。我明天早上出去，留下一张字条在家里，拒绝他第二次再来找我。"李太太笑道："就为了这一点？你真是书呆子，你不见他，明天早上起来写字条也不迟。于今满眼都是囤积商人，你看了就生气，还生不了许多的气呢。字条给我瞧瞧，你写了些什么话？"

李南泉道："你明天早上看吧，反正我得经你的手交给他，你若认为不大妥当的话，不交出去就是了。这回可真睡了。"李太太看着他，微笑地摇了两摇头。李南泉道："太太，你别摇头，抗战四个年头了，我们在大后方还能够顶住，就凭我这书呆子一流人物，还能保持着一股天地正气。"李太太笑道："这话我倒是承认的。不过你们这天地正气，千万可别遇到那些唱花旦的女孩子。她们有一股天地秀气，会把你们的正气，冲淡下去。"李南泉笑道："这位杨艳华小姐，真是多事，走我门口过，就走我门口过吧，为什么还要叫我一声。太太，我和你订个君子协定，从明天起，我决不去看杨艳华的戏。"李太太道："那么，你是说，从明天起，我不打小牌。"李南泉笑道："并无此要求。"夫妻两人谈着，又言归于好了，两人回到后面屋子里，各自上各自的床安歇。就在这时，睡在李太太床上的小玲儿，忽然大声叫起来："明天早上买肉，不能骗我的呀！"她说完了这句话，就寂然不再说什么了。李太太道："你瞧，这孩子睡在梦里都要吃肉。"李先生听了孩子这句话，真是万感在心，抗战时期的什么问题，都可联想到。他沉沉地想，不再说话。远远的鸡啼，让他睁开眼来一看，灯光变成了一粒小红豆，窗子外倒有几块白的月光，洒落在屋里地上。

第二章　红球挂起

　　李先生上半夜的困扰，是为了剧本上半幕戏；下半夜的困扰，是为着一个女伶叫了一声。精神上太劳顿了，需要休息。猪肉已不能再给什么兴奋，就安然地睡去。不知是他什么时候翻了个身，眼睛闪动一下，见着面前一片通亮。李太太道："该起来了。九点多钟了。"他一个翻身坐起来，见太太正把一束野花，插在小桌上那只陶器瓶子里，另外还有一个粗纸包，放在桌沿。桌面上撒了不少芝麻，可想纸包里是两个小烧饼。因道："你都上街回来了？"李太太道："我已上街两次了。起来吧。听说天一亮，就挂了三角球。我下山到街上的时候，还听到侦察机的响声。外面大太阳，恐怕上午就有警报。"李先生见屋后壁窗户洞开，由窗户看屋后的山，全是强烈的阳光罩住。便道："那么，赶快弄点水洗把脸。先喝茶，享受这两个烧饼。"李太太笑道："我还替你做了一件顺心的事，下山的时候，遇到了老徐，看那样子，好像是要向咱们家来。他一问你，我就说你熬了一宿，还没起床。他站在路上很踌躇的样子，约了下午再来看你。他到底有什么要紧的事找你？"李南泉道："他异想天开。他要到衡阳去做生意，说是路上过关过卡，怕有麻烦，要我找新闻界替他找个名义。就算我肯介绍，哪家报馆，也不会这样滥送名义吧？"

　　李太太道："不要谈老徐的事了，三角球放下两小时了，敌人的侦察机已回到了基地，恐怕敌机要来了。"李南泉笑道："我说怎么样？我是有先见之明，我知道今天一大早，就要来警报的。好在我已把剧本写完。今天就借敌机放一天假。"说着，他匆匆地洗脸喝茶。

　　在每天早上，李先生有一定的工作，竹书架上堆着的两百本旧书，必须顺手抽出一本来看，不问是中文或英文的，总得看上二三十分钟。他坐在那竹椅子上，正翻开一页书，却听到山溪对过人行路上，有人操着川音道："挂起，挂起！"邻居的

巴山夜雨

甄太太,是位五十多岁的人,只和一个十四岁的男孩子家居。身体弱,家境又相当清寒,最是怕警报,听到这"挂起"两个字,就战战兢兢地由走廊那头跑过来,操着江苏音问道:"李先生,阿是挂了红球?阿是挂了红球?"李南泉道:"甄太太不要紧,还只挂了一个球。你慢慢地收拾东西吧。"甄太太扶了窗户档子,向屋里望着道:"警报越来越早,阿要尴尬?李太太躲不躲?"李太太托了个纸包出来,苦笑着道:"我孩子多,不躲怎么行呢?"说着,把那纸包放在桌上,纸散开了,里面是半个烧饼。因道:"你看,这些孩子,真不听说,一转眼,把给你留的三个烧饼,吃了两个半。"小玲儿听了这话,由外面跑了进来道:"爸爸,我只吃了一个,我叫哥哥别吃,给爸爸留着,他又分了我半个,你说,是不是岂有此理?"说着,她伸了个小指头,向爸爸连连指点几下。李先生哈哈大笑。

李太太道:"孩子这样淘气,你还笑呢。"李南泉:"我不是笑她别的,笑她天真。尤其是'岂有此理'四个字,她四岁多的孩子,引用得这样恰当,不愧是咱们拿笔杆朋友的女儿。得受点奖励,还有半个烧饼,还是赏了你。"说着,就把那半个烧饼,赏了小玲儿。就在这时,两个男孩子,由对面溪岸的高坡上,一口气跑了下来,跑过溪上的那小桥时,踏得木桥叮叮咚咚作响。大孩子小白儿,一面跑,一面喊着:"妈呀!挂了球了!挂了球了!"他们跑进屋来,兀自喘着气。小的孩子小山儿,看到桌上一大碗茶,两手端起来就喝。李南泉道:"你这两个小东西,实在是不成话,一大早就出去玩,不是挂球,大概还不回来。走路没有看见你们走过,总是跑,由那边坡上跑下来,一口气就到,假如让东西绊了一下,栽下沟去,怕不是重伤?"李太太道:"快放警报了,他还不该跑回来?你女儿做什么事都是好的,你儿子无论做什么事都是错的。"李南泉还想辩论什么事,早是"呜呜呜"一阵警报的悲呼声,由空气里猛烈地传了过来。便把墙上一件旧蓝布大褂,往身上一披。书架子下,经常预备着一只旅行袋子,里面是几本书,一只灌好冷开水的玻璃瓶子。这就是逃警报的东西,他已是一手提了起来。李太太道:"你就要走吗?你一点东西还没有吃呢。"他道:"解除警报回来再吃吧,反正不饿。"

李太太道:"你暂别忙走,我到山下去买两个馒头来带了去。"李南泉连说着不用，找了顶旧帽子在头上戴着，又拿了一把芭蕉扇子在手上，正待出门，小玲儿扯着他的衣襟道："爸爸，我和你一路去，我不躲防空洞。"说时，索性两手抱了爸爸的腿。李先生对于孩子这个新提的要求，忽然有点锐敏的感觉，便道："好，我们今日都到后面山缝里去。太太，你看我这个提议如何？"李太太道："我带三个孩子，怎么能跟你跑上四五里路？这样大太阳，来去就是一身透汗，你就不必向山缝里跑了。虽然洞子里人多，反正不会有多大的时候。"李先生沉吟了一会子，因道："让我到山上去观察观察天势吧。"说着，就走到屋后小山坡上去。这时，天空是一片蔚蓝的大幕，虽是也飘荡几片白云，那白云的稀薄程度，像是破烂的白纱，悠悠地在长空飘荡。偶然有两三只鸟，在头顶上掠过。大自然，一切平静，与往常毫无分别。看看这山沟两旁的大山，青草蒙茸，像蹲着的狮子，抖动着全身的长毛。那阳光罩在山上，像有一丛火光向上反射。真的，自己随了山坡的石砌向前面走着，那深草里面，就有一阵阵的热气，向人衣服下面直钻上来。他也不去理会，踢着深草的蚱蜢乱飞，径直奔往山坡的北端，那里是可以看到山下这一个镇市的。

山下市镇中间，有片川地难得的平坦广场。在那里插了一根高高的旗杆，横钉了一块木棍。在稍远的地方，虽是不能看清楚这根长杆，可是那横杆上所悬挂的两个大红纸球，在猛烈的太阳下，却异常明显。山脚下一条人行道，是镇市上奔往防空洞去的路径。人是一个跟着一个，牵了一大群，向山麓左角、另一个山峰上走去。在镇市的那头，另有一条公路，除了摆了一字长蛇阵，沿着对方的山麓走去而外，那却有一辆辆的卡车，疏散了开去。同时，也有一辆一辆的小座车，载着躲警报的人，由城里开来。李先生正在出神，李太太在屋角下叫道："南泉，你还站着尽看些什么？"他摇着头走回来道："今天躲空袭的人似乎比往日还要紧张。"李太太道："既然比往日还要紧张，你就预备走吧，还犹豫什么？"李先生道："我不走了，今天就陪你们躲一天洞子吧。一来，天气热；二来，我也和你带孩子。"说着走回家来。见小白儿、小山儿各背一个小布包袱在肩上，另外还各拿了一条小竹凳子，小玲儿腋下夹着她布做的小娃娃，手上也提了麦草秆的小手提包。王嫂已把朝外的房门锁起。墙壁下一路摆了四个大小手提旅行袋。李先生道："天天躲警报,天天带上许多东西,多麻烦。"李太太道:"那有什么法子呢,万一房子中了个炸弹,连换洗衣服都没有。由南京到重庆,这种事就看得多了。你怕什么麻烦,又不要你拿一项。往常躲警报,你是最舒服,带着开水,带着书,到山沟里竹林子里去睡觉,我们可真受罪,又是东西,又是孩子。"

李先生道:"躲警报,还有什么舒服可言吗?我叫你和我一路到山后面去,你又说难跑路。"李太太沉着脸道:"躲警报的时候,我不和你吵。解除了,我再和你讲理。"李南泉道:"也许一个炸弹下来,先把我炸死,你要讲理,趁早!"那邻居甄太太提着小箱子,夹着小包袱正走门前经过,便道:"李太太,勿要吵哉!快放紧急哉!走吧。"李太太提了两个小包袱,一声不响,引了孩子们走。小玲儿走过了山溪,回转身来,将手连招了几下道:"爸爸,你马上就来呵,我给你占着位子。你和我带一包铁蚕豆来,洞子里坐着怪闷的。铁蚕豆就是四川人叫的胡豆,你晓得吧?"李先生被太太埋怨着,心里本是藏着一腔无名火。小女儿小手一招,还把蚕豆做了一番解释,乐得心花怒放,哈哈笑道:"这孩子,什么全知道。"李太太已走上了山坡,回头看着丈夫,也是忍不住一笑。甄太太拿了三四样东西,喘着气上山坡,因道:"侬家李先生,真个喜欢格位小姐。小姐讲啥个闲话,伊拉总归是笑个。"李太太道:"那有什么法子,这孩子给她爸爸带缘来了。"李先生在走廊上叫道:"别说闲话了,太太,你看路上这么些个人,回头洞子里找不到座位。入洞证带了没有?"李太太一扭头道:"谁和你废话!"她虽是这样说了,带着孩子真的加快了步子走。因为这村子口上,在山石下面,统共是两个防空洞。其中一个最大的,还是机关私有的,百姓不能进去。这个公用洞子虽小,凭证入洞,常是超出额外。

这时,村子里面向防空洞去躲飞机的人,也是摆出了一条长蛇阵。这山路下的一条人行路径,也不过是二尺宽。有的老太太扶着手杖,一步一步地挨,旁边还有小孩子扶着。那抢着要占位的人,可有些不耐,侧了身子,就挨着身子挤了过去。有的中年太太,手上抱着一个吃乳的孩子,衣襟可又被五六岁的小孩子牵着。那行路的速度,也不曾赛过扶杖的老太太。恰好有把人送进防空洞,而又二次回来拿东西的人,让这娘儿三个挡住,只管是左闪右躲,想找个空当抢过去。还有那挑着行李的人，尽管防空洞有规则，不许带大件东西进去，然而他一挑东西，就是他全家的资产。他把家产挑了来，虽然不能进洞，放在洞子附近，将青草遮盖了，也是物不离人，人不离物。尤其是摆香烟摊子、摆小百货摊子的人，度命的玩意，全在一担，他必须挑着。于是在许多走不动的人群之外，还有东碰西撞的担子。李太太带着三个孩子四个旅行袋，也就不怎么利落。正好前面是走不动的甄太太。再前面是一个小公务员的太太，肩上扛着一只大布包袱，手里提着锁门已坏、绳子捆着的小皮箱。手边还有两个孩子，都不满三尺长。小孩子走不动，她也拿东西不动，又不敢歇，走得身子七歪八倒。

这样的情形，可难坏胆小的人、性急的人。他们在后边喊着："前面的人，快点走吧。若是走不动，就让一点路，让别人好走哇。"也有人喊道："空袭都放了十多分钟了，马上就要放紧急。飞机到了头上，我看你们跑不跑？"也有人向前挤着跑，腿撞着小孩子，就把人撞倒在一边。小孩哇的一声哭了，那孩子母亲是能扛着三个小包袱的人，恰不示弱，便叫道："你抢什么？炸弹下来，就会炸死你一个。"立刻，这小小行路上，闹成了一片。李先生虽是碰了太太一个钉子，可是看到这种情形，却不能再袖手旁观，就由家门口跑上路来，抱着小玲儿随在太太后面道："今天怎么这样乱？我送你们到洞子里去吧。"他一来了，李太太的气就要平些，因道："哪一天，又不是这样乱呢？一挂了球，你就独自个游山玩水去了，这些情形，你哪里看得见？你还没有看到洞子里那种情形呢。坐了一小时，比……"李南泉道："那么，我又说了，为什么你不和我到后面山沟里去呢？"李太太道："别抬杠了。你不忙，别人还要抢洞子呢。"李先生也就不再说什么话，抱着孩子在前面走。这村子口上，就是一个下坡的山口，站在这山口上，镇市广场里那旗杆上的红球，被太阳照着热烘烘的颜色，极明显地射入各人的眼帘。不断有人来到山口上，向那红球看，也就不断有人在后面问："两个球吗？落下去了吗？"小玲儿抱着李先生的颈脖子道："爸爸，红球落下去了，就是日本飞机不来了吗？"

李南泉笑道："这回你说得不对。两个球都落下去了，就是紧急情报。"小玲儿笑道："我晓得，绿球挂起来了，就是解了除。"南泉笑道："对的，对的。好一个

巴山夜雨

解了除。"李太太道:"你看,你爷儿俩,又在这里说上了。孩子多,我得坐在洞子里面。快来吧!"说着,她先走。在这山口的小路上,就是一堵青石悬崖。在青崖上打了两个进出洞门,难民们陆续向洞里进去。管洞子的两名防护团丁,站在门口,正向进洞子的人,检验入洞证。李南泉道:"不忙了,今天检察入洞证,闲杂人等,不得进去的。"那团丁向他点了点头道:"今天李先生也来躲洞子? 还是洞子好,在山沟里怕机关枪扫射。你们不用看入洞证了,脸上就是入洞证。"正要说笑,忽然有一个人叫着:"球落下去了,球落下去了!"这洞门口的斜坡,原来还有几丈见方的一块坦地。这里或站或坐,还拥着几十位没有入洞的人。在这一声叫中,大家就一阵风似的拥到了洞口。两个团丁四手一伸,把洞口挡住,叫道:"忙啥子? 日本鬼子杀得来了?"李南泉一家人,原站洞口,被这一拥,早就塞进了洞子。外面正是大太阳,由光处向这里面走来,立刻两眼漆黑,寸步难移,但觉得身子以外,全是人在碰撞。

所幸洞的深处,立刻有两支手电筒放出白光来,照见洞子里面的人还不十分拥挤,只是大家全塞在这进口的一截路上。李太太和孩子说两句话,洞底有人听出了李太太的声音,便叫道:"老李,这里来坐吧。"这是一位下江太太的口音,那正是李太太的牌友。李太太随了这声音走过去,那位下江太太,就伸着手扯了她的衣服,让她在洞壁下的长板凳上坐着。她笑道:"老李,你在家里做起贤妻良母来了,两天没有见着你。今天解除了警报,我们来八圈,好不好?"李太太还没有答言,李先生已抱了孩子,摸索着过来了。他道:"孩子交给你吧,放了紧急我再来。"那位下江太太笑道:"哎呀! 李先生在这里。"李太太道:"他在这里怎么样? 谁也不能拦着我打小牌。"李南泉分明知道这是太太一句要面子的话,在洞里,全是村子里的熟人,这一点面子总是要给她的。这也就没说什么,默然地出了洞子。因为那一声球落下来了,并无下文,而警报器,又没有作凄惨的紧急呼声。原来拥塞在洞口上的人,都已走了出去。这平坦的一方地上,有几丛大芭蕉,又有两株槐树。原是给这洞口上,加起一番伪装。现在散开了满地的绿阴,倒是太阳下一个很好的歇脚地方。不曾入洞的人,大家都拥在槐树和芭蕉阴下。李南泉伸头一看山脚下的镇市，那两个表示空袭的红球，还挂在天空。这已有了相当的时间，躲警报的人，都已找得了存身之所。不愿躲警报的人，各各守家未出。

山下几条人行路，恰好和刚才的情形，处在相反的地位。空荡荡的没有一个人。俯瞰山下那整群的屋脊，也不曾在烟囱里冒出一缕烟。天上的白云，大小几片，停止在半空，似乎它也和警报声过后的大地一样，把动作给呆定了。李先生觉得眼前情景，是有一种大自然的死气，同时也觉得心中空洞无物。想起昨晚上和吴教授有约，今天来了警报，是预备不躲的，和他在屋檐下聊天。吴先生最爱聊，这倒是消磨警报时间的一种好办法，于是就转身向家里走，刚到路口，就有人老远地叫道："李先生，不躲了吗？向哪里去？"回头看时，在一棵大黄桷树下，转出来一位梳两个辫子的女郎，这就是昨晚过门叫了一声的杨艳华。她那番好意，昨天晚上，就闹了整宿的家务。今天她又来打招呼，真是替自己找麻烦。可是看到杨小姐穿了一件黑拷绸长衫，越是显着皮肤雪白，长头发梳两个小辫，垂在肩上，辫梢上有两个小红丝线结子，顿觉得她身段苗条而娇小，因笑道："杨小姐，你身上穿的衣服，虽然全是防空颜色，只是这两支辫子梢红红的，有点欠妥。"她笑道："敌人的飞机上，带着显微镜吗？它会看到我这辫子梢？"正说着，有一位白太太含着笑由身边过去。李先生暗下叫一声不好。因为这位白夫人，也是太太的牌友，她们是很有帮助的。她进洞子去了，告诉太太，说你们李先生在和女戏子说话，那又是给人的一种麻烦了。

他有了这样一个感觉，不敢耽误了，和杨艳华点了个头，径自走开。一面走着，一面向白太太道："白太太，你到洞子里去吗？请告诉我太太，我回家了，万一放了紧急，我来不及跑的话，我就躲在屋后面那小洞子里，那里倒也是很安全的。"他说着话，还是加紧了脚步走。走到家里，见那吴先生一家，一位太太，四个孩子，正沿了屋后小山上一条羊肠小径，向山的北端走去。那边有个天然山洞，叫仙龙洞，是个风景区，里面可以藏纳一千人。他们的学校，在大洞子里，又凿了小洞，是最安全的区域。他们原说，今天是不躲警报的，不想还是走了。隔了山溪，因叫了一声。吴先生道："李先生，李先生，你还是躲一躲吧。今天有七批敌机来袭，第一

巴山夜雨

批二十八架已经过了万县,马上就要放紧急了。"李南泉道:"好的。反正我现在是一个人,又不带东西,躲起来,倒没有什么困难。"老远的,就听到吴先生长声唉了一下。原来他抱着一个四岁的男孩,手背上又挽着一个包袱。六十岁的人,走着那步步高升的山路,相当吃力。他太太是双解放脚,左手牵着一位七岁的孩子,右手扶了根竹杖,走得是非常地慢。他们面前还有一位十五岁的小姐,十二岁的公子,全拿了包袱和旅行袋。虽是走得快,却是走一截停一截,等后面的人。太阳是高升起来,火一般地向人身上照着,叫人热汗直流。吴太太一路怨恨着说:"生这么些个孩子干什么?躲起警报来真要命。不躲警报,也吃不起这贵的米。"

吴先生本人,正累得有点儿上气接不了下气,听到太太这么一埋怨,他就叫道:"你说这话,简直不讲理,俺叫伲今天别跑,伲要跑。"吴太太随身就坐在石头上,扭着头道:"咱不跑就不跑了吧。过这种揪心日子,还有个活头哇?炸弹炸死了,俺说是干脆。"李先生已跑过了山溪,走到屋后来了,便道:"吴先生,走吧。这大太阳,在这山上晒着,可受不了,你不说是今天有七批敌机吗?吴太太,你走吧,你孩子多,回头大批敌机投弹,骇着了孩子。"吴太太听到这话,就不愿和先生闹别扭了,扶着竹手杖,又开始爬山。李先生站在走廊的角端,看到这一群人走去,心里正在想着,怎么这么多年夫妻,全是闹别扭的?正出神,有人遥远地叫道:"李先生,你没有走?"看时,是山溪对岸的邻居石正山教授。他家的屋子,和这里斜斜相对,大水的季节,倒是一溪流水两家分。他们的草房子,一般有条临溪的走廊。在无聊的时候,隔着山溪对话,却也有趣。他的走廊下,山壁缝子里,生出两株弯曲的松树,还有两丛芭蕉,倒也把这临溪茅舍,点缀得有些画意。便道:"你怎么没有躲呢?我看到你太太带孩子都到洞子里去了。"石正山道:"我刚刚由城里回来,一身的汗,先擦个澡,喝碗茶,我这沟下有个小洞子,敌机来了,就钻一钻吧。"李先生道:"你要开水,我这里现成。"他还不曾答言,他家里出来个女郎,端了一只茶碗,送将过去。

这个女郎是石先生的丫头,但既为教授,无蓄婢之理,就认为义女。她倒是和孩子受同等待遇一般,叫着爸爸妈妈。她十八岁了,非常地能干,挑花绣朵以至洗衣做饭，无所不能。而且，由义母亲自教导，还很认得几个字。石先生这个家庭组织，她是个强有力的分子。石太太有这样一个义女，减轻了不少主妇负担，家里也就不必再用老妈子。因之她对这位义女，是另眼相看，怕的是她有辞职之意。这丫头对于太太的命令，除了全体驳回，有时还狠狠顶撞几句，石太太倒也一笑置之。石先生对此，大不以为然，以为就是自己亲生的孩子，也不能民主到这种程度。所以他对于这义女，是拿出一种严父的身份。当着家人，很少和义女透出笑容。石先生对太太的命令，无不乐从，也不敢不从。只有对待丫头的态度，始终和太太唱着反调。石太太对先生的抗命，向来是不容许的，但反对自己宽待丫头这一点，石太太却例外地不予计较。今天太太带孩子躲警报去，留着丫头在家里暂时看门，等候养父回来，同他一路进洞。石先生一回来，在门口先叫了一声："太太，快去躲洞子吧。今天情形紧张。"丫头迎出来道："妈妈早走了。"石先生这就笑道："小青，你胆子大，你就不躲？"

小青道："我走了，谁给你开门呢？你不洗脸喝茶吗？"石先生道："小青，你一天也够累的，打洗脸水我自己来，你给我弄一碗茶来喝吧。"石先生进屋去脱衣抹了身上的汗，站在走廊上来纳凉，看到李先生，他就先叫了一声。李南泉对于石教授没有多大的交情，不过是为了同村子住，见着就点头而已。这时，他遥远打着招呼，倒不知道是何用意。站在走廊角上定了一会神，见石先生走进屋子去，不到几分钟，却又走了出来，而且是四处张望一番。李先生觉得他有点不愿人家看他房子似的，这就不再打量了。走上山坡去，对山下广场看了一会，见那两个红球，还是红鲜鲜地悬在高空。由平常的经验说空袭警报一刻钟上下，就应当放紧急警报，今天由空袭，这一段间隔，距离得太远，倒不明白什么缘故，他看了一会，自行走回家来。警报之刺激人，也就是那开始的十来分钟。到了二十分钟后，心理上也就慢慢地松懈下来。他背了两手，在走廊上走来走去，听到隔壁邻居，还有人说话，就伸头看了一看。却见那主妇奚太太拿了一本书，在走廊下说话。她道："这有什么不知道的，大不列颠联合王国，就是大英王国，不列颠是打不倒，也不会分裂又联合各党的王国，英国现在还有皇帝，所以叫王国。"李南泉一听，心想，这位

巴山夜雨

太太给谁在解译大英王国?她倒是先看到了,笑道:"李先生没有去躲警报?"李南泉道:"放了紧急再走吧。"奚太太向来胆大,她笑道:"我不怕。一放警报,我的家庭大学就开课,我给孩子补习功课。老实说,中学堂里,无论哪一门功课,我都可以教得下来。"奚太太说的是普通话,容易懂。但她有强烈的下江音尾,如"怕"读"薄"之类。

李南泉点着头笑道:"奚太太多才多艺,没有问题。不过,你也有一样小学功课教不了。"奚太太道:"你是说不会教唱歌?我年轻的时候,什么歌都会唱,现在……"李南泉立刻接着笑道:"现在你还年轻啦。"奚太太听了这话,两眉一伸,立刻笑了起来。她是张枣子脸,两头尖,牙齿原是乱的,镶了三粒金托子假牙。眼角向下微弯着,带了好几条鱼尾纹。这一笑之中,实在不能引起对方的多少美感,但她依然笑道:"我倒是不吹牛,于今摩登太太那套本领,全是化妆品的工夫。我有化妆品,我不照样会摩登起来?"李南泉听了,哈哈一笑,但立刻觉得不妥,便道:"奚太太,你猜我笑什么?我笑你这是很大的一个失策,太太不摩登,那是很难于驾驭先生的。"奚太太将肩膀一扛,鼻子一耸,摇着头道:"我们家奚敬平,是被我统治惯了的。慢说轨外行动他不敢,就是喝酒吃香烟,没有我的许可,他也不敢自己做主。你看他由城里回来,抽过纸烟没有?"李南泉昂头想了一想,点头道:"果然的,我没有看到奚先生吸过纸烟。奚太太真是家教严明,不愧说是家庭大学。"奚太太道:"你那句话没有说完。你说我有一样小学功课教不来,我倒想不出。小学功课,我还有教不来的吗?"李南泉道:"我想,国语这一课,你该不行吧?"她将右手的书,在左手一拍,操着下江口音道:"那我太行了。我自小就学过注音字母。"

李南泉笑道:"也许你讲国语的时候,可以蹩着说出来。可是在平常谈话的时候,你的下江口音是很重的。"奚太太听说急了,抢着道:"这句闲窝(话),我不能承仍(认),我小的十(时)候,在学号(校)里演过窝结(话剧)。"李南泉笑道:"我的小姐,你看,你这一急,接二连三的下江话,你还演话剧呢!"奚太太也笑了,于是向这边屋角走近了几步,隔着廊檐外一段屋檐,笑道:"李先生,我喜欢和你谈天,你说的话是怪有趣的。天天你都去躲警报,今天情形更紧张,你为什么反倒不走?"李南泉道:"因为今天紧张,我得陪着太太躲洞子,随时听用。"奚太太抬起一只手来,扶着走廊上的柱子,情不自禁,打了个呵欠。但她立刻拿起左手的那本书,将嘴掩着。她笑着把眼角的鱼尾纹,有条是条地掀起。因道:"李先生,你对太太是忠实的。本来,有这样年轻漂亮的太太,那还有什么话说。"李南泉摇摇头道:"比黄脸婆子略胜一筹罢了。站在奚太太一处,那就差之远矣。"奚太太高兴极了,不觉说了一句川语道:"你客气啥子,我向来不化妆。"李南泉笑道:"你无须化妆呀!"奚太太听说,眉飞色舞,笑得假牙的金托子全露出来。这时她十一岁大的男孩子,拿了一册英文走过来,伸着书问字。

她看也不看,昂着头道:"那有什么不知道?I is a man. You is a boy."小孩子道:"两个人怎么念呢?"奚太太道:"多数加s,有什么不知道,two mans."说着她头又是一扬。李南泉听到奚太太这样教她孩子的英文,真有点骇然。可是他知道的,她是一位最好高的妇人,决不能当了她孩子的面,直截说她的错误,便沉默了一下,没有作声。奚太太道:"李先生,你正在想什么?"他是低了头望着走廊前那道干沟的,这就抬起头来笑道:"我所想的,也正是和管家太太们一样的问题。这样不断地闹着警报,市面受影响,东西恐怕要涨价。假如明天不闹警报的话,我想跑二十里去赶回场,买两斗米回来。"奚太太笑道:"是不是青山场?我们明天一路去,好不好?"李南泉道:"来回是三四十里路,你走得动吗?"奚太太道:"我有什么走不动?石正山的太太,一个礼拜,她要到青山场去三次。这位太太,我是佩服之至,现在菜油卖一百多元了吧?她现在还是吃八元一斤的菜油,人家是老早预备下了的。"李南泉道:"她家那个丫头小青,也很能干,真是强将手下无弱兵。"奚太太道:"的确是可以羡慕。我这里有这么一位小姑娘,那就好了。"李南泉笑道:"奚太太,你这个买贱价苦力的算盘,那是打不得的。你要当心奚先生年纪还不大。"

奚太太冷笑了一声,她又不免昂起头来,因道:"这个我放心,我有这么一个主张,丈夫讨小老婆,太太就讨小老公,而且必须是说得到做得到。在这种情形下,

巴山夜雨

男子受到威胁,他才不敢为非作歹。"李南泉笑着摇了两摇头,没有敢多说什么。因见大路上,有人背了小包袱向山口里面走,便道:"躲警报的人回来了?"那个过路的人答道:"他们防护团得来的消息,说是敌机由川北直袭成都,看那样子,也许不会到重庆来。"奚太太笑道:"你看,还是我有把握吧? 我并不躲,省得跑这次冤枉路,你还不快去接你太太回来?"李南泉正踌躇着,却见杨艳华又同着两个女戏子,在对面山路上经过。他就故意掉过脸来和奚太太说话,只当没有看到。一会儿工夫,听到后面一阵脚步响,回头看时,正是三个人全来了,只得迎上前笑道:"欢迎欢迎。可是门倒锁着,钥匙在太太身上,不能请三位到里面去坐,抱歉之至。"那另两位戏子,一个是唱小生的,一个是唱花旦的,都在三十上下,可说是老江湖。那个唱花旦的,有时还反串小丑。她倒是毫不在乎,头上却也梳了两个小辫,穿件旧黑绸长衫,衣襟上统共只扣了两个纽襻。光着腿赤着脚,穿着麦草编的凉鞋,手里拿着芭蕉扇,两只手搓了扇子柄消遣。

她笑道:"无事不登三宝殿,李先生,我们向你借东西来了。"杨艳华笑道:"你也慢点开口吧! 人家认识你吗?"她笑道:"唱戏的人天天在台上鬼混,几百只,几千只眼睛全望着他,不熟也熟,李先生一定知道我是胡玉花吧? 这个唱小生的小胖子王少亭,你一定也认得。"说时,她将手上的芭蕉扇倒拿着,把扇子对着王少亭点了几点。那姓王的倒是有点难为情,把一条手帕放在嘴里,将牙齿咬着,两只手拿了手帕的另一端,微微地笑着。李南泉道:"三位小姐,我全认得。要借什么东西呢? 挑我有的吧。"她笑道:"躲起警报来,真是闷得慌,我们想和你借两本小说看看。"李南泉笑道:"有的,不过门锁了,我没法子拿。我太太回来了,让她送到你们家去。"杨艳华道:"那可不敢当,还是我们自己来吧。"李先生正想表示着拒绝,可是一回头,就看到奚太太在隔壁屋子走廊下微笑,便表示了不在乎的样子,因道:"那也好。我太太最喜欢看小说,书都堆在书架子上,你们自己来挑吧。"杨艳华笑道:"解除了警报,我们照样要唱戏的……"她还没有把话说完,却有一种很粗暴的声音,叫道:"杨艳华,你好安逸,在这里躲警报呢。"她"哟"了一声,笑道:"刘副官,也走到这儿来了?"说着话,她就带着两个女伶,走上溪对岸山路上去了。

　　那个刘副官就站在路头上等她。他穿了件蓝绸短袖衬衫，腰上的皮带，束着一条黄色咔叽裤衩，下面光着半截腿子，踏了双紫色皮鞋。头上盖着笆斗式的遮阳帽，手里拿了根乌漆刻字手杖。这是在重庆度夏最摩登的男装，手中不方便的人是办不到的。李南泉老远地看了这家伙一眼，觉得他派头十足，就打算暂过屋角去，避开了他。却听到他大声道："那不行呀！我的客都请好了，你若是不到，你赔我酒席钱。"杨艳华站在他身边，像是做哀告的样子，还听到她用很柔和的声音道："刘副官，你得原谅我。我决不能平白无事地不唱戏。我若是唱完了戏再到公馆里去，那又太晚了。"刘副官道："不唱戏要什么紧！那一晚上的戏份，算我包了就完了。"李南泉听了这话音，分明是杨艳华在受着压迫。虽是没有力量给她解围，说也奇怪，立刻一阵无名火起，两只脚再也走不开去，就睁着眼向对面山麓人行路上望着。见那刘副官拿起粗手杖，像发了疯似的，乱刷着山上的长草，抽得长草呼呼作响。他道："没有错，你来就是。一场牌，那不就给你赢个万儿八千的，你还怕不够你的戏份？你们唱一晚戏，能卖多少张票？"杨艳华道："倒不完全是戏票问题。"说到这里，她的声音就小了。李南泉在这遥远的地方，就听不清楚。不过看她站在那里的姿势，仿佛是向刘副官鞠着躬。那刘副官依然是拿了手杖，向山草上扫荡，那气焰是非常嚣张的。

　　这就听到那唱花旦的插言道："艳华，就是那么说吧。我们明天一路到刘公馆去就是了。刘副官的面子，那有什么话说。"那刘副官拿了手杖把的钩子，将手杖在空中舞着个圈圈，又顺手掀了那帽子，向后脑勺子挂着，挺了胸道："我反正是这样预备下了，就看你杨老板赏脸不赏吧。"说着，他大开着脚步，向山口上走了去。这三个女戏子，站在路头上，对了刘副官的后影，有点出神。随后她们集合在一处，叽叽咕咕地说着。李南泉站在走廊上，遥遥地对她们望着。杨艳华正回过头来向这里偷看，看到了他，就悄悄地点了两下头，李南泉抬起手来，指了指自己的鼻子，她和两个同伴，都点了几点头，那意思是叫他过去。女人的招呼，是有决定性的作用的。她三人这样的招呼了，李南泉就不能不迎了上去。胡玉花不等他走

巴山夜雨

近,便道:"李先生,你看这事是不是岂有此理?那老刘硬叫我们放了戏不唱,让我们去陪他们打牌。这简直是叫条子的玩意……"杨艳华瞪了她一眼,拦着她道:"你还怕人家不知道,站在路上就这样大声疾呼,什么话你都说得出来。"胡玉花道:"本来是嘛!你以为人家把我们抓了去了,还把我们当上宾吗?"李南泉还不曾答言,却有人插言道:"谁请胡老板去当上宾?我们请过两三次,都请不到。"回头看时,正是今天早上要躲开的那个游击商人老徐。

虽然这个时候,在重庆穿西装,已是第一等奢侈生活,可是这位徐老板,倒是穿着一套挺括的拍力司米色衣服。胸前飘着白底红花的漂亮领带。只是他瘦得像只猴子似的,满脸的烟容,两只眼睛落下两个大框子,鼻子高耸起来,上下嘴唇都各自缩着,露出里面两排马牙齿。这一看之下,心里就发生了一种厌恶,便向他点了两点头。老徐倒是表示更为亲热,老早地伸出手来为礼。李南泉只好和他握了一握,说了声"好久不见"。老徐笑道:"老兄,我今天找你两回了,不是来追刘副官,今天又碰不着。"李南泉不愿他把所要说的话说下去,因道:"你要找刘副官,你就赶快追上去吧。他也是刚刚走的。"老徐笑道:"我们刚才在一处的,我晓得。我们现时正做一桩买卖。不是警报我们就进城了。不久,我要到衡阳去一趟,若是交通便利的话,我还走远一点。老兄要什么东西,我可以给你带一点回来。"李南泉笑道:"我什么也不要。我倒有些东西要你带出去。"老徐愕然道:"是金子吗,还是关金?这些东西,带起来都很便利。"李南泉将手拍了身穿的一件旧蓝布大褂道:"你看我这么一副穷相,会有金子关金吗?我要你带去的,是几句闲话。你可以告诉前方人士,大后方虽然让敌机炸得很凶,虽然有人发国难财,可是大多数的国民,他们还是坚持着抗战到底。"

老徐听他说的是这种话,既觉得迂腐,又觉得扯淡,便微笑道:"我们做商人的,哪里管这些国家大事,你还是和我谈谈生意经吧!"李南泉说了句"隔行",转身就要走开。那老徐比他更快,一把将他衣袖扯住,笑道:"你别忙,我要和你说的话,还没有说呢。我前次托你的一件事,怎么样?这在你是不费什么力的。"李南泉沉着脸子道:"老板,你不是自己说了吗?你是商人,你不管国家大事。当新闻记者的人,正和你相反,国家大事要管,国家小事也要管。你要一个新闻记者的名义,人家凭什么给你这个国家大小事全不管的人?"老徐笑道:"我上了当。原来你先绕一个弯子说话,把我的嘴堵上。可是你要晓得,我要一个新闻记者名义,我并没有要报馆里给我薪水,它无非是一张秀才人情。我若有工夫,也可以把前方的新闻寄了来的。"南泉摇着头淡笑道:"这些话都不必去提它。记者这名义不值钱,你何必去要?值钱,人家又岂能白给?"那老徐被他的话问窘了,正不好再说什么,却听到半空"呜呼呼"又是一阵警报器发声。杨艳华一手拉了胡玉花,一手拉了王少亭,也是转身就走,口里还道:"紧急警报来了,走吧!"老徐放开了李南泉,伸长了两手,在路上一拦,笑道:"不要害怕,这是解除警报。"听了这话,大家都静静地偏了头向半空里听了去。那警报声,果然呜呜地拖着长响,并没有吱呀吱呀地转弯。杨艳华更是内行,在警报器一响的时候,她就抬起手表来看了一看。看到长针走了两分半钟,而警报器声还在长空呜呜地响着,便踢着足笑道:"好了好了,解除解除。"

第三章　斯文扫地

这让老徐说准了,笑道:"我说不用着急吧? 走,我们下山坐茶馆去。"胡玉花将嘴一噘,头又一扭道:"你怕我们这唱花旦的孩子,还不够招摇撞骗的,还要坐茶馆去卖相呢。"杨艳华皱了眉道:"你这嘴实在是没有一点顾忌,什么话都说得出来,真是糟糕。"老徐笑道:"你们在台上不怕人看,在台下就怕人看吗?"杨艳华道:"真的,我要和李先生借几本小说书看。你在那里喝茶,回头我就来,我也正有事和你商量。"老徐眯了眼,笑着将马牙齿全露了出来,点着头道:"我恭候不误。"杨艳华对于他的话,根本没有加以理会,转身就向山坡下面走。这里一条路,直通木板桥上去,这是通到李南泉家里去的。他站在路头上踌躇了一会子,却没有跟着走。她到了那屋子走廊上,看到李先生不曾下来,就回转身来,向他招着手笑道:"你来呀,我等着你呢。"李南泉笑道:"请你等一等,解除了,我得去到洞子里去接我太太。真是对不起,请你在走廊上等一下。那里不也是很阴凉的吗?"他这样说着,才转回身去,却看到太太衣服上,沾了许多污泥,一手提着布包袱,一手牵着小玲儿,脸上现出十分疲倦的样子,已是悄悄地站在身边。她微笑着道:"你有先知之明,知道今日敌机不会来,在家里招待上宾。"李南泉要说什么,看那三位坤伶,都站在走廊上望着自己。若不辩白吧,这又实在是一桩冤枉,因笑道:"我正要去接你呢! 你倒是回来了。"

李太太笑道:"你还是招待客要紧。天天跑警报,你接过我几回?"李先生觉得夫人这话,充分地带着酸味。所幸她说话的声音很低,倒未必为杨艳华所听见,只好不作声。那杨小姐倒毫不介意,在走廊上说了句"李太太回来了",就迎接过来。她看到李太太牵着小玲儿,又提了包袱,便笑道:"李太太,你是太累了。警报真是害人。"说着,人已走近。李太太点着头笑道:"失迎得很,难得来的,坐会儿吧,咱们聊聊天。咱们这北平妞究竟说得来。"杨艳华蹲下地去,两手搂着小玲儿,笑道:"你认不认得我?"小玲儿将手摸了摸她的小辫子,笑道:"我怎么不认得你?你是杨艳华。那个是胡玉花,那个是王少亭。"说着,她把小手指着走廊另两个坤伶。李太太笑道:"这孩子没大没小,叫姨妈。"杨艳华笑道:"这小妹妹真有意思,李先生常带她去听戏。小妹妹,你会不会唱?"小玲儿将两只小手摸了杨小姐的脸,笑道:"我会唱苏三。"说着,将右手比了个小兰花形,头一扭,扭得童发一掀,她学着小旦腔唱道:"苏三离了红的县,将身来在大姐前。"①李南泉拍着手哈哈大笑。小玲儿指着她爸爸道:"哼!唱对了,你就笑。今天晚上,该带我去听戏吧?"

　　李南泉道:"好的,你拜杨姨做老师。"杨艳华牵着她的小手向家里引,笑道:"拜我做老师,别折死我。这孩子挺聪明的,别跟我们这没出息的人学,好好念书,做个女学士。实不相瞒,我还想拜李太太做老师呢。老师,你收不收我这个唱戏的做学生?"说时,回过头来望着李太太。这句话说得李太太非常高兴,她笑道:"杨小姐,你说这话,就不怕折死我吗?就是那话,都是天涯沦落人,相逢何必曾相识,咱们交个朋友,这没有什么。"她在高兴之余,赶快在身上掏出了钥匙,将门开着,把三位女宾引了进去,那王嫂也提着包袱,引着孩子回来了。李太太笑道:"快烧开水吧。"杨艳华道:"逃警报回来,怪累的,休息休息,别张罗。"李太太道:"我们是没什么招待,只好是客来茶当酒。"胡玉花向同伴笑道:"李太太是个雅人,你看她,全是出口成章。"李太太笑道:"雅人?雅人的家里,会搞得像鸡窝一样?我也是无聊,近来日子长,常跟着我们这位老师念几句旧诗。"说着向李南泉笑着一努嘴。杨艳华笑道:"李先生,你们府上是反串《得意缘》,太太给先生做徒弟的。"他笑道:"家庭的事,你们做小姐的人是不知道的。我有时照样拜太太做老师。"他说着话,正在把太太躲警报的东西,一样样地向后面屋子里送。那个唱小生的王少亭,倒是不大爱说话的人,看了只是抿嘴微笑。杨艳华道:"你笑什么?"她低

---

① 京剧《女起解》原词为:"苏三离了洪洞县,将身来在大街前。"此处系小孩咬字不准,唱错了。

巴山夜雨

声笑着道:"你这才应该学着一点吧!你看李太太和李先生的爱情是多么浓厚。"

这轻轻的言语,恰恰女主人听到了,她笑道:"这根本谈不上,我们已是老夫老妻,孩子一大群。"她说着话时,将靠墙桌上反盖着的几只粗瓷茶杯,一齐顺了过来。杨艳华道:"你还是别张罗,我们马上就走。来此并无别事,和您借几本小说书看看,料无推辞的了。"李太太笑道:"杨小姐三句话不离本行,满口戏词儿。"她笑道:"真是糟糕,说惯了,一溜就出了嘴。有道是……"她立刻将手蒙了嘴,把话没说下去。胡玉花笑道:"差不点儿,又是一句戏词。"于是大家全笑了。李先生在里面屋子里,也笑了出来。李太太在一种欢愉心情下,指着竹制书架子笑道:"最下那一层堆着的,全是小说,三位小姐自己拿吧。"杨艳华先道了声谢,然后在书架子上挑好了两套书放在桌上。因道:"李太太,我绝对负责,全书原样归还,一页不少。"李太太笑道:"少了也不要紧,咱们来个交换条件,你把《宝莲灯》给我教会。"杨艳华道:"这还成问题吗?只要你有工夫,随便哪天,您一叫我我就来。"李先生笑道:"杨老板,你若给我太太说青衣①,你得顺便教给我胡子②。太太玩票,我有一个条件,就是不和别人配戏。"李太太笑道:"你听听,他可自负得了不得,我学戏是专门和他当配角的。"胡玉花摇摇头道:"那倒不是,李先生是怕人家占去了便宜。其实那是无所谓的。我们在台上,今天当这个人的小姐,明天当那个人的夫人,我还是我,谁也没沾去我一块肉。怕人家占便宜就别唱戏,唱戏就不怕人家占便宜。"杨艳华站在一边,只管把眼瞪着她。但是她全不理会,还是一口气要把话来说完。杨艳华将书夹在腋下,将脚微微一顿道:"走吧!瞧你。"胡玉花向李氏夫妇道着"再见",先走了。主人夫妇将三位坤伶送走了,还站在走廊上看她们的背影。那邻居吴教授,敞开了身上的短袖子衬衫,将一条半旧毛巾塞到衣服里去擦汗,口里不住地哼。

李先生笑道:"吴先生可累着了。"他叹了口气道:"俺就是这分苦命,没得话说。"说着,他一笑道,"俺就爱听个北京小妞儿说话。杨艳华在你屋子里说话,好

---

① ② 青衣、胡子,京剧术语,行当名称。

像是戏台上说戏词儿，俺也忘了累了，出来听听，不巧得很啦！她又走了。俺在济南府，星期天没个事儿，就是上趵突泉听京韵大鼓。"吴太太在她自己屋子里插嘴道："俺说，伲小声点儿吧，人家还没走远咧！这么大岁数，什么意思？"吴先生擦着汗，还不住地摇着头，咬了牙笑。李太太道："吴先生这一笑，大有文章。"他笑道："俺说句笑话儿，她都有点儿酸意。李太太，你是开明分子，唱戏的女孩子到你府上来，你满不在乎。"李太太还不曾答言，隔壁邻居奚太太走过来了。她头上扎了两只老鼠尾巴的小辫子，身上新换了一件八成旧的蓝花点子洋纱长衫。光着脚，踏着一双丈夫的漆皮拖鞋，滴答滴答，响着过来，像是刚洗过澡的样子。她笑道："李太太是老好先生，我常要打抱不平，她是受压迫的分子。"李先生抱着拳头拱拱手笑道："高邻！这个我受不了。当面挑拨，我很难说话。奚先生面前，我也会报复的。"奚太太将头一昂道："那不是吹，你报复不了。老奚见了我，像耗子见了猫一样。"那位吴先生在走廊那头，还是左手牵着衬衫，右手拿着毛巾擦汗，又是咬着牙，拈着花白胡桩子笑。奚太太立刻也就更正着道："也并不是说他怕我。我在他家做贤妻良母，一点嗜好都没有，他不能不敬重我。"

李太太笑着，并不曾答一句话，转身就要向屋子里走。奚太太抢着跑过来几步，一把将她的衣服抓住，笑道："老李，你为什么不听我的话。不要紧，我们妇女们联合起来。"她说时，把左手捏了个拳头举了一举。李太太被她扭住了，可不能再置之不理，因站定了笑道："你说的话，我完全赞同。不过受压迫，倒也不至于。我们两口子，谁不压迫谁。唯其是谁不压迫谁，半斤碰八两，常常抬杠。"奚太太随着她说话，就一路走到她屋子里去。李南泉将两手背在身后，还是在走廊上来回地走着。吴先生向他招了两招手，又点点头。李先生走了过去，吴先生轻轻道："这位太太，锐不可当！"李南泉笑道："那倒没有什么。躲了大半天的警报，早上一点东西没吃，而且每天早上应当灌足的那两杯浓茶，也没有过瘾。"他正说到这里，用人王嫂，一手端了一碗菜，走将过来，笑道："就吃晌午了，但是没有啥子好菜。"李先生看时，她左手那碗是黄澄澄的倭瓜块子，右手那碗，是煮的老豌豆，不过豌豆上铺了几条青椒丝，颜色倒是调和的。他正待摇摇头，大儿子小白儿，拿了

巴山夜雨

一张钞票,由屋子里跑了出来,便叫住道:"又跑,躲警报还不够累的。"小白儿望了父亲道:"这又怪人,妈妈说,老倭瓜你不吃的,老豌豆又不下饭,叫我去给你买半斤切面来煮得吃。还有两个鸡蛋呢。"

李南泉心里荡漾了一下,立刻想到太太对奚太太这个答复,实在让人太感激了。他怔了一怔,站着没有说出话来。小白儿道:"爸爸,你还要什么,要不要带一包狗屁回来?"吴春圃还在走廊上,笑道:"这孩子不怕爸爸了,和爸爸开玩笑。"李南泉笑道:"他并非开玩笑,他说的狗屁,是神童牌纸烟的代名词。"因向小白儿道:"什么也不用买,你回去吃饭。刚刚由防空洞里出来,又去上街。"小白儿踌躇了一会子,因道:"钱都拿在手上,又不去买了。"李南泉道:"我明白你的用意,一定是你妈答应剩下的钱给你买零嘴吃,你不用跑,那份钱还是给你。进去吃饭吧。"小白儿将手上的钞票举了一举道:"那我拿去了。"说毕,笑着一跳,跳到屋子里去了。李先生站在走廊上,听到奚太太在屋子里唧里呱啦地谈话,便来回地徘徊着,不肯进去。奚太太在屋子里隔了玻璃窗,看到他的行动,便抬着手招了两招,笑着叫道:"李先生,你怎么不进来吃饭?你讲一点男女授受不亲吗?"他没法子,只好进屋子去。太太带了孩子,已是围了桌子吃饭。奚太太伏在小白儿椅子背上,看了大家吃饭,笑道:"李先生,你这样子吃苦,是你当年在上海想不到的事情吧?"李南泉道:"这也不算苦。当年确曾想到,想到的苦,或者还不止是这样。但那并没有关系。怎么着也比在前线的士兵舒服些。你看对面山上那个人。"说着,他向窗子外一指。

大家向窗外看时。见一位穿蓝布大褂,架着宽边眼镜的人,从山路上过去。他左手提着一只旧麻布口袋,右手提着一只篮子,走了一截路,就把东西放在路边上,站在路头,只管擦汗。李太太道:"那不是杨教授?"李南泉道:"是他呀!我真同情他,自己五十多岁了,上面还有一位年将八旬的老母,下面是孩子一大堆。他挣的薪水,只够全家半月的粮食。他没法子,让太太上合作社,给人做女工缝衣服。两个大一点的孩子,上山砍柴,回家种菜。他自己是到学校扛平价米回家。为了省那几个脚力钱,把自己累成这个样子。你看,那篮子里,不就是平价米?"奚太太道："这个我倒知道,这位杨教授,实在是阿弥陀佛的人,穷到这样,他没有和亲戚朋友借过一回钱。上半年,他老太太病了,他把身上一件羊皮袍子脱下来,叫他的孩子,扛到街上卖。自己出面,怕丢了教授们的脸,不出面,又怕孩子们卖东西,会上人家的当,自己穿件薄棉袍子,远远地站在人家屋檐下看着。我实在不过意,我送了一点东西,给他老太太吃。"李南泉道："奚太太是见义勇为的人,你送了他什么呢?"奚太太踌躇了一会子,笑道："那也不过是给他一点精神上的安慰罢了。"说到这里,正好她最喜欢的小儿子,站在门口,插言道："那回是我去的。妈妈装了一酒杯子白糖,还有两个鸡蛋。"奚太太道："胡说,一酒杯子?足足有三四两呢。快吃饭了,回去吧!"说着,她牵着孩子走了。

李先生站在桌子边,不由得深深地皱起眉头子。太太道："叫孩子买面煮给你吃,你又不干;吃饭,嫌菜太坏。我说,你这个人真是别扭。"他半鞠着一个躬笑道："太太你别生气,我们成日成夜的因小误会而抬杠,什么意思?"李太太把双竹筷子插在黄米饭里,两手扶了桌沿,沉着脸道："你是狗咬吕洞宾,不知好歹。奚太太一走,你就板着那难看的面孔。她无论说什么,我也没有听一句,你生什么气?"李先生笑道："言重一点儿吧?太太!不过,这句骂,我是乐于接受的。这是《红楼梦》上姑娘们口里的话。凭这一点,我知道你读书大有进步,所以人家说你出口成章。但是你究竟是误会。刚才,也许是我脸色有点不大好看。你要知道,那是我说她夸张得没有道理。送人家一酒杯白糖,两个鸡蛋,这还值得告诉邻居吗?你为人可和她相反,家里穷得没米下锅,只要人家开口,说不定你会把那口锅送人。你是北平人说的话,穷大手儿。"李太太的脸色,有点和缓过来了,可是还不曾笑。李先生站在屋子中间,躬身一揖,操着戏白道："卑人这厢有礼了。"李太太软了口气,笑着扶起筷子来吃饭,摇摇头道："对付你这种人,实在没有办法。"吴教授在外插言笑道："好嘛!你两口子在家里排戏了。"李先生笑道："我们日夜尽抬杠,我不能不装个小丑来解围。"说着,走出门来,见吴先生扣着衬衫纽扣,手下夹了条扁担,向走廊外走。那扛米的杨先生在隔溪岸上道："咦,居然有扁担。"吴先生举着扁担笑道："现在当大学教授,有个不带扁担的吗?"

巴山夜雨

　　李南泉笑道："吴先生这话，相当幽默。"他笑道："俺也是套着戏词儿来的，《双摇会》①里的高邻，他说啦，劝架有不带骰子的吗？"他说着，那是格外带劲，把扁担扛在肩上。那位扛米的教授，倒还不失了他的斯文一派，放下米袋米篮子，就把卷起的蓝布长衫放下，那副大框子老花眼镜，却还端端正正架在鼻梁上。他向吴先生拱了两拱手笑道："不敢当！不敢当！"吴教授道："赶上这份年月，咱不论什么全要来。"说着，操了句川语道，"啥子不敢当？来吧？"说着，把扁担向口袋里一伸，然后把那盛米的篮子柄，也穿着向扁担上一套，笑道："来吧？仁兄，咱俩合作一次，你是子路负米，俺是陶侃运甓。"那位杨教授弯着腰将扁担放在肩上。吴先生倒是个老内行，蹲着两腿，将肩膀顶了扁担头，手扶着米袋。杨教授撑起腰之后，他才起身。可是这位杨先生的肩膀，没有受多少训练，扁担在蓝布大褂上一滑，篮子晃了两晃，里面的米，就唆的一声，泼了不少在地面。吴教授用山东腔连续地道："可糟咧糕啦！可糟咧糕啦！放下吧，放吧，俺的老夫子。"杨教授倒是不慌不忙蹲着腿，将担子歇下。回头看时，米大部分泼在路面石板上，两手扶了扶鼻梁上的大框眼镜，拱着拳头道："没关系，没关系，捧到篮子里去就是了。"吴春圃道："不行，咱脑汁同血汗换来的平价米，不能够随便扔了。"他看到李南泉还在走廊上，这就抬起手来，向他招了两招笑道："李兄，你也来，大家凑份儿热闹。我知道你家买的有扫帚，请拿了来。"

　　李南泉也是十二分同情这位杨教授的，说了声"有的"。在家里找着那把扫帚，立刻亲自送到隔溪山路上来。杨先生拱了两手长衫袖子，连说了几声谢，然后才接过扫帚去。吴先生笑道："李先生，还得你跑一趟。没有簸箕，这米还是弄不起来。"杨先生弯下腰去，将左手先扶了一扶大框眼镜，然后把扫帚轻轻在石板拭着，将洒的零碎米，一齐扫到米堆边，一面摇着头道："不用不用，我两只手就是簸箕，把米捧到篮子里去就是。"吴春圃笑道："杨先生，你不行，这样斯斯文文的，米在石头缝里，你扫不出来。"李南泉因他说不用簸箕，并未走开，这就笑道："这就

---

① 《双摇会》为京剧剧名。

叫斯文扫地了。"这么一提，杨、吴两个恍然大悟，也都哄然一声笑着。杨先生蹲在地面，他原是牵起长衫下襟摆，夹在前面腿缝里的。他笑得周身颤动之后，衣襟下摆，也就落在地上。吴教授笑道："仁兄这已经够斯文扫地的了，你还要把我们这大学教授一块招牌放到地下去磨石头。"杨先生看了这泼洒的米，除了中间一堆，四处的零碎米粒，在人行路的石板上，占了很大的面积。若是要扫得一粒不留，那就不知道要扫起好多灰土来。这就把扫帚放下，两手合着掌，将小米堆上的米粒捧起，向篮子里放去。恰是这路面上有块尖嘴石头，当他两手平放了向米堆上捧着米的时候，那石尖在他手背上重重划了一下，划出一道很深的血痕。

李先生道："出血了，我去找块布来，给你包上吧！"杨先生道："没关系，流点汗，再流点血，这平价米吃得才够味。"说着，他在衣袋里掏出一条成了灰色的布手绢，将手背立刻包扎起来，站起后扶着扁担，向吴先生道："不到半升米，牺牲了吧！不过我们的血汗，虽不值钱，农人的血汗是值钱的。一粒米由栽秧到剥糠壳，经过多少手续。你家不是养有鸡吗？你可以吩咐你少爷，把家里鸡捉两只来这里吃米。不然这山路上的人来往地踩着，也作孽得很。"吴春圃道："你这话有理之至。就是那么办。"李南泉笑道："那我还要建议一下。既然这粮食是给鸡吃的，就不怕会扫起了沙土，你两位可以抬米走。我来斯文扫地一下，把这米扫起。用簸箕送到吴先生家里去。这点爱惜物资的工作，我们来共同负担。"吴先生笑道："那么，我家的鸡，未免不劳而获了。"李南泉笑道："它有报酬的。将来下了鸡蛋，你送我两个，这斯文扫地的工作，就没有白费了。"于是三位先生哈哈一笑，分途工作。李南泉在家里找了簸箕来，把米扫到那里面去。正是巧得很，就在这个当儿，城里来了四位嘉宾。两男两女，男的是穿了西服，女的是穿了白花绸长衫，赤脚蹬着漏花帮子高跟皮鞋，她们自然是烫了发，而且是一脸的胭脂粉。两位男士，各撑着一柄花纸伞，给女宾挡了阳光。李南泉并没有理会，拖着身上的旧蓝布长衫，继续在扫地。其中一位女宾，咦了一声道："那不就是李先生？"

李先生回头看时，手提了扫帚站起来，点着头笑道："原来是金、钱两位经理！这位是金夫人，这位是……？"他说着，望了后面一位穿白底红花绸长衫的女人，再点了个头。后面那位穿法兰绒西服的汉子笑道："这位是米小姐,慕名而来。"李先生道："不敢当,金、钱二位,要到茅舍里坐坐吗?"那位金经理,是黄黑的面孔,长长的脸,高着鼻子,那长长的颈脖子,在衬衫领上露出肉来,也是黑的,和他那白哔叽西服,正是相映成趣。在他的西服的小口袋里,露出了一串金表链,黄澄澄的,在他身上添了一分富贵气,也就添了一分俗气。他笑道："老钱,我们不该同来。我们凑在一处,恰好是金钱二字,乐得李先生开我们的玩笑。"钱经理笑道："那也好,金钱送到李先生家里去,给李先生添点彩头。"李先生将扫帚向隔沟的草屋一指,笑道："那就请吧!"说毕,他依然把地下那些碎米,扫到簸箕里去。两手捧着扫帚簸箕,在前引路。那米小姐和金太太对于慕名来访的李先生,竟是一位自己扫米的人,不但失望,还觉有点奇怪,彼此对看了一下。李先生倒没有加以理会,先将米送到吴家去,然后引了四位嘉宾进屋。李太太将孩子交给王嫂带走了。自己也是在收拾饭后的屋子,舀了一木盆水,揩抹桌凳。看到两位西装客,引两位摩登女人进来,透着有点尴尬,便点着头笑道："请坐请坐,我们是难民区,不要见笑。"

女人是最爱估量女人的。这两位女宾对女主人也看了一看。见她苗条的个子,穿件旧浅蓝布长衫,还是没有一点皱纹;脸上虽没有抹上脂粉,眉清目秀,还不带乡上黄脸婆的样子。和这位拿扫帚的男主人显然不是一个姿态。将首先不良的印象,就略微改善了一点。那位金经理夫人,说口上海普通话,倒是善于言词的,点着头道："我们是慕名而来,来得太冒昧了。"李南泉对于他所说,根本不能相信。他心里猜着两件事:第一,他们想在此地找间房子避暑带躲警报。第二,他们在买卖上,有什么要利用之处,自己又是最怕这类国难富商的,也就只得含糊着接受这客气的言词,分别让着来宾在竹椅旧木凳上坐下,先笑道："对不起,我不敢给客人敬纸烟。因为我的纸烟,让我惭愧得拿不出来。"金先生笑着说声"我有我有",就在西服怀里,把镶金扁平纸烟盒子取出。他将手一按小弹簧,盒子盖儿自开,托着送到主人面前,笑道："来一支,这是香港货,最近运进来的,还很新鲜。"主人接过烟,钱先生就在身上掏出了打火机,来给点烟。主人答道："当然这也是香港来的了。我很羡慕你们全身都是香港货。"钱先生道："像李先生这样的文人,又不当公务员,最好就住在香港,何必到重庆来吃苦。而且是成天躲警报,太犯不上。"

李南泉点着头笑道："你这话是对的,不过这也各有各的看法。大家看着香港是甜,重庆是苦;也许有人认为重庆是甜,香港是苦;就算重庆苦吧！这苦就有人愿意吃。比如苦瓜这样菜,也有人专爱吃的,就是这档子道理。"李太太听他说到这里,恐怕话说下去,更为严重,这是人家专诚拜访的人所受不了的,便插嘴笑道："其实我们也是愿意去香港的,可是大小一家人,怎么走得了？老早是错过了这个机会,现在也就不能谈了。你们府上住在哪里？金太太,有好的防空洞吗？"她故意把话闪开。金太太道："我们住在那岸,家里倒是有个洞子,不过城里受炸的时候,响声还是很大。这些时候,空袭只管加多,我们也有意搬到这里来住个夏天,恐怕房子不好找吧？"李南泉道："的确是不好找。一到轰炸季,这山窝子里的草棚子就吃香了。不过,能多花几个钱,总有办法。大不了自盖上一间,当经理的人,有什么要紧？金兄,我一见你,就知道你必为此事而来。"金经理口角里衔着纸烟,摇了两摇头,笑道："你没有猜着。至多你也只猜着了一半。"说着,将下巴颏向钱经理一仰,接着道："他二位喜期到了,有点事求求你。"那钱经理是张柿子脸,胖得两只小眼睛要合起缝来。听了这话,两片肉泡脸上,笑着向上一拥,看这表情里面,很是有几分得意。

李南泉笑道："原来如此,那我叨扰一杯喜酒了。有什么要兄弟效劳的吗？"金经理道："为了避免警报的麻烦,他们决计把礼堂放在乡下。钱先生、米小姐都是爱文艺的人。打算请你给他们写点东西放在礼堂上,而且还要托李先生转求文艺界朋友,或者是画,或者是字,各赐一样,越多越好。除了下喜帖,恭请喝一杯喜酒,一律奉送报酬;报酬多少,请李先生代为酌定。我们的意思,无非是要弄得雅致一点。"李南泉笑道："这倒是很别致的。不过……"那钱经理不等他说完这个转语,立刻抱了两只拳头,拱了几下手,笑道："这件事,无论如何,是要李先生帮忙的。"金经理又打开了烟盒子向主人翁反敬了一支纸烟,然后笑道："这是有点缘故的,人家都说做商人的,离不了俗气,我们这就弄点雅致的事情试试。"李南泉对这两位商人看看,又对这两位摩登妇人看看,觉得在他们身上,实在寻不出一根毫毛是雅的,随着也就微笑一笑。钱经理还没有了解到他这番微笑是什么意思,便道:"李先生觉得怎么样?我以为文人现在都是很清苦的,提倡风雅的事,当然有些力量不足,我们经商的人有点办法,可以和文化界朋友合作。"李南泉点点头道:"钱先生的思想,高雅得很。不过文人不提倡风雅,不光是为了穷,也有其他的原因。"说到这里,钱先生向金先生使了个眼色,金先生了解了,就回复他,点了一点头。

这时,钱先生就站起来,在他身上摸出了一卷钞票,估量着约莫四五百元,在这个时候,这是个惊人的数目。因为米价一百五十元一老斗(新秤四十二三斤);猪肉卖十几块钱一斤。李先生每月的开支,也就不过是五六百元。平常很少有一次五六百的收入。一见他掏出这么一笔巨款,已知道他是要着商人的老套了,且不作声,看他说些什么。钱先生将钞票放在临窗的三屉桌上,因笑道:"这点款子,我们预备了做润笔的。我们除了李先生,就不认得文艺界朋友,请你给我代约一下。这里面有一半,是送给李先生做车马费的,也请你收下。"李先生摇着头道:"钱先生要这样处置,这件事我就不好办。诚然,我和我的朋友,全是卖文为活的;可是收下你的钱,再送你的婚礼,这成什么话?"金经理笑道:"这个我们也考虑过了。你是我们的朋友,请你送副喜联,或者写个贺屏,至多我们自己预备纸就是了,可是其他要李先生代约的人,并不认识钱先生是谁,他没有送礼的义务。于今纸笔墨砚,哪一样不贵?怎好去打了人家的秋风?"钱先生也点了头道:"这谈不上报酬,只是聊表敬意。不然,李先生代我们去找一点字画,是请人家向我这不相识的人送礼,也是很难启齿的吧?你只当代我收买一批字画,不是凑我的婚礼,这就很好处置了。"李南泉想了一想,因道:"但我们那一份,我不能收,请你为我人格着想。"

李先生这种表示,首先让两位女宾感到诧异。他拒绝人家给钱,竟把人格的话也说出来。难道他穷得住这样坏的茅草屋子,竟是连这样大的一笔款子都会嫌少？李南泉正坐在她们对面，已是看到她们面部一种不赞同的表情，继续着道："我虽也是卖文为活，可卖的不是这种文；若是卖文卖到向朋友送礼也要钱，那我也不会住这样的茅草房子了。"他说话的时候，淡笑了一笑。钱先生看他的样子，那是充分的不愉快。拿钱给人，而且是给一位拿扫帚在大路扫米的人，竟会碰了他一个钉子，这却出乎意料。因望着金先生笑道："这事怎么办？"金先生道："李先生为人，我是知道的，既然这样说了，绝不能勉强。不过要李先生转请的人，似乎不能白白地要求。"他说话时，抬起手来，摇摇耳朵沿，又摇摇鬓发，似乎很有点踌躇。李南泉笑道："那绝对没有关系，现在虽说是斯文扫地，念书人已是无身份可言了，可书呆子总是书呆子，不大通人情事故。凭我的面子也许可以弄到两三张字画，若是拿钱去买，那不卖字画的，他永久是不卖，卖字画的，那就用不着我去托人情了。"金先生笑道："好的好的，我们就谨遵台命吧。在两个礼拜之内，可以办到吗？因为钱、米两位的喜期已是不远了。"

李南泉笑道："就是明天的喜期，至少我这一份误不了事。"钱经理表示着道谢，和他握了一握手。回头向金先生道："那我们就告辞吧。"金经理懂得他的意思，拿起放在竹几上的帽子，首先就走。其余三人跟着出来。李先生左手抓住钱经理的手，右手把桌子角上的钞票一把抓起，立刻塞在他的口袋里，因笑道："钱兄这个玩不得，我们这穷措大家里，担保不起这银钱的责任。"钱经理要把钞票再送进门来，李南泉可站在门口，把路挡住了。他便笑着叫道："老金，李先生一定不肯赏脸，这事怎么办？"姓金的摇摇头笑道："我们是老朋友，李南翁，就是这么一点书生脾气，你就由着他吧。"姓钱的站在走廊上踌躇了一会子，向主人笑道："简直不赏脸？"李南泉道："言重言重。反正我一定送钱先生一份秀才情的喜礼就是了。"那姓钱的看看主人翁的脸色，并没有可以通融的表示，料着也不宜多说废话，这就笑道："好吧，恭敬不如从命。我们在此地还要耽搁两天，明日约李先生李太太下山吃回小馆，这大概可以赏脸吧？"李南泉抬头看了看茅檐外的天色，因点着头道："只要不闹警报，我总可以奉陪，也许是由兄弟来做个小东。"金钱两位总觉得这位主人落落难合，什么也不容易谈拢来，也就只好扫兴告辞而去。

巴山夜雨

李太太对于这群男女来宾,知道非先生所欢迎,根本也就没有招待。客都走远了,见李先生还是横门拦着,便笑道:"你怕钱咬了手吗?你既是这样把钱拒绝了,他还会送回来吗?看你这样子,要把这房门当关口。"李南泉这才回转身来,笑道:"对不起,太太。我知道我们家这些时候,始终是缺着钱用。可是这两个囤积商人的钱,我没有法子接受。"李太太道:"我并不主张你接受这笔钱。不过你的态度上有些过火。你那样说话,简直让来人下不了台。你不会对人家说得婉转一点吗?"李南泉站着凝神了一下,笑道:"我有什么话说得过火了一点吗?这是我个性不好,不晓得外交辞令的缘故。"李太太笑道:"我又抓你的错处了。我每次看你和女戏子在一起,你就很擅长外交辞令了。"李南泉笑道:"这问题又转到杨艳华身上去了。今天解除警报以后,她们来借书,可是你满盘招待。"他口里这样说着,可是学个王顾左右而言他,要找一个扯开话来的机会。正好吴先生已把抬米的工作做完,肩上扛着一条扁担,像扛枪似的,把右手托着;左手牵着他的衣襟,不住地抖汗。李南泉这就抢着迎了出去,笑道:"今天你可做了一件好事,如其不然,杨先生这一袋和一篮子米。要累掉他半条命。"吴先生满脸是笑容,微摆着头道:"帮朋友的忙,那倒无所谓,我很以我能抬米而感到欣慰,这至少证明我还不老。"

李南泉笑道:"俗话说,骑驴撞见亲家公。今天我就闹了这么一个笑话。当我在大路上扫地的时候,城里来了两对有钱的朋友。"吴春圃笑道:"那要什么紧?咱这分穷劲,谁人不知。"李南泉道:"自然是这样。不过他们笑我穷没关系。笑我穷,以致猜我见钱眼开,那就受不了。"吴春圃摇着头笑道:"没关系。随便人家怎么瞧不起我,我决不问人家借一个铜子儿。笑咱斯文扫地不是?来!咱再来一回。"说着,他很快将扁担放在墙壁下。将阶沿边放的一把旧扫帚,拿起就向门外山溪那边走。吴太太在屋子里叫道:"你这是怎么回事?也不怕个累。抬米没到家,又拿着一把扫帚走了。你还是越说越带劲。一个当大教授的人,老是做这些粗事,也不怕你学生来了看你笑话。"吴先生道:"要说出来,我就是为了你呢。明天早上拢起火来,你总是嫌着没有引火的东西。刚才我由杨先生那里回来,看到路边草地上有不少的刨木皮。用手一摸,还是挺干。扫回来给你引火,那不好吗?小南子,来!把那个小背篼儿拿上,咱爷儿俩合演一出捡柴。"他的第七个男孩子,今年七岁,就喜欢个爬山越岭。这时父亲一嘉奖他要去合演,高兴得了不得。说着一声来了,拉着背篼的绳子,就在地面上拖了起来。四川是山地,不但不宜车子,连挑担子,有些地方都不大合适,所以多用背篼。

背篼这个东西,是下江腰桶形的一个大竹篮子,用竹片编着很大的眼,篮子边沿上,用麻绳子纽两个大环子,将手挽着背在肩上,代了担子用。这里面什么东西全可以放,若是放柴草的话,照例是背篼里面一半,而背篼外面一半。人背着柴草来了,常是高过人头好几尺,像路上来了一只大蜗牛。教授们既是自操薪水之劳,所以每人家里,也就都预备下了背篼。吴少爷的一条短裤衩,裤带子勒不住,直坠到裆下去。上身穿着那件小衬衫,一顺地敞着纽扣,赤了两只脚,跑得地下啪啪作响。吴太太又在屋子里叫道:"爹也不像个爹,儿也不像个儿,这个样子,他带了孩子四处跑。"吴先生满不理会太太的埋怨,接过那背篼,笑嘻嘻地走。他刚一走上那人行路,就遇到隔壁的邻居奚敬平先生由城里回来。他是个有面子的公务员,而且还算独当一面。因之他穿了一套白哗叽的西服,又是一顶盔式凉帽。手上拿了根乌漆手杖,摇摇摆摆走来。他和吴先生正是山东同乡。虽然太太是下江人,比较少来往,但是彼此相见,还是很亲热的。他将手杖提起来,指着他的背篼扫帚道:"你怎么来这一套?"吴春圃将扫帚一举道:"我怕对不起'斯文扫地'这四个字,于今这样办起来那就名实相副了。城里有什么消息?"奚敬平道:"这两天要警戒一点吧。敌人广播,对重庆要大举轰炸,还要让我们十天十夜不解除警报。"

奚敬平一提这消息,早就惹下大片人注意。首先是这路边这户人家,是个小资产阶级,连男带女一下子就来五六个人,站在门口,瞪了大眼睛向这里望着。吴先生道:"管他怎么样轰炸,反正我什么也没有了,就剩了这一副老八字。把我炸死了,倒也干脆,免得活受罪,也免得斯文扫地,替念书的人丢脸。"那大门口站着一位雷公脸的人,穿了一套纺绸裤褂,伸出那枯柴似的手臂,摇着一柄油纸扇子,沉着面色,接了嘴道:"奚先生你亲自听到这广播的吗?"他道:"我也是听到朋友说的,大概不会假。但是敌人尽管炸,也不过住在城里没有疏散的老百姓倒霉。这对我们军事,不会发生什么影响。"那位雷公脸展开扇面,在胸面前微微招了两下,因道:"倒不可以那样乐观。重庆是中枢,若是让敌机连续轰炸十天十夜……"吴先生是个山东人,他还保持着北方人那种直率的脾气。听了这话,他不等那人说完,立刻抢着拦住道:"袁先生,你这话可不能那样说。敌人就是这样的看法,那才会对重庆下毒手。若是我们自己也这样想,那就糟了。随便敌人怎样炸,我们也必须抗着。"他说完了,身子一扭,举着扫帚道,"来吧!小南子。一天得吃,一天就得干。斯文扫地,就是斯文扫地吧。反正咱苦到这般田地,也是为了国家。咱穷是穷,这良心还不坏。"他这几句话,倒不止是光发牢骚,听着的人可有点儿不是味儿了。

第四章　空谷佳人

这位邻居袁四维,是位老官吏,肚子里很有点法律。但在公务员清苦生活环境之下,他看定了这不是一条出路。除了自己还在机关、保持着这一联络而外,他却是经营生意,做一个就地的游击商人。这所村中最好的楼房,也就是用游击术弄来的。对于敌人空袭,在生命一点上,他倒处之坦然;认为放了警报,只要有两只脚存在,就四处可以躲警报。只有这所楼房,却不是在手提箱里可以放着的,只有让它屹立在这山麓,来个目标显然。他就联想到,不闹炸弹则已,若闹炸弹,这房子绝难幸免,现在奚敬平带来的消息,敌人广播要连续炸十天十夜,谁知道敌机要来多少批?所以他听到这消息,却比任何一个人还要着急;不想奚吴两位,都讨厌自己的问话。尤其是吴春圃的话,有些锋芒毕露。他怔怔地站着出了一会神,见两位先生都走了,淡笑了一声骂道:"这两个穷骨头,穷得有点发神经。邻居们见面,大家随便谈天,什么话不可问?你看这个老山东,指桑骂槐,好好地污辱我们一顿。"他是把话来和他太太说的。他太太三十多岁,比丈夫年纪小着将近一半。以姿色而论,这样大的年纪,也就够个六七十分。只是也有个极大的缺点,和丈夫正相反,是个极肥的胖子。尤其是她那个大肚囊子,连腰带胸一齐圆了起来,人像大布袋。在妇女犹自讲曲线美的日子,这实在大为扫兴。

袁太太对于这个缺憾,其初还不十分介意,反正丈夫老了,又没有什么余钱,倒不会顾虑到他会去另找细腰。自从袁四维盖起房子,做起生意来,手下很有富裕。"老"这个字,根本也限制不了他什么行动。因之这袁太太四处打听有什么治胖病,尤其减小大肚囊子的病。她晓得中医对此毫无办法,就多多地请教西医。西医也说对治胖病,没有什么特效药,只是告诉她少吃富有脂肪的东西而已。此外也劝她多劳动,不必吃得太饱,甚至有人劝她少吃水果,少喝水。她倒是全盘接受。除了不吃任何荤菜之外,她吃的菜里,油都不搁。原来的饭量,是每餐三碗,下了个决心,减去三分之二。水果是根本戒绝了,水也尽可能少喝,唯有运动一层,有点办不到,只有每日多在路上散散步。同时,自己将预备的一根带子,每日在晚上量腰两三次,试试是不是减瘦了腰肢。在起初每餐吃一碗饭之下,发生了良好的反应,大肚囊几乎缩小了一寸。可是自己的肠胃,向来没有受过这份委屈。饿得肚子里像火烧似的,咕噜作响。尤其是每餐吃饭时,吃过一碗之后,勉强放下碗来,实在有些爱不忍释。孩子们同桌共饭,猜不到她这份痛苦,老是看到她的碗空了,立刻接过碗去,就给她盛上一碗,送了过来。饿人看到大碗的饭,放在面前,实在忍不住不吃,照例她又吃完了那一碗。

自从这样吃了饭,她于每顿吃一碗饭的戒律,实在有些难守,也就改为每顿吃八成饱了。这样一来,她的体重,随着也就渐渐恢复旧观。好在她量腰的工作,每日总得实行两遍,她在大肚囊子并未超过她所量的限度下,到底对前途是乐观的,自己也落得不必挨饿。这天躲过警报回来之后,早午两顿饭作一次吃,未免又多吃了点,放下了筷子、碗方才想到这和肚皮有关,正是后悔不及,就决定了不吃晚饭。同时,并决定了在山麓人行路上散散步。不想刚到大门口,就遇到了这样一个扫兴的报告。她的丈夫埋怨起吴春圃来,她倒是更有同感,因道:"不要睬他们。我对这些当教授的人,就不爱理会。他们以为是大学教授,两只眼睛长在头顶心里,就不看见别人。其实他们有什么了不得?你若肯教书,你不照样是法律系的教授?"袁四维道:"随他去。好在我们也不会求教他们这班穷鬼。你要不要出去散散步?"袁太太道:"等一下吧,等太阳落到山那边去再说。我们进去吧,那个姓李的来了。"原来他们是和李南泉斜对门住着。他们在门口,正看到李南泉撑了把纸伞,由那山溪木桥上走过来。袁四维却迟疑了一会,直等人家走过了桥,已到这岸,却不便故意闪开,就点了个头道:"这样大的太阳,李先生上街去吗?"他点点头,叹口气道:"没法子,到邮政局里取笔款,明日好过警报天。"

袁四维道:"李先生,你也听到敌人的广播吗?"他笑道:"我有两个星期不曾进城,哪里听到敌人什么广播。"袁四维道:"你怎么知道明天是警报天呢?"李南泉闪到袁家门口一棵小槐树下，将纸伞收了起来，将手抬起，对天画了个大圈圈，因道："你看天上这样万里无云，恐怕由重庆晴起，一直要晴到汉口。我们的制空权完全落到人家手里，这样好的天气，他有飞机停在汉口，为什么不来？"袁四维苦笑了一笑，又伸手摇摇他的秃头，因踌躇着道："李先生也变成了个悲观论者。"李南泉道："我并不悲观，悲观对自己又有什么用处。我觉得是良心不可不保持，祸害也不可不预防。"袁四维道："我倒愿请教。中国到了现在这个地步，有没有挽救的希望？"李南泉道："当然有！若没有挽救的希望，还打个什么仗，干脆向日本人投降。"袁四维正想追问下去，却见李太太将手扣结着那件半旧的洋纱长衫下襟纽扣，赤着脚，穿双布底青鞋子走了过桥。腋下还夹了一把细竹片儿编的土产扇子，便道："李太太陪先生一路上街？"李太太走到面前，笑道："不，我替他去。"因向南泉道："你把那封挂号信交给我吧。这大热天，回头上山来，你又是一身臭汗。"李南泉道："难道你回家就不是一身臭汗？你今天已经上街两次了，这次该我。"李太太道："我还不是早上买菜那一次吗？是我比你年轻得多，有事弟子服其劳吧！"说时，伸着手向李先生要信。

　　李南泉笑道："这又何必客气？你若愿意上街溜溜的话，我们一路去。"那位胖太太看到他们夫妇这样客气，便笑道："你们真是相敬如宾。"李太太笑道："我们住了这样久的邻居，袁太太大概没有少见我们打吵子。"李南泉道："岂止看见？人家也做过好几回和事佬。"李太太摇摇头笑道："这也就亏你觍着脸说。把信拿来吧！回头邮政局又关门了。"李南泉在衣袋里将信交给太太，把纸伞撑着也交给太太，笑道："那我就落得在家里睡一回午觉。假如……"李太太道："不用假如，我会给你带一张戏票回来。今天晚上是杨艳华全本《玉堂春》。"李南泉摇着手道："非也非也。我是说今晚上若不大热的话，我把那剧本赶了起来，大概还有两三千字。管他有没有钱可赚，反正完了一件心事。"李太太并没有和他仔细辩论，撑着纸伞走了。袁四维道："李先生，你太太对你就很好，你们不应该抬杠。"李南泉笑道："她是小孩子脾气，我也不计较。不过她对于抬杠，另外有一番人生哲学，她说夫妻之间，常常闹闹小别扭才对，感情太好了，夫妻是难到头的。这个说法，我只赞成一半。我以为不抬杠的夫妻,多少有点作伪。高兴就要好,不高兴就打吵子,这才是率真的态度。"

这番交代刚是说完,却听到有人叫了声李先生。正是那位家庭大学校长奚太太的声音。回过头去看时,她将一双手撑住了走廊的夹片柱子,笑着点点头。奚敬平脱了西服,踏着拖鞋,在他家走廊上散步,回过头来,也点点头道:"李先生老是在家里?"李南泉道:"这个轰炸季,能不进城就不进城吧。躲起警报来,防空洞里那一份儿罪,不大好受。"奚敬平道:"大概要暑假以后教书你才进城了。"两人说着,就彼此都走到走廊的角上。李先生叹口气道:"教什么书,连来带去的旅费,加上在路上吃两顿饭,非赔本不可。若是来去不坐公共汽车,只买几个烧饼充饥,也许可以教一次书,能够盈余一点钱,可是那又何苦?我的精力也不行了,三天工夫,教六堂课,回来还跑八九十华里的旱路,未免太苦了。"奚先生道:"现在这社会,最现实,找钱第一。我看凭李先生这一支笔,应该有办法。何不到公司里或者银行里去弄个秘书当当。这虽不见得就发了财,眼前的生活问题是可以解决的。"李南泉微笑着没有作声。奚太太道:"李先生清高得很,他官也不做,怎会去经商?"李南泉道:"奚太太你太夸奖了。请问哪家银行行长会认识我?这样找事,那是何不食肉糜的说法。"奚太太道:"他虽然清高,敬平,你该学人家,人家非常听太太的话。"

李南泉摇着手道:"奚太太,这一点我不能承认。你在我太太当面,说她是个被压迫者;在奚先生当面,又说我最听太太的命令;这未免是两极端。"奚太太且不答复他这个反问,顺手在她家对外的窗户台上一摸,摸出一只赛银扁烟盒子,向着李南泉举了一举,笑道:"我是和你谦逊两句罢了,我倒不怕敬平不听我的约束。你看看这只烟盒子,我已经没收了。我说了不许他吸香烟,就不许他吸香烟。他背着我在外面吸烟,那还罢了;公然把烟盒子带回家来,这一点是不可饶恕的,我已经把他的违禁品没收下来了。"她说了不算,还将那烟盒子,轻轻儿地在奚敬平肩膀上敲了一下,接着向李南泉道,"我会告诉你太太,照我这样办。"奚敬平回头看太太,透着有点难堪,便皱了眉道:"原是你叫我学人家,结果,你叫人家学你。"

奚太太道："李先生有一点也可学。就是他自动放弃家庭经济权。挣来的钱，完全交给太太。敬平，我告诉你，这个办法最妥当。你们不看头等阔人，他的经济权完全是交给太太的。这样，他除了做成天字第一号的大官，还让世界上的人叫他一声财神，这就是最好的榜样。"奚先生真觉得太太的话，一点不留地步，也只有把话扯开来，因道："听说那位蔡先生的别墅，花了不少的钱，现在完工了吗？我就没有到山那边去看过。"

李南泉道："为了赶着躲警报，哪有不完工之理？据说那防空洞，赛过全重庆。除了洞子穿过山峰之外，这山是青石山，坚硬无比。洞子里电灯，电话，通风器的普通设备，自不须说；而且里面有沙发，有钢丝床，有卫生设备，防毒设备，有点心柜，有小图书馆。"奚敬平笑道："你这又是写文章的手法，未免夸张了一点。"李南泉道："夸张，也不见得夸张；有钱的人，什么事办不出来？你看过清人的笔记，你看看和珅的家产是多少？和珅不过是官方收入，还并没有做国际贸易呢。其实，一个人钱太多了，反是没有用处的。比如我躲警报，一瓶冷开水，一本书，随哪个山洼子里树荫下一躺，并不花半文钱，也就泰然过去。"奚先生多少有点政治立场，不愿把这话太露骨地说下去，没有答词，只微微一笑。李南泉也有点觉悟，说句晚上乘凉再谈，自回家去，补足今天未能睡到的那场午觉。他一觉醒来，屋子外已是阴沉的天气。原来是太阳落到山那边去，这深谷里不见阳光了。由床上坐起来，揉揉眼睛，却有一种阴凉的东西，在手上碰了一碰。看时，太太拧了一个冷手巾把子，站在旁边递了过来，双手将手巾把接着，因道："这是怎么敢当？太太！"她笑道："别客气，平常少撅我两句就得。"

李南泉擦着脸，向外面屋子里走，见那小桌上已泡好一玻璃杯子茶，将盖子盖着。另有个字纸包，将一本旧的英文书盖着。这是李太太对孩子们的暗号，表示那是爸爸吃的东西，别动。南泉端起茶杯来喝着，问道："你和我买了什么了？"李太太道："花生米子。我瞧一颗颗很肥胖，刚出锅，苍蝇没爬过，所以我给你买了二两。"南泉抖开那纸包，就高声喊着小玲儿。太太道："她吃过了，你忘不了她，太阳下山，她逮蜻蜓去了。"南泉笑道："什么样子的妈，生什么样子的女儿。我就知

巴山夜雨

道你小时候淘气。歪着两个小辫,晒得满头是汗。到南下洼子苇塘子里去捉蛤蟆荸荠,逮蜻蜓,挺好的小姐,弄成黄毛丫头。"李太太脸一沉道:"我还有什么错处没有?二十几年前的事,你还要揭根子。什么样子的妈,养什么样子的女儿,一点不错,我是黄毛丫头,你趁早找那红粉佳人去。"说着,她扭身走到屋里去了。李南泉落了个大没趣,只有呆呆地站着喝茶吃花生米。一会儿,李太太端了把竹椅子在走廊下乘凉,顺手将桌上狗屁牌纸烟拿了一支去。李先生晓得,每当太太生气到了极高潮的时候,必定分一支纸烟去吸,便隔了窗户,轻轻道:"筠,你把邮政局的款子取到了?"李先生很少称呼太太一个字,如有这个时候,那就是极亲爱的时候。可是太太用很沉着的声音答道:"回头我给你报账,没有胡花一个。反正就是那几个穷钱。"

李先生叹了口气道:"可不就是那几个穷钱呵!我没有想到会穷得这样。不过我自信还没有做过丧失人格的事。若是……我也不说了。"他说毕了这话,又叹一口气。因为太太始终是不理,他也感觉到无聊。把那杯茶喝完了,看看对面的山峰,只有峰尖上,有一抹黄色的斜阳。其余一直到底,全是黝黑的。下面的幽暗色调中,挺立着一些零落的苍绿色柏树,仿佛是墨笔画的画。这和那顶上的阳光对照,非常好看。他因之起了一点雅兴,立刻披上蓝布大褂,拿了一根手杖,逍遥自在地走了出去。李太太还静静地坐在走廊上,看到丈夫擦身走过去,并没有理会。李南泉料着是自己刚才言语冒犯,不愿再去讨没趣,也就没有说什么。悄然走过了那道架着溪岸的小木桥,向山麓人行道走去。约莫走了二三十丈路,小白儿在走廊上大声喊问道:"爸爸哪里去?"李南泉回头一望道:"我赶晚班车进城,你又想要什么?"说完,依然向前走。又没有走二三十步,后面可有小孩子哭了。李先生不用回头,听那声音,就知道是爱女小玲儿在叫着:"爸爸呀!爸爸呀!你到哪里去?我也要去。"说着,她跑来了。她手上提她两只小皮鞋,身上穿了一件带裙子的小洋衣,既沾草,又带泥,光着一双赤脚,在石板路上的浅草地上跑着。李南泉早是站住了等她,笑道:"我不哪里去,你又打赤脚。石头硌脚不是?手上提了皮鞋。这是什么打扮?"

小玲儿将小胖手揉着眼睛,走上前来,坐在草上,自穿皮鞋,因道:"我知道,你又悄悄儿地到重庆去。我不穿皮鞋,你不带我去;穿好了皮鞋,我又赶你不上。"李南泉俯着身子抚摸了她的小童发,笑道:"我不到哪里去,不过在大路上遛遛。吃过晚饭,我带你去听戏。"小玲儿把两只落了纽襻的小皮鞋穿起来,跳着牵了爸爸的手,因道:"你不骗我吗?"南泉笑道:"我最不喜欢骗小孩子。"小玲儿道:"对的,狼变的老太婆喜欢骗小孩子。那么,我们一路回家去吃晚饭。"李南泉笑道:"那么这句话,学大人学得很好。可是小孩子,别那样老气横秋地说话。"小玲儿道:"你告诉我说,我要怎么说呢?"吴春圃教授,也拿了一把破芭蕉扇,站在那小木桥上乘凉,哈哈笑道:"好嘛,出个难题你爸爸做。小玲儿你问他,小孩子应当怎么说话,让他学给你听听。"李南泉不知不觉地牵着小女儿的手走回家。吴春圃将扇子扇着腿,笑道:"咱穷居在这山旮旯里,没个什么乐子。四川人的话,小幺儿。俺找找俺的小幺儿逗个趣,你也找找你的小姐逗逗趣。"南泉笑道:"我这个也是小幺女。"吴春圃摇着头笑道:"你幺不住,恐怕不过几个月,第二个小幺儿又出来了。李太太,你说是不是?"说着,他望了站在走廊上的李太太,撇了小胡子笑。她道:"米这样贵,左一个,右一个,把什么来养活?逃起难来,才知道儿女累人。"

吴春圃道:"警报还会永远躲下去吗?也不能为了怕警报,不养活孩子。"李先生叹了一口气道:"对这生活,我真有点感到厌倦了。不用说再养活儿女,就是现在这情形,也压得我透不出一口气来。我青年时节,曾一度想做和尚。我现在又想做和尚了。"他说着话,牵了小玲儿走向走廊。太太已不生气了,插嘴笑道:"好的,当和尚去。把手上牵着的带去当小姑子。"吴春圃笑道:"那还不好,干脆,李太太也去当姑子,大家到庙里去凑这么一分热闹。"李先生已走进自己家里,他隔了窗子道:"既然当和尚,那就各干各的,来了什么人我也拒绝。"他说着话让小玲儿去玩,也就脱了大褂,在那张白木架粗线布支的交椅上躺下。李太太随着进来,看到玻璃杯子里是空的,又提了开水来,给他加上,但李先生始终不作声。李太太觉得没趣,提着开水壶走了,过了一会子,她又走进屋子来,先站在那张既当写字台,又当画案,更当客厅陈列品的三屉小桌边,将那打开包的花生米,箍了两粒放到嘴里咀嚼着,抓了一小撮花生米来,放到桌子角上,笑道:"今天花生米都不吃了?"李先生装着闭了眼睡觉,并不作声。李太太微笑了一笑,把放在抽屉里的小皮包取出,打开来,拿了一张绿纸印的戏票,向李先生鼻子尖上触了几触,因道:"这东西你该不拒绝了吧?"李先生睁开眼来笑道:"你也当让我休息休息吧?"

李太太笑道:"有孽龙,就有降孽龙的罗汉;有猛狮,就有豢狮的狮奴。不怕你别扭,我有法子让你屈服。"李南泉笑着拍手道:"鄙人屈服了,屈服的不是那张戏票,是你引的那两个陪客。除了看小说,我也没有看到你看什么书,你的学问实在有进步,这是咱们牛衣对泣中极可欣慰的一件事。"李太太道:"我又得驳你了。咱们住的虽是茅庐三间,我很坦然。女人的眼泪容易,我可没为了这个揪一鼻子。你更是甘心斯文扫地。牛衣对泣这句话,从何说起?"李南泉笑道:"对极了,我接受你的批评。得此素心人,乐与共朝夕。"他说得高兴,昂起头来,吟了两句诗。李太太笑道:"别再酸了,再酸可以写上《儒林外史》。我给你先炒碗鸡蛋饭,吃了饭,好瞧你那高足的《玉堂春》。"李南泉笑道:"是什么时候,我收了杨艳华做学生?"李太太道:"你没做过秦淮歌女的老师?"李南泉笑道:"你一辈子记得这件事。可是在南京是什么日子,于今在重庆,又是什么日子?太太,这张戏票你是降服孽龙用的,孽龙已经降服了,用不着它,你带了小玲儿去。散戏的时候,我带着灯笼去接你。"李太太道:"我实在是给你买的戏票。有钱,当买一斤肉打牙祭;有钱,也得买张戏票,轻松几小时。成天让家庭负担压在你肩上,这是你应得的报酬。"李南泉笑道:"这样和我客气起来,倒也却之不恭。你也是个戏迷,为什么不买两张票,我们一路去?"李太太道:"《玉堂春》这出戏太熟了,我不像你那样感兴趣。"李先生一听所说全盘是理,提前吃过晚饭,就带小玲儿去听戏。

这个乡下戏馆子,设立在菜市的楼上。矮矮的楼,小小的戏台,实在是简陋得很。可是避轰炸而下乡的人,还是有办法的人占多数。游山玩水,这不是普通人感兴趣的,乡下唯一的娱乐,就是打牌。有了这么一个戏馆子,足可以调剂枯燥生活,因之小小戏楼,三四百客位,照例是天天满座。另外还有一个奇迹,看客究不外是附近村庄里的人,多年的邻居,十停有七八停是熟人。这批熟人,又是三天两天到，不但台下和台上熟，台上也和台下熟。李南泉带着小玲儿入座，含着笑，四处打招呼。有几位近邻，带了太太来看戏，见李先生是单独来到，还笑着说两句耳语。李南泉明知这里有文章，也就不说什么。台上的《玉堂春》，还是嫖院这一段刚上场，却听到座位后面稀里哗啦一片脚步响。当时听戏的人，全有个锐敏的感觉，一听这声音，就知不妙，大家不约而同地站起身来。回头看时，后排的看客，已完全向场子外面走。李南泉也抱着小玲儿站起。她搂住了父亲的颈脖子道："爸爸，又是有了警报吗？"李南泉道："不要紧，我抱着你。我们慢慢出去。"这时，台上的锣鼓，已经停止，一部分看客走上了台，和穿戏装的人站在一处。那个装沈雁林的小丑，已不说山西话了，手里拿着一把折扇，摆着那绿褶子大衫袖，向台下打招呼："诸位，维持秩序，维持秩序！不要紧，还只挂了一个红球。慢慢儿走吧。不放警报我们还唱。"

站在台上的看客，有人插嘴道："谁都像你沈雁林不知死活，挂了球还嫖院。"这话说完，一阵哄堂大笑。这时，乡镇警察也在人丛中喊着："不要紧，只挂了一个球。"这么一来，走的人算是渐渐儿地安定，陆续走出戏院。小玲儿听说还要唱戏，她就不肯走，因向爸爸道："挂一个球，不要紧，我们还看戏吧。"李南泉笑道："你倒是个小戏迷，看戏连警报也不怕。只要人家唱，我们就看。"于是抱着孩子，复又坐了下来。可是听戏的人一动脚，就没有谁能留住，不到五分钟，满座客人，已经走空。南泉将女儿抱起，笑道："这没有什么想头了。"小玲将小眼睛向四周一溜，听戏的人固然是走了，就是戏台上的戏子，也都换掉了衣服，走下台了。她噘了嘴道："日本鬼子，真是讨厌。"南泉哈哈大笑，抱着她走出戏楼，然后牵了她慢慢地走。为了免除小孩子过分地扫兴，又在大菜油灯下的水果担子上，买了半斤沙果，约好了，回家用冷开水洗过再吃。这水果摊，是摆在横跨一道小河的石桥头上。一连串的七八个摊贩，由桥头接到通镇市的公路上。做小生意的人，总喜欢在这类咽喉要径，拦阻了顾客的。这时，忽然有阵皮鞋响，随了是强烈的白光，向摊子上扫射着，正是那穿皮鞋的人，在用手电筒搜寻小摊子。这就听了一声大喝道："快收拾过去，哪个叫你们摆在桥头上？混账王八蛋！"说话的是北方口音，正是

巴山夜雨

白天见的那位刘副官。

这其中有个摊贩,还不明白刘副官的来历。他首先搭腔道:"天天都在这里摆,今天就朗个摆不得?管理局也没有下公告叫不要摆。"刘副官跑了过去,提起手杖,对那人就是上中下三鞭。接着抬起脚来将放在地面的水果箩子,连踢带踩,两箩沙果和杏子滚了满地。口里骂道:"瞎了你的狗眼,你也不看人说话。管理局?什么东西!我叫管理局长一路和你们滚。"旁边有一个年老的小贩,向前拱了手拦着道:"刘副官,你不要生气,他乡下人,不懂啥子事。我们立马就展开。"他说着,回了头道:"你们不认得?这是九完①长公馆里的刘副官。你们是铁脑壳,不怕打?展开展开!"他口里吩咐着众人,又不住向刘副官拱揖。那个挨打的小贩,这才如梦初醒,原来人家是院长公馆里的副官。他说叫管理局长一路滚,一点也不夸张。这还有什么话说?赶快弯下腰去,把滚在地上的水果,连扫带扒,抢着扫入箩中。其余的小贩,哪个敢捋虎须?早已全数挑着担子走了。李南泉站在远远的地方看到,心里老大不平。这些小贩,在桥头摆摊子,与姓刘的什么相干?正这样踌躇着,却见街外沿山的公路上,射来了两道大白光,像探照队的探照飞机灯,如两条光芒逼人的银龙,由远处飞来。随着,是"呜嘟呜嘟"一阵汽车喇叭响。正是来了一辆夜行小座车。这汽车的喇叭声,是一种暗号,立刻上面人影子晃动,一阵鸟乱。

原来在这路头上,人家屋檐下,坐着八个人,一律蓝布裤褂,蓝布还是阴丹士林,在大后方已经当缎子穿了。路头上另有几位穿西服的人,各提了玻璃罩子马灯。这种灯,是要煤油才能够点亮的。在抗战第二年,四川已没有了煤油。只凭这几盏马灯,也就很可以知道这些人排场不小。六七盏马灯,对于乡村街市上,光亮已不算小,借灯光,看到四个穿蓝布短衣人,将一乘藤轿抢着在屋檐阶下放平。提马灯的西服男子,在街头上站成了一条线,拦着来往行人的路径。同时,屋檐下又钻出几个男子,一律上身穿灰色西服,下穿米黄咔叽布短裤袄。他们每人手上

---

① 川语,"院"念成"完",下同。

一支手电棒,放出了白光。这样草草布置的当儿,那辆汽车,已经来到,在停车并没有一点声音的情形之下,又可想到这是一辆最好的车子。那汽车司机,似乎有极好的训练。停的所在,不前不后,正与那放在阶沿上藤轿并排。车门开着,在灯光中,看到走出一位四十多岁的妇人。虽看不清那长衣是什么颜色,但在灯光下,能反映出一片丝光来。这妇人出了车门,她的脚并没有落地,一伸腿,踏在藤轿的脚踏藤绷上。那几个精神抖擞的蓝衣人,原来是轿夫,已各自找了自己的位置,蹲在地面,另外有四个人,前后左右四处靠轿杆站定。那妇人踏上了藤绷,四大五常的,在轿椅上坐下。只听到有人轻轻一阵吆喝,像变戏法一样快,那轿子上了四位的肩膀,凭空抬起。

四个扶轿杆的人,手托了轿杆高举,立刻放下,闪到一边去。于是四个提马灯,两个打手电筒,抢行在轿子前面,再又是一声吆喝,轿子随了四盏马灯,飞跑过桥。其余的一群人,众星拱月似的,簇拥着轿子,蜂拥而去。李南泉自言自语道:"原来刘副官轰赶桥头上这群小贩,就为了要过这乘轿子,唉!"小玲儿道:"刚才过去的那个人,是新娘子吗?"李南泉道:"你长大了,愿意学她吗?"小玲儿说了句川语道:"好凶哟!要不得!"李南泉摸着她小头道:"好孩子,不要学她,她是妖精。"小玲儿道:"妖精吃不吃人?"李南泉道:"是妖精,都吃人;她吃的人可就多了。那轿子是人骨头做的,汽车是人血变的。"他一面说着,一面走着过桥。身后有人带了笑音道:"李兄,说话谨慎点,隔墙有耳,况且是大路上。"听那声音,正是邻居吴春圃,因道:"晚上还在外面?"他道:"白天闹警报,任什么事没有办。找到朋友,没谈上几句话,又挂球了,俺那位朋友,是个最怕空袭的主儿,立刻要去躲警报。俺知趣一点,这就回家了。城里阔人坐汽车下乡躲警报,这真是个味儿。你看那一路灯火照耀,可了不得。"李南泉抬头看时,那簇拥了轿子的一群灯火,已是走上了半山腰,因道:"这轿夫是飞毛腿,走得好快。"吴春圃道:"走得为什么不快呢?八个轿夫,养肥猪似的养着,一天就是这么一趟,他就卖命,也得跑。不然,人家主子化这么些个钱干什么?要知道,人家就是图晚上回公馆这么一点痛快。"

李南泉道:"看他那股子劲,大概每日吃的便饭,比我们半个月打回牙祭还要好。读书真不如去抬轿。"吴春圃道："咱们读书人，就是这股子傻劲。穷死了，还得保留这分书生面目。"李南泉笑道："你以为我们没有抬轿？老实说，那上山的空谷佳人，就是我们无形中抬出来的。若不是我们老百姓这身血汗，她的丈夫就作为阔人了吗？就说对面山上那所高楼，是抗战后两年建筑起来的。那不是四川人和我们入川分子的这批血汗？老实说，我们就只有埋头干自己的本分，什么事都不去看，都不去听，若遇事都去听或看的话，你觉得在四川还有什么意思呢？"吴春圃忽然插句嘴道："你瞧这股子劲。"说着，他手向对面深山一指。原来那地方，是最高的所在，两排山峰，对面高峙，中间陷下去一道深谷，谷里有道山河，终年流水潺潺，碰在乱石上，浪花飞翻。两边山上，密密丛丛地长着常绿树，在常绿树掩映中直立着一幢阴绿色的洋楼。平常在白天，这样的房子，放在这样的山谷里，也让人看不清楚。在这样疏星淡月的夜间，这房子自然是看不出来。不想在这时候，突然灯火齐明，每个楼房的窗户洞里发出光亮，在半空中好像长出了一座琉璃塔，非常地好看。李南泉道："真美！这高山上哪里来的电灯？想必是他们公馆，自备有发电机了。"这说明刚才坐轿子上山的这位佳人，已经到了公馆里了。有钱的人，能把电灯线带着跑，这真叫让人羡慕不置。

两人说着话，看看这深谷里的景致，自是感慨万端。小玲儿牵着爸爸的手道："那一座洋楼，尽看有什么意思？我们还是去看戏吧！"这句话提醒李南泉，笑道："球挂了这样久，说不定马上就要放警报了，我们快回去吧。回去削沙果给你吃。"于是牵了孩子，慢慢向回家的路上走。走到石正山教授家附近，却听到一种悄悄的歌声。这歌声虽小，唱得非常娇媚。正是流行过去多年的《桃花江》。吴先生手上是打着灯笼的，这灯笼在山路的转角处，突然亮出来，那歌也就立刻停止。李南泉倒是注意这歌声是早不重闻于大后方的，应该是一位赶不上时代的中年妇人所唱。因为，现在摩登女郎唱的是英文歌了。他在想着心事，就没有和吴春圃说话，大家悄悄走着。路边上发现两个人影。吴先生的灯光一举，看清楚了人，便道："石先生出来躲警报？没关系，还只挂一个球。而且今晚上月亮不好，敌机也不会来。"那人答道："我也是出来看看情形，是可以不必躲了。"答言的正是石正山。他那后面,有个矮些的女郎影子。不用猜,就知道那是他的养女或丫鬟小青。她向来是梳两个小辫子垂在肩上的。她背过身去,灯笼照着有两个小辫。李南泉道:"我想石兄也不会躲警报,你们家人马未曾移动。"石正山笑道:"太太不在家,小孩子们都睡了,人马怎么会移动?我那位太太是个性急的人,若是在家,人马早就该移动了。"说着话,彼此擦身而过。那小青身上有一阵香气透出,大概佩戴了不少白兰花、茉莉花。

　　这位小姐在那灯笼一举的时候,似乎有特别锐敏的感觉,立刻由那边斜坡下,悄悄地向大路下面一溜。她不走,吴李两人却也无所谓。她突然一溜,倒引起了他两人的注意,都向她的后影望着。石先生便向前一步,走到吴春圃面前,笑道:"仁兄,你也可以少忙一点,天气太热,到了这样夜深,你还没有回家。"吴春圃笑道:"老兄,我不像你,你有贤内助,可以帮助生产。我家的夫人,是十足的老乡,大门不出,二门不迈,说什么都得全靠我这老牛一条。"说毕,叹了一口气,提着灯笼就在前面走。石正山的目的,就是打这么一个岔。吴先生既是走了,他再也不说什么。李南泉自己跟着灯笼的影子向家里走。到家以后,门还是虚掩的,推门看时,王嫂拿了双旧线袜子,坐在菜油灯下补袜底。家里静悄悄的,小孩子们都睡了。李南泉问道:"太太老早就睡了?"王嫂站起身来,给他冲茶,微笑着没有作声。小玲儿站在房子中间,伸出了一个小指头,指点着父亲,点了头笑道:"爸爸,我有一件事,我不和你说。妈妈打牌去了,你不晓得吧?"王嫂笑道:"这个娃儿,要不得,搬妈妈的是非。你说不说,还不是说出来了吗?"李南泉笑道:"太太用心良苦,算了。我也不管她了。"王嫂是站在太太一条战线上的,看到先生已同情了太太,她也很高兴,便将桌上放的那杯茶向桌沿上移了一下,表示向主人敬茶,因道:"别个本来不要打牌,几个牌鬼太太要太太去,她有啥子办法?消遣嘛,横竖输赢没得好多钱。"

　　李南泉笑道:"管她怎样,你带着玲儿,我要去睡觉。若是放警报了,你就叫我。"说毕,自回房去安睡。朦胧中听到有大声喊叫的声音,他以为是放了警报,猛可地一个翻身坐了起来。时间大概是不早,全家人都睡了。而且也熄了灯。窗外

巴山夜雨

放进一片灰白色的月光,隔了窗格子可以看到屋后的山挺立着一座伟大的影子。坐定了神,还听到那大声音说话。好像就在山沟对面的行人路上。这可能是防护团叫居民熄灯,益发猜是有了警报。这就打开门来看,有一群人,站在对面路心。说话的声音南腔北调,哪里人都有。这就听到一个北方口音的人道:"你们明天一大早,六点钟就要到。去晚了,打断你们的狗腿。有一担算一担,有一挑算一挑。你们要得了龙王宫里多少宝,一个钱不少你们的。院长有公馆在这里,是你们保甲长的运气。你们每个人都可以发一下小财,你们不必在老百姓头上揩油,又做什么生意。只要每个月多望夫人来几趟,你们什么便宜都有了。"这就听到一个川音人答道:"王副官,你明鉴吗?我们朗个敢说空话?乱说,有几个脑壳?但是一层,今晚上挂过球,夜又深了。你叫我们保甲上冒夜找人,别个说是拉壮丁,面也不照,爬起来跳(读如条)了,反是误了你的公事。明天早起,我们去找人。八点钟到完长公馆,要不要得?把钱不把钱,不生关系,遇事请王副官多照顾点,就要得。我虽不是下江人,我到过汉口。你们的事我都知道咯。"北方口音道:"我不管,你六点钟得到,你自己说了,半夜里拉过壮丁,半夜找工人有什么难处?"

于是这就接连着三四个说川话的人,央告一阵。最后,听到王副官大声喝道:"废话少说,我要回去睡觉了。"说着一阵手电棒的白光,四处照耀。引着他走了。李南泉就叫了一声道:"刘保长,啥子事?"有人道:"是李先生?你朗个早不说话?也好替我讲情嘛。"说着,一路下来四个人:一位保长,三位甲长,全是村子里人。李南泉道:"警报解除了没有?深夜你们还在和王副官办交涉。"刘保长道:"没有放警报,挂过绿球了。啥子事?就是为了别个逃警报不方便咯。王副官说,镇市外一段公路坏了,要我保上出二十个人,一天亮,就去修公路。别个有好汽车,跑这坏公路,要不得。"一个甲长道:"公路是公路局修的,我们不招闲①。"保长道:"不招闲,刚才当了王副官,你朗个不说?老杨,没得啥子说,你今晚上去找六个人,连你自己七个,在完长公馆集合。把钱不把钱不生关系。不把钱,我刘保长拿

---

① 川语,意为管不着、不管闲事。

钱来垫起。好大的事吗！二十个工，我姓刘的垫得起。"李南泉笑道："你垫钱，羊毛出在羊身上吧？刘保长，我先声明，修公路本就有公路局负责。现在修路，让人家坐汽车的太太跑警报，这笔摊款我不出。"刘保长在月亮影子里抱了拳头作揖，笑道："再说，再说！"回头对三位甲长道："走吧，分头去找人。说不得，我回家去煮上一锅吹吹儿稀饭①，早上一顿算我的。哪个教我们这里有福气，住了阔人？"三位甲长究有些怯场，在保长带说带劝之下，无精打采地走了。李南泉长叹了一声气。

这一声长叹，可把吴春圃惊动了。他开了门出来问道："李先生还没有睡吗？"李南泉道："让那王副官把我嚷醒了。"吴春圃将蒲扇拍着大腿，因道："今天可热，明天跑警报可受不了。"李南泉道："唯其如此，所以人家阔夫人要连夜抓壮丁修路。我得改一改旧诗了。近代有佳人，躲机来空谷。一顾破人家，再顾吃人肉。"吴春圃笑道："好厉害！可也真是实情。最好请她们高抬贵手，少光顾一点。可是话又说回来了，咱们哪管得了许多？只当没有看见。"李南泉道："我们还不是愿意少见为妙？要不然，为什么要住到这山沟里来？可是住在山沟里，还要看见这些不平的事，却也叫人无可奈何！"吴春圃笑道："怪不得你屋里自写了这样一副对联——入谷我停千里足，隔山人筑半闲堂。这种事情……"他的话不曾说完，他太太在屋子里又叫起来了道："嘿，没个白天黑天的，又啦呱起来咧！教俺说呀，人家李先生也得休息，追出去找人啦呱真是疪毛。"吴春圃最能屈服于这山东土腔的劝说，哧的一声笑着，回家关着门了。李先生一人呆立在走廊上，看看天上大半钩月亮，已落到屋子后边去。一阵吵闹过去了，四周特别显着静悄悄地。那斜月的光辉，只能照着对面山峰。下面的山，被屋后的山顶，将月光挡住了，下面是暗暗的。整条山沟在幽暗的情形下，隐隐地有些人家和树木的影子。他觉着这境界很好，只管站着呆看下去。

---

① 意指吹得动的米汤。

巴山夜雨

第五章　自朝至暮

　　在这幽暗的山谷中,环境是像一条宽大的长巷,几阵疏风,一片淡月,在这深夜,有一种令人说不出的低回滋味。遥望山谷的下端,在一丛房屋的阴影中,闪动着一簇灯火,那正是李太太牌友白太太的家。平常,白太太在小菜里都舍不得多搁素油,于今却是在这样深夜,明亮着许多灯火,这就不吝惜了。他有了这个感想,也就对太太此类主妇,有背择友之道。他心里这样一不高兴,人就在这廊上徘徊着。接着那里灯火一阵晃动,随即就是一阵妇女的嬉笑之声。在夜阑闻远语的情形之下,这就听到有一位太太笑道:"今天可把您拖下海,对不起得很。"这就听到李太太笑了道:"别忙呀!明天咱们再见高低。"又有人道:"把我这手电拿了去吧!别摔了跤,那更是不合算。"这么一说,李先生知道夫人又是大败而归,且在走廊上等着。山路上有太太们说着话,把战将送回了家。李南泉立刻把屋子里一盏菜油灯端了出来,将身子闪在旁边,把灯光照着人行路。路上这就听到一位下江口音的太太笑道:"李先生还没有睡啦,老李,你们先生实在是好,给你候门不算,还打着灯亮给你照路呢。"李先生笑道:"这是理所当然。杨太太,你回家,没有人给你候门亮灯吗?"杨太太笑道:"我回家去,首先一句话,就是报告这件事情,让他跟着李先生学。"李南泉道:"好的,晚安,明儿见。"那路上两三位太太笑道:"双料的客气话,李先生真多礼。"

　　李太太觉得在牌友面前,得了很大的一个面子。而且先生这样表示好感,也不知道用意所在,便走向前伸手接过灯,笑道:"你还没有睡?"李南泉没有答复,跟着进了屋子,自关上了门。李太太又向他笑道:"今天晚上的玉堂春,唱得怎么样?"李先生还是不作声,自走进里面屋子去。李太太拿着灯进来,自言自语地道:"都睡了?"李先生已在小床上睡下,倒是插言了,因道:"还不睡。今天三十晚上,熬一宿守岁？"李太太却不好意思驳他，搭讪着在前后屋子里张望一番，因道："挂球的时候，你就回来了？"李南泉道："戏不唱了，我不回来？我摸黑给人家看守戏馆子？"李太太望了他道："你这是怎么啦？一开口就是一铳。"李南泉闭了眼睛躺着，沉默了两分钟，才睁开眼道："你没话找话，一切是明知故问。"李太太嫣然地笑了，因道："我就知道我理屈，没话找话，也就向你投降了，你好意思铳我。你这个人说来劲就来劲。在走廊上还是有说有笑，一到屋子里，就不同了。你是……"她没说下去，忍着又笑了。李南泉道："你是说我狗脸善变。"李太太笑道："我可不敢说，夜已深了，别吵吵闹闹地惊动了邻居。"李南泉道："对了，你们那样灯火辉煌，一路笑着归家，简直行同明火执仗，还说别人惊动邻居。"李太太道："我说今日不打牌，白太太死乞白赖地拉了去，我晓得回来了，又要受你的气。真是犯不上。好啦，我们都明火执仗了。"

李南泉道："你这话简直不通。白太太死乞白赖拉你去打牌，你就不能不去打牌；假如她死乞白赖拉你去寻死，你也只好去寻死吗？"他说着这话时，觉得理由充足，随着说话的姿势，坐了起来。李太太含着满脸的笑容，点了头道："睡吧！算我错了。还不成吗？"他问道："算你错了？"李太太还是笑，因道："不，我简直错了。睡吧！说不定明天又得闹大半天警报。"李南泉道："我看你今天心软口软，大概输得不少。把这输的钱买只鸡来煨汤，大家进点儿养品，那不好得多吗？唉！"他叹了一口气，也就躺下去睡了。他睡得很香，次日起来已看到窗外的山峰，是一片太阳。漱洗完毕，端了一杯茶喝，心里在筹划着，今天有警报怎样去补救这浪费的时间。就在这时，对面山溪岸上，很快地走下来一位中年妇人。她穿着一件八成新的阴丹士林大褂，露出两条光膀子，左手戴着老式的玉镯子，右手戴着新式的银镯子，手里举起一把蒲扇遮太阳，老远就问道："李先生不在？"李南泉隔了窗子点头道："保长太太，今天刘保长派你一趟差事？"保长太太走进来点着头道："我特为来请李先生帮一忙。昨夜里不是完长公馆到保甲上来找人修路吗？搞得我们一夜没有困觉，天亮都没有亮，喝了一顿吹吹稀饭，就去了。这样当差，还有啥子话说？去了，又不要我们修路，派了大家展木器家私上山。听说，展完了家私，还

巴山夜雨

要带人到南岸去展。警报连天,朗个去得?"

李南泉笑道:"保长太太的意思,是要我和你去讲情吗?"她笑道:"李先生,你是有面子的人嘛!完长公馆里的刘副官、王副官和你都很熟咯,你若是和他们去说一声,不要派保甲上到南岸去展家私,他一定要卖个面子给你。二天叫刘保长和你多帮忙,要不要得?"她究竟是位保长太太,在这地方,不失是个十三四等的官家。虽然是求人,那态度还是相当傲慢,摇晃着手臂上的玉石镯子,只管将蒲扇招着,说完了,她自在椅子上坐下,李南泉看着,心里先有三分不高兴。这也无须和她客气,自在那破藤椅子上坐下。又自取了一支纸烟,擦了火吸着。喷出一口烟来道:"我吸的是狗屁牌,要不要来一支?"说着把桌面的纸烟盒子一推。保长太太道:"啥子狗屁?是神童牌吗?我们还吃不起咯,包叶子烟吃。我扰你一根根。"说着,她就自取烟吸了。李南泉向窗外看看天色,叹口气道:"该预备逃警报了。"保长太太道:"李老太爷,去一趟吧?你不看刘保长的面子,你也可怜可怜这山沟沟里的穷人嘛!大家吃的是糊羹羹,穿的是烂筋筋,别个不招闲,你李老太爷是热心人哟!这样大热天,他完长公馆,有大卡车不展家私,要人去扛。就不怕警报,一天伙食也垫不起呃。说不定遇到抓壮丁的,一索子套起,我们当保长的,对地方上朗个交代?"李南泉道:"真的,为什么他们不用卡车搬东西,要人去扛?院长公馆我是不去。我可以和你去问问王副官。"

他这样说了,看了看刘保长太太一眼。她道:"李老太爷,这是朗个说法?王副官在完长公馆办公,你不到完长公馆去,朗个看得到他?"李南泉道:"我们一路去。我在山脚下等你,你上去把王副官请下来。"她喷出一口烟,摇摇头道:"要不得!那王副官架子大得很,没得事求他,他也不大睬人。现在要去求他,请他下山来,那是空话。"李南泉冷笑一声道:"保长太太,你这话有点欠考虑。他姓王的架子大,我姓李的就该架子小不成?副官也要看什么副官。若是军队里的副官,是你们四川人说的话,打国战的。若是院长公馆里的副官,哼!我姓李的,就不伺候他。再说那个人骨头堆起来的院长公馆,在那山顶上,我是文人,爬不上去。"她见李先生变了脸,这就站起来道:"李老太爷,就是嘛!我叫乘滑竿来抬你!"李南泉道:"抬我我也不上山去。除非你上山去,把王副官叫下山来。"保长太太看他脸上没一点笑容,觉得不容易转移,只好用个步步为营的法子,答应陪他一同走。两人走着,她说了不少的好话。经过山下镇市,还买了一盒比神童牌加三级的王花牌纸烟奉赠。走到院长公馆山麓下,抬头一看那青石面的宽阶,像是九曲连环,在松树林子下,一层层地绕了弯子上山。山坡尽处,一幢阴绿色的立体三层大楼,高耸在一个小峰上,四周大树围绕。人所站的地方,一道山河,翻着白浪,在乱石堆里响了过去。河那岸的山,壁立对峙,半山腰里,一线人行小路,在松林里穿过,看行人三五,在树影里移动,他不觉叫了一声好。

刘保长太太,倒不知道他这声赞美从何而来,便搭讪着道:"李先生,你们在下江没得坡爬。到我们这里来,天天爬坡,二天不打国战了,回去走路有力气。"她一面说着,一面向山坡上走。李南泉就在路头一块山石上坐下,笑道:"保长太太,我们有约在先,我是不上这山顶上去的。有那上山的力气,我还留着回头跑警报。你上山去请王副官,我在这里等着。"保长太太见他不受笼络,站在坡子上,呆了一呆,因道:"倘若王副官不肯下来呢?"李先生笑着操了句川语道:"我不招闲。"她倒没有了主意,只是拿扇子在面前扇着。抬头看看山顶那洋楼下面的小坦地,倒有些人影晃动,她道:"李先生,你看,他们不都在那里?"她这样一句叫着,惊动了路口上的守卫。因为这个地方,很少人来,守卫的卫兵照例是在松树林子里睡觉。这时,两个人背了枪从树下走出来,一个瞪着眼喝道:"干什么的?"她道:"我是刘保长家里的,有公事见王副官。"卫兵道:"王副官上街去了。走吧!不要在这里啰唆。"刘保长太太在保上很有办法,到了这里来,她就什么智能都消失了。缓缓地走下坡子,来到李南泉面前,轻轻地道:"见不到人,朗个办?"李南泉笑道:"这还是在山脚下呢,若再走上去,钉子有的碰呢。还是那话,我不招闲。"保长太太道:"我到公路上去过,都不在公路上,哪里去找?"正说着,有一乘滑竿从山河的大桥上抬过来。这座桥也是院长公馆建筑的。在两排高山的脚下,一道石桥,夹着铁栏,横跨过峡中的激流,气势非常。

假如不讲人道,坐滑竿游山,那是适意不过的事。尤其是在这深山大谷里,走过这座跨过急流的河道,那是最适意的一个路段。那王副官天天由这里经过,大概对于烂熟的风景,已不怎么感到兴趣,伸了两条腿,踏着绳吊的软踏脚,仰卧在滑竿上。他手里还拿了根手杖,挺在空中指东画西。这种姿态,根本就不能引起人的好感,李南泉站到一边,故意背了身子去看风景。保长太太叫了起来道:"王副官来了。"王副官在滑竿上喝道:"你叫些什么?你以为这是你们那保长办公处?"保长太太满脸是笑地迎道:"不是我一个,李先生也在这里来看你。"王副官道:"哪个什么李先生?"李南泉听了,早是一阵怒气向胸口涌将上来。心想,这小子!怎么这样无礼?回转身来望他时,他的滑竿抬到了近处,已看清楚了人,这就把手杖敲着轿杆子道:"停下停下。"滑竿从轿夫的肩上放下了。他一跳两跳向前,望着南泉道:"啊!是老兄。我上次送了两张纸去,请你给我画一画,写一张,怎么样?直到现在,你还没交卷呢。"李南泉道:"纸还存在舍下,没有敢糟蹋。"王副官抬起手上的手杖,敲着面前的一棵老松树的横枝,满身不在乎的样子,因道:"我当然是要你画,过两天,我先把润笔送了过去。"李南泉几乎要笑出来,但立刻想到和许多乡下人说情来了,那就犯不上得罪他,因道:"你阁下晓得,我是不卖字画的。我有点事情受人之托,来有个请求。你若是答应了,我今天就交卷。作为交换条件。"

王副官笑道:"你老兄的脾气,我知道的,一不借钱,二不找事,有什么交换的条件?请说罢。"李南泉对保长太太指了一指道:"你看,我是和她一路来的。多少应该与保甲上有关。"王副官将手杖在地面上画着圈圈,因道:"你说的是找老百姓修公路的事?这个,我们倒不是白征他们工作,每人都给一份工资。只要保长不吞没下去,他们并不会吃亏的。实不相瞒,钱经过我的手,我有个二八回扣。李先生的面子,你那甲上的扣头,我就不要了。戏台上的话,靠山吃山,靠水吃水,你当然知道这是我们的规矩。"李南泉笑道:"先生误矣,我还会打断你的财喜吗?刘保长太太说,你们征的民工,不修路了,要到南岸去搬东西。大家觉得有卡车不用,拿人力去搬,这是一件太不合算的事情。而这几天,不断闹警报,在南岸遇到了空袭,他们也找不着洞子。"王副官听说,打了个哈哈,将手杖指着保长太太,笑道："你别信她胡说。到南岸去搬东西，是有这件事。可是去搬东西的人，让他们坐卡车去。也并不是要他们把东西由南岸搬到这里来，只是要他们由船上搬上卡车。"李南泉道："在南岸找码头工人，不简便得多吗？"王副官笑了一笑，望着他道："办公事都走简便的一条路，我们当副官的，喝西北风？"李南泉这就明白了。他是将修路的民工调去搬东西，把这笔搬东西的工资轻轻悄悄地塞进了腰包，而且他还是公开地对人说，可见他毫不在乎。于是他也笑了一笑。

王副官道："李兄，你这一笑，大有意思。请教！"说时，他将手杖撑了地面，身子和脑袋都偏了过去，李南泉怕是把话说僵了，因笑道："我笑你南方人，却有北方人的气概，说话是最爽直不过。你自己的手法，你完全都说出来了。很可佩服。"王副官笑道："原来你是笑这个。我成天和北方人在一处混，性格真改变了不少。你不见我说的话，也完全是北方口音了。"南泉笑道："那么，我就干脆说出来了。可不可以别让我那保的人到南岸去搬东西？"王副官把手杖插在地上，抬起手来搔搔头发，踌躇着，立刻不能予以答复。那位保长太太，深知王副官踌躇点所在，便上前一步，点着头道："王副官，我说句话，要不要得？"王副官瞪了眼望着她道："你说吧。"她道："我们保甲的人，情愿修两天路，不要钱。"王副官道："你能做主？"她道："哪个龟儿子敢骗你。说话算话。不算话，请你先把我拿绳子套起走。"李南泉笑道："我对她有相当的认识。刘保长是怕太太的，老百姓又是怕保长的。保长太太说不要工资，我想也没有哪个敢要工资。"王副官听了这话，脸上算有点笑意。她还不曾说话，半山腰上有个人大叫道："是老王吗？快上来吧，有了消息了。七十二架，分三批来。"王副官道："他妈的，这空袭越来越早，才八点多钟。"回头望了刘保长太太道："快有空袭了，反正南岸去不成。解除了再说吧。夫人今天没走，我得去布置防空洞。"说着，望了扶着轿杆的滑竿夫，说："走！"

李南泉道："保长太太，对不起，我不能管你们的事了。你听见没有？敌机来了七十多架，我得回家去看看，帮着家里人躲警报。"他也不再管她，立刻转身就向家里走。果然，经过小镇市时，那广场上的大木柱子，已经挂了通红的大灯笼。镇市上人似乎也料着今天的空袭厉害，已纷纷地在关着铺门。李南泉想顺便到烧饼

巴山夜雨

店里买点馒头、烧饼带着,又不料刚到店铺门口,半空里呜呜地一阵怪叫,已放了空袭警报。回头看那大柱上,两个红球,在那大太阳底下照着,那颜色红得有点怕人。这点刺激,大概谁都是一样地感觉到。烧饼店里老板已是全家背了包裹行囊出来,将大门倒锁着,正要去躲空袭。这就不必开口向人家买东西了。待得自己找第二家时,也是一样在倒锁大门。躲警报的人们,又已成了群。大家拉着长阵线,向防空洞所在走去。熟人就喊着道:"李先生,你还不回去吗?今天有敌机七批。"他笑答道:"我们还怕敌人给我们的刺激不够,老是自己吓自己做什么?已经挨了四五年的轰炸,也不过这么回事,今天会有什么特别吗?"他说着还是从容地走回家去。隔了山溪,就看到自己那幢草屋里的人,都在忙乱着。那位最厌恶警报的甄太太,手里提了两个包裹,又扶根手杖,慢慢走上山溪的坡子。她老远仰了头问道:"李先生,消息那浪?阿是有敌机六七批?警报放过哉!"李南泉笑道:"不用忙,进洞子总来得及的。"甄太太操着苏白,连说孽煞。

李南泉笑道:"不要紧,有我们这里这样好的山洞子,什么炸弹也不怕。"说到这里,李太太带着一群儿女,由屋子里走出来了,笑道:"你今天也称赞洞子,那我们一路去躲吧。"李南泉回到走廊上,笑道:"对不起,今天我还得和你告一天假。什么意思呢?那本英文小说,我还差半本没有看完呢。带着英文字典……"李太太也不等他说完,将一把铜锁交到他手上,因道:"我走了,你锁门吧,空袭已经放了十分钟。你要游山玩水的话,也应当快快地走。"说毕,连同王嫂在内,一家人全走了。今天是透着紧张。吴春圃先生一家,也老早就全走了。他走进屋子,在书架上乱翻一阵,偏是找不到那本英文小说。转个念头,抽了本线装书在手,不想刚刚要找别的东西,半空里"呜呀",已放出了悲惨的紧急警报声。家里到目的地,还有二三十分钟的路,倒是不耽误的好。捏着那本书,匆匆出来锁了房门。就在这时,远远的一阵嗡嗡之声,在空气中震撼。那正是敌人的轰炸机群冲动空气的动作。再也不能犹豫,顺着山麓上的小道,向山沟里面就走。今天特别匆忙,没有带伞,没有带手杖,也没有带一点躲警报的食粮和饮料。走起来倒还相当便利。加紧了步伐,只五分钟工夫,就走出向山里的村口。但走得快,恐怖也来得快,早是"轧轧轧"一阵战斗机的马达声,由远来到头上。他心里想着,好久没有自己的飞机迎击了,今天有场热闹。

他这样想着抬头一看,两架战斗机,由斜刺里飞来,直扑到头顶上。先听到那响声的刺耳,有点奇怪,不是平常自己战斗机的声音。走到这里,正是山谷的暴露处,并没有一棵树可以掩蔽,只好将身子一闪,闪在山麓一处比较陡峭的崖壁下。飞机飞来比人动作还快。它又不大高,抬头一看,看得清楚,翅膀上乃是红膏药两块图记。他立刻将身子一蹲,完全闪躲起来。偏是这两架敌机,转了方向,顺着这条山谷,由南向北直飞重庆。看那意思,简直要在这山谷里面寻找目标。只有把身子更向下蹲,更贴着山壁。在这山谷路上同走的人,正有七八位,他们同样地错误,以为这战斗机是自己的,原来是坦率地走路,及至看到了飞机上的日本国徽,大家猛可地分奔着掩蔽地点。有人找不着地点,索性顺了山谷狂跑。蹲在地上的人就喝道:"蹲下蹲下,不要跑。"有的索性喊着:"你当汉奸吗?"就在这时,前面两架敌机过去了,后面"呼呼呼",战斗机的狂奔声随之而来,又是两架战斗机,顺了山谷寻找。咯!咯!咯!就在头顶上,放了阵机关枪。李南泉想着,果然是这几个跑的人惹下了祸事。心里随着一阵乱跳。好在这四架敌机,在上空都没有两三分钟。抬头看到它们像小燕子似的,钻到北方山头后面去了,耳朵里也没有其他的机声,赶快起身就走,看看手上捏的那本线装书,书面和底页,全印着五个手指头的汗印。

那蹲在地面上的几个行人,也都陆续站了起来。其中有个川人道:"越来越不对头,紧急刚才放过去,敌机就来到了脑壳上。重庆都叫鬼子搞得稀巴烂,还打啥子国战啰?"这人约莫五十上下年纪,身穿阴丹大褂,赤脚穿草鞋,手里倒是提了一双黑色皮鞋,肩上扛了把湖南花纸伞。在他的举止上,可以看出,他是一位绅粮①。他后面跟着两个青年,都穿了学生制服,似乎是他的子侄之辈。这就有个答道:"朗个不能打?老师对我们讲多了。他说,空军对农业国家,没得啥子用,一

---

① 四川人对地主兼绅士的称谓。

巴山夜雨

个炸弹,炸水田里一个坑坑,我们没得损失。重庆不是工业区,打国战也不靠重庆啥子工业品。重庆炸成了平地,前线也不受影响。"那绅粮道:"那是空话。重庆现在是战时首都嘛!随便朗个说,也要搞几架驱逐机来防空。只靠拉壮丁,打不退鬼子咯。壮丁他会上天?老实说,不是为了拉壮丁,我也不叫你两个人都进学校。你晓得现在进学校,一个学期要花好多钱?"李南泉听了这篇话,跟在后面,情不自禁地叹了口气。那大的青年,回过头来,问道:"李先生哪里去?"他道:"躲警报。你老兄怎么认得我的?"青年道:"李先生到我们学校里去演讲过,我朗个不认得?刚才你叹口气,觉得我们的话太悲观了吧?"李南泉道:"我们的领空,的确是控制不住。但这日子不会很久,有办法改正过来的。"

那青年道:"报上常常提到现在世界上是两个壁垒,一个是中美英苏,一个是德意日。李先生,你看哪边会得到最后胜利?"他答道:"当然是我们这一边。人力、物力全比轴心国强大得多。"绅粮插嘴道:"啥子叫轴心国?"青年答道:"就是德意日嘛。"绅粮忽然反问道:"轴心国拉壮丁不拉,派款不派款?"李南泉道:"老先生问这话什么意思?"他道:"又拉壮丁又派款,根本失了民心,哪个同你打国战?"李南泉笑道:"不要人,不要钱,怎么打仗?不过戏法人人会变,各有巧妙不同。不见得人家要人要钱,也像我们这样的要法。"老绅粮昂头叹了口气道:"人为啥子活得不耐烦,要打仗?就说不打仗,躲在山旮旯里,也是脱不倒手,今天乡公所要钱,明天县政府要人,后天又是啥子啥子要粮。这样都不管他。一拉空袭搞得路都走不好。刚才这龟儿子敌机,在脑壳上放机关枪。要是一粒子弹落到身上,怕不做个路倒①。"李南泉不愿和他继续说下去,便道:"老先生,你们顺了大路快走吧。这一串人在大路上走着,目标显然。我要走小路疏散了。"说着话时,正是又来了一阵轰炸机声音。山谷到了这里,右边展开了一方平谷,有一条小路穿过平谷进入山口。人就向小路走过去。当这平谷还没有走完,机群声已响到了头上。

---

① 川语,意指路上倒毙之人。

回头看那绅粮和两个青年，也吓得慌了。顺着人行大路，拼命地向前跑去，抬头看天上敌机是作个梯形队伍，三架、六架、九架、十八架，共是三十六架，飞着约莫五六千公尺，从从容容地，由东南向西北飞，正经过头顶这群山峰。在这群飞机后面，还有九架战斗机，两翼包抄，兜了大圈子，一架跟着一架，赶到了轰炸机群的前面。四十五架飞机的马达声，震破了天空。突然有两三个树上的小鸟，惊惶地飞出了树梢。李南泉看这形势凶猛，不知道敌人伸出毒手，要炸毁掉重庆哪一片土。而梯形机头，又正对了自己而来，急忙中并没有个掩蔽所在，跑又是万万来不及了。所行之处，是山坡的坡处，人行路下，有三四尺的小陡崖，便将身子一跳，跳在崖脚。在崖脚下有个小土坑，一丛草围着一圈湿地，虽跳在草上，脚下还是微微地滑着，向旁边倒着，幸是靠了土崖，不曾摔倒。正待将身子蹲下去，草里哧溜一声，钻出一条三四尺长的乌蛇，箭似的向庄稼地里射去。这玩意比飞机还怕人，他怕草里还藏有第二条，再也不敢蹲下，复又抓着崖上的短草爬上坡去，而已是两三分钟的耽误，飞机飞得斜斜的，临到头上，于是蹲着身子一跳，定睛看时，落在一条深可见丈的大干沟里。沟里也有草，这地方掩蔽得很好，就不管他有蛇没蛇了。

他是刚刚站定，那三十六架轰炸机，已在头上过去了一半。机群尾上的大部分，还正临头上。他下意识地贴紧了土岩，向下蹲着。可是这双眼睛，还不能不翻着向上看。眼见机群全过去了，自己便慢慢儿伸起腰来。见那机群是刚刚经过这里的山峰，就开始爬高。爬过几里外那排山峰，约莫已到了重庆上空。它们就一字排开，三十六架飞机，排了条横线，拦过天空。刚是高山把飞机的影子挡住，就听到"哄咚哄咚"几阵高射炮声。随后是连串的哄咚响声，比以先的还厉害，那是敌机在投弹了。他料着自己所站的这一带，眼前是太平过去，才定睛向四周看着。原来自己摔进的这条干沟，是对面山上洪水暴发冲刷出来的。沟的两岸，不成规则，有高有低，但大致都有两尺以上高。沟里是碎石子带着一些野草。而且沟并不是一条直线，随着地势，弯弯曲曲下来。记得战事初起，在南京所见到的防空壕，比这就差远了。在平原上找到这样一条干沟，以后在半路上遇到了敌机，可以在这里休息一下子了。这地方就是自己单独地躲避敌机，爱怎样行动就怎样行

巴山夜雨

动,一点不受干涉。听听敌机声已远去,正待爬起来,却听到有两个人的细语声,在沟的上半段,有人道:"敌机走远了,爬上来吧,没有关系了。"

李南泉自言自语地笑道:"到底还是有同伴。"他这话音说得不低,早是惊动了那个人,伸出头来望着。看时,却是熟人,对门邻居石正山先生。他也穿了保护色的灰布长衫,抓着沟上的短草,爬了出来,笑道:"当飞机临头的时候,我听到哄咚一声,有东西摔下了沟。当时吓我一跳,原来是阁下。"李南泉道:"躲警报我向来不入洞,就在这一带山地徘徊。今天敌机来得真快,我还没出村子口,四架驱逐机就到了头上。刚才和一位绅粮谈话,耽误了路程,先躲到那边坎下,遇到一条大蛇⋯⋯"他这段未曾交代完毕,沟里早有人哎呀一声,立刻再钻上一个人来。石正山笑着,将她牵起,正是他的义女小青。小青穿着蓝布衫子,已沾了不少泥土。两个小辫子,有一个已经散了。她手摸那散的小辫子,噘了嘴道:"又吓我一跳,沟里有蛇。"石正山笑道:"胡说。是李先生先前遇到了蛇,这时来告诉我们。"李南泉倒不去追究这个是非,因道:"第一批敌机,已去了个相当时期,该是第二批敌机来的时候了。我们该找个妥当地方了。"石正山道:"我原来是带着她到这个小村子上来,想买点新鲜李子。走出了村子口,就遇到了警报。既然有警报,我们就不回去了。"李南泉笑道:"我带的书丢了,再见。"他说着,离开他们,捡了一段枯树枝,边打草惊蛇,边在庄稼地里找失物。将失物找到,抬头也就看不到此二人了。

他站着出神地望了一望。大太阳下,真个是空谷无人。金光照着庄稼地的玉蜀黍小林子,长叶纷披,好像都有些不耐蒸晒。庄稼地中间的人行路,晒得黄中发白。而庄稼地两边,阵阵的热气,由地面倒卷上来,由衣襟下面直袭到胸脯上来。这谷的四方,都是山。向南处的小山麓上,有一丛树林,堆拥着隐隐藏藏的几集屋角。这是个村子,名叫团山子。这村子里的人,常常运些菜蔬鲜果,柴草,卖给疏散区的下江人,所以彼此倒还相当熟识。这大太阳,不能不去找个阴凉地方歇脚。便顺着山坡向村子里走去。刚走到树林下,汪的一声,跳出来四五条恶狗,昂起头,倒卷着尾巴,向人狂叫。李南泉将树枝指着一条精瘦的黄狗笑道:"别条狗咬我,那还罢了,你是几乎每天到我家门口去巡视一番的,东西没有少给你吃,多少该有点感情。现在到你们村庄上来了,你就是用这种态度来对待我?"他口里说着,将树枝挥着狗。这才把村子里的人惊动出来。大人喝着狗,小孩代轰着。一个老卖菜蔬的老刘,手里提着扁担和箩筐出来,问道:"李先生哪里去?"他道:"还不是躲警报。我是一天要来一次。今天来得匆忙一点,没有走这村子外的大路。"老刘道:"不生关系,这里不怕敌机,歇一下脚吧?"这路边就是老刘的家,三方黄土墙,一方高粱秫秸夹的壁子,围了个四方的小屋。屋顶上堆着尺多厚的山草。墙壁上全不开窗户,屋子里漆黑。

老刘的老婆,敞着胸襟上的一路纽扣,夹个方木凳子,放在草屋檐下,因道:"李先生,歇下稍,我这里没得啥子关系,屋后边到处是山沟沟,飞机来了,你到沟沟里趴一下就是。这沟沟不是黄泥巴,四边都是石头壳壳。"她说着,还拍了几下木板凳。李南泉看她一副黄面孔,散着半头乱发,而且还瞎了一只眼睛,觉得很够凄惨,便站着点了两点头道:"不必客气了。我们躲警报的人,找个地方避避就是。"刘老板已歇下担子了,站在路上笑道:"不生关系,这是我太婆儿①,倒碗茶来吃嘛!"刘太婆道:"老荫儿茶咯,他们脚底下人②不吃。"李南泉客气道:"脚底下人,现在比你们还要苦呢,什么都不在乎。"说着也就坐了下来。这位刘太婆,信以为真,立刻将一只粗饭碗,捧了大半碗马尿似的东西,送到客人手上。李南泉正待要喝一口,一阵奇烈的臭气,向鼻子里冲了过来,几乎让人要把肺腑都翻了出来,立刻捧了粗饭碗走将开去,向屋子里张望。这里面是个没烟囱的平头灶。灶头一方破壁,下面是个石砌的大坑,原来是个大猪圈,猪圈紧连着就是粪窖。这是两只大小猪屙着尿,尿流入粪窖里,翻出来了的臭味。他立刻联想到这烧茶的锅和水,实在不敢将嘴亲近这碗沿。便把那只碗放在木方凳上,因道:"我还是再走一截路吧。"

刘老板笑道:"吃口茶嘛!躲到山沟沟里去,没有人家咯。"李南泉对于他们

---

① 川语,意指妻子。
② 川语,指下江人。

巴山夜雨

这番招待,还是受之有愧,连连点头道:"再见吧。"他口里说着,人可已向村里面走。这村子里,七上八下,夹峙着一条人行路,各家的人,也是照样做事。唯一和平常不同的,就是大家放低了声音说话。又经过两次狗的围剿,也就走出了村子。这个村子,藏在大谷中的一个小谷里。谷口的小山,把人行路捏在一个葫芦把里,纵然敌机在这里投弹,只要不落在小葫芦把里,四周都被小山挡住,并无关系。这样子,心里好像坦然些,走起来也就是慢慢的。出了这谷口,平平地下着坡子,豁然开朗,是个更大的平谷,周围约莫是五里路。这平原里,只有靠东面的山脚有一幢瓦屋,此外全是庄稼地。这里恰是瘦瘠之区,并无水田,只稀落地种了些高粱和玉蜀黍。田园中间,也只有几棵人样高的小橘子树,眼前一片大太阳,照在庄稼地上,只觉得热气熏人。他站着出了会儿神。今天走的是条新路,一时还不知道向哪里去躲警报好。向东看去,人家后面山麓上,有一丛很密的竹林。那竹林接连过去,就是山头的密杂小树。在这地方,还是可以算个理想中的掩蔽地带,便决定到那竹林子下去休息。顺着庄稼地里的窄埂走着,约莫有大半里路,却哄哄地又听见了轰炸机破空的响声。

  这时,在这平原上,看不到一个人,除了草木,面前空荡荡的。躲空袭就是心理作用。眼前无人,第一是感到清静,清静就可以减少恐怖。因之他虽听到了飞机群的声音,还是自由自在地走。约莫又走了十来步路,机声似已临到了头上,各处张望并不看到飞机。仿佛机声是由后来,掉转头一看,不得不感觉着老大的惊慌。又是个一字长蛇阵的机群,约莫二三十架,由北向南,已飞到头上。这里是一片平原,向哪里也找不出掩蔽的所在。要跑,已万万来不及。只好把身子向下跳着一蹲,蹲到高不及二尺的田坎下去。那飞机来得更快,整个长蛇阵,已横排在平原上的天空。它们恰不是径直飞着,就在这当顶,来个九十度转弯,机头由南向变着向东。他心里哎呀一声,想着,难道他们还要转这一带地区的念头吗?人蹲在田坎下,眼光可是由高粱秫秸的头上,向天空里看了去。直到敌机群飞远了,慢慢儿地站起,自言自语道:今天是有点奇怪,全是大批着来的,也许真有七批。现在还是刚过去两批哩。他神经指挥着他独白,又指挥着他独自表演,连连地摇了几摇头，他再也不肯犹豫，更不择路，就直穿了庄稼地，向东面的山麓上走去。躲空袭者的心理，一切是变态，什么响声也不愿有。他为着避免狗的喊叫，不经过那瓦屋的前门，却绕着屋子外一条山沟，向山麓上走。为了怕再遇到蛇，将手里的树枝，一路敲着沟里两旁的蓬松深草。

沟里有些地方是湿的，乱草盖着，成批的蚊子藏在里面。树枝敲着乱草，蚊子就哄哄地向四处乱飞。有些地方，由沟沿上垂下来些野藤，不住在脸上、衣服上挂着。他不由得叹了口气道："人生，什么样子没有走过的路，我都走过了。"这句独白，竟是惹起了反应，有人在沟上面用川语问道："哪一个？"便答道："无非是躲警报的人。"那人道："这里安逸得很，不用逃了。"又有个妇人道："是李先生咯，不生关系。"李南泉心想，这两句话连在一处，作何解释？找着一个沟的缺口，于是爬了上来。原来在这沟里摸索着，已摸到那瓦屋的后面，有深深的一丛凤尾竹林子。在说话的男女一对，男的是村口上刘局长公馆里的刘厨子，女的是村子里王家的女用人陈嫂。陈嫂是个小胖个儿，满脸的疙瘩麻子。她就在自己家里帮工过几天，太太因她长相之过于不入眼，不曾雇她。她这是靠了一块石头，坐在竹阴下草地上。手里倒拿了一柄白纸折扇，爱招不招的。身边放着两个旅行袋，刘厨子抄着腰，站在沟沿上。他已不是平常做工的样子，下穿蓝布短裤衩，上穿夏威夷的内夏布衬衫。竹子梢上挂了件蓝布褂子，那是躲空袭的衣服，这和那陈嫂有点赛美的意味，她也穿着蓝底子红花点的夏布长衫呢。陈嫂看到人来了，将白纸扇张了，放在胸前，将厚嘴唇咬了扇子的边沿，脸上倒有三分笑意，七分红晕。

李南泉老早就挑选了这样一个好地方躲警报。没想到这幽僻的地方，还有比自己先到的，自己知趣一点，还是闪开为妙。于是手扶了竹子，站着出了一会神。那刘厨子笑道："李先生，要不要吃点饼干？"说着，解开了旅行袋拿出三个纸包来，有饼干、糖果、鸡蛋糕之类，同时，在袋里面滚出了好几枚水果。他想，他们好阔，不是躲警报，是到竹林子里进野餐来了。便向刘厨子摇摇头道："不必客气，躲警报的生活，越简单越好。"交代完了这句话，走出竹林子，向四周看看，打算寻觅第二个避难所。就在这时，轰炸机群的响声，遥遥地又是远处发出，刘厨子骂道：

巴山夜雨

"龟儿子,又来了。今天这个样子,上半天硬是幺不倒台。"陈嫂道:"吃不到晌午喀①。"刘厨子是蹲在地上解旅行袋的,离着陈嫂坐着的草地,约莫有四五尺远,他拿起个大桃子,向她怀里一扔,正打在她的乳峰上,口里笑道:"来一个。"陈嫂红起大麻脸,哎哟了一声,骂道:"龟儿子,你整得老子好痛。"李南泉一看,这太不像话,头也不回,自己就扬长而去。竹林外面,是一片山坡,山坡上辟了庄稼地,稀稀落落地长着些玉蜀黍和高粱,他为了隐蔽着身体走,就在高粱秆子下钻着。那长叶子上有很多的粉屑,沾染满身。有两片叶子,接连地在手臂上划着,留下两条痕。但他也顾不得许多了,继续向前钻。

他把这片庄稼地也钻完了,面前是一列矮山。山上树木不多,山脚下长有不少大小石头,像摆八阵图似的,随处围绕着,成了些石坑。他由家里跑出来以后,始终是跑动的,没有喘一口气。且走向这石头窝里找一安身地点。寻觅的时候,用手摸摸石头,全是烫手的。于是顺了这小小的八阵图向前走。在石阵前面,有株桐子树,长得团圆无缺,像把绿伞。这绿伞高不到一丈,绿阴下,正好覆盖着两方大石头,夹成了一个石槽。这实在是个理想的野游、避空袭所在。听听天空上的机群声,始终在几十里路外哄哄不断。也应当找个好掩蔽地方,免得飞机群到了头上,自己又是手慌脚乱。于是不加考虑,就绕过前面这块大石,想由缺口处踏进去。还不曾走近,就看到有对男女,面对面的,各靠了一方大石,坐在地上。这两个人都认得,男子是公园里的花儿匠,女的也是疏散区里人家的老妈子。他们看到人来,虽是抬着眼皮将人注视了一下,可是他们全毫不在乎地将脸掉了过去。那花儿匠道:"现在不知道有几点钟了。一拉空袭,啥子事都不好做。"那女仆道:"怕只有十来点钟。"李南泉听他们,是突引起的话锋,分明不是继续前言。这一石坑,虽然足以容纳三四个人,但自己决不能和他们为伍,只好缩着脚转了开去。去之不远,听到石坑里面有隐隐的笑声发出。他心里想着,难道我还有可笑之处吗?

---

① 川语,意指午饭。

但站脚听了,那笑声好像又不是讥讽别人,或者与自己无关,这就继续走去。在这大谷的西头,是一排森林茂密的山岗子。山岗子下,石板平铺的人行路,倒是通行市集的交通线。因空袭的情况下,行人向来是稀少的,这时,却看到前后有五个人,顺了这条路走。只看到那些人带着旅行袋和小木凳子,就知道他们是去躲警报的。其间有个女孩子,是犯着双跛腿的病,她左右两腋,夹着两根木棍,弯了腰,也在路上走。这可怜的孩子,不会有力气出来玩,当然也是躲空袭的了。看这样子,大路前途似乎有最好的躲警报所在,倒不可不去领略一番。好在那远处的轰炸机声,现在又停止了,似乎这批敌机和下批敌机,还有个相当的间隔。于是不管好歹,径直插上那段大道。顺着这路走,不到半里路,就是个峡口,两山拥挤着,留着三四丈的平地,让人行道穿过去。出了这峡,地方更为开朗,又是一片平谷。见前面走的人,连那个跛腿的孩子在内,全丢下大路,向三间草屋旁的庄稼地走去。这里有什么可避空袭的?倒奇怪了,自也跟着他们走去。到了终点,看见一座小土堆,上面长了些野藤和几株小树。土堆下面,却是三四尺厚的青石壳子,在那石壳子上有着条条儿的横缝,可以知道太古时代水成岩的迹象。四川的地质,都是这样,下面是整块的石头山,上面却有几尺厚的土,土上长着草木。

他想着,在这地方,还能建筑什么防空洞吗?正自诧异着,看见那些先来的人,拂开了野藤,各各地向里面钻了进去。他随着他们之后,踏上土堆,扯着野藤向里一看,这就甚叹重庆地形之奇了。原来土堆像牛圈似的,围着一个直径两丈多的大石坑,由上到下,也将到两丈多深,就在自己面前,有个土坡下去,这个坑的底子,完全是石头,在坑底和牛圈相接之处,东西南三面,凹进去一道四五尺深的石缝。缝的上面,就是那牛圈;牛圈的青石板,就有四五尺厚,再加上石板上的土,有丈多厚的掩蔽部了。这石壳是整个的,又是青石的,那绝不下于钢筋水泥,而况土长得有植物,也天然生就了伪装。这石缝口子不过两尺高,人须弯腰爬了进去。而石缝里面反是有三尺上下,人可直了腰坐着,站在牛圈,看见有几个人坐在缝口。也有些男子,在缝外坑里散步。正打量着,有几个人同声笑喊道:"欢迎欢迎。"看时,一位陆教授,两位第一号委员赵先生、王先生。陆教授是同乡。他看到了,首先抬起手来招呼道:"快下来,还有位子,又有一点响声了。"李南泉道:"我倒没有想到,这里有这样好的防空洞,各位是什么时候发现的?"赵委员笑道:"我们发现久矣。虽无丝竹管弦之盛,而一觞一咏,亦足以畅叙幽情。"这位委员穿了件旧的灰绸长衫,手里拿把白纸折扇,慢慢儿地摇摆着,倒也态度自然之至。

李南泉笑道:"咏或有之,觞则未必。"陆教授笑道:"何相见之不广也?你不妨先到洞子里去参观一番。"他倒也以先睹为快,立刻牵起长衣襟,由裂缝较宽的所在钻了进去。伸直腰来,四周一看,情不自禁地说了声:"很好。"原来这石头缝在地下是半环形,除了裂口的所在,整个的是石头壳子包着的。这石头壳,只是留着万万年的水成岩水冲浪纹,再没有一丝漏隙。以在旷野地点而论,这实在是个无可比拟的好防空壕了。这个防空壕里,并不寂寞,约莫有二十多人。有两男两女,团坐口子露光处打扑克。有几个小孩靠了石壁斜躺着,低着声音唱歌。也有人把席子铺在洞底,捧了小说看。最妙的是村子里的伍先生,把家里帆布支架睡椅搬了来,放在石洞的末端,躺在椅子上,闭眼养神。因为洞子里相当阴凉,他还带了一条线毯子来,搭在肚子上。打扑克集团里,有位张太太,点个头笑道:"李先生,欢迎,加入吧?"说着将手上拿的扑克牌举了一举,又笑问道:"太太没来?"他随便在洞底坐着,因道:"我太太怕走路,躲到山子口上的洞子去了。孩子多,实在也难得走。"张先生正用长麻线拴着一只大蚂蚱,逗引着一位两岁的公子在玩。他就接嘴笑道:"你家里的大脚老妈,太不负责任。"李南泉道:"我家里的那个女工,倒还不坏,虽然是多要几个工钱,和我们太太倒是很能合作的。"张太太将手上的一把扑克,丢在地上,拍了她先生一下肩膀,笑道:"孩子给我,你来休息。"

李南泉这才算明白了,因笑道:"果然的,我这个大脚老妈,将张先生比起来,实在没有尽职。不过我在担负家庭这份责任上,却是全部担当,可不像你们太太和你共同……"这句话不曾说完,在洞外散步的这些人,纷纷钻进洞子,而且态度是非常地仓皇。在洞子里的人,立刻坐着向里移,打扑克的不打了,唱歌的不唱了,看书的不看了,全部人寂寞而又紧张。陆教授是胆大的人,他最后进来,悄悄道:"来了,来了。响声沉着得很,数目又是不少。"他这样说着,并未坐进来,随身就坐在洞口边。而且还弯了腰,偏着头由裂缝口向外张望着,这就有好几个人轻声喊着:"进来,进来,别向外瞧。"也就在这时,那轰炸机群的声响,轰隆轰隆,好像就在头顶上。看大家的脸色时,都呆了。这天然洞里最活泼的一个,是打扑克的金太太。她约莫二十多岁,穿件发亮的黑拷绸长衫,露着手臂更白。脸子又长得很漂亮,和熟人有说有笑,这时也不是那一朵欢喜花了。她微盘了腿坐在一只小草垫上,垂了眼皮,低着头剥指甲。相反地,为大家所厌恶的一位南京来的妇人,是女工出身,而会做小生意;头上的长头发用黑骨梳子倒撒住,成了个朝天刷子,一脸横肉。她穿件大袖子短蓝布褂,抬起手来乱扇芭蕉叶。腋下那种极浓浊的狐臊味,一阵阵向人鼻子里倒灌着。大家也只有忍受,并没有谁说句话。但李南泉和她却坐得最近,生平又最怕的是狐臊臭,只有偏过脸去,将头向着里。不料里面是一位母亲带着三个孩子,更给了难题。

这三个孩子,都小得很,顶大的四五岁,其次的两三岁,最小的不到一岁。小孩子知道什么空袭不空袭,照样闹。尤其是那最大的,大家紧张着不许动,他觉得奇怪,只管在地上爬来爬去。大的有行动,其次的也就跟着动。两个闹着,不知谁碰了谁,立刻哭了起来。在飞机临头的当儿,谁要多咳嗽了两声,在座的人也不愿意,怎样能容得小孩子哭?一致怒目相视,接二连三地吆喝着。这个做母亲的,一面将孩子分开,一面用好言劝说,这两个孩子哭声未停,抱在怀里的最小一个,又吓哭了。这倒好办,做母亲的人,衣襟根本没扣纽扣,立刻拖出乳来,将孩子搂紧,把乳头向他嘴里一塞。可是她只有两只手,不能再照顾两个大的小孩。在洞里躲警报的人,正喝道:"把他丢出去。"李南泉看她母子四人,成了众矢之的,实在不忍,就代搂住其次的孩子,轻轻地道:"别哭,等一会儿,我带你出去买桃子吃。"同时向那个大孩子道:"你不怕飞机吗?飞机听到小孩子哭会飞下来咬人的。"这样,算是把这两个小孩哄住了。可是在怀里吃乳的那个小孩子,忽然屙起尿来。他正是分开着两条腿,小鸡子像自来水管子放开了龙头,尿是一条线似的放射出来。全射在自己的大衣襟上。他母亲"呵哟"了一声,将孩子偏开。尿撒在地上,趁了石壳子的洞底流,涓滴归公,把李南泉的裤脚沾湿了大半截。等他觉得皮肤发黏,低下头看时,小孩子已经不撒了。

那位做母亲的太太看到之后,十二分的不过意,连说着对不起。李南泉看着人家满脸都是难为情的样子,真不好再说什么,反是答复了她两句话。在这一阵纷乱中,当顶的飞机声音,已经慢慢消失,首先是那位陆教授,他不耐烦在苦闷中摸索,已由洞口钻了出去。李南泉忍不住问道:"怎么样?飞机已经走远了吗?"他答道:"出来吧!一点响声都没有了。"李南泉再也不加考虑,立刻钻了出去。抬头一看,四面天空,全是蔚蓝色的天幕,偶然飘着几片浮云。此外是什么都不看见。再看地面上,高粱叶子,被太阳晒得发亮。山上草木,静亭亭地站着。尤其是脚下的草间,几只小虫儿,吱吱叫着,大自然一切如平时,看不出什么战时的景象。他自言自语地道:"大好的宇宙,让它去自然地生长吧!何必为了少数人的利益,用多数人的血去涂染它?"陆教授笑道:"老兄这个意识,大不正确,有点儿非战啦。"他道:"这话当分两层来说,站在中国人的立场,谈不到非战。因为是人家打我,我们自卫,不能说是好战。若站在人类的立场上,不但战争是残酷的,就是战争这个念头都是残酷的,好战的英雄们,此念一起,就不知道有多少人要受害。你只看刚才洞里那位带着三个孩子的太太,就够受大家的气。"陆教授向他身上的尿渍看了一遍,笑道:"那么,你受了点委屈,毫不在乎了。这三个孩子就委托你带两个吧。我们实在被他闹得可以。"

李南泉抬头看了一看天色,笑道:"我也就适可而止,不再找这个美差了。再干下去,小孩子还得拉我一身屎。现在没有事了,我要走了。"说着就要走上那石坑的土圈子。在他说话的时间,在洞子里躲着的男子,已完全走了出来,王、赵两位委员,也站在一处。王委员身躯魁伟,穿着一身灰色的川绸褂裤,虽然是跑警报的保护色衣服,还不失却富贵的身份。手上拿了根椅子腿那般粗的手杖,昂着头将手杖在石坑的地面,重重地顿了一下,因道:"天天闹警报,真是讨厌。照说,中国战事,是不至于如此没有进步的,最大原因,就是由于不能合作。"李南泉便道:"就是后方的政治,也配合不上军事,两三个人包唱一台戏,连跑龙套也怕找了外人……"王委员听到这里,掉过头去,看人家屋后的两棵树。赵委员向洞子里的人道："飞机去远了，你们可以出来休息休息，透透空气了。"李南泉一想，自己有点不知趣，怎么在这种人面前谈政治。话说错了，这地方更不好驻足了。

他想过了，再也不加考虑，提起脚步就再上平原处。这石坑不远，是三间草屋，构造特殊一点。猪圈毛坑，在屋子后面，第一是不臭。这屋子坐北朝南，门口一片三合土面的打麦场，倒是光滑滑的。打麦场外，稀落地有几株杂树，其中有株黄桷树，粗笨的树身有小桌面那样大，歪歪曲曲，四面伸张着横枝，小掌心大的叶子，盖了大半边阴地。黄桷树是川东的特产，树枝像人犯了癞麻风的手臂，颇不雅观。但它极肯长，而且是大半横长，树叶子卵形，厚而且大，一年有十个月碧绿。尤其是夏天，遮着阴凉很大。川东三岔路口，十字路口，照例有这么一两株大黄桷树，做个天然凉亭。这草屋前面有这些树，不问它是否歇足之地，反正有这种招人的象征存在。看到黄桷树的老根，在地面拱起一大段，像是一条横搁在地下的凳子，这倒还可以坐坐。于是放下树枝，把手上捏着的这本书，也放在树根上。今天出来得仓皇，并不曾将那共同抗战的破表带出来，也不知道是什么时候。抬头看看天上的日影，太阳已到树顶正中不远，应该是十点多钟了。根据过去的经验，警报不过是闹两三小时，这应该是解除的时候了。脱下身上这件长衫，抖了两抖灰，复又坐下，看看这三间草屋，是半敞着门的，空洞洞地，里面并没有人。口里已经感到焦渴，伸头向屋子里看看，那里没有人。他摇了摇头自言自语地道："今天躲警报，躲得真不顺适。"

这句话惊动了那屋子里的人，有人出来对他望了一望。这人穿着粗蓝布中山服，赤脚草鞋，头上剪着平头。虽然周身没有一点富贵气，可也没有点仓俗气。照这身制服，应该是个夫役之流，然而他的皮肤，还是白皙的，更不会是个乡下人，乡下人不穿中山服。李南泉只管打量他，他点着头笑道："李先生，你怎么一个人单独在这里坐着？哦！还带得有书，你真不肯浪费光阴。"李南泉一听，这就想着，单独、浪费，这些个名词，并不是一个普通老百姓会说的。站起来点头操川语道："你老哥倒认得我，贵姓……？"他笑道："不客气，我不是四川人，我叫公孙白。也是下江人。"李南泉道："复姓公孙，贵姓还是很不容易遇到。"他含着笑走过来，对放

巴山夜雨

在树根上的书看着,因道:"李先生不就是住在山沟西边那带洋式的草屋子里吗?"他道:"就是那幢国难房子。"公孙白道:"现阶段知识分子,谈不到提高生活水准。只有发国难财和榨取劳动的人有办法。"李南泉等他走近了,已看到他身上有几分书卷气。年纪不到三十岁,目光闪闪,长长的脸,紧绷皮肤,神气上是十分的自信与自负,便道:"你先生也住在这地方吗?倒少见。"公孙白道:"我偶然到这里来看看两个朋友,两三个月来一回。今天遇到了警报,别了朋友顺这条路游览游览。"李南泉道:"刚才飞机来了,没有到防空洞里去躲躲?"他淡笑道:"我先去过一次。和李先生一样,终于是离开了他们。这批飞机来了,我没有躲。"

李南泉道:"其实是心理作用,这地方值不得敌机一炸,不躲也没有多大关系。"公孙白摇了两摇头,又淡淡地笑道:"那倒不见得。敌人是世界上最凶暴而又最狡诈的人。他会想到,我们会找安全区,他就在安全区里投弹。不过丢弹的机会少些而已。进一步说,无形的轰炸,比有形的轰炸更厉害,敌人把我们海陆空的交通,完全控制着,窒息得我们透不过气来。我们封锁在大后方,正像大家上次躲在大隧道底下一样,很有全数闷死的可能。我们若不向外打出几个透气眼,那是很危险的。我在前、后方跑了好几回,我认为看得很清楚。今年,也许就是我们最危险的日子吧?可叹这些大人先生藏躲在四川的防空洞里,一点也不明白,贪污、荒淫、颟顸,一切照常,真是燕雀处堂的身份。那防空洞里,不就有几位大人生,你听听他们说些什么?"说着,他向那天然洞子一指,还来了个呵呵大笑。在他这一篇谈话之后,那就更可知道他是哪一种人了。李南泉道:"事到如今,真会让有心人短气。不过悲观愤慨,也都于事无补,我们是尽其在我吧。"公孙白笑道:"坐着谈谈吧,躲警报的时间,反正是白消耗的。"他说时,向那大树根上坐下来。但他立刻感觉得不妥,顺手将放在树根上的那册书拿起,翻了两翻,笑道:"《资治通鉴》。李先生在这种日子看历史,我想是别有用心的。我不打搅你,你看书吧。改日我到府上去拜访。"说着,他站起身就往草屋子里走去,头也不回。

李南泉虽觉得这人的行为可怪,但究竟都是善意的,也就不去追问他。坐在树根上,拿起书来看了几页。那边天然洞子里走出人来。他道:"好久没有飞机声音,也许已经解除了。这地方没有防护团来报告,要到前面去打听消息。李先生回去吗?"李南泉拿着书站起来道:"不但是又渴又饿,而且昨晚睡得迟,今日起得早,精神也支持不了。"说着,也就随着那人身后向村子里走。还没有走到半里路,飞机哄哄的声音,又在正北面响起。那地方就是重庆。先前那位同村子的人,站着出了一会神,立刻掉转身来向回跑。他摇着头道:"已经到重庆市区了。一定是由这里头顶上回航。"他口里说着,脚下并没有停止。脸色红着,气吁吁的,擦身而过。李南泉因为所站的地方,是个窄小的谷口;两边的山脚,很有些高低石缝,可以掩蔽,也就没有走开。果然,不到五分钟,"哄咚、哄咚"响着几下,也猜不出是高射炮放射,或者是炸弹爆炸,这只好又候着一个稍长的时候了。不过这石板人行路上,并没有树阴,太阳当了头,晒得头上冒火。石板被阳光烤着,隔着袜子、鞋子,还烫着脚心。回头看左边山脚下,有两块孤立的石块突起,虽然一高一低,恰好夹峙着凹地,约可两尺宽。石头上铺着许多藤蔓,其后有两株子母桐树,像两把伞撑着,这倒是个歇脚的地方。赶快向那里走时,不料这是行路旁边的天然厕所,还不曾靠近,就奇臭扑人。

他立刻退回到人行路上,还吐了几口唾沫。正打算着另找个地方,却看到右边山腰上松树底下,钻出几个人来。有人向这里连连招了几下手。不言而喻,那也是个防空洞所在地。于是慢慢儿地向山上走。这山三分之二是光石头壳子,只是在石壳裂缝的地方,生长出来大小的树木。有人招手的地方,是块大石头,裂开了尺多宽的口子。高有四五尺,简直就是个洞子,有三四个男人,站在洞口斜石板上。其中一个河南小贩子老马,手挥着芭蕉扇,坐在石板上,靠了一棵大树兜子,微闭了眼睛,态度很是自在。看到他来,便笑道:"李先生,不要跑了,就在这里休息休息吧? 刚才我们的飞机去,打下几个敌机? 听说,我们由外国新来了三百架飞机,比日本鬼子的要好,是吗?"李南泉也不能答复什么,只是微笑。老马道:"当年初开仗的时候,我亲眼看到一架中国飞机,打落了三架日本飞机。这些飞机现时都在前方吗? 调一部分到重庆来就好了。刚才有一阵飞机响,好像就是我当年在河南听到的那种声响。前方的飞机回来了,日本鬼子就不敢来了。"有位四川

巴山夜雨

工人站在洞口,对天上看看,插嘴道:"怕不是。听说,我们在外国买了啥子电网,在空中扯起,日本鬼子的飞机来了,一碰就么台。"老马道:"电网在半天云里怎么挂得起来呢?"这话引起躲警报人的兴趣,有个人在洞子里用川语答道:"无线电嘛,要挂个啥子?听说英国京城鄜都挂的就是无线电网。"老马道:"不对,鄜都我到过,是川东一个县。"那人又道:"阴京朗个不是鄜都?"

李南泉实在忍不住笑,因笑着叹口气道:"凭我们现在这分知识,想打倒日本人,真还不是一件容易事。就算日本人天数难逃,自趋灭亡,也不难再有第二种钻出来和我们捣乱。"大家听了他的话,都有些莫名其妙,正打算问个缘故,不料那空中飞机的响声,又逼近来了。那老马首先由地面站了起来骂道:"真是可恶呀,今天简直是捣乱不放手呵。"他口里说着,人就钻进了洞,李南泉抬头四望,还没有看到飞机,且和一位四川工人,依然站在洞口,他道:"列位老哥吃晌午了咯。"说着他在工人服小口袋里掏出挂表来看看。那挂表扁而平,大概是一枚瑞士货,这在久战的大后方是不易得的,因道:"你哥子,几点钟了?这表不错。"他听说,脸上泛出了一番得意的颜色,因道:"十二点多钟了。这表是在桂林买的,重庆找不到。"李南泉道:"什么时候到桂林去的?"他道:"跟车子上两个月前去的,路跑多了,到过衡阳,还到过广州湾,上两个礼拜才转来,城里住了几天,天天有空袭,硬是讨厌,下乡来耍几天,个老子,还是跳远些。"李南泉道:"于今跑长途汽车,是一桩好买卖。"他摇摇头道:"也说不一定咯,在路上走,个老子,车子排排班,都要花钱。贩一万块钱,开一万块钱包袱,也不够。个老子,打啥子国战,硬是人抢钱。"李南泉道:"跑一趟能挣多少钱?"他道:"也说不定咯,货卖得对头,跑一趟就能挣几百万,我们跟车子,好处不多。个老子,再跑一年,我也买百十石谷子收租,下乡当绅粮。"

李南泉听了他这篇话,再对周身看看,对他之为人,可说完全了解,便道:"你哥子有工夫到这个地方来耍?"他笑道:"一来是耍,二来也有点事情。完长公馆的王副官,我们是朋友。这个人的才学,硬是要得!他要是肯出洋的话,怕不是个博士!"李南泉笑道:"博士?也许。"正说到这里,一大群飞机影子,由北面山顶的天空上透露出来了，看那趋势，还正是向这里飞。那人连连道："来了，来了。"他赶快就向洞子里走去。李南泉虽是不大关心，但看到飞机径直向这里飞，也不能不闪开一下，也就顺着洞子向里退了去。这个洞子恰似两个人身那么宽窄，由亮处到洞子里来，只觉得眼前一黑，还看不到洞里面大体情形。靠着石壁略微站了一站，又将眼睛闭着养了五分钟的神，再睁开眼来看时，看到洞子里深进去两丈多，还有个洞尾子，向地底下凹了下去，虽是藏着几个人，倒还是疏疏落落地坐在地上，这位赶车子的工人，先在衣袋里掏出一支五寸长的手电筒，放开了亮。放在地面上，光虽然朝里放着，还照得洞子里雪亮。然后他掏一盒纸烟，对所有在洞子里的人各敬上一支。这还不算。接着又在身上掏出一大把糖果，然后各人面前敬上一枚。其中有一位下江人笑道："王老师，这年月把纸烟敬客，也不是件容易的事呀。"李南泉听着，却有点稀奇，怎么会再称呼他是老师呢？那王老师笑着喷出一口烟来道："这算不了什么。我们跑长途的，随便多带两包货，就够我胡花的了。"

  大家是约莫静止了五分钟，那姓王的道："飞机走远了，还是到洞子外头去吧。"说着，他取了手电，先自走了出去。那老马道："人学了一门手艺，真比做官都强。你看这位王老师是多么的威风。"李南泉道："怎么大家叫他作王老师，他教过书吗？"老马轻轻地道："本来称呼他司机，是很客气的。可是在公路上跑来跑去，一挣几十万，称呼他司机，太普通了。现在大家都称呼他们老司。是司机的司，不是师傅的师。不过写起字来，也有人写老师的。"有个人插言道："怎么当不得老师？我们这里的小学教员挣三年的钱不够他跑一趟长途。读他妈十年、二十年的书，大学毕业怎么样？两顿饭也吃不饱。学三个月开汽车，身上的钞票，大把地抓。我就愿意拜他为师去开汽车。"这个说话的人，也是村子里住的下江人。在机关里当个小公务员，被裁下来，正赋闲住在亲戚家里。李南泉在村子里来往常见面，倒没有请教姓名。听他的口音，好像是北方人，令人有天涯沦落之感，便叹了口气道："北平人说话，年头儿赶上的，牢骚何用？"说着话走出洞来，那个北方人也跟着。看他时，穿套灰布中山服，七成是洗白了，胸前还落了两枚纽扣。看

巴山夜雨

去年岁不大,不到三十,脸上又黄又瘦。他向李南泉点个头道:"这个洞子,李先生没有躲过吧,今天怎么上这里来了?"李南泉道:"我躲警报是随遇而安。"那北方人对天上看看,摇着头道:"一点多钟了,饿得难受,回去找点东西吃。贱命一条,炸死拉倒。"说着,他真走下山坡去。

  李南泉看着这情景,也应该是解除警报的时候了,就也随着下山,约莫走了半里路,只见那个北方人又匆匆忙忙地跑回来,左手拿了四五条生黄瓜,右手向人乱摇着道:"李先生不要回去吧。还有两批飞机在后面呢。"说着,他将生黄瓜送到嘴里去咬。李南泉实在感到疲倦了,不愿走来走去,就在大路边上坐着。恰好这田沟边上,有百十来竿野竹子,倒挡着太阳,闪出一块阴地。他在竹阴下一块石头上坐着,耐心拿出书来看了七八页,自言自语地道:"没事,回去吧。"起身走有四五十步,飞机又在轰隆轰隆地响。因为这响声很远,昂头看看天空,并没有飞机的影子,就坦然在路边站着,只管对飞机响声所在的空中看去。眼前五六里,有一排大山,挡着北望重庆的天空,在那里虽有声音,却看不到飞机,也就安心站着。不想突然一阵飞机响动,回转头向上一看,却是八架敌机,由左边山顶的天空横飞过来。要跑,已是来不及,站着又怕目标显然,只好向路边深沟里一跳。就在这时,半空里"嘘唧唧"一阵怪叫,他知道这是炸弹向下的声,心想完了完了,赶快把头低着,把身子伏着,贴紧了沟壁,把身体掩蔽住。紧接着就"哄咚"一声,他只觉咚咚乱跳,也不知道沟外面危险到了什么程度。约莫五分钟,听听天空的飞机声,已是去远了,微抬着头向沟外看去,天空已是云片飘荡。蔚蓝的天幕下,并没有别的痕迹。慢慢伸直腰来,看到右边小山外,冒出阵阵的白烟。

  看这情形,一定是刚才"嘘唧唧"那一声,把炸弹扔在山谷。那边虽有三五户荒凉人家,也是个深谷,实在不值得一炸。那个地方,倒是常有村里人藏着躲警报,莫非这也让敌人发现了吗?这么一来,他又不敢回家了,呆了半晌,只好还是在竹子阴下坐着,看看太阳影子,已经偏到西方去了,整天不吃不喝,实在支持不住。而且今天为了那保长太太的啰唆,又起身特别早。自己坐了二十来分钟,还是忍不住站起来,向回家的路上走。还算好,接连遇到两个行人,说是还有一批敌机未到，防护团只放行人向村子外走，不让人进去，他站着看看天色，再看四周，今天整天闹空袭，路上行人断绝，连山缝子里的乡下人都没有出来，大地死过去了。口里干得发燥，肚里一阵阵饥火乱搅着，实在想弄点东西装到胃里去。想到上午来时，在团山子老刘家里，有一碗马尿似的茶，未曾喝下。现在既不能回家，再到团山子去，寻一碗黄水喝吧。这样想着，不再考虑，就起身走。那本《资治通鉴》，这时捏着，实在感到吃力。走了三五十步，遇到两个躲警报的同志，向东边小山上大声叫着："可以卖吗？随便你要多少钱。"看时，有个乡下人，挑着一副箩担，由李树林子里走出来。他大声答道："还不是在街上卖的价钱，多要朗个？我也发不到你的财。"说话的正是刘老板，原来挑的是新摘下来的李子。这两位同志听说，立刻迎了上去。

　　李南泉站着看了一会，见那两位躲警报的同志，很快由那边山坡上，各把衣服兜着百十个李子回来。他在饥火如焚之下，看到那鸡蛋大的李子，黄澄澄的颜色中，又抹了些朱红，非常引人注目，便情不自禁，向那山坡走去。刘老板正挑了那箩担，向大路上走来，两人遇个正着。那竹箩恰是没有盖子，满箩红黄果子上，带几枝新鲜的绿叶子，颜色是非常调和、好看。而且，有一阵阵的果子清香，向人鼻子里冲了来，便道："刘老板，我饿得厉害，你卖斤李子我吃吧。"他道："称就是嘛，随便你给钱。"李南泉笑道："我今天要做个一百零一回的事。出来得太急，身上分文未带。我要赊账。"刘老板对他周身看了一遍，不觉笑了："李先生也不缺少我们的钱。称嘛。"说着，他倒是大方，立刻用铜盘称，给李南泉称了二三十个大李子。他道："两斤，够不够？"李南泉是不大喜欢吃水果的人。尤其是桃子、李子，不怎么感兴趣，便笑道："我三年不吃一个李子，这么些个李子，那简直是够吃半辈子的。不过今天是例外。"说着，将长衫大襟牵起来，让他把李子倒在衣兜里。一方面伸手到衣袋里去摸索。但手不曾摸到衣袋，立刻感觉到自己是多此一举。好在这位刘老板却也相识，挑起担子就叮嘱了道："二天上街，由你门前，我吼一声，你就送钱给我，要不要得？"李南泉答应着，已是取了个李子在手，在衣襟上摩擦了几下，立刻送到嘴里去。

巴山夜雨

　　李子这东西,不苦就酸,完全甜的,不容易得着。这时把李子送到嘴里,既甜又脆。尤其是嚼出那种果汁,觉得世界上没有任何饮料,可以和它相比。很快地,不容自己神经支配,这李子就到了肚里。站在路上,不曾移脚,就把衣兜里的李子吃完了一半。肚里有了这些水果,不是那样扯风箱似的向外冒着胃火了。这就牵了衣兜,依然回到竹子阴下去坐着。直到把最后一枚李子都送到嘴里去了,才抬头看看太阳,已是落到西边山顶上去了。饥渴都算解决了,就在山谷的人行道上徘徊。依然看不到有躲警报的人向村子里走。由早上八点钟起,直到这个时候,还没有解除警报,这却是第一次。不知道敌人换了什么花样,也就不敢冒险回家。徘徊了又是一小时,太阳早就落到山后面去。山阴遮遍了山谷,东面山峰上的斜阳返照,一片金光,反是由东射到草上和树叶子上。一座山谷,就是自己一个人,只有风吹着面前庄稼地里的叶子,嘎嘎作响。石板路边的长草,透出星星的小紫光。蚱蜢儿不时地由里面跳出来。小虫儿在草根下弹着翅子。他想,大自然是随时随地都好的,人不如这些小虫,坦然地过着自然的生活,并没有战争和死亡的恐怖。于是呆望了四周,微微地叹着气。在山谷外,忽然有了叫唤声道:"回来吧,解除了。""解除了"三个字,除是特别洪亮而外,还又重复了一句。

　　这"解除了"三个字,等于在人心理上解下一副千斤担子,首先是让人透过一口气来。于是迎着声音走去。果然是村里人来迎接逃警报的,老远打着招呼。随着,也就听到了村子里解除警报的锣声。"噹"的一声,又"噹"的一声,缓缓响了起来,散在四周山沟里。天然洞子里的人,四面八方地钻到大路上。大家都说,今天闹了一天,是出乎意料。李南泉吃了十多个李子,已经不饿了。一条宽不到三尺的石板路上,扶老携幼的难民,抢着回家吃喝、休息。且让在路边,随停随走。将到村子口上,却看到自己的太太带了三分焦急的样子,很快向这边走着,便老远地叫道:"怎么向这里走? 有什么问题吗?"她道:"家里没有问题。你看,从太阳出山起,直到现在,你不吃不喝,解除警报多久,你又没回来。我急得了不得。"李南泉笑道:"没关系,什么大难临头,我都足以应付,躲一天警报,算不了什么。刚回家,孩子们吃点喝点,你不该丢了他们出来。"李太太沉着脸道:"那么,是我来接你接坏了。"她也不再作声,转身就走,而且比来时走得还快。李南泉看着她的后影,不觉笑了。心想,回家去给她道个歉吧。正走了几步,迎面又来了一串人,第一个人抬起手来招了几招,就是那个干游击商的老徐。后面三个女子,是坤伶杨艳华、胡玉花、王少亭,最后是刘副官。他立刻明白了,前一个后一个,把这三个女孩子要押解到刘副官家里去喝酒打牌。这不是刚刚解除警报吗!这种人真是想得开。于是又站在路边让着路。

第六章　魂兮归来

　　这一行人最前面的老徐，虽是一副鸦片烟鬼的架子，可是他有了刘副官在一路，精神抖擞，晃着两只肩膀走路，两手一伸，把路拦住，笑道："李先生哪里去？我们一路去玩玩。刘副官家里有家伙，大家去吊吊嗓子好不好？"李南泉道："在外面躲了一天警报，没吃没喝，该回去了。"杨艳华这时装束得很朴素，只穿了一件蓝布长褂子，脸上并没有抹脂粉，蓬着头发，在鬓发上斜插了一朵紫色的野花。她站着默然不作声，却向李南泉丢了个眼色，又将嘴向前面的老徐努了努。胡玉花在她后面，却是忍耐不住，向李南泉道："李先生你回家一趟，也到刘公馆来凑个热闹吗？你随便唱什么，我都可以给你配戏。"李南泉笑道："我会唱《捉放曹》里的家人，你配什么？"她笑道："我就配那口猪得了！"杨艳华又向他丢了个眼色，接着道："李先生若是有工夫的话，也可以去瞧瞧。这不卖票。"李南泉连看她丢了两回眼色，料着其中必有缘故，便道："好的，我有工夫就来。"他口里是这样说着，眼神可就不住地向后面看刘副官，见他始终是笑嘻嘻的，便向他点个头道："我可以到府上去打搅吗？"他笑道："客气什么，客气什么？有吃有喝有乐，大家一块鬼混吧。日本鬼子，天天来轰炸，知道哪一天会让炸弹炸死。乐一天是一天。"说着，把手向上一抬，招了几下，说了两个字："要来。"于是就带着三个坤伶走了。李南泉站在路头出了一会神，望着那群男女的去影，有的走着带劲，有的走着拖着脚步，似乎这里面就很有问题了。

　　他感慨系之地这样站着，从后面来了两位太太，一位是白太太，一位是石太太。全是这村子里的交际家，而白太太又是他太太的牌友。她们老远就带了笑容走过来。走到面前，他不免点个头打个招呼。白太太笑道："杨艳华过去了，看见吗？"李南泉心想，这话问得蹊跷，杨艳华过去了，关我姓李的什么事？便笑道：

"看见的。她是我们这疏散区一枝野花,行动全有人注意。"石太太笑道:"野花不要紧,李先生熏陶一下,就是家花了。听说,她拜了李先生做老师。"李南泉道:"我又不会唱戏,她拜我做老师干什么?倒是你们石先生是喜欢音乐的,她可以拜石先生的门。"石太太昂着头,笑着哼了一声,而且两道眉毛扬着。白太太笑道:"石先生可是极听内阁命令的。"她说这话时,虽是带了几分笑意,但那态度还是相当严肃。因为她站在路上,身子不动,对石太太有肃然起敬的意思。石太太就回头向她笑道:"你们白先生也不能有轨外行动呀。"李南泉心里想着,这不像话,难道说我姓李的还有什么轨外行动吗?也就只好微笑着站在路边,让这二位太太过去。他又想,这两位太太似乎有点向我挑衅。除非拦阻自己太太打牌,大有点不凑趣,此外并没有得罪她们之处,想着,偶然一回头,却看到石太太的那位义女小青,在路上走着,突然把脚缩住,好像是吃了一惊。李南泉觉得她岁数虽是不小,究竟还是很客气,站着半鞠躬,又叫了句"李先生"。

这样,李南泉就不能再不理会了,因道:"石小姐,躲警报你是刚才回来吗?今天这时间真久啊!"他说这话,是敷衍她那半鞠躬。不料她听了,竟是把脸羞了个通红。李南泉想着,这么一句话,也有羞成通红之必要吗?她到底不是那读书的女孩子,不会交际,也就不必再多话了。可是,她脸上虽然红着,而眼睛还只是望过来。慢慢地走到身边,笑问道:"刚才石太太过去,向李先生提到了我吗?"李南泉这就有点醒悟,便连连摇着头道:"没有没有,刚才不是杨艳华过去吗?他们把杨老板笑说了一阵。"小青笑道:"石太太是不大喜欢看戏的。"李南泉道:"平常你称呼她妈妈,大姑娘,是吗?"她笑道:"是的,她让我那样叫。其实,她还生我不出。"说着,脸上又有一点红晕,再做个鞠躬礼,然后走了。李南泉心想,这难怪呀:我们还是初次说话,听她的言谈之间,好像她不大安于这个义女身份似的。这种话,可以对我说吗?而且举止是那么客气。这件事得回家告诉太太。他心里憋着这才含笑向家里走。去家不远,就看到白太太、石太太站在行人路上,和自己太太笑着说话。自己来了,她们才含笑而去。李南泉道:"你还没有回家哪?该回家休息休息了,今天累了一天。"李太太走着道:"别假情假意吧。我是个老实人。"李南泉笑道:"这话从何说起?刚才是我言语冒犯了,你也别见怪。我倒有个问题要问你,那石小青不是称石太太作妈妈吗?"

李太太道:"你这叫多管闲事。"李南泉听着太太的口吻,分明是余怒未息,还是悄悄地跟着走回家去。小孩子们躲了一天警报,乃是真的饿了。正站着围了桌吃饭。平常李太太是必把那当沙发的竹椅子搬过来,让李先生安坐的。这时却没有加以理睬,自盛着饭在旁边吃。李南泉刚刚吃下去两斤李子,避开太太的怒气,且到走廊上去站站。只见邻居吴春圃先生,拿了一把旧手巾,伸到破汗衫底下,不住在胸前、背后擦着汗。他看到邻人咬着牙笑了一笑,复又摇摇头。李南泉道:"今天空袭的时间太久,吴先生躲了没有?"他笑道:"早上有朋友通知我,有好几批敌机来袭,躲躲为妙。我以为和往常一样,没吃没喝,带了全家,去躲公共洞子,谁知是这么一整天。冒着绝大的危险,在敌机走了的时候,回家来找到十几块大小锅巴和四枚西红柿,再送进洞给小孩子吃了,我老两口子,直饿到回家,抢着烙了两张饼吃,肚子还饿着呢。"李南泉道:"那公共洞子里,也有做警报生意的?"吴春圃道:"唉!我起初还不想省两文。一个小面,只有一二两,要卖五毛钱,我只好忍住了。不想也就是十几个小贩子,几百人一阵抢购,立刻卖光。等到我想买时,只剩了些炒蚕豆,买两包给孩子们嚼嚼,也就算了。天下没有什么是平等,躲警报亦是如此。你没有饿着?"李南泉笑道:"我几乎饿出肚子里的黄水来了。出门没带钱。比老兄更窘。"

吴春圃道:"你府上正在吃饭,你为什么在外面站着?"他笑了一笑,并没有答复,自己还是闲闲地站在走廊上。这时,天色黑了。山谷里由上向下黑下来,人家以外全是昏沉沉的。山峰在两边伸着,山谷像张着大嘴向天上哈气。看山峰上的天幕,陆续地冒着星点。这虽是几点星光,但头顶正中的云彩,有些乳白色。而这乳白色也就向深暗的山谷里撒下着微微的光辉。这种光辉,撒在那阴谷的郁黑的松林,相映得非常好看。李南泉不觉昂着头赞叹着一声道:"美哉,此景!"他正有点诗兴大发时,自己的腿上,好像有一阵阵的凉风拂来。回头看时,小白儿拿着扇子在身后,不住地扇着,便道:"你去吃饭吧,我不热。"吴春圃笑着操川语道:"要得要得，孝心可嘉。"小白道："我妈妈说，蚊子多，给爸爸轰赶蚊子。"李南泉接过芭蕉扇，笑道："少淘气就得了，去吃饭吧！"小白道："饿得不得了，我们见了饭就吃。一刻工夫，就吃了三碗。妈妈叫王嫂给你炒鸡蛋饭了。"李南泉笑道："我忘记告诉你们了。我在团山子吃了两斤李子，不饿了。"他说着走进屋去，见太太还是脸上不带笑容，捧了一碗糙米饭，就着煮老豌豆吃，便抱着拳头拱拱手道："多谢多谢！既是炒鸡蛋饭，何不多炒一点？"李太太道："我们是贱命，饿了就什么都吃得下。"李南泉道："从今日起我们不要因为这小事发生误会，好不好？"

李太太把糙米饭吃完了，将瓦壶里的冷开水倾倒在饭碗里，将饭碗微微摇撼着，把饭粒摇落到水里去，然后端起碗来，将饭粒和冷开水一起吞下。这就放下碗来，向李南泉一笑，摇了两摇头。

他道："你这里面，仿佛还有文章。"李太太道："有什么文章？你这是一支伏笔。我写文章虽然写不赢你，可是也就闻弦歌而知雅意。你是刘副官那里，晚上还有个约会。你怕我拦着，先把话来封了门。其实，我晓得你是不爱和这种人来往的，虽然有杨艳华在那里，你去了也乐不敌苦。生在这环境里，这种人也不可得罪。你去一趟，我很谅解。"说着，她从容地放下碗。把李南泉手上的扇子接过去，将椅子扇了几下，笑道："饭来了，坐下来吃吧。今天够你饿的了。"这时，王嫂端着一大碗鸡蛋炒饭和一碟炒泡菜，放到桌上。他看那蛋炒饭面上，油光淋淋的，想是放下了猪油不少，便坐下扶着筷子，向太太笑道："你再来半碗？"她将扇子拂了两拂，笑道："我不需要这些殷勤。"李南泉道："我吃了两斤李子，已是很饱，决吃不下去这碗饭。"小山儿、小玲儿站在桌子边便同时答应着"我吃我吃"。李南泉分给孩子们吃，李太太却只管拦着。他且不吃饭，扶了筷子摇头道："疾风知劲草，文以穷而后工，情以穷而后笃。"她"唉"了一声笑道："你真够酸。我看你这个毛病，和另一种毛病一样，永远治不好。"吴春圃先生正在窗外，便打趣插嘴笑问道："李先生还有什么毛病呢？"

李南泉笑道："你可别火上加油呀！"吴春圃笑着走进屋来，因道："我知道李太太是个贤惠人。"说着，把声音低了一低道："若是道壁的奚太太，或者斜对门的石太太，我绝不敢当她们面，给她们先生开玩笑。"李南泉笑道："石太太！她不成。吴兄，你记着我这话，将来有一台好戏瞧。"李太太张罗着请吴先生坐下，因笑道："我对于南泉的行动是从不干涉的。其实先生们有了轨外的行动，干涉也是无用。不过在这抗战期间，吃的是平价米，穿的是破旧衣，纵然不念国家民族的前途，过这一分揪心的日子，应该也是高兴不起来。我有时也和南泉别扭着。我倒不是打破醋坛子，我就奇怪着，做先生的，为什么演讲起来，或者写起文章来，都是忠义愤发，一腔热血。何以到了吃喝玩乐起来，国家民族，就丢到脑后去了？我不服他们这个假面具。我就得说这样的人几句。"李南泉笑道："你自然是一种正义感。不过……"他拖着话音没有说下去。李太太笑道："我知道，你又该问我为什么也打牌了。可是我并没有作过爱国主义的演讲，也没有写过爱国的文章。根本我们就是一个不知道爱国的妇女，打打小牌，也不过是自甘暴弃的账本上再加上一笔。"吴先生笑道："言重言重。李太太说出这话来，正是表示你对国家民族的热心。把这个轰炸机挨过去了，我们有几个爱好旧戏，打算来一回劳军公演，那时，一定请你参加，谅无推辞的了。"说到戏，吴先生就带劲，最后来了一句韵白。

李南泉笑道："吴兄，我看你也有一个毛病，是喜欢玩票。"吴春圃笑道："咱这算毛病吗？叫作穷起哄。这穷日子过得什么嗜好都谈不上。可是嗓子是咱自己的。咱扯开嗓子，自己唱戏自己听，这不用花钱。咱要来个什么游艺会，一切的开销，也是人家的咱才来。要说是玩儿个票，由借行头到场面上的，全得花钱。咱就买他两斤黄牛肉，自己在地里摘下几个西红柿，炖上一大砂锅，吃他个热和劲儿，比在台上过瘾可强多咧。"说着，哈哈一阵大笑。李太太笑道："吴先生真想得开。"他笑道："咱是有名儿的乐天派。抗战这年月，真是数着钟点儿过。若是尽发愁，不用日本人来打，咱愁也愁死了。中国人有弹性，大概俺就是这么一个代表。"说着，再打了一个哈哈。李太太笑道："要玩票，又想不花钱，这种便宜事，不见得常有。不过今天倒有这么一个机会。"吴春圃笑道："别笑话。成天的闹警报，听说今天街上的戏园子都回了戏。谁还有那个兴致，开什么游艺会。"李太太道："天底下的人不一样呀。有怕警报的，也有警报越多越乐的。你问他，今晚上有没有玩票的地方。他马上就要去参加。"说时,笑着指了李先生。他知道太太说来说去,必定要提到这上面来的。自己最好是装马虎含混过去。现在太太指到脸上来说,却马虎不掉,因笑道:"也不是什么聚会。那刘副官把几个女伶人接到家里去了,大概要闹半晚上清唱。"

吴春圃笑道:"我看到他们走上去的,有你的高足在内。"李南泉笑道:"你说的是杨艳华?"李太太笑道:"你漏了,李先生。怎么人家一说高足,你就说是杨艳华呢?"李南泉摇着头道:"我也就只好说是市言讹虎吧。"吴春圃也就嘻嘻一笑。大家谈了几句别的话,屋子里已是点上了灯。吴先生别去。李南泉擦了个澡,上身穿了件破旧汗衫,搬了张帆布支架椅子,就放到走廊上来乘凉。李太太送了张方凳子过来,靠椅子放着。然后燃了一支蚊烟,放在椅子下,又端了杯温热的茶水,放在方凳子上,接着把纸烟、火柴、扇子都放在方凳子上。李先生觉得太太的招待,实在有异于平常,因道:"躲了一天的警报,你也该休息休息了。"李太太道:"我还好,我怕你累出毛病来,你好好休息吧。"说着,她也端了个椅子在旁边相陪。李南泉躺在睡椅上,将扇子轻轻拂着。眼望着屋檐外天上的半钩月亮,有点思乡。连连想着《四郎探母》这出戏,口里也就哼起戏词来。太太笑道:"戏瘾上来了吗?"他忽然有所省悟,笑道:"身体疲乏得抬不动了,什么瘾也没有。"太太也只轻轻一笑。约莫五六分钟,忽然一阵丝竹金鼓之声,在空洞的深谷中,随了风吹来。李太太道:"刘副官家真唱起来了。"李南泉道:"这是一群没有灵魂的人。说他不知死活,还觉得轻了一点。"李太太道:"他们也是乐天派,想得开吧!"

李南泉也只好笑了一笑,但没有五分钟,走廊那头吴先生说着话了。他笑道:"李先生,你听听,锣鼓丝弦这份热闹劲。"李南泉道:"咱们不花钱在这里听一会清唱吧。这变化真也是太快了。两小时前,我们还在躲炸弹,这会子我们躺着乘凉听戏了。"吴先生说着话走过来,李太太立刻搬了凳子来让坐。吴先生将扇子拍着大腿,因道:"站站吧,不坐了。"李南泉道:"精神疲乏还没有复元。坐着摆摆龙门阵。"吴春圃道:"不是说参加刘副官家的清唱吗?咱们带着乘凉,便走去瞧瞧,好不好?"李南泉笑道:"老兄还是兴致不小。"他道:"反正晚上没事。李太太,你

巴山夜雨

也瞧瞧去。"她道:"刘家我不认识。"他道:"那么,李先生,咱们去。唔!你听,拉上了反二黄,不知道杨艳华在唱什么,好像是《六月雪》。走吧!"李南泉笑着没有作声。李太太道:"你就陪着吴先生瞧瞧去吧。"李南泉站起来踌躇着道:"我穿件短袖子汗衫,不大好,我去换件褂子。"他走进屋里去,叫道:"筠,你来给我找件衣服。"李太太走进屋子,李先生隔了菜油灯,向太太笑道:"这可是你叫我去的。"她笑道:"别假惺惺了,同吴先生去有什么关系?可是回来也别太晚了。"他伸了一个食指道:"至多一小时。也许不要,三四十分钟就够了。"她微笑着没说什么。李先生换了件旧川绸短褂子,拿了柄蒲扇,就和吴先生同路向刘副官家里去。他们家是一幢西式瓦房,傍山麓建筑,门口还有块坦地。

坦地上面是很宽的廊子,桌椅杂乱地摆着。桌上点了两盏带玻璃罩子的电石灯,照得通亮。茶烟水果,在灯下铺满了桌面。走廊的一角,四五个人拥着一副锣鼓,再进前一点,两个人坐着拉京胡与二胡。一排坐了三个女戏子,脸都微侧了向里。此外是六七个轻浮少年,远围了桌子坐着。有个尖削脸的汉子满脸酒泡,下穿哔叽短裤衩,上套夏威夷绸衬衫,头发一把乌亮,灯光下,兀自看着滴得下油来。他拿了把黑纸折扇站在屋檐下,扯开了嗓子正唱麒派拿手好戏《萧何月下追韩信》。刘副官满脸神气,口里斜衔了一支烟卷,两手叉着腰,也站在屋檐下。村子里听到锣鼓响都来赶这份热闹,坦地上站着坐着有二三十人。刘副官等那酒泡脸唱完一段,鼓着掌叫了一声好。那烟卷落到地下去了,他也不拾起来。一回头看到吴、李二位,连忙赶过来,笑道:"欢迎,欢迎。老丁这出戏唱完了,我们来出全本的《探母回令》,就差一个杨宗保。李先生这一来,锦上添花,请来一段姜妙香的《扒四门》。"李南泉笑道:"我根本不会。我看你们改《法门寺》吧。吴教授的刘瑾,是这疏建区有名的。"吴春圃道:"不成,咱这口济南腔,那损透了刘瑾,咱是刘公道咧。"刘副官鼓了掌道:"好!就是《法门寺》带《大审》。刘瑾这一角,我对付。"说着,挺起胸脯子摇头晃脑地笑。随后向走廊上他家的男佣工,招了两招手,又伸着两个指头,那意思是说招待两位客人。

他们的佣工,看到主人这样欢迎,立刻搬着椅子茶几,以及茶烟之类前来款待。那个唱《追韩信》的老丁，把一段三生有幸的大段唱完，回转身来，迎着李南泉笑道："无论如何，今天要李先生消遣一段。《黄鹤楼》好不好？我给你配刘备。"说着在他的短裤衩口袋里，掏出一只赛银扁烟盒子，一按弹簧，向吴、李二客敬着烟，随着又在另一口袋里摸出了打火机，按着火给客人点烟。李南泉笑道："丁先生虽然在大后方，周身还是摩登装备。"他笑道："这是有人从香港回来带给我的玩意儿。我们交换条件，李先生消遣一段，我明天送你一只打火机。"这时锣鼓已经停了，两三个熟人，都前来周旋。老徐尤其是带劲，端着大盘瓜子，向吴、李面前递送。他笑道："今天到场的人，都要消遣一段。我唱的开锣戏，已经唱过去了。"吴春圃道："三位小姐呢？"说着向三个女角儿看去。她们到刘家来，却是相当的矜持。看到吴、李二人，只起着身，含笑点点头，并没有走过来。吴先生虽然爱唱两句，而家道比李南泉还要清寒，平常简直不买票看戏。这几位女角，只是在街上看见过，却不相识，更没有打过招呼。这时三个人同时点头为礼，一个向来没有接触过坤伶的人，觉得这是一回极大的安慰，也就连连向人家点了头回礼。刘副官笑道："怎么样，二位不赏光凑一份热闹吗？晚上反正没事，我家里预备了一点酒菜。把戏唱完，回头咱们喝三杯，闹个不醉无归。"李南泉心想，什么事这样高兴，看他时，昂着头，斜衔了烟卷，得意之至。

那刘副官倒没有感觉到自己有什么异样，向走廊上坐着的女伶招了两招手道："艳华你过来。"她笑着走过来了，因道："李先生你刚来？这里热闹了很大一阵子了。"李南泉道："躲警报回家，身体是疲倦得不得了。我原不打算来。这位吴先生是位老票友，听到你们这里家伙响起来了，就拉着我来看这番热闹。"吴春圃"啊哟"了一声道："杨老板，你别信他的话，说我是个戏迷，还则罢了，老票友这三个字绝不敢当。"杨艳华道："上次那银行楼上的票友房里，吴先生不是还唱过一出《探阴山》吗？"吴春圃道："杨老板怎么知道？"她道："我在楼下听过，唱得非常够味。有人告诉我，那就是李先生邻居吴先生唱的，我是久仰的了。"吴先生被内行这样称赞了几句，颇为高兴，拱着手道："见笑见笑。"刘副官伸着手，拍了两拍她的肩膀道："这二位都不肯赏光，你劝驾一番吧。"说着，他又摸摸她的头发。

在这样多的人群当中,李南泉觉得他动手动脚,显着轻薄。不过杨艳华自身,并不大介意,自也不必去替她不平。她倒是笑道:"李先生你就消遣一段。你唱什么,我凑合着和你配一出。"说着,微偏了头,向他丢了个眼风。他把拒绝和刘副官交朋友的意思加一层地冲淡了,笑道:"我实在不会唱。你真要我唱,我唱四句摇板。至于和我配戏那可不敢当。"老徐正把那个瓜子碟,送回到那桌上去,听了这话就直奔了过来,拍着手道:"好极了,杨老板若和李先生合唱一出,那简直是珠联璧合,什么戏? 什么戏?"

杨艳华瞟了他一眼,淡淡笑道:"徐先生别忙,仔细摔跤呀!"他在面前站定了,看到刘副官脸上,也有点不愉快的样子,便忽然有所省悟,因笑道:"索性请我们名角刘副官也加入,来一个锦上添花。"刘副官扛着肩膀笑了一笑,取出嘴角上的烟卷,弹了两弹烟灰,望了他笑道:"名角? 谁比得上你十足的谭味呀。"老徐向他半鞠着躬,因道:"老兄,你不要骂人。"刘副官笑道:"你真有谭味。至少,你耍的那支老枪,是小叫天的传授,你不是外号老枪吗?"他笑道:"哪里有这样一个诨号?"说着,向四周看看,又向刘副官摇摇手。刘副官偏是不睬他,笑道:"今天晚上,好像是过足了瘾才来的,所以精神抖擞。"老徐向他连作了几个揖,央告着道:"副座,饶了我,行不行?"刘副官这才打个哈哈,把话接过去。老丁扯着主人道:"不要扯淡了,唱什么戏,让他们打起来,还是照原定的戏码进行吗?"刘副官道:"艳华,你说唱什么?"她望着吴春圃笑道:"烦吴教授一出《黑风帕》,让王少亭、胡玉花两个人给你配,差一个老旦,我反串。"老徐道:"吴先生,这不能推诿了,人家真捧场呀。"吴春圃两个指头夹着烟卷,送到嘴边,待吸不吸,只是微笑。李南泉道:"就来一出吧。反正这都是村子里的熟人。唱砸了,没关系。"吴春圃道:"你别尽叫别人唱,你也自己出个题目呀。要来大家来。你不唱我也不唱。"李南泉笑道:"准唱四句摇板。"杨艳华将牙齿咬着下嘴唇,垂着眼皮想了一想,向他微笑道:"多唱两三句,行不行?"李南泉没有考虑,笑道:"那倒无所谓了。"

杨艳华笑道:"好吧,那我们来一出《红鸾禧》吧。"李南泉道:"这就不对了。说好了唱几句摇板,怎么来一出戏?"她笑道:"李先生你想想吧,《红鸾禧》的小生除了四句摇板,此外还有什么?统共是再加三句摇板,两句二黄原板,四句南梆子。"李南泉偏着头想了一想,因道:"果然不错,你好熟的戏。"刘副官笑道:"那还用说吗?人家是干什么的!"杨艳华就在桌子上拿了烟卷和火柴来,亲自向李南泉敬着烟。这时那几个起哄的人都走开了。她趁着擦火柴向他点烟的时候,低声道:"你救救我们可怜的孩子吧!"他听了有些愕然,这里面另外还有什么文章。看她时,她皱了两皱眉头,似乎很有苦衷。刘副官站在走廊上,将手一扬道:"艳华,这样劝驾还是不行的话,你可砸了。"她笑道:"没有问题了。吴先生的《黑风帕》,李先生的《红鸾禧》。"刘副官还不放心,大声问道:"李兄,没有问题吗?"李南泉听了这个"兄"字虽是十分扎耳,可是杨艳华叫"救救可怜的孩子",倒怕拒绝了,会给她什么痛苦,因笑道:"大家起哄吧,可是还缺个金老丈呢。"刘副官道:"我行,我来。"说着,他回头向王少亭道:"我若忘了词,你给我提一声。"老丁、老徐听说立刻喊着打起家伙来《黑风帕》。老丁表示他还会锣鼓,立刻走过去,在打家伙人手上,抢过一面锣。锣鼓响了,这位吴教授的嗓子,也就痒了。笑着走到走廊边,向打小鼓的点了个头道:"我是烂票角票,不值钱,多照应点。"回过身来,又向拉胡琴的道:"我的调门是低得很,请把弦子定低一点。"刘副官走过来,伸手拍了李南泉肩膀道:"吴兄真有一手,不用听他唱,就看他这分张罗,就不外行。老哥,你是更好的了。"李南泉看他这番下流派的亲热,心里老大不高兴。但是既和这种人在一处起哄,根本也就失去了书生的本色,让他这样拍肩膀叫老哥,也是咎由自取。笑道:"我实在没多大兴致。"刘副官道:"我知道你的脾气,这还不是看我刘副官的三分金面吗?"说着,伸了个食指,向鼻子尖上指着。

这时,《黑风帕》的锣鼓已经打上,刘副官并没有感到李南泉之烦腻,挽了他一只手,走上走廊,佣工们端椅子送茶烟,又是一番招待。李南泉隔了桌面,看那边坐的三位女伶,依然是正襟危坐,偶然互相就着耳朵说几句话,并没有什么笑容。那边的胡玉花平常是最活泼,而且也是向不避什么嫌疑的,而今晚上在她脸上也就找不出什么笑容。李南泉想着,平常这镇市上,白天有警报,照例晚上唱夜戏。今天戏园子回戏,也许不为的是警报的原因。只看这三位叫座的女角,都来

巴山夜雨

到这里,戏园子里还有什么戏可唱?这一晚的营业损失,姓刘的绝不会负担,她们大概是为了这事发愁。但就个人而言,损失也没有什么了不起,为什么杨艳华叫救救可怜的孩子?他心里这样想着,眼睛就不住地对三人望着。那胡玉花和吴先生配着戏,是掉过脸向屋子里唱的,偶然偏过头来,却微笑着向李南泉点点头。但那笑容并不自然,似乎她也是在可怜的孩子之列。这就心里转了个念头,不能唱完了就回家了,应该在这地方多停留些时间,看看姓刘的有什么新花样。他正出着神,刘副官挨了他身子坐下扶着他肩膀道:"我们要对对词儿吗?"他笑道:"这又不上台,无所谓。忘了词,随便让人提提就是了。"他这个动作,在桌子那边的杨艳华,似乎是明白了,立刻走了过来,问道:"是不是对对?"刘副官道:"老李说不用对了。反正不上台。"杨艳华向他道:"我们还是对对吧。在坝子①上站一会儿。"说着她先走,刘副官也跟了去。李南泉看他们站在那边坦地上说话,也没有理会。

过了一会,刘副官走过来,笑道:"艳华说,她不放心,还是请你去对对罢。"李南泉明白,这是那位小姐调虎离山之计,立刻离开座位,走到她面前去。艳华叫了声"李先生",却没有向下说,只是对他一笑。李南泉道:"咱们对对词吗?"她笑道:"对对词?我有几句话告诉你。"说着又低声微微一笑。李南泉道:"什么话,快说!"说着,他把眼睛向四周看了看,又向她催了一句:"快说。"杨艳华道:"不用快说,我只告诉你一句,我今晚上恐怕脱不倒手②。你得想法子救我。"李南泉道:"脱不倒手?为什么?这里是监牢吗?"杨艳华道:"不是监牢,哼!"只说到这里,刘副官已走了过来,杨艳华是非常地聪明,立刻改了口唱戏道:"但愿得做夫妻永不离分。"李南泉道:"好了,好了!差不多了。大概我们可以把这台戏唱完。"刘副官笑道:"你们倒是把词对完呀!"李南泉道:"不用了,不用了,《黑风帕》快完了。"他说着,回到了走廊的座位上坐着,忽然想过来了,刚才她突然改口唱戏,为

---

① 川语,意指平地。
② 川语,意指无法脱身。

什么唱这句做夫妻永不离分。固然,《红鸾禧》这戏里面,有这么一句原板。什么戏词不能唱,什么道白不能说,为什么单单唱上这么两句?他想到这里,不免低了头仔细想了想。就在这时,一阵鼓掌,原来是《黑风帕》已经唱完了。刘副官走到他身边,轻轻拍着他的肩膀,因道:"该轮着你了。"杨艳华坐在桌子这面,对刘副官又瞟了一眼。李南泉笑着点点头。这算是势成骑虎,绝不容不唱了。锣鼓打上之后,他只好站着背转身去,开始唱起来,第一句南梆子唱完,连屋子里偷听的女眷在内,一齐鼓掌。

在这鼓掌声中,大家还同时叫着好。李南泉心里明白,《红鸾禧》出场的这两句南梆子,无从好起。什么名小生唱这几句戏,也不见有人叫好。当然这一阵好,完全属于人情方面。在这叫好声中,还有女子的声音。谁家的眷属,肯这样捧场?他有点疑惑了。但同时也警诫着自己,玩票的人,十个有九个犯着怕叫好的毛病,别是人家一叫好,把词忘了,于是丢下这些还是安心去唱戏。到了道白的时候,锣鼓家伙停着。他也知道千斤道白四两唱,当大家静静听着的时候,他格外留心,把尖团字扣准了说着。同时,他也想到,这是白费劲。在这四川山窝子里听京戏的人,根本是起哄,几个人知道尖团字?可是他这念头并未过去,在一段道白说完之后,却听到身旁有人低低地叫了声好。这是个奇迹,却不能不理会,回头看去,杨艳华微笑着,向他点了两点下巴。那意思是说"不错"。他也就会心地回个微笑。等到金玉奴上场,杨艳华也十分卖力地唱白。她本是江苏人,平常说京腔,兀自带着一些南方尾音。现在她道起京白了,除了把字咬得极准,而且在语尾上,故意带着一些娇音,听来甚是入耳。李南泉听她的戏多了,在台上没有看到她这样卖力过。这很可能知道她表示那份友好态度。后来刘副官加入唱金松一角,他根本就是开玩笑的态度,笑向杨艳华道:"他是个要饭的秀才,请到咱们家来喝豆汁。这要是吃平价米的大教授,你不冲着他叫老师,那才怪呢。"这么一抓哏,连杨艳华也忍不住笑。吴春圃也高兴了,大声笑着叫好。

这出《红鸾禧》,三人唱得功力悉敌。唱完,场面上人放下家伙,一致鼓掌叫好。那打小鼓的,是戏班子里的,站起身来,向李南泉拱拱手道:"李先生,太好太

巴山夜雨

好,这是经过名师传授的。"那杨艳华站在桌子边斟着一杯茶喝,在杯子沿上将眼光射过来向他看着。李南泉也忍不住微笑。他的微笑,不仅是她这个眼风。他觉得今天这出戏,和她做了一回假夫妻,却是生平第一次的玩意。取了一支烟吸着,回味着。他的沉思,被好事的老徐大声喊醒,他笑道:"过瘾过瘾,再来一个,再来一个!"李南泉道:"别起哄吧,早点回家去休息,打起精神来明天好跑警报。杨老板,你们什么时候下山? 我和吴先生可以奉送你们一程。"杨艳华道:"好极了,等着我。我们怕走这山路。"她说着话,绕过那桌子,走到李南泉面前来相就。刘副官举起一只手,高过了头顶,笑道:"别忙别忙。我家里办了许多酒菜,你们不吃,难道让我自己过节不成?"说着他又一伸手,将李南泉衣襟拉着,因道:"老李,你不许走,走了不够朋友。"李南泉心想,左一声老李,右一声老李,谁和你这样亲热。可是心里尽管如此,面子上又不好怎样表示不接受,因笑道:"这样夜深了,吃了东西,更是睡不着觉。"刘副官笑道:"那更好,我们唱到天亮。喂! 预备好了没有? 先把菜摆下,我们就吃,吃了我们还要再唱呢。"他说着话,突然转了话锋向着家里的男女佣工传下命令去。大家答应着,早就预备好了,有些菜凉了,还要重新再热一道呢。刘副官高抬着两手,向大家挥着,连连说请。

  到了这时,想不赴他的宴会,却是不可能。李南泉向吴春圃看看,笑道:"我们就叨扰一顿吧?"大家走进刘副官的屋子,是一间很大的客厅,虽是土墙,石灰糊着寸来厚,像钢骨水泥的墙壁一样。四周的玻璃窗向外洞开,屋子里放着四盏电石灯,白粉墙反映,照得雪亮。屋子正中,摆设下两个圆桌面,上铺了洁白的桌布,杯筷齐全。第一碗菜,已放在桌子中心了。李南泉看了,有些愕然。今晚是什么盛典,姓刘的这样大事铺张? 吴春圃正也有此想,悄悄问道,刘先生家里有什么事吧? 正好老徐还站在屋子外面,两人不约而同地退了出来。李南泉问道:"老徐,你实说,今天这里有什么喜事? 我们糊里糊涂地来了,至少也该道贺道贺吧?"老徐先笑了一笑,然后道:"我实告诉你罢,老刘做了一票生意挣了两个三倍,大家和他一起哄,他答应拿出一笔钱来快活一晚上。除了老朋友,他是不让人家知道这件事的,你若给他道贺,他反而是受窘的。他糊里糊涂地请,我们就糊里糊涂地吃吧。"说着分开左右手,就把两人拉进了屋子。他们耽误了五分钟,这两张桌子就坐满了人了。就只有东向这张桌子,空着上手两个座位。刘副官拉着他们就向首席上面塞了过去。李南泉道:"我怎么可以坐那里?"那姓刘的力气又大,连推带拉,硬把他送到椅子上坐着,而且还把桌上斟好的一杯白酒,送到他手上笑道:"谁要客气,骂我王八蛋。"

李南泉这时,不能不接受了,只得接着酒杯,站起来一喝而尽。刘副官看他喝完了酒,将大拇指伸了一伸,笑道:"够交情,够交情。"于是回转脸来向吴春圃笑道:"我们虽是初次拉交情,可是路上常见面,很熟了。客气就大煞风景。请坐请坐。"吴春圃看看两席的人,也只好坐了。刘副官找着桌上一个大杯子,斟满了一杯酒,高高举平额头,眼望了客人道:"我大杯拼你小杯,干不干?"吴春圃笑道:"俺喝,俺喝了。回敬一杯,行不行?"刘副官道:"没有问题,我先干了。"说着,举起大杯子,向口里咕嘟着。然后翻过杯子,向吴春圃照了照杯。吴春圃陪着喝了那杯,又斟了一杯回敬。刘副官更是奋勇,自取过酒壶来,向杯子里斟着。把酒杯对着口,连杯子带头脖一齐向后仰着,那杯酒也就干了。吴春圃是敬酒的人,酒还没有喝完呢,主人既干,自不容有什么犹豫。喝完了酒,他方才坐下,刘副官就转到对面桌子旁,两手一抱拳,笑道:"各位,要喝,我的酒预备得多。若不把我预备的酒喝完,我是不放大家走的。大家闹他个通宵,明日接上跑警报。"他好像是句开玩笑的话,可是李南泉听到,就在心上留下了个暗影。那旁桌上的老徐道:"好的,我照那桌的例喝一杯敬一杯。"刘副官道:"为什么回敬?"老徐笑道:"你心里明白就得了嘛!"回敬绝不能是无缘无故的。刘副官拿着那杯酒在手上,呆站着望了他,总有三四分钟之久,没有说话。老徐立刻端起杯来喝着,连道:"罚我罚我!"

刘副官道:"哼!你自己认罚,不然我灌你三大杯。"他说着话时,沉着面孔,没一点笑容,那老徐非常听他的话,端起酒杯来喝干,接上又喝下去两杯。刘副官道:"各位看见没有,酒令大似军令,谁要捣乱就照着老徐的这个例子。我现在拿手上这杯酒打通关,打不过,我一百杯也喝。"说着,把手上那酒杯子举了一举。接着,又指着下方坐的一个汉子道:"由你这里起。"李南泉认得他,他是个下江人,全街人叫他小陈,在街上开爿小杂货店,终日里和那些副官之辈来往,可能他的本钱,就是这副官群的资本。小陈虽是小生意买卖人,外表很好,穿着西服。因为这样,也有人误会着他是院长公馆的职员。他在下属社会上,也就很混得过去。只是见了这些副官之流,却是驯羊一般的柔和,叫他在地下爬,不敢在地上跪着。这时刘副官在屋子中间,首先指着了他,吓得立刻举着杯子站起来,半鞠着躬笑道:"刘副官要我喝多少?"刘副官:"你简直是个笨蛋。不是说打通关吗?我们划拳。你输了,喝酒,我再找下面的人。也许,你会赢的,那我们就再划。傻小子懂不懂?"小陈笑道:"懂,但是我不会划拳,我罚杯酒行不行呢?"刘副官摇着头道:"不行,第一个轮着你,就放着闷炮,太煞风景了。要罚就罚十杯。"小陈笑道:"那我就划吧。我若错了,请刘副官原谅一点!"刘副官道:"哪来那么些个废话,先罚一杯再划拳。"小陈道:"是是是,先罚我这杯。"说着把端的酒喝下。吴春圃坐在隔席上,看到姓刘的这样气焰逼人,倒是很替那小陈难受,将手拐子轻轻碰了李南泉一下。二人对看一眼,也没有说什么。

　　那姓刘的向来就是这样玩惯了的,他并没有注意到有人不满。站在屋子中间七巧八马,伸着拳头乱喊。这小陈不会划拳,而且不敢赢刘副官的拳,口里随便着叫,他出两个指头,会把大拇指、小拇指同伸着,像平常比着的六。老徐立刻站起来将手拦着,笑道:"小陈,你输了,哪有这样伸手的法子?"那小陈笑着点头道:"我是望风而逃,本就该输,罚几杯?"老徐正想说什么,忽然感到不妥,望了刘副官道:"应该怎么办,向令官请示。"刘副官道:"喝一杯算了。谁和这无用的计较。"小陈被人骂着"无用",不敢驳回半个字,端起面前的酒杯喝光。于是刘副官接着向下打通关,把全桌人战败了,他才喝三杯酒。他端了杯子,走过这席来,依然不肯坐下,将杯子放在桌子下方,向桌上一抱拳,笑道:"不恭了,由哪里划起?"三个女伶都是坐在这桌子上的,杨艳华道:"刘先生,你可是知道的,我们三个人,全不会喝酒,也不会划拳。"刘副官道:"那边桌上的女宾有先例。拳是人家代表,酒可是要自己喝。如其不然,就不能叫作什么通关。喝醉了不要紧,我家里有的是床铺,三人一张铺可以,一人一张铺也可以。"杨艳华听了这话,不由得脸上红起来,垂着眼皮不敢正视人,刘副官已把眼光射到吴、李二人身上,点着头,又抱了抱拳,笑道:"从哪位起?那旁桌上,让我战败得落花流水,你们可别再泄气呀。"他面前正有一张空的方凳子,他便一脚踏在上面,拿起筷子,夹了一大夹菜,送到口里去咀嚼着。吴春圃还是初次和这路人物接触,觉得他这分狂妄无礼,实在让人接受不了。只是望了他微笑着,并没有说什么。

李南泉知道吴先生为人,兀自有着山东人的"老赶"脾气,万一他借了三分酒意,把言语冲犯了姓刘的,那会来个不欢而散。于是站起来向主人拱拱手道:"老兄,你要打通关,先由我这里起吧。杨小姐的拳,我代表,酒呢,"说着,向杨艳华望了笑道,"一杯酒的事,你应该是无所谓了。"杨艳华笑道:"半杯行不行?"吴春圃道:"半杯,我代劳了吧。"刘副官摇着头道:"你不用代她,她的酒量好得很。"吴春圃笑道:"吃完了,你不还是要她唱吗?"刘副官对了她道:"小杨,听见没有,吃了饭,还要唱呀。"杨艳华也没作声,只是微笑着。刘副官交代已毕,立刻和李南泉划起拳来。这席的通关,没有让他那样便宜,喝了六杯酒,他脸红红的,就在这席陪客。他的上手,就是唱花旦的胡玉花。他不断地找着她说话,最后偏过头去,直要靠到她肩膀上了,斜溜着醉眼,因道:"小胡,你今年二十几?应该找个主了,老唱下去有什么意思,我们这院长公馆里的朋友,你爱哪一个?你说,我全可以给你拉皮条。"胡玉花将手轻轻推了他一下,因道:"你醉了,说得那样难听。"刘副官笑道:"我该罚,我该罚,应该说介绍一位。不,我应该说是做媒。你说,你愿意说哪一个?"胡玉花把他面前的杯子端起,放在他手上,因道:"我要罚你酒。"他倒并不推辞,端起杯子来喝了,放下酒杯道:"酒是要罚,话也得说,你说,到底愿意我们院长公馆里哪一位?"胡玉花道:"说就说嘛,唱戏的人,都是脸厚的,有什么说不出来。哪个女人不要嫁人吗?说出来也没有什么要紧。"刘副官拍着手道:"痛快痛快,这就让我很疼你了。你说,愿意嫁哪个?"

胡玉花道:"你们院长公馆出来的人,个个是好的,还用得着挑吗?"刘副官将头一晃道:"那你是说随便给你介绍哪一位,你都愿意的了?"胡玉花笑道:"可不是?"李南泉听了,很是惊异,心想,这位小姐,并没有喝什么酒,怎么说出这样的话来？这姓刘的说得出,做得出,他真要给她介绍起来,那她怎么办？连杨艳华、王少亭都给她着急,都把眼睛望了她。可是她很随便,因笑道:"可是我有点困难。"刘副官道:"有什么困难？我们不含糊,都可以和你解决。"胡玉花摇着头笑道:"这困难解决不了的。实对你说,我嫁人两年了,他还是个小公务员呢。"刘副官道:"胡扯,我没有听到说过你有丈夫。"胡玉花脸色沉了一沉,把笑容收拾了,因道:"一点不胡扯。你想呀,他自己是个公务员,养不起太太,让太太上台唱花旦,这还有好大的面子不成,他瞒人还来不及呢,我平白提他干什么？不是刘副官的好意,要给我说媒,我也就不提了。"刘副官道:"真的？他在哪一个机关？"说着,偏了头望着胡玉花的脸色,她也并不感到什么受窘,淡笑道:"反正是穷机关罢了。我若说出来,对不住我丈夫,也对不住我丈夫服务的那个机关。你不知道,我还有个伤心的事。我有个近两岁的孩子,我交给孩子的祖母,让她喂米糊、面糊呢。"刘副官将手一拍桌子道:"完了。我的朋友老黄,已经很迷你的,今晚上本也要来,为着好让我和你说话,他没有来。老黄这个人,你也相当熟。人是很好的,手边也很有几个钱,配你这个人,绝对配得过去。你既是有了孩子的太太,那没有话说,我明天给他回信,他是兜头让浇了一盆冷水了。"

胡玉花笑道:"你们在院长手下做事,有的是钱,有的是办法,怕讨不到大家闺秀做老婆,要我们女戏子？"刘副官道:"大家闺秀也要,女戏子也要,吓！小胡,你和我说的这个人交个朋友吧。他原配太太,在原籍没有来,一切责任,有我担负,反正他不会亏你。"李南泉听了这话,实在忍不住一阵怒火,由心腔子里直涌,涌到两只眼睛里来。这小子简直把女伶当娼妓看待。恨不得拿起面前的酒杯子,向他砸了去。可是看胡玉花本人,依然是坦然自得,笑道:"谢谢你的好意。说起黄副官,人是不错,我们根本也就是朋友,交朋友就交朋友,管他太太在什么地方。这也用不着刘先生有什么担待。"刘副官将手拍着她的肩膀道:"你这丫头真有手段,可是老黄已经着了你的迷,他也不会轻易放过你的。"胡玉花撇着嘴角,微笑了一笑。对于他这话,似乎不大介意。吴春圃笑着点点头道:"胡小姐真会说话,我敬你一杯酒。你随便喝,我干了。"说着,他真的把手上那杯酒一仰脖子干了。胡玉花只端着杯子,道了声谢谢。刘副官又拍了她的肩膀笑道:"小胡,你也聪明过顶了,喝口酒要什么紧。这里大家都在喝,有毒药,也不会毒死你一个人。我倒是打算把你灌醉了,把你送到老黄那里去。可也不一定是今天的事。"说着,仰起脖子,哈哈大笑一阵。李南泉看他这样子,已慢慢地露了原形。趁着问题还没有达到杨艳华身上,应该给她找个开脱之道。因之在席上且不说话,默想着怎样找机会,他想着,姓刘的已借了几分酒意,无话不说,在问题的本身,绝不能不把三个女人救出今日的火坑。这样转着念头,有十分钟之久,居然有了主意。

他问道:"刘副官,我说句正经话。我打听打听,院长什么时候到这里来?"姓刘的这小子,虽是很有了几分酒意,可是一提到院长,他的酒意,自然就消灭了,立刻正了颜色问道:"李先生有什么事吗?"李南泉道:"当然有点事。我一个朋友,在贵院长手下当秘书,是专办应酬文件的。"刘副官道:"是孟秘书?"李南泉道:"对了,他写信给我,要同院长一路到这里来住些时候,并说贵院长约我谈谈。我一个从来不过问政治的人,约我谈些什么呢?我已回信婉谢了。可是,孟秘书前天又专人送了一封信来,说是院长一定要约我谈谈,请我在最近几天,不要离开本地。他还附带一句,所谈也无非风土人情而已。这样,我当然不拒绝。"刘副官站起来道:"那怎么能拒绝呢?孟秘书来了,我会亲自来给李先生报告。李先生,你务必要到。"李南泉道:"我所以要和你打听院长行踪者,就在于此。过两天,我也想进城去一次。若是我进城去了,院长又来了,两下里就走差了。"刘副官道:"进城有什么事,交给我,我托人代办就是了。无论如何,你得在乡下等着。而且这几天,不断闹警报,你跑到城里去赶警报,那也太犯不上。"李南泉心中大喜,这一着棋居然下得极为准确,因笑道:"那也好,见到孟秘书,你就说我在家里等着了。你就是对院长直接提到也可以,只要你不嫌越级言事。"刘副官道:"这事是孟秘书接洽的,当然还是由他去办。"说着笑了一笑道:"恐怕是院长要借重李先生。其实,这穷教授真可以不干了。院长待人是最为优厚的。我们欢迎李先生出山来做事。"

巴山夜雨

这席话,接连有几声院长,早把那边的老徐惊动了,正是停杯不语,侧耳细听。等到刘副官劝李南泉做官,他就实在忍不住了,端着一杯酒,走过来,笑道:"李先生,好消息,我得敬贺你一杯。"李南泉道:"你这酒贺得有点莫名其妙吧?你以为我要见院长,这是可贺的事,这并没有什么稀奇,假如你有事要见院长的话,你也可以去见他。"老徐缩着脖子,伸了伸舌头,然后摇摇头道:"凭我这副角色,可以去见院长?来来来,干了这杯酒。"李南泉笑道:"你坐回去吧,你若愿意见院长,你打听着他哪日下乡,在公路头上等着。等到下汽车上轿子,你向他行个三鞠躬,我保证这些副官,没有哪个会轰你。"刘副官道:"那没有准,他这副三分不像人,七分倒像鬼的样子,站在路边等院长的汽车,知道他是干什么的。李先生不要睬他,我们喝。"说着端起杯子来。李南泉虽嫌老徐这家伙无耻过顶,可是不接受他这杯酒,他可下不了台,借了刘副官端杯子的机会,也就把酒喝了。喝完,向两个人照杯。老徐早已陪完了他那杯酒,于是半鞠着躬道:"谢谢。"姓刘的笑道:"滚吧。一张纸画个鼻子,好大的面子,人家会受你的酒?"老徐笑道:"滚可不行,地方太小,我只有溜了回去。"于是装着鬼脸,笑着回席去了。李南泉想着,这鸦片鬼无非是靠了院长手下几位副官的帮忙,做些投机生意罢了,本钱还是他自己的。为什么要受姓刘的这分吆喝?这姓刘的一群人,简直是地方上一霸,这三个女孩子若在这里过夜,真不知会弄出什么丑事来的。

这样想着,更进一步地想要把杨艳华等救出去。于是放下杯子,问道:"孟秘书和刘副官很熟吗?"他道:"有时候我到孟秘书家里去拿信件,倒是认得的。"李南泉道:"那么,你也未必知道他有什么事约我了。据我想着,有一种四六文章,孟秘书弄得不十分顺手,他是作唐宋八大家一派文字的。必定有什么四六文字,保荐我一笔买卖。我倒不一定卖文给院长,我愿送他几篇文章作个交换条件。第一件事,就是许我随便请见。见不见由他,可别经过挂号那些手续,我想可以办到的。他有文章叫我写,不当面交代怎么可以?第二件事,我对这疏建区的大家福利,作一点要求。反正也用不着院长捐廉,只要他下个条子就行。你看,他肯答应吗?"刘副官道:"第一件事,当然没有问题。不过,关于地方上的,我倒是劝李先生少和他谈。他下个条子不要紧，可把这地方上芝麻大的小官，连保甲长在内，要累个七死八活。"李南泉道："我和他说的，一定都不是大家麻烦的事。我不是这疏建区的人，我愿地方上麻烦，我愿得罪地方上人？"刘副官点头道："这话对极了，与人方便，自己方便。来，敬李先生一杯酒。"说着，端起酒杯子来。李南泉陪着他喝酒，却只管谈谈孟秘书和院长。由他的言词里，刘副官知道他对院长手下的二三路人物，着实认识几个。吃过饭，刘副官又吩咐家人熬着云南的好普洱茶敬客。李南泉道："大概一两点钟了，我们不能真玩个通宵，我要告辞了。月亮没有了，杨小姐，你带有手电筒吗？"她心里一机灵，便笑着迎上前道："李老师，有事弟子服其劳，我送你回府吧。我有手电筒呀。"胡玉花道："那我们要一路走了，我没有灯亮。"

李南泉故意装着不解，问道："什么？你们来这些个人，只带一盏灯亮吗？好吧，我们共着一只手电筒走。我和吴先生还可以送你们一截路程，送到街口上。王小姐，手电在不在你手上？"那个唱小生、又带唱老生的王少亭，人老实得很，年岁也大一点，她始终是不作声。李南泉虽知道她身上的危险性比较少些，可是也绝不能丢下，因之故意向她这样问了一声。她道："手电筒小杨带着呢。"杨艳华手里拿了手电筒一举，笑道："有男人送我，我就胆大了，我在前面引路。"说着，先走出了屋子门，走到走廊屋檐下站着。刘副官道："这么多人，一只手电不够，让老徐送送吧。手电灯笼，我全有。"胡玉花挽了王少亭一只手，便向门外走，笑道："刘副官，不必客气了，打搅了你一夜。只要有男人做伴，没有灯火，我也是一样敢走的。"李南泉看那姓刘的，还有拦着她们的样子，便向前握着他的手摇撼了几下，笑道："又吃又喝，今天是着实打搅了阁下。以往我们少深谈，还摸不着阁下的性格，今天做了这久的盘桓，我才明白，刘先生是个极洒脱的人，也是个极慷慨的人，有便见着院长，我一定要说项一番。"刘副官没想到心里所要说的话，人家竟是先自说出来，这就满脸是笑地鞠着躬道："李先生肯吹嘘一二，那就感激不尽。"李南泉笑道："朋友，彼此帮忙吧，多谢多谢。"他说着，先退出屋来。吴春圃又向前周旋一番。等主人翁出来送客时，李南泉带着三个女伶，已经走到院坝外面人行路

巴山夜雨

上了。刘副官只得道一声"招待不周",这男女一行五人,已是亮着手电筒,向村子外走去。回头看那副官公馆,兀自灯火通明。

杨艳华默然亮着手电筒,只管朝前走,胡玉花道:"小杨,你还跑什么?离刘家远了,你以为还有老虎咬你?"她这才站住了脚,看看后面,并没有人跟上来,因道:"今天幸是李先生帮了个大忙。"吴春圃走在最后,这就向前两步,问道:"我看着三位小姐的样子,有些不自然。早有点纳闷。这样一说,我更有点疑心了。"李南泉道:"我也不十分明白,但我知道要我解围。再走过去一截路,请教杨小姐吧。"于是五个人默然地走着,到了李南泉家门外,便道:"杨小姐,我送你到街上吧。"她站住了脚,又把电筒向两头照了两下,因道:"不用了,至多,李先生站在这路头上五分钟,估量着我们到街上,后面并没有人追来,就请你回府。我们也就没事了。"这时,五个人梅花形地站在路头上,说话方便得多,吴春圃道:"到底晚上有什么事要发生?"杨艳华道:"今晚上这一关虽已过去,以后有什么变化,也难说呢。唱戏的女孩子,什么话说不出来,我就实说了吧。今天我们在老刘家闹了半夜,不是没有看到他太太吗?他太太住医院去了。而且这个也不是他的太太,是个伪组织。他太太住了半个多月医院,他就不安分了,常常找我的麻烦,我是给他个满不在乎,敞开来交朋友,朋友就是朋友,像交同性朋友一样。若像平常人交女朋友,就想玩弄女朋友的事,我远远地躲开,前几天他天天追着我,简直地说明了,要讨我做个二房。再明白一点说,在伪组织外再作第二个伪组织。"李南泉笑道:"这名词很新鲜。那么,那个病的是汪精卫,让你去做王克敏。"

杨艳华笑道:"李先生,你那还是高比呢。"吴春圃道:"不管王克敏汪精卫了,你还是归入本题吧,今天晚上好像是鸿门宴了,这又是怎么一个局面?我们糊里糊涂地加入,又糊里糊涂地把三位带出来了。"杨艳华道:"今天晚上,他是对付我和玉花两个,大概预备唱半夜戏,然用酒把我们三人灌醉,让我们走不了。那个姓黄的,倒是真托刘副官做媒。"吴春圃道:"那姓黄的也是个大混蛋,托人说媒,也不打听人家是小姐还是太太。"杨艳华低声道:"玉花是胡说的。她还没有出嫁呢。"李南泉哈哈一笑道:"原来如此,胡小姐真有办法,轻轻悄悄地,就把姓刘的给挡回去了。我倒问一声,姓刘的若和杨小姐开谈判的时候,你打算用什么手段对付?"她道:"那也看事行事罢了。他若真逼得我厉害,我就和他决裂。酒是灌不醉我的,凭你用什么手段我也不喝。反正你不敢拿手枪打死我。他的厉害,就是因为他身上带有手枪可以吓人,重庆带手枪的人多了,若是拿着手枪的人就可以为所欲为,那还成什么战时首都?"她说到这里,吴春圃还要继续问她两句。可是刚才李先生那阵笑声,早是把两家候门的主妇惊动了,隔着山溪,门"呀"的一声响,早是两道灯光,由草屋廊檐下射了过来。李南泉首先有个感觉,这简直是在太太面前丧失信用。原来说是去看看就回来的,怎么在人家那里大半夜?便道:"筠,你还没有睡?可等久了。"李太太道:"我也在这里听戏呀。夜深了,村子那头说话的声音都听到,别说你们又吹又唱了。"

杨艳华插言道:"李太太,你今晚上没去听义务戏呀。夜深了,我不来看你了。明天见吧。"李太太道:"是啊,忙了这么一天,你也应该回去休息了。"杨艳华道:"明天若是不跑警报的话,我一定来看师母。"隔着山溪的李太太并没有答复她的称呼,李南泉只好低声说着不敢当,不敢当。杨艳华笑道:"李老师,你做人情做到底,请你还在这里站五分钟吧。"李南泉对于她这分要求,当然不能拒绝,连吴春圃在内,同声答应着就是。她们三人走了,李、吴二人还站在路头上闲话。李太太在门口站着,正等了门呢,见他们老是不下来,只得点着灯笼迎过溪来,笑道:"路漆黑黑的,我来接吧。"她总想着,这里有三个以上的人,可是到了面前,将灯笼一举,仅仅就是李、吴二人,因问道:"二位还要等谁?"李南泉想把原因说出来,这却是一大篇文章,笑道:"不等谁,我和吴先生是龙门阵专家,一搭腔,就拉长了。"吴春圃笑道:"够五分钟了,我们可以回去了。"李太太道:"什么意思?杨小姐下命令,让你们罚站五分钟吗?"吴春圃笑道:"她可不能罚我,只能罚她老师。"李南泉接过太太手上的灯笼,哈哈一笑,就在前面引路。到了家里,悬了灯笼掩上门,见小三屉桌上,兀自用四五根灯草,燃着大灯焰,灯下摆着一本书,笑道:"太太,真对不起,让你看书等着我。"李太太笑道:"这不算什么。我打夜牌的时候,你没有等过我吗?"李南泉觉得她这话,极合情理。可是低头看那书时,不觉惊讶着道:"你太进步了,你居然能把这书看懂呀!"

李太太笑道:"你以为读《楚辞》只是你们研究中国文学的人的事?书上面有注解,一半儿猜,一半看也没什么不懂。反正谁也不是生下娘胎就会读《楚辞》的。"李南泉道:"你可别误会,我是说你大有进步。《渔父》《卜居》两篇,是比较容易懂的,我看你是……"他说着弯腰仔细看那书,并不是那两篇,而是《招魂》。而且在书上还圈了几行圈,便笑道:"可想你坐久无聊了,还把句子标点了。"李太太道:"可别怨我弄脏了你的书。这书根本是残的,而且是一折八扣的书,你也不大爱惜。"李南泉笑道:"怎么回事?你以为我老有意思和你别扭?"他说着,看第一路圈就圈得有点意思,是以下几句:"魂兮归来,去君之恒干,何为四方些?舍君之乐处,而离彼不祥些。"于是点头微笑了一笑。其后断断续续,常有几项圈在文旁。最后有几行圈接连着,乃是这一段:"美人既醉,朱颜酡些,嬉光眇视,目曾波些。被文服纤,丽而不奇些。长发曼鬋,艳陆离些。二八齐容,起郑舞些,衽若交竿,抚案下些,竽瑟狂会,搷鸣鼓些,宫庭震惊,发激楚些。吴歈蔡讴,奏大吕些。士女杂坐,乱而不分些。"于是放下书哈哈大笑。李太太望了他,也微笑道:"对吗?"李南泉拱拱手道:"老弟台,对是对的。可是我究竟还可以做你的老师。你引的这段文,有两点小错误。宋玉为屈原招魂,他是说外面不好,家里好。所以前面几段,四面八方,全是吃人的地方,留不得。像这几段,是说家里有吃有乐,不是说外面,你引个正相反。第二,士女杂坐,乱而不分,是转韵第一句,不是结句,所以下面紧接着'放陈组缨,班其相纷些'。吕音以上几句,是押韵的。(下)字念户音。"

李太太笑道:"多谢你的指教。可是我就算明白了这一点,又有什么用?于今天天闹空袭,吃用东西,跟着空袭涨价。我能够到粮食店里讲一段《楚辞》,请他们少要一点价钱吗?天下往往是读书最多的人,干着最愚蠢的事。"李南泉笑道:"你是说我吗?我的书念得并不多。可也不会干最愚蠢的事。这次去到刘家听戏,本来陪着吴先生绕个弯就回来的。不想到了那里临时出了一点问题,不能不晚点回家来。什么时候,前方的情形,我们是不大知道。以后方的情形来说,空袭频繁,国际的情形,民主国家也是一团糟。我们正是感到国亡之无日。哪有心吃喝吹唱。"李太太道："对的,我记得你还没有到刘家去的时候,你说那是一群没有灵魂的人,不知道你到那里去了以后,灵魂是不是还在身上?我在走廊上,坐了好半天了。先听到你们拉着嗓子高唱入云,后来又听到你们划拳,简直忘了太阳落山的时候还在跑警报呢。在这种情形下,你能够说人家是失了灵魂的人吗?这件事让朋友知道了,似乎是你读书人盛德之累吗?不用说我了,假如是你一个兄弟,或者是个要好的朋友,在今晚上这样狂欢之下,你也不会谅解的。你们当局者迷,自己是不知道的,夜静了,我听到刘副官家这一场热闹,实在让人不解。不过年,不过节,又不是什么喜庆的日子,这样通宵大闹,什么意思?庆祝轰炸得厉害吗?那应当是敌人的事呀。"她说着是把脸色沉了下来的,随后却改了,微微一笑,因道："你可别生气,我是说那姓刘的。"

　　李南泉回想到刚才刘家的狂欢,本来是不成话,尤其是对太太曾批评着那些人是没有灵魂的,便笑道："筠,你让我解释一下。"李先生特地称呼太太小字霜筠的时候,是表示着亲切,称一个"筠"字的时候,是表示着特别的亲切。太太已经很习惯了,在这个"筠"字呼唤下,知道他以下是什么意思,便笑道："不用解释,我全明白。不就是那姓刘的,强迫着你唱戏,强迫着你划拳喝酒,又强迫着杨艳华拜你做老师吗?我没出门,还白饶了人家叫句师母。不用说了,快天亮了,再不睡觉,明天跑警报,可没有精神。"她说完,先自回卧室去了。李南泉坐在那张竹子围椅上,在菜油灯昏黄色的灯光下一看,四周的双夹壁墙,白石灰,多已裂了缝。尤其是左手这堵墙,夹壁里直立着的竹片,不胜负荷,拱起了个大肚子。自己画着像童话似的山水,还有一副自己写的五言对联,这都是不曾裱褙的,用糨糊粘在那堵墙壁上。夹壁起了大肚子,将这聊以释嘲的书画,都顶着离开了壁子。向这旁看,一只竹制的书架,堆着乱七八糟的破旧书籍,颜色全是灰黄色,再低头看看脚下的土地,有不少的大小凹坑。一切是破旧。不用说是抗战期间,就算是平常日子,混了半辈子,混到这种境况,哪里还高兴得起来?太太圈点的那本《楚辞》,还摆在面前,送着书归书架子,也就自叹了一口气道："魂兮归来哀吾庐。"而在他这低头之间,又发现了伏着写字的这三屉小桌,裂着指头宽的一条横缝。

巴山夜雨

　　这一切,本来不自今日今时始。可是由人家那里狂欢归来,对于这些格外是一种刺激。他心里有点不自然,回想到半夜的狂欢,实在有些荒唐。于是悄悄打开了屋门,独自走到走廊上来。这时,的确是夜深了,皎月已经是落下去很久,天空里只有满天的星点,排列得非常繁密,证明了上空没有一点云雾。想到明日,又是足够敌人轰炸的一个晴天。走出廊檐下,向山峪两端看看,阴沉沉的没有一星灯火,便是南端刘副官家里,也沉埋在夜色中,没有了响动。回想到上半夜那一阵狂欢,只是一场梦,踪影都没有了。附近人家,房屋的轮廓,在星光下,还有个黑黑的影子。想到任何一家的主人,都已睡眠了好几个小时了。虽然是夏季,到了这样深夜,暑气都已消失。站在露天下,穿着短袖汗衫,颇觉得两只手臂凉浸浸的。隔了这干涸的山溪,是一丛竹子,夜风吹进竹子丛里,竹叶子飕飕有声。他抬头看着天,银河的星云是格外的明显,横跨于山谷上的两排巍峨的黑影。竹子响过了一阵,大的声音都没有了,草里的虫子,拉成了片地叫着,或远或近,或起或落。虫的声音,像远处有人扣着五金乐器,也像人家深夜在纺织,也像阳关古道,远远地推着木轮车子。在巍峨的山影下,这渺小的虫声,是格外的有趣。四川的萤火虫,春末就有,到了夏季,反是收拾了。山缝里没有虫子食物,萤火虫更是稀落。但这时,偶然有两三点绿火,在头上飞掠过去,立刻不见,颇添着一种幽渺趣味。他情不自禁地叫了句"魂兮归来"。

　　身后却有个人笑道:"你这是怎么了?"他听到是太太的声音,便道:"你还没有睡啦?我觉得今天上半夜的事,实在有些胡闹。我在这清静的环境下,把头脑先清醒一下。唉! 魂兮归来。"李太太走下廊沿来,将他的一只手臂拉着,笑道:"和你说句笑话,你为什么搁在心里? 哎呀,手这样冰凉。回去吧,回去吧。"李南泉笑道:"你不叫魂兮归来?"李太太道:"这件事,你老提着,太贫了。夫妻之间,就不能说句笑话码? 难道要我给你道歉?"李先生说了句"言重言重",也就回家安歇。这实在是夜深了,疲倦地睡去,次早起来,山谷里是整片的太阳。李先生起床,连脸都没有洗,就到廊檐下,抬头看天色。邻居甄太太,正端了一簸箕土面馒头向屋子里送,因道:"都要吃午饭了,今天起来得太迟了。"甄太太道:"勿,今朝还不算晏。大家才怕警报要来,老早烧饭。耐看看,傍人家烟囱勿来浪出烟?"李太太穿了件黑旧绸衫,踏了双拖鞋,手里也捧着一瓦钵黑面馒头,由厨房走来,拖鞋踏着地面"啪啪"作响,可想到她忙。李南泉道:"馒头都蒸得了,你起来得太早了。"李太太道:"我是打算挂了球再叫你,让你睡足了。"他笑道:"你猜着今天一定有警报?"她道:"那有什么问题?天气这样好,敌人会放过我们?警报一闹就是八九个小时,大人罢了,孩子怎么受得了?昨天受了那番教训,今天不能不把干粮、开水,老早地预备。换洗衣服,零用钱我也包好了,进洞子带着,万一这草屋子炸了,我们还得活下去呀。"李南泉笑道:"这样严重?到了晚上,大家又该荒唐了,魂兮归来哀江南。"

巴山夜雨

第七章　疲劳轰炸

　　在李先生一方面，他醒过来，觉得是自己过于荒唐，多一次忏悔，就多叫一句"魂兮归来"。可是在李太太一方面，她就疑心是自己昨晚上的刺激太深了，所以老让丈夫心里介意，便笑道："老提过去的事做什么？洗脸喝茶吧。一切都给你预备好了。"李先生进屋来洗过了脸，李太太斟着一杯热茶双手送到他面前，笑道："我给你道歉。"说着，还勾了勾头。李南泉接着茶杯，"啊哟"了一声道："筠，这不是有意见外吗？你要知道，人一穷，就喜欢装名士派，为的是不衫不履，可以掩盖许多穷相。昨晚上是装名士派的顶点，以后我改了。"李太太笑道："我倒喜欢你的名士派。在这上面，往往可以看到你天真之处。"李先生道："有时候你闹点小孩子脾气，我也很原谅，因为也是天真之处。"两人正说到这里，忽听到外面有人道："多少钱一张票？"这话有点突然，他夫妻向外看时，是那位家庭大学校长奚太太来了。她永远是那样，穿了件半新的白花长褂，脚下拖着一双皮拖鞋，脸上从来不施脂粉，薄薄的长头发，梳着两个老鼠尾巴的小辫子。手里拿了一本英文杂志。那杂志封面上清清楚楚地印了一个英文字：Time。李南泉笑道："卖什么票？不懂。"她笑道："你夫妻两个在演话剧，我们看看，要不要买票？"李太太笑道："因为我们又有点小误会，互相解释着，语意里面，也许有点客气存在。奚太太真是多才多艺，又看起英文来了。"奚太太将书一举道："这是家庭杂志，有不少东西，可以给我们参考。"李南泉眼望了那书封面，笑道："你买到多少种英文杂志？"她道："奚先生带回来了几本，都是家庭杂志。躲警报的时候借给你看。"李南泉笑道："那你送非其人。我的英文，还是初中程度，怎么能看英文杂志？"

　　随着这话，又有太太在后面插言道："何事啰？怕我们讨教，这个样子客气。"这太太带着很浓重的长沙音。一听就知道是石正山太太了。她又是疏建区另一型的妇人,是介乎职业妇女与家庭太太两者之间的人物。她圆圆的脸,为了常有些妇女运动的议论,脸上向来不抹脂粉,将头发结个辫子横在后脑勺上,身上永远是件蓝布大褂。不过她年轻时曾负有美人之号,现在是中年人,更不忍牺牲这个可纪念的美号。因之,头发梳得溜光,脸上也在用香皂洗过之后,薄薄敷上一层雪花膏。那意思是说,只要人家看不出她用化妆品,她还是尽可能地利用化妆品。她随着奚太太后面走了来,手上拿了个拍纸簿,似乎是有所为而来的。李南泉就把两位太太让进屋里,石太太道:"无事不登三宝殿,我有点子事情请求李先生,不知道可能赏个面子?"她说的话多用舌尖音,透着清脆。李先生青春时代在长沙勾留过一个时期。那个时候,青年男女,说一种俏皮的长沙话,曾是这个作风,让他立刻憧憬着过去的黄金时代,便笑道:"只要我能做到的,无不从命。"奚太太表示着她是和李家更熟识一点,便笑道:"哪好意思不答应的?石太太要组织一个妇女工读合作社,请你当名发起人。"李南泉点头道:"我虽然不是妇女,我也乐观其成,不过有个但书。若是出股子的话,我的力量可小到了极点。"石太太笑道:"那是第二步的事啰,冒得钱,也一样当发起人。请你就在这只簿子上签个名吧。"

　　李南泉笑道:"没有问题,将来我们还可以买些便宜东西呢。"说时,接过那簿子来看,上面写了段缘起。这合作社的社址,却在十里路远的一个小镇上,因摇摇头道:"这便宜想不到了,谁为了一点小便宜去跑这样远的路。"石太太道:"那没有关系,我三两天就去一次,你们要什么东西,我大担子挑了回来,大家分用。"李太太道:"你常不在家,我以为你不怕空袭,进城去了呢,原来是下乡。你这位管家太太,倒放得下心,把家丢到一边。"奚太太拍了石太太的肩膀,笑道:"她太有办法了。一手训练出来的小青,当家过日子,粗细一把抓,样样在行。而且她还和太太做一件秘密工作。"李南泉听到这话,心里吓了一大跳,心想,这位太太口没遮拦,可别胡乱说出来,可是她并不感到什么为难,继续地道:"小青她是太太的情报科长,先生一举一动,她都秘密报告太太。太太走了,太太的眼睛、耳朵留在家里,要什么紧?"石太太笑道:"你说得我是这样子厉害。你管得先生不洽香烟,我就冒问过他洽不洽香烟。李太太,你是怎样子管理你先生的?"李太太摇摇头道:

巴山夜雨

"我是块懦肉,他不管我就是了,我还想管他呢!"奚太太一着急,把家乡话也急出来了,笑着叫道:"啥个闲话?中骨(国)要恢复赞(专)制?陆雅(老爷)可以公刻(开)呀薄(压迫)特特(太太)。"说着,她把手里的英文杂志,在桌上拍了一下。她们两位太太一起哄,主人就感到脑筋发胀。他立刻在那簿子上签了名,拿着簿子,向石太太作了个揖笑道:"名已签了,还有什么事要我做的吗?"石太太笑道:"现在没有什么事相烦,将来总免不了有许多事求教。走吧,奚太太,我还要跑几家呢。"

主人对于这样的客人,当然也不挽留,亲自送到走廊上分手。他回到屋子里向太太笑道:"这两位太太,都够做官的资格,法螺吹得很响。最有味的是隔壁这位邻居,她喜欢卖弄英文。英文好又怎么样呢?她那种 You is 的教法,还不是在家里当家庭大学校长。"李太太道:"你管她怎么样,反正人家奚先生佩服她就够了。已快到放警报的时期,你想吃点什么,好早早给你预备。"李南泉道:"还预备什么呢?有什么吃什么吧。我去看看挂球了没有?"他说着,就向屋后走。老远地就看见山坡上朝外的人行路上站着两个人。一位吴先生,一位就是甄太太的少爷。吴春圃向他招招手,笑道:"来吧。咱三家恰好各来一个,在这里当监视哨。"李南泉看他那情形,料着是并没有挂球,便笑道:"不放警报,心里倒老是嘀咕着,放了警报,倒也死了心预备逃跑了。"说着迎向前来,看山下镇市,那个挂球的旗杆,正是秃立在一片绿树梢上。吴春圃笑道:"我连饭都忙到肚子里去了,包袱凳子,一切都预备妥当。红球一挂起,立刻就走。"李南泉摇摇头道:"这不是办法。以前没有预行警报,大家是听了警报器有响声才走。自从有了挂球的办法,比放警报的戒备进一步,躲警报的人开步走也就早了一步。这么一来,一天有大半天牺牲在警报声中,精神上的损失,太不能计了。从今以后,我要改变办法了,非放空袭警报不走。"甄家的少爷叫小弟,虽是中学生,父母的老儿子,是这样疼爱地叫着的。唯其是父母疼爱,父母要他躲警报,比自己躲警报还要关切。

在昨天饱受了长时间空袭经验之下,甄太太已经让小弟来看过红球三次了。小弟正借了本武侠小说看得有趣,很为了这事感到烦恼。这时,他索性把那本小说插在短裤袋里,预备坐在这山坡上看书。可是这山坡上的大树,都让有力量的人砍走了。没有个遮阴的地方,还是没有办法。李、吴说完了话,他也就插嘴道:"敌人的飞机,真是讨厌,难道我们就没法子对付他?"李南泉笑道:"等你和你的同学都会驾飞机了,就有办法了。"小弟道:"我本来愿意学空军的。我父亲说,到了我可以考空军的年龄,他也赞成我去投考。可是有一个条件,一定要像刘副官、黄副官这种人都不再做副官,才可以让我去。"李南泉笑道:"令尊那意思我懂得。可是他们不做副官那中国事更不可问,他们做了更大的官了,我们别做那梦想,他们穷不了,也闲不了。"吴春圃向山溪对面人行路上一努嘴,低声笑道:"他正来着。"果然,他站在那边,远远地一招手,叫道:"李先生预备吧。三十六架,在武汉起飞了。"李南泉道:"什么时候得到的消息?"他道:"刚刚得到的城里电话。最好你们带几块沾着胰子水的湿手巾。"吴春圃吃惊地道:"什么?敌人会投毒气弹?"刘副官道:"那没有准呀!"说着他匆匆地向街上走。在他后面就是一大群男女拿着包袱,提了小箱子,成串地向前走,已开始去抢防空洞里的好地位。小弟听了这消息,脸色变得苍白,扭转身,就要走。李南泉一把将他抓住,因道:"你别信他的话,他是危言耸听。他也没有得到敌人的报告。他怎么会知道今天丢毒气弹?"

这话一说破,吴春圃也想过来了,因道:"这是实话,他怎么会知道敌机会放毒气?"小弟看了看镇市上那红球并没有挂起,也就没走。可是甄太太走来了,战战兢兢站在屋檐下,老远地问道:"阿是有消息哉?"小弟道:"没有挂球。"李太太已换上了旧的蓝布长衫,这是防空衣服,也走来了,问道:"没有挂球吗?你看大路上那些人在走。"李南泉道:"挂球本就是未雨绸缪。他们不等挂球,再做个未雨绸缪的绸缪。有何不可!"两位太太站在屋檐下,四周看看天色,似乎还相信不过李先生的解说。就在这时,山底下,又有成群的人,走进谷口来,向山里面走,其中有位江苏太太招着手道:"老李,你不打算走吗?今天来的形势,恐怕比昨天还要凶,我不愿躲公共洞子,要到山里面去了,你去不去?"李太太笑道:"我胆子小,敞着头顶,看到飞机我可害怕,我还是躲洞子。现在又没有挂球,忙什么?"江苏太太道:"反正是要走的,何必挂了球走呢?昨天空袭警报一放,战斗机就来了,我那时

巴山夜雨

还没有进洞子,吓出了一身汗。"她站在人行道边,正是这样说着。后面有两个男子,放开了脚步,连跑带走,抢着擦身过去。江苏太太身边有个男孩子,他说了句"有警报了",拉了孩子就走。在大路上的行人,全为了这两个开快步的男子所引动,一齐开始跑动,甄太太连忙问道:"阿是有了警报?不挂球警报就来哉,阿要尴尬。"那两个跑路的人,遇到了乡村的防护团丁,问道:"跑啥子?"其中有个答道:"没得啥子,好耍喀。"防护团丁立刻向路上走着的人连摇着手,喊着"没得事,没得事"。

李太太问道:"不是警报?可吓了我一跳。"正说着,隔溪斜对过,"当啷当啷"的一阵响。甄太太道:"啊,敲锣哉?阿是警报来哉?"小弟站在山坡上,正是四面观望,摇手笑道:"不是,不是,对面王家把一只破的洋铁洗脸盆,丢到山沟里去。"他虽然这样交代着,对门邻居袁家,小孩子们哄然地由屋子里跑了出来,叫道:"空袭警报,空袭警报,敲锣了!"李南泉摇摇头道:"这真弄成了风声鹤唳,草木皆兵。这空袭对于人民心理上发生的作用,实在太大了。"李太太苦笑了一下。甄太太牵着她的手,抖了两抖,笑道:"骇得来。"吴春圃笑道:"回去吧,管他挂球不挂球。想安全的朋友,马上可以带了东西,到防空洞里去等着。反正每日总有这么一趟。"他说着,缓缓地走下了坡子。李南泉和小弟,也都走下来,李太太道:"这大太阳,在山坡上守着红球,那不是办法。过一二十分钟,我们可以轮流来看一次。"李南泉笑道:"我以为你真放弃了看守红球的计划,原来你还是要十几分钟来一次。"甄太太咬着牙摇摇头道:"俚是大意勿得格。"大家在不断的虚惊之下,倒反是笑着各走回家去。李南泉在这时候,读书写字,他都感到不能安贴,便索性和太太闲话,把昨天晚上的事,详细地报告了一遍。她在靠门的椅子上坐着,笑道:"原来有这些缘故。若是你回来就告诉我,免了许多误会。"李南泉道:"若是我到现在还不告诉你,岂不是还在误会着吗?"她笑道:"你又凭什么不告诉我呢?"说着她顺手一带门,却有阵呜呜的声音。她突然站起来道:"这回可真放了警报了。"

李南泉笑道:"你忘了一个笑话。我们在南京乡下住着的时候,听到磨坊里的驴叫,以为是紧急警报。现在空袭的警报,也不是⋯⋯"李太太也听出来了,忽然笑起来道:"真是草木皆兵。这是门角落里的蚊子群,让我惊动了。"李南泉笑道:"我们可以少安毋躁了。现在有月亮,可能是敌机下午来,连着晚上的空袭,干脆,我们早点儿吃午饭。饭后,睡一场午觉,到了晚上,我们打起精神来进防空洞。"李太太笑道:"真闹得不成话。我们现在一天到晚,都是在挂心警报。我也想破了,不理他,照样做我的事。"说是这样说了,她却跑到后面的屋子里,在枕头下摸出一只手表来看了看。这手表还是战前三年的储藏品,轮摆全疲劳了,一年至少得修理两次。新近是刚刚修得,所以还在走着。她看了看表,笑道:"才到十点钟。"李南泉在外面屋子哈哈笑道:"你说不挂心警报,可是说完你又去看表了。看表又有什么用,只有求天下场暴风雨,把起飞的敌机,全数刮到长江里去。"李太太笑道:"我不否认我是个饭桶。可是,不承认做饭桶的人,也很少法子,对付敌人的空袭,单说献机运动,我出过多少次钱,我那钱究竟在哪架飞机身上我猜不出来,也许,那钱变成了外汇之后,冻结在美国。"李南泉笑道:"你说这话是太乐观了。不过,我也不悲观,报上登着,德国出动飞机,一来就是两三千架。他也没有把小小的英伦三岛炸服。日本一来百把架飞机,这样大的中国,那是摇撼不动的。"

窗子外吴春圃笑道:"我以为谈警报的人,不一定是胆小。谁不怕死?只有那些心里怕警报口里说不怕的人,那才是虚伪呢。"李南泉坐在屋子里,已开始工作,伏在桌子上写字。他听了邻居的话,倒有些感想,觉得大家全是把警报这问题放在心上,实在不妥。也就不向窗子外答话了。在大家心境的不安中,拖过了正午,村子里的人家也就开始煮饭。吃午饭的时候,看到那些未雨绸缪的去躲空袭的人,又成串地回来。有人在山路上笑道:"还是你们胆子大的人好,免得来回地跑。千万可别我们到了家,球又挂起了。"李南泉坐在饭桌上摇摇头道:"真是弄得人食不甘味。"李太太也只是笑笑。吃过了午饭,已经是两点钟。照着往回空袭的时间而论,已将近解除,因此大家心里就宁贴些,一直到傍晚,都没有任何空袭的象征,大家更是心情轻松了。不过这已是阴历十一,太阳一沉过了山头,那像把大银梳子似的新月,已横挂在天空,夏季来乘凉的人,抬头看到月亮,就会谈到空袭。因此,为着这月亮特别的明亮,没有一片云彩配合,大家的心情又紧张了两小时。

巴山夜雨

终于是平安无事地月亮西斜,算混过了一天。因为有这一天的轻松,次日早上,大家有些恢复原状,没有做什么急迫的准备。李南泉照普通的生活,喝一杯热茶,吃两个冷烧饼。刚刚要吃早餐,甄家的小弟,在隔溪人行大路上,就高声大喊道:"挂了球了。"这回是真的挂了球了,李太太正清理着几件衣服,预备拿去洗,这就站在屋子里呆了一呆。

李南泉笑道:"发什么呆?兵来将挡,我们预备走吧。"她道:"我倒不是害怕。你看,今天的警报,来得这样早,免不了又是一整天。"李南泉道:"你说吧,今天是躲村口上这个洞子,还是躲山那边的公共洞子?"李太太道:"村口洞子自由一点,公共洞子空气好一点,消息也灵通一点。"李南泉低头想了一想,因道:"我看还是躲公共洞子吧。第一,是我不愿意在那漆黑的洞子里闷坐;第二,我也愿意看看公共洞子里的紧张场面。"李太太道:"怎么着,你还要看看紧张的场面吗?"李南泉笑道:"但愿没有紧张场面就好。不过我总得向这条路上去防备。你赶快去收拾东西吧。"这样交代了,大家也就来不及多说话,立刻分手去办理逃难事务。好在吃午饭的时候还早,大家也不必顾虑到吃的东西。在十分钟之内,大家都把事情预备好了。李太太带着孩子,提了包袱,王嫂抱了小妹妹殿后,一同出门。李南泉笑道:"今天我决计陪你们躲一回公共洞子,我等放了紧急警报才走。先在家里坐镇,你们有什么要我办的没有?"李太太道:"公共洞子里嘈杂得厉害,你还是去游山玩水吧。"她还想交代什么话时,半空里已是传着"呜呜"的空袭警报声,李南泉道:"你们走吧,随后我就来。"说着,接过太太手上的包袱,一直提着在先走,送到屋角上山坡的路头。这条路是不大有人走的,这时也是三三五五,拉长了一条线,沿着山坡向前移动。再回头看山溪对岸的那条人行路,也拖了半里路的长蛇阵,李太太道:"你看,今天又很紧张,你快走吧。"

李南泉点点头道:"大概今天不躲的人是很少。你们放心去吧。赶得及时的话,我一定到公共洞子里来。赶不及,我向山后走,走一截躲一截。"李太太接过他手上的包袱,又握着他的手道:"你可要躲,不是闹着玩的。"小玲儿也指着她爸爸道:"不是闹着玩的。"李南泉看了她那肉包似的小手,指头像个王瓜儿,他就乐了，摸着她的小手亲了个吻。李太太皱了眉头道："你倒是全不在乎，这时候还有工夫疼孩子。走走走。"她落在后面，催了孩子们走。李南泉回转身来，到屋子里周围看了一番，把躲警报的旅行袋提着。先锁起了屋子门，然后到厨房去看看。见土灶里还有些火星，在水缸里接连舀了两勺水将火泼熄，又伸头对左右邻居的厨房看看。见吴家灶外，还有两橛焦木柴，放在地上兀自冒着青烟。好在他的厨房门没锁，就进去，也用水将柴头泼熄。走出厨房来，遇到吴春圃。他问道："还有火吗？"李南泉道："我已经给你泼熄了。"吴春圃道："劳驾劳驾。我是走到半路上，想起来了，不得不回来看看。过去重庆有好几次发生这事情，大家全去躲警报，屋子里留下火种，起了火是关着门烧。我们住的又是草房子，危险性更大。李兄，走吧，今天哪个洞子里都客满。往后山去的人，也是随处都有。你要找个清静而又安全的地方，非跑出去五六里路不可。再过十分钟，恐怕就要放紧急了，迟了你来不及跑。"李南泉道："我今天躲公共洞子了，帮太太照应照应孩子。"说着由走廊经过自己家门口，不知是何缘故，有点放心不下，将锁打开，重新进家去看看。

他到了屋子里，周围看看，一切安静如常。外面屋子里看了一看，又到里面重新检点了一次，实在没有什么令人不放心的地方。四周看过了，再又对地下看看，这算是发现了，地下有两橛纸烟头，将纸烟头捡起来看，那不但是烟头上没有火气，而且烟质还真潮的呢。他扔在地面将脚乱踏了一阵，方才在谨慎检查的情形之下，反锁了屋子门出去。就是这样几分钟，环境是整个地变了，耳朵里一丝声音没有，左右邻居，全不见一个人出来活动。就是人家屋顶上，也没有烟冒出来。溪对面大路上，除了偶然有个防护团丁走过，也是没有人迹。早晨算已过去的太阳，现在变了强烈的白光，照得大地惨白。对面竹子林，叶子微微颤动着，正望着那竹子有点出神，却见两三只小鸟，闪动着尾巴，在竹枝上站着。这也就越显得这宇宙整个儿沉寂着过去了。他忽然省悟着，要走就走，这还等什么。于是拿了旅行袋子，踏上了屋角后的山坡，向公共洞子走去。这公共洞子，是重庆郊外的一个名胜区。山峰脚下，山头凹进去一个房屋似的大洞。裂口的山崖，像很宽大的屋檐，在上面盖着。洞前是幢庙，庙也有两进。洞里是越深越窄小。四周玲珑的石乳，在

巴山夜雨

壁上高高低低突出。随着大洞外的小洞,雕上了很多的佛龛。自经了两三年的空袭,这里更布置得周密,在洞口上将沙包堆得像山似的,挡住了空隙,沙包和石壁相连的地方,也辟了个洞门,躲警报的人,就由那里走进去。

李南泉翻过那个山头,就是公共洞子外的庙宇。这庙宇的两重佛殿,都已自行拆除,佛龛兀立在露天下。来躲警报的男子们纷纷站在无顶殿中闲话。也有几个贩卖零食的人,挽了个篮子,坐在阶沿上,等候买卖。这些避难的人,不是镇市上的,就是村子里的,大半都认识,彼此看见,都点点头。有人还笑问道:"李先生今天也加入我们这个团体?"他笑道:"天天躲清静警报,今天也来回热闹的。"有个老人立刻变了颜色道:"这是什么话?糊涂!"看这老人,胡子都有半白了,李南泉可不能和人家计较。只是付之一笑。走进了沙包旁边的小侧门,那大山洞里,倒是洋洋大观,不问洞子高下,矮凳上,地面上,全坐满了。人不分阶级,什么人都有。这些人各自找着伙伴谈话。大家的谈话,造成了一种很大的嗡嗡之声。仿佛戏院里没有开戏,满座的人都在纷乱中。他站着四周望了一遍,并没有看到自己家里人。这洞子是个葫芦形,就再踏上几步台阶,走进了小洞子。这里约莫是三丈宽,五六丈深,随着洞子,放了四条矮脚板凳,每条凳子上,都像坐电车上似的,人挨人地挤着。在右边的洞壁上,有机关在洞中凿开的横洞,门是向外敞着的,每个洞口两个穿制服的人把守着。他想太太为了安全起见,也许走到这洞子里去了,可是自己并无入洞证,是犯不着前去碰钉子。再向里走,直到洞子底上,有个小佛龛,前面摆着香案。便是那香案,也都有人坐着。依然不见家里人。他正有点犹豫,以为他们全挤到洞子外面去了。小玲儿却由佛龛后面转了出来,向他连连招着手道:"我们全在这里呢。"

看那佛龛后面,正还有个空当,便笑道:"你们真是计出万全,一直躲到洞底上来了。"李太太也由佛龛角上伸出半截身子,向他招招手。他牵着小玲儿走到佛龛后面看时,依然不是洞底。还有茶几面那样大一个眼,黑洞洞地向里伸着。这里的洞身,高可五六尺,大可直起腰来。宽有四五尺,全家人坐在小板凳子和包袱上,并不拥挤,李南泉向太太笑道:"你的意思,以为藏在这里,还可以借点佛力保佑。"她笑道："我什么时候信过菩萨？这不过是免得和人家挤。别人嫌这个地方黑，又没有周旋的余地，都不肯来，人弃我取，我就觉得这里不错。坐着吧。"说着，把一个旅行袋拿了出来，拍了两下。李南泉站着，周围看看，并没有坐下，在身上取出纸烟盒子和火柴来，敬了太太一支烟。她笑道："我看你在这里有些坐不惯，还是到山后去吧。"李南泉还没有答复，却听到洞外"呜嘟嘟"一阵军号声，李太太道："紧急紧急。"早是轰然一声，在庙外的人，乱蜂子似的，向洞子里面拥挤着进来。原来洞子上下已是坐满了人。现在再加入大批的人，连站的地方都没有。原来这佛龛转角的所在，还有些空地，现在也来了一群人，塞得满满的。同时，在洞子里嘘嘘地吹着哨子，继续着有人叫道："不要闹，不要闹。"果然，这哨子发生很大的效力，洞子里差不多有一千人上下，全是鸦雀无声地站着或坐着。也不知是哪个咳嗽了一声，这就发生了急性的传染病，彼起此落，人群里面，就发生着咳嗽。突然有个操川语的人道："大家镇定，十八架飞机，已经到了重庆市上空。"

这个报告，把大家的咳嗽都吓回去了。可是也只有两三分钟，喁喁的细语声，又已发生。尤其是去这佛龛前不远的所在，矮板凳的人堆中间，坐着一个中年妇人。她身旁坐了个孩子，怀里又抱了个孩子。那最小的孩子，偏在人声停止、心里紧张的时期，哇哇地哭了起来。"不许让小孩哭！"那个妇女知道这是干犯众怒的事，她一点回驳没有。把那敞开的现成的衣襟，向两边拉开，露出半只乳，不问小孩是不是要吃，把乳头向孩子嘴里塞了进去。抱着孩子的手，紧紧地向怀里搂着。可是那个孩子偏不吃乳，吐出乳头子来，继续地哭。这就有人骂道："哄不了小孩子，就不该来躲公共洞子，敌机临头，这是闹着玩的事吗？你一个小孩子，可别带累这许多人。"那妇人不敢作声，把乳头再向孩子嘴里塞了去。不想她动作重一点，碰了大孩子，大孩子的头碰了洞壁，他又哭了。这可引起了好几个人的怒气，有人喝道："把这个不懂事的女人轰了出去，真是混蛋！"这位太太正抱着小孩子吃乳，又哄着大孩子说好话呢。听了这样的辱骂，她实在不能忍受，因道："轰出去？哪个敢轰？飞机在头上，让我出去送死吗？"紧靠了她，有位老先生，便道："大嫂，你既知道飞机在头上，就哄着孩子别让他哭了。敌人飞机上有无线电，你地面上什么声音他听不到？孩子在这里哭,他就发现了这里是防空洞了。"李南泉听了这话,却忍不住对了太太笑。李太太深怕他多事,不住向他摇着手,而且还摇了摇头。

在若干杂乱的声中,防护团走向前,轻轻喝道:"啥子事,大家不怕死吗？小娃儿哭就怕飞机听到,你们乱吼就不怕飞机听到吗？"他说着,在制服袋里,掏出个大桃子,塞到那大孩子手上,弯了腰道:"悄悄地,歇一下,我再拿一个来给你吃。"那大孩子有了这个桃子,立刻就不哭了。吃乳的孩子,竟是在这混乱中睡着了,一场危险,竟然过去。那团丁横着身子在人丛中挤了进来,自然还是横了身子挤了出去。当他在人丛里,慢慢向外拖动身子的时候,自不免和他人挨肩叠背。在这里,他发现了面前站着一个下江人,戴了眼镜,便瞪了眼道:"把眼镜拿下来。"那人道:"戴眼镜也违犯规则吗？新鲜!"团丁听这话,就在人丛里站着,望了那人道:"看你像个知识分子,避难规则你都不懂得,镜子有反光,你晓不晓得？"这个说法,提醒了其他的避难人,好几个人接着道:"把眼镜拿下来,把眼镜拿下来!"那人道:"眼镜反光,我知道,那是指在野外说,现时在洞子里,眼镜向哪里反光,难道还能够穿透几十丈的石头,反光到半空里去吗？那我这副眼镜倒是宝贝。真缺乏常识。"于是好些人嘻嘻一笑。五个字批评和一阵笑,团丁如何肯受,越发地恼了,喝道:"你不守秩序,你还倒说别人缺乏常识,你取不取下眼镜来？不取下,我们去见洞长。"那团丁的话音,也越来越大,又引着其他两个团丁来了,难友们有认识这人的,便道:"丁先生,这是小事。你何必固执？"丁先生道:"并非我固执,我的近视很深,我若没有眼镜,成了瞎子,在这人堆里,把头都要撞破。"

大家听了这话,又看到那副近视眼镜,紧贴地架在鼻子上,实在觉得他取下了眼镜,那是受罪的事,又笑了起来。那位丁先生心生一计,在袋里掏出一方手绢,向眼睛上罩着,嘴在手绢里面说着话道:"这样子,行不行？我隔了手绢还看得见,而各位也不必怕我的眼镜反光。"这就连那三个团丁也带着笑挤走了。然而眼镜的问题方告一段落,左佛龛前,又有两起口角发生。一起是两位女客为了手提箱压在身上而争吵。一起是坐的板凳位子,被人占了,一个老头子和一个中年男汉子争吵。人丛中虽也有人调解,那口角并不停止。这个洞子,里外两大层,口角声,调解声,谈话声,又已哄然而起。李南泉默然地坐在神龛后,向太太道:"这里的秩序,怎么这样坏?"她道:"敌机不临头,总是这样的。人太多了,有什么法子呢。"李先生还想问话,只听"嘀哩哩"一阵哨子响,这又是警报的信号。果然,耳根子立刻清静,任何的嘈杂声都没有了,约莫静了三四分钟。有人操着川语报告道:"敌机二十四架。在瓷器口外投弹。我正用高射炮射击,现在还没有离开市空。"这时,仿佛有那飞机群的轰轰轧轧之声在头顶上盘旋,所有在洞里的人,算是真正静止下来。成堆站着的人,都呆定了,坐着的人,把头垂下去。每个母亲紧搂着她的小孩子。所有的小孩子也乖了,多半是业已睡着,睡不着的,也是连话都不说。李南泉把小玲儿搂在怀里,不住地用鼻子尖去嗅她的小童发。

在成千人的呼吸停顿中,什么声音都没有。约莫是五六分钟,却听到有人报告道:"敌机已向东逸去,第二批飞机,在巴东发现。现在大家可以休息一下。"在这个报告完毕以后,洞里的避难者,就复行纷纷议论起来。有些人也就缓缓地挤出洞子去,在佛龛面前也就留出了个大空当。这是重庆防空洞的新办法。原来自发生了大隧道惨案以后,当局感觉得长时期的洞中生活,那是太危险的事。因之,在敌机已经离开市空的时候,宣布休息。所有警报台挂警报信号球的地方,却挂上两个红球,等于空袭警报。凡是洞子里的人全可以到洞外站站。李太太向李先生道:"这个洞子生活,你是不习惯的。趁着这个机会,你由这庙后的小路到山后去吧。"李南泉道:"我既到这里来了,就陪着你在洞里吧。我看今天的秩序太乱,我在这里帮着你也好些。"李太太笑道:"今天秩序太乱?哪天也是这样。你就不到山后去,在洞子口上站站,和熟人聊聊天也好。"李南泉摇摇头笑道:"我觉得很少有几个人可以和我谈得拢。"说着,站起来牵牵衣服,走到佛龛前站了一会。又在身上掏出纸烟盒子来,靠了佛龛桌子,缓缓地吸着烟。忽然之间,洞子外的人向里面一拥,好像股潮浪。李南泉也只好向后退着,退到神龛后面来。但听到那些人互相告诉着道:"球落下去了。"因为这些人来势的猛烈,把那佛龛的桌子角,都挤着歪动了。李太太赶快搂着孩子,把身子偏侧过去。李南泉也赶快抢过来,挡

巴山夜雨

住了路口,以免人拥过来。

李太太道:"不要紧的,不要紧的,落了球,照例有这么一阵起哄的,没有关系。"但是她虽这样说了,李先生还是不肯放松那把关的责任。约莫是五六分钟,那哨子又"嘘哩哩"地吹了一阵。这才把那惊动蚊子堆的声音平定下来。大家静悄悄地坐着,什么响声也没有。李南泉挤回神龛后面,搂着小玲儿坐在旅行袋上。她虽是站着,头靠在爸爸怀里,已经是睡着了,他抚摸着小女儿的手,一阵悲哀,由心里涌起。他想着,这五岁的孩子,她对人类有什么罪恶?战火,将这样天真无知的小孩子,一齐卷入里面。这责任当然不必由中国人来负。只要日本人不侵略中国,中国人不会打仗。可是中国人要是早十年、二十年伸得直腰来,也许日本人不敢向中国侵略。由此他又想到那些侵略国家了。无论军力怎样优势,侵略别人的国家,总要支出一笔血肉债的。用血肉去占领人家的土地,出了血肉的人,算是白白牺牲,让那没有支付血肉代价的人,去做胜利者,去搜刮享受,这在侵略国本身,也是件极不平的事。他慢慢地想着也就忘了是在防空洞里了。忽然有人大声报告着道:"敌机十八架,在化龙桥附近投弹,现在已向东北逸去。第三批敌机,已经过了万县,大家要休息,可以出洞去透下空气,希望早一点回到座位上,免得回头又乱挤一阵。"报告过,洞子里又是哄哄一阵响起,有些人也就陆续地挤出洞子去。李南泉听说第三批敌机已过万县,根本也就不打算走,依然坐着。

果然,不到十分钟,又是哨子叫,又是人一阵拥进。紧张了二十来分钟,经过洞中防护团员的报告,敌机群已东去,敌人的行动,倒不是刻板不动的,这次是四、五两批,同时扑到重庆市上空,而且敌机数目也减少了,各批都是九架。防护团员报告过,最后带了一点轻松的语调叫道:"大家注意,今天敌机硬是滥整,第三、四批后面,还有几批。不过第五批是刚刚过巴东,要是有人想吃晌午的话,回家去吃点饮食,还来得及。"避难的洞中人,自然也就陆续地出去了。可是李家这家人,藏躲在洞子的最里,像听戏的坐前三排似的,散戏之时,非等着后面的人走了过半数是走不出去的,而坐防空洞的人,除非解除警报,却不能像散戏那样都走。有些人怕变生不测,有些人家又住得远,有些人扶老携幼,虽是知道敌机还远,大家也坐着不走。这只有人丛当中,让开了一条缝,让大胆的出去。李先生便道:"这个样子,今天又是一场整日工作,现在已经两点钟了,孩子们可不能久饿,我去找点吃的来。"王嫂道:"家里有冷馒头,菜没得,我抢着去买两个咸蛋来,要不要得?"李太太笑道:"少舒服一点吧。而且街上的铺子也关了门。冷馒头就好。"李南泉也不考虑,起身就走。

他以五百米跳栏竞赛的姿势,由庙门口转入山后,一口气奔回家里。直待走到草屋廊檐下,才停住了脚。向山下镇市上看去,见树木丛中,乃一支挺立出来的旗杆上,兀自挂着红滴滴的两个大球,右手撑了屋角,左手掏起保护色的蓝布大襟,擦着额角上的汗。口里喘着气,向山溪对岸大路上望去。见吴春圃先生也是开了快步子向家里走,便问道:"吴先生也是回来办粮的?"他抬起一只手,在空中摇摆着道:"不忙,不忙,那批敌机,还没有过万县。我们镇定一点。还得留着这条老命,和敌人干个十年八年呢。"李南泉站了两三分钟,喘过那口气,开着屋门,将冷馒头找到,又到厨房里去寻找了一阵,实在没有什么小菜,仅仅有半碗老倭瓜,已经有了馊味。另外有个碟子,盛了几十粒煮的老豌豆。他想到孩子究不能淡食,这盛豌豆的碟子底上,盐汁很浓,于是找了张干净纸,将豌豆包了。回到屋子里,找了个小旅行袋,将冷馒头装着,没有敢多耽误立刻回转身来就向防空洞走去。可是吴先生在后面拦着了,笑道:"李兄,不要过分紧张,我们还是谈笑麈敌吧。"李南泉回头看时,他并没有带什么熟食品,手里提着一串地瓜。这个东西,产生于川湘一带。湖南人叫作凉薯。它的形状和番薯差不多。它是地下的块根,和番薯也是同科。不过它的质料很特别,外面包着一层薄皮,在茎蒂所在,掐个缝将皮撕着,可以把整个地瓜的外皮撕去。薄皮里的肉,光滑雪白,有些像嫩藕。若把它切了,又像梨。吃到嘴里脆而且甜,水津津的。可是它有极大的缺点,有带土腥气的生花生味。

李南泉看到,便问道:"吴先生,这就是你们躲警报的干粮吗?"他将提的地瓜举了一举,笑道:"日本人会对付我们,我们也就会对付日本。他轰炸得我们做不成饭,要多花钱。我就不做饭,而且也就不多花钱,我也会把肚子弄饱。李先生对

巴山夜雨

这玩意怎么样,来两个?"李南泉摇摇头道:"到四川来,人家初次请我吃地瓜,我当是梨,那土腥味吃到嘴里,似乎两小时都没有去掉。不过你这分抗战精神,我是赞同的。"吴先生提了地瓜,随了他后面走着,走一截路,就看看那旗杆上的红球。直走到了公共防空洞口,吴先生忽然笑了起来道:"我这人喜欢谈话大概世无其匹。我只顾和你谈着,忘记我是干什么的了。我躲的是第二洞,我跑到这里来了。"说着扭身转去。李南泉看了这位先生的行为,也不免站着微笑,后面却有人问道:"李先生也去办了粮草来了?"看时却是杨艳华提了一只篮子,开始向洞子里走。看她篮子里,有饭有菜,而且还有筷子碗,因笑道:"你们躲警报躲得舒服,照常吃饭。"杨艳华道:"我们是天天晚上预备着,现成的东西,警报来了,拿起就走,我躲在第二洞,王少亭和胡玉花在这里,我送来她们吃的。李先生袋子里是什么?"他笑道:"惭愧,我一家人全啃冷馒头。不过这已可满意了。那位吴先生刚过去,你没有看见吗?提的是十来二十个地瓜。"杨艳华伸手到篮子里,拿了两个咸鸭蛋,交给他道:"拿去给弟弟妹妹吃。"李南泉依然放到她篮子里去,因道:"这就太不恕道,有了我的,没有两位小姐的了。"杨艳华道:"她们还有榨菜炒豆腐干呢,大家患难相共,客气什么!"

他们这么一客气,身后有人插话了。她道:"到洞子里去谈吧。"杨艳华立刻叫了声师母。正是李太太赶出洞子来了。李南泉道:"杨小姐一定要送我们孩子两个咸蛋,那是送胡小姐、王小姐吃的,我们怎好半路劫下来呢?"李太太接过先生手上的旅行袋,向杨艳华道:"杨小姐,我们躲在洞子最后面,来找我们呀。"说着在前面走了。李南泉看太太的脸色,并不正常,就不再和杨艳华谈话,跟着挤到洞里面来。李太太坐下,分着冷馒头给孩子吃,并不说话,李南泉笑道:"你又怪上我了。"她冷笑一声道:"你这人叫我说什么好?挂着两个球儿呢,回家去了这么久,我真急得不得了。若是球落下去了,你正在路上走着……你看,为了要东西,让你冒着这大危险,我心里真过不去。谁知道你倒没事,站在外面和杨艳华闲聊。若不是我出去,不知道要情话绵绵到什么时候。"说到"情话绵绵"也扑哧一声笑了。李南泉道:"我就是一百二十分不知死活,我也不会在这个时候和她说情话吧?真是巧，她和我一客气，你就到了。女人的心里总是这样，不能让她先生……"李太太塞了个冷馒头在他手上，低声道："吃吧，你也饿了，这是什么地方，你说这个。"李南泉见她用剿抚兼施的手段，直摸不着她是怒是喜。她对于杨艳华的接近，一直是误会着，自己是大可避开这女子。说也奇怪，一见了她，就不忍不睬人家。太太也是这样见了她也就软化了，总是客客气气地和她说话。

这个女戏子，真有一分克服人的魔力。想到这里，他也自笑了。李太太道："你想着什么好笑？"他道："回家慢慢地告诉你吧。我想，将来抗战结束了，这防空洞里许多的事情，真值得描写。"李太太摇摇头，她的话还没有表示出来，人丛中又是一阵哨子响，又是一阵人浪汹涌，接着声音也寂然了。这次敌机的声势来得很凶，只听到嗡嗡的马达声就在洞顶上盘旋。这洞是很厚而很深的。飞机声听得这样明显，那必然是在洞顶上，有人嘘嘘地低声道："就在头顶上，就在头顶上。"有人立刻轻喝道："不要作声。"李南泉向神位外看去，见站着的人，人靠着人，全呆定了；坐的人，低了头，闭上了眼睛。遥遥又是轰通轰通两声，不知道是扔炸弹，还是开了高射炮。靠着这神案前，有个中年汉子，两手死命地撑住了桌子，周身发抖，抖得那神案也吱吱作响。大家沉寂极了，有一千人在这里好像没有人一样，一点声音没有。看看自己太太，搂着女儿在怀里，把头垂下去，紧闭了眼睛。越是大家这样沉寂，那天空里的飞机声，越是听得清楚。那嗡嗡之声，去而复还，只管在头上盘旋。李南泉看到太太相当惶恐，就伸手过去握着她一只手。这很好，似乎壮了她的胆。她将丈夫的手紧紧地握着。李南泉觉着她手是潮湿的，又感到她手是冰凉的。但不能开口去安慰她，怕的是受难胞的责备，也怕惊动了孩子，只有彼此紧紧地握着手。好像彼此心里在互相勉励着：要死，我们就死在一处。也不知道是经过了多少时候，那飞机的声，终于是听不见了。铃叮叮的，有阵电话铃响。大家料着是报告来了，更沉静了等消息。

这个紧张的局面，到了这时，算略微松一点。那接电话的地方，本在大洞子所套的小洞子里，平常原是听不到说话的，现在听到接电话的人说："挂休息球，还不解除，还有一批，要得，今天这龟儿子硬是作怪。"大家听了这话，虽知道暂时又过

巴山夜雨

了一关,可是还有一关。只有互相看着,作一番苦笑。接着那个情报员,出来大声报告,刚才是炸了市区上清寺,正在起火。敌机业已东去,大家可以休息一下。李南泉放了太太的手,因道:"霜筠,我看你神经太紧张了,我们出洞子到山后去躲躲吧。"李太太把搂抱着孩子的手松开,理着鬓边的乱发,摇摇头苦笑着道:"不行。你知道敌机到了什么地方?万一我们刚出洞子,球就落下来了,到哪里找地方去躲?好在已到五点钟了。天色一黑,总可以解除,还有两个多钟头,熬着吧。"李南泉道:"我摸你的手冷汗都浸得冰凉了。你可别闹病。"李太太道:"病就病吧,谁让中国的妇女都是身体不好呢。"他夫妻二人说话,神龛外面一位四川老太太,可插上嘴了。她道:"女人家无论做啥子事,总是吃亏的,躲警报也没得男人安逸。那洞口口上有个你们下江太太在生娃儿,硬是作孽。"李太太"呀"了一声道:"那不要是刘太太吧?他先生不在家,她还带着两个孩子呢,我看看去。"李南泉知道这也是太太牌友之一。这刘太太省吃俭用,而且轻重家事,一切自理,就是有个毛病,喜欢打小牌,一个苦干的妇女,还有这点嗜好,容易给人留下一个印象。而这疏建区有牌癖的太太们也就这样,认为她是个忠实的艰苦同志,非常予以同情。因此李先生并不拦着太太前去探视。

李太太由人丛中挤了出来,这倒不用问,大家争着说,有一位太太在生孩子。随了人家传说的方向,出了洞子葫芦柄的所在,看到前面洞身宽敞之处,许多难民的眼睛,都向右边洞壁下张望着。顺了人家眼光看去,石壁有个地方凹进去一点,在前面放了两张椅子,椅子背上搭了个旧被单。被单外面,居然有个尺来宽的空当,没有人挤。就是有人坐着,空当外也是些太太和老太婆,围坐了半个圈。李太太知道那必是刘太太的"产科医院"了。走到被单外面,问道:"是刘太太吗?你两个孩子呢?"刘太太在里面哼着道:"孩子让朋友带走了。我托人雇滑竿去了。可是这警报时间,哪里去找滑竿?"李太太证明了这是刘太太,这就由被单下面钻了进去,见刘太太面色苍白,半坐半睡地在地上。地上仅仅一件旧蓝布大褂垫着,是她身上脱下来的。这时,她身上只穿了件男子的对襟褂子,想必还是临时借来的。她头发蓬松着,还有两缕乱发纷披在脸上,她将左手扶了椅子,右手撑着地面,抿了嘴,咬了牙,似乎肚子疼得厉害。李太太低声道:"这个地方,怎样能生产?隔层布是整千的人,而且连个转身的地方都没有。你有什么要我帮忙的吗?"刘太太咬着牙连哼了几声,微微地摇着头。李太太道:"这个样子,就是把滑竿找了来,你也不能坐上去。"正说着,一位老太太奔过来,扶了椅子背,由被单上面看下来,因道:"满街店铺全关门的。找着洞口子上几个乡下人,说是多出钱,请找副滑竿来。他们听说是抬产妇,全不肯抬。"刘太太道:"这样吧。王老太太,还有位李太太,搀着我到洞外山上去生吧。"

　　李太太道:"那不行,敌机来了,怎么办呢? 若是你在那机关小洞子里想不到办法的话……"她的话,还不曾说完,刘太太忽然咬着牙站起来,摇摇头道:"不行,我要生了。"李太太道:"那么,我让这老太太帮着你,我再去找两位太太来吧。"她扭身走着,在人丛中找到两位女友,可是当她走回来的时候,那被单里面,已经有着哇哇的哭声了。那被单外面围坐着的人,皱着眉头,各各闪开。恰好在这个时候,情报员吹着哨子,告诉人敌机又已临头。去洞子外休息的人,可不问这些,一股潮浪,向里面涌了进来。闪开的人,和涌进来的人也两下一挤,李太太和邀来的两位女同志,全已冲散。李太太没有力量可以抵抗这股人浪,好在是站在人浪的峰头,就让他们一冲直冲到洞底神龛面前来。李南泉一听到哨子响,就知道情势严重,将几个孩子交给了王嫂,前来迎接,看到李太太撞跌着过来,赶快伸着两手,将她撑住。然后挤了身子向前将她挤转到身后。李太太到了神案边上,将身子缩下,由神案下钻到佛龛后面,才算是脱了险境。李南泉在人丛中支持了两三分钟,把脚站定。伸手扶了神案,要转到后面去。却看到右手五个指头沾遍鲜血,仔细看着却是两个指甲被挤翻断了。大概是扯出太太来的时候,受的伤,这也没工夫来管它,也是由神龛案下钻进了后面,才算定神。他将左手把右手两指紧紧捏着,不让它继续出血,此外却也并无别法。所幸这次空袭,敌机并未临头,洞子里的空气,比较安定一点。

　　这一场紧张场面,时间也不怎样久,大概是三十分钟。由情报员的报告,敌机分批东去。但巴东方面,还发现有三架敌机西来,依然没有解除警报的希望。这

巴山夜雨

时天色已经昏黑了。部分难民,听说只有三架敌机,而且快要天黑了,就陆续回家。李南泉向太太道:"由早上八九点钟起,直到现在,快是十二小时了,仅仅是吃两个冷馒头,"说着,他"哎哟"了一声,笑道,"我在家里曾用纸包了几十颗煮豌豆,我忘了拿出来了。"说着,在衣袋里摸索那个小纸包。二个孩子就不约而同地伸出了手来,李南泉笑道:"你们算是不错,赶上了这个大时代。我来配给一下。"于是透开那纸包,将煮的几十粒豌豆分作三份。用三个指头撮着,各放到小孩子手掌心里。李太太皱了眉道:"别孩子气了。我实在支持不住了,回去吧。我想在乡下,夜袭不大要紧,真是敌机临头,屋后那个洞子,总也可以钻钻。"说着,手扶了洞壁,缓缓地站了起来。王嫂首先将小玲儿抱着,因道:"今天若是不躲,也没得事。日本鬼子,他把炸弹炸茅草棚棚,啥子意思,炸弹不要本钱喀?"李南泉笑道:"大家都有经验了,你都能发挥这套议论,好,回去。"于是他牵着两个男孩,作螃蟹式的横行,由人丛中走出去。在庙门口坡上,正俯瞰着街市上的那警报旗杆。暮色苍茫中,旗杆上的两枚红球里面亮起了蜡烛,越是显得惨红。看到这东西,就让人心里,立刻泛出了一种极不愉快的观念。绕着庙边的山路走,看到山谷里没有了反照的阳光,已是阴沉沉的,而抬头看去,大半轮月亮,却因天色变深灰,便成了半边亮镜。

大家看到了月亮,都有同一的感觉,就是她不是平常给人那种欣赏的好风景,而是带来一种凄惨恐怖的杀气。大家走一阵就抬头望望。李太太道:"唉!月亮,老早就驾临了。敌人的空袭,还不是继续到深夜,甚至到天亮。天亮,明日的空袭又来了。老天爷这两天来个连阴天吧。整日整夜,真……"她这句话不曾说完,在深草的小路上,踏着块斜石头,人向草边一倒。李南泉笑道:"你刚说了句没出息的话,希望老天爷下雨,老天爷就惩罚着你了,你看还是大家艰苦奋斗靠自己吧。"李太太道:"怎么靠自己呢?我们也不会造飞机,也不会造高射炮。"王嫂在后面道:"我们找一个有道行的和尚,念起咒语把龟儿子日本飞机咒得跌下来。"李南泉哈哈笑道:"还是你这个办法万无一失。"他们说笑着,走近了家。在屋檐下的吴先生问道:"解除了吗?"王嫂道:"又有三架飞机来了。哪里会解除?"吴先生道:"我听到你们有说有笑,所以就这样猜想了。这有典故的,有道是空袭警报,吓人一跳;紧急警报,百事不要;解除警报,有说有笑。"李家一家走到了屋檐下,见吴先生又是拿了干手巾,伸到衬衫里面擦汗,同时,并咬着牙摇头。李南泉道:"吴兄,准备吧。敌人在广播里说了,要空袭重庆十日十夜,不让我们解除警报,我看这趋势,大有可能。我们不能不做个永久坚持的办法。"

大家说着话,不曾得个结论,却听到警报器的呜呜之声,在空中发出。吴先生道:"也该解除了。"大家经过这一日夜的疲劳,都也觉着松了这口气。王嫂放下孩子,开着门,首先抢到屋子里去亮着灯火。然而,那警报器的声音,早已改变着呜呀呜呀急促的惨叫。大家都喊着紧急紧急。有几户人家本是亮着灯火的,立刻都已吹灭。吴春圃在廊檐下叫起来道:"这就奇怪了。拉过紧急之后,照例不拉第二次的,既未解除警报为什么又拉紧急呢?"他这个问题,乡村的防护团丁在山溪那岸人行路上答复了。他走着路叫道:"休息球挂的时间太久了,怕大家忘记,现在敌机来了,又拉紧急。诸位注意!"李太太本也带着孩子进了屋子,跑了出来,抓着李南泉的手道:"这怎么办?"李南泉道:"山路晚上不好走,孩子们也受不了。就是走到公共洞子里去,也是秩序太乱。"一言未了,便有飞机的嗡嗡之声。三个孩子全跑了过来,围着爸爸站住。王嫂在廊沿外叫道:"那是啥子家私?那山顶上好大个星啰。不是,不是,变大了,这个时候,还有人放孔明灯①?"李南泉道:"山那边是重庆,这是敌机到了市空丢下的照明弹。什么孔明灯!你们看,又是两个。"说着,向北方一排山头指去。

大家向他手指的所在看去,天空里有大小三个水晶球,大的有面盆大,小的也有碗口圆,而那东西不是固定的形态,慢慢地膨胀变大,它大了之后,晶光四溢,对面那个山头,相隔约莫五里路,照得树影清清楚楚,同时这亮球由三个加到七个,那半边天像挂了七个圆月亮。天空如同白昼。李太太道:"扔下这么些个照明弹,

---

① 川俗,丧家斋醮,用白油纸及轻篾,糊为小灯笼,闭其上方,以油燃巨芯于下,火力猛冲,灯则上升,而入高空。原系诸葛亮发明,夜战作志号者。本物理浅理,民间奇之,流传为丧家招魂之用,谓之为孔明灯。

巴山夜雨

地下什么看不出来？敌机快要投弹了,快躲吧。"她说着,向屋后山坡上跑,跑了十几步,却又跑回来。李南泉道:"不要慌,镇定一点儿。照明弹是在重庆上空,并不是乡下。"说着,他一手抱着小玲儿,一手推着山儿、白儿,说着:"你们都跟我来。"他也顾不得高低踏着山坡上的丛草乱响,奔向屋后山坡。这里有个村里人自盘的防空洞,因为经费不足,半途而废。这洞子径深不过一丈多,借着崖石的坡度斜伸开了两个洞门,洞门是斜着向下,洞里蓄着潜水,出不去;洞底已是一个小井泉,洞口进去,就是烂泥。虽然山是很高的,因为这在斜坡上,洞顶的石头,就不过两三丈厚。村子里人既感到不保险,而且洞底又不能下脚,所以无人过问。洞门上的藤蔓,经过半个夏季纷纷地下垂,不到之处,有蜘蛛帮着封锁,洞门内外的蚊子嗡嗡地叫,人来了,更是哄然一声。李南泉已听到头顶的马达声在呼呼狂叫,顾不得许多,冲开了草藤和蛛网,连抱带拖,把三个孩子,拥进了洞子。太太是牵着他的后衣襟,借着他的拉力向前跑。洞子里本来就黑,夜里更是什么都看不见。

在这里几位邻居,也同有此感,觉得这回夜袭相当厉害,一个跟着一个,都向这洞子里摸了进来。幸亏是甄家小弟,带得有手电筒,而且他还是非常内行,把手电筒直伸到洞口里面,方才给电光亮着。大家趁了这亮光,才看出了洞底下全是浮泥,大家都站在浮泥里面,那洞子的石壁,正是湿粘粘地向外冒水。吴先生一家人,差不多也挤进来了。但吴先生本人,却因压队的关系,还站在洞外。他叫道:"没有关系,没有关系,这不过是照明弹吓人。李先生出来看吧,重庆市上空在空战。"李南泉既把家里人都送进了洞子,胆子就大了,扶着洞子门伸出头来,见那大半轮月亮,正当了头顶,眼前一片清光,吴先生站在洞子外平坡上,向北昂头望着那五六里外的山顶。这时,排在那边山外的照明弹,已只剩了两颗。在那两颗照明弹的外边,却有两串红球,向天空飞机射上来。那就是我们高射炮阵地里射出来的高射炮弹。敌机本是在照明弹上边,地面上并不能因为有照明弹的光,将它发现。但当照明弹已经熄灭了五个时,我们城四周的照测部队,立即向天空上放出了探照灯。天空上横七竖八,许多条直线的银虹,已作了三四个十字架,在十字当中的交叉点所在,就照出了一只白色的毒鸟。正好,那最后的两颗照明弹,突然变成了一阵青烟,光芒全熄。照明的灯光,格外明亮。高射炮的红球,又对了那白光的十字架里,连续地射出去几十颗红球。

李南泉看到这样精彩的表演,也就情不自禁地由洞子里慢慢走出来,和吴先生并肩站着。吴春圃见那射上去的红球,到了探照灯光线十字叉所在,就消失了,不住顿着脚,连叫"唉"字。因为那敌机一被探照灯找着,它立刻爬高,逃脱照射,我们高射炮的力量,射不到那样高,只好让敌机逃去。李南泉道:"到底是让它跑了。虽然让它跑了,究竟比毫无抵抗要好得多。像白天敌机那样毫无顾虑……"吴春圃不等他把话说完,拉着他的手就向洞口跑来。他也是有着锐敏的感觉,觉得那敌机的声音,已临到头上。同时,那探照灯两条万尺长的白光,直向这村子顶上射来。两人抢进了洞里,见地面上已插了一枚土蜡烛。照见洞里的人,全是半低了头,站在烂泥里。李太太低声道:"你真是胆大妄为,外面空战那样厉害,你跑到洞外去看。多少人是看热闹出了毛病的。这点经验你都没有,快进来吧;里面有地方,站进来吧。"甄小弟把手上的电筒交给他道:"里面是水坑,请李先生照着走。"他接过电筒,在人丛中挤到洞底,电光照着,果然是桌面大一坑水。这洞口另一个出口,却在水坑那面,并没有人过去站着。他想到这安全路线,应当探照探照。将手电筒,向水坑对面,逐节地照射着。白光射去,有条红白相间的花带子,在洞口石壁缝下蠕动,再仔细地照着,正是一条酒杯粗的花蛇,被白光照着,向外面屈曲着钻了去。他不觉"哎呀"了一声,连叫道:"蛇!蛇!"

他这一声叫喊,早把全洞子里的人都惊动了。吴春圃连喊道:"在哪里?在哪里?"他手上正拿了一根手杖,赶快就跑到洞子底上来。李南泉将手电筒向那边洞口紧紧地照着,却见那条花蛇缓缓地向外面蠕动。还有一条尾巴拖在洞里面。吴春圃拿了那手杖,跳不过水去,只将手杖头子,打着水哗啦哗啦地响。在洞里躲着的人,以为是蛇游水过来了,吓得跌跌撞撞,又向洞子外面跑。到了洞外,灯光和飞机声,都已消失,也就站着不动,及至吴、李二人也出来了,说明原委。大家知道蛇出来了,又是一阵跑。那吴太太扶着大的一个孩子,走一步身子歪倒一下,吴先生抢向前搀着她道:"怎么回事?"她道:"不行不行,我的腿软了,站不起来了。"大

巴山夜雨

家听了都忍不住哈哈地笑。吴春圃道:"还没有解除警报。大家就有说有笑了,未免有点不合理论。"听着,大家又笑起来了。李太太已走回到屋檐下,因叹口气道:"这实在太难了,站在外面,怕飞机炸弹,躲到洞子里去,又怕蛇。再有了警报,我们怎么办?"李南泉也带了孩子们走回来,笑道:"不要紧的。我们那些人在洞子里,条把蛇有什么关系!"吴太太还是挽着她的大孩子,慢慢地摇摆着到了屋檐下,摇着头道:"怎么着我也不进那个洞子了。"甄太太扶着一根竹棍子当手杖,站在屋檐角上,总有十分钟不曾说话,这才接着道:"再要逃警报,我就吃不消。"说着慢慢蹲下去,坐在台阶沿的石头上。吴春圃道:"有什么法子呢?吃不消也要吃得消呀。敌人在广播里说,这叫疲劳轰炸,要轰炸我们十天八天的,这还是第一天呢。"

甄太太道:"别格罢哉。我们小弟早浪到格些晨光,还勿曾好好交吃一眼末事,阿要吃勿销?真格唔陶成。"她一急,急得一句普通话都没有了,吴太太和甄太太做邻居久了,相当懂得苏白。她以纯粹的山东腔接着道:"俺说,甄太太,这个年头哇,死着比活着强咧。小孩儿他爹,中上就是捎了几个地瓜给小孩儿啃咧。他们吃多了,拉上稀咧,可糟咧糕咧。"李太太站在两位当中,听了这南腔北调的呼应,很是有趣,不由得笑起来。李先生道:"你不怕?"李太太道:"我也想破了,愁死了白愁死了。做饭吃去。"她说着,刚是走了两步,那对溪人行道上,团丁操着川话叫道:"是哪一家人在烧火?烟囱里烟冒起好高。朗个的?不怕死。不晓得敌机没有走远,熄火不熄火?不熄火给老子上警察局!"李太太站着道:"不行,防护团丁,在村子里监视着呢。屋子里又不能点灯,坐的地方也没有。"吴春圃笑道:"好月亮,坐在屋檐下赏月乘凉罢。我们不要不知足,在重庆城里的人,这时候,大概藏在洞子里还没出来吧?"说完,有好几个人叹着气,也就搬了凳子在露天里坐着。隔壁那位奚太太,隔了空地,向这边叫着道:"喂!你们坐在那里挨饿吗?开水也当喝一杯。我有个新发明,你们听着,把木炭在小炉子里生火,可以做饭。既没有烟,敌机来了,一盆水就泼熄了。我总有办法,什么都难不倒我。"李南泉道:"此法甚好,不愧足下有家庭大学校长之称。"奚太太笑道:"那不是吹的,让我当防空司令,我也有办法。一个人总要脑筋灵活,才能适应这个大时代呀。"大家听了她高声自吹,虽没有作声,但她这个办法,倒是全都引用了。

在半小时内,由于大发明家、家庭大学校长奚太太的启示,大家都用了木炭生着小炉子火,开始做饭。在这半小时内,邻居们轮流去看球,倒始终悬着,并没有落下,又是半小时,各家的饭都熟了,有什么菜就做什么菜,至多是两碗,又是不能点灯的,各家将饭碗放在凳子上,人就站在月亮下面吃饭,却也别有风味。小孩都饥不择食,没有哪个为了饭菜简单而吃不下去的。李家饭后,大家还在月亮下坐着。吴春圃将新烙得的饼,卷了个卷子捏在手上,站在屋檐下吃。李南泉道:"不错,吴先生还有烙饼可吃。"他道:"只有这东西,做起来来得快。和着面就下锅去烙。"李太太笑道:"吴先生吃得很香,卷着什么吃的?"吴春圃把手上的烙饼卷子一举,笑道:"你猜不到,这是炒的芝麻盐。这个办法很简单,就是弄一碟生芝麻加上一撮盐,在锅里一炒,包在烙饼里,又咸又香,虽然没有什么烙儿,可是吃起来,还是很爽口的。"他说着,又送到嘴里咀嚼着。就在这时,听到对面山溪路上,又有人叫道:"球落了。大家当心。"李南泉道:"怎么办,现在还要躲洞子吗?"李太太道:"我不行了。"她说到这里,未免犹豫了一阵子,接着道:"我们还是躲一躲吧。我想,对门王家后面那个私人洞子,虽是只有一个门,可是石头很高,倒是很可保险。敌机不来,我们在洞口坐着;敌机来了,我们再进洞子,好不好?"李南泉还不曾答复这个问题,那位甄太太扶着竹棍子手杖,已经起身向过溪的那木板桥步着了。月亮不好,几个人同声叹着,真是疲劳轰炸。

巴山夜雨

第八章　八日七夜

　　在这种情形之下，大家虽感到十分疲劳，可是一听到说红球落下了，神经紧张起来，还是继续地跑警报。这时跑公共洞子来不及，跑屋后洞子，又怕有蛇。经李太太提议之后，就不约而同地，奔向对溪的王家屋后洞子。这洞子已经有了三岁，在凿山的时候，人工还不算贵，所以工程大些。这里沿着山的斜坡，先开了一条人行路，便于爬走。洞是山坡的整块斜石上开辟着进去的，先就有个朝天的缺口，像是防空壕，到了洞口，上面已是壁陡的山峰了。因之虽是一扇门的私洞，村里人谈点交情，不少人向这里挤着。李南泉护着家人到了这里，见难民却比较镇定，男子和小孩子们，全在缺口的石头上坐着。月亮半已西斜，清光反照在这山上，山抹着一层淡粉，树留下丛丛黑影，见三三五五的人影，都在深草外的乱石上坐着。有人在月亮下听到李南泉说话，便笑道："李先生也躲我们这个独眼洞，欢迎欢迎。"他叹口气道："还是欢送吧，真受不了。"同时，洞门口有李太太的女牌友迎了出来，叫道："老李，来吧。我们给你预备下了一个位子，小孩子可以睡，大人也可以躺躺。洞子里不好走，敌机来了，跑不及的。"李南泉接受了人家的盛意，将妇孺先送进洞子去。这洞子在整个石块里面，有丈来宽，四五丈深，前后倒点了三盏带铁柄子的菜油灯。那灯炳像火筷子，插进凿好了的石壁缝里去，灯盏是个陶瓷壶，嘴子上燃着棉絮灯芯，油焰抽出来，尺来多长，连光带火，一齐闪闪不定。

　　油灯下，这洞底都展开了地铺，有的是铺在席子上，有的放一张竹片板，再把铺盖放在上面。老年人和小孩儿全都睡了，人挨着人，比轮船四等舱里还要拥挤。李家人全家来了，根本就没有安插脚的地方。加之这洞里又燃了几根猪肠子似的纸卷蚊烟，那硫磺砒霜的药味带着缭绕的烟雾，颇令人感到空气闭塞。李太太道："哎呀，这怎么行呢？我们还是出去吧。"这洞子里，李太太的牌友最多，王太太，白太太,还以绰号著名的下江太太,尤其是好友。看在牌谊分上,她们倒不忍牌友站在这里而没有办法。白太太将她睡在地铺上的四个孩子,向两边推了两推,推出尺来宽的空当,就拍着地铺道:"来来来,你娘儿几个,就在这里挤挤吧。"李太太还没有答话,两个最顽皮的男孩子,感到身体不支持,已蹲在地上爬了过来。王太太对于牌友,也就当仁不让;向邻近躺着的人说了几句好话,也空出了个布包袱的座位。李太太知道不必客气,就坐了下去。那王嫂有她们的女工帮,在这晚上,她们不愿躲洞,找着她们的女伴,成群地在山沟里藏着,可以谈谈各家主人的家务,交换知识。尤其是这些女工,由二十岁到三十岁为止,全在青春,每人都有极丰富的罗曼史,趁了这个东家绝对管不着的机会,可以痛快谈一下。所以王嫂也不挤洞子。只剩了李南泉一个人在人丛烟丛的洞子中间站着。李太太看了,便道:"你不找个地方挤挤坐下去,站着不是办法。"他道:"敌机还没有来,我还是出去吧。"

在洞子里的男宾,差不多都是李先生的朋友,见他在洞子中间站着,怪不舒服的,大家都争着让座。他笑道:"今天坐了一天的地牢,敌机既然没来,落得透透空气,我还是到洞外去做个监视哨吧。一有情报,我就进洞来报告。"说着,他依然走出洞外,大概年富力强的人,都没有进洞子,大家全三五相聚地闲话。所以说的不是轰炸情形,就是天下大事。听他们的言语,八九不着事实的边际,参加也乏味得很。离开人行路,有块平坦的圆石,倒像个桌面。石外有两三棵弯曲的小松树,比乱草高不出二三尺,松枝上盘绕了一些藤蔓。月亮斜照着,草上有几团模糊的轻影,倒还有点清趣。于是单独地架脚坐在石上,歇过洞里那口闷气。抬头看看天,深蓝色的夜幕,飘荡了几片薄如轻纱的云翳。月亮是大半个冰盘,斜挂在对面山顶上。月色并不十分清亮,因之有些星点,散布在夜幕上,和新月争辉。虽然是夏季,这不是最热的时候,临晚这样又暑气退了。凉气微微在空中荡漾,脸和肌肤上感到一阵清凉。身上穿的这件空袭防护衣蓝布大褂,终日都感觉到累赘。白天有几次汗从旧汗衫里透出,将大褂背心浸湿。这时,这件大褂已是虚若无物,凉气反是压在肩背上。他想着,躲空袭完全是心理作用,一个炸弹,究竟能炸多大地方?

巴山夜雨

而全后方的人,只要在市集或镇市上,都是忙乱和恐怖交织着。乡下人照样工作,又何尝不是有被炸的可能的。他们先觉得空阔地方没事,没有警报器响,没有红球刺激,心里安定,就不知道害怕,也就不躲。

这淡月疏星之夜,在平常的夏夜,正好是纳凉闲话的时候,为了心中的恐怖,一天的吃喝全不能上轨道,晚上也得不着觉睡,就是这样在乱山深草中坐着。他想到这里,看看月亮,联想到沦陷区的同胞,当然也是同度着这样的夜景,不知他们是在月下有些什么感想,过些什么生活。同时也就想到数千里外的家乡。那是紧临战区的所在,不知已成人的大儿子,和那七十岁的老母,是否像自己这样提心吊胆地过着日子。也会知道大后方是昼夜闹着空袭吗?想到这里,只见一道白光,拦空晃了两晃,探照灯又起来了。但是并没有听到飞机马达声音,却不肯躲开,依然在石头上静静地坐着。那探照灯一晃之下立刻熄灭了,也没有感到有什么威胁。不过五分钟后,天上的白光,又由一道加到三道,在天角的东北角,做了个十字架,架起之后,又来了两道白光。这就看到一只白燕子似的东西,在灯光里向东逃走,天空里仅仅有点马达响声,并不怎样猛烈。那防空洞的嘈杂人语声,曾因白光的架空,突然停止下去。这时飞机走了,人声又嘈杂起来。接着,就听到石正山教授大声叹了口气道:"唉!真是气死人。这批敌机,就只有一架。假如我们有夜间战斗机的话,立刻可以飞上去,把它打落下来。仅仅是一架敌机,也照样的戒备,照样的灯火管制。"吴春圃在洞口问道:"石先生在山下得到的消息吗?后面还有敌机没有?"他答道:"据说,还有一批,只是两架而已,这有什么威力?完全是捣乱。"

李南泉听了这消息,也就走过去,在一处谈话。见石先生披了一件保护色的长衫,站在路头上,撩起衣襟,当着扇子摇。看那情形,是上山坡跑得热了,因问道:"石兄,是在防护团那里得来的消息了?绝不会错。我看我们大家回家睡觉去吧。敌机一架两架地飞来,我们就得全体动员地藏躲着,是大上其当的事情。"石正山道:"当然如此,不过太太和小孩子们最好还是不要回去。万一敌机临头,他们可跑不动。我们忝为户主,守土有责,可以回去看看房子。我来和内人打个招呼,我这就回家了。"说着,他就进防空洞去了。果然,过了一会子,他又出洞来了,就匆匆地顺山坡走了去。李南泉觉得石先生的办法也是,自早晨到现在,这村子里每一幢房子都没有人看守。村子里房子全是夹山溪建筑的,家家后壁是山,很可能引起小偷的注意,于是也就进洞子向太太打个招呼,踏着月亮下的人行石板路,缓缓向家里走去。这山村里,到了晚上本来就够清静,这时受着灯火管制,全村没有一星灯火。淡淡的月亮,笼罩着两排山脚下那些断断续续的人家影子,幽静中间,带些恐怖肃杀的意味,让人说不出心里是一种什么情绪。他背了两手,缓缓走着,看看天空四周,又看看两旁的山影,这人家的空当里,有些斜坡,各家栽着自己爱种植的植物。有的种些瓜豆藤蔓,有的种些菜蔬,有的也种些高粱和玉蜀黍。因为那些东西丛生着,倒有些像竹林。窗外或门外,有这一片绿色,倒也增加了不少的清趣。尤其是月夜,月亮照在高粱的长绿叶子上,会发生出一片清光。

他缓缓地走来,看了看这轻松的夜景,也就忘了空袭的紧张空气。眼前正有一丛高粱叶子,被月光射着,被轻风摇撼着,在眼前发生了一片绿光。心里想着,这样眼前的景致,却没有被田园诗人描写过,现在就凑两句诗描写一下,倒是发前人所未发。他正是静静地站着,有点出神,却听到高粱地那边,有一阵低微的嬉笑之声。空袭时间,向野外躲着的人,这事倒也时常发生,并未理会。且避开这里。缓缓走过了几步,又听到石正山家的那位丫鬟小姐小青笑道:"蚊子咬死了,我还是回家去。"接着石正山道:"你是越来越胆子大了,简直不听我的命令。"小青道:"不听命令怎么样,你把我轰出石家大门吧。"这言语可相当冒犯。然而接着的,却是主人家一阵笑。李南泉听了,越是感到不便,只有放轻了脚步,赶快回家。隔了山溪,就听到奚太太和这边吴先生谈话,大概吴先生早回来了。她道:"刚才防护团接到电话,储奇门前后,中了十几颗炸弹。我们奚先生办公的地点就在那里,真让我挂心。他本来可以疏散乡下去办公的。他说他那里的防空洞好,不肯走。"吴先生笑道:"莫非是留恋女朋友?"奚太太道:"那他不敢。这村子里我和石太太是最会对付先生的。石正山是除了不敢接近女人,不敢赌钱,纸烟还是吸的。我家里老奚,纸烟都不吸。我以为男女当平等。我不吸纸烟他也就不能吸纸烟。他对我这种说法,完全接受。"李南泉也走近了,接嘴笑道:"这样说,石太太只能做家庭大学副校长。"

奚太太虽然好高,可是也替她的好友要面子。李先生说石正山夫人只能做家庭大学副校长,她不同意这个看法,因道:"你们对石太太还没有深切的认识。石先生在外面是大学教授,回到家里,可是个小学生。无论什么事,都要太太指示了才能办。他也乐得这样做。每月赚回来的薪水双手奉献给太太以后,家里的事,他就不负任何责任。"吴先生道:"我知道,石太太常出门,一出门就是好几天,家里的事,谁来做主呢?"奚太太道:"他们家小青哪。小青是石太太的心腹,可以和她主持家政,也可以替她监视义父的行动。石太太这一着棋,下得是非常之好,这个家,随时可以拿得起,随时也可以放得下。我要有这样一个助手,就好了。不管算丫鬟也好,算义女也好,这帮助是很大的。"李先生慢慢地踱过了溪桥,见吴先生站在屋檐下,隔了两家中间的空地,和奚太太谈话。便以大不经意的样子,在其中插了一句话道:"天下事,理想和事实总相距一段路程的。"奚太太在她家走廊上问道:"李先生这话,是指着哪一点?"李南泉倒省悟了,这件事怎好随意加以批评?因笑道:"我是说训练一个心腹人出来那是太不容易的事。"奚太太道:"这话我同意。尤其是丫鬟这个身份,现在人人平等的日子,谁愿意居这个地位还和你主人出力?这也许是佛家说的那个'缘'字,石太太和小青是有缘分的,所以小青对她这样鞠躬尽瘁。其实她待小青,也不见得优厚到哪里去。除了大家同锅吃饭这点外,我还没有见到小青穿过一件新衣服呢。周身上下,全是石太太的旧衣服改的。"

李南泉向来不太喜欢和这位家庭大学校长说话。谈到这里,也就不愿再听她的夸张了,向屋檐外看去,那对面山上的夜色,已分了上下层。上层是月亮照着的,依然雪白,下层却是这边的山阴,一直到深溪里都是黝黑的,便向吴先生道:"月亮也就快下去了。照着中原时间和陇蜀时间来说,汉口的时间,比这里早一点钟,湖北境内,月亮大概已落了,敌人黑夜飞行的技术,根本就不够了,四川半夜总存雾的,大概今晚上不会再来了。"吴春圃笑道:"老兄也靠天说话。"李南泉叹了口气道:"弱国之民,不可为也。我们各端把椅子来谈谈吧。我谈北平、南京,你谈济南、青岛。我们来个虽不能至,心向往之,聊以快意,比谈国际战争好得多。"说着,开了屋门,搬出两个方凳来。暗中摸索得了茶壶、茶杯,斟了两杯,放在窗户台上。吴先生端起一杯茶来,笑道:"这是我的了。"说着,将那够装五六两水的玻璃杯子,就着嘴唇,"咕嘟咕嘟"一饮而尽,放下杯子,"哎"了一声,赞叹着道:"好茶!"李南泉笑道:"完全是普通喝的茶,并没有什么好处。"他道:"这就是渴者易为饮了。等一会儿,我们一路去接太太吧。到四川来,没有家眷是太感到寂寞。可是有了家眷,又太感到累赘。假使我们没有家眷,躲什么空袭!我是一切照常。"说着,他坐下来,两手拍着腿太息不已。李南泉道:"你对于这一日一夜的长期轰炸,支持得住吗?"他不由得打了个呵欠,笑道:"渴和饿都还罢了。在洞子里无所谓。到了家里,怎么老想睡觉?"

　　李南泉笑道:"这怪我们自己,昨天和那三个坤伶解围耽误了自己的睡眠。"吴春圃笑道:"也许我可以说这话,你却不应当。杨艳华不是你的及门弟子吗?"李南泉道:"吴兄,这我是个冤狱。太太也许很不谅解。至于坤伶方面,这却是伤心史。她们以声色做号召,当然容易招惹是非;惹了是非,就得多请人帮忙。所以她们之拜老师、拜干爹决非出自本心,乃是应付环境的一种手腕。你把她这手腕当了她是有意攀交情,那才是傻瓜呢。尤其是拜老师这种事,近乎滑稽。坤伶除了学戏,她还要向外行学习什么?可是那些有钱或有闲阶级,一让坤伶叫两声干爹或老师,就昏了脑袋瓜了。"他正说得畅快,李太太却在山溪那边人行路上笑起来了。李南泉迎上前道:"你怎么回来了?"她道:"洞子里孩子多,吵吵闹闹,真是受不了,蚊烟熏着,空气又十分龌龊,我只好回来了。不想赶上了你这段快人快语。"李南泉没有加以申辩,接过太太的手提包,向家里引。吴春圃在走廊上迎着笑道:"李太太,你可别中李先生的计。他早知道你回来了。故意来个取瑟而歌,使之闻之。要不,哪有这样巧?"李太太笑道:"也许有一点。不过,这就很好。多少他总有点明白。成天躲空袭,大家的精神,都疲倦得不得了。谈点风花雪月,陶醉一下,我倒也并不反对。"吴春圃笑道:"李太太贤明之至。不过这样来,家庭大学里面,你得不到教授的位置。"李太太低声笑道:"我们说笑话不要紧,可别牵涉太远了。各人看法不同,不要说吧。"

吴春圃笑道:"不说笑话了,俺也当去迎接我的内阁回宫了。不解除也不管他,没有月亮料着敌机也不能再来。"他这个说法,本也就像李南泉说的,一般无奈。可是这种心理,却是极普遍的,也就听到山溪对过,有人叫道:"不管解除没有,月亮下去了,接太太回来吧。"李南泉夫妻二人,都因整日的疲劳,各坐在一张凳子上,默默无言,抬头看那对面山上的白色,只剩了山峰尖上的一小截。大孩子小白儿,靠了墙壁站定,埋怨着道:"真是讨厌,这月亮老不下去。"李南泉不由得笑起来了,因道:"不要说这样无用的话吧。弟弟、妹妹都睡觉去了,你也可以去睡。"小白儿道:"若是敌机来了呢?"李南泉笑道:"难道我们去躲洞子,会把你们扔在床上?"小白儿道:"爸爸妈妈都不睡吗?"李南泉道:"为了给你们等候消息,我不睡。"小白儿道:"那太不平等了。"李南泉道:"不错,你还有点赤子之心。你要知道,父子之间,是没有平等的。封建社会,没有父子平等,民主社会,也没有父子平等。父子平等,人类就会灭绝,尤其是做母亲的,她永远不能和孩子谈平等。在封建时代,尽管百行孝为先,母亲对于孩子的义务,是没有法子补偿的。"李太太道:"你和孩子谈这些理论,不是白费劲?"小白儿笑道:"我真不大懂。"李南泉道:"你看到山羊乳着小羊没有?你们去逗小羊的时候,老羊总把两只犄角抵着你,来保护小羊的。可是小羊大了,并不管老羊,只有它做了母亲的时候,它才爱它的小羊。人也是这样,永远是父母保护孩子,孩子大了,并不怎样保护父母。可是他自己有孩子,他又得保护了。睡去吧!我们做老羊。"

小白儿听到如此的教训,睡觉去了。李太太笑道:"你今天高兴,肯和孩子说这套议论。"他道:"我在人世味中有个新领会,就是经过了患难,对于骨肉之亲,更觉得增加一分亲爱,你不也有这一点吗?"李太太道:"对的。可是对于我们两人,不适用这个例子。我们就常常会因躲空袭,闹些无味的别扭。"正说到这里,却听到山溪对面人行路上,有了说话声了。吴太太道:"俺不回去了,俺就在这路上呆一宿。"吴先生道:"不回去就不回去,伲还会讹到人吗?俺……俺……"李南泉哈哈大笑道："不用说，吴先生两口子，已经代我答复了。为躲警报而闹别扭，那正不是我们两口子，谁都是这样。因为夫妻之间，最可以率真，最可以不用客气，所以我可以和孩子客气，而不和你客气。和你客气，那就是作伪了。"李太太笑道："好的，我就利用你这一套议论去劝说吴太太。他两口子又别扭上了。"说着，就过了桥向溪对面人行路上走去。果然，吴太太坐在路边石头上，面前摆了几个包袱，孩子们和吴先生，全在人行路上站着。李太太笑道："怎么回事？吴先生这趟差事没有办好，把太太接到半路上，就算完事了？"吴先生道："她不走有什么法子？警报也许跑得不够吧？"吴太太道："俺是跑得不够。俺……"李太太拦着道："你们不要吵，我和二位说一个新议论。"因把李南泉刚才说的话重述了一遍。吴春圃先忍不住笑了。李太太道："他的说法是对的吗？"吴春圃道："俺就是不会花言巧语，也不会虚情假意。"吴太太道："你说句话，撅死人，撅老头子！"

　　李先生笑道："这就是吴先生天真之处啦。回去吧。今晚下半夜，我们养精蓄锐一番，预备明天再躲空袭呢。"于是李先生牵着他们孩子，李太太牵着吴太太，一同回家。走到对门邻居袁家屋后，却听见袁先生叫起来。他道："你们躲防空洞，我在这里和你们看家，有什么不对，怎么回来就发脾气？"李南泉笑道："吴兄，听见没有？这是两口子闹别扭的事情了。"吴春圃道："不但回家吵，有好些人，两口子在洞子里就会吵起来，那是什么缘故？"李南泉道："这个我就能解答。在空袭的时候，个个都发生心理变态。除了恐怖，就是牢骚，这牢骚向谁发泄呢？向敌人发泄，不能够。向政府发泄，无此理。向社会发泄，谁又不在躲警报？向自己家里任何一人发泄，也不可能。只有夫妻两口子，你也牢骚，我也牢骚，脸色先有三分不正常。反正谁得罪了谁也没关系。而且躲警报的时候，大家的安全见解不一样，太太有时要纠正先生的行为，这个要说，那个是绝对的不听，因为根本在心里头烦闷的时候，不愿受人家干涉呀。于是就别扭起来了，就冲突起来了。"吴太太听说，也笑了，因道："好像是有那么一点。可是俺不招人，俺也不看人家的脸子。谁不在逃命咧。"吴先生道："得啦得啦，又来了。"李南泉笑道："吴先生这态度就很好。"李太太道："你既然知道很好，你为什么不学吴先生？"吴太太道："学他？

巴山夜雨

那可糟咧糕咧。"吴先生"唉"了一声道:"我整个失败。"于是大家都笑了。

在大家这样笑话之时,前面山上的月痕,已完全消失,大家也不知道到了什么时候。因为这里三户人家,都没有可走的钟表。甄先生家里有两只表,一只,先生戴进了城,家里一只,坏了。李先生家里有两只手表,李先生戴的,业已逾龄,退休在桌子抽屉里。李太太有一只表,三年没有戴,最近拿去修理,戴了两天又停了。也放在箱子里。吴先生家里没有表,据说是在逃难时候失落了。谁也买不起新表。家里有个小马蹄钟,倒是能走,可是有个条件,要横着搁在桌上。看十二点,要像看九点那样看。

今天三公子收拾桌子,忘记它是螃蟹性的,把它直立过来了,螃蟹怎能直走呢?所以三户人家,全找不到时刻。但李先生还不知道,问道:"吴兄,现在几点钟了?"吴先生"唉"了一声道:"别提啦,俺那儿,直道而行,把钟站起来了。早就不走咧。"吴太太道:"那个破钟,还摆在桌上,人来了,也不怕人家笑掉牙。没有钟,不拿出来不要紧,横着搁一个小酒杯儿的钟,真出尽了大学教授的穷相。"吴先生道:"不论怎么着,横也好,直也好。总是一口钟。你别瞧它倒下来,走得还是真准,一天二十四小时,它只慢四点钟。日夜变成十点钟,不多不少,以十进。三句话不离本行,俺上课,用十除以一百二十,一点没错,准时到校。"说得大家都笑了。吴太太也没法子生气了,笑着直叹气。李太太笑道:"那就睡吧。大概……"正在这时,警报器呜呜地在夜空中呼号,大家说话的声音,完全停止,要听它这一个最紧要的报告。

那警报器,这回算是不负人望,径直地拉着长声,在最后的声音里,并没有发出颤动可怕的声浪,到底是真解除了。三户邻居,不约而同地,喊出了"睡觉"的声音。李家夫妻也正在关门,预备安眠的时候,那在山路上巡逻的防护团,却走下来叫道:"各位户主,晚上睡得惊醒一点,警报随时可以来的。还有一层,望大家预备一条湿毛巾,上面打上肥皂水,敌人放毒气,就把手巾套住鼻子口。"他一家一家地这样报告着,把刚刚放下的害怕的心,重新又提了起来。李太太开了门问道:"你们得了情报,敌人会放毒气,还是已经放过毒气了呢?"团丁道:"这个我们也不晓得,上面是这样吩咐下来的,当然我们也就照样报告给老百姓。"说着,他自己去了。李太太抓住李先生的手道:"敌人的空袭越来越凶,那怎么办?"李南泉道:"若以躲炸弹而论,当然是这坚厚的山洞最好。若说躲毒气,洞子就不妙了。洞子里空气,最是闭塞,平常吸香烟的味儿,也不容易流通出去,何况是毒气。我们明天改变一个方向,把干粮开水,带得足足的,起早向深山里走,敌人放毒气,定是选人烟稠密的地方掷弹,没有人的地方,他不会掷弹,就是掷弹,风一吹,就把毒气吹散了。我们只管向上风头走,料然无事。"李太太道:"你还有心背戏词,我急都急死了。"李南泉道:"千万别这样傻。我们着急,就中了日本人的诡计了。现在第一件事,是休息,预备明天起早奋斗。"

正说着,小玲儿在后面屋子里哭起来,连说"我怕我怕"。追到屋子里,在床上抱起她,她还在哭。李太太已燃起了菜油灯送进屋子里,见小玲儿将头藏进爸爸的怀里哭泣着,因道:"这是白天在公共洞子里让挤的人吓着了,现在做梦呢。"李南泉:"可不就是。大人还受不了这长期的心理袭击,何况是小孩呢。"夫妻二人安慰着小孩,也就闲倦地睡去。朦胧中听到开门声,李南泉惊醒,见前后屋的菜油灯都已亮着,问道:"谁起来了? 又有警报?"王嫂在外间屋子答道:"大家都起来煮饭了。"李南泉道:"你也和我们一样的疲劳,那太偏劳你了。"王嫂得了主人这个奖词,她就高兴了,因道:"我比你们睡得早,够了,你们再睡一下吧。有警报我来叫你们。"李南泉虽觉得她的盛情可感,但是自醒了以后,在床上就睡不着。养了十来分钟的神,只好起来,帮同料理一切。天色刚有点混混的亮,团丁在大路上喊着"挂球了,挂球了!"李南泉叹了口气,正要进屋去告诉太太,太太也披着一件黑绸长衫,一面扣襻,一面走出来。李南泉道:"不忙,我们今天绝对做个长期抗战的准备。水瓶子灌好了三瓶多,有一大瓦壶茶,饭和咸菜,用个大篮子装着,诸事妥帖。热水现成,你把孩子们叫起来吧。"李太太答应着,先伸头向外面,见廊檐外的天还是鱼肚色,便道:"真是要了谁的命,不问白天黑天,就是那样闹警报。"甄太太在走廊上答道:"是格哇。蚀本鬼子真格可恶。今朝那浪躲法?"李太太道:"你瞧,又传说放毒气了,洞子里不敢躲,我们只有疏散下乡。"

巴山夜雨

她们这样说着,饱经训练的小孩子,也都一一地爬了起来。争着问"有警报吗?"李氏夫妇一面和孩子洗脸换衣服,一面收拾东西。这些琐事,还不曾办完,警报器又在呜呜地响了。李家今天是预备疏散的,就不做到公共洞子里抢位子的准备。益发把家里东西收拾妥当,门窗也关好顶好。李南泉照例到厨房里巡视一番,调查是否还有火种。在他们这些动作中,整个屋子里的邻居,都已走空了。李太太和王嫂已带着孩子们,过了山溪去等候。李先生道:"你们慢慢地在前面走吧,我还在这里镇守几分钟,等候紧急警报。"李太太道:"你让我们今天走远些,你又不来引路,让我们向哪里走?你还要等紧急,那个时候,你能走多远?"她说着说着脸色就沉下来了。李先生立刻跑过,笑着摇手道:"大清早的,我们不闹别扭,我这就陪你走。要不然,昨天我说的那套理论,算是白说了。"李太太也想起这理论来了,倒为之一笑。于是全家人顺着山麓上的石板人行路,就向后面山窝子里走去。这时,天色虽已大亮,太阳还没有升起,整个山谷,都是阴沉的。早上略微有点风,风拂到人身上,带了一种山上草木的清芬之气,让人很感到凉爽。可是同时也就送人一种困倦的意味。李太太走着路,首先打了两个呵欠,李南泉道:"为了生活,我不能不住在战都重庆,可把你拖累苦了。我若稍有办法,住得离重庆远一点,就不必这样天天跑警报;我真有点歉然。"李太太道:"你别假惺惺,这话赶快收回。那些被困在沦陷区的人,不都说是为了家眷吗?这个理论,非常恶劣。"

李南泉笑道:"难得,你有这种见解,将来……"李太太道:"什么时候,说这闲话,我们快走两步,就多走一截路,别在路上遇到了敌机,那才是进退两难。"她这样提议了,于是大家不再说什么,低了头,顺着石板路走。走出了村口,石板路还是一样,路旁的乱草,簇拥着向路中心长着,把这地面的石板,藏掩去了三分之二。人在路上走,两脚全在草头上拨动。那草头上的隔夜露水依然是湿滴滴的,走起来,不但鞋袜全已打湿,就是穿的长衫,也湿了大半截。李太太提起衣襟来,抖了几下水,因道:"这怎么办?"李南泉笑道:"大热天,五分钟就干了。你还没有看到那些水进的洞子,脏水一两尺深,避难的人,连着鞋子袜子站在里面。不是这样,不到前线的人,怎么知道战争是残酷的!"他们说着话,叹了气,却看到乡下人,背篓提篮,各装了新鲜瓜菜,迎面走来。其中还有个白发苍苍的老太婆,曲着背,矮得像个小孩子,提了一篮鸡蛋,也慢慢地走来。李南泉这就忍不住不说话了,因道:"老太婆不必走过去了。街上已经放了警报,你这样大年纪,跑不动。"那些乡下人,看到街边上成串地向内走,已经是疑惑得睁了眼望着。听了这个报告,都站住脚问道:"啥子?这样早就有空袭?"李南泉道:"你不看我们都走进山窝里来了吗?"那老妇战战兢兢地道:"那朗个做?我家里没得粮食两天了。我攒下这些鸡蛋,想去换一点米来吃。"李南泉看到他们没有回身的意思,自带着家人继续向前。

他们走得很慢,也没有理会警报是什么情形,只见后面几个壮健的汉子,抢步跑了过来,口里还报告着道:"紧急放了很多时候了。快!"他也就只能说了这一个"快"字,就侧着身子抢跑了过去。李太太道:"我们的目的地在什么地方?再不到目的地,敌机可就来了。"李南泉道:"不要紧,到了这地方,随便在路旁树下石头坐坐就行了。"李太太听了他的话,果然牵着孩子,向路边树下走去。去的地方,是山脚下,两棵桐子树,交叉地长着,有三个馒头式的乌石堆子,品字形地立着。石头约莫有半人高,中间又凹了下去,勉强算是个防空壕吧?她踏着杂乱的露水草,衣服简直湿平了胸襟。小白儿、小山儿跟着,乱草的头子将近肩膀,可以说周身都打湿了。李南泉道:"怎么说躲就躲?"李太太来不及说话,将手乱指了东边天角。他听时,果然有飞机马达之声。他们把空袭经验得惯了,在声音里面,可以判断出飞机大概有多少,而且也可以判断出是轰炸机,战斗机,或者是侦察机。这时他随了这指的方向,侧耳听去,那嗡嗡之声,急而猛烈,可以想出来了,是一大批轰炸机,这要临时去找安全的掩蔽地方,已不可能。怔怔地站了一会子,却已听到嗡嗡之声,由东向北逼上重庆,他觉着这无须顾虑,还是站在路头上发呆,在这个时候,也陆续有几批难民跑着步子过去。口里连连说着"来了来了",脸上表现着惊慌的样子,步子跑得七颠八倒。

李太太已是蹲到石头下面去了,这就扶着石头,伸出了小半截身子,向李先生连连招手道:"你还不快躲下来。"李先生道:"不要紧,敌机在市空,根本看不到影子。"李太太索性伸直腰,偏着头听听,果然马达声音还远,随后不知是发高射炮还

巴山夜雨

是扔炸弹,遥远的"哄咚"两声。由此以后,马达的嗡嗡之声,更是遥远,凭着以往的经验,那可知敌机已是走远了。李太太这已有暇发生别的感觉,那就是光着的腿子,有些痛痒,已是被草里的蚊子,吃了一个饱了。她不愿再在石头窝里躲着,又踏着乱草走了出来。李南泉道:"趁着第二批敌机没来,我们还是走吧。"李太太也同意这个办法,将站在面前的三个孩子,每个轻轻推了一下,她自己先在前面引路。约莫是走了一二十步路,突然发现了整群的飞机声,抬头四周去看,天上并没有飞机的影子,只好还是走。路的前面,两旁山峰闪开,中间出现了平谷,约莫有二三十亩地大。石板路就穿过这个平谷,走到平谷中间,这就发现敌机了。敌机是由后面山背飞过来的,刚才正避在那山脚下,所以看不见。这时举头看清,敌机总在三十架以上。雁排字似的,排成个人字形,尖头正对了这平谷飞来。就以肉眼估量着,相距也不到两里路。这里恰是平谷的中间,要跑向那个山脚旁的掩蔽,都不会比飞机来得更快,李太太首先吓呆了。

李南泉到了这时也是感到手脚无所措,便牵着太太的手道:"我们蹲下吧,别跑别跑。"他说的"别跑",是指着女佣工王嫂,她镇定不住,首先一个人向后跑。她忘记了脚下有条干沟,两脚踏虚滚了下去。三个孩子,倒还机灵,三五十步外,有一丛高粱,一齐跑着钻到里面去。李氏夫妇倒是觉得忙中有错,还不如小孩子会找掩蔽所在,他只好扯着太太立刻蹲下。所幸这石板路下,是个两尺深的干田沟,半藏在田埂下面,两个人忙乱着,溜下了田沟。李太太两手撑了田土闭着眼睛,将身子掩藏在田埂下。李南泉觉得在这个地方除了掩藏目标,是不会发生别的效用,躲也无用。因此溜下田沟,还抬起头来看着。见那群敌机不歪不斜正好在头顶上。人在这毫无遮拦的所在,实在不能没有戒心,他也不由得心房怦怦乱跳。两分钟的工夫,那人字机群的双尾已掠过了头顶。凭常识判断,飞机掷弹是斜角度的,这算是过了危险阶段。但还不敢站起身来,依然手扶了田埂,半伸了身子望着,直等机群飞去了两里路,弯下腰看看太太,见她面色发紫,两眼兀自紧闭着,便拍着她的肩膀道:"没事没事,敌机过去了。"她站起来首先向敌机马达发声的所在张望了一下,这才沉着脸道:"躲公共洞子多好,就是你要疏散出来,受着这样的虚惊。"三个小孩子也都由高粱秆子下面钻出来了。小玲儿跑过来道:"我们找个地方躲躲吧,飞机来了,怪害怕的。"李太太道:"这都是你爸爸做的聪明事。"

李南泉笑道:"别生气,别生气,忘记昨天晚上我谈的空袭时间夫妻变态心理吗?"李太太道:"这倒好,我一说什么,你就把这话来做挡箭牌。"李南泉道:"请你想,假如我不说这话,势必两人又重新别扭起来,你说是不是? 我既然是肯用挡箭牌,你就别再进攻了。"李太太看着李先生始终退让,满身都是为难的样子,笑道:"看你这分委屈,我也不忍说什么了。"李南泉道:"那么,我们就继续前进吧。"这时,东边的太阳已经出来了,照着平谷里的庄稼倒是青气扑人。究竟是夏季的太阳,尤其是四川的太阳,一出来,就照着身上热不可当。大家赶快穿过这个平谷,踏上一个小山坡。这里有两三丛密集的竹林,掩藏着七八户人家的一个小村庄。一大家一口气奔进竹林里,方才歇脚。李太太将包裹放在石头上,首先就在竹阴下坐了,因道:"先歇歇吧,刚才真把我吓着了,直到现在,我还是心口跳。"李南泉看这竹林子外,是向下倾的斜坡,整片的青石,由土地里冲出来,在地面上长起了许多小堡垒。尤其是三四块石头夹峙的地方,除去上面没有顶,倒是绝好的防御工事。他有了刚才这番教训,决不愿太太再来受惊,就亲自到林子里去巡视一番。他走了几个石头堆,在一个石头窝子中间,见地面的石头,向旁边石壁凹进去,约莫是三四尺长。一个人侧身躺在里面,足足可以掩藏起来,正高兴着要报告太太,下面平谷里却有人叫起来。

在这空袭情形之下,任何一种突发的声音,都是惊吓人的。李南泉忽然听到这种吆喝声音,先吃了一惊,向前看时,那平谷里却来了一串男女,最前一个,便是李太太的好友白太太。她手上提了一个包裹,身后跟着女仆,肩上扛了一只小皮箱。她大声叫着"老李、老李"。她们这些女友,为了表示亲热起见,就是这样在人家丈夫姓上,加一个"老"字。李南泉在她这种亲热的呼声中去揣测,料着并没有什么惊恐的事情发生,便答道:"我们都在这里。"那白太太老远地点点头,向这里走来。到了竹林子下面,李太太迎着道:"刚才这批敌机经过的时候,你在什么地方?"白太太道:"还好,我们身旁有一丈来深的大沟,不问好歹,我们全跳到里

巴山夜雨

面去了。吓倒没有吓倒,可是几乎出了个乱子。"说着,把手上提的白布小包裹举了一举,因道:"几乎把我这里面的东西,丢了两张。"李太太笑道:"真有你的,你还把麻将牌带着呢。"白太太笑道:"若不是为了这个,我还不疏散到这地方来呢。牌来了,角儿也邀齐了,我们找个适当的地方,就动起手来吧。要不然,由这个时候起,到晚半天,七点半钟的时间,我们怎么消磨?"李太太向她身后的人行路上看时,那里有王太太,有下江太太,尤其是那下江太太带劲。手上捏了个小白绢包,裹得像个锤子,她一路走着一路摇晃了那个白手绢包,笑嘻嘻地望了人,将手拍着那个手绢包。她虽不说话,那是表示她带了钱来了。

李太太笑道:"不用说,你们人马齐备,没有我在内。"白太太笑道:"怎么会没有你?没有你,这一台戏还有什么起色?你们李先生知道,假如这镇市上的胜利大舞台,演出《四郎探母》,这里面并没有杨艳华,你想,那戏还有什么意思?李先生,你说是不是?"李南泉站在一边,笑着没有作声。李太太笑道:"你提到杨艳华,可别当我的面说。当我的面说她,他是有点儿头痛的。不,根本我的女朋友,也不当谈杨艳华,谈了,他就认为这有点讥讽的作用。其实我没有什么,那孩子也怪可疼的。"李先生笑道:"太太们,许不许我插一句话?"下江太太已走上前,笑道:"可以的。可是不许你说,这时候还打牌,不知死活。"李南泉道:"我也不能那样冒昧。我说的是正事,现在第一批敌机,已飞去十来分钟了,假使敌机是连续而来的话,可能第二批敌机就到,为了安全起见,可不可以趁这个时候,找到你们摆开战场的地点,万一敌机临头,放下牌,你们就可以躲进洞去。"白太太道:"这里有防空洞子吗?"李南泉道:"人家村子里人,没有想到各位躲空袭要消遣,并没有事先预备下防空洞。倒是他们这屋后山脚,有许多天然的洞子,每个洞子,藏四五个人没有问题。而且这里最后靠山的那户人家,墙后就有两个洞子。"白太太笑道:"不管李先生是不是挖苦我,有这样一个地方,我得先去看看。我是有名的打虎将,先锋当属于我。"说着她先行前走。早是把村子里的狗惊动了,一窝蜂似的跑出来四五条,拦在路头,昂起头来,张着大口,露出尖的白牙,向人乱吠。

白太太一见,丢下手巾,扯腿就向后跑。那几条黄狗,看到人跑,它们追得更凶，一只黄毛狮子狗，对了白太太脚后跟的所在，伸着老长的颈脖子，向前一栽，"呼哧"一声，其实它并没有咬着白太太的脚，不过是将鼻子尖，插在路面她的脚印上。她"哎呀"了一声，人向路边草地上直趴过去。李南泉挥着手上的手杖，将狗一阵追逐。村子里人听到喧哗，也跑出来，代着把狗轰走。李南泉在地面上，将那个大手巾包提起，里面"哗啦"有声，正是麻将牌的木盒子跌碎，牌全散在包里了，太太们早就是笑着一团，带问着白太太："摔着了没有？"她由草地上站起来，拍去身上的草屑，红着脸道："这真是恶狗村，他们村子里有这些条。"李太太笑道："谁让你自负是打虎将呢！"白太太接过李先生手上的手巾包，身子一扭，板着脸道："我另外找个地方去了，我不进这个村子。"村子里出来轰狗的人，早已看到这是一票生意。一位常到疏建区卖柴的老太太，就迎着道："不要紧，请到我家去玩一下，打牌凉快，我们屋后有洞子，飞机来了，一放牌就进了洞子。"正说着，天上又有了"嗡嗡"之声，白太太已来不及另走地方了。听说这里有洞子，也只好随了大众，一齐走进村子。这里倒是个树木森森的所在，树底上的一幢草屋，三明两暗五大间，后面是山，前面是片甘蔗地。正中堂屋里，只有一桌四凳，旁边一个石磨架子，三合土的地，扫得干干净净。屋左右全有大树，把屋子掩蔽了，大家全说这地方合理想，白太太也定了神，摸着头发上的草屑，笑起来了。恰好敌机凑趣，"嗡嗡"之声，却已远去。

　　下江太太那个手巾包，还捏在手里，高高举起，笑道："把桌布蒙上，来来来，喂，我说小胡子，你给我们听着一点飞机。"原来小胡子，是下江太太的丈夫，他是河南人，姓胡，太太本来叫他小胡，自从他在嘴唇上养着一撮小胡子的时候，太太就多加了一个字，叫他小胡子。胡先生只三十来岁，胖胖的身材，白白的皮肤。因为过去不久曾是一个不小的处长，他为了表示处长的尊严，就添了这一撮小胡子。现在不当处长了，这胡子也未便立刻剃去。太太是长得苹果一样的圆脸，有双水汪汪的眼睛。乌黑的头发，在脑后用两个细辫子绕了个双扁环，在鬓发下老是压着一朵小鲜花，越是显出那少妇美。一个黄河流域的壮汉，娶着一位年轻漂亮的下江太太。真是唯命是从，驯如绵羊。因之下江太太，不但是天之骄子，引动了其

巴山夜雨

他的青春少妇，一律看齐都训练着丈夫。不过下江太太的作风，和家庭大学校长奚太太不同，她是以柔进，向来不和丈夫红脸。先生如不听话，不是流泪就是生病睡觉，生病永远是两种，不是头疼，就是心口疼，照例不吃饭。只要两餐饭不吃，胡先生就无条件投降。她出来躲警报，照例空着两手，胡先生提着一个旅行袋，里面是干粮、冷开水瓶和点心、水果之类。老妈却提了个箱子。她还怕打人的眼，把好提箱留下，用只旧的而且打有补丁的箱子。今天这番疏散，胡先生也是有长夜准备的，吃喝用的，全带齐了，乃是两个手提旅行袋。他正站在树阴乘凉。听到一声小胡子，立刻跑向前来，笑道："先让我来四圈吗？"下江太太嘴一撇道："男宾不许加入，你给我听飞机。"

  胡先生碰了一鼻子灰后，走出屋子来，兀自摇着头。李南泉坐在大树阴下石头上，笑道："老兄对于夫人，可谓鞠躬尽瘁。"他道："没法子。你想，我们过着什么日子？战局这样紧张，生活程度是天天向上高升，每日二十四小时，都在计划着生活，若是家庭又有纠纷，那怎么办？干脆，我一切听太太的，要怎么办，就怎么办。除非要在我身上割四两肉下去，我得考虑考虑，此外是什么事都好办，今天的空袭，可能又是一整天，得用精神维持这一天，我还能和她别扭吗？打牌也好，她打牌去了，我就减少了许多的差事了。"李先生听了他这话，虽然大半是假的。可是怕太太这一层，他倒不讳言，也就含笑不再批评。这里还有几位村子里的人，都是因为昨天洞子躲苦了，今天疏散到野外来的，大家分找着树阴下的石头、草地坐着，谈谈笑笑，倒也自在。可是好景不长，不到一小时，天空东边，又发出了马达的沉浊声音。胡先生首先一个，跑到屋后山坡上去张望。李南泉也觉这声音来得特别沉重，就也跟着胡先生向那山坡上走去。这时，胡先生昂着头望了东北角天角。李南泉也顺了那天角看时，白云堆里，已钻出一大批敌机。那机群在天空里摆着塔形，九架一堆，共堆了十堆，四、三、二、一向上堆着，不问总数，可知是几十架。不觉失声地说了句"哎呀"，胡先生到底是个军人出身，沉得住气，回转身来，向他摇了两摇手。那敌机在天空里，原只是些小黑点，逐渐西移，也就逐渐放大。先看像群蜻蜓，继续看倒像群小鸟。到了像由小鸟变鹞子似的，就逼近了重庆市空了。

李南泉看到这种情形,扭身就要跑开。胡先生一把将他拉住,另一只手对天上的飞机指着。同时,还摇了两摇头,他明白了胡先生的意思,那是说"不要紧"。他想着这批飞机,是向重庆市空飞去,料着也不会到头顶上来,还是呆呆地站着。那几十架敌机,这时已变成了一字长蛇阵,像拉网似的,向重庆市空盖去。当这批飞机还没有到市空上的时候,正北又来了一批,虽然数目看不清,可是那布在天空的长蛇阵,和东边来的机群,也相差不多。两批敌机会合在一处的当儿,以目力揣测,那正是重庆市上面。这样一二百架飞机,排在一处,当然也乌黑了一片。这样的目标,显然是很庞大的,下面的高射炮,"轰隆轰隆"响着,无数的白云点,在飞机下面开着花。虽然看不到这白云点打中飞机,可是这些敌机,已受到了威胁,一部分向上爬高,一部分就分开来,四处分飞。这其间就有四五队飞机,绕半个圈子向南飞来,胡先生说声"不好",立刻向山坡下跑。口里喊着:"敌机要来了,快出来躲着吧。"他这样喊叫着,本来已是嫌迟了,所幸屋子里打牌的人,也早已听到这震天震地的马达声,大家已放下了牌,纷纷跑了出来。胡先生举着手,叫道:"山坡上有天然洞子,大家赶快躲。"出来的人一面跑,一面抬头向天上望着,那飞机怎么样兜着圈子,也比人跑得快,早有八架飞机,由对面山上从九十度的转弯而绕飞到了头上。太太们哪里来得及找洞子,有的钻入草丛里,有的蹲在树下,有的就跳进山坡下干沟里。

　　大家虽是这样跑,可是两个做监视哨的胡、李二先生,兀自站在山坡上。原因是用肉眼去看,那队飞机,却是偏斜地在这个村庄南角,纵然掷弹,也还很远,所以两人就各避在一棵小松树下,并没有跑。不想那飞机队里面,有一架脱了队,猛然一个大转弯,同时带着俯冲。空气让飞机猛烈刺激着,"哇呜呜"的一声怪叫,不必看飞机向哪里来,只这个猛烈的姿势,已不能不让人大吃一惊。胡、李二人,同时向下一蹲。在松树叶子网里看那飞机头,正是对着这座村庄,李南泉心里连连喊着:"糟了,糟了!完了,完了!"那架敌机,果然不是无故俯冲,"咯咯咯"开了一阵机关枪。事到这种情形,有什么法子呢?只有把身子格外向下俯贴着,约莫三五分钟的时间,那机关枪不响了,敌机却也爬高着向东而去。胡、李二人依然不敢

巴山夜雨

站起来,只是转着身子,由松树缝里向天上望着。还是那位跳在干沟里的白太太,首先伸出半截身子来,四周看了看,手拍胸道:"我的天,这一下,真把我吓着了。这样露天下躲飞机不是办法,无论敌人炸不炸,看到也怪怕人的。"那下江太太也由一丛深草里钻出来了,第一句话,就是很沉重地叫了声"小胡子"。胡先生由小松树下跑出来,向前赔笑道:"太太,你吓着了。"下江太太道:"小胡子,你是怎么回事?让你看守飞机的,飞机到头上了你还没有哼气,真是岂有此理。"她站在一株小树下,趁了这话势将树枝扯着,扯下了一小枝。

  胡先生自知理短,笑嘻嘻地站着,却没有说什么。李南泉道:"胡太太,这个不能怪他。这两批飞机,全是径直地向重庆市空飞去的。我们对了重庆市上面注意,料着敌机一炸之后,就要向东方回转去的。没有想到……"李太太也由一堵斜坡下走出来了,便拦着道:"别解释了。你又不是敌人空军总指挥,有什么料到料不到。"这么一来,所有的打牌太太,都怪下来了。在这里共同躲警报的,还有其他的几位先生,也都负着监视敌机的责任的,听到太太们的责备,各人都悄悄地离开了。下江太太站在山坡下面,举了手向四周指着,口里念念有词,然后回转头来向太太们道:"没事了,没事了,我们继续上战场。"李太太脸上的神色还没有定,摇摇头道:"不行不行。我的胆小,像刚才这样敌机临头的事情,我再经受不了。"李南泉道:"不要紧,这回我一定在山坡上,好好地看守敌机。只要一有响声,我就报告。"胡先生一拍手道:"对了,就是……"下江太太将头一偏,板着脸瞪了他一眼道:"少说话吧,处长,谁要指望着你,那算倒霉。"每当下江太太喊着处长的时候,那就是最严重的阶段。若在家里,可能下一幕就是她要犯心口疼的老毛病。胡先生听着,身子向后一缩,将舌头伸着,下江太太也不再理他,左手扯李太太,右手扯了白太太,就向屋子里拉了去。李太太说是胆小,却不是推诿的,深深皱着两条眉毛,笑道:"哪里这么大的牌瘾。"一面说着,一面向屋子里走了去。看到高桌子矮板凳,配合着桌上的百多张牌,摆得齐齐的,先有三分软了。

  下江太太笑道:"来吧,不要太胆小。这次我敢担保,他们监视敌机的行动,一定是很尽职的。"说着,她已走到桌子边,两手去和动麻将牌。于是白太太坐下了,王太太也坐下了，李太太也就不能不跟着坐下来。这些先生们，比在洞子里躲警报还要小心几倍，轮流在山坡上放哨。可是敌机的行动，也就有意和打牌的太太为难，由清晨到下午，在这村子头上，一共经过七次。一有了马达声，大家就放下了牌，纷纷向山坡上藏躲。若遇敌机经过，大家更是心脏跳到口里，各人捏着一把冷汗。好容易熬到天色黄昏，算是松了一口劲。而那大半轮月亮，已像一面赛银镜子悬挂在天空，又是一个夜袭的好天气。天上这时并没有什么云片，只是像乱丝似的红霞，稀稀地铺展着。东边天角也是红红的光线反映，却不知是哪里发出来的光。李太太走出屋子来，先抬着头向四周看看，皱了眉道："疏散下乡，这绝不是个办法。没有防护团，也没有警报器，是不是解除了，一点儿不知道。打打牌，钻钻山沟，又是这样过了一天。看到飞机在头上经过，谁不是一阵冷汗？明天说什么我也不来了。"李南泉不敢说什么，只是牵着一个孩子，抱着一个孩子，站在路边。李太太看过了天空，并不对李先生看，就径直地顺着路走去。李南泉跟着后面问道："我们回去吗？"李太太并不作声，还是走。同时，他看到所有来躲空袭的人，已零零落落地在人行路上牵了一条长线，不知是斜阳的反照，也不知道是月亮的清辉，地面上仿佛着有一片银灰的影子，人全在朦胧的暮色里走。

　　李南泉知道，太太又犯上了别扭。本来也是自己的错误，她好好地躲着洞子，却要她疏散下乡。在洞子里看不到飞机临头，无论受着什么惊吓，比敞着头没有遮盖要好得多。他不敢说话，静静地跟着。将进村口，月光已照得地面上一片白，虽然夜袭的机会更多，但是当时乡居的人，和城居的人心理两样，总以为在乡下目标散开，不必怎样怕夜袭。因之到了这时，大家下决心向家里走。忽然这人行路上散落的回家队伍，停止不进，并有个男子，匆匆忙忙向回跑，轻轻地喊着："又来了，又来了！"大家停住了脚，偏了头听着。果然，在正北方又是"哄哄"的马达响。在空气并不猛烈震撼的情形下，知道飞机相距还远，大家也没有找躲避的所在，就在这路上站着。仿佛听到是马达声更为逼近，就只见对面山峰上一串红球，涌入天空，高射炮弹，正是向着敌机群发射了去。在这串红球发射的时候，才有三四道探照灯的白光交叉在天空上。白光罩着两架敌机，连那翅膀都照得雪白，像两只

巴山夜雨

海鸟,在灯光里绕着弯子向上爬高。这虽没将高射炮打着飞机,可是灯光和炮弹的控制,也够让敌机惊恐的。立刻逃出了灯光,向南飞来。这两架敌机,似乎怕脱离伴侣,一前一后,在飞机两旁,放射着信号弹。那信号弹发射在空中,像几十根红绿黄蓝的带子,在月光里飘展飞舞。马达声哄哄然,随了这群奇怪的光带子径直就飞到这群人的头上来。这正是两山夹缝中一条人行路,没有更好的掩蔽地带。

那些常躲洞子的太太们,还没有见过这有声有色的夜袭状况。无地可躲,分向两边山脚下蹲着。等这批敌机走了,大家复回到人行路上,这就发生了纷纷的议论。胆小的都说:"敌机一批跟着一批来,我们怎么可以回家去呢?"那下江太太倒是个大胆的,便道:"我不管,我要回去。天亮就跑出来,这个时候还不回去,成了野人了。"她说着,首先在前面走,胡先生给她提着旅行袋,紧紧地跟在后面。其余的太太们,都也各领着家里人走了,只有李太太独自坐在人行路的石板上。王嫂是早已离开队伍了,李南泉带着孩子们,站在路上相陪。不知道用什么话去问太太,知道一开口就会是个钉子。小玲儿站在石板路上,跳着两只光腿子,哼着道:"蚊子咬死了。"李太太突然站起来道:"你们这些小冤家,走吧。不是为了你们这些小冤家,我到前方医院里去当女看护,免得受这口闷气。"说着,她也走了。李南泉带了孩子跟在后面,笑道:"前方医院,可不能带着麻将牌躲警报。"她也不回驳,还是走。到了家里,全村子在月光下面,各各立着屋子,没有哪家亮着灯头。在月光下听到家家的说话声,也就料着躲空袭的都回来了。黑暗中,各家用炭火煮着饭,烧着水,又闹着两次敌机临头。晚上还是固定的功课,在对溪王家后面,独门洞子里躲着。等到防护团敲着一响的锣声,已是晚上两点钟了。李南泉接连熬了两夜,也有点精神撑持不住,回得家来,燃支蚊香,放在竹椅子下,自己就坐着伏在小书桌上睡。

李太太把孩子都打发睡了;掩上门,也正去睡,看到李先生伏案而睡,便向前摇撼着他道:"这样子怎么能睡呢?"他抬起头来,看看太太并无怒容,因笑道:"你要知道,并没有解除警报,可能随时有敌机临头。那时,大家因疲倦得久了,睡得不知人事。谁来把人叫醒？"李太太道："我们都是一样，跑了两天两夜的警报，就让你一个人守候警报，那太不恕道。"李先生笑着站起来，向太太一抱拳，因道："我的太太，你还和我讲恕道呀。你没有看到下江太太命令胡先生那个作风吗？可是人家胡先生除了唯命是从而外，连个名正言顺的称呼也得不着。太太是始终叫他小胡子。太太在屋子里打牌，先生在山上当监视哨，胡先生没有能耐，不能发出死光，把敌机烧掉，飞机临了头，下江太太挺好的一牌清一条龙没有和成……"李太太笑道："别挨骂了，你绕着弯子说我。我们再来个君子协定。明天我不疏散了，我也不去躲公共洞子，村口上那家银行洞子，我得了四张防空证，连大带小，全可以进去。那里人少，洞子也坚固。干脆，我明天带了席子和毯，带孩子在里面睡一天觉。你一个人还是去游山玩水。干粮和开水瓶，给你都预备好了。"李南泉道："那个银行洞子躲警报，太理想了。整个青石山里挖进去的洞子，里面有坐的椅子，睡的椅子，没有一个杂乱的人能进去。大概连灯火开水，什么都齐全，到家又是三分钟的平路，我也愿意去。"李太太笑道："你不必去。免得闹别扭。"李南泉道："弄得四张洞证，那太不容易呀，谁送给你的？"她回答了三个字："你徒弟。"李南泉听到这三个字，便感到什么都不好说，笑嘻嘻地站着。李太太道："她也领教过公共洞子的滋味，改躲银行洞子了。银行经理，大概也是她老师。可比你这老师强得多呀。你是到山后去呢，还是……"李南泉笑道："你知道，我是决不躲洞子的。"李太太想着，或者又有一场别扭，所以预先就把杨艳华提出来。她还没有提出真名实姓，只说了个"你徒弟"这一代名词，李先生就吃别了。李南泉这也用不着什么考虑了，端了一张凉床，拦门而睡。其实这时天已大亮，还是安静的时间。四川的雾，冬日是整季的防空，在别的时候，半夜以后，依然有很大的防空作用。次日真睡到天亮以后，太阳出山，才开始有警报。这反正是大家预备好了的，一得消息，各自提了防空的东西，各自向预定的方向跑。李南泉因家中人今天是躲村口银行私洞，比往日更觉放心，锁了门，巡查家中一遍。带着旅行袋，提了手杖，径直就向山后大路上走。他知道去这里五六里路，有个极好的天然洞子，是经村子里住的一位宋工程师，重新布置的。那宋工程师曾预约了好几回，到他们那

巴山夜雨

洞子去躲避,这就顺了那方向径直走去。那地方在四围小山中,凹下去一个小谷。小谷中间,外围是高粱地,中间绿森森地长了几百根竹子,竹子连梢到底,全是密密的竹叶子拥着,远看去,像堆了一座翠山。这小谷是由上到下逐渐凹下去的,那丛竹子的尖梢,还比人行的路要低矮些。

李南泉曾听宋工程师说过,那个天然洞子就在这里,这就离开路向高粱地里走去。可是这里的高粱秆儿长得密密的,三寸的空间都没有,更不容易找到人行路。他绕着高粱地转了大半个圈子,遇到插出林子来的竹子,在那竹子上看到有顶半新的草帽。这就不找出路了,分开了高粱秸儿,就向前面钻了过去。到了那竹子下面,倒现出一条水冲刷的干沟,颇像一道人行路的坡子。坡子弯曲着,有两尺宽,两面的竹林梢,簇拥在沟两旁,遮盖得一点天日都没有。顺了沟向下走,倒反是在竹林的黄土地里拥出高低大小几十块大石头。翻过那石头,四围是竹林,中间凹下去很大一个深坑。很像是个无水的大池塘。这也就看出人工建筑来了。用石块砌着三四十层坡子,直伸到坑里去。接着石板坡,又是两道弯曲的木板扶梯,直到坑底。他站在扶梯口上,情不自禁地"咦"了一声。这个惊讶的呼声,居然有了反应,洞底带着"嗡嗡"之音。伏在栏干上仔细听时,好像放留声机,"未开言不由人泪流满面",一句《四郎探母》的倒板,听得非常清楚。而且那"流"字微微一顿,活像是谭叫天唱片。心想,这就更奇了。躲警报有人带着麻将牌,更有人带话匣子。索性听下去,听出来了,那配唱的乐器,只有胡琴,不是唱片上那样有二胡、月琴、板鼓,分明是有人在这里唱戏。那"嗡嗡"之声,是洞子里的回音,闷着传了出来的。虽然不是唱片,这奇怪并不下带话匣,一唱一拉,是不亚于打牌难民的那番兴致的。

李南泉看到这种情形,倒也有些奇怪,这还有人在洞子里唱戏!向下看着,这个洞子,绝像个极大的干井,四壁石墙,湿淋淋的,玲珑的石块上流着水。洞底不但是湿的,而且还在细碎的石子上,流出一条沟。他走着板梯到洞底下,轻轻问了一声:"有人吗?"也没有答应。石壁里面,《四郎探母》还唱得来劲,一段快板一口气唱完,没有停止。转过梯子,这才看到石壁脚下很大一道裂缝,又裂进去一个横洞，洞里亮着灯火，里面人影摇摇。他咳嗽了两声，里面才有人出来。那个人在这三伏天，穿着毛线短褂子，手里夹着大衣。他认得这是名票友老唐，《四郎探母》，就是他唱的了。老唐先道："欢迎欢迎！加入我们这个洞底俱乐部。李先生，你赶快穿上你那件大褂，这洞子里过的是初冬天气呢。"李南泉果然觉得寒气袭人，穿上大褂，和老唐走进洞子，里面两条横板凳，男女带小孩坐了八九个人。除挂了一盏菜油灯，连吃喝用具，全都放在两个大篮子里。一个中年汉子坐着，手里拿了胡琴，见人进来，抱着胡琴拱手。这是个琴票，外号老马，和杨艳华也合作过的。李南泉笑道："这里真是世外桃源，不想你们对警报躲得这样轻松凉快。这个井有六七丈深，横洞子在这个井壁里，已是相当保险。加上这里是荒山小谷，竹木森森，掩蔽得十分好。可惜我今天才发现，不然我早来了。"那个发现这个洞子的宋工程师，自然也在座中，便又道："好是很好，可是任什么不干，天亮来躲，晚上回去，经济上怎样支持得了？"

宋工程师笑道："我们这是一个长期抗战的准备。知道敌人实施疲劳轰炸，我们也就坚壁清野，肯定地在这洞子里躲着。反正炸弹炸到这里，机枪射到这里，那不是百分比比得出来的。"老唐笑道："来消遣一段怎么样？我们合唱《珠帘寨》。"李南泉心里想，这批人物，找得了这井中隧道，倒也十分安心。不过中国人全像这个样子，那就不大好谈抗战了。他如此想着，便笑道："不行，这洞子里太凉。我明天把棉衣服带来，才可以奉陪。"老唐道："你不在这里躲着，打算到哪里去？"他笑道："我权当你们一个监视哨，就在井上竹阴下坐着。听到有飞机声音，我下来报告。"说着，也不再和他们商量，自扶着梯子出洞来。他一径地穿出竹林，走到高粱地里，向天空四周观望一下，立刻在皮肤上，有种异样的感觉，便是地面上有一阵热气，倒卷上来，由脚底直钻入衣襟里面。记得在南方，在有冷气设备的电影院里看电影，出场之后就是这个滋味。于是脱了大褂，就在竹林子里石头上坐着。所带的旅行袋里，吃的喝的，还有看的书，太太都已预备好了。拿出书来，坐在石头上看，倒是和躲警报的情绪相距在极反面。有时几架飞机也在空中经过，可是钻出竹林子来看，总是有些偏斜的。到了下午，索性把长衫当席子铺在草地上，足足

巴山夜雨

睡上一觉。直到红日落山,地下俱乐部的那批人也都出来了,他趁着月色缓步回家。这日晚上的月色更好,敌机自也连续第三晚上的空袭。大家有了三日的经验,一切也是照常进行,到了次日,李南泉带上棉衣,带上更多的书,加入地下俱乐部。

这个地方躲警报,那完全是轻松的。除了听到飞机响声逼近,心里不免紧张一下,倒没有格外的痛苦。只是有家有室的,全成了野人,半夜归来,天亮就走。吃是冷饭,喝是冷水。家里的用具和细软,只有付之天命。炸弹中了,算是情理中事;炸弹不中,就算侥幸逃过。这样到了第五天晚上,李南泉踏着月亮,由洞子回来,见整幢草屋,静悄悄地蹲在山阴下,没有一点灯火,也没有人声。所有各家门户,全是倒锁着的,正是邻居们还在防空洞里未归。他所躲的地方,并没有情报,看这样子,想必还是在空袭情况中。所幸自己另带有一把钥匙,开了门。借着月光反映,在壶里找点冷开水喝后,端了一张凉板,放在廊沿上睡觉。一切是寂寞的,月光正当顶,照在对面山上,深深的山草,像涂了一片银色,带些惨淡的意味。小树一棵棵,由草里伸出来,显出丛丛的黑影,像许多魔鬼站在山上等机会抓人。夏天的虫子,细小的声音,在草根下面叫。不但不能打破寂寞,在心境上,反是增加了寂寞。这屋下山涧里,还有一洼水未干,夜深了,青蛙出来找虫子吃,三五分钟,"咕嘟"两声。在这个村子里,夹溪而居的,本来将近二百户人家。平常的夏夜,人全在外面乘凉,说话声、小孩子唱歌声,总是闹成一片的。现时在月光地里,只有不点灯火的房屋影子断断续续蹲在山溪两岸,什么都是静止的,死过去了。李南泉在凉板上睡着,由寂寞里发生出一种悲哀意味,正感到有点不能独自守下去,却听到溪岸那边发出了惊讶声。好像是个凶讯,他也惊着坐起来了。

第九章 人间惨境

溪岸那边的惊讶声，随着也就听清楚了，是这里邻居甄子明说话。他道："到这个时候，躲警报的人还没有回来，这也和城里的紧张情形差不多了。"李南泉道："甄先生回来了，辛苦辛苦，受惊了。"他答道："啊！李先生看守老营，不要提啦。几乎你我不能相见。"说着话，他走过了溪上桥，后面跟着一乘空的滑竿。他把滑竿上的东西，取着放在廊子里，掏出钞票，将手电筒打亮，照清数目，打发两个滑竿夫走去。站在走廊上，四周看了看，点着头道："总算不错，一切无恙。内人和小孩子没什么吗？"李南泉道："都很好，请你放心。倒是你太太每天念你千百遍。信没有，电话也不通，不知道甄先生在哪里躲警报。"甄子明道："我们躲的洞子，倒还相当坚固。若是差劲一点，老朋友，我们另一辈子相见。"说着，打了个哈哈。李南泉道："甄太太带你令郎，现在村口上洞子里。他们为了安全起见，不解除警报是不回来的。你家的门倒锁着的，你可进不去了，我去和甄太太送个信吧。"甄子明道："那倒毋须，还是让他们多躲一下子吧。我是惊弓之鸟，还是计出万全为妙。"李南泉道："那也好，甄先生休息。我家里冷热开水全有，先喝一点。"说着，摸黑到屋子里，先倒了一大杯温茶，给甄先生，又搬出个凳子来给他坐。甄先生喝完那杯茶，将茶杯送回。坐下去长长唉了一声，嘘出那口闷气，因道："大概上帝把这条命交还给我了。"李南泉道："远在连续轰炸以前，敌机已经空袭重庆两天了。现在是七天八夜，甄先生都安全地躲过？"他道："苦吃尽了，惊受够了，我说点故事你听听吧。我现在感到很轻松了。"于是将他九死一生的事说出来。

原来这位甄子明先生，在重庆市里一个机关内当着秘书。为了职务的关系，他不能离开城里疏散到乡下去，依然在机关里守着。当疲劳轰炸的第一天，甄子明因为他头一天晚上，有了应酬，睡得晚一点；睡觉之后，恰是帐子里钻进了几个

巴山夜雨

蚊子,闹得两三小时不能睡稳,起来重新找把扇子,在帐子里轰赶一阵。趁着夜半清凉,好好地睡上一觉。所以到早上七点钟,还没有起来。这时,勤务冲进房来,连连喊道:"甄秘书,快起来吧,挂了球了。"在重庆城里的抗战居民,最担心的,就是"挂了球了"这一句话。他一个翻身坐起,问道:"挂了几个球?"勤务还不曾答复这句话,那电发警报器和手摇警报器,同时发出了"呜呜"的响声。空袭这个战略上的作用,还莫过心理上的扰乱。当年大后方一部分人,有这样一个毛病,每一听到警报器响,就要大便。尤其是女性,很有些人是响斯应。这在生理上是什么原因,还没有听到医生说过。反正离不了是神经紧张,牵涉到了排泄机关。甄先生在生理上也有这个毛病,立刻找着了手纸,前去登坑。好在他们这机关,有自设的防空洞,却也不愁躲避不及。他匆匆地由厕所里转回卧室来,要找洗脸水,恰是勤务们在收拾珍贵东西,和重要文件,纷纷装箱和打包袱。并没有工夫来料理杂务。甄先生自拿了洗脸盆向厨房里去舀水,恰好厨子倒锁门要走,他首先报告道:"火全熄了。快放紧急了,甄秘书你下洞吧。"

  甄先生看到工役们全是这样忙乱,自己也没了主意,只好立刻到办公室里,把紧要文件和图章,收在手皮包里,锁着门,赶快就向防空洞子里走。他们这防空洞,就在机关所在地的楼下。这里原是一座小山,楼房半凿了山壁建筑着,楼下便是半山麓。洞子门由山壁上凿进去,逐步向下二十来级,再把洞身凿平了,微弯着作个弧形,那端是另一个洞门,通到山外边。虽然这山是风化石的底子,洞顶上约莫有十来丈高,大家认为保险。洞里有电灯,这时电灯亮着照见拦着洞壁的木板,撑着洞顶的木柱和柳条,一律是黄黄的颜色。这种颜色,好像是带有几分病态,在情绪不好的人看来,是可以让人增加不快的。甄先生手上带了个手电筒,照着走进洞子,看到除了机关的人已像坐电车似的,在两旁矮板凳坐着之外,还有不少职员的眷属,扶老携幼夹在长凳上坐着。洞子是条长巷,两旁对坐着人,中间膝盖弯着对了膝盖,也就只许一个人经过。而这些眷属们都是超过洞中名额加入的,各将自己带的小凳或包裹,就在膝盖对峙中心坐着。甄先生在人缝里伸着腿,口里不住说着谦逊的话。只走了小半截洞子,电灯突然灭了。重庆防空的规矩,紧急警报五分钟后就灭电灯,这是表示紧急警报已过五分钟了。甄先生说了声"糟糕",只好在人丛里先呆站着。但他是这机关里最高级的职员,他在洞子里有个固定的位置,无论如何,管理洞子的负责人是不许别人占领的。这人是刘科员,准在洞中。

甄先生立刻叫了两声刘科员。他答道:"甄秘书,快来吧,我给你把位子看守好了的。"他说着话,已由洞子那端打着电筒照了过来。甄先生借了个光,手扶着人家肩膀,腿试探着插入人家腿缝,挤着向前。刘科员立刻拉着他的手,拖进了人丛。甄子明感觉到身边有个空隙,就挨着左右坐下的人,把身子塞下去坐着。洞子里漆黑,但听到刘科员在附近发言道:"今天的警报,来得太早,洞子里菜油灯、开水全没有预备。大家原谅一点吧。"洞子里那头也有人答话。立刻有人轻喝道:"别作声,来了。"同时,坐在洞子里的人,也就一个挨着一个,向里猛挤一挤。他们这机关,在重庆新市区的东角,有些地方,还是空旷着没有人家的。两个洞口都向着空旷的地方,外面的声浪,还容易传进。大家早就听到"哄咚哄咚"几阵巨响。在巨响前后,那飞机马达声,更是轧轧哄哄,响得天地相连,把人的耳朵和心脏,一齐带进恐怖的环境中。甄先生是个晚年的人了,生平斯文一脉的,向不加入竞争恐怖的场合。现时在这窄小的防空洞里,听到这压迫人的声浪,他也不说什么,两手扶了弯起来的大腿,俯着身子呆呆坐着,不说话,也不移动,静默地像睡着了一样。他自进洞以后,足有三四小时,就是这样的。直到有人在洞口喊着:"挂休息球了。"有人缓缓向外走着。甄子明觉得周身骨节酸痛,尤其是腰部,简直伸不起来。他看到洞子里的人差不多都走出去了,自己扶着洞子壁,也就缓缓地向洞子外面走了出来。到了洞口首先感到舒适的,就是鼻子呼吸不痛苦,周身的皮肤,都触觉一阵清爽。

同事们有先出洞子的,这时楼上、楼下跑个不歇,补足所需要的东西。甄子明对别的需要还则罢了,早上起来,既未漱口,又没洗脸,这非常不习惯,眼睛和脸皮,都觉绷着很难受。自己先回卧室里拿着洗脸盆,向厨下舀水。厨房门是开着了,却见刘科员站在厨房门口,大声叫道:"各位,不能打洗脸水了。现在厨房里只

巴山夜雨

剩大半缸冷水,全机关四五十人,煮饭烧水全靠这个。自来水管子被炸断了,没有水来。非到晚上找不着人去挑江水,这半缸水是不能再动了。"他是负着防空责任的人,他这样不断地喊着,大家倒不好意思去抢水,各各拿着空脸盆子回来。甄子明是高级职员,要做全体职员的表率,他更不便向厨房里去,在半路上就折回来了。到了卧室里,找着手巾,向脸上勉强揩抹几下。无奈这是夏天,洗脸手巾挂在脸盆架子上过了夜,早是干透了心。擦在脸上,非常不舒服,只得吧了,提了桌上的茶壶,颠了两下里面倒还有半壶茶,这就斟上一杯,也不用牙膏了,将牙刷子蘸着冷茶,胡乱地在牙齿上淘刷了一阵。再含着茶咕嘟几下,把茶吐了,就算漱了口。这就听到有人叫道:"我们用电话问过了,第二批敌机快到了,大家先到洞门口等着吧,等球落下了再走,也许来不及。"甄子明本来就是心慌,听了叫喊声,赶快锁了房门就走。锁了房门,将顺手带出来的东西拿起,这就不由得自己失笑起来。原来要带的是皮包,这却带的是玻璃杯子和牙刷。于是重新开了房门,将皮包取出,顺便将那半壶茶也带着。

这时听到人声哄然一声,甄子明料着是球落下去了。拿了东西,赶快就走。洞里不是先前那样漆黑,一条龙似的挂了小瓦壶的菜油灯。他走进洞子时,差不多全体难胞都落了座。他挨着人家面前走,有人问道:"甄先生,还打算在洞子里洗脸漱口么?"他道:"彼此彼此,我们没有洗成脸,含了口冷茶就算漱了口了。"那人道:"你已经漱了口,为什么还把漱口盂带到防空洞子里?"甄先生低头一看,也不觉笑了。原来是打算一手拿着皮包,一手提了那半壶茶。不想第二次的错误,承袭了第一次的错误,还是放下了茶壶将漱口盂拿着来了。匆忙中,也来不及向人家解释这个错误,自挤向那固定的位置去坐着。他身边坐着一位老同事陈先生,问道:"现在几点钟了?早起一下床,就钻进防空洞。由防空洞里出去,脸都没洗到,第二次又钻进洞子来。"甄子明道:"管他是几点钟,反正是消磨时间。"说毕,将皮包抱在怀里,两手按住了膝盖,身子向后一仰,闭了眼睛做个休息的样子。就在这时,听到洞里难民,不约而同地轻轻放出惊恐声,连说着"来了来了"。又有人说,这声音来得猛烈,恐怕有好几十架,更有人拦着:"别说话,别说话。"接着就是轰轰两下巨响。随后"啪嚓"一声,有一阵猛烈的热风扑进洞子来。当这风扑进洞子来的时候,里面还夹杂着一些沙子。同时,眼前一黑,那洞子里所有的菜油灯亮,完全熄灭。这无论是谁都理解得到,一定是附近地方中了弹。立刻"呜咽呜咽",有两位妇人哭了。

甄子明知道这情形十分严重,心里头也怦怦乱跳。但是他是老教授出身,有着极丰富的新知识。他立刻意识到当热风扑进洞,菜油灯吹熄了的时候,在洞子里的人有整个被活埋的可能。现时觉得坐着的地方,并没有什么特别变化之处,那是炸弹已经爆发过去了。危险也已过去了。不过听那"哄哄轧轧"的飞机马达声,依然十分厉害地在头顶上响着,当然有第二次落下炸弹来的可能。大概在一声巨响之下,完全失去了知觉,这就是今生最后一幕了。他正这样揣想着生命怎样归宿,同时却感到身体有些摇撼。他心里有点奇怪,难道这洞子在摇撼吗?洞子里没有了灯火,他已看不出来这是什么东西在作怪。在这身体感到摇撼之中,自己的右手臂,是被东西震撼得最厉害的一处。用手抚摸着,他觉察出来了,乃是邻座陈先生,拼命地在这里哆嗦。在触觉上还可以揣摩得出来。他好像是落了锅的虾子,把腰躬了起来,两手两脚,全缩到一处。他周身像是全安上了弹簧,三百六十根骨节,一齐动作。为了他周身在动作,便是他嘴里也呼哧呼哧哼着。甄子明道:"陈先生,镇定一点,不要害怕。"陈先生颤动着声音道:"我……我……不不怕,可是……他……他……他们还在哭。"甄子明也不愿多说话,依然用那两手按着膝盖,靠了洞壁坐着。也不知道是经过了多少时候,洞子里两个哭的人,已经把声音降低到最低限度,又完全停止了。有人轻轻地在黑暗中道:"不要紧了,过去了。"

这个恐怖的时间,究是不太长,一会马达声没有了。洞子里停止了两个人的哭泣声,倒反是一切的声音都已静止过去,什么全听不到了。有人喁喁地在洞那头低声道:"走了走了,出洞去看看吧。"也有人低低喝着去不得。究竟是那管理洞子的刘科员胆子大些,却擦了火柴,把洞子里的菜油灯陆续地点着。在灯下的难民们彼此相见,就胆子壮些。大家议论着刚才两三下大响,不知是炸了附近什

巴山夜雨

么地方,那热风涌进洞子来,好大的力量,把人都要推倒。甄子明依然不说话,说不出来心里那分疲倦,只是靠了洞壁坐着。所幸邻座那位陈先生,已不再抖战,坐得比较安适些。这就有人在洞口叫道,挂起两个球了,大家出来吧,我们对面山上中了弹。随了这声音,洞子里人陆续走出,甄子明本不想动,但听到说对面山上中了弹,虽是已经过去的事,心里总是不安的。最后,和那位打战的陈先生一路走出洞子。首先让人有恍如隔世之感的,便是那当空的太阳。躲在洞子里的人,总以为时在深夜,这时才知道还是中午。所有出洞的人,这时都向对面小山上望着,有人发了呆,有人摇了头只说"危险"。有人带着惨笑,向同事道:"在半空里只要百分之一秒的相差,就中在我们这里了。"甄先生一看,果然山上四五幢房子,全数倒塌,兀自冒着白烟。那里和这里的距离,也不过一二百步,木片碎瓦,在洞口上一片山坡,像有人倒了垃圾似的,撒了满地。再回头看看其他地方,西南角和西北角,都在半空里冒着极浓厚的黑烟,是在烧房子。

这种情形下,可以知道这批敌机,炸的地方不少。甄子明怔怔地站了一会,却听到有人叫道:"要拿东西的就拿吧。我们刚和防空司令部打过电话,说是第三批敌机,已飞过了万县,说不定马上就要落下球来了。"甄子明听了这话,立刻想到过去四五小时,只喝了两口冷茶,也没吃一粒饭,再进洞子,又必是两小时上下。于是赶快跑上楼去,把那大半壶冷茶拿了下来。他到楼下,见有同事拿几个冷馒头在手上,一面走着,一面乱嚼。这就想到离机关所在地不远,有爿北方小吃馆,这必是那里得来的东西。平常看到那里漆黑的木板隔壁,屋梁上还挂了不少的尘灰穗子,屋旁边就是一条沟,臭气熏人,他们那案板,苍蝇上下成群,人走过去,"嗡哗"一阵响着,面块上的苍蝇真像嵌上了黑豆和芝麻。这不但是自己不敢吃,就是别人去吃,自己也愿意拦着,这时想着除了这家,并无别路,且把茶壶放在阶沿上,夹了那个寸步不离的大皮包,径直就向那家北方小馆跑了去。他们这门外,是一条零落的大街,七歪八倒的人家,都关闭着门窗,街上被大太阳照着,像大水洗了一样,不见人影。到了那店门口时,只开了半扇门,已经有两个人站在门口买东西。那店老板站在门里,伸出两只漆黑的手,各拿了几个大饼,还声明似的道:"没有了,没有了。"那两个人似乎有事迫不及待,各拿了大饼转身就跑。甄子明一看,就知无望,可是也不愿就走,就向前道:"老板,我是隔壁邻居,随便卖点吃的给我罢。"

那店老板倒认得他,哦了一声道:"甄秘书,真对不起,什么都卖完了。只剩一些炒米粉,是预备我们自己吃的,你包些去吧。"他说着,也知道时间宝贵,立刻找了张脏报纸,包了六七两炒米粉,塞到甄子明手上,问他要多少钱时,他摇着头道:"大难当头,这点东西还算什么钱,今日的警报,来得特别紧张,你快回去吧,我这就关门。"随手已把半扇门关上。甄子明自也无暇和他客气,赶快回洞。经过放茶壶的所在,把茶壶带着。但是拿在手上,轻了许多。揭开壶盖看时,里面的冷茶,又去了一半,但毕竟还有一些,依然带进洞去。不料,这小半壶茶和六七两炒米粉,却发生很大的作用,解除了这一天的饥荒。这日下午,根本就没有出洞。直到晚上十二点钟以后,才得着一段休息时间。警报球的旗杆上,始终挂了两个红球。出得洞来,谁也不敢远去,都在洞门口空地上徘徊着,听听大家的谈话。有不少人是一天半晚,没吃没喝。甄子明找着刘科员,就和他商量着道:"到这时候,还没有解除警报的希望。夏日夜短,两三个钟头以后就要天亮,敌机可能又来了。这些又饥又渴的人,怎么支持得住?火是不能烧,饭更不能煮,冷水我们还有大半缸,应该舀些来给大家喝。"刘科员道:"现在虽然谈不到卫生,空肚子冷水,究竟不喝的好。"甄子明道:"我吃了一包炒米粉,只有两小杯茶送下去。现在不但嗓子眼里干得冒烟,我胃里也快要起火了。什么水我不敢喝?"刘科员道:"请等我十分钟,我一定想出个办法来。"说时,见有两个勤务在身边,扯了他们就跑。

甄子明也不知道刘科员是什么意思,自己依然是急于要水喝,他忙忙地向厨房去,不想厨房门依然关着。却有几个同事在门外徘徊。一个道:"管他什么责任不责任,救命要紧,撞开门来,我们进去找点水喝。"只这一声,那厨房门早是"哄咚"一声倒了下来。随了这声响大家一拥而进,遥遥地只听到木瓢铁勺断续地撞击水缸响。甄子明虽维持着自己这分长衫朋友的身份,但嗓子眼里,阵阵向外冒着烟火,又忍受不住。看到还有人陆续地向厨房走去,嗓子好像要裂开,自己也就

巴山夜雨

情不自禁地跟了进去。月亮光由窗户里射进来,黑地上,平常地印着几块白印,映着整群的人围着大水缸,在各种器具舀着冷水声之外,有许多许多"咕嘟咕嘟"的响声。那个在洞里发抖的陈先生也在这里,他舀了一大碗冷水,送过来道:"甄秘书,你挤不上前吧?来一碗。"甄先生丝毫不能有所考虑,接过碗来,仰着脖子就喝了下去,连气都不曾喘过一下。陈先生伸过手来,把碗接过去,又舀着送了一碗过来,当甄子明喝那第一碗水的时候,但觉得有股凉气,由嗓子眼里直射注到肺腑里去,其余的知觉全没有。现在喝这第二碗水的时候,嘴里可就觉得麻酥酥的,同时,舌尖上还有一阵辣味。他这就感觉出来,原来那是装花椒的碗。正想另找只碗来盛水喝,可是听到前面有人喊叫着。大家全是惊弓之鸟,又是一拥而出。甄先生在黑暗中接连让人碰撞了好几下。他也站立不定,随着人们跑出来。到了洞门口时,心里这才安定,原来是刘科员在放赈。

刘科员放的赈品,却是很新鲜的,乃是每人两个冷馒头和一大块冷大饼,另外是大黄瓜一枚,或小黄瓜两枚。不用人说,大家就知道这黄瓜是当饮料用的。那喝过冷水的朋友,对黄瓜倒罢了。不曾喝水的人,对于这向来不大领教的生黄瓜,都当了宝物,各各掀起自己的衣襟,将黄瓜皮擦磨了,就当了浆瑶柱咀嚼着。甄子明是吃干米粉充饥的,虽然喝了两碗冷水,依然不能解渴。现在拿着黄瓜,也就不知不觉地送到口里去咀嚼。这种东西,生在城市里的南方人,实在很少吃过,现时嚼到嘴里,甜津津的,凉飕飕的,非常受用。大家抬头看见,那大半轮月亮,已经沉到西边天角下去了。东方的天气,变作乳白色,空气清凉,站在露天下的人,感到周身舒适。但抬头看西南角的两个警报台,全是挂着通红的两个大球。这就有一种恐怖和惊险的意味,向人心上袭来,吃的冷馒头和黄瓜,也就变了滋味。这机关里也有情报联络员,不断向防空司令部通着电话。这时,他就站在大众面前,先吹了吹口哨,然后大声叫道:"报告,诸位注意。防空司令部电话,现在有敌机两批,由武汉起飞西犯。第一批已过忠县,第二批送达到夔府附近,可能是接连空袭本市。"大家听了这个消息立刻在心上加重了一副千斤担子。为了安全起见,各人便开始向洞子里走着。这次到洞子里以后,就是三小时,出得洞子,已是烈日当空。

警报台上依然是挂两个球。这不像夜间躲警报，露天下不能站立。大家不在洞子继续坐着，也仅是在屋檐下站站。原因是无时不望了警报台上那个挂着球的旗杆。

这紧张的情形，实在也不让人有片刻的安适。悬两个球的时候，照例是不会超过一小时，又落下来了。警报台旗杆上的球不见了，市民就得进防空洞，否则躲避不及。因为有时在球落下尚不到十分钟，敌机就临头了。虽有时也许在一小时后敌机才到，可是谁也不敢那样大意，超过十分钟入洞。甄子明是六十岁的人了，两晚不曾睡觉，又是四十多小时，少吃少喝，坐在洞里，只是闭了眼，将背靠住洞壁。便是挂球他也懒得出来。在菜油灯下，看到那些同洞子的人，全是前仰后合，坐立不正，不是靠在洞壁上，就是两腿弯了起，俯着身子，伏在膝盖上打瞌睡。到了第二个日子的下午三点钟，洞子里有七八个人病倒，有的是泻肚，有的是头晕，有的是呕吐，有的说不出什么病，就在洞子地上躺着了。洞子里虽也预备了暑药，可是得着的人，又没有水送下肚去。在两个球落下来之后，谁也不敢出洞去另想办法。偏是在这种大家焦急的时候，飞机的马达声，在洞底上是轰雷似的连续响着。这两日来虽是把这声音听得惯了，但以往不像这样猛烈。洞子里的人，包括病人在内，连哼声也不敢发出。各人的心房，已装上了弹簧，全在上上下下地跳荡。那位陈先生还是坐在老地方，他又在筛糠似的抖颤。他们这个心理上的作用是相当灵验的，耳朵边震天震地的一下巨响，甄子明在沙土热风压盖之下，身体猛烈地颤动了一下，人随着晕了过去，仿佛听到洞子里一片惨叫和哭声涌起，却不知道发生了什么事情。有两三分钟的工夫，知觉方始恢复。首先抢着抚摸了一片身体，检查是否受了伤。

这当然是下意识作用，假如自己还能伸手摸着自己痛痒的话，那人的生命就根本没有受到损害。甄子明有了五分钟的犹豫，智识完全恢复过来了。立刻觉得，邻座的陈先生已经颤动得使隔离洞壁的木板，都咯吱咯吱地响着。他已不觉得有人，只觉一把无靠的弹簧椅子，放在身边，它自己在颤动着，把四周的人也牵连着颤动了。他想用两句话去安慰他，可是自己觉得心里那句话到了舌头尖上，却又忍受住了,说不出来。不过,第二个感觉随着跟了来,就是洞子里人感到空虚了。全洞子烟雾弥漫,硫磺气只管向鼻子里袭击着,滴滴答答,四周全向下落着碎土和砂子。这让他省悟过来了,必是洞子炸垮了。赶紧向洞子口奔去,却只是有些灰色的光圈,略微像个洞口。奔出了洞口,眼前全是白雾,什么东西全看不见。在白雾里面,倒是有几个人影子在晃动。他的眼睛,虽不能看到远处。可是他的耳朵,却四面八方去探察动静。第一件事让他安心的,就是飞机马达声已完全停止。他不问那人影子是谁,就连声地问道:"哪里中了弹?哪里中了弹?"有人道:"完了完了,我们的机关全完了。"甄先生在白雾中冲了出来,首先向那幢三层楼望着,见那个巍峨的轮廓,并没有什么变动。但走近两步,就发现了满地全是瓦砾砖块,零碎木料和正挡了去路、一截电线杆带了蜘蛛网似的电线,把楼下那一片空地完全占领了。站住了脚,再向四周打量一番,这算看清楚了,屋顶成了个空架子,瓦全飞散了。

　　他正出着神呢,有个人叫道:"可了不得,走开走开,这里有个没有爆发的炸弹!"甄子明也不能辨别这声音自何而来,以为这个炸弹就在前面,掉转身就跑。顶头正遇着那个刘科员,将手抓住了他的衣袖道:"危……危……危险。屋子后……后面有个没有爆发的炸弹。"刘科员道:"不要紧,我们已经判明了,那是个燃烧弹。我们抢着把沙土盖起来了。没事。"说毕,扭身就走。甄子明虽知道刘科员的话不会假,可是也不敢向屋子里走,远远地离开了那铁丝网的所在,向坡子下面走。这时,那炸弹烟已经慢慢消失了,他没有目的地走着,却被一样东西绊了一下,低头看时,吓得"哎呀"一声,倒退了四五步,几乎把自己摔倒了。原来是半截死尸,没有头,没有手脚,就是半段体腔。这体腔也不是整个的,五脏全裂了出来。他周身酥麻着,绕着这块地走开,却又让一样东西劈头落来,在肩膀上重重打击了一下。看那东西落在地上,却是一条人腿。裤子是没有了,脚上还穿着一只便鞋呢。甄子明打了个冷战,站着定了一定神,这才向前面看去。约莫在二三百步外,一大片民房,全变成了木料砖瓦堆,在这砖瓦堆外面,兀自向半空中冒着青烟,已经有十几个救火的人,举着橡皮管子向那冒烟的地方灌水。这倒给他壮了壮胆子,虽是空袭严重之下,还有这样大胆子的人,挺身出来救火。他也就放下了那颗不安的心,顺步走下山坡,向那被炸的房子,逼近一些看去。恰好这身边有一幢炸过的屋架子,有两堵墙还存在,砖墙上像浮雕似的,堆了些惨紫色的东西,仔细看时,却是些脏腑和零块的碎肉紧紧粘贴着。

甄子明向来居心慈善,人家杀只鸡、鸭,都怕看得。这时看到这么些个人腿、人肉,简直不知道全身是什么感触,又是酥麻,又是颤抖,这两条腿,好像是去了骨头,兀自站立不住,只管要向下蹲着。他始终是不敢看了,在地下拾起一根棍子,扶着自己,就向洞子里走来,刚好,警报球落下,敌机又到了。甄先生到了这时,已没有过去五十小时的精力,坐在洞子里,只是斜靠了洞壁,周身瘫软了。因为电线已经炸断,洞子里始终是挂着菜油灯。他神经迷糊着,人是昏沉地睡了过去。有时也睁开眼睛来看看,但见全洞子人都七歪八倒,没有谁是正端端地坐着的。也没有了平常洞子里那番嘈杂。全是闭了眼,垂了头,并不作声。在昏黄的灯光下,看到人头挤着人头的那些黑影子,他心想着,这应当是古代殉葬的一群奴隶吧?读史书的时候,常想象那群送进墓穴里的活人,会是什么惨状。现在若把左右两个洞门都塞住了,像这两天敌人的炸法,任何一个地方,都有被炸的可能。全洞人被埋,那是很容易的事。他沉沉地闭了眼想着,随后又睁开眼来看看。看到全洞子里,都像面粉捏的人,有些沉沉弯腰下坠。他推想着,大概大家都有这个感想吧?正好飞机的马达声,高射炮轰鸣声,在洞外半空里发出了交响曲。他的心脏,随了这声音像开机关枪似的乱跳。自己感到两只手心冰凉,像又湿黏黏的,直待天空的交响曲完毕,倒有了个新发现,平常人说捏两把冷汗,就是这样的了。

空袭的时间,不容易过去,也容易过去。这话怎么说呢?当然那炸弹乱轰的时候,一秒钟的时间,真不下于一年。等轰炸过去了,大家闲守在洞里,不知道外面是什么时间,根本没有人计算到时间上去,随随便便,就混过去了几小时。甄子明躲了这样两日两夜的洞子,受了好几次的惊骇,人已到了半昏迷的状态,飞机马达响过去了,他就半迷糊地睡着。但洞子里有什么举动,还是照样知道。这晚上又受惊了三次,已熬到了雾气漫空的深夜。忽然洞子里哄然一声,他猛可地一惊。

巴山夜雨

睁开眼来,菜油灯光下,见洞子里的人,纷纷向外走去,同时也有人道:"解除了!解除了!"他忽然站起来道:"真的解除了?"洞中没有人答应,洞口却有人大叫道:"解除了,大家出来吧。"甄子明说不出心里有种什么感觉,仿佛心脏原是将绳子束缚着的,这时却解开了。他拿起三日来不曾离手的皮包,随着难友走出洞子,那警报器"呜呜"一声长鸣,还没有完了。这是三日来所盼望,而始终叫不出来的声音,自是听了心里轻松起来。但出洞的人,总怕这是紧急警报,大家纷纷地找着高处,向警报台的旗杆上望去。果然那旗杆上已挂着几尺长的绿灯笼。同时,那长鸣的警报器,并没有间断声,悠然停止。解除警报声,本来是响三分钟,这次响得特别长,总有五分钟之久。站在面前的难友,三三五五,叹了气带着笑声,都说"总算解除了",正自这样议论,却有一辆车,突然开到了机关门口。

甄子明所服务的这个机关,虽是半独立的,可是全机关里只有半辆汽车。原来他们的金局长,在这个机关,坐的是另一机关的车子。这时来了车子,大家不约而同地有一个感觉,知道必是金局长到了。局长在这疲劳轰炸下,还没有失了他的官体,穿着笔挺的米色西服,手里拿了根手杖,由汽车上下来。他顺了山坡,将手杖指点着地皮,走一下,手杖向地戳一下,相应着这个动作,还是微微一摇头,在这种情形下,表示了他的愤慨与叹息。在这里和金局长最接近的,自然是甄子明秘书了,他夹着他那个皮包,颠着步伐迎到金局长面前,点了头道:"局长辛苦了。"这时,天色已经大亮,局长一抬头看到他面色苍白,两只颧骨高撑起来,眼睛凹下去两个洞,便向他注视着道:"甄秘书,你倒是辛苦了。"他苦笑道:"同人都是一样。我还好,勉强还可以撑持,可是同人喝着凉水,受着潮湿,病了十几个人了。"金局长说着话,向机关里走。他的办公室,设在第二层楼。那扇房门,已倒塌在地上。第三层楼底的天花板,震破了几个大窟窿。那些粉碎的石灰,和窗户上的玻璃屑子,像大风刮来的飞沙似的,满屋都撒得是。尤其那办公桌上,假天花板的木条有几十根堆积在上面。还有一根小横梁,卷了垮下来的电灯线,将进门的所在挡住。看这样子,是无法坐下的了。金局长也没有坐下去,就在全机关巡视了一番。总而言之,屋顶已是十分之八没有瓦,三层楼让碎瓦飞沙埋了,动用家具，全部残破或紊乱。于是走到楼底下空场，召集全体职员训话。

金局长站在台阶上，职员站在空地上围了几层。金局长向大家看看，然后在脸上堆出几分和蔼的样子，因道："这两天我知道各位太辛苦了。但敌人这种轰炸法，就是在疲劳我们。我们若承认了疲劳，就中了他们的计了。他只炸得掉我们地面一些建筑品，此外我们没有损失，更不会丝毫影响军事。就以我们本机关而论，我们也仅仅是碎了几片玻璃窗户。这何足挂齿？他炸得厉害，我们更要工作加紧。"大家听了这一番训话，各人都在心里拴上了一个疙瘩。各各想着，房子没有了顶，屋子里全是灰土，人又是三天三晚没吃没喝没睡觉，还要加紧工作吗？金局长说到了这里，却立刻来了一个转笔，他道："好在我们这机关，现在只是整理档案的工作，无须争取这一两天的时间。我所得到的情报，敌人还会继续轰炸几天。现在解除警报，不是真正的解除警报，我们警戒哨侦察得敌机还入川境不深，就算解除。等到原来该放警报的时间，前几分钟挂一个球。所以现在预行警报的时间，并不会太久。这意思是当局让商人好开店门做买卖，让市民买东西吃。换句话说，今日还是像前、昨两日那样紧张。为了大家安全起见，我允许各位有眷属在乡下的，可以疏散回家去。一来喘过这口气，二来也免得家里人挂心。"这点恩惠，让职员们太感激了。情不自禁地，哄然一声。金局长脸上放出了笑意，接着道，时间是宝贵的，有愿走的，立刻就走，我给各位五天的假。

这简直是皇恩大赦，大家又情不自禁地哄然了一声。金局长接着道："我不多不少，给你们五天的假，那是有原因的。这样子办，可以把日子拖到阴历二十日以后去，那时纵有空袭，也不过是白天的事，我们白天躲警报，晚上照样工作。在这几天假期中，希望各位养精蓄锐，等到回来上班的时候，再和敌人决一死战。"说着，他右手捏了个拳头，左手伸平了巴掌，在左手心里猛可地打了一下，这大概算是金局长最后的表示，说完了，立刻点了个头就走下坡子。这些职员，虽觉得皇恩大赦已颁发，可是还有许多细则，有不明白的地方，总还想向局长请示。大家掉转身来，望了局长的后影，他竟是头也不回，直走出大门口上车而去。有几位见机而作的人，觉得时间是稍纵即逝。各人拿上衣服，打算就走。可是不幸的消息，立刻

巴山夜雨

传来,警报器"呜呜"长鸣,不曾挂着预行警报球,就传出了空袭警报。随后,大家也就是一些躲洞子的例行手续。偏是这天的轰炸,比过去三日还要猛烈。一次连接着一次。这对甄子明的伙伴,是个更重的打击。在过去的三日,局长并不曾说放假,大家也就只有死心塌地地等死。现在有了逃生的机会,却没有了逃生的时间。各人在恐怖的情绪中,又增加了几分焦急。直到下午三点钟,方才放着解除警报。甄子明有了早上那个经验,赶快跑进屋子去,在灰土中提出了一些细软,扯着床上的被单,连手提包胡乱地卷在一处,夹在腋下,赶快就走,到了大门口,约站了两分钟,想着有什么未了之事没有。

但第二个感想,立刻追了上来,抢时间是比什么东西都要紧。赶快就走吧,他再没有了考虑,夹了那个包袱卷就走。他这机关,在重庆半岛的北端,他要到南岸去,正是要经过这个漫长的半岛,路是很远的。他赶到马路上,先想坐公共汽车,无奈市民的心都是一样的,停在市区的大批车辆,已经疏散下乡,剩着两三部车子在市区里应景,车子里的人塞得车门都关不起来。经过车站,车子一阵风开过去,干脆不停。甄子明也不敢做等车的希望,另向人力车去想法,偏巧所有的人力车,都是坐着带着行李卷的客人的。好容易找着一辆空车,正要问价钱,另一位走路人经过,他索性不说价钱,坐上车子去,叫声"走",将脚在车踏板上连顿几下。甄子明看到无望,也就不再做坐车的打算,加紧了步子跑。那夏天的太阳,在重庆是特别晒人。人在阳光里,仿佛就是在火罩子里行走。马路面像是热的炉板,隔了皮鞋底还烫着脚心。那热气不由天空向下扑,却由地面倒卷着向上冲,热气里还夹杂了尘土味。他是个老书生,哪里拿过多少重量东西,他腋下夹着那个包袱卷,简直夹持不住,只是向下沉。腋下的汗,顺着手臂流,把那床单都湿了几大片。走到了两路口附近,这是半岛的中心,也是十字路口,可以斜着走向扬子江边去。也就为了这一点,成了敌机轰炸的重要目标。甄子明走到那里还有百十步路,早是一阵焦煳的气味,由空气里传来,向人鼻子里袭去。而眼睛望去,半空里缭绕着几道白烟。

这些现象,更刺激着甄子明不得不提快了脚步走。走近了两路口看时,那冒白烟的所在,正是被炸猛烈的所在,一望整条马路,两旁的房屋全已倒塌。这带地点,十之八九,是川东式的木架房子,很少砖墙。屋子倒下来,屋瓦和屋架子,堆叠着压在地面,像是秽土堆。两路口的地势,正好是一道山梁,马路是山梁背脊。两旁的店房,前临马路,后面是木柱在山坡上支架着的吊楼。现在两旁的房屋被轰炸平了,山梁两边,全是倾斜的秽土堆,又像是炮火轰击过的战场。电线柱子炸断了,还挨着地牵扯了电线,正像是战地上布着电网。尤其是遍地在砖瓦木料堆里冒着的白烟,在空气里散布着硫磺火药味,绝对是个战场光景。这里原是个山梁,原有市房挡住视线。这时市房没有了,眼前一片空洞,左看到扬子江,右看到嘉陵江,市区现出了半岛的原形,这一切是给甄子明第一个印象。随着来的,是两旁倒的房子,砖瓦木架堆里,有家具分裂着,有衣被散乱着,而且就在面前四五丈路外,电线上挂了几串紫色的人肠子,砖堆里露出半截人,只有两条腿在外。这大概就是过去最近一次轰炸的现象,还没有人来收拾。他不敢看了,赶忙就向砖瓦堆里找出还半露的一条下山石坡,向扬子江边跑,在石坡半截所在,有二三十个市民和防护团丁,带了锹锄铁铲,在挖掘半悬崖上一个防空洞门。同时有人弯腰由洞里拖着死人的两条腿,就向洞口砖瓦堆上放。

　　他看到这个惨相,已是不免打了一个冷战。而这位拖死尸的活人,将死人拖着放在砖瓦堆上时,甄子明向那地方看去,却是沙丁鱼似的,排了七八具死尸。离尸首不远,还有那黄木薄板子钉的小棺材,像大抽屉似的,横七竖八,放了好几具。这种景象的配合,让人看着,实在难受,他一口气跑下坡,想把这惨境扔到身后边去。不想将石坡只走了一大半,这是在山半腰开辟的一座小公园,眼界相当空阔。一眼望去,在这公园山顶上,高高地有个挂警报球的旗杆,上面已是悬着一枚通红的大球了。甄子明这倒怔了一怔。这要向江边渡口去,还有两三里路,赶着过河,万来不及,若要回机关去躲洞子,也是两里来路,事实上也赶不及。正好山上、山下两条路,纷纷向这里来着难民,他们就是来躲洞子的。这公园是开辟着之字路,画了半个山头的。每条之字路的一边都有很陡的悬崖。在悬崖上就连续地开着大洞子门。每个洞子门口,已有穿了草绿色制服的团丁,监视着难民入洞。甄子

巴山夜雨

明夹了那包袱卷，向团丁商量着，要借洞子躲一躲。连续访过两个洞口，都被拒绝。他们所持的理由，是洞子有一定的容量，没有入洞证，是不能进去的。说话之间，已放出空袭警报了，甄子明站在一个洞门边，点头笑道："那也好，我就在这里坐着罢，倘若我炸死，你这洞子里人，良心上也说不过去。"一个守洞口的团丁，面带了忠厚相，看到他年纪很大，便低声道："老太爷，你不要吼。耍一下嘛，我和你想法子。"甄子明笑道："死在头上，我还耍一下呢。"

那个团丁，倒是知道他的意思，便微笑道："我们川人说耍一下，就是你们下江人说的等一下。我们川人这句话倒是搁不平。我到过下江，有啥子不晓得？"甄子明道："你老哥也是出远门的人，那是见多识广的了。"那团丁笑道："我到过汉口，我还到过开封。下江都是平坝子，不用爬坡。"甄子明道："可是凿起防空洞来，那可毫无办法了。"他说这话，正是要引到进洞子的本问题上来。那团丁回头向洞里张望了一下，低声笑道："不生关系。耍一下，你和我一路进洞子去，我和你找个好地方。"甄子明知道没有了问题，就坐在放在地上的包袱卷上。掏出一盒纸烟和火柴来，敬了团丁一支烟，并和他点上。这一点手腕，完全发生了作用。一会发了紧急警报，团丁就带着甄子明一路进去。这个洞子，纯粹是公共的，里面是个交叉式的三个隧道，分段点着菜油灯。灯壶用铁丝绕着，悬在洞子的横梁上。照见在隧道底上，直列着两条矮矮的长凳。难民一个挨着一个，像蹲在地上似的坐着。穿着制服的洞长和团丁，在隧道交叉点上站着，不住四面张望。这洞子有三个洞口，两个洞口上安设打风机，已有难民里面的壮丁，在转动着打风机的转钮。有两个肩上挂着救济药品袋的人，在隧道上来去走着。同时，并看到交叉点上有两只木桶盖着盖子。桶上写着有字：难民饮料，保持清洁。他看到这里，心里倒暗暗叫了一声惭愧。这些表现，那是比自己机关里所设私有洞子，要好得多了。而且听听洞子里的声音，也很细微，并没有多少人说话。

但这个洞子的秩序虽好，环境可不好。敌机最大的目标，就在这一带。那马达轰轰轧轧的响声，始终在头上盘旋。炸弹的爆炸声，也无非在这左右前后。有几次，猛烈的风由洞口里拥进，洞子里的菜油灯，完全为这烈风扑熄。但这风是凉的，难胞是有轰炸经验的，知弹着点还不怎样的近。要不然，这风就是热的了。那个洞长，站在隧道的交叉点上，每到紧张的时候，就用很沉着的声音报告道："不要紧，大家镇定，镇定就是安全。我们这洞子是非常坚固的。"这时，洞子里倒是没有人说话。在黑暗中，却不断地呼哧呼哧地响，是好几处发出惊慌中的微小哭声。甄子明心里可就想着，若在这个洞子里炸死了，机关里只有宣告秘书一名失踪，谁会知道甄子明是路过此地藏着的呢？转念一想，所幸那个团丁特别通融，放自己进洞子来，若是还挡在洞外，那不用炸死，吓也吓死了。他心里稳住了那将坠落的魂魄，环抱着两只手臂，紧闭了眼睛，呆坐在长板凳的人丛中。将到两小时的熬炼，还是有个炸弹落在最近，连着沙土拥进一阵热风。"轰隆咚"一下大响，似乎这洞子都有些摇撼。全洞子人齐齐向后一倒，那种呼哧呼哧的哭声，立刻变为哇哇的大哭声。就是那屡次高声喊着"镇定"的洞长，这时也都不再叫了。甄子明也昏过去了，不知道作声，也不会动作。又过去了二三十分钟，天空里的马达声，方才算是停止。那洞长倒是首先在黑暗中发言道："不要紧，敌机过去了，大家镇定！"

又是半小时后，团丁在洞子口上，吹着很长一次口哨，这就是代替解除警报的响声。大家闷得苦了，哄然着说了一声："好了好了！"大家全向洞外走来。那洞长却不断地在人丛中叫道："不要挤，不要挤，不会有人把你们留在这里的。"甄子明本来生怕又被警报截住了，恨不得一口气冲过洞去。但是这公共洞子里的人，全守着秩序，自己是个客位，越是不好意思挤，直等着洞子里走得稀松了，然后夹了那包袱卷儿，慢慢随在人后面走。到了洞外，见太阳光变成血红色，照在面前山坡黄土红石上，很是可怕。这第一是太阳已经偏西，落到山头上了。第二是这前前后后，全是烧房子的烟火，向天上猛冲。偏西的那股烟雾，却是黑云头子在堆宝塔。一团团的黑雾，只管向上去堆叠着高升。太阳落在烟雾后面，隔了烟阵，透出一个大鸡子黄样的东西。面前有三股烟阵，都冲到几十丈高。烟焰阵头到了半空，慢慢地散开，彼此分布的烟网，在半空里接近，就合流了。半空里成了雾城。这样的暑天，现在四面是火，好像烟煳气味里，带有一股热浪，只管向人扑着。甄

巴山夜雨

子明脱下了身上一件旧蓝布大褂，做了个卷，塞在包袱里。身上穿着白色变成了灰黑色的短褂裤，将腰带紧了一紧。把秘书先生的身份，先且丢到一边，把包袱卷扛在左肩上，手抓了包袱绳子，拔开脚步就跑。他选择的这个方向，正是火焰烧得最猛烈的所在。越近前，烟煳气越感到浓厚。这是沿江边的一条马路，救火的人正和出洞的难民在路上奔走。

这条马路，叫作林森路，在下半城，是最繁华的一条街，军事委员会也就在这条路的西头。大概就为了这一点，敌机在这条沿扬子江的马路上，轰炸得非常之厉害。远远看去，这一带街道，烟尘滚滚，所有人家房屋，全数都被黑色的浓烟笼罩住。半空里的黑烟，非常之浓，漆黑一片，倒反是笼罩着一片紫色的火光。甄子明一面走着，一面四处张望着警报台上的旗杆，因所有的旗杆上，都还挂着一个绿色的长灯笼。他放下了那颗惊恐的心，放开步子走，他跑进了一大片废墟。那被炸的屋子，全是乱砖碎瓦的荒地，空洞洞地，一望半里路并没有房屋。其间偶然剩下两堵半截墙，都烧得红中带黄，远远就有一股热气熏人。在半堵墙里外，栽倒着铁质的窗格子，或者是半焦煳的短柱，散布的黑烟就滚着上升，那景象是格外荒凉的。在废墟那一头，房子还在焚烧着，正有大群的人在火焰外面注射着水头。甄子明舍开了马路，折向临江的小街，那更是惨境了。

这带临江小街，在码头悬崖下，有时撑着一段吊楼，只是半边巷子。有时棚子对棚子，只是一段烂泥脏水浸的黑巷子。现在马路上被轰炸了，小街上的木板竹子架撑的小矮房，全都震垮了，高高低低，弯弯曲曲，全是碎瓦片压住了一堆木板竹棍子。这时，天已经昏黑了，向码头崖上看，只是烟焰。向下看，是一片活动的水影。这些倒塌的木架瓦堆，偶然也露出尺来宽的一截石板路。灯火是没有了，在那瓦堆旁边，间三间四地有豆大的火光，在地面上放了一盏瓦檠菜油灯。那灯旁边，各放着小长盒子似的白木板棺材。有的棺材旁边，也留着一堆略带火星的纸钱灰。可是这些棺材旁边，全没有人。甄子明误打误撞地走到这小废墟上，简直不是人境。他心里怦怦跳着，想不看，又不能闭上眼睛，只有跑着在碎瓦堆上穿过。可是一盏豆大的灯光，照着一口白木棺材的布景，却是越走越有，走了一二百步路,还是这样地陈列着。走到快近江边的所在,有一幢半倒的黑木棚子,剩了个无瓦的空架子了。在木架子下,地面上斜摆着一具长条的白木棺材。那旁边有一只破碗,斜放在地上,里面盛了小半碗油。烧着三根灯草。也是豆子大的一点黄光。还有个破罐子,盛了半钵子纸灰。这景致原不怎样特别,可是地面上坐着一位穿破衣服的老太婆,蓬着一把苍白头发,伏在棺材上,窸窸窣窣地哭着。甄子明看到这样子,真要哭了,看到瓦砾堆中间,有一条石板路,赶快顺着石板坡子向下直跑。口里连连喊着:"人间惨境!人间惨境……"

巴山夜雨

第十章　残月西沉

在这天晚上,甄子明过了江,算是脱离了险境。雇着一乘滑竿,回到乡下,在月亮下面,和李南泉谈话,把这段事情,告诉过了。李南泉笑道:"这几天的苦,那是真够甄先生熬过来的。现在回来了,好好休息两天吧。"甄子明摇摇头道:"嗐!不能提,自我记事以来,这还是第一次,四日四夜,既没有洗脸,也没有漱口。"李南泉笑道:"甄先生带了牙刷没有?这个我倒可以奉请。"于是到屋子里去,端着一盆水出来,里面放了一玻璃杯子开水,一齐放到阶沿石上,笑道:"我的洗脸手巾,是干净的,舍下人全没有砂眼。"他这样一说,甄子明就不好意思说不洗脸了。他蹲在地上洗过脸,又含着水漱漱口。然后昂起头来,长长地叹了口气,笑道:"痛快痛快,我这脸上,起码轻了二斤。"李南泉笑道:"这么说,你索性痛快痛快吧。"于是又斟了一杯温热的茶,送到甄子明手上。他笑道:"我这才明白无官一身轻是怎么一回事了。我若不是干这什么小秘书,我照样的乡居,可就不受这几天惊吓了。"这时,忽然山溪那边,有人接了嘴道:"李老师,你们家有城里来的客人吗?"李南泉道:"不是客人,是邻居甄先生。杨小姐特意来打听消息的?"随了这话,杨艳华小姐将一根木棍子敲着桥板嘻嘻地笑了过来,一面问道:"有狗没有? 有蛇没有? 替我看着一点儿,老师。"甄子明见月光下面走来一个身段苗条的女子,心里倒很有几分奇怪,李先生哪里有这么一位放浪形骸的女学生? 她到了面前,李南泉就给介绍着道:"这就是由城里面回来的甄先生。杨小姐,你要打听什么消息,你就问吧。准保甄先生是知无不言。"

甄子明这位老先生,对于人家来问话,总是客气的,便点着头道:"小姐,我们在城里的人,也都过的是洞中生活。不是担任防护责任的,谁敢在大街上走? 我们所听到,反正是整个重庆城,无处不落弹。我是由林森路回来的,据我亲眼看到的,这一条街,几乎是烧完炸完了。"杨艳华道:"我倒不打听这么多,不知道城里的戏馆子,炸掉了几家?"甄先生听她这一问,大为惊奇,反问着道:"杨小姐挂念着哪几家戏馆子?"李南泉便插嘴笑道:"这应当让我来解释的。甄先生有所不知,杨小姐是梨园行人。她惦记着她的出路,她也惦记着她的同业。"甄子明先"哦"了一声,然后笑道:"对不起,我不大清楚。不过城里的几条繁华街道,完全都毁坏了。戏馆子都是在繁华街道上的,恐怕也都遭炸了。杨小姐老早就疏散下乡来了的吗? 有贵老师在这里照应,那是好得多的。"李南泉笑道:"甄先生你别信她。杨小姐客气,要叫我老师,其实是不敢当。她和内人很要好。"甄先生听了他的解释,得知他的用意,也就不必多问了,因道:"杨小姐,请坐。还有什么问我的吗?"就在这时,警报器放着了解除的长声,杨艳华道:"老师,我去和你接师母师弟去吧。"说着她依然拿了那根木棍子,敲动着桥板,就走过去。这桥板是横格子式的,偶不在意,棍子插进桥板格子的横空当,人走棍子不走,反是绊了她的腿,人向前一栽,扑倒在桥上。桥上自"哄咚"一下响。在月亮下面,李南泉看她摔倒了,立刻跑过去,弯身将她扶起。

　　杨艳华带了笑声,"哎哟"了几句。人是站起来,兀自弯着腰,将手去摩擦着膝盖。李南泉道:"擦破了皮没有? 我家里有红药水,给你抹上一点儿罢。"杨艳华笑着,声音打战,摇摇头道:"哎唷! 没有破,没关系。"随手就扶了李先生搀着的手。他道:"你在我这里坐一下吧。我去接孩子们了。"说着,就扶了她走过桥,向廊子下走来。在这个时候,李太太在山溪对岸的人行路上,就叫起来了。她道:"老早解除了,家里为什么不点上灯?"杨艳华叫道:"师母,你就回来了? 我说去接你的,没想到在你这桥上摔着了。老师在和我当着看护呢。"一会工夫,李太太带着孩子们一路埋怨着回来了。她道:"你这些孩子真是讨厌,躲了一天的警报,还不好好回家,只管一路上蘑菇。回家去,一个揍你一顿。"李南泉听这口风不大好,立刻过了桥迎上前去。见太太抱着小玲儿,就伸手要接过来。她将身子一扭道:"我们都到家了,还要你接什么?"李南泉不好说什么,只得悄悄跟在后面,一路回到走廊上。杨艳华弯着腰,掀开了长衫底襟,还在看那大腿上的伤痕呢。这

巴山夜雨

就代接过小玲儿来抱着,抚摸了她的小童发,因道:"小妹妹,肚子饿了吧?我给你找点吃的去。师母,你要吃什么,我还可以到街上去找得着。"李太太摸着火柴盒,擦了一根,亮着走进屋去,一面答着道:"杨小姐,你也该休息了,你不累吗?"杨艳华抱着小玲儿,随着走进屋来,笑道:"今晚上我根本没有躲洞子。"李南泉在窗子外接嘴问道:"那么,你在家里才出来吗?"

杨艳华便道:"我在家门口一个小洞子里预备了个座位。事实上是和几位邻居在院坝里摆龙门阵。到了这样夜深,我想应该没有事了,特意来看看师母。"李太太笑道:"那可是不敢当了。在躲警报的时候,还要你惦记着我。"杨艳华道:"我还有一件事,向老师来打听,老师说认识院长手下一位孟秘书,那是真的吗?"李太太亮上了菜油灯,拍着杨小姐的肩膀,笑道:"请坐吧。玲儿下来,别老让杨姑姑抱着。人家身体多娇弱,抱不动你。"小玲儿溜下地了,扯着杨艳华的衣服道:"杨姑姑力气大得很,我看到她在戏台上打仗。我长大了也学杨姑姑那样打仗。"她就手抚了小玲儿的童发,笑道:"趁早别说这话,要再说这话你爸爸会打你的。戏台上的杨姑姑,学不得。不,就是戏台下的杨姑姑也学不得的。你明天读书进大学,毕了业之后,做博士。"小玲儿道:"妈,什么叫博士?"李太太笑道:"博士吗?将来和杨姑姑结婚的人就是吧?你杨姑姑什么都不想,就是想个博士姑父。"说着,她又拍着杨艳华的肩膀道:"你说是不是?这一点,你是个可取的好孩子,你倒并不想做达官贵人的太太。"杨艳华摇摇头道:"博士要我们去干什么?"李太太道:"这个问你老师,他就能答复你了。中国的斗方名士,都有那么一个落伍的自私思想,希望来个红袖添香。凡是会哼两句旧诗,写几笔字的人,都想做白居易来个小蛮,都思做苏东坡来个朝云。其实时代不同,还是不行的。"

李南泉一听这话锋,颇为不妙。太太是直接地向着自己发箭了,正想着找个适当的答词,杨艳华已在屋子里很快地接上嘴了,她道:"的确有些人是这样的想法,不过李老师不是这种人。而且有这样一个性情相投、共过患难的师母,不会有那种落伍思想的。倒是老师说的那个孟秘书,很有些佳人才子的思想。老师真认识他吗?"李南泉走进屋子来,笑问道:"你知道他是个才子?"杨艳华道:"老师那晚在老刘家里说什么孟秘书,当时我并没有注意。今天下午我由防空洞子里回家,那刘副官特意来问我,老师和孟秘书是什么交情?我就说了和李老师也认识不久,怎么会知道老师的朋友呢?老刘倒和我说了一套。他说若老师和孟秘书交情很厚的话,他要求老师和他介绍见见孟秘书。他又说,孟秘书琴棋书画,无一不妙。他专门和院长做应酬文章。这样一说,我倒想起来了,这位孟秘书我见过他的。他还送过我一首诗呢。老师认得的这位孟秘书,准是这个人。"李南泉道:"你怎么知道是这个人?"杨艳华听到这里,不肯说了,抿嘴微笑着。李南泉笑道:"那么你必须有个新证据。"杨艳华道:"他是李老师的朋友,我说起来了,恐怕得罪老师。那证据是很可笑的。"李南泉道:"你别吞吞吐吐,你这样说着那我更难受。"杨艳华没有说,先就扑哧一声笑了,接着道:"好在老师师母不是外人,说了也没有关系。那个人是个近视眼,对不对?"李南泉道:"对的。这也不算是什么可笑的事情呀。"杨艳华昂头想了想,益发是嘻嘻地笑了。

李太太看到,也愣住了,因道:"这是怎么回事?里面有什么特别情形吗?"杨艳华忍住了笑,点点头道:"的确,这个人有点奇怪。他不是个近视眼吗?原来就老戴着眼镜的,见了女人他把戴着的那副眼镜取下来,另在怀里拿出一副眼镜来,换着戴上。我有一次在宴会上遇到他,对于他换眼镜的举动,本来不怎么注意。因为他把换上的眼镜戴了一会,依然摘下,好像是那眼镜看近处不大行。后来再来一个女的,自然还是唱戏的,他又把衣袋里的眼镜掏出来换着。这让我证明了,他是专门换了眼镜看我们唱戏的女孩子的。其实我们并不怕人家看,而且还是你越爱看越好。你若不爱看,我们这项戏饭就吃不成了。可是拿这态度去对别个女人,那就不大好了。"李南泉笑道:"你这话是对的,我们这位好友,是有这么一点毛病。你不嫌他看,他当然高兴,无怪要送你一首诗了。诗就是在筵席上写的吗?一定很好。你可记得?"杨艳华道:"我认识几个大字?哪会懂诗?不过他那诗最后两句意思不大深,我倒想得起,他说是:'一曲琵琶两行泪,樽前同是下江人'。"李太太笑道:"这位孟秘书,太对你表示同情了。后来怎么样?"杨艳华道:"就是见过那一回,后来就没有会到过了。假如他真到这里来,我倒是愿意见他。

师母你总明白,我们这种可怜的孩子,若有这样的人和我们说几句话,可以减少在应酬方面许多麻烦。"说到这里,她把声音低了一低,接着道:"至少,他那个身份可以压倒姓刘的,所以愿意借重他一下。"李南泉点点头道:"我明白了,这个我有办法。"

提到刘副官,倒引起了李太太的正义感。她向李先生道:"对了,孟先生来了,你倒是可以和他说几句。人家是拿演戏为职业的,家里还有一大家子人靠她吃饭,在人家正式演戏的时候,可别扰惑人家。"李南泉道:"那我一定办到。不过那天我和老刘说,孟秘书会来,那是随口诌的一句话,并没有这回事。"杨艳华笑道:"老师随便这样诌一句不要紧,那姓刘的是个死心眼,他却认为是千真万确的事。他只管盯着我要打听个水落石出。还要我明天给他回信呢!"李南泉昂头想了想,笑道:"老孟这个人我有法子让他来。"说着,摇了两摇头,又笑道:"那也犯不上让他来。"李太太道:"这是什么意思?"李南泉道:"老孟为人,头巾气最重,什么天子不臣,诸侯不友,那都不能比拟。若是他不愿意,你就给他磕头,他也是不理。可是有女人的场合,只要有边可沾,他是一定不招自来。我现在写一封信给他,说是你所说的下江人,正疏散在乡场上避难,若是能来非常欢迎。那就一定会来。"李太太道:"你这是用的美人计呀。"杨艳华向她半鞠着躬,笑道:"你说这话,我就不敢当。"李太太笑着,拍了拍她的肩膀道:"你可不要妄自菲薄。自从你领班子到这里来唱戏以后,多少人为你所颠倒。"杨艳华笑笑道:"师母,你不能和我说这样的话,我是一个可怜的孩子。我还得倚靠着师母、老师多多维持我呢。"她说着这话,走近了两步,靠着李太太站了,身子微微向李太太肩膀下倒着,做出撒娇的样子,还扭了两扭。

李太太虽知她是做的一种姿态,可是她那话说得那样软弱,倒叫人很难拒绝她的要求。正想用什么话来安慰她,外边却有女子高声叫道:"艳华,你在这里,让我们好找哇。"李南泉听出那声音,正是另一个戏子胡玉花。迎出去看时,桥头上月亮下站有三四个人,便答道:"胡小姐,她在这里呢。有什么事吗?"胡玉花笑道:"她们家要登报寻人了。她们家的人全来了。"杨艳华很快地由屋子里跑了出来，叫道："妈，我在这里呢。"她的母亲杨老太太在木板桥上，踉跄着步子走了过来，到了走廊上，拉着女儿的手，低声道："还没有解除警报的时候，刘副官带着两个勤务，打着很大的手电筒，在我家门口，来回走了好几趟。你又是不声不响地走了。我怎样放得下心去？我们四五个人，找了好几个地方了。"杨艳华道："你们这是打草惊蛇。李先生一家，躲了警报回来，还没有休息呢，我们别打搅人家了，走吧。"她说毕，首先的在前面走，把来人带走了。只有胡玉花在最后跟着，过了溪上的桥，她又悄悄走了回来。李南泉正还在廊檐下出神，想到杨艳华来得突然，她们这是闹些什么玩意。在月光下看到一个女人的影子又走了回来，以为杨小姐还有什么话说，便迎上前两步，低声道："你有什么事要商量，最好当着你师母的面……"他不曾把说话完，已看清楚了，来的是胡玉花，便忍住了。她知道李先生有误会，倒不去追问，笑道："我有一件小事告诉李先生，倒是不关乎艳华的，说出来了你别见笑。"

李先生道："你说吧，有什么事托我，只要我办得到的我一定办。"胡玉花笑了一笑，因道："李先生有位同乡王先生，明后天会来看你。"李南泉想了一想，因道："姓王的，这是最普通的一个姓，同乡里的王先生，应该不少。"胡玉花道："这是我说话笼统了一点。这位王先生，二十多岁，长方脸儿，有时戴上一副平光眼镜。"李南泉笑道："还是很普通，最好你告诉我，他叫什么名字，他到我这里来，会有什么问题牵涉到你。"胡玉花笑道："他的名字，我也摸不清楚，不过他写信给我的时候，自称王小晋，这名字我觉得念着别扭。"李南泉点点头道："是的，我认识这么一个人。再请说你为什么要向我提到他？"胡玉花在嗓子眼里格格地笑了一声，又笑道："事情是没有什么事情，不过这位王先生年纪太轻，他若来了，最好李先生劝他一劝。"李南泉笑道："你这话说着，真让我摸不着边沿。你让我劝他，劝他哪一门子事呢？"胡玉花沉吟了一会子，因笑道："你就劝他好好儿办公，别乱花钱吧。"李南泉道："他和胡小姐有很深的友谊吗？你这样关切着他。"胡玉花连连辩论着道："不，不，我和他简直没有友谊。你想，若是和我有友谊，难道他的名字我都不知道吗？"李南泉搔搔头道："这可怪了，你和他没有友谊，你又这样关切他。小姐,你是什么意思,干脆告诉我吧。"胡玉花道:"不必多说了,你就告诉他这是我托李先生劝他的。年轻的人,要图上进。唱戏的女孩子,也不一样,有些人是很有正义感的。我只是职业妇女,别的谈不到。这样一说,他就明白了。"

这一篇吞吞吐吐的话,李南泉算是听明白了,因笑道:"我的小姐,这事情很简单,你何必绕上这么些个弯子来说。你的意思,就是告诉王先生,以后别来捧角,对不对?"胡玉花道:"对的,我索性坦白一点儿说,假如我们现在要人捧的话,一定是找那发国难财的商人,或者是要人一列的人物。像这样的小公务员花上两个月薪水,也不够做我们一件行头。在捧角的人,真是合了那话,吃力不讨好。"李南泉道:"好的好的,我完全明白了。不但如此,我还可以把你在老刘家里那幕精彩表演告诉他,让他对你有新的认识。"胡玉花道:"随便怎样说都可以,反正我让他少花钱,那总是好意。打搅了,明天见吧。"说着,她自行走去。李南泉站在屋檐下,倒有些出神,心想,一个做女戏子的人有劝人不捧角的吗?这问题恐怕不是那样简单。他怔怔地站着,隔壁甄先生家却正开着座谈会。甄先生把这几日城里空袭的情形,绘声绘色地说着。邻居奚太太、石太太、吴春圃先生全在房门外坐在竹椅上听着。甄先生正带笑地叹了口气道:"把命逃得回来,我就十分满意了。"石太太道:"这警报闹个几天几夜不停,真是讨厌。我正想过江到青木关去一趟。这样闹着警报可无法搭得上长途汽车。"甄先生坐在竹子躺椅上,口里衔着大半截烟卷,正要在这种享受里,补救一些过去的疲劳,这就微笑道:"那是教育部所在地呀。"石太太道:"甄先生你相信我是想运动一个校长当吗?"

吴春圃笑道:"到青木关去不是上教育部,至少也是访在教育部供职的朋友。这警报声中,温度是一百来度,谁到那么远去做暑假旅行?"石太太笑道:"你猜不着。我正是去做暑假旅行。"奚太太却接嘴了,她道:"我们也不必过于自谦。若是我们弄个中学办办,准不会坏。就是当个'萝卜赛花儿'也没有什么充不过去的。"甄子明是自幼儿就在教会学校念书的。他的英文可说是科班出身。听到奚太太这么一句话,料是英文字,便道:"'萝卜赛花儿'?这这这……"他口含着烟卷,吸上一口又喷了一口,昂头向她望着。奚太太向吴春圃笑道:"大学教授,英文念什么?"吴先生手上拿了芭蕉扇站在走廊柱子边,弯了腰,将扇子扇着两条腿边的蚊子,笑道:"俺当年学的是德文,毕了业,没让俺捎来,俺都交还了先生咧。"李南泉站在自己家门口,便遥遥地道:"这个字我倒记得,不是念 professor 吗? 奚太太念的字音完全对,只是字音前后颠倒一点。譬如'大学教授',虽然念成'授教学大',反正……"他的话还没有说完,可是李太太已快跑了出来,拉着他的手,将他拖到屋子里面去,悄悄地道:"你放忠厚一点吧。"李南泉微笑着道:"这家伙真吹得有些过火。"李太太道:"趁着今晚月亮起山晚,多休息一会儿。满天星斗,明天还没有解除警报的可能,睡吧。"李南泉且不理会太太的话,他燃了一支香烟,坐在竹圈椅子上,偏着头,只管听甄先生那边的谈话,听故事的人分别散去,石太太是最后才走去。那甄明说了句赞叹之词,乃是这两位太太见义勇为真热心。

李南泉听了这个批评,心想:石太太有什么事见义勇为? 她算盘打得极精,哪里还有工夫和别人去勇为。正这样想着,就听到由溪那边人行路上,有人大声喝骂起来。那正是石太太的声音,她道:"天天闹警报,吃饭穿衣哪一样不发生问题,你还要谈享受。我长了三十多岁,没有吸过一支烟,我也没有少长一块肉。什么大不了的事,这样好的月亮,还打着灯笼出来找纸烟? 蜡烛不要钱买的?"这就听到石正山教授道:"我也是一功两得,带着灯笼来接你回来,把这几盒烟吸完了我就戒纸烟。"说话的声音,越走越远,随着也就听不到了。李南泉走出屋子来看看,见前面小路上有一只黄色的灯笼,在树影丛中摇晃着,那吵嘴的声音,还是一直传了来。他心里也就想着,这应该是个见义勇为的强烈讽刺。但想到明日早上,该是警报来到的时候;在警报以前,有几个朋友须约谈一番,还是早点睡吧。这个主意定了,在纸窗户现出鱼白色的当儿,立刻就起床,用点冷水漱洗过了,拿了根手杖,马上出门。这时,太阳还没有起山,东方山顶上,只飘荡着几片金黄色的云彩,溪岸上的竹林子,被早上的凉风吹动,叶子摇摆着,有些瑟瑟的响声。这瑟瑟之声过去,几十只小鸟儿在竹枝上喳喳叫着。那清凉的空气,浸润到身上,觉得毫毛孔里,都有点收缩。这是多少天的紧张情形下所没有的轻松,心里感到些愉快。

他在这愉快的情形下,拿了手杖慢慢走着,在山路上迎头就遇到了石太太。

巴山夜雨

她点着头笑道:"李先生,你早哇。"李南泉道:"应该是石太太比我早。我是下床就走出门来的。"说着,向她周身望着,她已穿上一件丝毫没有皱纹的花夏布长衫,头发梳得溜光,后脑勺梳了个双环细辫,那辫子也是没有一根杂毛。脸上虽没有抹胭脂粉,可是已洗擦得十分白净。她已知道了人家考察她脸上的用意,便笑道:"我向来是学你们的名士派,不知道什么叫化妆。今天要做个短程旅行,不能不换件衣服。"李南泉道:"就是到青木关去了?重庆这一关不大好过。纵然不在城里碰到警报,在半路上也避免不了。一个乡下人到城里找防空洞,是一件不大容易的事。"石太太笑道:"对于自己生命的安全,谁也不会疏忽的。我已另找了路线渡江,避开重庆,完全走乡下。不要紧的,为了朋友,我不能不走一趟。"李南泉道:"朋友生病了吗?"石太太站在路头上对他微笑了一笑,因道:"这件事,在李先生也许是不大赞成的。我们一位同乡太太,受着先生的压迫,生活有了问题。她先生另外和一个不好的女人同居。我们女朋友们给这位太太打抱不平,要解决这个问题。"李南泉笑道:"这自然是女权运动里面所应有的事。"石太太笑道:"当然,你也不能不主张公道。"说毕,昂着头走了。李南泉看她那番得意,颇是见义勇为的举动。可是在疲劳轰炸的情形下,她值得这样远道奔波吗?在好奇心上,倒发生了一个可以研究的事情。

他下得山去,匆匆地看过两位朋友,太阳已经起山几丈高,而警报也就跟着来了。李南泉想着家里的小孩子还要照应,赶快回家,在半路上又遇到了石正山。他倒是很从容,在路上拦着笑道:"不要紧,敌人不是疲劳轰炸吗?我们落得以逸待劳,飞机不临头,我们一切照常工作,他也就没奈我何。"李南泉摇摇头道:"不行,我内人不能和你太太相比,胆子小得多。"提到了石太太,石先生似乎特别兴奋,向他笑道:"她这个人个性太强,我也没有法子。刚才你遇着她的,她是说到青木关去吗?"李南泉道:"你为什么不拦着她,在轰炸下来去,是很危险的。她对我说,是为了朋友家里在闹桃色案件。现在是办这种事的时候吗?"石正山道:"她确是多此一举。在这抗战期中,男女都有些心理变态。若是无伤大雅,闹点桃色案件,做太太的人尽可不过问。"说着,扬起两道眉毛,微笑了一笑,问道:"我兄以为如何？"说到这里，那警报器呜呀呜呀地发出刺人耳膜的紧急警报声，李南泉转身又要走。石正山将手横伸着，拦了去路，笑道："不忙不忙，我根本不躲。昨天晚上内人向甄先生打听消息的时候，她说了些什么？"李南泉把他夫妻两人的言语一对照，就觉得这里面颇有文章，以石太太的脾气而论，倒是以不多事为妙，便笑道："昨晚上甄先生家里宾客满堂，我挤不上去谈话。我得回家去看看，再谈吧。"他不顾石先生的拦阻，在他身边冲了过去。可是到了家里，屋子门已经锁着，全家都走了。他站着踌躇了一会，抬头却见奚太太站在她家走廊上，高抬着右手在半空里招着，点了头叫："来，来，来！"便笑道："奚太太，我佩服你胆子大，在这样的疲劳情况中，你还不打算躲一躲吗？"奚太太一只手扶着走廊上的柱子，一只手还抬起来招着，点了头笑道："不管怎样，你还是到我这里来谈谈，你那屋后面不是有个现成的小洞子吗？万一敌机临头，我们就到那洞子里避一下。来吧，我有点事和你谈谈。"李南泉对这位太太虽是十分讨厌，可是在她邀约之下，倒不好怎样拒绝。抬头看看天色，已经有了变动，鱼鳞斑的云片，在当头满满地铺了一层，看不到太阳，也看不到蔚蓝色的天空。站着沉吟了一会子。奚太太含了笑点着头道："来吧，不要紧，我给你保险。"李南泉走到自己廊沿角的柱子边，隔了两家中间的空地望着。奚太太也迁就地走过来，站在自己廊沿角上笑道："李先生，我告诉你一个写剧本的好材料，你怎样谢我？"李先生笑着，没有答复。她也来不及等答复了，又道："有一位局长，在外面嫖女人，他太太知道了，并不管他，却用一种极好的手段来制服他。她说，男女是平等的，男人可以嫖，女人当然也可以嫖，你猜她在这原则上怎样地去进行？"李南泉笑着摇摇头。

奚太太倒不管李南泉有什么感想，接着笑道："这个办法是十分有效的。她是这样对局长说的，你若出去嫖，我也出去嫖。你嫖着三天不回来，我也三天不回来；你七天不回来，我也七天不回来。那局长哪会把这话放在心上。还是照样在外面过夜。当天这位太太是来不及了。到了第二夜，她就出门了。在最好的旅馆里，开了最上等的一间房间，就对茶房说，去给我找一个理发匠来。工钱不问多少，我都照给。就是要找一个最年轻而又漂亮的。茶房当然不明白她的用意，只

巴山夜雨

是在上等理发馆,找了一位手艺最高明的理发匠来。她一见面,是个四十上下的理发匠,便大声骂着说,我叫你找年轻漂亮的,为什么找这样年纪大的?这个不行,重找一个。你若不信,先到我这里拿一笔钱去。她说得到,做得到,就给了茶房一摞钞票。这茶房也就看出一些情形来了,果然给她找了一位不满二十岁的小理发匠来。这位太太点头含笑,连说不错。就留着这位小理发匠在洗澡间里理发,由上午到晚上,还不放他走,什么事情都做到了,第二日她继续进行。局长见太太一天一夜不回家,在汉口市上到处找,居然在旅馆找到了。他把太太找回家,就再也不敢嫖了。"李南泉听到,不由得一摆头,失声说了句"岂有此理"。奚太太笑道:"怎么是岂有此理?你说的是这位太太,还是这位局长?"李南泉道:"两个人是一对混蛋。你说的这事发生在汉口,那自然是战前的事了。不然,倒可为战都之羞。"

奚太太笑道:"怎么会是战都之羞?你以为在重庆就不会发生这类事情吗?我就常把这个故事,告诉奚敬平的。他听了这故事,我料他就冷了下半截。"李南泉本想说那位局长太太下三滥,可是奚太太表示着当仁不让的态度,倒教他不好说什么,于是对她很快地扫了一眼。奚太太道:"你觉得怎么样,这样的作风不好吗?以男女平等而论,这是无可非议的。"李南泉微笑着点了两点头。奚太太道:"我说的剧本材料并不是这个,这是一个引子,我说的是我们女朋友的事。我们朋友里面一位刘太太,和她先生也是自由恋爱而结婚的。抗战初期,刘先生随了机关来到重庆,刘太太千辛万苦带着三个孩子,由江西湖南再经过广西贵州来到四川,陪着刘先生继续地吃苦。刘先生害病,刘太太到中学去教书担负起养家的责任。到处请人帮忙,筹来了款子送刘先生到医院去治病。哪知这位刘先生恩将仇报,爱上了病院里一位女看护,出了病院,带着那女看护逃到兰州去了。这位刘太太倒也不去计较,带着三个孩子,离开重庆!到昆明去教书,她用了一条计,改名换姓,告诉亲戚,是回沦陷区了。刘先生得了这消息,信以为真,又回到了重庆,而且他也改名换姓,干起囤积商人来大发其财。刘太太原托了我们几个知己女朋友给她当侦探的……"

李南泉笑道："不用说了,我全知道。这女朋友包括石太太、奚太太在内,于是探得了消息,报告给刘太太,刘太太就回到重庆来了。现在就在这疲劳轰炸之下,再给那刘先生一个打击!"奚太太立刻拦着道："怎么是给他一个打击? 这还不是应当办的事吗?"李南泉笑道："对的,也许友谊到了极深的时候,那是可以共生死的。对不起,我要……"奚太太不等他转身,又高高地抬着手招了两招,同时还顿了脚道："不要走,不要走,我有要紧的话和你说。"他看她很着急的样子,只好又停下来了。她笑道："你何必那样胆子小,我不也是一条命吗? 村子里人全去躲警报去了,清静得很,我们正好摆摆龙门阵。"李南泉道："不行,我一看到飞机临头,我就慌了手脚,我得趁这天空里还没有飞机响声的时候,跑到山后面去。"奚太太斜靠了那走廊的柱子,悬起一只踏着拖鞋的赤脚,颤动了一阵,笑道："你这个人说你名士派很重,可又头巾气很重;说你头巾气很重,可是你好像又有几分革命性。"李南泉道："对了,我就是这样矛盾地生活着。你借了今天无人的机会,批评我一下吗?"

奚太太望了他,欠着嘴角,微微地笑了,因道："也许是吧。你是个为人师表的人,我怎能在大庭广众之下批评你的错误?"李南泉离开了那走廊的柱子,面向了奚公馆的廊子站着,而且是垂直了两只袖子,深深地一鞠躬,笑道："谨领教。"说毕,扭了身就走,他这回是再不受她的拘束了。总算他走得见机,只走出了向一方的村口,飞机马达声,已轰轰而至。抬头看那天空,鱼鳞片的云彩,已一扫而空,半天里现出了毫无遮盖的蔚蓝色,抬头向有声音的东北角天空看去,一大群麻雀似的小黑影子,向西南飞来,那个方向,虽然还是正对了重庆市,可是为慎重起见,还是躲避的好。于是提快了步伐,顺着石板铺的小路就跑。正在这时,山脚草丛里伸出半截人身来,向他连连地招了几下手。他认得这人是同村子吴旅长。他是个东北荣誉军人,上海之役,腿部受了重伤,现在是退役家居了。这是个可钦佩的人,向来就对他表示好感。他既招手,自不能不迎将过去。吴旅长穿了身黑色的旧短衣,坐在一个深五六尺的干沟底上。他还是招着手,叫道："快跳下来吧! 快跳下来吧!"李南泉因为他是个军人,对于空袭的经验,当然比老百姓丰富,也不再

巴山夜雨

加考虑,就向沟里一跳:这是一个微弯的所在,成了个桌面的圆坑。他跳下来,吴旅长立刻伸手将他搀住,让他在对面坐下,笑道:"这里相当安全,我们摆摆龙门阵吧。这些行为,都是人生可纪念的事。"

两个人说着话,以为地位很安全,也就没有理会到空袭。忽然一阵马达声逼近,抬头看时,有五架敌机,由西向东,隔了西面一列山峰,对着头上飞来。李南泉道:"这一小股敌机,对于我们所在地,路线是如此准确,我们留神点。"吴旅长也没答话,将头伸出沟沿,目不斜视,对了敌机望着。飞机越近,他的头是越昂起来。直到脸子要仰起来了,他笑道:"不要紧,飞机已过了掷弹线了。由高空向下投弹,是斜的,不是垂直的。"李先生本也有这点常识,经军人这一解释,更觉无事。他也就伸出头来望着。看那飞机,五架列着前二后三,已快到头顶上,忽然嘘嘘嘘一阵怪叫,一声"不好"两个字,还不曾喊出,早看到两个长圆形的大黑点,在飞机尾巴上下坠,跟着飞机的速率,斜向地面落来。不用猜,那是炸弹。李南泉赶快将身子向下一缩,吴旅长已偏着身体,卧到沟的西壁脚下。这是避弹的绝好地点,被人家占据了,只好卧到沟的东壁下去。在敌地里看到炸弹落下来,这还是第一次。人伏在地上,却不免心里扑扑乱跳。接着听到轰轰两下巨响,炸弹已经落地。但炸弹虽已落地,可是这沟的前边,并没有什么震动,料想弹着点还相距有些路。静静地躺着,不敢移动。约莫是三四分钟,那半空的马达声,已渐渐地消失。吴旅长首先一个挺起腰杆子来向四周看了看,摇摇头,又笑道:"李兄,请坐起来吧。没事了。"李南泉站起来看时,一阵浓密的白雾,由西边山顶上涌将过来。

在这白雾中,夹着很浓厚的硫磺味,一阵阵地向鼻子袭来。顷刻之间,面前四山夹着的一个小谷,完全让白色弥漫了。吴旅长伸手和他握着,摇撼了几下,笑道:"我们这也是置之死地而后生,可算是患难之交了。"李南泉道:"这里有了炸弹的烟焰,是老大的目标。第二批敌机再来,可能给我们这里再补上一弹。若是扔到山这边,那就不会这样舒服了。"吴旅长笑道:"那没有什么不可能。我们走吧。"于是他跛着一条腿,慢慢地顺着石板路走。李南泉当然是跟了军人走,也就离开了这里。约莫走了两里路,忽然一阵马蹄声,"得得"地迎面而来。蹄声响得非常猛烈,像是有骑兵队冲锋似的冲来。他心想,莫非是有敌人的伞兵落下,我们的骑兵,特意冲来解围,这算赶上一阵热闹了。路边上有一块大石头,且把身子向石头后面一闪,探看来人是何形势。还不到三分钟,先有两匹高头大马由山口上冲出来。马上骑着两个壮汉,头戴盔式夏帽,上穿灰绸衬衫,下套草绿色斜纹布短裤衩,并不是军人。这两人后面,又来了四匹马。骑马的人,是三男一女。那三个男子和头里两个男子装束一样,年岁也差不多。那个女子,可就特别,上穿一件蓝色长袖短衣,翻着领子,外飘一根大红领带。下面穿着白帆布裤子,套着两只长筒黑马靴。披了满头长发,约束着一根花带子。一只盆大的软式草帽子,将绳子挂在颈脖子后面。手里拿了根皮马鞭,兜了个缰绳,兜着马昂起脖子直跑。

  李南泉没想到是这么一队人物,那倒是多此一躲了。于是缓缓由石头后面走了出来。但凭他的经验,知道这个疏建区,除了鼎鼎大名的方二小姐,并无别个。这位小姐,比一个军阀还凶,以避开她为妙。于是回身向山脚下的深草小径上走着,脸也不对那石板人行路看。可是这位小姐倒偏要惹他,却坐在马背上将皮鞭子一指,叫道:"呔!那个穿灰布长衫的人,我问你话,不要走。"李南泉站定了脚,向她呆望着,没有作声。心里想着,这丫头好生无礼,怎么这样说话?可是看她前呼后拥地有五个壮汉陪伴着,料着不能和她对抗,也就没说什么。那女子将皮鞭子再向路前一指,因道:"那里一堆白烟,是不是被炸了?"李南泉道:"是炸了。"女子道:"炸的地方是街上是乡下?"李南泉道:"炸弹落的地方,和我躲警报的地方,隔了一排山,看不清楚。"那女子道:"这等于没有问一样,阿木林。"原来这女子虽说的普通话,却带了很浓重的上海音。到了最后一句,她索性说出上海话来了。李南泉心想,她那般无礼问话,我一点不生气,她倒当面骂人,那就忍不住气了,便道:"你这位女士,怎么开口就骂人?我好意答话,还有什么不对吗?我不是公务员,我也不吃银行饭,大概你还管不着我呢。"那女子喝道:"你过来!"说着,将皮鞭子举着,在空中晃了两晃。李南泉道:"过来怎么着,倚恃你们人多,还敢打我不成?"这形势是很僵的了,在女人后面的一个壮汉,将马赶了两步,和她的马并排地站着,偏过头去,轻轻说了两句话。

巴山夜雨

　　那方二小姐,听了那壮汉的报告,脸上骄傲的颜色,略微减少了几分,这就回转脸来,再对李南泉看了一看。将马鞭子指了他道:"你认得我?"李南泉摇摇头道:"我不认得你。不过我从你这行动上,我猜得出你是方家二小姐。我们读书的人,不侵犯哪个,也不愿人家对我们加以侮辱。"那二小姐昂起头来哈哈大笑,将马鞭子在手上摇晃着道:"侮辱,哈哈,侮辱又怎么样?演讲骂我,在报上写文章骂我?谅你们也不敢!走!不要和这种穷酸说话。"说着,她两腿一夹马腹,兜动缰绳首先一马冲走了。这其间有个壮汉单独留后,其余的四个男人都跟着走了。这个留后的男子,由马鞍上跳下来,跑到李南泉面前,点了头道:"李先生,你不要介意,我们二小姐就是这种小孩子脾气。"这个人就是刚才在马背上和二小姐说话的人,倒有点面熟。李南泉笑道:"不介意?介意又能够怎么样,人家有钱有势,身上还带了手枪吧?我若不识相一点,炸弹不炸死,手枪会把我打死。不过要打死了我,绝不会像二小姐的汽车撞死一个小贩子那样简单。当然我犯不上去碰人家的手枪,可是我料着她也不能对我胡乱开枪。重庆总还是战时首都所在地,不能那样没有国法。"那人听了这话,脸色也不免紧张了一阵,先冷笑了一声,然后笑道:"李先生,我完全是好意。你对我大概还没有什么认识,不信,你问问刘副官,我是到处和人家了事的。二小姐真要办什么事,她是没有什么顾忌的。大概你也有所闻吧?"

　　在这说话的期间,由口音里,李南泉认出这个人来了,是那天在刘副官家里碰胡玉花钉子的黄副官,便笑道:"哦!黄副官,不必刘副官,我也有相当认识的。我知道二小姐不好惹,但我不怕她。我不是汉奸,我也不是反动分子,无法把什么罪名加到我头上。可是人家若以为我好惹,就在大路上拦着我加以辱骂,我没法子报复,至少我可以不接受。二小姐不是说不怕演讲,不怕登报吗!对不起,我算唯一的武器就是这一点。这回我吃了亏,受着突袭,来不及回击。若是再要给我难堪,我就用二小姐不怕的那武器抵抗一阵。我就是那样说了,你老兄是不是转告二小姐,那就听你的便了。"说着,他抱着拳头,拱了两拱手,再说声再见,径自走了。黄副官站在路边倒发了呆。李南泉是越想越生气,也不去顾虑会发生什么后果,走了一段路,遇到一棵大树,就在树阴下石头上乘凉,也不再找躲飞机的地方了。坐了约莫是半小时,有一个背着箩筐的壮汉,撑了把纸伞挨身而过。走了几步,他又回转身来望了李南泉道:"你不是李先生?"他答道:"是的,你认得我?"那人道:"我是宋工程师的管事。给他们送饭到洞子里去。李先生何以一个人坐在这里,到我们那洞子里去,和唐先生一块儿拉拉胡琴唱唱戏不好吗?"李南泉道:"听你说话,是北方人。贵处在哪里?"他昂着头叹了口气道:"唉,远了,我是黑龙江人。"李南泉道:"黑龙江人会到四川这山缝子里来?你大概是军人吧?"

那人笑道:"不是军人,怎么会到四川来?"李南泉道:"那么,老兄是抗战军人了。"他被人家这样称呼了一声,很觉得荣耀,这就放下了雨伞和箩筐,站在李南泉面前,笑道:"说起来惭愧,我还是上尉呢。汀泗桥那一仗,没有阵亡,就算捡了便宜,还有什么话说?"李南泉道:"你老兄是退役了,还是……"那人道:"我们这样老远地由关外走到扬子江流域来,还不是为了想抗战到底?可是我们的长官都闲下来了。我这么一个小小的军官,有什么办法?再说,衣服可以不穿,饭是要吃的。我放下了枪杆,哪里找饭吃去呢?没法子,给人当一个听差吧。还算这位宋工程师给我们抗战军人一点面子,没有叫我听差,叫我当管事。要都像宋工程师这样,流亡就流亡吧,凑付着还可以活下去。若是像刚才过去的方二小姐,骑着高头大马冲了过来,几乎没有把我踏死。当时我在窄窄的石板路上,向地下一倒,所幸我还有点内行,赶快在地上一滚,滚到田沟里去。我知道二小姐的威风,还敢跟她计较什么。自己爬了起来,捡起地下的箩筐,也就打算走开了。你猜怎么着?跟着她的那几位副官,倒嫌我躲得不快,大家全停住了马,有的乱骂,有的向我吐唾沫,我什么也不敢回答,背起箩筐就走了。他们也不想想,要是没有我们这般丘八在前方抵住日本人的路,他们还想骑高头大马吗?可是谁敢和他们说这一套。敢说,也没有机会给他们说。"

李南泉笑道:"你也碰了二小姐的钉子了。老兄我们同病相怜,你是方家副官骂了,我是二小姐亲自骂了。将来我们死后发讣闻,可以带上一笔,曾于某年某月某日,被方二小姐马踏一次。老兄,这年头儿有什么办法,对有钱有势力的人,我

巴山夜雨

们只好让他一着了。今天算了,明天若是再有警报,我一定到你们那洞子里去消磨一天。这年头儿,也只有看破一点,过一天是一天,躲防空洞的人,等着你的接济呢,你把粮食给宋工程师送去吧。改日我们约个机会再谈。我欢迎你到我茅庐里畅谈一次。"说着,伸出手来和他握了一握。那人受了这份礼貌,非常的高兴,笑道:"李先生,你还不知道我姓甚名谁吧?"这么一问,倒让李南泉透着有点难为情,这就很尴尬地笑道:"常在村子里遇着,倒是很熟。"那人道:"我叫赵兴国。原先是人家叫赵连长,赵副营长。不干军队了,人家叫赵兴国,近来,人家叫老赵了。李先生就叫老赵吧。千万别告诉人,我当过副营长,再见吧。"说着,他背起箩筐走了。李南泉一人坐着发了一阵呆,觉得半小时内,先后遇到方二小姐和赵兴国,这是一个绝好的对照。情绪上特别受到一种刺激,反是对于空袭减少精神上的威胁。静坐了两三小时,也不见有飞机从头上过,看看太阳,已经有些偏西,这就不管是否解除了警报,冒着危险,就向村子里走回家去。

那条像懒蛇一样的石板人行路,还是平静地躺在山脚下。人在路上走着,什么声音都没有听到。李南泉拿了手杖,戳着石板,一步一步地低头走着,这让他继续有些新奇发现,便是这石板上,不断地散铺着美丽的小纸片。他联想到敌机当年在半空里撒传单,摇动人心,这应该又是一种新花样,故意用红绿好看的花纸撒下来,引起地面上人的注意。他这样想着,就弯腰下去,把那小纸片捡起一张来看。见纸薄薄的,作阴绿色,只有一二寸见方。正中横列了一行英文,乃是巧克力糖,香港皇家糖果公司制。将纸片送到鼻子尖上去嗅嗅,有一阵浓厚的香气。这原来是包巧克力糖的纸衣,不要说是这山缝里,就是重庆市区,大糖果店,也找不着这真正的西洋巧克力糖。谁这样大方,沿路撒着这东西。他想着走着,沿路又捡起了两张纸片看看。其中一片,还有个半月形的红印,这是女人口上的胭脂了。这就不用再费思索,可以想到是方二小姐在马背上吃着糖果过去的。他拿了纸片在手上,不免摇摇头。这条人行路是要经过自己家门口的,直到门外隔溪的人行路上,那糖衣纸还继续发现,他又不免弯腰捡了一张。正当他拿起来的时候,却听到溪岸那边,格格地发了一阵笑声。回头看去,又是那奚太太,手叉了走廊的柱子,对了这里望着。还不曾开口呢,她笑道:"李先生,你这回可让我捉住了,你是个假道学呀?哈哈!"

李南泉笑道:"我怎么会是假道学呢?青天白日地在路上行走,并没有做什么坏事呀。"奚太太笑着向他招招手,点了头道:"你下坡来,我同你说。"他实在也要回家去弄点吃喝,这就将带着的钥匙,打开了屋门,在大瓦壶里,找了点冷开水,先倒着喝了两碗。正想打第二个主意找吃的,却听到走廊上一阵踢踏踢踏的拖鞋响声。明知道是奚太太来了,却故意不理会,随手在桌上拿起一张旧报纸,两手捧了,靠在椅子上看着,报纸张开,正挡了上半身。奚太太步进屋子来笑道:"今天受惊了吗?"李南泉只好放下报站将起来。见她左手端了个碟子,里面有四五条咸萝卜,右手托了半个咸鸭蛋。在这上面还表示她的卫生习惯。在蛋的横截面上,盖了张小纸,便笑道:"这是送我假道学的吗?"奚太太笑道:"谈不上送,你拿开水淘饭吃,少不了要吃咸的,这可以开开你的口味。"李南泉点了个头道:"谢谢。"双手将东西接过放在桌上,他把萝卜条看得更真切,还不如小拇指粗细,共是三条半。那半片鸭蛋,并不是平分秋色,如一叶之扁舟,送的是小半边。奚太太道:"你要不要热开水?我家瓶子里有。"李南泉笑道:"这已深蒙厚惠。"奚太太道:"不管是不是厚惠,反正物轻人情重。这是我吃午饭的那一份,我转让给你了。"说着,当门而立,又抬起那只光手臂撑住了门框。李南泉心想,我最怕看她这个姿态,真是让人啼笑皆非。他心里如此想着,口里也不觉将最后一句话说出来。

奚太太见李先生要对自己望着,又不敢对自己望着,便笑道:"你我都是中年人了,怕什么的,有什么话都可以说。"李南泉笑着摇头道:"不,奚太太还是青春少妇。"她一阵欢喜涌上了眉梢,将那镰刀形的眼睛,向主人瞟了一眼,笑道:"假如我是个青春少妇的话,我就不能这样大马关刀地单独和男子们谈话了。男子们居心都是可怕的。我记得当年在南京举行防空演习的时候,家里正来了客,我在客厅里陪着他谈话。忽然电灯熄了,这位客人大胆包天,竟是抓着我的手,kiss 了我几下。他是奚先生的好友,我不便翻脸。我只有大叫女用人拿洋烛了。从那以后,吓得我几个月不敢见那人。若是现在,那我不客气,我得正式提出质问。"李南

巴山夜雨

泉笑道："你没告诉奚先生吗?"奚太太道："我也不能那样傻瓜。告诉了他,除了他会和朋友翻脸而外,势必还要疑心到我身上来,那不是自找麻烦吗?"李南泉笑道："你现在告诉了我,我就可以转告奚先生的。"奚太太举着两手,打个呵欠,伸了个懒腰,笑道："这是过去多年的事了,他也许已知道了,告诉他也没有关系。不过我的秘密,你怎么会知道呢? 这不是你自己找麻烦吗?"她说着话,由屋门口走到屋子里来。李南泉道："我们不要很大意的,只管谈心,也当留心敌机是不是会猛可地来了。"说着,他走出了屋门,站在廊檐下,抬头向天空上张望一下。天上虽有几片白云,可是阳光很大,山川草木,在阳光下没有一点遮隐,因道："天气这样好,今天下午还是很危险的。"

奚太太道："李先生,你进来,我有话问你。"李南泉被她叫着,不能不走进来,因笑道："还有什么比较严重的问题要质问我的吗?"他说着,坐在自己写字竹椅子上,面对了窗子外。逃警报的人,照例是须将门窗一齐关着的。他看了看,正待伸手去推开木板窗户。奚太太坐在旁边,笑道："你还惦记着天空里的飞机呢。等你在窗户里看到,那就是逃跑也来不及了。我就只问你一句有趣的话,你要走,你只管走。"李南泉道："你就问罢。我知无不言,言无不尽。"奚太太弯着镰刀眼睛角,先笑了一笑,然后问道："你在路上捡那包糖果的纸,是不是犯了贾宝玉的毛病,要吃女人嘴上的胭脂?"李南泉不由得昂起头来哈哈大笑道："妙哉问! 你以为方二小姐吃了糖果纸,一定有胭脂印? 我就无聊地去吃那胭脂印? 那算什么意思? 真难为你想得到。"说着又哈哈大笑。奚太太在旁边椅子上,两手环抱在胸前,架起腿来颤动着,只望了李南泉发呆。他笑道："这问题的确有趣。不过我这种书呆子,还不会巧妙地这样去设想。我又得反问你一句了。你问我这个问题,是什么意思,要打算在我太太面前举发吗?"奚太太这倒有点难为情,将架了的腿颤动着道："我不过是好奇心理罢了。我先在走廊上坐着,看到方二小姐在马鞍上吃着糖果过去,后来又看到你一路走来,一路在地上捡糖纸,我稀奇得很。我总不能说你是馋得捡糖纸吧?"李南泉低头想了一想,这也对。自己本也是好奇。在旁人看来,沿路捡糖纸,这是不可理解的事。

他这就笑起来道:"的确,这是一件有趣味的事。但这件有趣味的事,现在我不愿发表,将来可以作为一种文献的材料。"奚太太道:"这种人还要写上历史哪?"李南泉笑道:"你不要看轻了这种人,她几乎是和中华民国的国运有关的。明朝的天下,不就葬送在一个乳妈手上吗?方二小姐的身份,不比乳妈高明得多吗?"奚太太道:"哦!我晓得。那乳妈是张献忠的母亲。"李南泉笑道:"奚太太看过廿四史吗?"她笑道:"廿四史?我看过廿八史。"李南泉想不笑已不可能,只有张开口哈哈大笑。她走来之后,接连碰着李先生两次哈哈大笑,便是用那唾面自干的办法来接受着,也觉这话不好向下说。站起来伸了半个懒腰,瞟了他一眼道:"你今天有点装疯,我不和你向下谈了。你也应该进午餐了。"说着,她走向了房门口。身子已经出门了,手挽了门框,却又反着回转身来,向李先生一笑,说声"回头见",方才走了。李南泉心想,这位太太今天两次约着谈话,必有所为。尤其是这三条半萝卜干,小半片咸鸭蛋,是做邻居以来第一次的恩惠,绝不能无故。坐着想了一想,还是感到了肚子饿,在厨房里找了些冷饭,淘着冷开水吃了。为了避开奚太太的纠缠,正打算出门,山溪那岸的人行路上,却有人大声叫着李先生,正是心里还不能忘却的方府家将——刘副官,便走到廊檐下向对面点了个头。刘副官道:"今天大可不躲,敌机袭成都,都由重庆北方飞过去了。你一个人在家?"他很自在地站在路上说闲话。

李南泉道:"多谢多谢,不是你通知一声,我又要出去躲警报了。下坡来坐坐如何?"这本是他一句应酬话,并没有真心请他来坐,可是刘副官倒并不谦逊,随着话就下来了。走到屋子里,他笑着代开了窗户,摇摇头道:"没关系,今天敌机不会来袭重庆,我们的情报,并不会错。放心在家里摆龙门阵吧。"说着,他在身上掏出一盒烟卷,倒反而来敬着主人。李南泉道:"真是抱歉之至。"他正想说客来了,反是要客敬烟。可是刘副官插嘴道:"没有什么关系。二小姐就是这个脾气,她自小娇养惯了,没有碰过什么钉子。她以为天下的人,都像我们一样是小公务员,随便地说人,人家都得受着。我想李先生也没有什么不知道的。"说着,就在旁边椅子上坐下。李南泉见他误会了道歉的意思,脸子先就沉下来了,一摇头道:"不,这事我不放在心上,不平的事情多了,何止我个人碰着一个大钉子,希望你不要提这件事了。老兄,我是说我没有好烟敬客,深为抱歉。不过我得多问一句,这件事你怎么知道的?"刘副官道:"老黄回去,他告诉了我,我倒觉得这事太不妥当。李先生住在这里,院长都知道的。院长是个为国爱才的人。"李南泉不等他说完,哈哈大笑。因道:"老兄,我今天哈哈大笑好几次。你这话让我受宠若惊。"刘副官坐着吸了两口烟,沉默了三四分钟,然后喷出一口烟来,笑道:"这事可不要写信告诉新闻记者。重庆正在闹几天几夜的疲劳轰炸,闹这些闲事,也没什么意思。"

李南泉笑道:"刘兄,我知道你的来意,你不来这一趟,也许我会写一段材料,供给各报社。可是你来了,我就不敢写这材料了。因为你们已经疑心到我头上,不是我供给的材料,也是我供给的材料。我还在这里住家呢,我敢得罪二小姐吗?二小姐一生气,兴许骑着一匹怒马冲到我这茅屋里来。好汉不吃眼前亏,我会这样干吗?"刘副官笑道:"我心里要说的话,全都让你说了,我还说什么。"说着,伸出手来,和主人握了一握,笑道:"诸事均请原谅。"李南泉笑道:"可是我有一个声明,我只保险我遇到的事,报上不会披露。至于以后还有什么事情发生,报上再登出来,我可不负责任。"刘副官本已走出走廊了,听到了这个话尾巴,又走了回来,笑道:"诸事都请关照。自然方二小姐不怕报上攻击她,可是我们这些当副官的,一定要受院长指摘。换一句话说,还和我们的饭碗有关。"说着,他却装出滑稽的样子,举手行了个军礼。站着迟疑了一会子,微笑道:"我还有一句话想问。你说的那位孟秘书和杨艳华也认识吗?"李南泉道:"岂但是认识,她是孟秘书的得意门生。我原来也是不知道,是前两天老孟写了一封信来,让我关照关照她。我一个穷书生,有什么力量关照她呢。我正想给他回信,说是有一班副官捧她,请孟秘书放心。"刘副官"哦"了一声,立刻走了回来,两手乱摇着道:"来不得!来不得!我们和小杨是朋友罢了,说不上捧。"

李南泉笑道:"其实是不要紧,自己的徒弟,还不愿意人家把她捧得红起来吗?就以我而论,杨艳华也是叫我做老师的,我就愿意有人把她捧得红起来。假如你老兄……"刘副官站定,先举着手行了个军礼,继而又抱着拳头,连作了几个揖,笑道："不敢当,不敢当,不提了。"李南泉觉着说的话,已很可唬住他,也就敷衍了几句,把他送走。李南泉静坐在家里,想了一想,今天下午,乱七八糟地接触了不少事情,倒好像是做梦。看看太阳已经偏西,白天空袭,应该是告一段落。因为现在已接近了下弦,月亮须到八九点钟才起山,轰炸当有个间隔时间。也就安心坐在家里看书,直到太阳落山,才解除警报。躲警报的人,纷纷回了家。首先是那甄子明先生一手提着手杖,一手夹了烟卷在口里吸着,慢慢下了坡,渡过木桥,含着笑道："究竟在乡下躲警报,比城里轻松得多。"于是站定在桥头上,将纸烟伸出去,弹了两弹灰。李南泉看他情形很是悠闲,这就迎了出去笑道："今天大概可以无事,甄先生吃过饭,我们可以谈谈。"甄先生站在桥头上,昂头四望,点了头道："据我的经验,像日本对重庆这样的空袭,百分之五十,是精神战作用。我在城里,一挂了红球,我就连吸纸烟的工夫都没有,立刻要预备进洞。同时,还有一个奇异的特征,就是要解大便。我这就联想到一件事。那上刑场的闪犯,有把裤子都拉脏了的,心理作用,不是一样吗?"

他这个举例,虽是实情,却惹得在屋子里各家的男女,都随着笑了。吴春圃拿了芭蕉扇儿在屋檐下扇着,笑着摇摇头道："这个比喻玩不得。那无疑说我们躲警报的人,谁也躲不了。"那甄太太正是慢腾腾地走到自己家门口,在口袋里掏出钥匙来开门,这就战兢兢地回转头来道："勿说格种闲话,阿要气数?"甄先生因他太太的反对也就走回屋子去了。李太太早是带着孩子们回到屋子里了。她叫道："南泉,你也进来帮着点儿,把屋子顺顺。"他走进屋子里来笑道："顺什么?回头月亮起山了,我们又得跑。"李太太看了桌上那碟萝卜条问道："你哪里弄来的这个?"李南泉笑道："天大人情,奚太太送的。另外还有小半片咸鸭蛋呢。"李太太看那碟子后,果然还有半片咸鸭蛋,上面还盖着一张纸呢。她将那半片咸鸭蛋拿过来,掀开那张纸,正待向地上扔去。却看到那张纸上,很纤细的笔迹,写有四个黑字,看时,乃是"残月西沉"。同时,纸拿到手上,有点粘粘儿的,还可以嗅到一种香味,便笑道："这是什么纸?"说着,将纸扬了起来。在这一扬之间,她就看到了那纸片上浅浅地有一道弯着的月形红印。她是个化妆的老研究家,看了这红印,就知道是个胭脂印,因道:"这是包糖果的纸,谁吃的?"李南泉笑道:"说起来是话长的。不过我可以简单报告一声,这东西来头很大,是方二小姐吃的巧克力糖,从马上扔下来的包糖纸。"李太太将糖纸送到鼻子尖上嗅了一嗅,点点头。

李太太道:"是方二小姐吃的糖果纸,那怎么会弄到奚太太手上,贴在这片鸭蛋上的呢?"李南泉笑道:"这个我不明白。不过我倒是拾着两张,顺便塞在身上。"因在衣袋里掏出给太太看。其中一张,就印着更明显的胭脂半月印。李太太笑道:"这是什么意思?"李南泉就把今天遇到方二小姐的情形,详细说了一遍。李太太摇摇头笑道:"隔壁这位,她来这么一套,是什么意思?尤其是写着'残月西沉'这四个题字,我不大理解。这应该不是无意的。"说着她瞅了先生微微一笑。李南泉倒是会悟了太太的意思,不觉学了刘副官的样,先举手行个军礼,然后又抱着拳头,拱了两拱手。李太太也就很高兴地一笑,把话接过去,不再提到。黄昏未曾来到,先就解除了警报,这还是这几天所没有的事。躲警报回来的人,正加紧在做晚饭。奚太太却又来了。她这回却是直接找李太太谈话。在屋子门外就笑道:"李太太快预备做晚饭吧,月亮一起,敌机又该到了。"李太太迎出来问道:"你怎么知道呢?"她昂着头笑道:"这就是杜黑主义。"李南泉在门外的溪桥上乘凉,老远就插言道:"奚太太真是了不得,空军知识也有,今天的空袭,怎么会是杜黑主义呢?"奚太太道:"这有什么不知道的!当敌机飞出来的时候,那是没有月亮的时候,等它度过一段黑夜的小小时间,月亮出来了,敌人在天空正看得清楚,就可以乱丢炸弹了。这手段最辣,让我们半路拦不上它。"

李南泉笑道:"哦!杜黑主义就是这么回事。可是我略微知道这是一个名字的译音。虽是译音,却也成了个普通名词。杜是杜绝的杜,不是过度的度。"奚太太道:"不能够吧?木字旁的杜字,这杜黑两个字,怎么讲法呢?"李太太笑道:"奚太太,你别信他,他是个百分之百的书呆子,懂得什么军事学?"说着,端了把木椅子,放在走廊上,笑道:"奚太太,休息一会儿吧。"奚太太顺手一把将李太太手臂拉着,笑道:"老李,今晚上有夜袭的话,不要去躲洞子,我们坐着乘凉谈谈吧。"李太太道:"不行,我一听到半空里的飞机响声,腿就软了。再要是看到那雪亮的探照灯,在半空里射那虹似的大灯光,我的心都要跳出来,这个玩不得。"奚太太笑道:"那就算了吧。"说着,她扭身走了。李太太颇有点奇怪,就是这么一句话,值得她特地到这里来说吗? 这个意念还不曾想完,奚太太又走回来了,笑道:"你看我也是那故事里面,会忘记了自己的人。我下午留了个瓷碟子在这里,我来拿回去。"她走到屋子门口,见屋子里的菜油灯,光小如豆,正是灯草烧尽了。她又一扭身道:"忙什么的,明天来拿吧。"这次走,算是她真正地走了。李太太料着她是有话说,而又不曾说出来。可是她既不说,也就不必追问她了。晚饭后月亮上升,倒是奚太太杜撰"度黑主义"说对了,夜空里警报器呜呜地响,夜袭又来了。李先生在晚间不躲警报,但照例地还是护送妇孺入洞。

　　家人进了防空洞,李先生是照常回家守门。这一夜的夜袭,又是连续不断。李南泉于飞机经过的时候,在屋后小山洞里躲过两次,此外是和甄子明先生长谈。到了夜深两点多钟,甄先生这久经洞中生活的人,坐在走廊上,不住地打呵欠。李南泉便劝甄先生回房睡觉,自己愿担负着监视敌机的责任。甄先生说了声劳驾,自进屋子去睡了。李南泉在走廊上坐坐,又到木桥上散散步。抬头看看天上,半轮儿月亮,已偏到屋脊的后面去。白天的暑气,这时算已退尽,半空里似乎飞着细微的露水,阵阵的凉气,浸润到身上和脸上,毫毛孔里都不免有冷气向肌肉里面侵袭。他昂着头看看半轮月外的天空,零落散布着星点。这就自言自语地道:"月明星稀,乌鹊南飞……"他还没有把这诗念到第三句呢,那邻居走廊上有人接嘴道:"这诗念得文不对题。我在唐诗上念过这诗的。"这又是奚太太的声音,便道:"还没有睡呢,月亮都偏西了。"奚太太道:"我是几个孩子的母亲。他们睡觉了,我不能不给他们巡更守夜。万一敌机临头了,我得把他们叫醒。"说着话,她走下了她家的走廊向这边屋子走来。李南泉虽是讨厌着她啰唆,但无法拒绝她走过来,只是木然地在木桥上站着。她走到了桥上,笑道:"你为什么一个人在这里临流赋诗?"李南泉踏两下桥板响,因道:"这下面并没有水。"奚太太道:"虽然没有水,但这总是桥。你这个意境就是临流赋诗的意境。你倒是心里很空洞,不受空袭的威胁。"

巴山夜雨

李南泉对这位太太的行为，却是不大了解。这么夜深，她会有这个兴致找人来闲话。心里转了个念头，把话锋将她碰了回去吧，因点着头道："奚太太，你的学问，确是渊博，不过线装书这一部分，你应该比我念得少。"奚太太笑道："岂但是线装书，无论在哪一方面，我都拜你做老师的，你怎么会提出这个问题来的？"李南泉笑道："月明星稀，乌鹊南飞，你猜这是谁作的诗？"奚太太低了头想了一想，笑道："你不要骗我。诗是七个字一句，或五个字一句，哪里有四个字一句的诗？"李南泉笑道："你没有念过《诗经》吗？《诗经》就是四个字一句。至少'关关雎鸠'这一句诗，你一定……"奚太太笑道："哦！对的对的。'月明星稀'也是《诗经》上的吗？"李南泉笑道："可是你说在唐诗上念过的。"奚太太又走近了一步，将手拍了他的肩膀道："李先生，你怎么老是揭破我的短处？你难道对人一点同情心都没有？"李南泉将身子闪开了一闪，向她一点头笑道："对不起，恕我太直率一点。不过朋友相处，讲个互相切磋。若是我有一得之长的话，我不告诉你，这是不对的。例如月明星稀，这是曹操的诗，比唐诗就远去了多了。不过在'唐诗合解'上，是选了这一首诗进去的，你说在唐诗上念过，也不算错，《古唐诗合解》，向来人家是简称'唐诗合解'的。但严格地说，却不能像你那样举例。"奚太太又逼近了一步，再拍着他的肩膀操着川语道："对头！这个样子交朋友就要得，二天我跟你补习国文，要不要得？我猜，一定要得！"

李南泉被她接连地拍了几次肩膀，这却不免有点受宠若惊，只好当着不受感触，很坦然地站在桥上，昂头望着天道："奚太太，你夜不成寐，我想，你不光是替孩子们巡更守夜，也许你念着城里的奚敬平兄吧？"奚太太摆着头道："我用不着替他发愁。他机关里的防空洞是重庆的超等建筑。就是一吨重的炸弹，也炸不了他那个洞子。"李南泉道："那么，这样整个星期的轰炸，敬平兄可也曾顾虑到家里这个国难房子，是担受不起瓦片大一块弹片的？"奚太太道："这是敬平唯一的短处，只要离开了家庭，就没有一点后顾之忧。这一事也应当由我来负责任。因为我什么都能做主，什么我都能担担子，他就很放心地去进行他的事业去了。不但如此，就是他的事业，也得我在家里遥为领导，要不然，他就会走错路线的。"李南泉道：

"的确，你是一个可佩服的人。你对敬平兄是太忠实了。他对你大概也很忠实。"奚太太道："他呀！谈不到忠实，只谈得到服从。在我眼面前，可以不喝酒，不吸纸烟，不打牌，就是请朋友吃馆子，也必须先通过我。李先生，你可不要误会，以为我干涉得太严厉了。我正是怕交些酒肉朋友，不但无益，而且有害。他是这样服从我惯了，倒也没有什么反抗，只是一层，他若是离开了我远一点就要作怪。"李南泉笑道："哎呀，你好凶呀。就是和你交朋友都不敢不加以考虑了。"说着，故意借着这话，做个表演话剧的姿势，闪开去好几尺路，直走到木桥的尽头。这匆忙的步子，踏着木板桥的响声，可惊动了邻居甄先生。

甄先生很匆忙地由屋子里跑出来，问道："是敌机来了吗？"李南泉笑道："没有什么事，你安静去睡觉吧。不过有意加入谈话会的话，想奚太太一定很欢迎。"他如此说了，甄先生才看到桥头上还站有一位女人，他笑着弯了两弯腰道："我还是睡觉吧。身体实在是支持不住了。"说毕，转身就回去了。李南泉见甄先生并不加入谈话会，心里倒老大感着不安。立刻想到和奚太太在这里瞎扯，值此参横月落，空谷无人，这太不妥当。这就故意向天空四周看了看，自言自语地道："三峡的雾，又该起来了。敌机还会继续来吗？我要到防空洞里看看孩子们去。"说着，很快地走上走廊，将房门锁住。再经过板桥上时，奚太太还在桥上站着，两手一伸，横拦着去路，低声道："喂！不要走。我一个人在这里守夜，有点害怕。"李南泉笑道："奚大嫂，你是有魄力的女子，根本就没有躲过空袭，你还会怕鬼吗？"他说时，也推开她横拦着的手，闯过木板桥去了。走了十来步路，故意自言自语地道："这样半夜三更地啰哩啰唆，越说越远。"回头看那木桥上，偏西的一钩月亮，撒下淡黄的光，照见山溪两岸，树木人家的影子，都模糊着，黑沉沉的。那木板桥上正仿佛有着一个孤零零的人影子。心想，那自然还是那位家庭大学校长奚太太，猜不着她有什么苦闷，今天这十几小时都在半疯狂的状态中，只有远远地避开她吧。他有此意念，到了防空洞口，见大群人都在残月的微光里坐着，打听到自己家里人，全在洞子里席地睡觉，这就安心地坐在洞口石头上，等解除警报。

这一晚的夜袭，竟是和残月相始终。残月落下去了，解除警报的长声，也发出

巴山夜雨

来了。他引着家里人,走向家去。那靠近山头的大半轮月亮,由白变成了金黄色,像半面铜盘,斜挂在天角下。那月亮里放出来的金黄色淡光,正轻微地撒在这深谷里。山石树木人家,全模糊着不太清楚。在溪的东岸,有一片菜地,支着许多豇豆架子,这豆架和百十枝竹子相邻,在淡黄色的月光下,照着许多高高低低的青影。天已到将亮的时候,空气是既潮湿,又清凉。在人的皮肤触觉上,已是感到一阵轻微的压迫,再看到这些青隐隐的影子,心理上也有些清凉的滋味了。大家不成行伍地慢慢走着,李南泉依然是首先一个引导。他远远地看到那高低影子当中,更有个活动影子跑来跑去。虽然是大群人走着,这个深谷,月亮只照了半边山到底,一边是阴影面,一边是昏黄的光,凉空气之下,清幽幽的,这会给人一个幽暗荒凉的印象。这个活动的影子,在清暗的环境下,无声活动,很可以让人感到是妖异。李先生不免怔怔地站了一站。但他很快地就证明了,那是个人,那一定还是奚太太,因为在这几家邻居中,除了去躲防空洞的人,都睡觉了。她大概是有点半疯了,就不去睬她。直走到那丛竹子下,她出现了,身上已加了一件短大衣,手里攀住了一枝竹子,只是在空中摇撼着,就洒了李南泉一身水点。尤其是那竹叶子簌窣一阵响,不由得吓了一跳,耸着身子"哟"了一声。

奚太太随着这一声"哟",嘻嘻地笑了。她道:"李先生的胆子也太小了。竹叶子洒下来几个露水点子,何至于吓得这个样子。"李南泉站在路头上,不免瞪了她一眼。可是这曙色朦胧的时候,使一个眼色,奚太太怎能看到。她还笑道:"这是甘露呀!嘻嘻!"李太太是紧随在李先生后面的,却有点不能忍受,便笑道:"奚太太这样高兴,得着什么打胜仗的消息吗?"奚太太道:"我是乐天派,用这个手段对付敌人的疲劳轰炸,那是最好不过的事情。"李太太笑道:"还是你赏鉴残月西沉这段风景的作风吗?残月西沉,是带些鬼趣的。"她说到最后一句话,语调稍沉着一点。李先生颇觉太太这话带了很严重的讽刺,恐怕身受者难堪,便大声叫道:"钥匙落了,怎么办?"李太太道:"我这里还有一把。"这一问一答,把对付奚太太的目标就转移过去了。由防空洞回来的人,少不了有一套抹澡喝茶。整理由防空洞带回的包裹。把这些事做完,天色却已大亮了。趁着天气凉爽,妇孺都安眠去了,李南泉恐怕白天的空袭紧随着要来,就站在走廊茅檐下抬头看看四面天色。见白云展开棉絮团子,笼罩了四周的山头,颇有变天的希望。变天,这是躲空袭者的好消息。正想喊出:"要下雨了!"回头一看,奚太太手扶了一根竹枝,还站在那丛竹子下,便笑问道:"还没有回去么?"这一问,倒引出了意外的行动。她一笑,放了竹子,竹梢向空中一弹。她转身向大路走去。那和她的家是越走越远的,这可奇了。

巴山夜雨

第十一章　蟾宫折桂

李南泉见这位太太仰着颈脖子,顺了人行大路,径直地走去。倒猜不到她是向哪里去。回头看看奚太太的屋子还敞着大门呢。本待叫她一声,转念想着,管她这闲事更不好,随她去吧。站在走廊上出了一会神,听家里的人,隔着夹壁,是一片鼾声。这正可以证明大大小小,全疲倦到了极点。自己端把椅子,拦了屋门坐着。这样有几点作用:可看守屋子,可听候警报声,也可以打番瞌睡。人是靠了椅子背坐定,不知不觉就闭上了眼。仿佛中是知道邻居们有人行动,但随着跑警报,在那天然洞里唱戏,和奚太太站在木板桥上夜话的事情,像演电影似的,一幕一幕在眼前过去。觉得自己一阵颤动,像是沉在冷水塘里,吓得赶快身子向上一挣扎,睁眼看时,椅子背倒在窗户木台上,扶好了椅子,索性伸长了腿,仰着睡了。不到一会儿,这身子又沉在水塘里了,不但是身上冰凉,连头发都是凉阴阴的。这不是水塘,是海滩,那大风浪正倒卷着人的身体,向礁石上猛扑了去。赶快睁开眼睛,见溪对岸那丛竹子,被大风刮着,几乎要扑倒在地面上。身上的衣襟,被风卷动着,肌肉都露出来了。风里夹着豆大的雨点,吹进了走廊,打在干地上,噗噗作响。就是自己的衣服上,也很沾染了些雨点。站起来出了出神,却听到隔壁吴春圃先生在屋子里叫道:"好了,老天爷来解围了。"

在日晴夜月的情形下,让敌人进行轰炸了一天又一天之久,除了望天变实在没有什么好法子,可减少这空袭威胁的。这时吴先生喊着一声天变,引起了很多人跑出屋子来看。李南泉也是如此,觉得在走廊上看到的,还是不够,又走到溪桥上,抬头四周观望一番。看到云阵每每结成很大的一块,就在天峰飞跑。尤其是由溪口望出去,在远隔两三里的大山头上,已让灰色的云笼罩得天地连在一处。溪岸上的那丛竹子,窸窣的一阵响,让谷风吹着卷了过去。同时,那云层里的雨点,就像撒豆子似的,稀疏地撒上一遍。雨点里的凉风,吹过这条长谷,让人身上毛发都感到凉飕飕的。这就一拍手,自言自语地道:"不管好歹,放头去睡吧。"吴春圃先生站在走廊上,张开胡子嘴,打了个呵欠,笑道:"睡吧。不花钱的享受,可别放弃了。俺今天不吃午饭,至少睡他十小时。"说着,他又是个呵欠。这呵欠是个急性传染病,在廊子这头站着擦脸的甄先生,弯着在盆里洗脸的甄太太,连接着打呵欠。大家互相看了一下,不由得哈哈大笑起来。李南泉摇摇头笑道:"甚矣,吾倦也。"他又打了两个呵欠。果然的,他进屋去,就倒在床上。正是老天凑趣,突然哗啦啦一阵急雨,倾盆似的倒将下来。经受过长期空袭的人,不知道这趣味。大雨声比什么催眠曲都有效力,人早是朦胧着失去了知觉。

他一觉醒来,首先让他还从容不迫的,就是窗户外的茅草屋檐,还在滴滴答答流着水柱。这尽可像冬天贪恋着被窝里的温暖一样,继续地在床上躺着。休息了几分钟,隔着玻璃窗向外看去,树丛子里,飞起一堆堆白絮似的云块,这更证明着是个阴雨连绵的气候。减少了疲劳,恢复了健康的太太们,在屋檐下,已是隔了两下的山溪对话。"好凉快天哪,来呀,十二圈呀。"李南泉起了床,也是首先到门外看看雨色。在屋子里,就可以看到对门的山头,让阴雨封锁了一半。半空里细雨如烟中,牵着一条条的稀疏雨绳。屋外的山溪,已流着山洪,哗啦啦的,水溅着溪床里面的石头,翻出白色的浪花。这一切形象,也未尝不可供山居者的赏鉴。他站在走廊上,反背了两手,只管张望着。正在出神,肩上却披上了一件衣服。太太在不通知之下,将一件蓝布长衫送来加凉了。她站在身后笑道:"你实在该轻松轻松。过去是太紧张了。你先去洗洗脸,我给你泡好一壶茶,大概还有一盒好香烟。你可以躺在布睡椅上,随便拿本书看看。"李南泉穿上长衫,笑道:"谢谢。睡是睡够了,可是我还……"李太太笑道:"还有,我已经给你红烧了一碗牛肉,立刻下面给你吃。大家太辛苦了,乐一天是一天,你今天好好休息这半日。"李南泉笑道:"既是大家太辛苦了,你虽不必休息,也可以找点娱乐。什么时候了,我还没有看表。马上动手,十二圈还来得及吗?"李太太还没有答话,甄太太屋里,有个女客的笑声,那正是冒雨来邀角的下江太太。

巴山夜雨

下江太太随了这笑声,也就走出来了。她抓着李太太的手,连连拍了她几下肩膀,笑道:"老李,你真有一手,三言两语,加上点儿电影镜头的小动作,你就把李先生降服了。"甄太太虽是过了时代的人,看到她们逗趣,这也就在旁边插嘴道:"这话只好摆勒肚皮里面格。一说出来末,李先生晓得哉,下转末,格些作作,就勿灵哉!"她这么一说,又是一口的苏白,引得大家都笑了。李南泉笑道:"中国人真有弹性,疲劳轰炸一经停止,大家就嘻嘻哈哈地笑起来。"下江太太道:"李先生,你想,若是这样的阴雨天,我们还不找点乐趣,岂不是错过好机会吗?今天晚上,大概杨艳华又是全本《玉堂春》罢?"李南泉笑道:"你们打牌,这和《玉堂春》有什么关系?"下江太太笑道:"那就凭你想吧。"说着,她已把靠在墙壁上的一把雨伞撑起,笑道:"老李,打铁趁热,走吧。"说着,左手撑伞,右手就来扯人。李太太笑道:"你忙什么?我还得给煮牛肉面呢。"下江太太始终把她一只手拉着,笑道:"这就够瞧多半天了,用不着你恭维,你家女用人干什么的?"下江太太那口蓝青官话,"瞧"字"什"字,全念成舌尖音,"半"字念成"本"字,全不够俏皮。李南泉哈哈大笑。李太太也就真趁他这份儿高兴,点着头笑道:"我走了。不用等我吃晚饭。"就和下江太太抱着肩膀,共同躲在伞下,冒着雨走了。李南泉望着两位太太,在雨丝里斜撑着伞走过了溪边大路,也笑道:"出得门来,好天气也。"邻居听着,都笑了。连那位正正经经的甄先生也笑了。

这场雨,真是添了人的兴致不少,老老少少,全是喜色。而四川的天气,恰又是不可测的,一晴可以两三个星期,一雨也可以两三个星期。原来是大家望雨不到,现在雨到了却是继续地下,偶然停止几小时,随后又下了。这样半个月,没有整个的晴天,虽是住家的人,睁开眼来,就看到云雨满天,景象阴惨惨的,可是个人的心理,却十分的轻松。李南泉除了上课之外,穿上一件蓝布大褂,赤脚踏着拖鞋,搬一张川式的叉脚布面睡椅,躺在走廊檐下看书。也是两月来心里最安适的一天。正捧着书看得出神,却有人叫道:"李先生,兴致很佳吧?这两个星期很轻松,作了多少诗?"他放下书,回头看时,那位石正山夫人,并没有撑伞,在如烟的细雨里面,斜头走上了木桥,便笑道:"石太太,你不怕受感冒吗?衣服打湿了。"石太太走上了屋廊,牵着她身上那件蓝中带白的布长衫,笑道:"你看,这胸襟上,绽了两个大补丁。这根本值不得爱惜的衣服。"李南泉道:"多日未见,石太太出门去打抱不平的事,告一段落了没有?"石太太脸上表示了十分得意的样子,两道眉毛尖向外一伸,然后右手捏着拳头,伸出了大拇指,接连着将手摇了几下,笑道:"那不是吹,我石太太出马料理的事,绝不许它不成功。假使我没有替人家解决问题的把握,那我也就不必这样老远地跑了去了。一切大告成功。妇女界若是没有我们这些多事的人,男子们更是无恶不作了。"李南泉笑道:"好厉害的话。所谓男子们,区区也包括在内吗?"

石太太倒没想到人家反问得这样厉害,站着怔怔地望了他一下,强笑着道:"这话很难解释。回头我们详细地谈。我现在要去找奚太太说话。"说着,她抬手向隔壁屋子的走廊招了两下,笑道:"在家里做什么啦?我们今天要详细地谈谈。"李南泉看时,正是奚太太拿了一本英文杂志在手上,由她家走廊这头,走到那头。其实她的眼睛,并不在杂志上,只是四处瞭望。李先生看到她,不免带笑向她点了点头。但她一脸气愤的颜色,并不说话,人家这里打招呼,她只当是没有看到。李先生忽然醒悟了。必然是那天天将亮的时候,看见了她一人顺了大路走去,没有予以理会之故。自己微笑着,也装着不介意。那石太太远远看到她手上拿英文杂志,就知道她用意所在,大声笑道:"奚太太是越来越博学多闻了。在家里看英文。这个我一点不行,全都交回给老师去了。"她也大声笑道:"我哪有工夫看英文书。在家庭杂志里,找点材料罢了。那边白鹤新村里,有个妇女座谈会,邀我去参加,真是出于不得已,你去不去?"她说着,又把那杂志举了一下,笑道:"这里面东西不少。"说到这里时,正好甄先生也站在这边走廊上,她笑问道:"甄先生,你的英文是登峰造极的,你说美国新到的哪种杂志最好?"甄先生道:"自到后方,外国杂志,我是少见得很。"奚太太道:"那么,我借给你看吧。"说着,交给她一个男孩子送了过来。李南泉在一旁看到书的封面,暗叫一声"糟糕",原来是一家服装公司的样本。

甄先生是个长者,将那样本看了看,没作声,就带回屋子去了。李南泉觉得这

巴山夜雨

是很够写入《儒林外史》的材料,手扶了走廊上的柱子,只管发着微笑。奚太太忽然在那边叫道:"李先生,什么事情,这样得意,你只管笑。"李南泉一时交代不出来为什么要发笑,只是对她还是笑。奚太太见他老笑着,以为他又发生好感了,便笑道:"李先生,你在家里闷坐了半个月,心里头很难受吧? 我告诉你一个好消息,白鹤新村的桂花开了。你若没有什么事,可以到那里去赏赏桂花。"李南泉笑道:"大概奚太太兴致甚浓,就冒雨去赏过桂花。"奚太太笑道:"那也不光是你们先生有诗意,我们照样有灵感,照样也有诗意呀。"李南泉还是逗她说几句。石太太可向前拉着她的手道:"我特意找你商量事情,你又发了诗兴了。"奚太太一仰脖子道:"怎么样? 我不能谈诗吗? 若说旧诗,上下五千年,我全行。"石太太道:"你会作?"奚太太道:"我全能念。新诗我会作,五分钟作一首诗,没有问题。"石太太笑道:"别论诗了,我们谈正式问题吧。"说着,她用力将奚太太拉进去了。李南泉想到这位太太过去的事,自己颇有些后悔,就事论事,是给予她太难堪了。她今日虽绷着脸子,到了后来,她还是笑嘻嘻地相对,实在应当找个机会给她表示歉意。他怔怔地出了一会神,还站在走廊上望着。不知过了多少时候,奚太太又送着石太太走出来了。李南泉回味着刚才的事情,又向她笑了一笑。

石太太虽是走着,也发觉了李南泉只管微笑,因站住了问道:"有什么可笑的事情吗?"奚太太道:"他笑我们和女朋友打抱不平,在雨里跑来跑去。"石太太笑道:"李先生不了解新时代的女人。"她说着,依然冒雨走了。她这是一句无意的话,这倒让李先生生了一点感想。觉得这二位太太,是新式妇女中另一典型,确乎有人不能了解之处。她不是说白鹤村一个妇女座谈会吗? 这个会,虽不是男子可以参加的,但是在那条路上走走,看看这些妇女是怎么个行为,也许不少戏剧材料。他生了这个意思,含笑走回屋去,在桌上摊开笔墨来,写了三个大字"雨淋铃",就根据了这奚、石两位太太的影子,作为剧本的主角,在纸上拟了一个故事的草稿。只写了四五行。那奚太太又在窗外张望了一下,笑道:"写文章?"李南泉将手一按纸,问道:"有何见教?"她索性扶了窗棂,向里面桌子上看着,笑道:"我已经看到了,'雨淋铃'。这题目很漂亮,好像在哪里见过。"李南泉又觉得无法和她谦逊了，又问了一句："有何见教?"奚太太道："那个装咸萝卜的碟子，我还没有收回去呢。我是怡红院里的丫头，到潇湘馆来收碟子的。"李南泉笑道："那么，我是林黛玉？林姑娘九泉有知，又是一场痛哭。你又何必气她？"说着，立刻起身到厨房里去，将那碟子取来，双手捧着，送交给她，还一鞠躬道着"谢谢"。奚太太道："你有点受宠若惊吗？你看，这一丛竹子，一湾流水，就是一个潇湘馆的环境。而且，你又……"

李南泉笑道："不用而且，我承认我是，等我把这段草稿子打起来，我泡一壶好茶，再请你到潇湘馆畅谈。"他这样说着，隔壁邻居家里有了笑声。奚太太实在无话可说了，只好板着脸收了碟子回去。但是这么一来，更让李先生感到歉然。自这天起，她又不向李先生打招呼了。继续着又下了两天小雨。李南泉那篇《雨淋铃》故事已经写完，并且将剧本写了一幕。但到了第二幕，就有许多材料不充分，只好搁笔了。第三天是小晴，第四天是大晴，隔了窗户，就看到奚太太穿了盛装，撑着一把纸伞，从大路上过去了。这就想着，必是她说的那个妇女座谈会今天要开会，顺了这个路线，倒可以找点材料。但这个窃窥妇女行为的举动，究竟是怕太太所不能谅解。便说是去看桂花，顺便也可以摘些回来。李太太微笑着，并没有置可否。四川的天气，只要一出太阳，立刻热起来。李南泉只穿了短衣服，将那件防空蓝布长衫作一个卷儿夹在腋下。为了预备拿桂花回来，没有撑伞，只找了一顶旧草帽子戴着。那身短衣服又有七成旧，远看去，也就是个乡下小贩子。这也是习惯，自在地走着，并没有什么顾忌。由这里向白鹤新村走去，要穿过一道高峰夹峙的深谷。这深谷里面一道流水潺潺的深河，两岸的森林，阴森森的，由河边一直长到山峰顶上去。风景十分幽静。但这里有一件煞风景的事情，就是边山峰下，有一道石坡路。盘旋着直通到山顶上，那就是方院长公馆了，行人在这里走，是常常遇到干涉的。

李南泉明知如此，但方公馆门口，来过多次，也并没有加以介意。这时，久雨过后，山河里的水满满的，乱石河床上，划出了万道奔流。波浪滚滚，撞到大石块上哗哗作响。这山河又在两面青山下夹峙着，水声发出了似有如无的回音。同

巴山夜雨

时,风由上面谷口吹来,穿过这个长峡,两山上的松树,全发出了松涛,和下面的河流相应。人走到这里,对这大自然的音乐,实在会在心灵上印下一个美妙的影子,李南泉忘其所以地,顺了山坡的石坡路走,但觉得山峡里几阵清风,吹到身上脸上,一阵凉气,沁人心脾。看到两棵大松树下,有一条光滑的石凳,就随便地坐在上面。这里正对着河里一段狂泻的奔流,像千百条银蛇翻滚,很是有趣。正看得出神,忽然有人大声喝道:"什么人,坐在这里?快滚!"他回头看时,是方公馆带枪的一位卫士,便也瞪了眼道:"大路上人人可走,我是什么人,你管得着吗?怎么开口就伤人。"那卫士听他说话不是本地音,而且态度自然,料想自己有点错误,但他喝出来了,不能收回去,依然手扶了枪,板着脸道:"这是方公馆,你不知道吗?这里不许你坐。"李南泉冷笑一声道:"不许我坐?连这洋楼在内,全是民脂民膏盖起来的,我是老百姓,我就出过钱。我不去逛逛公馆,已是客气,这里坐坐何妨?你不要以为老百姓全是唬得住的,也有人不含糊。"说着,他坐着动也不动。那卫士可被他的话弄僵了。同时,也就看到石板上还有一件卷的蓝布大褂。这地方有一个大学,又有好几个中学,蓝布大褂,就是教授、教员的标志,这种人院长是容忍他们一二分的。

这个人斯斯文文的,又有蓝布大褂,决不怕带枪的卫士,那决计是个穷教授之流。卫士虽自恃来头大,但对于这类人,却不能不有一点顾忌。不过既喊出了口要他走,而他又坐着丝毫不动,面子上太下不来。便扶了枪瞪着眼道:"要得,你坐着不动就是,我去找人来。"他身上带有哨子,放到嘴里"呼嘿嘿"一吹,这就看到山峰坡子上,有五六个人跑着步子下来。其中有穿制服的,也有穿便服的。李南泉一看,心想,好,把我当强盗看待,要逮捕我了。闲着无事,找他一件公案发生也有趣。于是抬起一条腿来,半蹲了,将两手抱了腿。那群人一会儿工夫,就跑下山了,这卫士迎上前去,抢着报告了一番。有人喝道:"什么人?好大的胆,在太岁头上动土!"说过了,那些人跑过来了。接着有个人哈哈大笑道:"李先生,和他们卫士开什么玩笑?你来我家径直上山去就是。何必在这里坐着?"这顶头第一个说话的,正是刘副官。李南泉笑道:"我并非来找你,我是到白鹤新村去,路过此地,看到路边有石凳,顺便坐着歇歇腿。不想,这就怒恼了贵公馆的卫士,他要轰我走。我这并不冒犯什么,因之他轰我走,我并不走。"那些跟着跑下山的人,看到来人和刘副官十分熟,也只有站着微笑。原来的那位卫士,看到这事情不妙,只有把枪夹在腋下,悄悄走了。刘副官赔了笑,点着头道:"对不住,对不住,他们是无知识的人,你不要见怪。可是你也不好。这年头只重衣衫不重人,谁让你吊儿郎当的,穿得这么寒酸样子?"李南泉道:"我倒想穿好的,可是你们院长,不配给我的布。"

刘副官怕他再发牢骚,因点点头笑道:"上山去喝口茶,我陪你一路走,你不是去摘桂花吗?我也去。"李南泉抬头看了看山顶上那幢立体式的洋楼,在那山顶松树林里,伸出小半截,正像撑着顶上的那片青天,便摇摇头笑道:"算了。我不练这份腿劲。"刘副官道:"那么,我立刻陪你去。我们已经有几位同事去了。这就走吧!"他挽了李南泉一只手臂就走。那意思,是避免那些卫士们继续僵下去。李南泉很了解他的意思,自也无须坚持着和那些卫士们计较,顺着松树林子里的山坡,说着闲话走去。翻过这个大峡,眼前豁然,四面山峰包围着一大片平原。这平原上橘柚成林,鸡犬相逢,就是桃花源那么个环境。四川盆地,这种环境,可以说随处皆是。由重庆躲避空袭下乡的人,总是利用这环境的。这平原上东部一条小石板路,在水田中间,屈曲地前进,那是赶市集的古路。西部一条宽坦的沙子路,颇有公路的雏形,却是一条直线地伸入对面小山口。那小山上树木葱郁,有那砖瓦老房子的墙头屋脊,在绿树丛里隐隐透露出来。刘、李二人就是顺了这条宽路走。四川季节早,大路两旁的稻田,穗子全数长黄了。那稻秆被谷穗子压着,都是歪倒在一边的。有些稻田里放着打稻的拌桶,三四个农人,站在水里面打稻。李南泉道:"今年的年成又不错。我们全靠的是四川这点粮食,若是赶上荒年,那就完了。所幸这几年来,年年收成都好。真是中国有必亡之理,却无必亡之数。"

刘副官道:"这话怎么讲?"李南泉笑道:"中国在我们这群人手上,早就该亡国。可是运气好,亡不了。这运气好里面而又运气最好的人,当然是院长、部长之流。"刘副官听了他这话,没有敢作声。两人默然顺了这条路走,已遇到好几批人,

巴山夜雨

带了小枝的桂花,笑嘻嘻地走来。同时,也就觉得有一阵很浓的香味,在半空飘了过来。再走近一点,果然可以看到那青郁郁的绿树林中,闪出一点昏黄的影子。李南泉道:"你看,这里一堆小山峰,上面长了这许多桂树,这正是合了古文上那句话,小山丛桂。这里若是有一口清水池塘,这风景就更美了。"说到这里,正面来了两个青年,像是学生的样子,因笑道:"去折桂花吗?这两天让人折得太多了,学校里已出了布告,不许再折了。"李南泉道:"不许折,我们自然不折。"刘副官道:"不要信他,为什么不能折?这又不是什么私人的东西可以专利的。公家的东西,大家可以享受。"他不说也罢,说了倒是加紧了步子走。李南泉跟着他走,进了那小山口走着去,那里正是两重楼高的小石山,包围着这山,全是常绿树,除了桂花,就是橘柚。那桂树大小不一,有两棵老的,高出许多常绿树上去。尤其是这小山坡上下,长了些大小水成岩的石块,配着这些桂树,很有点诗意。李南泉顺了路向山坡子走着,早觉得周身上下,全为香气所笼罩。刘副官站在身后,就吓了一声。接着道:"果然,不许折桂花。这是对着我们方公馆来的。"说着将手一指。李南泉看时,在树林子里,树立了一块带柄的白木牌子,上面写着大字:禁止攀折花木,如违严重处罚。下面写明了大学办事处的官衔。

  刘副官道:"在我们这里,哪个敢处罚我们?反了!"李南泉笑道:"老兄,你这叫多疑。人家立的这牌告,是指着到这里看花折花而言,你不折他的花,他就说不着你。"刘副官道:"你不明白这事的内容,因为这两天,我们公馆里天天有人来折桂花,我们被骂的嫌疑很大,以前,这里是没有这块布告牌子的。"正说到这里,树林子里有人笑道:"老刘,你也看了生气,我就觉得这块牌子是对着我们发的。彼此邻居,每天来折几枝桂花,什么了不起,还要这样大惊小怪地端出官牌子来。"看时,正是那位比刘副官更蛮横的黄副官,穿着短裤衩,和短袖汗衫,正向一株大桂树昂头四望,打着上面桂花的主意。刘副官抢上前两步,笑道:"管他妈,我们折我们的。你上树去,折下来丢给我。"黄副官笑着,立刻就爬上树去,李南泉还站在那木牌之下,心里兀自想着,人家既是这样公然树立公告牌,偏又公然去折人家的花,若是让人家看到,那却是怪不方便的,因之远远地站着,离开那几棵桂花树。

在这小山侧面,是一片平地,四周被绿树环绕着,那一片平地,被绿树照得绿阴阴的。在平地里面一带泥鳅瓦脊,白粉墙的高大民房,敞着八字门楼,向这小山开着。那八字门楼旁边,正挂着一方直匾,上面写某某大学研究院。那里就很端正地站有一个校警,直了脖子,正对了这里望着。李南泉想,知趣一点,还是走开吧。这桂花绝不容人家乱折的。

他正是这样想着的时候,那个警校,已是大声喝起来了。他大声道:"什么人?不许折花!"黄、刘两位副官只像没有听到一样,还是一个在树上折,一个在地下接。那校警似乎有点不能忍耐,夹了一支枪,慢慢移着步子走过来,问道:"朗个的?叫不要折花,还是要折花。"刘副官大声喝道:"瞎了你的狗眼,你也不看老爷是谁?老爷要折花,就折花,你管得着吗?滚你的蛋吧。"那校警也就看出这二位的来头了,大概是方公馆的副官之流。夹了枪站着,只是发呆。心想不干涉,面子上下不来;硬去干涉,可能落一个更不好看。就在这时,有几位研究生,正走出校门来,在野地里散步。看到校警夹了步枪呆站着,昂了头只管看着前面那小山上的桂花树,这就都随着这方向看去。一个学生问道:"什么人在这里大折桂花?"校警道:"晓得是啥子人!叫他不要折花,他还撅人,叫我滚开。"几个学生听了,一齐怒火上升,同奔到小山脚下来,叫道:"什么人?不许折花!"刘副官见一阵跑来六七个学生,自己是个弱势,倒不好过于强硬,便道:"什么人?我们是方院长公馆的副官。"一个学生道:"院长公馆的人更要守法了。这里不是竖着牌子,不许攀折花木吗?"黄副官正折了一枝最大的,由树上下来,便道:"我们二小姐叫我们来折几枝花去插瓶子,什么了不起的事,大惊小怪,慢说折几枝桂花,就是要你们这学校用,叫你们搬家,你们也不能不搬。"其中一位高个儿学生,便挺身而出,瞪着眼道:"什么二小姐?三小姐?狗屁小姐。我们不作兴这一套。你把花放下,若不然,你休想走。看是你让学校搬家,还是学校让你搬家!"

说着话时,七八个学生,全拥上了前。李南泉看这样子,非打架了不可,就不能再袖手旁观了。于是走向前,在这群学生中间站着,笑着摇手道:"小事一件,不要为这个伤了和气。插瓶花,不过是一种欣赏品,不折就不折吧。"黄副官道:"李先生,你不必管,花折了,看他们把我怎么样?什么大风大浪我们全经过,不信在这白鹤新村的阳沟里会翻了船。"他说着话时,挺直了腰,横瞪了两只眼睛。那个高个儿学生,恰是不肯让步,他将肩膀一横,斜了身子挤向前来,喝道:"好,我们这里是阳沟,我看哪个能把这桂花拿着走!"他说着话时,两手也是叉住了腰身。学生当中,有这么一位敢作敢为的,其余的都随着壮起胆来,挤了向前,个个直眉瞪眼,像要动手夺花的样子。刘副官对这些学生看看,见他们后面,学生又在陆续地来,就以眼前所看到的而论,恐怕已在二十人以上。于是将黄副官手上一大枝桂花夺了过来,和在自己手上原来拿的花,合并在一处,然后举起来,向山地上一扔,板着脸道:"什么了不起?明天我们派人下乡去,挑他几担桂花来,老黄,我们走吧。"说着,拉了黄副官的手臂就走。黄副官看这情形,绝对是寡不敌众。若和这些学生僵峙下去,一定要吃眼前亏,借了刘副官这一拉,跟跄着步子,跟了他走去。那几个学生虽还站在一堆,怒目而视,可是李南泉还站在他们面前,不住向他们使眼色。同时,将右手垂直了在腿边,伸开了五指,连连对着他们摇了几下。

学生里面,有几个认得李南泉的,见他这样拦阻,也感到方公馆这些副官不是好惹的。一个精明一点的学生,向他点头道:"李先生,你看他们这些人。蛮横得还有丝毫公德心吗?"李南泉笑道:"折两枝桂花去插花瓶,这在他们,实在是很稀松的事。我劝各位以后还是少和他们正面冲突为妙。"那位高个儿学生笑道:"我们也知道犯不上和他们计较。无奈他们说话那气焰逼人,实在教人容纳不住。李先生,你怎么会和这种人认识的?"这句问话,倒问得他感到三分惭愧,便笑道:"我们这穷措大,有什么架子不成,谁和我交朋友都成。他和我住在一个村子里。"那学生把地面上桂花捡起一大枝来,交给他道:"李先生带回去插花瓶吧。"李南泉道:"那就不对了。纵然是人家折下来的,与我无干,但我拿了去,是人家犯禁,我实受其惠。这还罢了,是道德问题。我回家,一定要路过方公馆的。若让他们看到了,他们会来反问各位,何以让我折了花去?那是给各位一种麻烦。不过你先生的盛意,我是心领的。"那学生见李南泉说得很有情理,也很是感动,就给了他一张名片。他看到,上面印着大学研究生的头衔,名叫陈鲤门。同时想起,在报纸上看到有几次专栏文字,署的是这个姓名,这倒是个真读书种子,就站在桂花香里和他闲谈了一阵,然后告辞回去。为了这么一回小风波,也就无意再去打听妇女座谈会会员的行为了。由这平原走进了峡口,心里倒若有所失,不免步子走得慢些。迎面却见一大群人走来,其中还有两个穿制服背步枪的。

这群人首先一个,就是黄副官。不知他在哪里找到一柄玩把式的带鞘大刀。他背了在肩上。刀柄上挂着红绿布坠子呢,临风只是摆荡。只看这一点,就表示着这群人得意极了,李南泉明知他们起意不善,但料着说明了劝阻不得,倒是装了不知道为妙,只是向黄副官点了一点头,还是走自己的路。这群人约莫有十二三位,刘副官仿佛是位压阵将军,却跟随在最后面。他抬起一只手来,在空中抬了两抬,笑道:"李先生,别回去,看我们这一台武戏去。"李南泉笑道:"我说算了吧。那都是些穷学生,和他们计较些什么?"刘副官道:"穷学生怎么样?我们不含糊这些,老实说,我们这次去,要把那些桂花都给他砍了。"李南泉笑道:"树又没得罪你,那何必,那何必!"他虽是这样劝着,那刘副官听说,并不怎样介意,径自走着。李南泉站在路边对着这群人的后影,呆望了一阵,也只有摇摇头自行走去。那黄副官肩上背了那柄大刀,后面紧跟着两位带步枪的卫士,他得意极了,挺着胸脯子朝前走。他心想,这一下子,总可以威风凛凛地把刚才那面子挣回来了。不久,到了那小山丛桂之处,远远地先让他吃一惊。早见那桂树阴下站着一大群人。随便估计着,总也有五六十个。而且这些人全是全青制服的,可想都是学生,心想,怪呀!我们回去找了人就来,绝不会有人走漏消息,怎么他们就事先有了准备了?在这么多人面前,要是去抢着折桂花的话,那必是一场大风潮。还未必能占便宜。可是浩浩荡荡地来了,悄悄地回去,面子又更是难看。

他虽是这样踌躇着,可是紧跟在后面的弟兄们,却都得意洋洋地走着,以为可以出回风头。哪里知道黄副官有了尴尬的情形?他情不自禁地拖慢了步子,走近了那群学生。但那群学生都是背朝着山外,面朝着山里的。虽然这里有人带着真刀真枪前来,他们并没有加以理会。黄副官这有点省悟,这里群集了大批的人,倒并不是准备打架的。于是昂了头看去,见学生面对着的所在,有一块高草坡。草

巴山夜雨

坡上站着一个穿西服的瘦子。那人头上梳着花白的西式分发,尖削着两腮,虽不是营养不够的人,可是看出心计上的支出太多,依然免不了几分憔悴。因之他虽站着,他的脊梁是微微弯着的。黄副官对这个人的印象很深,老远就可以看出来他是很有名的申部长。申部长虽比方院长矮去一级,可是在政治上的势力,并不下于方院长。而且这学校很和他有关,他站在那里,分明是召集学生训话,不但是不许可在这时候去砍桂花,就是再走近两步,也有搅乱会场的嫌疑。立刻站住了脚,两手平伸开,拦住大家前进,低声道:"申部长在这里。"那在后面的刘副官,对申部长认得更熟,也低声道:"大家就站在这里吧,不能再向前了。"这些又是在权贵人家混饭吃的,"申部长"三字,也早是如雷贯耳。一听前后两位副官报告,就知道形势有了大大的转变,无论如何,上前不得。不约而同地,全站住了,他们不上前,恰是申部长把他们看得很清楚。

　　那申部长用着蓝青官话,正在对这群学生,做露天演讲,看到了方家家兵家将,排队向前,便将手一指,向站在旁边的学校职员问道:"这是干什么的?"职员看了看,却答复不出来。这些学生们,早就看到了,有一个人报告道:"这是方院长家里的人,大概是预备来折桂花的。"申部长微笑道:"来折桂花的?桂花长在学校门口,可以说是和你们读书种子能够配合。科举时代,举子们考试得中,叫着'蟾宫折桂',那只是用用毛锥子而已。科举废了,时代变了,于今折桂花不用那东西了,耍枪,嘿嘿。"他勉强发出了笑声,调门又很低,于是将"哈哈"变成了"嘿嘿"。他接着道:"不过就各位而言,还是七分用笔三分用枪的好。否则,我这考官固然考不了你们,你们就是蟾宫折桂了,恐怕和来人一样,干的不是你们本行。"有些学生,颇觉得他这话别有用意。哄然地发出了会心的笑声,每个人的声音虽是不大,但积着许多人的小笑声,也就变成了一种很大的声浪。黄副官听到这笑声,回头向刘副官看看;刘副官却比他更机灵,向他使了一个眼色,又将嘴向旁边一努。黄副官会意,立刻掉转身向旁边小路上走。跟着他走的人,也知道这前面山坡上,是一位不可惹的人,就无须再打招呼,都跟了他走去,一直走过半里多地,踏上了那石板面的人行古道,走回方公馆去。走进了峡口,黄副官看看这队家兵家将之外，并无他人，就顿了一顿脚道："真是不凑巧，遇到了这个姓申的。老刘，我们算吃亏了。"

刘副官道："吃亏就吃亏吧，反正姓申的不能永远在这里守着。我们只要逮着一个机会，就让那几个毛头小伙子认得我们。"黄副官笑道："你有什么法子呢？"老刘摇了两摇头笑道："天机不可泄露，早说了就不灵了。"那黄副官半信半疑，也就不提了。他们到了方公馆，正好方二小姐在屋子外面的走廊上散步，看到一群人由山峡里面走了回来，便一直迎下山来。黄、刘二人丢开了那班队伍，赶快顺着山坡跑上来。见着了二小姐，喘着气向路头上分开，在宽敞的石头坡上一边站着一个。二小姐今天是半男装打扮，下面白皮鞋，穿着长脚白哔叽西服裤子，拦腰来了根紫色皮带，裤腰套着的是件翠蓝色的短袖子翻领衬衫，手里拿了根紫藤手杖，在石板坡四面敲着东西走下来。见到刘、黄二人，站定了脚跟，望了一望道："你们由哪里来？"刘副官垂了两手，笔挺地站着，眼光直视了二小姐，低声答道："昨天不是在白鹤新村折桂花没有折到吗？今天我们特意多带些人去，非折来几枝桂花不可。不想事不凑巧，偏偏申部长就在那桂树林子里演说。整大群的学生将他围着，我们不敢过去。"二小姐道："这可怪了。申部长到他们学校里来训话，自然有讲堂、有礼堂演说，怎么会跑到山上去，在桂树林子下面去演说呢？"黄副官插嘴道："那当然是那些学生用的诡计。准是他们料着我们今天会去折花，所以就请申部长到桂花下面去演说。"二小姐道："申部长？天部长又怎么样？这是我们公馆附近的事，他管不着，是哪个学生弄的诡计？明天给我揪了来。"

她随便说过这句话，又对刘、黄二人各瞪了一眼，将手杖把石坡两旁的松树枝刷刷地敲打了几下。自转身回到屋子里去了。刘、黄二人也不知二小姐是怒是喜，呆站了一会，各自回屋子里去。他们的副官室，在大楼一进门的两旁，开了窗子，面对了隔岸的一排高山。那远近郁郁青青的松树林子，映在屋子里的光线，都是阴暗的，但空气自然是凉爽。刘副官在他面窗的一张木架床上倒下，将脚架在床栏杆上，因道："唉！这在家里躺着，多么舒服。平白无事地去折什么桂花，弄得里外碰壁。"黄副官也是无趣，跟着走进他屋子来。两手插在裤子袋里，来回地走

巴山夜雨

着,顿了脚道:"我绝不能甘休!"刘副官道:"算了吧。人家学生多,咱们不是对手。我们虽然吃鳖,外面并没有人知道。若是把事情传扬出去了,面子会弄得越来越不好看。我算跟着你摔了一个跟头就是。"黄副官道:"那几个小子我认得他,他们别遇着我。遇着我,我要给他一点好看。"刘副官也没说什么,哈哈大笑一阵。他这么一来,给予黄副官的刺激就大了。他走到临窗的桌子边,捏了拳头,将桌子一捶道:"此仇不报,非君子也。"刘副官以为他是发牢骚,并没有问其所以然,还是继续笑着。黄副官两手插在裤衩子袋里,来回走着。最后也就走出屋子去了。四川的天气晴了就一直晴下去,次日依然是个大晴天。上午九点多钟,就来了警报。黄副官这就有了办法了,穿上了一套灰色制服,背起一支步枪,带了几名弟兄,就出了方公馆,顺着山峡向白鹤新村走去。

  他们走到山脚下路边上,卫士笑道:"喝!黄副官今天亲自去当防护团,防哨?"黄副官道:"中国人太不爱国,随处都有汉奸活动,我们得随处留心。前几天敌人疲劳轰炸的时候,这山头上就有人放信号枪;今天我们得留神一点。不逮着汉奸便罢,逮着了汉奸,我得活活咬下他两口肉来。"他说着话,横了眼睛走路,十分得意,好像他就捉到了放信号枪的汉奸,亲自在这里审问似的。跟随着他的几名弟兄,自不知道他是什么用意,也只是糊涂着跟了他走去。黄副官走在人行大路上,一点没有考虑,自向白鹤新村走着。到了这里,已是放紧急警报的时间,这里没有挂红球的警报台,也没有手摇警报器,只是学校里的军号和保甲上的铜锣,到时放出紧急的信号。黄副官站在平原的大路上一看,四野空荡荡的,并无行人,只是那学校大门口,站了两名警士。他便向弟兄们挥了两挥手,径直向那桂树林子里走去。一位弟兄道:"黄副官还没有忘了折桂花啦?"他冷笑一声道:"折桂花?再送到我家里去我也不要,我们今天要捉汉奸。"弟兄们听他这话,有些像开玩笑,又有些像事实,不过大家心里很纳闷,这个文化区域,哪里来的汉奸?也只有跟着他同到那桂树林子里去,隐蔽在浓密的树阴底下。由上午九点钟到正午十二点钟,天空上过了两班飞机,平原上偶然经过几个人,始终是静悄悄地。由十二点到两点半钟,很长的时间,并没有敌机经过,空气就松懈得多了。

黄副官扛着那支步枪，缓缓走出了桂树林子，站在山地草坡上，对四处看望着。就在这时，看见有三个学生，由那广场上走过来。他们好像没有介意到什么警报，各各摇撼着手膀子，只是慢慢走着。到了桂树林子下，黄副官认出来了，其中有位高个儿的，就是拦着不许折桂花的那人。心里高兴一阵，暗叫着"活该"，居然碰着了这小子。且不动声色，只站在一丛树阴下横了眼睛看着他，他也把方家这几位总爷看了看。学生的制服衣袋里，各都揣着一本卷着的书。看那样子，分明是到树林子内躲警报看书的。黄副官心想，不忙，反正有的是机会。于是将身子靠了树干站着，把脸掉到另一边去，但他依然偷看他们做些什么。那三个学生，走上了山坡子，就在一丛乱石堆中，各各坐下，随便地在衣袋里掏出书本来看。约莫是十来分钟，天空里轰轰地有了飞机群声。那几个学生安然无事，还是看他的书，那轰响声越来越近，那个高个学生，却由石堆里站了起来，站在一矮矮松树下，伸了头四面张望着，还举了右手巴掌，齐平着眉毛挡了阳光，看得很真切，意思是看敌机向哪边飞来。就在这时，一批飞机约莫是二十多架，只有一架领头，其余是一字儿排开，在对面一带山峰上斜插了飞过去。黄副官远远地看到，便喝道："什么人？敌机来了，还不掩蔽起来。"那高个儿学生回头看了看，随便答道："我藏在树下向外探望着，这有什么关系？不叫多管闲事吗？"

黄副官站在稍远地方，虽听不到他说的是些什么，可是看他的姿态，显然是一种反抗，便大声喝道："敌机已经到头上来了，还要故意露出目标来探望，你是汉奸吧？"那高个儿学生已听到了他的话了，也大声喝道："什么东西？开口伤人！"黄副官抬头一看天空，飞机业已过去，不必在行动上顾忌，这就两手端了步枪，向上一举，高声叫道："捉汉奸！捉汉奸！"在大后方叫"捉汉奸"，这是很惊人的举动，尤其是敌机刚在头顶上飞过去的时候，四野无声，这样高声叫喊着，真让听到的人惊心动魄。那两个在石头丛里坐着的学生，听到大声叫"捉汉奸"，也都惊慌地站了起来。看时，黄副官带着四五名防护团狂奔蜂拥而上。黄副官手上的那支步枪，已是平端着，把枪口向前作个随时可以射击的样子。那枪口也就朝着高个儿学生，他倒怔住了，怕黄副官真放出一粒子弹来，人不敢动，口里连问着"怎么回事"。黄副官直奔到他面前两丈路远,举了枪对着他的胸口道:"你是汉奸!我们要捉你!"他瞪了眼道:"我是这里研究生陈鲤门,谁不认得我?"黄副官道:"陈鲤门?陈天门也不行!敌机来了,我亲眼看到你在山上拿了一面大镜子打信号。"说着,回头对那几个卫士道:"把他捆了。"于是四名卫士,抢了上前,将陈鲤门围住。他见黄副官的枪口已竖起来,便胆壮了,喝道:"捆起来,哪个敢捆?这里还不是没有国法的地方!"其余两个学生,也向前拦着道:"这是我们同学。"

　　黄副官瞪了眼道:"是你们同学怎么样?照样当汉奸。汪精卫做过行政院长,还当汉奸呢!"陈鲤门听到他说声"捆了",早已怒从心起,这时见他更一口咬定是汉奸,便瞪了眼对逼近身边的几个卫士道:"你们打算怎么样?还是要打我,还是要杀我?要捆?好,你就捆,只是怕你捆我之后,你放我不得。"这几个卫士根本没有带着绳索,虽然黄副官叫捆,却是无从下手。现在陈鲤门态度一强硬起来,这形势却僵化起来。其中有个人先红了脸,抢上前一步,抓了他的手道:"龟儿子,当汉奸,有啥子话说,跟我走!"黄副官势成骑虎,也顾不了许多,大声喝道:"把他带了走。"卫士们有副官撑腰,还怕什么,一拥而上,拉了陈鲤门就走。其余两位同学,要向前抢人,却被黄副官拿了枪把子一扫,先打倒了一个。其余一个,料着不是敌手,向学校大门口扯腿就跑,大喊"救人哪,救人哪!"这个时候,警报未曾解除,学生不是躲在山后洞子里,就疏散到野外去了,门口除了两个校警,并无帮手。他空叫了一阵,只眼望着那群人,拥了陈鲤门走去。到了校门口,校警迎着道:"不要怕他,这是方公馆的副官,他们又不是防空司令部、警备司令部的人,他凭什么权力捉人?"那个学生道:"我叫王敬之。那个捉去的叫陈鲤门。既是叫不到人,我不能让陈同学一个人走,我得跟着追上去看看。若是我也不能回来,你得给我们报告教务长。"说着,扯腿就跑。

　　他顺了向山峡的大路,一口气追了去。这里是一条沿着山麓的人行路,正是逐渐地向下。王敬之走到峡口,在居高临下的坡度上,远远地看去,只见黄副官那群人鱼贯而行,拉长着在这人行道上。他高声叫喊了两句,无奈这山河里的水,由上向下奔流,逐段撞击在河床石头上,淙淙乱响;加着夹河两岸的松涛,风吹得哄然。他的叫声，前面的人哪里听得见？他看着彼此相去，不过是大半里路，自己叫了一声追，便随了向下的山路，跑着跟了去。这虽是由上向下的路，但有时要越过山峰拖下来的坡子与弯子，因之有时被山脚挡着，看不到前面的人。直到追到方公馆的山脚下，才看清楚了。陈鲤门正被黄副官这群人前后夹持着，把他放在中间走，顺了方公馆上山的一丈宽、每级两尺长的石板坡子，向公馆里走去。相隔也只有四五十步罢了。这山坡的尽头，就压着沿山河的人行路。石坡面的一块平台上，立着四根石柱，竖着铁柱栏杆。铁栏门口，为了空袭未曾解除的缘故，加了双岗，站着两位荷枪的卫士。王敬之跑得气喘如牛，站在平台下，张了嘴"呼哧呼哧"作响。瞪了双眼，只管向走去的那群人望着。一个卫士便走过来喝道："干什么的？"王敬之道："干什么的？你们把我的同学捉去了，我来看看你们怎么摆弄他！"卫士把枪头伸了过来，遥遥做个拦阻的样子，喝道："走开吧，如若不然，把你一齐捉了。"

王敬之道："把我一齐都捉了？我犯了什么罪？有罪也轮不到你们捉。"那卫士道："他是汉奸。你来和汉奸说话，你也就是汉奸，随便哪个都可以捉得。"另外一个卫士，站在那平台上没有走动，就远远地向他道："我劝你不要多事吧！冤有头，债有主，人家不找你，你又何必跟着一起来？"王敬之虽然和这两个卫士说话，眼睛还是对着向方公馆走去的山坡上望着。见陈鲤门倒还是散了两只手，在人群中走着的。看他那样子，一时还不致受屈，这就叉了两手，在人行路上站着，虽不说话，却也不走去。那卫士没有得着副官们的命令，自也不敢胡乱捉人。王敬之不逼近平台，他们也就只扶枪站立着，仅仅取一个戒备的形势，这样约有半小时。山峡口上，又走来一群人。王敬之在阳光里看那群人的衣服，全是青色的，这就料着是大批同学来到，胆子越发壮起来，叉住腰部的两只手，也就格外觉着有劲。他横扫了那两个卫士一眼，冷笑着道："哼！我们也不是好惹的，这回瞧他一场热闹吧。"那个轰过他的卫士，恰是听到了，便夹了步枪，走向前来问道："叫你走你不走，你还在这里叽叽咕咕说个不歇，那也好，你和我一路到公馆里去说话。"王敬之依然两手叉了腰，淡笑道："去就去，料想这山顶上的洋楼，也不会是人肉作坊。"

巴山夜雨

那卫士瞪了眼道："你说什么?"王敬之道："我说这地方总不会有人肉作坊。你不要凶,我们的人来了,你快去求援兵吧。你只有两个人,也许我们会把你们捉了去。"他说时,将手一指。卫士顺了他的手看去,果然来了一群穿青色制服的人。而且走来的步子,非常匆促,教人不能不对着注意。因之只挺直了身子,在王敬之面前站着,不敢动手。那群人跑到了面前,第一位就是张训导主任。他是北方人,挺健壮的身体,粗眉大眼的,就不像是个文弱可欺的人。他向卫士道："你们有一位副官,把我们的研究生带了来,这是很大的错误。"卫士见来的人多,虽然手上拿了枪,可也不敢再行强硬,因答道："这事情我们管不着,我们也不大知道。"张主任微笑道："当然你不知道,当然你也管不着。我这里有张名片,你拿去回一声,我要见见你们公馆里负责任的人。"卫士接过名片去一看,见上面印着主任的头衔,觉着不能给他钉子碰,因道："院长在城里,公馆里就是几位副官,一位队长。"张主任道："那么,就请刚才捉人的那位副官下来谈话吧。"卫士道："好吧,我上山去报告,请你们在这里等着。"他扛着枪,拿了名片,就往山上走。门口依然还留一名卫士守着。他只走到半山腰里,山上已由刘、黄两位副官和一名卫士队长带了二十几名卫士,各各带着火器,冲下山来。黄副官身上,已佩着一把左轮手枪,依然是当先第一名。他接着卫士手上的名片看了,冷笑道："他们来这些人干什么? 要造反吗? 他们包围院长公馆,该当何罪? 我去打发他们走,没关系。"说着,挺起个胸脯子,皮鞋跑得石板坡子得得作响,直跑到石板平台上站住,沉着脸子,大声问道："哪一位是张主任?"

张主任高声答道："我姓张,特意来拜见院长。"黄副官走到了平台口上,因道："院长在重庆,这里是我们驻守,我知道各位的来意,不是为了我带去你们一名学生吗? 老实告诉你,他有汉奸嫌疑,我们盘问盘问他,假如并没有什么嫌疑,我们自然会放他走。若是他多少有些嫌疑,嘿嘿! 这问题就麻烦了。"说着,冷笑了一声。张主任道："汉奸嫌疑,这四个字不能随便加到人民头上。而维持治安的事,自然有治安机关来管,你们是侍候院长的,你们管不着。请你把人放出来。"黄副官横了眼道："不放怎么样? 你们还敢闹院长公馆吗?"他态度强硬起来,嗓音提得特别高，颈脖子也向上仰着。同学们在张主任后面听了这话，又看了他这样子，实在忍不住气，有一个人喊道："打倒方家走狗！"随了这声喊人也向前一拥。黄副官后面，都是有枪的卫士，做个兵来将挡的姿势，十几人一字排开，各端了枪，向学生做了射击姿势。有两个人神气十足，做了战地演习，伏在石坡边的地沟里，把枪平放在台阶石面上，枪口就对了在最前面的张主任。这位张先生来的原意，本是想和平解决，眼下的情形，简直可以演成流血大惨剧。他立刻回转身来，向学生们乱摇着手道："同学们千万不能鲁莽从事。我们是有理可讲的。"学生们被他拦着，又看到卫士们端枪瞄准，谁也不愿冒险流血，就都站住了脚。

　　刘副官在这群卫士当中，究竟是比较明白事体的。这大学研究部的学生，和老百姓比起来，倒是有点分别。二小姐身上，终日带着手枪，可没有亲手毙过一个人，至多是开着空枪吓吓老百姓而已。眼前这么些个学生，真和他们冲突起来，不用枪抵制他们不住；开起枪来，难道打死人真不用偿命？这就立刻走到平台面前，向研究部的学生，摇着手道："各位，你听我说，还是回去吧！这事没有什么了不得，我们秉公办理，把人送到此地警察局去。警察局要怎么办就怎么办。"他虽然是这样说着，可是那些举枪瞄准的卫士们并不曾把枪口竖起来。张主任见同学已气馁了，也落得见风转舵。这就对刘副官道："既然和我们打官司，有地方讲理。好吧，我们就打官司吧，只要你们承认捉了我们一个学生来，这事就好办。好！我们回去再商量办法。"他说着，首先掉转身向学校里走去。学生们都是徒手的，看到当面十几支枪举着，谁也不敢冒险停留下来。只有那个和陈鲤门同在桂花树下受辱的王敬之，心里十分不服，没想这么多人来了，还是让人家逼了回去。他算是在最后走的一个，走在半路上，就大声叫起来道："同学救不回来，还让人家污辱一场，这有什么面子？我不回研究院了。"张主任在队伍里面，这就回转身问道："王同学，你不回去怎么办？他们既敢到我们研究院门口去捉人，就敢在他们公馆门口开枪。万一闹成流血惨剧，这责任我怎么担负得起，我不能不走。这些人都没法交涉，你一个人去有办法吗？"

　　王敬之道："我不到方家去，我到校本部去报告。请同学开大会援救。"张主

巴山夜雨

任道："王同学，你这番正义感，我是钦佩的。不过，这事不经过我们研究部设法，立刻把问题提到校本部去，那我们有故意扩大事态的嫌疑，应当考虑。"王敬之道："依着张先生怎么办？"他道："我们回去，先开个紧急会议。好在已解除警报了，我们可以详细地商议一下。我料着陈同学留在方公馆，也不会受到虐待。好在他们的副官，已经承认把我们的人留在那里了。他们以公馆的资格捕人，总应当有一个交代，不能永远关下去。我们是读书种子，总应当讲理。"王敬之看看张主任的态度，相当的慎重，其余的同学，经过刚才方公馆门口一幕惊险的表演，大家也不肯冒昧去直接交涉。张主任这样说了，大家都说那样办很好。随着话，大家拥到研究部。在研究部没有出门的学生，已知道了陈鲤门被捕的消息，大家正在等候救援的下文。现在张主任一班人回来，大家全拥上前来探问，及至听到说陈鲤门并没有放回，一大部分人就鼓噪起来。尤其是陈鲤门几位要好的朋友，都喊着去见教务长。这时，学校里是一片喧哗声。教务长刘先生也早知道大概情形了，他首先走到礼堂上去，吩咐校工，四周去通知学生谈话。不到十分钟，教职员和学生就把礼堂挤得水泄不通。先由王敬之、张主任报告了一番经过情形之后，刘教务长便走上讲台，正中一站，从从容容地道："这事情不必着急，有一个电话就可解决了。"他说时，举手伸了个指头，表示着肯定。

　　大家听到刘教务长说得这样容易，都愣住了，望着他，听他的下文。他接着道："我们何必和那些把门的金刚说理，求佛求一尊，可以找他庙堂里的菩萨。现放着我们的校董申伯老在这里养病。报告伯老一声，由伯老出面向方院长去个电话担保一下，难道还不会放出人来？我知道这事的根由，是为看那位副官要在这里折桂花，同学扫了他的面子。其实也是你们少年人不通世故之处。他一个人能折多少桂花？装着马虎，让他折去就是了。这点事算什么，他们要做的事，千万倍比这重大的事，要做也就做过去了。"说毕，长长地叹了一口气。在研究部读书的学生，不少是在社会上已经混过一阵子的，看到教务长这番礼让为先的态度，也就很明了这问题的措置不易，大家同忍着一口气没有什么人说话。刘先生站在讲台上，向礼堂上四周一看，人拥挤着没有丝毫空隙，大家呆望一副面孔，全半仰起来向讲台上望着。空气在静寂里充满了郁塞,在郁塞下又充满了紧张。他自己心里也就觉得有些不自在。这就笑道:"那天申部长在桂花树下训话的时候,我也在那里。他引了个典故,说是'蟾宫折桂'。他的意思,自然是把我们这学府,当了以前的试院。我现在倒有个新的见解,据我们中国人的说法,蟾是三只脚的蛙类,想象着它的行动,是不如青蛙那样便利的。换句话说,行为狼狈。我们既是蟾宫中人物,那也就无往而不狼狈了吧?唉!"这么一说,倒博了全堂哄然,打破了沉闷的空气。

巴山夜雨

第十二章　清平世界

　　这一阵哄堂大笑，算是结束了一场沉闷的会议。刘主任就向大家点头道："我这就向申伯老去报告，也许三小时以内，就把陈鲤门同学放回来了。"他一面说着，一面就走出了大礼堂。这申伯老的休养别墅，和大学研究部相距只有大半里路。刘主任披着朦胧的暮色，走向别墅来。刚到了门口，遇申伯老的秘书吴先生，穿了身称身的浅灰派力司中山服，腋下夹着一只黑色皮包，走了出来。他虽是四十来岁的人，脸上修刮得精光，配合着他高鼻子上架着一副无边的平光眼镜，显着他精明外露。刘主任站着，和他点了个头。他笑道："刘先生要来见伯老吗？他刚刚吃过药，睡着了。"刘先生皱了眉，叹着气道："唉，真是不巧。"吴秘书道："有什么要紧的事，立刻非见伯老不可吗？"刘主任将今天的事，详细地说了。吴秘书笑道："这样一件小事，何必还要烦动申伯老打电话。我拿一张名片，请刘先生差两名职员到方公馆去一趟，也就把人要回来了。"刘先生望了他一下，踌躇着道："事情是这样简单吗？"吴秘书笑道："他们总也会知道我是怎样的身份，难道我保一个学生都保不下来？也许我一张平常的名片，不能发生效力，也罢，我在上面写几句话，再盖上一个私章，表示我绝对地负责任，总可以没有问题。"说着，将刘主任让到办公室里，掏出了带官衔的名片，在上面写了几行字，又拿出私章，在名字下盖了一颗鲜红的图章，笑道："就是拿到院长面前去，也不会驳回吧？"

　　刘主任看到吴秘书这一份自信，也料着没有问题，就道着谢，将名片接过去。他回到研究部，找着训导主任张先生商议了一阵，就派了两名训导员，一名教务处的职员，拿了那名片到方公馆去。这三个人都是很会说话的，彼此也就想着，虽不见得把人放回来，也不会误了大事。张主任抱着一种乐观的态度，就坐在刘主任屋子里等消息。刘先生在这研究部，是有了相当地位的人，因之他拥有一间单独的屋子。这是旧式瓦房，现经合乎时代的改造，土墙上挖着绿漆架子的玻璃窗户。在窗户下面，横搁着一张三屉桌子，还蒙着一块带着灰色的白布呢。天色昏黑了，窗户外面，远远有几丛芭蕉，映着屋子里是更为昏黑。因之这三屉桌上，也就燃上了一盏瓦檠菜油灯，四五根灯草，点着寸来长的火焰。桌子角上，放了一把粗瓷茶壶，两个粗瓷茶杯，张、刘二人抱着桌子角，相对坐着，无聊地喝着茶。刘先生在三个抽屉里乱翻了一阵，翻出了扁扁的一个纸烟盒子，打开来，里面的烟支，也都跟着压得扁平了。刘主任翻着烟盒子口，将里面的烟支倒出来，共是三支半烟。那半支烟，不知是怎么撅断了的；其余的三支，却是裂着很多的皱纹。刘先生笑道："就凭我们吸这样的蹩脚纸烟，我们也不能和那山头上的洋楼相抗衡吧？"说着，递给了张主任一支。他接着烟看了看纸烟支上的字。刘先生笑道："不用看，这叫心死牌。我该戒烟了。"

张先生看那烟支上的英文字母，拼着"黄河"的音，笑道："我明白了，人不到黄河心不死。"刘主任笑着，长长地叹了一口气道："其实，我们倒不必不知足，多少人连这'心死牌'都吸不起，改抽水烟了。我们总还能吸上几支劣等烟，不比那吸水烟的强吗？"张主任摇摇头道："我不想得这样遥远，只要我们平价米里，少来几粒稗子，或者一粒稗子都没有，那更是君子有三乐里的一大乐。我在家里吃饭，向来是把时间分作五份：二份挑碗里的稗子；二份是在嘴里试探着咀嚼；剩下一份，便是往下咽去了。"刘主任笑道："怎么在时间上，还规定'家里'两个字呢？"张主任笑道："若是在学校里吃饭，也这样地分作五份，那分配时间，不用说，我没有吃完，桌上几只粗菜碗里的盐水都没有了。"刘主任笑道："你不说是菜汤而说是盐水，大概你很不满意那菜吧？"说毕，两人都笑了。两个人笑一阵，说一阵，不知不觉地混了两小时。去说情的三位特使，回来了一位，是教务处那位职员丁先生。他用着很沉重的脚步，走进了刘主任的屋子。虽是在菜油灯下，还可以看到他那圆圆的脸上，沉坠下来两块腮肉，他那两道眉峰，左右全向中间一挤，几乎变成了一个大"一"字。刘先生不必问他的话，只看这样子，就知道这事情不妙，问道："还有两位呢？"丁先生沉坠的脸腮，不免抖颤了一下，连颈脖子也硬了，他颤着嘴

巴山夜雨

皮子道:"真是岂有此理!"

刘主任道:"怎么样?他们还是不肯放人?"丁先生道:"岂但是不肯放人,把我们去说情的人也要扣起来。"刘主任道:"什么?把我们去说情的人也扣起来,这是怎么个说法?难道他们也可以说他们也是汉奸嫌疑?"说着这话,他不由得手扶了桌沿瞪了眼睛望着。丁先生道:"详细情形,我不知道。到了方公馆山脚下,我们三个人,向把守着石坡子的卫士,说明来意。他只让我们一个上山去。我们商量着,只好推何先生上去,我和王先生在山脚下等着。去了很久,并无回信。王先生就向卫士要求,想上去看。卫士答应着了,让他上去。大概是半小时,王先生在山上叫起来了,他说:'丁先生,你回去吧,我和何先生让他们留下来了。'虽然山上到山脚下很远,因为在深谷里,又是晚上,我听得很清楚。我想那里再留守不得,若是把我也扣留下来,连个报信的人都没有了。刘主任,这事非禀明学校当局不可了。若是再拖延下去,恐怕这三个人有点危险。"那张主任听了这个报告,首先是身子抖颤,接着是嘴唇皮也抖颤,他把桌子重重地拍了一下,叫起来道:"这太岂有此理了!清平世界,朗朗乾坤,一不是治安机关,二不是司法机关,私人公馆无缘无故地捉人,又无缘无故地扣留人!"在他那重重地一拍之下,桌上菜油灯里的几根灯草,早是向油里缩将下去,立刻屋子里漆黑。但他在气愤头上,不肯停留,大半截话,都是在黑暗中说下去的。

在黑暗中,刘主任把话接着道:"这、这、这实在岂有此理。两国交兵,也不斩来使,我们并没有到两国交锋的程度。虽然两个人去说情,放与不放在你,怎么把去的人,又扣起来?这是有心把事态扩大了。"他说着话,也忘了点灯,还是这位丁先生将身上带着吸烟的火柴摸出来,擦着了,将灯点上。张、刘二人全是手扶了桌子,呆呆站定。那陈鲤门几位要好的同学,也是对这事时刻挂心,这时,正在门外探听消息。听到这话,立刻有三个人抢了进来,那王敬之也在内。他先道:"刘先生,我们这软弱的外交,再不能延长下去了,就算陈同学和两位职员身体上不会吃亏,落一个汉奸嫌疑的名声,那怎么得了?何况我们有了折桂花那段交涉经验,和我们争吵过的人,态度是十分凶恶的。"刘主任摇摇头道:"没有这个道理,清平世界,私家捉人,私家又处罚人,难道就不顾一点国法?"王敬之听了这话,也顾不得什么师生之谊了,将脸色一沉道:"什么清平世界?人家可以捉人,就可以处罚人。我们就不谈什么道义,也要顾全学校一点面子,我们学生自己来解决吧。"说着,他回身向外,两个同学,也都跟了出来。这时,同学们正在课堂上自修。课堂上点了一盏大汽油灯,照得全堂雪亮,王敬之很气愤地向讲台一站,将手一举道:"对不起,各位同学,我有点事情报告,打搅各位一下。"于是接着把这几小时发生事故的经过,详细叙述了一番。立刻,同学纷纷发言,声浪很大。

随了这声浪,张、刘二主任陪着吴先生同走了进来。刘主任走上讲台,向大家先挥了两挥手,叫道:"各位同学,先请安静一下。现在请吴秘书来向各位报告办法。"吴秘书走上去,学生们认得他是申伯老手下的健将,他一出面,就不啻申伯老出面了。立刻劈劈啪啪,鼓起一阵掌来。吴秘书站在讲台上,向全讲堂的人看了看,然后点了两点头,大声道:"各位,这事情弄到这种样子,实在不能简化了。我立刻把这事报告伯老,怎样应付,伯老当然有适当的办法。不过在各位同学方面,要做一个姿态,和伯老声援。原来刘主任不愿惊动校本部,那也是对的。到了现在,也就不必顾忌许多了。"说着,将手臂抬起来看了看手表,点着头道:"现在还只九点钟,校本部还没有熄灯,立刻打电话过去,请那边学生做一种表示。只要是在不妨碍秩序下,我负责说句话,你们放手做去吧。"说着,伸手拍了两拍胸。在讲堂上的同学,见他板着面孔,挺着胸脯,直着眼光,是很出力的样子。于是大家又噼噼啪啪鼓了一阵掌。吴秘书道:"事不宜迟,我们立刻分途去进行。"说着,大家一阵风地拥出了讲堂,学生们本来就跃跃欲试,经吴秘书这样一撑腰,立刻向校本部打了个电话,请那边学生自治会的人主持一切。同时,这里研究部的学生,在讲堂上召集紧急会议,议决几项对付办法。第一项就是全体学生签名,上书董事长。而董事长就是方先生的老上司。

第二个议决案,是给方先生去信,说明了要给董事长去信,报告这事件的经过。第三个议决案,就是把这新闻到报上去宣布。第四个议决案,即晚在校本部和研究部遍贴标语。议决以后,大家不肯耽误,就分头去办理,其实,在这个时候,

巴山夜雨

吴秘书见着申伯老，已把详细的情形报告一遍了。申伯老在乡下养病，别墅里布置得是相当的齐备。在他的卧室外面，是一间小书房，写字台上，点着后方少有的煤油灯。而且在玻璃灯罩子上，更加了一只白瓷罩子。在菜油灯的世界里，这种光亮的灯，摆在书桌上，就可以代表主人的精神了。在书桌子角上，叠着一大堆文件。申伯老虽在暑天，兀自穿着灰色旧哔叽的中山服。他微弯着腰坐在小转椅上，手捧了一张电稿，沉吟地看着。他咳嗽了两声，在中山服的衣袋里掏出紫漆的小盒子来，扭开螺蛳盖，向盒里吐了两口痰，立刻把盒子盖重新扭闭住，再把盒子送到袋里去。再掏出一条白绸手绢，擦了两擦嘴唇。他尖长的脸上虽是把胡桩子刮得干净了，然而那一道道的皱纹，灯光照得显明。吴秘书站在写字台横头，静静地不言，在等着伯老的一个指示。就在这时，桌上电话机的铃子，叮叮地响起来了。吴秘书接着电话，说了两句，向申伯老道："那边电话来了。申先生接电话吗？"他说话时，另一只手按住了听筒上的喇叭，脸上表示着很沉重的样子。

申伯老在电话里报告了名字，接着道："托福，病好多了。可是今天这里发生一件事情，也许要使我的病情加剧。"于是就把今天所发生的事，报告了一遍。接着带了一点笑音道："这当然是一件小事。可是这些青年们，却好一点虚面子，未免小题大做起来，他们打算上书给学校的董事，当然我已经拦住了。"申伯老最后轻描淡写的两句，可把对方吓倒了，电话里是很急躁地说了一遍。最后，申伯老说道："一切拜托，总希望问题大事化小。"挂上了电话，他向吴秘书道："你可以告诉同学，方院长立刻会打电话回公馆去。若是今天时间太晚，他保证明天一大早，必让三个人回校。叫他们少安毋躁，不要把问题扩大起来，我们也不要把这些小问题，增加方先生的困难。"吴秘书道："若是悄悄地把三个人放回来，就算了事，恐怕同学不服气。"申伯老呆着脸子沉吟了一会，但他在电话里话说多了，小小地震动了肺部，已是咳嗽了两三遍。把口袋里那个痰盒子，像端酒杯子似的，端在胸前，缓缓地轻轻咳嗽两三声，向里面吐一口痰；吐完了掏出手绢，擦着眼泪鼻涕。在屋外的听差，就送了一把热手巾进来。他拿着热手巾在手上，兀自坐着凝神。吴秘书道："伯老受累了，请休息吧，我这就去告诉同学们。"说着，向申伯老点了个头,转身出去。走到院子还兀自听到屋子里的咳嗽声呢。他去找刘主任时,学校里已吹过了熄灯号,学生都已睡觉了。刘主任是有家的,也已回家安歇;吴秘书这个好消息,却没法传出去。

他抬头看着,星斗满天,学校里熄了灯火,但见四围山林,黑影巍巍,而对照着这研究部的屋子,黑影子就沉沉往下坐了去。研究部周围,是些水田,无论是否割了稻禾,里面依然存着水,星光照在水田里,青蛙"叽里咕噜"叫着,闹成一片。暗空里有时一两点绿光的萤火,一闪地变成一条绿线在头上过去。这样,就更觉得夜色幽静。吴秘书在平坦沙土路上走着,颇感到心里空洞无物。那些为学生发生的不平之气,自然是平息下去,也就不再去找刘主任了。星光下徘徊一阵,自回到别墅里去睡觉。到了次日早上起来,已是红日高升,他想着申伯老的话,应该早点通知学生们,匆匆洗漱完毕,就跑到学校里去。不料为这问题奔走的几位学生,天不亮就跑到校本部开会去了。吴秘书找着刘主任把申伯老的话说了,刘主任道:"到现在为止,那三个还没有回来,学生们的气,怎么平得下去?我看用电话通知校本部是不行的,我们两人找两乘滑竿,追到校本部去吧。"吴秘书也是怕风潮不能平息,就同意了刘主任的主张,各雇了一乘滑竿,奔向校本部。这时,消息已传到大学的每一个角落,人人都认为是一种莫大的侮辱。一千多学生,全聚到大操场上开会。吴、刘二人,在操场外的山坡上,向前一看,东来的阳光,照见操场上乌压压一片人影。远远地一阵呐喊声,在空中传布了过来,仿佛这空气都有点震撼。吴秘书脸色一动,向刘主任望着,接着将肩膀扛了两下。

刘主任笑道:"不要紧,这是理想中事。好在我们带来的消息不坏。慢说是自己人,就是对方的代表,也不至于挨揍。"吴秘书被他这样说着倒不好意思退缩,下了滑竿在前面向操场的司令台走去。司令台上,几个发言的学生,已看到他二人,立刻向台下报告,请二人上台说话。吴、刘二人自知道群众心理,这个时候,绝违拗不得大家心事。吴先生便说伯老交涉,对方已经答应放人,而且也很抱歉。刘先生说:"我们人微言轻,原来交涉没有结果,不是伯老亲自打电话,这事的演变是难说的。人是大概不久就可以放出来,站在我们这弱者的立场,人放了也就算了。"他赘上的这几句话,原是替自己解除交涉的责任的。那个参与其事的王敬之,始终是个有力的发言人。他等吴、刘二人报告完了,在司令台口上一站,沉着脸色,高高举起了右膀,大声叫道:"各位同学,我是几乎被捕的一个人,我又是去要求放人被驱逐的一个,当时是一种怎样的侮辱情形,只有我最清楚。我觉得,那是读书种子所不能忍受的一件事。若是他们放了人,我们就悄悄了事,显着我们是一只家猫,随便给人家绑了去,家主一找,随便就放了绳子。我们至少要提出三个条件,才可洗除耻辱:第一,方公馆负责人书面道歉;第二,惩治肇事的人;第三,保证以后不再发生同样的事情。"最后这几句话最是动人,接着便是一阵鼓掌与欢呼。

这欢呼声,不但反映了在操场上的学生受到影响,就是那位惹祸的黄副官,也受到了影响。他于昨晚深夜,已经接到两次长途电话,质问为什么把学生和教职员拘捕了三位之多。吩咐着,赶快放了。黄副官原来想这么一件事,不会让主人知道的。纵然就让主人知道,报告一声二小姐叫办的,也就没事了。今天在电话里,是一片骂"混蛋"声。说是二小姐叫办的,骂混蛋骂得更厉害。黄先生把电话挂了,回到屋子里,找着刘副官把事情告诉一遍。他已睡觉了,在朦胧中突然坐了起来,把话听过之后,将枕头下的纸烟盒和火柴盒摸出来,摸出一支烟,慢慢点着吸了,喷出一口烟来,叹了口气道:"老兄就是这点冲锋式的脾气不好,这事情,实在事前欠考虑。"黄副官两手插在西服裤衩袋里,在屋子里兜着圈子走路。突然站住了向他瞪了一眼道:"你这不是废话。这件事,难道你没有参加?事前欠考虑,那个时候,你这样说过了吗?好了,现在电话找的是我,责任也要由我来负,你就推个干净了。"刘副官这已下了床,站在他面前,将手拍了他的肩膀,笑道:"老黄,你不要性急,天塌下来,还有屋子顶着呢。这件事情,不是请示过二小姐的吗?依然去请示二小姐好了。二小姐说放人,我们就放人;二小姐说关着,我们就依然关着,这有什么可为难之处?"黄副官道:"你还想把人关着呢,怎么样子送出去,我还没有想到!"刘副官道:"此话怎讲?"望了他作个戏台上的亮相,一歪膀子,又一使眼神。

黄副官沉了脸色道:"事到于今,你还有心开玩笑?"刘副官道:"我并不开玩笑,你说放人都有问题,这不是怪事吗?"黄副官道:"可不是真有问题。院长的电话,叫我立刻就放。现在快十一点钟了,这里两面是山,中间是河,我若是糊里糊涂放人,这样夜深,路上出了乱子,那自然是个麻烦。就算他们平安回校了,他们明天说是没有回去,来个根本否认。那怎么办?"刘副官吸着烟,沉思了一会,笑道:"说你欠考虑,这回你可考虑个周到,这是对的。那么,楼上灯还亮着,二小姐还没有睡呢,你上去请示一下吧。"黄副官在屋子里转了两个圈子,叹了口气,又摇摇头,点点头道:"这相当麻烦,相当麻烦。"刘副官道:"你若再考虑,那就更夜深了。"黄副官抬起手来,搔搔头发,皱着眉毛苦笑了一笑。然后抓住刘副官的手道:"我们一路去吧。死,我也要拉个垫背的。"说着,拉了刘副官就走。果然二小姐还没有睡,她上穿条子绸衬衫,下穿着裤衩儿,光着肥大腿,踏着拖鞋,在走廊上来回遛着。刘、黄二人走上楼梯口,老远就站住了脚,同时向二小姐一鞠躬。二小姐急起来了,操着上海话道:"猪猡!啥事体才弗会办!啥晨光哉,楼浪来啥体?"她说着话,把两手环抱在胸前,连连顿着脚。黄、刘二人都僵了,并排呆站着,不知道说什么是好。二小姐道:"刚才电话又来了,这样的事情,你们怎么都布置不好,把消息传到院长耳朵里去了。还有什么话说,放他滚蛋就是了。"

刘副官近前一步,低声道:"当然要向二小姐请示,才敢放,而且夜已深了。"二小姐身边的窗户台上,正有一个网球拍,她顺手捞了过来,就劈头向刘副官头上砸了来。这是深夜,残月已经上升,将走廊照得很清楚,他看到二小姐打出手,立刻将身子一偏,那网球拍砸着了第二个人,打在黄副官肩上。他虽挨了一网球拍,只将身子颤动一下,却没有敢走开。刘副官不敢说话,他也不敢说话。二小姐骂道:"混蛋!一百个混蛋!谁让你们办事,办得这样拖泥带水?"骂毕,扭转身就走了。黄、刘二人呆呆地站了一会,一点结果没问出来,二小姐又已进房睡去了,谁有那么大的胆子,还敢向二小姐请示?刘副官是陪着黄副官来请示的,首先让二小姐砸了一网球拍,实在不甘心,呆站在廊沿上,不知道进退。黄副官悄悄拉着刘副官的手,低声道:"走吧!到楼下再去商量。"刘副官摇了两摇头,随着黄副官走

巴山夜雨

回屋子去。他将手一拍桌子道:"这关我什么事?把网球拍子砸我?"黄副官苦笑了一笑,向他鞠着躬道:"对不起,算是我连累你了。二小姐没有吩咐下来,这问题还得解决。我想,万一明天一大早,院长回来了,人还留在这里,显然是违抗命令,若是院长再要传他们问几句话,彼此一对口供,我这官司要输到底。干脆,今天晚上,就把他们放了吧。不过怎样放法,我可想不出来。"抬起手来乱搔着头发,在屋子里来去乱转。刘副官一肚子气,没话可说,坐在床沿上,点了一支烟吸着,一语不发。

黄副官望了他道:"老刘,你真不过问这件事?你要知道我要受罚,你也脱身不了哇。还是那话,死我也要拉个垫背的。"刘副官笑道:"你真是一块废料。自己做事,自己敢当。好吧,我去和你看看形势吧。"说着,取了一支手电筒,向外走,由屋子里就向外射着白光。研究部两位职员,和那个研究生陈鲤门,全被扣留在楼下卫士室里。卫士们也没有逮捕过或扣留过人,并不知道怎样对待,只是让出屋子来,将门反锁了,屋子里随他三位自由行动。陈鲤门首先一人关在这屋子里,倒有点惶恐,不知道别人有什么诬陷的手段。万一硬栽上了一个汉奸的帽子,送到重庆去,那真不知道怎么应付。好在这里有现成的床铺,气急得说不出话来,就只在床上仰面躺着。后来又来了两位职员,第一是不寂寞了;第二是这问题显然扩大,学校里绝不会置之不问,就敲着窗户,大声吆喝,要茶水,要食物,并且要卫士供给纸烟。其余几位副官,有觉得这事不大妥当的,也就叫卫士们送三人一些饮食,纸烟可就没有照办。刘副官走到卫士室门口,就听到陈鲤门大声叫道:"清平世界,无缘无故,把人捉来关了。这不是法院,也不是治安机关,有什么权可以关人?我告诉你们,除非把我弄死,若不把我弄死,我们这官司有得打。这是什么世界?这是什么世界?"他越说越声音大。同时,将手拍着窗台"咚咚"作响。

刘副官老远就听到这一片喊声,心里先就有点慌乱。但是这已夜深了,就是不和这三人有所接洽,这种大声叫喊,也不能让他继续下去。刘副官踌躇了一会子,先将手电筒对那卫士室照了一照。陈鲤门正是在窗户边,隔了玻璃向外面张望,被这强烈的电光射了一下眼睛,更是怒由心起,这就捏了个大拳头,在窗户台木板上，"咚咚"两下捶着，大声叫道："你们照什么？以为我们要逃走吗？告诉你，我们不走，你就是拿轿子来抬我们，我们也不走。我们要看看这清平世界，是不是就可以这样随便抓人关着？擒虎容易放虎难，我们虽不是猛虎，可也不会是什么人的走狗。"说毕，又"咚咚"捶了窗户台两下。刘副官一听，心想，探问的话还没说出口呢，他那边就有了表示了，轿子还抬他们不走，还能随便地走去吗？于是遥远地道："喂！三更半夜，不要叫，有话好好商量。"口里说着，走近了窗户。见屋里是漆黑的，便道："呀！怎么也不给人家送一盏灯？让人家摸黑坐着吗？"说着，将手电筒向玻璃窗户里照着。见其中三个人，两个人架着腿睡在床上，一人站在窗户边，两手环抱在胸前，瞪了两只眼，向窗子外面望着。刘副官便和缓着眼色，向他微点了个头道："陈先生，你不要性急，这事也许有点误会；既是误会，那很好办，三言两语解释一下，这事就过去了。今天已夜深，请你安歇了罢。明天早上，我和二小姐说一声，送你三位回学校去就是了。"陈鲤门抬起脚，将面前一只方凳子踢得"扑通"向前一滚，喝道："送我们回去？三言两语就解决了？不行！"

　　刘副官在屋子外，里面"咚咚"地捶着窗户台的时候，他是吓得身子向后一缩的。但是他凝神一会，看着那玻璃窗户，并没有丝毫的缺口，他也就料到关在屋子里的人，究竟无可奈何的，便带了笑音道："哪位是陈先生？"陈鲤门站在窗户边，用很粗暴的声音笑道："我姓陈，叫鲤门，研究部研究生，浙江绍兴人，今年廿五岁，一切都告诉了，要写报告，欠缺什么材料的话，只管问，我还是丝毫不含糊。"刘副官笑道："不要生气，不要生气。虽然我们都在方公馆做事，可是各位的职务不同，各人的性格也不同，不能说前来说话的人，都是恶意的。"陈鲤门道："你们有善意吗？有善意的人，这地方就住不下去。连我们大学校里的研究生、研究部的训导员，就这样随便抓来关着，这是什么世界里能发生的事情？我看你们这地方，字典里就没有'善意'两个字。"刘副官一听这话音，是非常的强硬，自己只说一句，人家可就回驳几十句，要和他好好商量，绝不可能。于是在屋檐外静静站着，掏出纸烟和火柴来，点了一支烟吸着，笑道："哦！我想起来了，三位原曾叫卫士们拿纸烟的，他们照办了吗？"陈鲤门冷笑道："哪个监牢里，供给囚犯纸烟？我们无非是捣乱罢了。"刘副官笑道:"言重言重,我请三位吸烟。"说着,把纸烟与大火柴盒由窗户眼里塞了进去。陈鲤门在屋子里倒是立刻接着,但他将火柴盒子摇着响了几下,自言自语地道:"这纸烟里面,大概不会藏着毒药吧。"

刘副官笑道:"言重言重,何至于此? 反正这是一种误会,总好解释,只要没有什么难解释之处,总好解决。还有两位先生没有睡觉吧? 愿意和我谈谈吗?"那躺在床上的两位训导,就有一位跳下了床,答道:"说话的是什么人,以什么资格来找我们谈话?"刘副官顿了一顿,笑道:"我姓刘,是到这里来做客的。"那人道:"做客的? 你是什么部长?"刘副官听了这话,早是一股怒气,由肺部里直冒出来,不免向那窗户里瞪上一眼。明知道窗户里人看不到,可是在他怒气不可遏止的情形下,不这样瞪上一眼,好像就不能答复那句问话,同时他第二个感想也来了,就想到了黄副官不能结束这个场面,甚至二小姐也说不出个办法来。若再僵持下去,要主人亲自回来才可解决,那么,在公馆里的这些个人,都是干什么的? 其次,在桂树林子里捉人,自己也有份。幸是老黄出头,责任都在他身上。问题若是解决不了的话,未见得姓刘的就可置身事外。他顷刻转了几个念头,那一股怒气,就悄悄消沉下去。于是先勉强笑了一笑。虽是这笑容,未必是屋子里的人所能看到的,可是他觉得必须这样先做了,才好说话,接着便道:"到这里来做客的人,不必一定是院长的朋友,可能是卫士的朋友,也可能是厨子老妈子的朋友。我是这里厨子的朋友。你先生觉得我有资格说话吗? 若是三位愿意吃个蛋炒饭的话,我还可以和三位想点办法,厨子不是我的朋友吗?"

里面的三位先生,听了外面这人,是以小丑姿态出现的,就也"嘻嘻"一笑。刘副官道:"真话,我愿和三位谈谈,我去找钥匙来开门。"陈鲤门道:"用不着,用不着。我们关在这屋子里咆哮了大半天,实在疲倦了,都要休息了,有话明天说吧。"刘副官见他们依然把大门关得很紧,便索性靠了玻璃窗子站定,将鼻子抵着玻璃,对窗子里看着。见那位训导员,两手背在身后,在这屋子踱来踱去,便问道:"这位先生贵姓?"他站住了脚向窗子外道:"我姓丁,是大学研究部的训导员,除了读二十多年的书而外,在后方四年抗战。我想,汉奸这顶帽子,是不应当戴到我头上来的。果然我是汉奸的话,会在这最高学府当训导员?"刘副官见他扛出了大帽子来,这话可不好接着向下说,便笑道:"对陈先生,那就是误会。对于丁先生,那更是误会的误会。若是丁先生来的时候,不把话说僵了,他们也就不能把丁先生留下来。这山上,晚上倒是凉快,一点声音没有,也非常清静,三位在这里休息一晚,也无所谓。若是嫌着被子不够,三位愿意回校去安歇的话,兄弟也可以负点责任,找人来开门,送三位回校去。"在床上还躺着一位训导员呢,他首先跳下床来,两脚一顿,大声喝道:"送我们回去,哪有这样简单的事?负点责任,你负不起责任!"说着,屋里的桌子,又被捶得"咚咚"作响。

　　刘副官一看这趋势,简直说不拢。轻轻说了两个字:"也好",他也就扭身走了。那黄副官责任比他重,性子也比他急,这时正在楼下走廊上呆呆地站着。刘副官晃着手电筒的光向楼下走来,就迎着问道:"怎么样了?老远就听到他们在屋子里大声喊叫。"刘副官一声不言语,走到他身边,才摇摇头道:"他们全是醉人,越扶越醉。有办法,你自己去解决吧。"黄副官也没有话说,只好走回屋去睡觉。次日天亮就醒了,公馆里一连接着三个电话:一个电话,是城里来的,说院长要回来;一个电话,是大学本部来的,朋友告诉了一条消息,说是学生们在操场上开会;一个电话,是市集上朋友来的,说是已发现了标语了。这让他有些手脚失措,除了赶快派人向学校去探听消息,就和刘副官二人,分途去找这地方上的公务人员出面调停。在一小时之内,居然请到了四位地方绅士,四位公务人员,一齐在市集上一家下江茶馆里集会,而李南泉也是其中被请的一位。刘、黄二位副官招待着报告一阵。在座的来宾,没想到他们会惹下这么一件祸事。大家坐在茶桌子上喝茶的喝茶,吸纸烟的吸纸烟,却都默然相对,没有哪个说话。李南泉因为人家郑重其事地邀了来,无非想找几个得力调人和他们在院长未到以前解决问题,若是这样子沉默,未免有点和主人作难,这就向刘副官笑道:"这事情是耽误不得。最简单的办法,就是请两位代表去邀他们到这里来谈谈。"

　　黄副官一拍手,大声叫道:"此计太妙,他们来了难道还有自己回到我们公馆里去赖着的吗?哪位先生劳驾一趟?"刘副官道:"最好就是李先生去。"李南泉心

巴山夜雨

里想着,排难解纷,虽是好事,可是亲自到方公馆去说和,未免有巴结朱门之嫌。尤其是曾当面受过那位二小姐的奚落,不理也罢了,还去以德报怨不成?便笑道:"主意是我出的,跑路也要我来,这却卖力太多了,最好是请两位地方上老先生去。就说有几位下江朋友在这里等着,有要紧的事商谈,他们或者不好不来。林老先生自己有轿子,林老先生去是最好的了。"说的这位林老先生,穿了一套川绸小褂裤,打着一双赤脚,穿了一双麻线精编的草鞋。但此外有一件半折着的蓝纺绸长衫,搭在椅子背上,一顶细梗草帽放在桌子角上,还有一支乌漆藤手杖,挂在桌子横档上。他一把八字胡须,配在瓜子脸上。戴着翡翠戒指的手,捏了一支长可二尺八寸的乌漆旱烟袋杆,塞在口里吧吸着。他坐着只听旁人说话,并不插言。这时指到他头上来,他却是不能缄默。站起来抱了旱烟袋拱手道:"我去一趟,是不生关系哩咯,怕是没得那个面子,把人请不出来。"正说到这里,两个穿短衣服的人,匆匆跑到茶馆来,见着黄、刘二位,把他拉到一边,悄悄将大学操场上开会的情形告诉了一遍。黄、刘二人回到茶座上,只管抱了拳头向大家作揖,连说:"请帮帮忙吧,院长快要回来了。"

这位林老先生和方公馆的下层人物,向来有些来往,颇也想见院长一面,以增光彩。现在听说院长快要到了,这倒是见面的一个机会。这就向刘副官道:"就是,我去一趟试试看嘛,若是没得成绩,你莫要见怪咯。哪个和我一路去?"黄副官始终觉得自己责任重大,不敢大意,就答应自己陪林老先生回公馆去。他临时在街头上雇了一乘滑竿,追随着林老先生回公馆。刘副官陪着那些人,依然在茶馆里坐着等候消息。黄副官一路行来,就不断地看到穿制服的学生,三三两两,在路上走着。他们手上,都拿着一卷纸。有人还提了瓦罐子装的糨糊和刷子,分明是带了标语到这里来张贴的。黄副官看到,只当不晓得,故意有一言无一言地,尽管和前面坐在滑竿上的林老先生谈话。到了公馆的山脚下,而三三两两地学生还没有断。心里实在捏着一把汗。心想马上院长就要回来,无论他们是不是向院长有所要求,就是这种现象,让院长看到,也是不妙。他让林老先生先走,自己跳下滑竿,拉着路口上守岗的卫士,低声道:"院长快要到了,你应当悄悄地让这些学生远一点。"卫士摇摇头道:"比不得平常日子,我们不敢多事。他们来来去去,又不碍我们什么,我们能说人家吗?"黄副官道:"比平常不同?今天有什么特别之处吗?"那卫士带了一点笑容,又不敢笑,只是向他望了一眼。

黄副官碰了这样一个软钉子,想说他们两句,又觉轻重都不好说,便道:"你们小心一点就是。"说毕,对卫士看了一眼,向站在旁边的滑竿夫招了两招手。他们将滑竿抬了过来,他一转身,正待坐上滑竿去,一眼看到山脚下来了一乘滑竿,前后拥挤着一群护从,向上山大路走来。这种排场,不是院长,还有何人?他哪里还敢坐滑竿,面对了山上,扯腿就跑。跑了十几层坡子,他想这殊属不妥,路旁放着一乘空滑竿,一定会引起院长的质问,这又返身跑回来,拉着滑竿杠子,对他们说:"快走快走,院长来了。"说着,拉了滑竿夫就向石坡外面的荒山上跑。这山地上的树木,长得丛丛密密,向里面钻进去几丈路,就可以把全身隐藏起来。他向树林子外面张望时,那群人已把一乘精致的藤制滑竿,簇拥上了山坡。方院长穿着一套笔挺的藏青西服,戴顶巴拿马草帽,把半截脑袋都盖着了。虽是半截脑袋,黄副官还可以看到院长先生,沉坠着脸腮上两块胖肉。就凭这点,便可以知道主子在发脾气了。他心里想着,这真是糟糕,这样抢着办,还没有半分钟的耽误,依然是逃不出难关。三个人还关在卫士室里,那不去谈了。而且又请了一位地方上的林老先生前来做调人。这位林老先生,多少有几分土气息,若让院长看到了,分明是闲杂人等闯进了公馆,其罪不在小处。这事怎么办呢?

他这样想着,口里也就随着喊叫出来了。那滑竿夫是中等个、年长些的,便向他道:"硬是滑稽,啥子事嘛,我们好好地抬着,又没出啥乱子。"黄副官乱摇着手,轻轻喝道:"你知道什么,刚才是院长过去了。让院长看到了,那可是了不得的一件事。你们悄悄下山去吧,我这里给你钱。"说着,在身上掏出了几张钞票给他,将手乱挥着。滑竿夫不免露出他的故态,弯了腰赔着笑脸道:"老太爷,道谢一下子嘛!"说着,拱了两拱手。黄副官将两眼横着,抬起一只腿来,向那滑竿夫踢了去,轻轻喝道:"我一肚子不是心事,你还在我面前唠叨,滚你的罢!"他这一脚踢来,老远就做了个势子,滑竿夫看得清楚,早是身子一偏躲了开去。他这一脚,就掏了虚处。同时，所站的地方，是个斜坡。右脚踢过去，左脚独立着，都吃不住。下半部身子，向前伸出去；上半部身子，未免向后仰着，于是跌了个反跤，人坐着倒下去。另一个滑竿夫知趣一点，肩上扛着空滑竿就跑，那一个也就走了。黄副官自己创伤了自己一下，坐在地上，但觉得臀部到脊梁骨，全震动得生了痛。两眼里的眼泪抢着要滚出来。他坐在地上有四五分钟之久，意识方才平复，因为那两个滑竿夫已是去远，也就只好默然坐了一会，自行拍着身上的灰土和草屑。心里一面打算着，是公馆里去见院长呢，还是溜走呢？这就听着山上有人叫着黄副官，一路叫下山来。

　　黄副官听到这种叫喊，心房早是由体腔里要跳到嗓子眼里来。他不但不敢答应，反是顺了倾斜的山坡，连跑带滚向山下滚。那松树绿阴阴地遮了山坡，把草皮的绿色，盖成了黑色。他由松树缝里钻了出来，站在人行路上，睁眼向两边张望着，见连连不断地石头墩上，大树兜上，全已张贴五彩纸的标语。标语丝毫没有刺激的意味，只写了四个字，乃是"清平世界"。在这标语下，有的写着一个或两个很大的惊叹号，有的写着尺来长的问号。黄副官对于这种标语，并不了解有什么含意，可是全是这样的字，却在下面注着不同的标点，觉得这是一种可奇怪的事。正在惊愕地呆望着，山麓石坡子上，飞跑来十几个卫士，一口气冲到他面前，前后将他包围着。大家异口同声地叫道："黄副官，黄副官，院长要你去。"老黄看这样子，跑是跑不了的，只得硬着头皮，同他们一路走上山。但那卫士们将他围着，不让他离开一寸路，由楼下卫士前呼后拥地逼上楼去。刚一上楼梯，就听到院长在他的休息室里，大声喝骂，他道："这里前前后后，全贴了'清平世界'的标语。这意思是说我们这里出了强盗了，我在政治上混了这多年，没有受过人家这样的公然侮辱。"老黄在上楼梯的时候，就觉得两只脚弹琵琶似的抖颤，上楼以后，听到院长这样的喝骂声，抖颤得更凶，两腿已是移不开步，只好慢慢向前走去。只走到院长休息室门口，情不自禁地，他就跪下了。

　　那方院长伸长了两腿，正不住地将手拍了桌子，口里吆喝着。他看到黄副官跪在地下，早是一股怒火由两只眼睛直冒出来。他有一支长期相伴的手杖，随手捞了起来，跳将上前，对着黄副官头上，就是一手杖下去。黄副官见来势不善，太服从了，非送命不可。只好将头一偏，把手杖躲了过去。但这手杖落下来，是无法中止的，早是"啪"的一声，打在他肩上。这一下大概是不轻，打得他"哎哟"一声，身体侧着向旁边一倒。方院长实在是气极了，哪里管他受得了受不了，提起手杖来，接连在他背上，又是好几杖。口里还不住地喝骂着道："你这些混蛋，清平世界，朗朗乾坤，凭你们像我家狗一样的东西，也敢随便抓人，随便关人？抓了人，又关在我公馆里，让我去替你们受罪？"他连骂带打了一阵，气得上气不接下气，喘得呼呼作声，然后一倒坐在沙发上。老黄背上、肩上，总共挨了有一二十手杖，除了每挨一杖，哼着"哎哟"一声而外，主人打完了，他跪在地上，又痛、又羞、又怕，两行眼泪抛沙般落下来。方先生团团的面孔，气得发紫，嘴唇皮只管抖颤着。大概是晕了有四五分钟之久，然后骂道："你就果然是一只狗，你也有两只耳朵。你不打听这大学校长是谁，你也不打听董事长是谁？这些学生毕业以后，他们在国家是做什么的？我对他们，都要客气三分，你敢去惹他，我非打死你不可！"说着，拿起手杖来又要向老黄头上劈下去。但是他像受了伤，也站不住，复又突然坐下去了。

第十三章　各得其所

这个时候,围绕着这休息室的侍从们,全吓得心惊肉跳,面无人色,大家面面相觑,不能呼出一口气来。等到主子坐到沙发椅子上去了,背靠了椅子背,伸长着两腿,头枕在椅子靠上,面孔向了天花板,兀自喘着气。其中一个阶级比较高,而又相当亲信的田副官,先屏息了气,然后像生怕踩死蚂蚁的样子,轻轻地,慢慢地,跨着大步子,走到沙发面前,而且还鞠了个躬,低声道:"黄茂清,他罪有应得。应当重重责罚。可是他这种人,怎值得院长亲自动手责骂他?请院长息怒,交给卫士室里去办他就是了。"方先生还是仰在沙发椅子上生气,半闭着眼睛,不肯答话。这位田副官,看着主子的颜色,还不曾迁怒到他身上,这就静静站了一会儿,然后低声下气地道:"请示院长,怎样办理?"方先生将椅子边上的手杖捞过来,重重地在楼板上顿了几下。因瞪了眼望着他道:"怎么办理?我们家还关着三个人呢,这能够还耽误吗?清平世界,朗朗乾坤,把人老关在屋子里,这算怎么回事?"田副官低声下气地又道:"报告院长,他们似乎不肯随便就走出来。"方先生又把手杖在楼板上顿了两下,因道:"难道我都像你们这样糊涂?人家凭什么让你随便抓来,又随便放走?你把他们带来见我。"田副官问道:"请到小客厅里?"方先生道:"为什么小客厅里?我们这里处罚人的情形,还不能让他们看到吗?"田副官答应着"是"走开。方先生又叫道:"回来,要对人说请,不许说带来。"

田副官走到门口,复又转身回来,向主人鞠躬答道:"是的,院长还有什么吩咐的吗?"方院长将手向他挥了两下,并没有作声。田副官去了,方院长继续向着老黄喝骂。约莫是十来分钟,田副官大着步子,轻轻走进来,站定了轻声报告着道:"三位先生来了。"方院长向外看时,两个穿中山服的训导员,引着一个穿青色制服的学生走了进来。他们同时看到黄副官跪在门外的过道一边,也平服了一半的气,便都站在门口,向方先生鞠了个躬。方院长自知道是人家受了大屈,便半起着身,向他三人点了个头道:"三位受屈了,这事虽不怪我,我却不能不负责任,现在情亏礼补,我让黄茂清送你们回校去。同时,也让他向你们学校里先生们道歉。你三位还有什么意见吗?"这其中的两位训导员,只是点了头行礼,不敢说什么。陈鲤门是个学生,他不感到会受什么政治压力,便挺了一挺腰杆子,正着脸色道:"院长,我们不敢有什么要求,不过请公馆里向地方上的治安机关通知一声,我们这三人,绝没有汉奸嫌疑。"方院长不由得笑了,摇摇头道:"大用不着,汉奸这个帽子,岂是可以随便给人戴上的?哦!想起来了,这里还来了一位地方绅士姓林的,也可以护送你们回去。"田副官听了这话,才向前一步,走到沙发旁边,低声问道:"可以让那位林老头子来见院长吗?"他手摸着胖下巴,沉吟了一会,便点点头。

那位林老先生上得山来,忽然和黄副官失去了联络,正不知道怎样是好,呆呆站在楼下走廊上,看到院长坐了滑竿,在一群护从中拥上山来,自己既不能自我介绍,又没有个介绍人,对了这里的高贵主人翁,很是有点着慌。眼看到那滑竿一步一步抬近了面前,只觉手脚无措,情不自禁地倒退了十几步,退到房子的转角地方去。后来听到院长喝骂声,见势不妙,就夹了长衫、帽子,要赶快跑。刚是下了几层台阶,田副官由后面追了来,伸手抓了他的手臂道:"哪里去?"林老先生吓得周身一抖颤,衣服、帽子,全都落在地上。立刻捧了帽子,向他拱着手道:"我……我……我是黄副官叫我来做调人的,没得我啥子事。"田副官看他周身抖颤着,脸色发白,便笑道:"林老先生,你误会了。你不认得我,我认得你,你是这地方上的绅粮,我也知道你是黄副官请来的。"林先生望了他道:"那就没得我啥子事了。我可以走开吗?"说着,弯腰下去捡衣服。田副官笑道:"当然没有你的什么事。你既来了,就请你稍微等一下,调人还是要请你做的。"林先生道:"完长来了,还要我这种人做调人吗?硬是笑人!撒脱①一点。我还是走吧。"说着,向田副官连

---

① 川语,意为干脆,简单。

连作了几个揖。田副官嘻嘻笑道:"不要害怕,没你什么事,你不是老早想见见院长吗?这是一个机会呀。"

林先生皱了两皱眉毛,接着笑道:"怕我不愿意见完长?不过完长在气头上喀,我不会冒犯他?我硬是不行,你要照顾我喀。"田副官笑道:"老先生你既怯官,又要见官,叫人真没法子,你到卫士室里去坐着吧。我给你向院长报告一下。"说着,他也不再问人家是否愿意,把这老头儿引到第二卫士室去。这隔壁就是关着陈鲤门三人的屋子,门是倒锁着的,还有一个手扶了步枪的卫士,站在走廊上。老头儿被引到屋里,心里先是一阵跳。看看门外的卫士,全是全副武装,板着一副正经面孔,来往不断。他坐在人家的床上,连呼吸都不敢让他随便,只是瞪了两只老眼,向门外望着,就在这时黄副官已在楼上开始挨打。喝骂声和黄副官的叫喊呼痛声,让人听到心惊肉跳。林先生虽是穿着单衣服的,两只手心里,全是汗水淋漓。若是出门去,却又怕让卫士们拦阻着。在这里坐着吧,又怕会出什么乱子,呆着脸子,那颗心只是扑扑乱跳。正自坐立不安,田副官就走进来了,向他点着头笑道:"林先生,院长请你去。"林老头儿站起来,瞪了眼望着道:"完长请,不,叫我去?我朗个做?我还是不要去吧。"说着,手扶了墙壁站起来,身子兀自抖颤着。田副官笑道:"我的怯翁,你怎么这个样子?要是这样,你真是不见的好。"林老头道:"要得要得,请你对完长说,我是亲自来请安喀。"田副官笑道:"不行,你还得去;你不去,我交不了卷。"

说着话时,田副官牵了牵林老先生的小褂袖子。他道:"我这个样子,朗个去见完长?你让我把长衫子穿起来嘛。"说着,先把戴在头上的草帽,端正了一下,然后将搭在手臂上的长衫穿着,垂着两只长袖子,跟了田副官走去。他是本地人,当然对于爬坡,丝毫不足介意。可是到了此时,对着这铺得又宽又平的石板坡子,竟是两腿如棉,走得战战兢兢的。到了楼下,那颗心就情不自禁地只管"咚咚"乱跳。田副官走几步就回头看他一下。直走到院长休息室门口,他看到黄副官兀自跪在夹道里,哭丧着脸,泪痕模糊了一片。吓得身子一颤,向后退了两步。田副官走在前面,只管向他点着头。林老先生硬着头皮,走到休息室那门口,看到一位穿西服的中年汉子,由里面走出来,他立刻捧着两只长袖子,弯下腰去,深深地作了一个揖,连连口称"完长"。田副官站在旁边笑道:"这是我们杨秘书,院长坐在里面呢。"那位杨秘书见他赤脚穿长衫,头上戴了草帽子,深深地作着长揖,也就抿嘴忍着笑走了开去。田副官怕他再露怯,索性微微牵了他的长衣袖子,牵到房门口,轻轻对他道:"坐着的是我们院长。"林老头听说,站定了脚,接着就要行礼。田副官低声道:"脱下帽子,脱下帽子。"这算他明白了,两只手高举,同时把帽子摘了下来,两手捧了帽子檐,像是捧了一只饭钵似的,深深地鞠着一个大躬,随了这一个大躬,作上一个大揖,这一揖起来,帽子平了额顶。

方院长看到这样子,也忍不住笑,只得向他点了个头。林老先生第一个揖,觉得是有点手脚失措,第二个揖,便有点习惯了,比较从容与熟练,算是把帽子拿得松一点。但高举起来,还是齐平了额顶。直把三个揖作完,然后把帽子捧齐在胸口,微弯了腰,像教友做祷告似的,沉静、严肃,而又恐怖地站着。方院长看了他这样子,自也忍不住笑,点了两点头笑道:"我们的事,有劳你了,还希望你护送他们三人回学校去。这三个人就在楼下客厅里。"林老头道:"就是嘛!完长。你有啥子命令,吩咐下来就是了!完长。在这里社会上,我有点面子喀。啥子小事,我总可以代表唦。你有啥子命令,吩咐就是,我没得推辞喀!"他说是说了,却还是那样沉静、严肃,而又恐怖地站着。田副官看他那样子,实在不像话,便忍着笑道:"林先生,你下楼去吧。"林先生回头看了看跪着的黄副官,因道:"就是就是,我说,完长,我可以求个情吗?"说着,连连地咳嗽了两声。又道:"黄副官受了罚,放他起来吧,放他起来吧。"说着,回头看了三四次,作了三四个揖,鞠着躬道:"就是嘛,完长命令我,我就去嘛!"方先生一肚子怒火,看到这位老先生手足慌乱、言语颠倒的样子,就不由得脑子里不轻松一下,同时,脸上泛出了笑容。便点点头道:"好吧,看在地方上人大面上,把他饶恕了。"便指着黄副官道,"起来,给我谢谢这位林先生。"黄副官应声站起来,先向院长一鞠躬,再向林先生一鞠躬。

林老先生点着头笑道:"黄副官,就是嘛!我们下楼去!"说着,向方院长作了一个长揖,牵着黄副官的手,把他引下楼来。陈鲤门和两位训导员,深知方院长已

巴山夜雨

大大发了脾气，黄副官也受着极大的侮辱与责罚，尤其是当面看到他跪在夹道里，算是扳回了面子，现在可不能再给人家难堪。林、黄二人一进门，他们也就都站起来了，林先生两手捧了帽子，先和三人作了一个总揖，然后伸出右手来，和大家分别握手，他笑道："我叫林茂然，本来不配管这些事。因为完长很看得起我，叫我来和两方面斡旋一番。"他这个"斡"字，并没有念正音，念成了"赶"。陈鲤门三人只相视着微笑一笑，并没有说什么。林老头道："大家都是面子上人嘛，完长忠心党国，好忙呵。了不起哟！这些小事，我们不能麻烦他咯！我不大会说话，撒脱说吧，完长是伟人嘛，他刚才见了我，含了笑容对我说，叫我调停调停。我是啥子人，受得住完长这样拜托吗？三位，你们就转去吧！我负了责任，我得完成这个事，没得话说。二天你到街上来，我请你们吃酒。"他说了一大串，也就前前后后作了四五个揖。这三位受屈的先生，看了他草鞋长衫的打扮，说话又是那样啰啰唆唆，大家都忍住不笑，只是微笑。林老先生道："完长真不愧是宰相肚里好撑船，他对我们老百姓真是客气咯。他看到我进门，硬是站起身来，和我点头，难得难得。"

黄副官本不想说什么话，可是到了林老先生都实行做调人的时候，这三位被拘留的嘉宾，依然没有离开的表示，这让他的责任，依然不能中止。反正跪也罚了，打也挨了，面子是丢尽了，还有什么体面可顾的？于是把一口气吞着，脸上放出笑容来，对那三位先生点了个头，微弯着腰道："三位先生，什么话不用说，算我错了，我向三位道歉。"于是深深地向三位一鞠躬。这三人之中，算陈鲤门的委屈最深，而也算他的怨恨最大。本来看到黄副官，就要伸出手去，打他两个耳光。这时，因他这样客气，却无法随着再生气，这就也给他点了个头，因道："不过，我们可以完结，我们学校是不是可以完结，这却难说，那得烦你劳步一趟，送我们回学校去。学校不说什么话了，算是你的责任已了。如其不然，我们自行回去，恐怕学校里对我们群起而攻，我们会走不进大门。"黄副官道："这个不用三位费心，院长已吩咐了我送三位回学校。不过现在我是失败了，我若跟三位去到学校，就是一个人，还请三位莫记前仇，保护一二。"说着，他又是一个揖，他脸上的泪痕，本来就没有干，再加上一分为难的样子，那脸子就太难看了。那位比较老实的训导员，是个五十将近的人，鼻子下有些胡桩子，他微笑道："这就对了，什么话不用说，我们一块儿走吧，我们都是读书的人，不会给你太难堪的，你放心吧。"

林老先生道："要得要得，这位先生说的话要得，我们一路去就是。"说着，捧着长袖子，向大家连连拱揖。到了这时，研究部的师生三人，已是面子十足，就不必再和人家为难了。陈鲤门站起来笑道："那就走吧。"大家随了这句话，一齐走下山来。黄副官跟在人群后面，只是低了头走着，到了研究部，正值下课以后，学生们纷纷来往，看到他们回来了，一群蜂似的围拥了上来。黄副官涨紫了面孔，低着头一语不发。林老先生是向来没有经过这么大的斯文场面，他所接触的人物，是社会上另一个阶层，那一套言语，自不适用于这个部门，站在人丛里面，也是呆了。还是陈鲤门举起双手来，向大家连招了几下，然后脸上放了微笑道："过去的事，大家想已知道了。今天早上，方院长亲自回来，和我解释了许多误会，表示了歉意。并请这位林先生引了这位黄副官亲自到研究部来道歉。我本人无所谓，只要各位老同学和各位师长认为并没有问题了，这事就过去了。"这时，也不知人丛中哪个人叫了一声"打"，四面八方的人，就都叫着"打"。黄副官根本就是胆战心惊的，听到这多"打"声，脸色就变成苍白了，伸着头由人缝当里一钻，就钻了出来。看看人丛的外围，站的人比较稀落，也不问是否事情已经了结，向回方公馆的大路，飞跑了去。林老先生被丢在人丛中包围着，越是手足无所措。将两只长衫袖子抱着，只管向各方拱着，微笑着自言自语地道："朗个的，逃了？要不得！"

师生们并没有真正和黄副官为难的意思，倒是看到林老先生这种状态，都忍不住哈哈大笑。他这就更没有章法了，左手拿了帽子，右手搔搔头发，笑道："真的，逃了不是办法嘛！我还有啥子办法嘛！我应当朗个做？"倒是两位训导员，看他十分为难，就请他回去。林老先生向大家拱拱手道："那就恕我不恭哩咯，再见了。"他一面拱着手，一面走着挤出了人群。他坐的那乘滑竿，正歇在山谷路边等他。一个滑竿夫迎着他问道："老太爷，没得事了？"林老先生头上顶着帽，身上飘荡着那件蓝绸长衫，站定了脚，手摸了胡子，一摆头道："那不是吹。在社会上我们总有个面子，无论到啥子地方去，人家也得看我三分金面嘛。我先到方公馆，看到完长,完长硬是客气喀,走向前来和我握手。左一声老兄,右一声老先生,一定要我出来调停。我无论朗个忙,我也要和人家了这件事。到了学校里,晓得是啥子职位的先生啊,大概总是教务长、总务长这一路角色,听说我是完长请来的调人,硬是远接远送,没得话说,我说朗个办就朗个办。那黄副官一点亏没有吃,就转去了。人家有知识有地位的人,晓得我是啥子来头,还用我多说吗?"他说着话,脸上是得意之至,跨上了滑竿坐着。这两名滑竿夫觉得自己的主人,今天这风头出得不小,周身带劲,一口气就把滑竿抬到市集的茶馆门口。

这时,在茶馆里坐着的那群人,还没有走开,林老先生跳下滑竿来,一面脱身上的绸大褂,一面走进屋子来,大声笑道:"没得事了,没得事了。我到了完长公馆,就遇到了完长。他走向前来和我握着手,连说着'诸事拜托'。我和他告辞,他把我送到楼梯口。别个身为完长的人,有这样的身份,还是这样的客气,我还有啥子话说,我就奉劝留在方公馆的三个人,还是回学校去吧。他们看到我是完长请出来的调人,硬是一个不字都没有说,立刻就让我送回学校去了。"那刘副官为了逃避责罚,始终是在这茶馆里招待客人,并没有走开。这时见林老先生满面风光地走了来,虽不相信他的话,是这样容易解决的,可是那三位师生已经回了学校,那大概是事实,便上前两步,向他拱拱手道:"诸事都有劳了,坐下来喝碗茶。"他正有一肚子话要说,也来不及理会刘副官的招待,看到李南泉先生坐在角落上茶桌边,斜衔了一支烟卷,带着微笑,他便拱拱手笑道:"李先生,你栽培我的好差事,几乎让我脱不到手。完长把全部责任都交把了我,幸是为了完长这分看得起,大家也都跟着看得起我,我一说啥子,都答应了。"说着,回过头来向刘副官道,"完长的身体,现在越发是发福了。从前在路上遇到他,我闪在一边,不大看得清楚。今天他和我握了两次手,我把他的面容看清楚了。这在相书上说得有的,乃是天官之相,这样的好相全中国找得出几个?难怪他要做完长了。这回算我长了见识,宰相的相,就是这样的。"

李南泉看了这番做作,又好笑,又好气,便笑道:"林先生真是官星高照。这一下子,在院长面前有功,找一份差事,那是不成问题的了。"林老头一摸胡子笑道:

"好说好说，就怕资格不够喀。说到完长，那硬是看得起我。"说着，坐到方桌边去，大叫一声，拿茶来，同时，把一只脚拿起来，踏在凳子上，将头摇了几下，将手不住地摸着胡子。那一分得意，就不用提了，其余几位地方上的绅士没有一个不羡慕林先生的幸遇的，全坐到他那茶座上围着他说话。李南泉一看到这情形，颇感到有些不顺眼，便起身向刘副官拱拱手道："大事现已告定，我可以告辞了。"刘副官把他约来，原以为他是孟秘书的好友，万一孟秘书也来了，还可以托他说说人情。现在孟秘书既没有来，留着李南泉在这里也是没用，便向前和他握着手道："实在是麻烦你了，不过这件事还不能算完全解决。将来还有点什么问题的话，恐怕还得请李先生帮我说几句话。"说着，苦笑了一笑，又摇了两摇头道，"我头上还顶着一个雷呢。"他说着话时，握了他的手，送到茶馆子门外来，向前后看了两次，然后悄悄地对他道："老兄念在我们平日的交情上，可不可以给我写一封信给秘书，托他在院长面前疏通疏通。"李南泉笑道："那没有问题，我回去就写信付邮。"刘副官道："用不着，用不着，你把信写好，我到府上去拿；拿了我就派专人送到城里去，以便立刻取得回信。"说着，深深地向他鞠了一躬。

刘副官素日旁若无人，这时突然行这个敬礼，却让李南泉有些愕然，便道："大家都是朋友，只要是我办得到的事，我无不从命。你不必顾虑。我是个书生，无用虽然无用，却最同情弱者。"刘副官抱了拳头道："一切都请关照。什么时候我到府上去拿信？"李南泉道："我回家之后，立刻就和你写信，你随后就派人来吧。"说着，正待转身要走，就看到杨艳华携着胡玉花的手，由街那头慢慢地走了过来。她们都穿的是黑拷绸长衫，穿了白皮鞋，下面光着腿，上面又光着半臂，各人还在黑发之下，各插了一小排茉莉花。走到面前，笑嘻嘻地点着头叫人。李南泉笑道："二位小姐，今天打扮得全身黑白分明，而且是同样的装束，有什么约会？"杨艳华道："现在晚上没有月亮了，我们应该开始唱戏。不然，这整个月的开销不得了。同时，我们也打算迁地为良，到没有轰炸的内地去鬼混些时，等雾季过去，我们再回到重庆来。现在唱几个盘缠钱。"她说着话，向刘副官看去，见他今日的情形，大异往常。往日相见，他就是个见血的苍蝇，不问何时何地，立刻追到人身边来，有说有笑。今天却是板着个面孔,全找不出一条带笑意的痕迹,便笑道:"刘先生,今天这么一大早,就陪了大批的朋友下茶馆?"刘副官叹了口气道:"咳!我惹下一个很大的娄子了。"杨艳华道:"黄副官没有在这里?"李南泉以为她是有意问的,只管替她使着眼色。

  杨艳华一看这情形就明白了。可是,胡玉花还记着黄副官那一点仇恨,便故意地问道:"怎么着,刘副官会惹下了娄子?这地方有那样不知高低的人?会惹你们黄副官?怎么样,他也惹下娄子吗?我想不会都有娄子吧?"刘副官冷笑道:"胡小姐,别说俏皮话吧。天有不测风云,人有旦夕祸福。今天吃饭睡觉,太太平平过去,知道明天是不是还能够吃饭睡觉呢?小姐,你们在社会上的经验还差着哩!"杨艳华扯着她的手道:"人家有事,别打搅了,走吧!"于是两人带了微笑走去。李南泉觉得胡玉花这几句话是多余的,因向刘副官道:"她们和你们开惯了玩笑,所以见面就说笑话。她还不知道你们怎么回事,也不必和她说了。我这就回去写信。"刘副官表示着好感,走向前两步,抢着和他握了手,紧紧地摇撼了两下,因道:"我也不知道说什么是好,只有说句余情后感吧。"李南泉又安慰了他两句,然后走回家去。到家以后,立刻展开文具,伏在案上写信。李太太见他一早出去,回来了又这样忙,颇觉有点奇怪。可是见他神情紧张,又不便过问,只是送烟送茶,偶然走到桌子边,向他写信纸上瞟上一眼,见那上款,写的是孟秘书的名字,就回想到杨艳华曾托他和孟秘书说项,料着还是那一套,闪到一边就未加过问。恰是李先生慎重其事,怕这封信给别人看到了,写好之后,就翻过来盖在桌上面。李太太坐在一边竹椅上做针线,低低头笑道:"什么秘密文件,这样地做作,我想你也没什么了不起的事吧?"

  李南泉看太太低头在缝着针线,可是眼皮再三地瞟着,分明是注意着这封信成功之后的动作,便笑道:"我和朋友来往的信,你可以不过问吧?"李太太依然是低着头,随便地答道:"谁管你?"刚说到这句,遥远有人叫了一声"李太太"。她伸着头看时,正是杨、胡两位坤伶,在山坡上,便点头道:"二位小姐,请下来坐坐吧。"杨、胡二人挽着手臂,就向坡子上走下来。杨艳华老远地笑嘻嘻道:"李先生。已经回来了吗?"李南泉道:"我老早回来了。二位小姐,久违了。"胡玉花没有懂得他这是一句俏皮话,站在窗户外面,手扶了窗栏杆,向里面张望了道:"前二十分钟,我们就在街上见面的,还算久吗?"李南泉正想解释着他由反面说话,她们已经走进来了。李太太对两位小姐周身上下看了一看,抿嘴笑道:"二位小姐真是淡妆浓抹总相宜。雪白的皮肤,穿着这乌亮的拷绸长衫……哟! 这黑发下还压着这一排白茉莉花呢! 艺术家是真会修饰自己。"说着,起身相迎,一只手挽住一位小姐。杨艳华笑道:"师母何必取笑我们。我们光腿子,并不是摩登。为了省掉那跳舞袜子。现在一双丝袜子,多少钱呀!"胡玉花道:"我一天的戏份子,也买不到一双。"李太太道:"还是别省那个钱吧! 这山窝里出的那种小墨蚊,眼睛也看不见,可是叮人一口,又痒又痛,大片地起包。你们也当自己爱惜羽毛。南泉,你说我这种建议,对是不对?"说着,望了李先生微笑。李先生这可在主客之间不好答话,也只是一笑。

　　杨艳华已是有点明白李师母的意思了。很不愿意她真有所误会,因道:"刚才遇到老师,有刘副官当面,有话不好说,特意追来说明。"李太太笑道:"慢慢谈吧,我们都愿意帮忙。二位有什么要紧的事吗? 怎么不坐着?"杨艳华道:"也没什么要紧,因为从今天晚上起,我们要恢复唱戏了。"李太太道:"那不成问题,我们一定去捧场。"杨艳华笑着一摇头道:"非也。我唱戏到今天,也没有卖过红票,我自己并没有什么事。"说着,伸手拍了两拍胡玉花的肩膀笑道,"还是她的事。那个姓黄的,现在还是老盯着她。他说,她有丈夫不要紧。他可以出笔款子,帮助小胡离婚。小胡有孩子,他也可以抚养。"李太太道:"胡小姐出阁了吗?"胡玉花笑道:"这都是瞎扯的,不是这样,抵制不了那个姓黄的。可是这样说也抵制不了他呢!"说到这里,她才是把脸色沉了下去,坐到旁边椅子上,叹了口气道,"这是哪里说起,简直是我命里的劫星。我对姓黄的,慢说是爱情,就是普通的友谊也没有。他那意思,我没结婚,固然应当嫁他,结了婚也应当嫁他,我是一百二十个要嫁他。"杨艳华挨着她坐下,掉了她一下鬓发,笑道:"这孩子疯了,满口是粗线条。"胡玉花偏过头向她瞟了一眼道:"我才不疯呢。唱戏的女孩子,在戏台上,什么话不说,这就连嫁人两个字都怕提了?那个姓黄的,真是不讲理。我若是一位小姐,你就迫我嫁你,这只强迫我一个人。若根据他的话,我若有丈夫,不问我和丈夫是否有感情,都得丢了人家去嫁他。这为什么,就为了他有手枪吗?"

李太太道:"胡小姐真结了婚了?"她笑道:"我不告诉过你是瞎扯吗?这撒谎的原因,李先生知道。"李太太就坐在李先生写字的椅子上,而李先生呢,却是站在桌子角边。她就仰了脸子,向他望着微笑。那意思好像说,她们的事,你竟是完全知道。李先生很了解她的意思,便笑道:"这就是在刘副官家里那天晚会的事,其实,胡小姐是太多心了。我告诉你一个好消息,老黄他完了,他要离开这里了,就是方公馆还容留他,他也不好意思在这码头上停留了。"因把黄副官这两天的公案说了一遍。杨艳华拍了手笑道:"这才是天理昭彰呢。这一群人里面,就是黄、刘二人最为捣乱。把他两个人拘束住了,我们戏馆子里轻松多了。"李南泉道:"不但黄、刘二人不能捣乱,恐怕这一群人,都不敢再捣乱了。"胡玉花望了他笑道:"李先生不是拿话骗我们的?"李南泉道:"我要撒谎,也不能撒得这样圆转自如,而且我还是最同情弱者。"李太太点了点头笑道:"对的,他最是同情弱者。"李南泉看夫人脸上,有那种微妙的笑容,便想立刻加以解释。就在这个时候,胡玉花现出吃惊的样子,将嘴向窗外一努道:"来了来了!"大家向外面看时,正是刘副官带着一种沉重的脚步,由那下山溪的石坡子上,一步一顿,很缓地走了来。杨、胡两人不约而同地站起,就有要走的样子。李先生道:"没有关系,他不是为两位来的。"那刘副官老远地已是叫了声"李先生"。李南泉迎着他道:"信我已经写好了,请下来吧。"

刘副官走进门,看到了两位坤伶,笑着点了个头道:"哦,二位小姐也在这里,久违久违!"李南泉笑道:"又一个久违。"杨艳华笑道:"这也许是因为李先生人缘太好,所以大家爱上你这儿来。"胡玉花斜望了刘副官道:"我们刚才在街上见面,怎么算是久违?你现在还有心思说俏皮话?"刘副官站着怔了一怔,不免脸色沉了一下,淡笑着道:"两位也知道这件事了?"杨艳华道:"谁不知道这件事?这事可闹大发了。我们倒是很惦记着的,现有没有事了吧?"刘副官点着头笑道:"谢谢!

大概没有事了。"说时，他向桌子上瞟了一眼。见有一封信覆盖在那里，便走近一步，正待轻轻地问上一声，李南泉可不愿二位小姐太知道这件事，免得她们又把话去损人，便点着头笑道："我并没有封口，你拿去先看了再发吧。假如你觉得还不大满意，我可以给你重写。"刘副官正也是不愿二位小姐知道，接着信就向衣袋里揣了进去。李太太虽是坐在一旁椅子上，可是她对于这封信十分感兴趣。她的眼光，随了这封信转动，偏是授受方，都做得这样鬼鬼祟祟的，越发引起了兴趣，便向刘副官道："刘先生，我们这里有什么重要文件，还得你自己来取？"刘副官沉思了一会，笑道："在我个人，是相当重要的，可是把这文件扔在地上，那就没有人捡。"他说着，下意识地，又把那封信拿了出来看上一看，依然很快地收到怀里去。

他这样地做作，李太太更是注意，随了他这动作，只管向刘副官身上打量着。刘副官更误会了，以为自己狼狈的行为，很可以让人注意。勉强放出了笑容，向大家点个头就走了。李先生看到他今天到处求人，已把他往日自大的态度，完全忘却，还随在后面，直把他送过门口的溪桥。站在桥头，又交谈了几分钟。等到李先生回来，杨、胡二位小姐，已证明这些副官们正在难中，现在登台唱戏，不须像以往那样应酬他们，放宽了心，就不向李南泉请什么指示了，随心谈了几句话，也走了。李先生已看到太太的脸色，不大正常，对二位小姐，就不敢多客气，只送到门口，并不远行，而且两只脚都站在门槛里，但究因为人家是两位小姐，好像是不便过于冷淡，虽然站在门槛里，也来了个目送，直看到人家走上小溪对岸的山坡，这才转回身来。这时，李太太还坐在那面窗的竹椅子上，她正和目送飞鸿的李先生一样，也可以看到走去的两位小姐的。李先生掉过头来了，她也就掉过头来了。她在那不正常的脸色下，却微微地一笑。那笑容并不曾解开那脸腮上的肌肉下沉，分明这笑容，是高兴的反面。李先生只当不知道，因笑道："我今天一大早就让刘副官找了去，实在非出于本愿。"李太太将桌上放的旧报纸，随手拿过一张来翻了一翻，望着报纸道："谁管你，谁又问你？"李先生听了，心里十分不自在，觉得越怕事，事情是越逼着来，只是默默着微笑了一笑。

李太太望了他道："你为什么不说话？肚子里在骂我？"李南泉禁不住笑起

巴山夜雨

来,向他拱手作了两个揖,因道:"我的太太,你这样一说,我就无法办理了,我口里并不说话,你也知道我肚子里会骂人,那真是欲加之罪,何患无辞了。"李太太突然站了起来,两手把桌上的报纸一推,沉着脸道:"你以为我是小孩子了,什么都不知道。你们当着我的面弄手法,我这两只眼是干什么的呢?"李南泉"哦"了一声道:"你说的是那封信,我是和你闹着玩的,其实并无什么秘密,不过是刘副官怕前两天蟾宫折桂的案子,会连累到他,托我预先写封信给孟秘书,以便在他主人面前美言几句。我若知道……"李太太立刻拦着道:"不用说了,事情就有那样的巧。你写好了信,两位小姐就来了。分明是两位小姐的事!其实这没有关系,我并不反对你提拔杨小姐。一个唱戏的女孩子,不总得许多人来捧吗?"她一面说着,一面走着,就走向里面屋子里去了。李先生对于这件事情,实在感到烦恼,也是自己无聊,和太太开什么玩笑。现在要解释,她也未必是相信的。坐在竹椅子上,呆定了四五分钟,却听到太太在后面屋子里教训孩子。她道:"小孩子要天真一点,做事为什么鬼鬼祟祟的,你那鬼鬼祟祟的行为,可以欺骗别人,还欺骗得了我吗?我最恨那貌似忠厚,内藏奸诈的人。"李先生一听,心想,好哇,指桑骂槐,句句骂的是我。"内藏奸诈"这四个字,实在让人不能忍受。

他想到这里,脸色也就红了。脸望着里面的屋子,本来想问两句话,转念一想,太太正在气头上,若是这个时候加以质问,一定会冲突起来的。便在抽屉里拿了些零钱,戴着草帽,扶着手杖,悄悄地溜了出来。当自己还在木桥上走着的时候,远远地还听到太太在屋子里骂孩子。而骂孩子的话,还是声东击西的手法。自己苦笑了一笑,又摇了两摇头。但这也让他下了决心,不用踌躇,径直地就顺着大路,走向街上来了。到是到了街上,可是同时发生了困难:到朋友家里去闲谈吧,这是上午,到人家家里去,有赶午饭的嫌疑。现在的朋友,谁是承担得起一餐客饭的?坐小茶馆吧,没有带上书,枯坐着也是无聊。游山玩水吧,太阳慢慢当顶,越走越热。想到这里,步子也就越走越慢。这街的外围,有一道小河,被两面大山夹着流去,终年是储着丈来深的水。沿河的树木,入夏正长得绿叶油油,将石板面的人行道,都盖在浓阴下面。为了步行安适,还是取道于此的好。他临时想着这个路径，立刻就转身向河边走去。这石板面的人行路，比河水高不到二尺，非常平坦，在松柏阴森的高山脚下，蜿蜒着顺水而下，约莫有五华里长，直通到大学的校本部，李南泉走到人行路上，依然没有目的地，就顺了这河岸走。这河里正有两艘木船，各载了七八位客人，由船夫摇着催艄橹，缓缓地前进。这山里的木船，全是平底鞋似的，平常是毫无遮拦，在这盛夏的时候，坐船的人，各各撑起一把纸伞，随便地坐在船舱的浮板上。

　　船走得非常之慢，坐在船上的人总是用谈话来消磨时间。这条山河，虽是有五六华里长，可是它的宽度，却不到四丈。因之船在河面上，也就等于在马路上走一样，李南泉在路上走，那船在水面上划着，倒是彼此言语相通，船上人低声说话，在岸上走的人可以听得清清楚楚。而且船的速度，远不如人，所以李南泉缓缓走着，船并没有追过他前面去。约莫是水陆共同走了小半里路，忽听到船上，有了惊讶的声音，问道："这话是真?"有个人答道："怎么不真？我们交朋友一场，我还去看了一看，他的尸首，直挺挺地躺在床板上头，脸上盖一条手巾。听说是手枪对着脑门上打的。咳！这人真是想不开。受这么一点折磨，何至于自杀，活着总比死了强得多吧?"这两个说话的人，都扛了一把纸伞在肩上，遮住了全身，问道："老徐，你说的是哪一个?"老徐将纸伞一歪，露出全部身子，脸上挂着丧气的样子，摇摇头道："这话是哪里说起？黄副官自杀了！咳！"李南泉道："他自杀了？何必何必！可是，那也太可能。"他说着话，摇摇头，接着又点点头道："人生的喜剧，也就是人生的悲剧。老徐，你看到刘副官没有?"老徐道："他不是由你那里回去的吗？我在路上遇到他，把消息告诉他，他都吓痴了。我这就是为着他的事忙。大学校本部的文化村里，住着黄副官的一位远亲，我得去报个信。"李南泉道："他的身后自然有方公馆给他办理善后，可是也得有几位亲友出面，方公馆才会办理得风光些。"

　　李南泉又叹口气道："人都死了，那臭皮囊有什么风光不风光？我们这也可以得一个教训，凡事可以罢手，就落得罢手。过分的行为，对人是不利，对自己也未必是利。这人和我没有交情可言，可是……"他只管站着和老徐说话，不想那艘木

巴山夜雨

船,并不停住,人家也就走远了。李南泉抬头一看,自己也就微微一笑。他默然地站了一会,还是回转身来,向街上走着。但他想到太太早上那番误会,未必已经铲除,自己还是不回去为妙。正好城里的公共汽车,已经在公路上飞跑了来。他想到这里,有了解闷的良方,赶快奔上汽车站。果然,两个报贩子夹着当日的报,在路上吆唤着:"当日的报,看鄂西战事消息!"他迎上前买了两份报纸,顺脚踏进车站附近的茶馆,找了一副临街的座头,泡了一盖碗沱茶,就展开报纸来看。约莫是半小时,肩头上让人轻轻拍了一下。回头看时,正是早上做调人的那位林老先生,因笑道:"怎么着,直到现在,林老先生还没有回去吗?"他拖着凳子,抬腿跨着坐了下来,两手按了桌沿,把头伸了过来,瞪了眼睛低声道:"这事硬是么不倒台,那位黄副官拿手枪自杀了。"李南泉道:"我听到说这件事的,想不到这位仁兄,受不住刺激,竟是为了这件事轻生。"林先生伸手一拍下巴颏,脸子一正,表示他那分得意的样子,因道:"方完长要我做调人,我总要把事情办得平平妥妥,才好交代。别个完长,那样大的人物和我握手,又把我送到客厅门口,总算看得起我嘛!"

李南泉听了他的这种话,首先就感到一阵头疼,可是彼此交情太浅,无法禁止人家说什么话,便将面前的报纸,分了一张送到他面前,因笑道:"看报,今天报上的消息不坏,我们在鄂西打了个小小的胜仗,报纸上还作了社论呢,说是积小胜为大胜,我们能常常打个小胜仗,那也不错得很。"林老先生点了头道:"说的是,打胜仗这个消息,我知道了,方完长见面的时候,为了他家里的人扯皮[①],虽然很生气,但是一提到时局,他就满面春风喀。他对我说,你们老百姓,应该高兴了,现在我们国家军队打了个胜仗。"林老先生说到这里,而且把身子端正起来,模仿了方院长那个姿势,同时,也用国语说那两句话。不过他说的是国语字,而完全还是土音,难听之极。李南泉想笑,又不好意思笑,只得高了声叫幺师泡茶来。就在这时林老先生也站了起来,他高抬了一只手,向街上连连招了几招,呼道:"大家都来,

---

① 川语,此处指搞乱之意。

我有要紧的问题,要宣一个布。"随着他这一招手,街上有四位过路的乡先生,还带了几名随从,一齐走了过来,在屋檐下站住。林老先生笑道:"从今以后,你们硬是要看得起我林大爷了。今天,我奉方完长之命,到他公馆里采访。方完长坐了汽车到场,换了轿子上山,水都没有喝一口,立刻就和我见面,你说这是啥子面子嘛?"

李南泉见他特地把走路的人叫住,以为有什么了不起的大事要宣布,或者就替国家宣传打了胜仗,没想到他说的还是这得意之笔。为了凑趣起见,就从旁边插上一句话道:"的确是这样,方院长对林老先生是非常看得起的。将来这地方上有什么大小问题发生,只要叫林老先生向方院长去说一句,那就很容易解决了。"林老先生倒并没有看着说话的人是什么颜色,为了要摇晃胡子,以表示他的得意,随便也就摇晃着他的脑袋,将眼角下的鱼尾纹,完全地辐射了出来,笑道:"你们看嘛!李先生都说方完长看得起我,你想这事情还有啥子不真?我想,我们这地方上抽壮丁啦,派款啦,有啥子要紧的事,让我去跟方完长说一声,一定给我三分面子喀。我就是报告大家一个信,没得啥话说,请便。"说着,他拱手点了点头,算是演说完毕,自回到茶座上去,跨了板凳坐下。他刚才那样大声说话,满茶馆的人都已听到,幺师自不例外,觉得这林大爷是见过院长的,这与普通绅粮有别,挑了一只干净的盖碗,泡了一碗好沱茶送到他面前放着。还是前三天,有茶客遗落了一个纸烟盒子在茶座上,里面还有三支烟,他没有舍得吸,保留着放在茶碗柜上。这时也就拿来,放在茶碗边,又怕林老先生没有带火柴,把一根点着了的佛香,也放在桌沿上。

林老先生话说得高兴了,回转身来,就在凳子上坐下,两手随便也就向桌沿上扶了去。不想是不上不下,正扶在香火头子上,痛得他"哎哟"一声,猛可地站了起来,那支佛香,也就跌落在地。他立刻在衣袋里抽出手绢,在手心里乱擦。幺师看到他坐下来了,本来是老远地走来就要向他茶壶里去兑开水。同时,也好恭维他两句。现在看到他把手烫了,知道是自己惹的祸事,立刻提了开水壶回去,跑到账房里去,拿了一盒万金油来,送到他面前,向他笑道:"大爷,没有烧着吧?我来

巴山夜雨

给你擦上点万金油,要不要得?"他左手托着油盒子,右手伸个食指,挑了一些油在手指上,走近前来,大有向林老先生手心擦油的趋势。林老先生右手抚摸着左手,还在痛定思痛呢,这就两手同时向下一放,身子也向回一缩,望了他道:"你拿啥子家私我擦?我告诉你,我这只手,同完长都握过手的,你怕是种田做工的人,做粗活路的手,可以乱整一气?我歇稍一下,要到医完里去看看。"幺师想极力讨好,倒不想碰了一鼻子灰,脸上透着难为情的样子,只好向后缩了转去。李南泉笑道:"林先生坐下喝茶吧,茶都凉了。副官们惹了这个乱子,大家都弄得不大好,只有你老先生是子产之鱼,得其所哉。"林先生倒是坐下来了,他一摆手笑道:"我们一个做绅粮的,同完长交了朋友,那还有啥子话说?你看,就说重庆市上,百多万有几个人能够和完长握手,并坐说话?"

说着话,他端起茶碗来要喝。提到这句话,他又放下碗来,挺着腰杆子,在脸上表现出得意的样子来。李南泉笑道:"将来竞选什么参议员、民众代表之类,保险你没有问题。"他将一只没有受伤的手,摸了几下胡子,又一晃着脑袋道:"那还用说?不用说方完长是我的朋友,就说是方完长公馆里那些先生们和我有交情吧,我的面子,也很不小,无论投啥子票,也应该投我一张。"他说的这些话,都是声音十分高朗的,这就很引起了茶座上四周人的注意。这时,过来一位中年汉子,秃起光头,瘦削着脸,又长了许多短胡楂子,显着面容憔悴。身上穿的黑拷绸褂子,都大部分变得焦黄的颜色了。他两个被纸烟熏黄了的指头,夹着半支烟卷,慢条斯理,走了过来,就向林老先生点了个头。看那样子,原是想鞠躬的,但因为茶馆里人多,鞠躬不大方便,这就改为了深深一点头了。林老先生受了人家的礼,倒不能不站起来,向他望着道:"你贵姓?我们面生喀。"那人操着不大纯熟的川语道:"林大爷不认识,我倒是认识林大爷。"林老先生又表示着得意了,点了两点头道:"在地方上出面的人,不认识我的人,那硬是少喀。这块地方,我常来常往,怕不下二三十年。要不然的话,完长朗个肯见我,还和我握手?你有啥子事要说?"那人道:"我是这里戏馆子后台管事,前几天闹空袭,我们好久没有唱戏,大家的生活不得了。今天晚上,我们要开锣了,想请林大爷多捧场。"

林老先生是不大进戏馆子的人，还不大懂他这话的意思，瞪了眼望着。那管事的向他笑道："林老先生，我们并没有别的大事请求，今天晚上开锣，也不知道能卖多少张票。第一天晚上，我们总得风光些，以后我们就有勇气了，倘若第一天不上座，我们那几个名角儿大为扫兴，第二天恐怕就不肯登台。所以我今天睁开眼睛，就到处去张罗红票，现在，遇到林老先生，算是我们的运气，可不可以请你老先生替我们代销几张票？"林老先生踌躇了道："就是嘛！看戏，我是没得空咯！三等票，好多钱？你拿一张票子来，我好拿去送人。"那管事在拷绸短褂子里，掏出几张绿色土纸印的戏票来，双手捧着，笑嘻嘻地，送到林老先生面前。林老头看那票子，只有二寸宽，两寸来长，薄得两张粘住分不开来。票子上印的字迹，一概不大清楚，价目日期，全只有点影子。林老先生料着按当时的价钱，总得两元一张。这票子粘住一叠，约莫有十张上下，这票价就可观了。茶馆里的桌子，总是水淋淋的，他当然不敢放下。就以手上而论，汗出得像水洗过，拿着戏票在手，就印上两个水渍印子。他心里非常明白，牺牲一张票头，就得损失两元。他赶紧将两个指头，捏住那整叠戏票，只管摇撼着，因道："偌个多！要不得！我个人没得工夫看戏，把这样多票子去送哪一个？"管事依然半鞠着躬，陪了笑道："请林老先生随意留下就是。"林老先生不待同意，将票子塞在管事的衣袋里。

这么一来，未免让管事的大为失望，他将头偏着，靠了肩膀，微笑道："老先生一张都不肯销我们的？"李南泉看到这老朽的情形，颇有点不服，有意刺激他一下，在身上掏出那叠零钞票来。拿出了四张，立刻向桌子角上一扔，因笑道："得！我们这穷书生帮你一个忙吧，刘老板给我两张票。"刘管事倒没有料到爆出冷门，便向他点了个头，连声道谢。这位林老先生看到之后，实在感觉到有点难为情，这就在他的衣袋内掏出几张角票，沉着脸色道："你就给我一张三等票吧。"这位刘管事，虽然心里十分不高兴，可是这位林大爷是地面上的有名人物，也不愿得罪他，便向他点了头笑道："老先生，对不住，我身上没有带得三等票，到了晚上，请你到戏院子票房里去买罢。"说完了，他自离开。林老先生见他不交出三等票来，倒反是红了脸，恼羞成怒，便道："没得票还说啥子嘛？那不是空话？"说毕，气鼓鼓地，

巴山夜雨

把几根短须撅起来。李南泉看他这情形,分明有些下不了台,这倒怪难为情的,付了茶钱,悄悄就走了。他决定了暂不回家,避免太太的刺激,就接连走访了几位朋友。午、晚两顿饭,全是叨扰了朋友,也就邀了请吃晚饭的主人,一同到戏院来看戏。当他走进戏座的时候,第一件事让他感到不同的,就是有两个警察站在戏馆子门口把守,只管在收票员身后,拿眼睛盯着人。他们老远掏出戏票来,伸手交给收票员,挨门而进。原来每天横着眼睛,歪着膀子向里走的人,已经没有了。

走到了戏座上,向前后四周一看,刘副官这类朋友,都不在座。听戏的人,全是些疏散下乡来的公务人员和眷属,平常本是"嗡隆嗡隆"说话声音不断,这时除了一部分小孩子,挤到台脚下去站着而外,一切都很合规矩,戏台上场门的门帘子,不时挑出一条缝,由门帘缝里露出半张粉脸。虽然是半张粉脸,也可以遥远地看出那脸上的笑容。李南泉认得出来,先两回向外张望的是胡玉花,后两回是杨艳华。同时,也能了解她们的用意,头两回是看到戏馆子里上了满座,后两回是侦察出来了,这批方公馆的优待客人全部都没到。他们没有来还可以卖满座,那就是挣钱的买卖。为了如此,戏台下的喊好声,这晚特别减少,全晚统计起来,不满十次。偏是戏台上的戏,却唱得特别卖力。今天又是杨艳华全本《玉堂春》。《女起解》一出,由胡玉花接力。当苏三唱着出台的时候,解差崇公道向她道:"苏三,你大喜哩。"苏三道:"喜从何来呀?"崇公道笑道:"你那块蘑菇今天死了,命里的魔星没有了,你出了头了,岂不是一喜吗?"他抓的这个哏虽然知道的人不大普遍,可是方公馆最近闹的这件事,公教人员也有一部分耳有所闻,因之,经他一说,反是证明了消息的确实性,前前后后,就很有些人哄然笑着,鼓了一阵掌。李南泉倒是为这个小丑担上了心:他还不够这资格打死老虎,恐怕他要种下仇恨了。可是在台上的苏三,却是真正地感到大喜,禁不住嫣然一笑。

这晚上的戏,台上下的人,都十分安适地过去。散戏之时,李南泉为了避免出口的拥挤,故意和那位朋友,在戏座上多坐了几分钟,然后取出纸烟两支,彼此分取了吸着。满戏座的人都散空了,他才悠闲地起身,在座位中迂回了出去。这个戏馆子的后台,是没有后门的,伶人卸装后也是和看戏的人一样,由前台走出去。

杨艳华今晚跪在台口上唱玉堂春大审的时候,就很清楚地看到李老师坐在第三排上。戏完了正洗脸,胡玉花悄悄地走了过来,向她低声笑道:"快点收拾吧,李先生还没有走呢,大概等着你有什么话说吧?"杨艳华两手托了那条湿手巾,很快跑到门帘子底下张望了一眼,果然李先生和一个人在第三排坐着抽纸烟。满戏座的人全已起身向外,尤其是前几排的人,都已退向后面,这里只有李先生和那朋友是坐着的。她笑着说:"一定有好消息告诉我们,我们快走吧。"她说时,将手巾连连地擦着脸,也不再照镜子,将披在身上的拷绸长衫,扣着纽襻,就向戏座上走了来。她们走来,李南泉是刚刚离开座位,杨艳华就在他身后轻轻地叫了一声。李南泉回头看时,见她脸上的胭脂,还没有洗干净。尤其是嘴唇上的脂膏,化妆的时候,涂得太浓,这时并没有洗去。她一笑,在红嘴唇里,露出两排雪白牙齿,妩媚极了。李南泉便笑道:"杨小姐今晚的戏,自自在在地唱过,得意之至呀。"

她笑道:"今晚上各位自自在在地把戏听完,也得意之至吧?"李南泉道:"不但是听戏,当我走进这戏院之后,我就立刻觉得这戏场上的空气,比寻常平定得多。天下事就是这么样,往往以一件芝麻小事,可以牵涉到轩然大波,往往也以一个毫无地位的人可以影响到成千成万的人。去了这么一个人,在社会上好像是少了一粒芝麻,与成片的社会,并不生关系,可是今晚上我们就像各得其所似的,说着话,慢慢儿地走出了戏馆子。"这是夏季,街上乘凉的人还沿街列着睡椅凉床。卖零食的担子,挂着油灯在扁担上,连串地歇在街边。饮食店,也依然敞着铺门,灯火辉煌的,照耀内外。杨艳华抬头看了看天色,笑道:"老师,你听了戏回去,晚上应该没有什么事吧?"他笑道:"有件大事,到床上去死过几小时,明天早上再活过来。"杨艳华道:"那就好办了。我们到小面馆子去,吃两碗面,好不好?也许还可以到家里去找点好小菜来。"李南泉今天在朋友家吃的两顿饭,除去全是稗子的黄色平价米而外,小菜全是些带涩味的菜油炒的,勉强向肚子里塞上一两碗,并未吃饱。这时看了三小时以上的戏,根本就想进点饮食。人家一提吃面,眼前不远,就是一家江苏面馆,店堂里垂吊四五盏三个灯焰的菜油灯,照着座头下人影摇摇。门口锅灶上,烧得水蒸气上腾,一阵肉汤味,在退了暑气的空间送过来。夜静了,

巴山夜雨

食欲随着清明的神智向上升,便笑道:"那也好,我来请客吧?"

胡玉花笑道:"你师徒二人哪个请客,我也不反对。反正我是白吃定了。"说着话,笑嘻嘻地走进了面馆。与李南泉同来的那位朋友,回家里去乡场太远,没有参加,先行走了。李南泉很安适地吃完了这顿消夜,在街上买个纸灯笼,方才回家。他心里想着,太太必已安歇,今晚上可毋须去听她的俏皮话。无论如何,这十几小时内,总算向太太争得一个小胜利。提着灯笼,高高兴兴地向回家的路上走。经过街外的小公园,在树林下的人行路上,还有不少的人在乘凉。这公园外边,就是那道小山河。他忽然想到早间和老徐水陆共话的情形,就感到人生是太渺茫了。那位黄副官前两三天还那样气焰逼人,再过两三天,他的肌肉就腐烂了。在这样的热天,少不得是喂上一大片蛆虫。何苦何苦!心里这样地想,口里就不免叹上两口气。就在这时,身后有人叫了声"爸爸",回头看去,提起灯笼一照,正是太太牵着小玲儿一同随来,便笑道:"你们也下山听戏来了?"小玲儿道:"爸爸看戏,都不带我,吃面也不带我。"李南泉心下叫着"糟了",自己的行动,太太是完全知道,小孩子这样说了,很不好做答复,便牵着她的手道:"我给你买些花红吃吧。"李太太用很低缓的声音答道:"我已给她买了吃的了。"听她的话音,非常之不自然,正是极力抑压住胸中那分愤怒,故作从容说地,便笑道:"我实在无心听戏,是王先生请的。"李太太冷笑道:"管他谁请谁,反正听得得意就行了。"

李南泉道:"你跟我身后一路出戏园子的?"李太太道:"对的,你们说的话我全听到了。你们今晚上这一顿小馆子,就算表示庆祝之意吗?以后你师徒二人,可以像今天晚上这样,老走一条道路了。"李南泉提了灯笼默默地走着。李太太冷笑道:"你觉得我早上说你貌似忠厚,内藏奸诈,言语太重了点?"李南泉道:"你完全误会,我不愿多辩。"说完了这两句,他依然是缄默地走着,并不作声。李太太道:"你别太自负。貌似忠厚,内藏奸诈,那是刘玄德这一类枭雄的姿态,你还差得远得很呢!"李南泉不由得哈哈笑了,因道:"解铃还是系铃人,你这样说就成了。"李太太道:"可是我得说你是糊涂虫,当家里穷得整个星期没钱割肉吃的时候,你既会请客,听戏,又吃消夜,有这种闲钱,我们家可以过三五天平安日子,你今天一天,过得是得其所哉,舒服极了,你知道我们家里今天吃的是什么饭?中晌吃顿苋菜煮面疙瘩。晚上吃的是稀饭。"李南泉回过头来,高举着灯笼,向她深深地点了个头道:"那我很抱歉,可是你不会是听白戏吧?"李太太道:"我也想破了,为什么让你一个人高兴呢?乐一天是一天,我也就带了孩子下山听戏来了,难道就许你一个人听戏?明天找人借钱去,买几斤肉打回牙祭,让孩子们解馋。"李先生以为出来十几小时,自己得着一个小小的胜利,太太见了面,还是继续攻击,本来今天晚上这个巧遇,也是无法解释的,只有提了灯笼默然地在前走着。

将近家门,夜深了,李太太不愿将言语惊动邻人,悄悄地随在灯笼后面走着。李先生自是知趣,什么话也不说,到了家以后,吹熄了灯笼,说声"屋子里还是这样热",他就开着门又走出去了。那意思自然是乘凉,但其实他身上很凉爽,在汗衫外面还加着一件短褂子。他端了把竹椅子,放在廊檐下,坐着打了一小时瞌睡。听听屋子里,并没有什么响声,然后进卧室去休息。次日早上,他却为对岸山路上,一阵阵的吆喝声所惊醒。四川乡间的习惯,抬棺材的人,总是"呀呀呵,呀呀呵",群起群落地叫着。李南泉看看大床上的太太,带了小孩子睡得还是很酣。听到抬棺材的吆喝声,未免心里一动。因为由这对门口的一条山路进去,有一带无形的公墓。场上人有死亡,总是由这里抬了过去埋葬,他想到黄副官死了以后,还没有抬出埋葬,可能就是他的吧?他这样想着,立刻开了屋门走出来。正好,那具白木棺材,十几人抬着,就在对面山路上一块较小的坦地上停住。棺材前面有一个穿制服的人,手里挽着一只竹篮子,带走带撒纸钱。此外跟几个穿西服和穿制服的,都随着丧气地走路。看那形状,就是方公馆里的人。心里便自想着,这算猜个正对。就在这时,只见刘副官,下穿着短裤衩,上穿夏威夷衫,光着头,手里提了个篮子,中盛纸钱香烛,放开大步向前跑着。李南泉并没有作声,他倒是叫了句"李先生"。

这样,他就不能装马虎了,因问道:"抬的是黄副官吗?"刘副官站住了脚,因向这里点点头道:"是的。唉!有什么话说?"李南泉道:"你送他上山吗?"刘副官道:"上次在我家里吃饭,还是眼前的事。也就是自那晚起,还没有经过我的门口,

巴山夜雨

不想第二次经过我的门口,就是他躺在棺材里了。交朋友一场,我也没有什么可以安慰他的,赶回家去,在院坝上给他来个路祭吧。"李南泉道:"那么,我倒有些歉然,我没有想到他的灵柩马上由这里经过,要不然,我也得买几张纸钱在门口焚化一下。"正说着,那抬棺材的人又吆喝着起来。刘副官将手举着,打了个招呼,立刻走开了。李南泉呆呆地站在屋檐下,只见那白木棺材,被十来个租工抬着,吆喝了几阵,抢着抬了过去。棺材看不见了,那吆喝的声音,还阵阵不断,由半空里传来。这声音给人一个极不好的感觉,因为谁都知道这声音是干什么的。他呆站了总有十来分钟之久,不免叹着气摇了几摇头。吴春圃教授左手提着一捆韭菜,右手提了几个纸包儿,拖不动步子的样子,由山路上缓缓地走了来,老远便道:"吴兄是不是看到刚才黄副官那具棺材过去了,很有感慨。不过人生最后的归宿,都是如此。人一躺到棺材里去,也就任何事情可以不问,譬如这时候拉了空袭警报,就是不打算躲避,谁也得心里动上一动。可是躺在棺材里的老黄,他是得其所哉的了。"说毕,哈哈大笑一阵。

吴先生看了他那样子,缓缓地走到木桥头上,垂下了他手上提着的那样东西,对他望着道:"老兄,你多感慨系之吧?"李南泉摇摇头笑道:"见了棺材,应当下泪,这就叫哭者人情,笑者不可测也。"吴春圃笑道:"老兄把这样的自况,那是自比奸雄和枭雄呀!你又何至于此?"李南泉笑道:"你说我不宜自比奸雄,可是把我当着奸雄的,大有人在呢!"他说着话,听到屋子里桌上,有东西重重放了一下响。回头看时,太太已经起来了。李先生回到屋子里,向太太赔着笑道:"你今日起得这样早,昨天晚上睡得那样晚,今天早上,应该多休息一下。"李太太拿着漱口盂,自向屋子外走。李先生道:"太太,我这是好话呀,太太!"李太太走出门去,这才低声回答道:"你少温存我一点吧,只要不向我加上精神上的压迫,我就很高兴了。"李先生觉得这话是越说越严重,只好不作声了。坐到桌子边,抬起头来,看看窗子对面的夏山,长着一片深深的青草。那零落的大树,不是松,不是柏,在淡绿色的深草上,撑出一团团的墨绿影子,东起的阳光,带了一些金黄的颜色,洒在树上,颜色非常地调和。正好那蔚蓝色的天空,飞着一片片白云,在山头上慢慢飘荡过去，不觉心里荡漾着一番诗意。于是拿出抽屉里的土纸摊在面前，将手按了一下，好像把那诗意由心里直按到纸上去。心里就情不自禁地叹了口气，吟出诗来道："白云悠然飞，人生此飘忽。"

念完了，就抽出笔来，向白纸上写着。但这十个字，不能成为一首诗。就是在他的情感上说，也是一个概念的刚刚开始。于是手提了笔在墨盒子里蘸墨，微昂头向窗子外望着，不断地沉吟下去。约莫十来分钟，他的意思来了，就提起笔来向下写着道："亦有虎而冠，怒马轻卷蹄。扬鞭过长街，目中如无物。儿童看马来，趋避道路缺；妇女看马来，相顾无颜色；士人看马来，目视低声说。只是关门奴，乃此兴高烈。遥想主人翁，何等声威吓！早起辟柴门，青山探白日。忽有悲惨呼，阵阵作吆喝。巴人埋葬俗，此声送死客。怦然予心动，徘徊涧溪侧。群异一棺来，长长五尺白。三五垂首人，相随貌凄恻。询之但摇头，欲语先呜咽。道是马上豪，饮弹自戕贼。棺首有人家，粉墙列整洁。其中有华堂，开筵唱夜月。只是前夕事，此君坐上席。高呼把酒来，旁有歌姬列。今日过门前，路有残果核。当时席上人，于今棺中骨。"他一口气写到这里，一首五古风的最高潮，已经写完了，便不由得从头到尾，朗诵一番。窗子外忽有人笑道："好兴致！作诗！"抬头看时，乃是奚太太。她穿了一件其薄如纸的旧长衣，颜色的印花，和原来绸子的杏黄色，已是混成一片了。这样薄薄的衣服，穿在她那又白而又瘦的身体上，在这清晨还不十分热的时候，颇觉得衣服和人脱了节，两不相连，而且也太单薄了。

奚太太露着长马牙，笑道："我要罚你。"李南泉很惊愕地道："不许作诗吗？作诗妨碍邻家吗？"奚太太说出下江话了，她道："啥体假痴假呆？你一双眼睛，隔仔个窗户，只管看我，老了，有啥好看？"李南泉笑道："老邻居，你当然相信我是个戴方头巾的人，尤其是邻居太太，我当予以尊重，我看你是一番好意，觉得清晨这样凉爽，你穿得是这样子单薄，我看你有着凉的可能，所以我就未免多多注意你一下。"奚太太那枣子形的脸上，泛出一阵红光，那向下弯着眼角的眼睛，也闪动着看了人笑。李南泉道："请进来坐吧。"奚太太两手，扶了窗户上的直格子，将脸子伸到窗户里来，对了桌上那张白纸望着，笑道："你倒关切我？我若进来，不会打断你的诗兴吗?"李南泉站起来笑道:"我做什么诗！不过是有点感慨,写出几个字来,自己消遣一下。"奚太太道:"既然如此,我就进来,看看大作吧。"她随话走了进来,将那张诗稿两手捧着,用南方的腔调向下念着。念完了,点着头道:"做得不坏。这像《木兰辞》一样,五个字一句。不过我想批评一下,站在朋友的立场,可以吗?"李南泉笑着,一点头,说了三个字:"谨受教。"奚太太捧了稿子,又看了一遍,因笑道:"你开头这四句,我有点批评,好像学那'孔雀东南飞,五里一徘徊'。这个比喻就够了,为什么下面又来个'亦有虎而冠'？老虎追着马吃,这是什么意思呢?"李南泉笑道:"'虎而冠'不是比喻。作诗自然最好不用典,可是要含蓄一点,有时又非用典不可。"

奚太太向来是个心服口不服的人,望了他道:"这是典？出在什么书上?"李南泉笑道:"很熟的书,《史记·酷吏传》。"奚太太道:"上下又怎么念法呢?"李南泉向她作了一个揖,笑道:"算我输了,我肚子里一点线装书,还是二十年前的东西,就只记得那么一点影子。你把我当《辞海》,每句话交代来去清白,那个可不行。再说作文用典的人,不一定就是把脑子里陈货掏出来。无非看到别人文章上常常引用,只要明白那意思,自己也就不觉地引用出来。"奚太太笑了,因点着头道:"我批评人,绝不能信口开河的,总有一点原因。《史记》是四书五经,谁没念过？这村子里没有可以和我摆龙门阵的人,只有你老夫子,我觉得还算说得上。"她说到"说得上",仿佛这友谊立刻加深了一层,就坐在李先生椅子上,架起腿来,放下了那诗稿。把桌上的书,随便掏起一本来翻着。李南泉站在屋子中间,向她大腿瞟了一眼,见她光着双脚,拖着一双黑皮拖鞋,两条腿直光到衣衩上去,虽是其瘦如柴棍,倒是雪白的,因笑问道:"奚太太,你会不会游泳?"她望了书本子道:"你何以突然问我这句话?"李南泉笑道:"我想起了《水浒传》上一个绰号'浪里白条'。假如你去游泳,那是不愧这个名称的。"

奚太太笑道:"说起这话来,真是让我感慨万分,我原来是学体育的。十来二十岁的时候,真是合乎时代的健美小姐,多少男子拜倒在石榴裙下。大凡练习体育的人,身体是长得结实了,皮肤未免晒得漆黑。只有我天生的白皮肤,白得真白种人一样。"说着,放下了书本,那垂角眼对了李先生一瞟,笑道:"诗人,你有这个感想,给我写一首诗,好不好?"李南泉道:"当然可以,不过,这事件似乎要先征得奚先生的同意吧?"奚太太嘴一撇道:"我是奚家的家庭大学校长,我叫人家拿诗来赞美我,他是一名学生,他也有光荣呀,他还能反对吗?"李南泉听说,不免心里一阵奇痒,实在忍不住要笑出来,因道:"难道奚先生到现在还没有毕业?"奚太太摇着头道:"没有!至少他还得我训练他三年。你看,他就没有我这孩子成绩好。不信,我们当面试验。"说着,她手向门口一指,她一个六岁的男孩子,正在走廊上玩,她招招手道:"小聪儿,来!我考考你。"小聪儿走进来,他上穿翻领白衬衫,下边蓝布短工人裤,倒还整洁。他听了"考考你"三个字,似乎很有训练,挺直站在屋子中间。奚太太问道:"我来问你,美国总统是谁?"小聪儿答:"罗斯福。"问:"英国首相呢?"答:"丘吉尔。"问:"德国元首呢?"答:"希特勒。"问:"意大利首相呢?"答:"墨索里尼。"奚太太笑着一拍手高声道:"如何如何?诗人,他是六岁的孩子呀!这种问题,恐怕许多中学生都答复不出来吧?能说我的家庭教育不好吗?"

巴山夜雨

第十四章　茅屋风光

　　李南泉笑着点了两点头道:"的确,他很聪明,也是你这家庭大学校长训导有方。不过你是考他的大题目,没有考小问题。我想找两个小问题问他,你看如何?"奚太太道:"那没有问题,国际大事他都知道,何况小事。不信你问他,重庆原来在中国是什么位置? 现在是什么位置?"李南泉笑道:"那问题还是太大了,我问的是茅草屋里的事情。"奚太太一昂头道:"那他太知道了。问这些小事,有什么意思呢?"李南泉道:"奚太太当然也参加过口试的,口试就是大小问题都问的。"奚太太在绝对有把握的自信心下,连连点着头道:"你问吧。"李南泉向小聪儿走近了一步,携着他一只手,弯腰轻轻抚摸了几下,笑问道:"你几点起床?"小聪儿答道:"不晓得。""怎么不晓得! 你不总六点半钟起来吗?"李南泉并不理会,继续问道:"你起来是自己穿衣服吗?"小聪儿:"妈妈和我穿。"问:"是不是穿好了衣服就洗脸?"答:"妈妈给我洗脸我就洗脸。"问:"妈妈不给你洗脸呢?"答:"我不喜欢洗脸。"奚太太插了一句话道:"胡说!"李南泉道:"你漱口是用冷开水,还是用冷水? 刷牙齿用牙粉还是用盐? 现在我们是买不起牙膏了。"他说着话,脸向了奚太太,表示不问牙膏之意。小聪儿却干脆答道:"我不刷牙齿!"李南泉道:"你为什么不刷牙齿?"答:"我哥哥我姐姐都不刷牙齿的。"奚太太没想到李先生向家庭大学的学生问这样的问题,这一下可砸了,脸是全部涨红了。

　　李南泉觉这一个讽刺,对于奚太太是个绝大的创伤,适可而止,是不能再给她以难堪的了,这就依然托住小聪儿的手,慢慢抚摩着,因笑道:"好的,你的前程未可限量。大丈夫要留心大事。"奚太太突然站起来道:"不要开玩笑了。"说毕,扭头就走。她走了,李太太回屋子也带了一种不可遏止的笑容,看了小聪儿道:"你为什么不刷牙齿呢?"小白儿道:"你姐姐十五岁就不是小孩子了,为什么也不刷牙齿呢?"小聪儿将一个食指送到嘴里吸着,摇摇头说:"我不知道。"交代了这句话,他也跑了。李太太笑道:"这就是家庭大学学生!你怎么不多逗她几句?把她放跑了。"李南泉笑道:"这是这位家庭大学校长罢了,若是别位女太太,穿着这样单薄的衣服,我还敢向屋子里引吗?"李太太向他微微一笑道:"瞧你说的!"说毕,自向后面屋子里去了。看那样子,已不再生气,李先生没想到昨天拴下的那个死疙瘩,经这位家庭大学校长来一次会考,就轻轻松松地给解开了。内阁已经解严,精神上也就舒适得多。很自在地吃过十二点钟的这顿早饭。不想筷子碗还不曾收去,那晴天必有的午课却又开始,半空中鸣鸣地发出了警报声。在太太刚刚转怒为喜之际,李先生不敢作游山玩水的打算,帮助着检理家中的东西,将小孩子护送到村子口上这个私家洞子里去。因为太太和邻居们约好了,不进大洞子了。

凡是躲私家洞子的,都是和洞主有极好友谊的,也就是这村子里的左右邻居。虽然洞子里比较拥挤一点,但难友们相处着,相当和谐。李家一家,正挑选着空地,和左右邻人坐在一块儿,洞子横梁上悬着一盏菜油瓦壶灯,彼此都还看见一点人影。在紧急警报放过之后,有二十分钟上下,并无什么动静。在洞子门口守着的防护团和警士,却也很悠闲地站着,并没有什么动作。于是,邻居们由细小的声音谈话,渐渐没有了顾忌,也放大声些了。像上次那样七天八夜的长期疲劳轰炸都经过了,大家也就没有理会到其他事件发生。忽然几句轻声吃喝:"来了来了!"大家向洞子中心一拥。躲惯了空袭的人,知道这是敌机临头的表现,也没有十分戒备。不料洞子外面,立刻"哄哄"几声大响,一阵猛烈的热风,向洞子里直扑过来。洞子两头两盏菜油灯,立刻熄灭。随着这声音,是碎石和飞沙,狂潮似的向洞子直扑,全打在人身上,难友全有此经验,这是洞外最近的所在,已经中了弹。胆子大的人,不过将身子向下俯伏着,胆子小的人,就惊慌地叫起来了。更胆小的索性放声大哭。李南泉喊道:"大家镇定镇定。这洞子在石山脚下,厚有几十丈,非常坚固,怕什么?大家一乱,人踩人,那就真说不定会出什么乱子了。站好坐好!"他这样说着时,坐在矮凳子上,身上已被两个人压着。他张开两只膀子,掩护面前两个小孩。

巴山夜雨

他这样叫喊着,左右同座的人,一般地被压,也一般地叫喊着。好在那阵热风过去了,也就过去了,并未来第二阵。大家慢慢地松动着,各复了原位。约莫是五分钟的时间,有人在洞子口上叫道:"不好,我们村子里起了火!"听到这句话,洞子里的人不断追问着:"哪里哪里?"有人答道:"南头十二号屋上在冒浓烟。"李南泉听了这报告,心里先落下一块石头。因为十二号和自己的茅草屋,还相距二十多号门牌。而且还隔了一道颇阔的山溪,还不至立刻受到祸害。可是十二号的主人翁余先生也藏在这洞子里的,叫了一声"不好",立刻排开众人向洞子外冲了去。这个村子,瓦屋只占十分之二三,草屋却占十分之六七。草屋对于火灾,是真没有抵抗能力的建筑。只要飞上去一颗火星子,马上就可燃烧起来。十二号前后的邻居,随在余先生后面,也向洞子外冲。李先生在暗中叫了一声"霜筠"。李太太答道:"我在你身旁边坐着呢,没有什么。"李南泉道:"你好好带着孩子吧,我得出去看看。"李太太早是在暗中伸来一只手,将他衣服扯住,连连道:"你不能去,飞机刚离开呢。"李先生道:"天气这样干燥,茅草屋太阳都晒出火,不知道有风没有?若刮上一阵东风,我们的屋子可危险之至。"李太太道:"危险什么?我们无非是几张破桌子板凳,和几件破旧衣服而已。烧了就烧了吧,别出去。"

李南泉道:"虽然如此说,究竟那几件破衣服,还是我们冬天遮着身体的东西,若是全烧光了,我们绝没有钱再做新衣,今年冬季,怎样度过?再说,我们屋后就是个洞,万一敌机再来,我可以在那洞子里,暂避一下。"李太太依然扯住他的衣服,因道:"你说什么我也不让你走。"李南泉笑道:"这会子,你是对我特别器重了。我也不能那样不识抬举,我就在洞子里留着吧。"他为了表示真的不走,这就索性坐了下去。可是在这洞子里的难友,十之八九,是十二号的左右邻居,听说火势已经起来了,凡是男子都在洞子里坐不住,立刻向洞外走去。李南泉趁着太太不留神,突然起身向洞外走着,并叮嘱道:"放心吧,我就在洞子口上看看。"洞子里凉阴阴的,阴暗暗的,还悬着两只菜油灯,完全是黑夜;洞子外却是烈日当空,强烈的光,照着对面山上的深草,都晒着太阳,白汪汪的,那热气像灶口里吐出来的火,向人脸上身上喷着。看看那村庄上两行草屋,零乱地在空地上互相对峙着。

各家草屋上也全冒着白光。就在其间草屋顶上两股烈焰，在半空里舞着乌龙。所幸这时候，半空里一点风没有。草屋上的浓烟，带着三五团火星子，向空中直冲。冲得视线在白日下看不大清楚了，就自然地消失。

他既走到洞子外来了，又看到村子里这种情形，怎能做那隔河观火的态度？先抬头看看天上，只是蔚蓝色的天空，飘荡着几片白云，并无其他踪影。再偏头听听天空，也没有什么响声。料着无事，立刻就顺着山路，向家里跑了去。这十二号着火的屋子，就在人行路的崖下，那火焰由屋顶上喷射出来，山谷里，究竟有些空气冲荡，空气煽着火焰，向山路上卷着烟焰，已经把路拦住。这里向前去救火的人，都被这烟焰挡住。李南泉向前逼近了几步，早是那热气向人身上扑着，扑得皮肤不可忍受。隔了烟雾，看山溪对岸自己那幢茅草屋，仿佛也让烟焰笼罩着。这让自己先吓了一跳。这火势很快猛，已延烧到了第二户人家。他观看了一下形势，这火在山涧东岸。风势是由东向西，上涧在上风，又在崖下，还受不到火的威胁。他就退回来几十步路，由一条流山水的干沟，溜下了山涧。好在大晴了几天，山涧里已没有了泥水，扯开脚步，径直就向家里奔走了去。到了木桥下面，攀着山涧上的石头，走向屋檐下来，站定看时，这算先松了一口气，那火势隔了一片空场，还隔有一幢瓦房。虽在下风看到烟雾将自己的屋子笼罩着，及至走到自己屋檐下看时，那重重的烟雾，还是隔了山溪向那山脚下扑去的。仔细看了看风势，料着不至于延烧过来，这才向自己的家门口走去。刚到门口，让他吃了一惊，门窗洞开，门是整个儿倒在屋里，窗户开着，一扇半悬，一扇落在地上。

他伸头向屋子里一看，桌子椅子，全是草屑灰尘。假的天花板，落下来盆面大几块石灰。那石灰里竹片编的假板子，挨次地漏着长缝。这缝在屋顶下面，应该是没有光的，现在却一排一排地露出透明的白光，这是草屋顶上有了漏洞了。他大叫一声"糟了"，赶快向后面屋子里跑了去。这更糟了，两间屋子的假天花板，整个儿全垮下来了，这不但是桌上，连床上，箱子上小至菜油灯盏里，全撒上了灰尘。那垮下来的假天花板，像盖芦席似的，遮盖了半边房间。屋顶上，开着桌面大的天窗，左右各一块。他在两间屋子里各呆站了片时，向哪里走也行动不得半步，

巴山夜雨

只好拖着步子,缓缓走了出来。他看时,火场上已拥挤着一片人。泼水的泼水,拆屋的拆屋,大家忙碌着救火,却没有人理会当时的警报。他背了两只手在身后,在屋檐下呆站一会,踱着步子来回走了几遍。他见着跑来看火场的人,向这边山头上指指点点。于是跑到走廊角上,也向后排山上看去。果然,半山腰上,有四五处中弹的所在,草皮和树木,炸得精光。每个被炸的所在,全是精光地露出焦黄色大小石块。在洞里拥进去的几阵热风,就是这炸弹发出来的。这不用说,敌人的目标,就是这几排瓦房与草房,那炸弹就飞过去了。想不到敌人在几千里路外运着炸弹来,却是和几间茅草屋为难。

那些看火场的人,也是根据这个意见,不断地咒骂日本。大家纷乱了一阵,所幸这些草屋,都离得很远,又没有风,只烧了两幢草房,火也就自熄了。烧的屋子是袁家楼房外的草房和十二号的草房。袁家的人缘极坏,只烧了他们菜园里的一片草房,根本没有伤害,大家心里还只恨没有把他正屋烧掉。十二号的主人余先生,是位不大不小的公务员,和一家亲戚,共同住着三间草屋。今天因警报来得突然,两家人匆匆进了洞,并没有带得衣包。余先生由洞子里赶到家里来,屋顶全已烧着,只是由窗户里钻进去,抢出一条被子,二次要去抢,就不可能了。因为火是由上向下烧的,所以第一次还是由窗户里钻进去,第二次却连窗户的木框子也已燃烧。那位亲戚姚太太,先生并不在家,她带了两个孩子,根本没有出洞,干脆是全家原封不动地牺牲。余先生将那条抢出来的被子,扔在路旁的深草里。两手环抱在胸前,站在一株比伞略大的松树下,躲着太阳。他斜伸了一只脚,仰着脸子,只看被烧剩下的几堵黄土墙和一堆草灰。那草灰里面兀自向外冒着青烟。李南泉看着村子口上,大批的男女结队回来,似乎已解除了警报。看到余先生一人在此发呆,就绕道走过来,到了他面前,向他点着头道:"余兄,你真是不幸,何以慰你呢?"余先生身上,穿着草绿的粗布衬衫,下面是青布裤衩,他牵了一牵衣服,笑道:"要什么紧,还不至于茹毛饮血吧?"

李南泉道:"诚然是这样赤条条地,也好。不过我们凭良心说,是不应该受炸的。"余先生苦笑道:"不应该怎么着?没有芝麻大力气,不认识扁担大一个字,人家发几百万、上千万的财；我们谁不是大学毕业，却吃的谷子稗子掺杂的平价。"说到这里，防空洞里的人，却是成群走了向前。其中一位中年妇人，就是余太太。牵着两个孩子，"怎么是好？怎么是好？"口里连连说着。她问着余先生道："我们抢出什么来了吗？"余先生指着草窝里一条被子道："全部财产都在这里了。"余太太向那条被子看看，又向崖下一堆焦土看看，立刻眼泪双双滚了下来。她拍着两手道："死日本，怎么由汉口起飞，来炸我这幢草屋，我这所房子值得一个炸弹吗？"余先生道："我们自私自利的话，当然日本飞机这行为，是很让我们恼恨的。可是我们站在国家的立场上说，他们这样胡来，倒是我们欢迎的。你想，这一个燃烧弹，若是落在我们任何工厂里，对于后方生产，都是很大的损失。"余太太道："你真是饿着肚子爱国，马上秋风一起，我们光着眼子爱国吗？"她正是掀起一片蓝布衣襟，揉擦着眼睛，说到最后一句，她又笑了。余先生弯着腰，提起被子来抖了两抖，又向草窝子丢了下去，笑道："要这么一个被子干什么？倒不如一身之外无长物来得干脆。"这时，李太太带着孩子们，由洞子里跟上来，望了余先生道："不要难过，只要有人在，东西是可以恢复过来的。"余太太拍了手道："你看，烧得真惨。"说过这句，又流泪了。

　　李南泉道："已经解除警报了，到我们家里去休息休息，我们家也成一座破巢了。"李太太听到这话，着实一惊，立刻回头向家中看去。见那所茅草屋，固然形式未动，就是屋子外的几棵树，和那一丛竹子，也是依样完好，因道："你说这话，什么意思？"李先生道："反正前面屋子，扫扫灰还勉强可以坐人，究竟情形如何，你到家自然明白了。"李太太听到这个消息，看看李先生的面色，并不正常，她也就不向余太太客气了，带了孩子们赶快回家。在她的理想中，以为是大家全是躲警报去了。整个村庄无人，家里让小偷光顾了。可是赶到家里一看，满屋子全是烟尘。再赶到卧室里，看到草屋顶上那两个大窟窿。也就在屋子里惊呆了，什么话也说不出来。王嫂走了进来，叫起来道："朗个办？朗个办？"李南泉淡淡笑道："有什么不好办，我们全家总动员，把落下来的天花板，拆了抛出去，然后扫扫灰尘。钉钉窗户扇，反正还有这个地方落脚。像余先生的家，烧得精光，那又怎么办呢？"王

巴山夜雨

嫂指了屋顶上的天窗道:"这个家私,朗个做?"李南泉笑道:"假如天晴的话,那很好,晚上睡觉,非常之风凉。"王嫂道:"若是落雨哩?那就难说了。"说着话,她就脱下了身上的大褂,把两只小褂子的袖子卷了起来。李太太伸手扯着她道:"算了吧,又是竹片,又是石灰黄土,你还打算亲自动手。我去找两个粗工来,花两个钱,请人打扫打扫就是了。"

李南泉站着想了一想,因道:"我也不反对这个办法。反正盖起草屋顶来,也得花钱,绝不是一个人可了的事,不过要这样办,事不宜迟,马上就去找人。"说着,向窗子外张望一下,见木桥上和木桥那头,正有几个乡下人向这里看望着,手上还指指点点。其中有两个,是常常送小菜和木柴来出卖的,总算是熟人。李南泉迎向前点个头道:"王老板,刘老板,你们没有受惊?"那王老板似乎是个沾染嗜好的人,黄蜡似的长面孔,掀起嘴唇,露出满口的黄板牙。身上披一件破了很多大小孔的蓝布长褂,只到膝盖长。褂子是敞着胸襟没扣,露出黄皮肤里的胸脯骨。下面,光着两只腿子。他答道:"怕啥子,我们住在山旮旯里,炸不到。你遭了?"李南泉道:"还算大幸,没有大损失,只是屋子受着震动,望板垮下来了。二位老板,帮我一个忙,行不行?"王老板道:"我还要去打猪草,不得闲。"李南泉向他身后的刘老板道:"老兄可以帮忙吗?"刘老板不知在哪里找了件草绿色破衬衫,拖在蓝布短裤上,下面赤脚,还染着许多泥巴,似乎是行远路而来。这样热天,头上还保持了川东的习惯,将白布卷了个圈,包着头发的四周。他矮粗的个,身体倒是很健壮的。他在那黄柿子脸上,泛出了一层笑容,不作声。李先生道:"倒把一件最要紧的事,不曾对二位说明。我不是请二位白帮忙,你们给我做完了,送点钱二位吃酒。"

刘老板听到说是给钱,隔了短脚裤,将手搔搔大腿道:"给好多钱?"李南泉道:"这个我倒不好怎样来规定,不过我想照着现在泥瓦匠的工价,每位给半个工,似乎……"他的话不曾说完,那王老板扭着身躯道:"我们不得干。"他说毕,移着脚就有要走的样子。李南泉笑着点点头道:"王老板,何必这样决绝。大家都在难中。"王老板道:"啥子难中?我们没得啥子难,一样吃饭,一样做活路。"刘老板道："就是他们下江人来多了，把我们川米吃贵了咯。"李南泉笑道："这也许是事实，不过这问题太大，我们现在的事是很小的事。就请二位开口，要多少，我照数奉上就是了。"刘老板听到这样说，觉得事情占到优势，向王老板望着微笑道："你说这事情朗个做？"王老板道："晓得是啥子活路？我们到他家里去看看，到底是啥子活路。"两人说着话，刘老板就在前面走。王老板随后跟到屋子里去了。李南泉跟着到走廊上，等他们出来，就笑着问道："没有什么了不得的工作吧？"王老板道："屋子整得稀巴烂，怕不有得打扫。"李南泉道："好的，就算稀巴烂，二位看看要我多少钱？"刘老板举着步子，像个要走的样子，淡淡地道："我们要双工咯。"李太太坐在屋子里发呆，正是一肚子牢骚，便抢出来道："二位老板，我们也常常买你的柴，买你的小菜，总算是很熟的人。你们小孩子来了，我们平价米的饭，虽不稀奇，可是我们来得不容易，哪回不是整碗菜饭盛着，奉送你们孩子吃？多少有点交情吧，就算不能给我们一点同情，我们又不是盖屋上梁，也不是做喜事，为什么要双工？"

王老板笑道："朗个不帮忙？若是不帮忙，我们还不招闲哩。说双工，我们还是熟人咯；若不是熟人，我们就不招闲。"李南泉连连招着手道："好吧，好吧，就是那样办吧。不是就要双工吗？照付。"刘老板道："还要请李先生先给我们一半，我们好去吃饭。"李太太听了这话，脸色红着又不大好看。李南泉先也是一阵红晕，涨到了耳朵根下，接着却"扑哧"一笑，因道："也不过如此而已！好，我一律照办。"说着，在短衣袋里摸索一阵，摸出了三张一元钞票，交给王老板。他提着三张钞票抖了几抖，淡淡笑道："买不到两升米。刘老幺，走，我们吃饭去。"说着，两个人摇着肩膀子就走了。李太太道："怎么着，你两个人都走了吗？"王老板将三张钞票举在空中，又摇撼了几下，大声答道："钱在这里，要是不放心的话，你就拿回去。"李南泉笑道："好了好了，不必计较了，二位快点去吃饭吧。我们家弄得这个样子，简直安不了身，我们也希望早点儿打扫干净了，好做晚饭吃，大家都是熟人，诸事请帮忙吧。"刘老板叽咕着道："这还像话。"说着，毕竟是走了。李先生对于这两位同村子的邻居，简直是哭笑不得，端了一把竹椅子放在走廊上，将破报纸擦

巴山夜雨

擦灰,叹了口气坐下去,摇摇头道:"人与人之间,竟是这样难处。"李太太在屋子里道:"他们简直没有一点人类同情心,管他家乡是不是在火线边上,我们回老家吧。"李南泉笑道:"这点点儿气都不能忍受,还谈什么抗战?算了。"李太太也是气得说不出话来,照样端把椅子,在走廊上呆坐着。李南泉自己看看,向太太又看看,拍手哈哈大笑。

李太太是和他并排坐着的,望了他道:"你还笑得出来,我气都气死了。"李南泉笑道:"我和你两个这样正端端坐着,好像是一对土地公公婆婆似的,这就差着面前摆上一个香案子。"李太太道:"我实在是气不过。这话对谁说?对你说,你已经气得不得了。对别个说,人家管得着这闲事吗?我就只有这样坐着。"李南泉笑道:"唯其是这样可笑了。"李太太叹了口无声的气,抬起一只手来,撑了头坐着。并坐着约莫是五分钟,小孩子可不答应了,一齐围到走廊上绕着椅子争吵。这个说饿了,那个说上床睡觉。李先生正感到没奈何,隔壁吴先生家里,由学校调来几个工友,已是把屋子收拾得清楚。他们看到这一家人团聚在走廊上,只是唉声叹气。再看窗子里面,却是灰尘满屋,器具全七歪八倒。其中一位张工头,就向前问道:"李先生,你这屋子是该打扫了,孩子们躲警报回来,也得让他们有个休息的地方。"李南泉道:"工是请了,钱也付了一半了,人家拿着钱吃饭去了,能教人家饿着肚子帮忙吗?"张工头道:"这没有什么,大家全在国难期间,能帮忙就帮忙。来!我们来和你收拾收拾。"李南泉起身拦着,说是"不敢当"。张工头两手扬着,一摆头道:"客气什么?南京沦陷的时候,老老小小,我带着五口人,逃难到四川,一路之上,哪里就不请人帮个忙?都是中国人,这时候不互助一下,什么时候互助?来来来!"他连招几下手,就把同伴三个一齐带进屋去。

李先生坐在走廊上,也只有光看着。他们在隔壁吴家,是打扫过的,一切工具现成,拿了来动用着,不到三十分钟,把屋子里的破破烂烂,都搬了出来。同时,也将屋子里的灰尘,扫除干净。他们走了出来,那张工头向李南泉笑道:"李先生进屋去休息吧。你那屋顶,可得赶快收拾,四川的天气,说晴就晴,说雨就雨。"李南泉听说,连声道谢,一方面伸手到衣袋里去摸索。张工头看到,立刻伸着两手,将他的衣袋按住，笑道："李先生，你可别和我们来这一套，钱算什么，生不带来，死不带去，这年头有几张钞票买平价米吃就行。我若收下你的钱，那我们不是患难相共，乃是趁火打劫了。"他正说到这里，那王、刘二位，吃饱了饭，晃着两只光膀子，慢慢地走到走廊上来。李太太由屋子里走出来，向他两人笑道："你们这时候才来，对不起，这里学校里几位工友，已经和我们打扫干净了。"刘老板听了这话，把眼睛向张工头翻着，问了三个字："朗个的？"张工头已经把李南泉给钱的动作拦住了，这就把头一偏，歪了颈脖子，也操了四川的话道："朗个的，你说朗个的嘛！我们是和李先生帮忙，没有要钱！你不要说我们抢你的生意。别个家里让炸弹片子整得稀巴烂，等到起收拾干净了好歇稍。你老是不来，把别个整得啥事不能做。"刘老板道："是日本飞机整的嘛！关我屁事。"张工头道："是不关你事，可是你收了人家的钱，我替别个做活路。"刘老板反而说："你把我们的活路做了，我得不到钱了。你抢我们的饭碗，你还要吼？"

李南泉向两方摇着手道："不要计较了，我总算走运，房子还在，假如像余先生那样不幸，山头上飞来一个燃烧弹炸弹片，我这时还无家可归哩。刘、王两位老板，房子我们是不用打扫了，你们打算还要我多少钱？我可以遵命办理。"说着还向此两公一抱拳头。那张工头一手撑着腰，一手晃了拳头，横着眼睛道："你们这样不讲交情，不和人家做活路还要人家的钱。天上的炸弹，可没有眼睛呀。"王老板道："你这是啥话？"李南泉是事主，倒为了难。若真给钱，未免让打抱不平的人泄气。呆站在走廊上，倒没有了主意。正在这时，大路上来了一批人，有的穿着灰色制服，有的穿着草绿色制服，有的还穿着西装。张工头笑道："好了，管理局长带着重庆查灾的人来了，找人家来评评这个理吧。"刘、王二位回头看着果然不错，他们就顺着走廊走，像是个查勘房子的样子，缓缓地绕到屋后。张工头大声叫道："这里有两个不讲理的人，把他逮着。"只这两句，就听到屋后一阵脚步响。张工头也不肯罢休，随着赶到屋后，早见此二公乱踏着山下小路，绕过了几户人家直跑到尽头一块山嘴的大石山站住。王老板向这里大声骂道："龟儿子！老子怕你！"张工头道："小子，你不怕我，你就回来，人家李先生还要给你工钱呢！"刘老板道：

巴山夜雨

"老子不得空咯,二天老子和你算账。老子还怕和你扯皮吗?龟儿子!"张工头道:"好,你等着!"一抬腿,像个要追的样子,这王、刘二公一声不响,转身就跑了。

张工头站着,哈哈大笑了一阵,也就走回前面走廊上来。李南泉看到,向他拱拱手道:"张大哥真是侠义一流。"他最爱听这句话,不由得两道眉毛一扬,张了大嘴笑道:"自小就爱听个七侠五义,施公案,彭公案。顶着一个人头总要充一个汉子。"李南泉道:"今天多谢多谢,改天请你喝杯酒。"张工头道:"李先生,你若是不嫌弃的话,挑个阴雨天,一来不用躲警报,二来混日子过,我们痛痛快快喝一场;还有一层,你得让我做东,我算给你压惊。"李南泉道:"好吧,到那日子再说,谁身上有钱谁就做东。谁都有个腰不便的时候,到了有工夫了,恰好是没钱,那就很扫兴了。碰到阴雨天你想喝酒,你又没钱,难道还去借了钱来请我吗?碰着哪天我有钱,就归我请吧。"张工头点点头道:"李先生痛快,就是么么说。"他带来的几位工友,都蹲在隔溪竹子阴下,地面上放一把大瓦壶,将就几只粗饭碗,彼此互送着饭碗喝茶。张工头将拳头一举,笑道:"行了,我们回去吧。各位受累,二天我请你们喝酒。"那些工友,二话没说,笑嘻嘻地,站起身来就走。李南泉站在走廊上,望着他们走去,呆立良久,叹了口气道:"礼失而求诸野,良然。"就在这时,那些勘灾的先生,整大群地走来,已挨家到了门口,他们伸头向屋子里略看了看,又向各户主说了几句安慰的话。吴春圃却代表着邻居,将他们送过桥去,他大声地道:"没什么,纵然有点小损失,我们认了。不需要国家给我们什么赈济,这精神上的安慰,比什么都好。"

他一面说着话,一面走去。那查灾的人群,也都跟了他走。李太太虽然看到家里遭受这份纷乱,好在并不是意外的事,现在打扫干净了,正也在走廊上站着,轻松一下。那位送客的吴春圃先生,却手摇了芭蕉扇,一步一步地向木桥里走,老远地看到李南泉夫妻,便点点头道:"你二位也成了乐天派,对家里这番遭遇一点不担心,而且还带了笑容。"李南泉笑道:"事到于今,哭也是不能挽救这一份厄运的呀。"吴春圃摇着扇子道:"这事可真不大好受呢。你们瞧瞧这天色吧,今晚上有暴风雨的可能。有道是早看东南,晚看西北,现在西北角的天色,可就完全沉下去了。"说着,他举起扇子来,向西北边天角,连连地招了几下。李南泉听说,赶快跑到廊檐下来张望一下,那西北角山头上,黑云像堆墨似的,很浓厚地向地面上压着。那乌云的上层,还不肯停止,逐渐伸出了云峰,只管向天空里铺张了去。李南泉"呀"了一声,接连着喊着"糟了糟了"。吴春圃道:"索性乐天一点吧,老天怜恤我们,也许雨不会来。"

李太太也为他们的惊讶所震动,随着走到廊子外面来,点点头道:"可能马上就有大雨,可能那雨会闪开这里。"李南泉笑道:"你这话等于没说。"她笑道:"我就说肯定了有什么用?雨真要来,我们在这时候还能够找了盖匠①来盖屋子吗?"吴春圃笑道:"虽然如此,但有一件事情可做,应该把晚饭抢着做出来吃了,免得回头一手撑伞,一手拿筷子。可是还有饭碗呢,我们不能立刻生长出第三只手来拿饭碗。"李太太说句"说的是",立刻向厨房里走去。也就在这时,那西北天角的黑云,已是伸展着,遮盖了头上的青天,好像天沉下来无数丈。随了这乌云,面前那丛竹子呼呼作响,叶子乱转,竹竿儿每根弯得像把弓似的,将枝头直低垂到屋面那涧溪里去。尤其是对面这片山头上的乱草,像病人头上的乱发,全部纷披着,向东南倒着。那大叶树干,虽还是兀立不动,那树顶上的枝叶,像把扫帚似的,歪到了一边。那叶子像麻雀似的,成群地脱离了枝头,在半空里乱飞。那风势是越来越猛,这条山谷里,风像千军万马,冲了过来。村子里草屋顶上曾经掀动的乱草,大的成团,小的一丝一丝,也跟随了那树叶子在半空里飞着跑。吴春圃走到廊檐下,喝了一声道:"好嘛!说来就来。"只这句话没说完,屋顶上突然落下一团乱草,不偏不斜,正坠落在他头上,乱草屑子扑了他一身。

吴太太在屋子里看到,就迎着跑出来问道:"伲一拉呱,就没有完咧。伲看,站在屋檐下,吹了这一身草,又是一身土。来吧,我把伲身上的尘掸掸吧。"吴先生本来是一肚子不愿意,绷着一张脸子抬起两手,正在头上拍着草和灰,经太太这样一说,他不由得失声笑了,望着李先生道:"伲瞧,俺这两老口子,还是相亲相爱咧。"

---

① 川地专门盖草屋顶的工人,名叫盖匠。

巴山夜雨

吴太太把一张老脸羞得通红,手扶了门框,把头一扭,就走回屋子去了。李南泉笑道:"我们这中年将过,老年未到,夫妻们就是这样的,一人别扭就是三五天不说话。可是谁要有点失意,倒是彼此有个照顾。"就在这时,那山谷里的风,由口外狂涌进来,更掀得屋草树叶乱飞,这泥糊竹墙的国难屋子,简直有摇摇欲倒之势。李南泉看到,失声"呵哟"了一下,下意识地将手撑着屋子。李太太听到了这声音,早是由厨房里跑了过来,连问:"怎么了?怎么了?"吴春圃将手里的扇子,连连地挥了几下,扇子挥在另一只手掌上,"啪啪"有声。他笑道:"果然不错,老伙伴究竟是彼此关心的。"吴太太缩在屋子里,却大声叫道:"俺说,伲那一身土,进来抹一个澡吧。一拉呱就没有完。"吴先生笑着走进屋子去了。李太太怔怔地望着。李南泉因把刚才的事告诉过了。李太太道:"你们没事,就这样闲嗑牙。其实怎能说是没事,大轰炸过去不到几小时,暴风雨又快要到头上来了。就凭我们这样的茅草泥壁房子,怎能够抵了一阵,又抵抗一阵?我正在焦急呢,你们还是这样地谈笑自若。"李先生笑道:"你看我有谈笑挥敌之勇,暴风雨已过去了。"

　　大家正说着时,邻居甄家小弟弟,已是提起一口大澡盆,向屋子里送去,他还叫着道:"妈!这澡盆占的面积怕不够,还要拿两样装水的东西来。"甄太太战兢兢地由厨房里端了一瓦钵饭出来,摇着头道:"勿管伊,勿管伊,宴些落仔雨再讲。"李南泉笑道:"甄府上也是预防屋漏。"甄太太道:"勿要提起,隔仔个天花板,往屋顶张向看,大一个眼,小一个眼,才看得出。老底子格间短命屋子,就是外面小落,屋里大落。今朝末,炸弹格风,把天花板壁子上格石灰才震得像个五花癞痢,那浪勿会大漏?把脸澡盆接漏,有啥用?"李太太呆了一呆,因道:"甄太太自然是对的。可是一会儿下了雨,大家怎么办呢?"那吴先生最好聊天,听到大家说得热闹,又走出来了,笑道:"那没关系。我们住茅草屋子,就得有住茅草屋子的弹性。回头雨下来了,哪里不漏,我们先把箱子铺盖卷儿移过去。然后人像坐四等火车一样,大家都坐在行李铺盖卷上。我家里还有两块沱茶饼子,熬上他一瓦壶茶,摆摆龙门阵,怎么不舒服?比在防空洞里强多了!好在这是暴风雨,几十分钟就过去了。"李太太点点头笑道:"倒是吴先生这话对的,反正屋是漏定了的,又没有法子立刻把屋顶盖起来。只有等雨来了再说了，我还是去赶着做饭吧。"她走了，李、吴二先生和甄家小弟弟，老少三位壮丁，却不放心天变，大家全部到屋檐来，昂了头对天空四处望着。这天上的乌云，好像懂得这些人焦急的意思，已是慢慢地偏北移展。

十分钟后，吴先生大声笑道："吉人自有天相，不要紧，云头子转到东北去了。"大家看时，果然，当头顶上，已发现了大半边青天。虽然这山谷还有些风吹了来，可是风势已十分平和。尤其是西方的太阳，已发出很强烈的光芒，向东边一排山峰上晒着。东边的山，本就在乌云下面压盖着，阴沉沉的。这太阳光斜照在阴云下，满山草木，倒反而发出金晃晃的光彩。李南泉笑道："这总算没事了，我们去吃饭吧。"连隔壁的甄太太也由屋子里抢着出来，点了点头笑道："我们处在这困难的环境里，上帝总会可怜我们的。"大家对于这话，虽觉得不怎么合逻辑，可是知道甄府上是笃信宗教的。吴、李二人默然地笑了一笑，各自散开。这阵暴风雨，除了送来那阵可怕的风而外，只有几阵隐隐的雷声。到了黄昏时候，星斗慢慢在天上露出，雨的恐怖是完全过去。这是上弦之初，晚上完全没有月亮，也就不会有夜袭，大家很放心，在露天下乘凉。往日乘凉，孩子们不免在大人旁边唱歌说笑话，今晚却是静悄悄的。李先生问道："孩子们都哪里去了？"李太太由屋子里出来，答道："孩子们全睡了。今晚上他们用不着乘凉，屋子里和外面是一样的。"李南泉笑道："呵！我忘记了，我们家开天窗了。不过屋子里纵然凉快，恐怕也赶不上外面这样凉快。"李太太道："你不信，你到屋子里来看看，真用不着乘凉。今天下午太紧张了，你也可以早点休息休息。"李先生自也不放心家里那个天窗，就走进屋去。

李太太也跟着到屋子里来了，因笑道："你看怎么样，这不是无须到外面去乘凉吗？"李先生连说"对对"，就把外面走廊上的椅子搬了进来。太太也就同着要关门，伸手门框上一掬，不由得失声笑道："你看，我们下午请人收拾屋子，忘记了一件大事，掉下来的房门，送到外面去放着，没有理会它，现在要关门，可是来不及现钉了。"李南泉站着想了一想，笑道："好在我们家也没有什么了不起的东西，梁

巴山夜雨

上君子,未必光顾,我们就敞着大门睡吧。"李太太道:"那怎么行?就是小偷儿拿我们一件长褂子去,我们就没有法子补充。"李先生在屋子里四周看了一看,又走到门外去,向四面观望了一番,因道:"我想了一个办法,把这把布睡椅拦门放下,再放张木凳子,有人由门口冲进来,我立刻跳起来把他抓住。"李太太道:"这还是不对。小偷儿若是带了家伙,你抓得住他吗?"李先生笑道:"你说得小偷儿就那么厉害。果然是带了家伙的小偷,你就把门关住,也未必济于事。什么不开眼的强盗,要抢我们这草屋顶上开天窗的人家?"他一面说着,一面就在房门口搭起那简单的床铺。李太太站在房子中间,环抱了两只光膀子,看了他的行动发呆。李南泉向睡椅上躺去,两只脚伸出,向木凳子上放着,笑道:"行了,今天我们全家空气流通,睡在这里享受一口过堂风。"他把两手向头上伸着,打了个呵欠。李太太看他睡着,头在椅子横档架上,脚又把凳子架着,背躺在布椅子窝里,像只虾子似的,显然是不舒服。

李南泉看着太太在屋子里呆站着,便笑道:"你不用管我,你去睡吧,反正无论怎么样不舒服,也没有到卧薪尝胆的程度。我们不是常常喊着口号,叫人卧薪尝胆吗?"李太太虽然觉得先生这样睡觉,未免太辛苦了。可是自己也不放心门户,只好点头道:"那么,就委屈你一点,我早点起来给你换班吧。"说毕,她自向后面屋子里去了。李先生睡的这睡椅,川外虽也有,却是少见。它是六根木棍子交叉的,组织了一张椅子架。这架上两头,一头有一根横档。横档上扯开一方粗布,当了椅子身。这在唐朝就叫着交椅。大致有点像行军床。坐在上面,人是可以向后半躺的。不过真要睡觉,却不舒服,因为布面子不能像行军床绷得那样紧。坐着是凹下去的。尤其是两只脚,却得悬了起来。现在李先生虽是用方木凳子来架着脚,人睡得像个元宝,两头向上翘着。初睡一两小时,也没有什么感觉,正好前后的过堂风向人身上吹着,吹得人意志醺醺然,不过睡足了两小时之后,颈脖子和两只腿弯子都感到有些酸疼。梦中正在是肩扛了一个重包裹,上着重庆市几百级的高坡子,十分地吃力。忽然听到有人说声"不好了",同时,却有千军万马拥到了面前的样子,他吓得周身一个抖战,直挺挺地坐起来,才觉得是一个梦。但那千军万马奔腾的声音，却依然在面前响着。

他自惊得发呆，不知这是哪里来的祸事。李太太已是由后面屋子跑了出来，连叫"糟了糟了"。三四分钟的犹豫，已让李先生醒悟过来，这正是黄昏时候不曾来的那阵暴雨，终于是来了。屋子外面，风助雨势，哗哗作响。屋子里面，却是叮当噼啪，发出各种雨点打扑的声音。他立刻跳了起来，也来不及穿鞋子了，光着两只脚，就向后面屋子里跑。后面屋子里没有灯火，黑暗中，大小雨点，向身下乱扑。小山儿、小白儿由套间里跑出来，接连地与他爸爸撞上了几下。李先生撞跌着摸到床边，伸手向床上摸着，摸到了小玲儿，缩住一团睡着。立刻将孩子搂抱起来向前面屋子里走。小玲儿算是醒了，搂着爸爸的颈脖子，连连问道："放了紧急没有？"李南泉道："不是警报，不要害怕，是屋顶上漏雨了。"李太太，已在前面屋子里亮上了菜油灯，王嫂还是光着上身穿了一件小背心，下面是短裤衩。两个男孩子，全只有短裤衩。李先生把抱的孩子放下来，望了大家道："不要惊慌，没有什么了不得，充其量，把屋子里东西打湿而已。不过这生雨淋在身上容易受感冒，大家还是把衣服穿起来要紧。"这句话提醒了王嫂，她低头一看，笑着一扭脖子跑进套间里去了，因为她还不过是二十多岁的少妇，这个样子，是太难为情了。李先生也没有工夫去管这轻松的插曲，捧了菜油灯，就向后面两个屋子去照看。这一下，真让他心里凉了半截。两个天窗口里的雨丝，正和屋外的情形一样，成阵地向屋子里洒。

李太太也醒悟过来了，自己虽还穿着长衣，可是纽扣一个没扣，全敞着胸襟呢，她一面扣着衣服，一面伸头向屋子里望着，皱了眉道："这事怎么办？屋子里成了河了。"李先生道："我想，地下成河，那不必去管他了。我们现在只好来个急则治标，先把两只破箱子移了出来罢。"他说着，就冒了天窗上洒下来的雨点，一样样地向外面屋子里搬。好在这个屋子还没有漏，东西胡乱丢在地面，却也没有损失。连衣箱带铺盖卷，共是十二件，李先生一口气将它陆续向外搬。虽然有半数经过王嫂接着，但他还是异常吃力。到了第十三次，他要去抢救东西的时候，李太太伸手将他的手臂挽住，因道："你不要再搬了，你看看这一身，湿到什么程度？"李先

巴山夜雨

生看时,身上这件小褂子,像是在水盆里初拿起来的一样,水点只管向下淋着。他笑道:"衣服这样湿,不能歇着,趁身上出的这身冷汗,同冷气,可以中和了。"李太太道:"你就把衣服脱下来吧。"他脱下了褂子,提着衣领子抖了两抖水点,光着上身,就在铺盖卷上坐下,喘着气道:"太太有烟吗?"李太太且不给他纸烟,在铺盖卷里,扯出一件咸菜团子似的蓝布大褂,抖开了衣襟向他身上披着。李先生将衣襟扯着向胸面前遮掩了两下,并没有扣纽襻,微微摇着头道:"不行得很,百无一用是书生。"李太太道:"其实不抢救这些东西,也无所谓。水打湿了,究竟比火烧了……"李太太还没有把话说完,李先生却扭着身躯,伏在铺盖卷上了。

李太太倒吓了一跳,就伸手摇撼着他道:"你这是怎么了?"李先生环抱着两手,伏在铺盖卷上,枕了自己的头,微微叹了口气道:"累了。这国难日子,真不大好过。"李太太坐在箱子上,呆望了他,倒无以慰之。默然之间,听到屋子外面的雨,正"哗啦啦"响着。在这声中,掺杂了呼喊和笑骂的人声。向窗子外看去,电光闪着,照见高高低低整大群的人影。李太太打开门来,见甄、吴两家邻居,几乎是全家站在走廊上,便问道:"怎么样?你们家全都漏得很厉害吗?"甄先生慢条斯理地答道:"白天里躲火警,晚上躲水警,这叫着水火既济。"吴春圃长长地唉了一声道:"老天爷也是有心捣乱。这场大雨,若是今日正午下来,我们这村子里既可免除火警,晚上这水警,自然也就没有了。李府上漏得情形如何?你们并没有搬出来,也许还好吧?"李太太道:"我不知道你们家情形如何,无从比较。不过我家后面两间屋子,已是水深数寸了。屋子里下着雨,大概比外面下的雨还要大些。"吴春圃对这个说法,并不大相信,他缓缓地踱进了屋子,伸头向后面屋子里看去。正好一道极大的电光,在空中一闪,两个天窗里漏进来的光芒,照见雨牵丝似的向屋子里落着。天窗旁边,三四处大漏,有麻丝那样粗细,像檐溜似的奔注。雨柱落在地上,并不是"啪啪"作响,而是"隆隆"作响。他正感到奇怪,而第二次电光又开始闪着。在电光中抢着向下一看,屋子里满地是水,雨柱冲在水上还起着浪花呢。不用说,屋子里一切家具,都浸在水里了。

吴先生"呵哟"了一声道:"这问题相当严重。"说着话时,电光又在空中狂闪了一下,这就看到地下的水,由夹壁下翻着浪头子,由墙根下滚了出去。那竹子夹壁脚下,已是被水洗涮出了一个眼,水头顺了这条路,向墙外滚了出来。地下的水,虽是由墙下向外滚着,可是天上的雨,还继续向屋子里地上加注了来。他回到前面屋子里来,对行李铺盖卷儿看了一看,因道:"外面的雨还下着呢,你们就是这样堆了满屋子的东西过夜吗?外面的雨还大着呢。"李南泉拿着纸烟盒和火柴盒,都交给了吴先生,因道:"老兄,我实行你的办法,坐在行李卷抽烟喝茶吧。你们家里的雨,大概比我家里的雨,还要下得大,为什么都拥挤在走廊上呢?"吴春圃取着烟支出来,衔在嘴里,两手捧着烟盒向主人一拱手,将烟奉还。然后,擦了火柴,将烟支点着,抿了嘴唇,深深吸了一口,又两手捧着火柴盒一拱手,将火柴盒奉还。李先生笑道:"吴兄对此一柴一烟,何其客气?"吴先生笑道:"实不相瞒,我是整日吸水烟。遇到一支纸烟,就算打一次牙祭。而且……"说到这里,由嘴唇里取出纸烟来,翻着烟支上的字就看了一看,因道:"这是上等烟。"李南泉道:"那是什么上等烟?不过比所谓狗屁牌高一级,是人不到黄河心不死的黄河牌,我自己觉得黄河为界,不能再向下退了,那烟吸在嘴里,可以说是不臭,但也说不出来有什么好气味。"吴春圃道:"反正比水烟吸后那股子味儿好受一点吧?"

李太太笑道:"我们问吴先生的正题,吴先生还没有答复呢,这话可越问越远了。"吴春圃将两个指头夹住了那支纸烟,深深吸了一口,两个鼻孔里,缓缓地冒出那两股烟,好像是这烟很有味,口腔里对它很留恋,不愿放它出来。然后苦笑道:"人穷志短,马瘦毛长,这是千古不磨之论。我们在战前,虽然也是个穷措大,不至于把一支纸烟看得怎么重要。"李先生笑道:"还是没有把这文章归入正题。"吴春圃坐在铺盖卷上,突然站起来,拍了两拍手,他还怕那支烟失落了,将两个指头夹着,才向主人笑道:"我们家里的屋漏,和你府上的屋漏,是两个作风,你们这里的屋漏,干脆是开两个大天窗。漏了就漏了,开了就开了。我们那里,是茅屋顶上,大大小小,总裂开有几十条缝,那缝里的漏,当然不会像府上那么洋洋大观,可是这几十点小漏,全都落在天花板上,于是若干点小漏,合流成为一个大漏,由天花板上滴下来。这种竹片糊泥的天花板,由许多水会合在一处,泥是慢慢溶化,水是

巴山夜雨

慢慢聚合,那竹片天花板,变成了个怀孕十月的妇人,肚子挺得顶大,在它胀垮了的时候,我们有全部压倒的可能。所以我们也来个千金之子,坐不垂堂,全家都搬到走廊上来坐着。"李南泉道:"那么,甄先生家里,也是如此?不过他们的情形,应该比吴府上严重一点。我得去看看。"说着,就走了出来。甄府只有三口人,摆了几件行李在走廊上。只看行李上有个人影子,有一星小火在亮着,那是甄先生在吸烟沉思了。

甄先生倒是看到了李先生的注意,因为他敞着房门,那菜油灯的灯光,向走廊上射来,因笑道:"来支烟吧,急也是无用。"说着,他走过去,送一盒烟到李先生手上,由他自取。李南泉取着一支烟,借了火吸了,依然站在走廊上,这却感到了一点奇怪,便是"当"一下,"叮"一下,有好几点雨漏,像打九音锣似的,打得非常有节奏,便问道:"这是漏滴在什么地方,响声非常之悦耳。"甄先生打了个"哈哈"道:"我家那孩子淘气。这屋漏遍屋皆是,茶叶瓶上,茶杯上,脸盆上,茶盘上,全有断续的声响。他坐在屋子一个角落里,点着灯,对全屋的漏点全注视了一番,一面把我那只破表,对准了时间,测漏点的速度。因为我那表虽旧,有秒计针,看得出若干秒来。经他半小时的考察,随时移动着瓷器和铜器,四处去接滴下的漏点,大概有二三十样东西,就让漏打出这种声音来了,其实我也是很惊讶,怎么漏屋会奏出音乐来?"他说明了,是一半自然、一半人工凑合的,"我听了十分钟了,倒觉得很是有趣。他还坐在屋子里继续地工作呢。"甄太太在黑暗中接嘴道:"啥个有趣?屋里向格漏,在能打出格眼音乐来?侬想想,漏成啥光景哉!格短命格雨,还要落么,明朝格幢草房子,阿能住下去?小弟,勿要淘气哉,人家心里急煞。"甄家小弟笑了出来,因道:"急有什么用,谁也不能爬上屋去把漏给它补上,倒不如找点事消遣,免得坐在黑暗里发愁。"李南泉笑道:"达观之至,也唯有如此,才可以渡过这个难关。将来抗战结束了,我们这些生活片段,都可以写出来留告后人。一来让后人知道我们受日本的欺侮是太深了,二来也让后人明白,战争总不是什么好事。尤其是像日本这样的侵略国家,让现在为人做父兄的人,吃尽了苦,流尽了血汗,而为后代日本人去,栽植那荣华的果子,权利义务是太不相称了,这还说是日本站在胜利一方面而言。若是日本失败了,这辈发动战争的人,他牺牲是活该。后一辈子的人,还得跟着牺牲,来还这笔侵略的债,岂不是冤上加冤?"李太太在那边叫道:"喂,不要谈战争论了。这前面屋子,也发现了几点漏。你来看看,是不是有扩大的可能。"李先生走回屋去,见牵连着后面屋子的所在,地面上已湿了一大片。一两分钟,就有很大的漏点,两三滴,同时下来,因道:"这或者不至于变成大漏,好在外面的大雨,已经过去了。"李太太听时,屋檐外的响声,比刚才的响声,还要来得猛烈。不过这响声是由下向上,而不是由上向下。立刻伸头向外面看去,正好接连着两道闪电,由远处闪到当顶。在电光里,看到山谷的夜空里雨点牵扯着很稀落的长绳子,山上的草木被水淋得黑沉沉的。屋檐外那道涸溪,这时变成了洋洋大观的洪流,那山水拥挤向前狂奔,已升涨到和木桥齐平了。响声像连声雷似的,就是在这里发生出来的。

在这电光一闪中,李南泉也看到了山沟里的洪水,好像成千上万的山妖海怪,拥挤着在沟里向前奔跑。但见怪头滚滚,每个浪花碰在石头上,都发出了"哗啦哗啦"的怒吼。他"哎呀"了一声道:"怪不得屋里要变成河了,山水来得这样汹涌。"于是走出屋来,站在屋檐下向沟里注视着,等待了天空里的电光。约莫是两三分钟,电光来了,发现那山溪里的洪流,像机器带的皮带,千万条转动着,把人的眼光看得发花。尤其是这沟前头不多远,就是悬崖,那水自上而下向下奔注,冲到崖下的石头上去,那响声"哄通哄通",真是惊天动地。在第二次电光再闪去一下的时候,他情不自禁地就向后退了两步。李太太由屋子里抢出来,问道:"你怎么了?"他笑道:"好厉害的山洪,我疑心我们的屋基有被这山洪冲倒的可能。"吴先生回得家去,已是捧了水烟袋站在屋檐下,来回地溜达着。他带了笑音道:"怎么样?雨景不错吧?李先生来他两首诗。"李南泉笑道:"假如有诗,这样地动山摇,有声有色的场合,也把诗吓回去了。"吴先生道:"没关系,雨已经过去了,你不见屋檐外已经闪出了几颗星星?"李南泉伸头向廊檐外看时,果然在深黑的天空,有几颗灿亮的大纽扣,发出银光,已可看出这屋檐外面并没有了雨丝,因道:"这暴风雨来得快也去得快。雨是止了,屋子里水可不能立刻退去,我们得开始想善后的法子。"甄先生在那边插言了,因道:"善后,今晚上办不到了。"

  吴先生也笑道:"今天晚上,还谈什么善后,我们就只当提早过大年三十夜,在这走廊上熬上一宿吧。"李南泉道:"当然是等明日出了太阳,由屋子里到屋子外,彻底让太阳一晒。不过天一晴了,敌人就要捣乱。若是再闹一回空袭,那就糟糕。我们只有敞着大门等跑了。"甄先生道:"我们不必想得那么远,现在大家都是不知命在何时。说不定明天大家就完了,管他是不是敞着大门呢。"三位先生对着暴风雨的过去,虽提议到了"善后",可是这样深夜,又是遍地泥浆,能想着什么善后的法子?大家静默地坐着吸烟谈天,并不能有什么动作。因为面前山沟里这洪流,还是"呛呛"地响着,天上落下的雨点和雨阵声,却不大听得清楚。不过屋檐外那深黑天空上的星点,却陆续地增加,抬头看去,一片繁密的银点,缓缓闪着光芒,那屋角四周的小虫子,躲过这场大灾难,也开始奏着它们的天然夜曲,在宏大的山洪声浪中,偶然也可以听到"咛咛唧唧"的小音乐。和这音乐配合的,是猛烈的拍板声。这拍板声,不是敲着任何东西,乃是整个的巴掌,拍着大腿、手膀子或脊梁。因为所有的小虫子都活动了,自然,蚊子也活动起来。那蚊子像钉子似的在谁的皮肤上扎一下,谁就大巴掌拍了去。走廊上男女大小共坐了二十来个人,这二十多个手掌,就是此起彼落,陆续拍着蚊子。李南泉道:"这不是办法,这样拍蚊子拍到天亮,蚊子不叮死,人也会让自己拍死了。点把蚊香来熏熏罢。"

  吴春圃笑道:"在走廊上,哪有许多蚊烟来熏?"李南泉笑道:"这我在农村学得了个办法,就是用打潮了的草烧着了,整捆地放在上风头,这烟顺着风吹过来,蚊子就都熏跑了。"他这样说过了,没有人附议,也没有人反对。他坐在走廊上,反正是无事可做,这就到厨房里去,找了两大卷湿草,送到走廊外空地上去。这湿草,原是早两天前由茅屋上飘落下来的,都堆在屋檐下面的,经过晚上这场大雨,已是水淋淋的。李先生将草捆抖松了,擦着火柴去点。那湿草却是无论如何不肯接受。甄先生老远看了,笑道:"李先生,不必费那事了。农村里人点草熏蚊子,那究竟是农村人的事,我们穿长衫的朋友,办不了这个。"李南泉蹲在地上继续擦火柴点草,答道:"无论如何,我们的知识水准,应该比庄稼人高一筹。既是他们点得着，我们也就点得着。"说着，"啪咤啪咤"，继续擦着火柴响。李太太在那边看了不过意，在家里找了几张破报纸，揉成两个大纸团子扔给他道："把这个点吧。"李先生要表演他这个新发明，决不罢休，接了纸团子，塞在两捆湿草下，又接连擦了几根火柴，将纸团点上，这回算是借了纸团子的火力，将湿草燃着了。这正和乡下人玩的手艺一样，草虽是点着了，并没有火苗，由湿草丛里，冒出一阵浓厚的黑烟，像平地卷起两条乌龙似的，向走廊上扑来。这烟首先扑到吴先生屋门口。他叫起来笑道："好厉害的蚊烟。蚊子是跑了，可是人也得跑。"

李南泉也省悟了，哈哈笑："这叫根本解决。不过人背风坐着，我想不至于坐不住。"他说着话走到走廊上，见两家邻居全闪着靠了墙壁坐着。手里拿扇子的人，不扇脚底下的蚊子了，只是在半空中两面扇动着。暗中可以看到大家的脸，都偏到一边去。他笑着迎风站住，对了来烟试验一下。这时，那空地上两堆湿草，被大火烘烤着，已有半干。平地起的火苗，也有三四寸高。但湿草下面虽然着了，上面还是带着很重的水渍，将下面火焰盖住。火不得出来，变成了更浓重的黑烟，顺风奔滚。尤其是那湿草里面的霉气，经火焰烤着，冲到了鼻子里，难闻得很。李先生不小心，对烟呼吸了两下，一阵辣味，激刺在嗓子眼里，由不得低了头，乱咳嗽一阵，背着身弯下腰来，笑道："我们果然没有这福气，可以享受这驱虫妙药。"吴先生在屋子里拿了一个湿手巾把来递给他道："先擦眼泪水吧，俺倒想到一辈古人来了。"李南泉擦着脸道："哪辈古人，受我们这同样的罪呢？"吴先生将手上的芭蕉扇，四面扇着风，笑道："昔日周郎火烧赤壁，曹操在战船上，就受的这档子罪。"他这么一说，连走廊那头的甄先生也感兴趣，笑着问道："那怎么会和我们一样受罪呢？"吴先生道："你想：他在船上，四面是水，我们虽不四面是水，这山沟里的山洪，就在脚下，这走廊恍如一条船在海浪里。当年火烧战船，当然用的是草船送火，顺风而来。江面上的草，你怕没有湿的吗？曹孟德当年还可驾一小舟突围而出，咱还走不了呢。"

这个譬喻，倒引得在座的男女，都笑了一阵。李太太道："我看还是劳你的驾，把那堆烟草扑熄了吧。在这烟头上，实在是坐不住。"李先生笑道："点起火来是

巴山夜雨

很不容易的,要扑熄它,毫不费力,随便浇上一盆水就得了。"吴先生笑道:"我来帮你一个忙,交给我了,你去休息吧。"李先生为了这堆蚊烟,弄得周身是汗,已不能和邻居客气,回到屋子里,找了湿手巾,擦上一把汗。见全家大小都坐在箱子上,伏在铺盖卷上打瞌睡。在屋角漏水没有浸湿的所在,燃了两支蚊香。屋子里雾气腾腾的。菜油灯放在临窗的三屉桌上,碟子里的菜油,已浅下去两三分,两根灯草搭在灯碟子沿上,烧起一个苍蝇头似的火焰,屋子里只有些淡黄的光。为了不让风将菜油灯吹熄,窗子只好是关闭了,好在那被震坏的屋子门,始终是敞着的,倒也空气流通。而且也为了此发生的流弊,许多不知名的小虫子,并不怕蚊烟,赶了那点弱微的灯光,不断向菜油灯上扑着。那油灯碟子里,和灯檠的托子上,沾满了小虫子的尸体。尤其是那油碟子里,浮着一层油面,全是虫子。灯草焰上被虫子扑着,烧得"扑哧扑哧"响。李南泉看着,摇了两摇头道:"此福难受。"他左手取了把扇子,右手提了张方凳子,复行到走廊上来乘凉。那堆草火,大概是经吴先生扑熄了,走廊上已经没有了烟。先是听到水烟袋被吸着,一阵"呼噜呼噜"的声音,和拖鞋在地面上踢踏声相应和。随后有了吟诗声:"君问归期未有期,巴山夜雨涨秋池。"

　　李南泉笑道:"吴兄你又来了诗兴?"吴先生拖着步子,在走廊上来去,因道:"这个巴山夜雨的景况,却是不大好受。"李南泉道:"那么,你只念上两句,而不念下两句,那是大有意思的了。何当共剪西窗烛,却话巴山夜雨时。实在是再不得。"吴春圃道:"不过将来话是要话的。俺希望将来抗战结束,你到俺济南府玩几天,咱到大明湖边上,泡上一壶好香片,杨柳阴下一坐,把今天巴山夜雨的情况,拉呱拉呱,那也是个乐子。"吴太太在身后冷不防插上一句话道:"这话说远着去了,俺说,李先生,咱有这么一天吗?"李南泉笑道:"有的。我们也必得有这个信念,若没有这个信念,我们还谈什么抗战呢?"吴太太道:"真有那样一天,俺得好好招待你两口子。"吴先生说高兴了,"叽里呼噜",长吸着一口水烟袋响,然后笑道:"俺打听打听,人家两口子,到了济南府,咱用什么招待?"吴太太笑道:"李太太喜欢吃山东大馒头,又不知道山东糁是什么东西。咱蒸上两屉大馒头,煮上一锅糁。"吴先生笑道："一锅糁？你知道要几只鸡？"吴太太笑道："你这还是一句话，你就舍不得了，就算宰十只鸡，你要能回济南府，还不乐意吗？"吴先生笑道："慢说宰十只鸡，就是宰一头猪我都乐意。李先生，你最好是春末夏初到济南去，我请你吃黄河鲤，大明湖的奶汤蒲菜。"李先生哈哈一笑，在走廊那头插嘴道："这有点趣味了。向下说吧。这样说下去，我们也就忘了疲劳了。说完，我谈些南京盐水鸭子，镇江肴肉，这一晚上就大吃大喝过去了。"于是三人哈哈大笑。

巴山夜雨

第十五章　房牵萝补

在这种强为欢笑的空气中,大家谈些解闷的事情,也就很快混过了几小时。远远地听到"喔——喔——喔——"一阵鸡叫声,由夜空里传了来,仿佛还在听到与听不到之间。随了这以后,那鸡鸣声就慢慢移近,一直到了前面邻家有了一声鸡鸣,立刻这屋子角上,吴先生家里的雄鸡,也就突然"喔"的一声叫着。甄先生笑道:"今天晚上,我们算是熬过来了。可是白天再要下雨,那可是个麻烦。"李南泉道:"皇天不负苦心人,也许我们受难到了这程度,不再给我们什么难堪了。"吴春圃道:"皇天不负苦心人,这话可难说。我们苦心,怎么个苦法?为谁苦心?要说受苦,那是为了我们自己的生命财产。"李南泉笑道:"这倒是不错的。不过我们若不为自己生命财产吃苦,我们也就没得可以吃苦的了。人家是鸡鸣而起,孜孜为利。我们鸡鸣不睡,究竟为的是什么呢?"这个问题提出来了。大家倒是很默然一阵。甄先生很从容地在旁边插了一句话笑道:"我你是为什么鸡鸣不睡呢?眼前的事实告诉我们,我们是为了屋漏。不过怎么屋漏到这种惨状,这原因就是太复杂了。"李南泉坐在方凳上,背靠了窗户台,微闭着眼睛养神。甄先生的话,他也是闭着眼睛听的,因为有很久的时间,不听到甄、吴二公说话,睁开眼睛来看时,见甄先生屋门口,一星火点,微微闪动着,可想到甄先生正在极力吸着烟,而默想着心事。屋角下的鸡,已经不啼了,"喔喔"的声音,又回到了远处,随着这声音,仍是清凉的晚风,吹拂在人身上。

李南泉道:"甄先生在想什么?烟吸得很用劲呀。"他答道:"我想到我那机关,和我那些同事。一次大轰炸之下,大家作鸟兽散,不知道现在的情形怎么样了?我想天亮了,进城去看看,可是同时又顾虑到,若是在半路上遇到了警报,我应当到哪里去躲避。第一是重庆的路,我还是不大熟,哪里有洞子,哪个洞子坚厚,我还是茫然。第二是那洞子没有人洞证的人,可以进去吗?"李南泉道:"甄先生真是肯负责任又重道义的人。我也很有几个好朋友在城里,非常之惦念,也想去看看。我们估计一下时间和路程,一路去吧。"李太太隔了窗户,立刻接言道:"你去看看遭难的朋友,我们这个家连躲风雨的地方都没有了,谁来看我呀!"这句话,倒问得大家默然,这时,天色已是慢慢亮了,屋檐外一片暗空,已变成鱼肚色,只有几个大星点,零落着散布了。那鸡声又由远而近,唱到了村子里。同时,隔溪那条石板人行路上,有了脚步"扑扑"和箩担摇曳的"咿呀"声。随着,也有那低微的人语声,断续着传了过来。李南泉走向廊沿下,对着隔溪的地方看去,沿山岸一带,已在昏昏沉沉的曙色中。高大的山影,半截让云横锁着,那山上的树木和长草,被雨洗得湿淋淋的。山洪不曾流得干净,在山脉低洼的地方,坠下一条流水,那水像一条白龙,在绿色的草皮上弯曲着伸了身子,只管向下爬动着。那白龙的头,直到这山溪的高岸上,被一块大石头挡住了,水分了几十条白索,由人行路上的小桥下,又会合拢,像块白布悬了下来。

李南泉点点头,不觉赞叹道:"山中一夜雨,树杪百重泉。"李太太扣着胸襟上的纽扣,也由屋子里走出来,沉着脸道:"大清早的,我也不知道说你什么好,家里弄成这个样子,你还有心情念诗呢。"李南泉道:"我们现在,差不多是丧家之犬了,只有清风明月不用一分钱买。我们也就是享受这一点清风明月,调剂调剂精神。若是这一点权利,我们都放弃了,我们还能享受什么呢?"李太太说了声"废话",自向厨房里去了。李先生口里虽然这样很旷达地说了,回头一看,屋子门是昨天被震倒了,还不曾修复,屋子里满地堆着衣箱和行李卷。再看里面的屋子,屋顶上开着几片大天窗,透出了整片的青天,下面满地是泥浆,他摇了两摇头,叹着无声的气,向走廊屋檐下走了两步。这时看到那山溪里面,山洪已经完全退去,又露出了石头和黄泥的河床。满溪长的长短草,都被山洪冲刷过了,歪着向一面倒。河床中间,还流着一线清水,在长草和乱石中间,屈曲地向前流去,它发着**潺潺**的响声。李南泉对了那一线流泉行走,心里想着,可惜这一条山涧,非暴雨后不能有泉,不然的话,凭着这一弯流水,两丛翠竹,把这草屋修理得干干净净,也未尝不可

巴山夜雨

以隐居在这里吃点粗茶淡饭,了此一生。想到这里,正有点悠然神往。后面王嫂叫起来道:"屋子里整得稀巴乱,朗个做,朗个做?"回头看时,见她手里拿了一把短扫帚,靠门框呆呆站住,没有了办法。同时,小孩子还在行李卷上打滚呢。

这种眼前的事实,比催租吏打断诗兴,还要难受。李南泉也只有呆望了屋子那些乱堆着的东西出神。王嫂向小孩子们笑道:"我的天爷,不闹了,要不要得?大人还不晓得今天在哪里落脚,小娃儿还要扯皮。"李南泉摇着头叹口气。就在这时,对面隔山溪的人行路上,一阵咬着舌尖的国语,由远而近地道:"那不是吹,我早就料到有这么一天,老早,我就买好了麦草,买好了石灰,就是泥瓦匠的定钱,我也付过了。这就叫未雨绸缪了。"看时,便是那石教授的太太。她穿了件旧拷绸的长衫,光着两只手臂,手里提了一只旧竹篮子,里面盛着泥瓦匠用的工具,脸上笑嘻嘻的,带了三分得意之色。奚太太对于这位好友,真是如响斯应,立刻跑到她的走廊檐下,伸起一个大拇指,笑道:"好的好的,老石是好的!你把他们吃饭的家伙拿来了,他就不敢不跟着你来了。"石太太笑道:"对于这些人,你就客气不得。"说着,将身子晃荡晃荡地过去了,约莫是相隔了五六十步路,一个赤着黄色上身的人,肩上搭了件灰色的白布褂子,慢慢拖着步子走上来,他穿了个蓝布短脚裤,腰带上挂了一支尺把长的旱烟袋杆。自然,照这里的习惯,是光了两只泥巴脚,但他的头上,裹着一条白布,做了个圈圈,将头顶心绕着。他走着路,两手互相拍着手臂道:"这位下江太太,硬是要不得,也不管人家得空不得空,提起篮子就走。别个包了十天的工,朗个好丢了不去?真是罗连,真是罗连!"

这是住在这村子南头的李瓦匠。村子里的零碎工作,差不多都是他承做,因此相熟的很多。李南泉立刻跑了两步,迎到路头上,将他拦住,笑道:"李老板,你也帮我一个忙吧,我的屋顶,整个儿开了天窗。"他不等李南泉说完,将头一摆道:"我不招闲,那是盖匠的事嘛!"李南泉笑道:"我知道是盖匠的事,难道这夹壁通了,房门倒了……"李瓦匠又一摆头道:"整门是木匠的事。"李南泉笑道:"李老板,我们总也是邻居,说话你怎么这样说。我知道那是盖匠和木匠的事,但是我包给你修理,请你和我代邀木匠、盖匠那总也可以。而且,我不惜费,你要多少钱,我给多少钱。我只有一个条件,请你快点和我办理。"李瓦匠听说要多少钱给多少钱,倒是一句听得入耳的话,两只胳膊互相抱着,他将手掌拍着光膀子,站住脚,隔了山溪,对李先生这屋子遥遥地看望着,因道:"你打算给好多钱?"李南泉道:"我根本不懂什么工料价钱,我也不知道修理这屋子要用多少工料,我怎么去估价呢?"李瓦匠又对着这破烂国难草屋子凝看了一看,因昂着他的头,有十来分钟说不出话来。李南泉在一旁偷眼看他,知道他是估计那个需索的数目,且不打断他的思索,只管望了他。他沉吟了一阵子,因道:"要二千个草,二百斤灰,十来个工,大概要一百五六十元钱。"李南泉笑道:"哈!一百五六十元钱?我半个月的薪水。"李瓦匠道:"我还没有到你屋子里去看,一百五六十元恐怕还不够咯。"说着,他提起赤脚就走,表示无商量之余地。

　　李南泉笑道:"李老板,不要走得这样快,有话我们慢慢商量。"他已经走得很远了,回转头来,答应了一声道:"啥子商量嘛?我还不得空咯。"李南泉站在行人路头上,不免呆了一阵。吴春圃先生打着呵欠,也慢慢儿走了过来。他先抬着头,对四周天空,看了一看,见蔚蓝的空间,只拖着几片蒙头纱似的白云。东方的太阳,已经出山,金黄色的日光,照在山头的湿草上,觉得山色格外的绿,山上长的松树和柏树,却格外地苍翠。那浅绿色的草丛上,簇拥着墨绿色的老树叶子,陪衬得非常地好看,因唱了句韵白道:"出得门来,好天气也。"李南泉笑道:"吴先生还是这样的高兴。"吴春圃道:"今天假如是不下雨的话,这样好的天气,屋子里漏的水,就一切都吹干了。凭了这一天的工夫,总可以把盖匠找到,今天晚上,可以不必在走廊熬上一宿了。"李南泉道:"我们说办就办,现在那位彭盖匠,还没有出去做工,我们就同路去,找他一趟,你看如何?"吴春圃道:"好的,熬了一宿,睡意昏昏,在山径上呼吸呼吸新鲜空气也好。"说着,他又打了个呵欠。李南泉道:"难道一晚上,你都没有闭上眼睛吗?"吴春圃道:"坐着睡了一宿。我睡眠绝对不能将就,非得躺着舒舒服服地睡下不可!把早饭吃过,我就睡他十小时。"正说着,他忽然一转话锋道:"说曹操,曹操就到了。"说着,他将手一指道:"彭盖匠来了。"这位彭老板身上穿了件齐平膝盖的蓝布褂子,左破一片,右破一片,像是挂穗子似的,随风飘飘。他光着两只黄脚杆,好像缚了两块石头似的那样开步。

他不像其他本地朋友是头上包着一块白布的,而换了一条格子布的头圈。在黄蜡型的面孔上,蓄了一丛山羊胡子,让他穿起印度装束来,一定像是一位友邦驻中国代表。李先生为了拉拢交情,老远地向他点着头叫了一声"彭老板",他点着头道:"李先生早!昨天这山旮旯里遭了。"李南泉道:"可不是。这屋子没有了顶,我正想找你帮忙哩!"彭老板走到面前站住,像那位李瓦匠一样站定了,遥遥向那幢破茅屋张望了一下,点点头道:"恼火得很!"吴春圃道:"昨晚上让大雨冲洗着屋子,我们一宿全没有睡。你来和我们补补吧。"彭盖匠摇摇头道:"拿啥子盖嘛?没得草。"吴春圃指着山上道:"这满山都是草,没有盖屋顶的?"彭盖匠道:"我怕不晓得?昨日落了那场大雨,草梢上都是湿的,朗个去割?就是去割,割下来的草,总要晒个十天半个月,割了草立刻就可以盖房子,没得朗个撇脱!"李南泉听说,心里一想,这家伙一棍子打个不粘,不能和他作什么理论的,便笑道:"这些困难,我们都知道,不过彭老板做此项手艺多年,没有办法之中,你也会想到办法的。我这里先送你二十元作为买山草的定钱,以后,该给多少工料,我们就给多少工料,请你算一会儿,我回家拿钱去。"彭老板道:"大家都是邻居嘛,钱倒是不忙。"他说是这样说了,可是并不走开,依然站在路头上等着。李先生一口气跑了回来,就塞了二十元钞票到他手上去。他懒洋洋地伸手将钞票接了过去,并不作声,只是略看了一眼。

吴春圃道:"彭老板,可以答应我们的要求吗?"他伸手一摸山羊胡子,冷冷笑道:"啥子要求嘛?我做活路,还不是应当。"李南泉觉得他接了钱,已是另一个说法,便问道:"那么,彭老板哪天上工呢?"彭老板又一摸胡子道:"这几天不得空咯!"吴春圃将脸色正了道:"你这就不对了,我们若不是急了,怎么会在大路上把你拦着,又先付你钱?你还说这几天不得空,若是雨下来了……"彭盖匠不等他说完,就把手上捏的二十元钞票塞到李南泉面前,也沉着脸道:"钱还在这里,你拿回去。"李南泉将手推着,笑道:"何必何必!彭老板,我们前前后后,也做了三四年邻居,就算我不付定钱,约你帮一个忙,你也不好意思拒绝我。就是彭老板有什么事要我帮忙的话,只要我姓李的可以帮到忙,我无不尽力,我们住在这一条山沟里,总有互助的时候。彭老板,你说是不是?"他将那钞票又收回去了,手一摸山羊胡子,笑道:"这句话,我倒是听得进咯。我晓得你们屋顶垮了怕漏,你没有打听有几百幢草屋子都垮了吗?别个不是一样心焦?"李南泉又在身上摸出了一张五元钞票,交到他手上,笑道:"这个不算工,也不算料,我送你吃酒,无论如何,务必请你在今天找点草来,给我把那两个大天窗盖上。其他的小漏,你没有工夫,就是再等一两天,也没有关系。"他又接了五元钱,在那山羊胡子的乱毛丛中,倒是张着嘴笑了一笑,因道:"我并不是说钱的话,工夫硬是不好抽咯。"说着,他就做了个沉吟的样子。

那吴先生还是不失北方人那种直率的脾气。看到李先生一味将就,彭盖匠还是一味推诿,沉了脸色,又待发作几句。可是,李先生生怕说好了的局面,又给吴先生推翻了,这就抱着拳头,向彭盖匠拱拱手道:"好了好了,我们一言为定,等你的好消息吧,下午请你来。"彭盖匠要理不理的样子,淡淡答道:"就是嘛!不要害怕,今天不会落雨咯。我们家不也是住草房子,怕啥子?"说着,他缓缓移了两条光腿子,慢慢向上街的山路走了去。吴春圃摇摇头道:"这年头儿,求人这样难,花钱都得不着人家一个'好'字。我要不是大小七八上十口子,谁受这肮脏气。咱回山东老家打游击去。"李南泉笑道:"这没有什么,为了盖房子找他,一年也不过两三回,凭着我们十年读书,十年养气的工夫,这倒不足介意。"吴先生叹了口气,各自回家。这时,李家外面屋子里那些杂乱东西,有的送到屋外面太阳里去晒,有的堆到一只屋子角上,屋子中间,总算空出了地方。李先生也正有几篇文稿,须在这两天赶写成功,把临窗三屉小桌上那些零碎物件,归并到一处,将两三张旧报纸糊里糊涂包着,塞到竹子书架的下层去,桌面上腾出了放笔砚纸张的所在,坐到桌子边去,提起笔来就写稿。李太太将木梳子梳着蓬乱的头发,由外面走了进来,叽咕着道:"越来越不像话。连一个盖头的地方都没有。叫花子白天讨饭,到了晚还有个牛栏样的草棚子落脚呢,我们这过的是像露天公园的生活了。"

李南泉放下笔来,望了太太道:"你觉得这茅屋漏雨,也是我应当负的责任吗?"说到这里他又连点了两下头道:"诚然,我也应当负些责任,为什么我不能找一所高楼大厦,让你住公馆,而要住这茅草屋子呢?"李太太走到小桌子边,把先生做文章的纸烟,取了一支衔在嘴里,捡起火柴盒子,擦了一支火柴将烟点着,"啪"的一声,将火柴盒扔在桌上,因道:"我老早就说了,许多朋友,都到香港去了,你为什么不去呢?若是在香港,纵然日子过得苦一点,总不用躲警报,也不用住这没有屋顶的草房。"李南泉道:"全中国人都去香港,且不问谁来抗战,香港这弹丸之地,怎么住得下?"李太太将手指夹出嘴唇里的烟卷,一摆手道:"废话,我嘴说的是住家过日子,谁谈抗战这个大问题!你不到香港去,你又做了多少抗战工作?哟!说得那样好听!"她说毕,一扭头走出去了。李先生这篇文稿,将夹江白纸,写了大半页,全文约莫是写出了三分之一。他有几个很好的意思,要用几个"然而"的句法。把文章写得跌宕生姿,被太太最后两句话一点破,心想,果然,不到香港去,在重庆住了多少年了,有什么表现,可以自夸是个抗战文人呢?三年没有做一件衣服,吃着平价米,其中有百分之十几的稗子和谷子,住了这没有屋顶的茅草屋,这就算是尽了抗战的文人责任吗?唉!百无一用是书生,他想到最后这个念头,口里那句话,也就随着喊叫了出来,对了未写完的半张白纸,也就是呆望着,笔放在纸上提不起来了。

　　他呆坐了约莫一小时之久,那半张白纸,可没有法子填上黑字去。叹了一口气,将笔套起来,就走到走廊上去来回地踱着步子。吴春圃在屋子里叫起来道:"李兄,那个彭盖匠,已经来了,你拦着他,和他约定个日子吧,他若能来和你补屋顶,我就有希望了。"李南泉向山路上看时,果然是彭盖匠走回来了。他肩上扛着一只麻布袋,袋下面气鼓鼓、沉甸甸的,分明是里面盛着米回来了。他左手在胸前,揪着米袋的梢子,右手垂下来提着一串半肥半瘦的肉,约莫是二斤多,同在这只手上,还有一把瓦酒壶,也是绳子拴了壶头子,他合并提着的。他不像上街那样脚步提不起劲来,肩上虽然扛着那只米袋,还是挺起胸脯子来走路的。这不用说,他得下二十五元,已先在街上喝了一阵早酒,然后酒和肉全办下了,回来吃顿很好的午饭。远远地,李南泉先叫了声"彭老板"。他倒是闻弦歌而知雅意,站住了脚,向这里答道:"不要吼,我晓得,我一个人,总动不到手嘛!我在街上,给你找过人,别个都不得空,吃过上午,我侄儿子来了,我两个人先来和你搞。"李南泉道:"那么,下午可以来了?"彭盖匠道:"回头再说嘛!今天不会落雨咯。不要心焦,迟早总要给你弄好。"他说着话,手里提着那串肉和那瓶酒,晃荡着走了过去。吴春圃跑出屋子来,向彭盖匠后身瞪着眼道:"这老小子说的不是人话。他把人家的钱拿去了,大吃大喝。人家住露天屋顶。他说迟早和你弄好。那大可以明年这时再办。"

李南泉笑道:"别骂,随他去。反正我们也不能在这里作长治久安之计。"说着,两手挽在身后,在走廊上踱来踱去。甄先生搬了一把竹椅子,靠了廊柱放着,头靠在竹椅子背上,他身穿背心,下穿短裤衩,将两只光脚,架在竹椅子沿上,却微微闭了眼睛,手里拿了一柄撕成鹅毛扇似的小芭蕉叶,有一下、没一下地挥着。听了李先生的来往脚步声,睁开眼看了一看,微笑道:"李先生,你不用急,天下也没有多少事会难住了人。若是再下了雨的话,我们共同做和尚去,就搬到庙里去住。"李南泉摇了几摇头,笑道:"你这办法行不通,附近没有庙。唯一的那座仙女洞,前殿拆了,后殿是公共防空洞,我们就索性去住防空洞。"正说着,上午过去的那位刘瓦匠,刚是由对面山路上走了过来。他也是左手提一壶酒,右手提一刀肉,只是不像彭盖匠,肩头上扛着米袋。他大开着步子向家里走,听到这话,却含了笑容,老远搭腔道:"硬是要得!防空洞不怕漏,也不怕垮,做瓦匠做盖匠的就整不到你们了。"吴春圃先生站在走廊下,兀自气鼓鼓地,他用了他那拍蚊子的习惯,虽没有蚊子,也拿了蒲扇不住地扇着裤脚,他瞪了眼望着,小声喝着道:"这小子说话好气人,我们这里摆龙门阵,又碍着他什么事吗?"甄先生笑道:"吴先生,为了抗战,我们忍了吧。"吴春圃右手举起扇子在左手掌上一拍,因道:"咱不受这王八气,咱回到山东老家打游击去!咱就为不受气才抗战,抗战又受气,咱不干。"

屋子里却有人低声答道:"废话!你去打游击,小孩子在四川吃土过日子?"这是吴太太在屋子里起了反响,把握着事实,对吴先生加以驳斥。吴先生站在走廊上,发了一会呆,跟着他也就笑了起来,将蒲扇在胸前摇撼了两下,微微笑道:

巴山夜雨

"俺实在也是走不了。"李南泉看到，心里也就想着，我们实在也是议论多而成功少，随着叹了一口气，自回家了。他这个感想，倒是对的，他们找瓦匠找盖匠，而且还付了钱，所得结果，不是人家来给补上屋顶，而是买了酒、肉、米回家打牙祭去了。这天直熬到黄昏，盖匠没来，次日也没有来，好在这两天全是晴天，没有大风，更没有下雨。有两天大晴，屋子里干了，杂乱的东西，也堆叠着比较就绪。正午的时候，李先生躺在床上，仰面睡午觉，这让他有个新发现，就是那天窗口上绿叶飘播，有野藤的叶子，在那里随风招展。这座草屋，本来是铲了一道山脚，削平地基的。山的悬崖与屋后檐相齐，因之，那悬崖上长的野藤，很多搭上了屋檐，藤梢搭上了屋檐之后，逐渐向上升，而有了一根粗藤伸长之后，其余的小藤小蔓，也就都跟着向上爬。在这屋子里住家的人，轻易不到屋后面来。所以也不去理会，这野蔓长得有多长。这时李先生躺在床上，看到这绿叶子，他立刻想到了那句诗，"牵萝补茅屋"。记得有一次在野外躲警报，半路上遇到了暴风雨，当时两块裂石的长缝里，上面有一丛野藤盖着，确是躲过了一阵雨去。

他有了这个感想，由床上跳了起来，立刻跑向屋子后面去。看那悬崖上的野藤，成片地向屋顶上爬了去。这屋檐和悬崖夹成的那条巷子，被野藤叶子盖着，正是成了小绿巷，里面绿得阴惨惨的。他钻到野藤下面去，昂起头来向上看着，一点阳光都看不见，自言自语地笑道："假如多多益善的话，也许可以补起屋顶来的。"他钻出藤丛来，由悬崖边爬上草屋顶，四周一看，正是恰到好处。两个大天窗的口子边，全是野藤叶蔓簇拥着。他生平就没有上过房，更没有上过茅草房。这时，第一次上草房，但觉得人踩在钢丝床上，走得一起一落，周身随着颠动。尤其是那草屋，经过了一年多的风吹雨打日晒，已没有初盖上屋去的那种韧性，人踩在草上，略微使一点劲，脚尖就伸进草缝子里去。草下面虽是有些竹片给垫住，脚尖所踏的地方，不恰好就是竹片上，因之初次移动，那脚尖都已伸进屋子里面去。有三五步的移动，他就不敢再进行，俯伏在屋顶上，只是昂了头四处望着。他心里想着，无论如何，我们文人，总比粗工心细些，盖匠可以在草屋顶上爬着，还要做工呢。我就不能在屋顶上爬着吗？既然自告奋勇爬上了屋顶，就当把事情办完了，他沉默着想了一会，又继续向屋脊上爬了去。这次是鼓着勇气爬上去的，脚下也有了经验，脚踏着屋顶的时候，用的是虚劲，那脚却是斜滑着向下的，总算没有插进屋子里面去。向上移了三五步，胆子就大得多了。

约莫前后费了十分钟的工夫，他终于是爬到了天窗口上。看看那些野藤叶子，爬上去，又倒垂下来，始终达不到天窗那边去。伸手将野藤牵着，想把它甩到天窗那边，却无奈那东西是软的，掷了几下，只把两根粗一点的野藤掷到天窗旁边，伏在屋顶上，出了一会神，就在手边，抽起一根压草的长竹片，挑着长细的藤，向那边送了去，这个办法，倒还可用，他陆续地将散漫在草屋上的藤，都归并在一条直线上，全送到那露天窗口去牵盖着。盖完了最大的那个天窗，看到还有许多藤铺在屋草上，就决定了做完这个工作，再去牵补第二个窗口。因为在草屋上蔓延着的野藤不太多，牵盖着第三个窗口，那枝叶就不十分完密，而现出稀稀落落的样子，他怕这样野蔓没有粗梗，在窗口上遮盖不住，而垂了下去。这就把手上挑藤的那根竹片，塞入野藤下面，把它当作一根横梁，在窗口上将野藤架住。可是，竹片插了下去，因为它是软的，却反绷不起来。他自己想得了的这个好法子，没有成功，却不肯罢休。跟着再向前几尺，打算接近了窗口，将竹片伸出去的距离缩短一些。他在草屋顶上，已经有了半小时以上的工夫了，也未曾想到这里有什么意外。身子只管向前移，两只手还是将竹片一节一节地送着。不想移到了天窗口，那屋顶的盖草，已没有什么东西抗住，这时，加了一位一百多磅的人体，草和下面断了线的竹片，全部向下陷去。李南泉觉得身子压虚了，心里大叫一声"不好"。

李先生随了这一声惊呼，已经由天窗口里摔将下来，他下意识地伸手去扯着那野藤，以为它可以扯住自己的身体，不想丝毫不能发生作用，人已是直坠了下来，那承住假天花板所在，本有跨过屋子的四根横梁，但因为这横梁的距离过宽，他正是由这距离的间隔中坠了下来的。那个时候是很快，他第二次惊觉，可以伸手把住横梁时，人已坠过了横梁，横梁没有把住，拦着横梁上两根挂帐子的粗绳子，这算帮助了他一点，绳子拖住了他上半截身体，晃荡着两下，"啪"的一声，绳断了，他落在王嫂睡的床上。全家正因为东西没有地方堆积，把几床棉絮都堆

巴山夜雨

在床上,这成了那句俗话,半天云里掉下来,掉在天鹅绒上了。他落下来的时候,心里十分地惊慌,也不知身上哪里有什么痛苦。伏在棉絮上面,静静想着,哪里有什么伤痕没有,约莫是想了三四分钟,还不知道伤痕在什么地方。正是伸了手,在身上抚摸着,可是这行李卷儿,是互相堆叠的,人向上一扑,根本那些行李卷儿就有些动摇,基础不稳,上面的卷子,挤开了下面的卷子,只管向缝隙中陷了下去。下层外面的几个卷子,由床沿上滚到床下,于是整个的行李卷儿全部活动,人在上面,随了行李滚动,由床上再滚到床下,床下所有的瓶子、罐子,一齐冲倒,叮叮咚咚,打得一片乱响。李太太听了这声音,由外面奔了进来,连连问着:"怎么了,怎么了?"

李先生那一个跌势,正如高山滚坡,自从行李卷上跌滚下来以后,支持不住自己的身体,只是滑滚了过去。李太太由外面奔进屋来的时候,还有一个乱滚着的行李卷,直奔到她脚下。她本来就吃了一惊,这行李卷向她面前滚来时,她向后一退。屋子里,地面还是泥滑着的,滑得她向后倒坐在湿地上。李先生已是由地上挣扎起来了,便扑了身上的草屑与灰尘,笑道:"你也进屋来赶上这份热闹。"李太太这已看清楚了,望了屋顶上的天窗道:"你这不是妙想天开,盖屋的事你若也是在行,我们还吃什么平价米?这是天不安有变,人不安有祸。"李南泉听了夫人这教训,也只苦笑了一笑,并没有说其他的话,他抬头看看屋顶,两个天窗情形各别,那个大的天窗,已是由野藤遮着,绿油油的一片,虽是看到藤叶子在闪动,却是不见天日。小的天窗,野藤叶子,遮盖了半边。还有半边乱草垂了下来,正是自己刚才由那里滚下来的缺口。大概是自己曾拉扯野藤的缘故,已有四五枝长短藤,带了大小的绿叶子,由天窗口里垂进来,挂穗子似的挂着。天窗里也刮进来一些风,风吹着野藤飘飘荡荡。他不由得拍了手笑道:"妙极妙极!这倒很有点诗意。"李太太也由地面上站了起来了,板着脸道:"瞧你这股子穷酸味!摔得七死八活,还要谈什么诗意,你这股穷酸气不除,天下没有太平的日子。"李先生哈哈笑道:"我这股穷酸气,几乎是和李自成、张献忠那样厉害了,那倒也可以自傲得很!"

李太太道:"你不用笑,反正我说得不错,为人不应当做坏事,可也不必做那不必要的事。野藤都能盖屋顶，我们也不去受瓦木匠那份穷气了。你虽在屋顶上摔下来了，也不容易得人家的同情。说破了，也许人家会说你穷疯了呢。"李南泉原不曾想到得太太的同情，太太这样地老说着，他也有点生气，站着呆了一呆，因道："我诚然是多做了那不必要的事，不过像石太太那样，能够天不亮就到瓦匠家里去，亲自把他押解了来，这倒有此必要。你可能也学她的样，把那彭盖匠押解了来呢！你不要看那事情容易，你去找回彭盖匠试试看，包你办不到。"李太太沉着脸道："真的？"李先生心里立刻转了个念头，要她去学石太太，那是强人所难。真是学成了石太太，那也非做丈夫者之福。对了这个反问，并没有加以答复，自行走开了。李太太在两分钟后，就走出大门去了。李先生在外面屋子里看到，本可以拦她，把这事转圜下来，可是她走得非常之快，只好由她去了。李先生拿着脸盆，自舀了一盆冷水，来洗擦身上的灰尘，伸出手臂到盆里去，首先发现，已是青肿了两块。再低头看看腿上，也是两大片。这就推想到身上必定也是这样，不由得自言自语地笑道："这叫何苦？"可是窗外有人答话了："我明天就搬家，不住在这人情冷酷的地方，不见得重庆四郊都是这样冷酷的人类住着的。"看时，太太回来了，一脸扫兴的样子，眼光都直了，她脚下有个破洋铁罐子，"当"的一声，被她踢到沟里去。

　　李南泉看这情形，料是太太碰了彭盖匠的钉子，虽不难说两句俏皮话，幽默她一下，可是想到她正是盛气虎虎的时候，再用话去撩她，可能她会恼羞成怒，只好是装着不知道。唯一可以避免太太锋芒的办法，只有端坐着读书或写字。由窗子里向外张望着，见她沉下了脸色，高抬一手撑住了廊柱，正对屋子里望着。心下又暗叫了一声"不好"，立刻坐到书桌边去，摊开纸笔，预备写点文稿。事情是刚刚凑趣，就在这时，邮差送来一封挂号信。拆开信来，先看到一张邮局的汇票。在这困难的生活中，每月除了固定的薪水，是毫无其他希望的，忽然有汇票寄到，这是意料以外的事。他先抽出那汇票来看，填写的是个不少的数目，共是三百二十元。这时的三百多元，可以买到川斗五斗米，川斗约是市斗的两倍，就是一市担了。一市担米的收入，可以使生活的负担轻松一下，脸上先放出三分笑意，然后抽出信来

巴山夜雨

看,乃是昆明的报馆汇来的,说明希望在一星期之内,为该报写几篇小品文,要一万字上下的。昆明的物价指数高于重庆三倍,所以寄了这多稿费。在重庆,还不过是二十元一千字的价目。这笔文字交易,是不能拒绝的,他正在看信,太太进门来了,她首先看到那张汇条,夹在先生的手指缝里,因道:"谁寄来的钱,让我看看。"说着,就伸手把这汇条抽了过去,她立刻身子耸了一耸,笑道:"天无绝人之路,正愁着修理房子没钱呢,肥猪拱门,把这困难就解决了。"

李南泉笑道:"从前是千金一笑,现在女人的笑也减价了。法币这样的贬值,三百二十元,也可以看到夫人一笑了。"李太太道:"你这叫什么话?简直是公然侮辱。"说着,眼睛瞪起来,将那汇票向地上一丢。李南泉倒是不在意,弯腰将汇票捡了起来,向纸面上吹吹灰,笑道:"我不像你那样傻,绝不向钱生气。"说着,将汇票放在桌上,向她一抱拳头。李太太笑骂道:"瞧你这块骨头!"李南泉道:"这是纯粹的北平话呀,你离开北平多年,土话几乎是完全忘记。只有感情奔放的时候,这土话才会冲口而出。这样的骂人,出之太太之口……"李太太笑道:"你还是个老书生啦,简直穷疯了,见了三百二十元,乐得这样子,把屋顶摔下来的痛苦都忘记了。"李南泉道:"可是我们真差着这三百元用款。"李太太道:"废话什么,拿过来吧。"说着,伸手把那张汇票收了过去。李先生将那张信笺塞到信封里去,两手捧着信封向太太作个揖,笑道:"全权付托。你去领吧。还有图章,我交给你。"李太太接过信封去,笑道:"图章在我这里,卖什么空头人情。"她说着,抽出信笺来看看,点点头道:"稿费倒是不薄,够你几天忙的了。我不打搅你,你开始写稿子吧。"李先生对那三百二十元,算是在汇票上看了一眼,虽没有收入私囊,但也够兴奋一下的。他见太太拿着汇票走了,用着桌上摆开的现成的纸笔,就写起文章来,好在刚过去的生活,不少小品材料,不假思索,就可动笔。

他的烟士坡里纯①,虽不完全出在那张三百二十元的汇票上,可是这三百二十元,至少解决了他半个月内,脑筋所需要去思想的事。自这时起,有半个月他不

———————

① "烟士坡里纯"是英文"灵感"一词的音译。

需要想文艺以外的事了。那么，烟士坡里纯来了，他立刻可予以抓住，而不必为了柴米油盐放进了脑子去，而把它挤掉。因之，他一提了笔后，不到半小时，文不加点地就写了大半张白纸，他正写得起劲，肩上有一种温暖的东西压着。回头看时，正是太太站在身后，将手按在肩上。李先生放下笔来，问道："图章在你那里，还有什么事呢？"他问这话，是有理由的，太太已换了一件花布长衫而手提小雨伞，将皮包夹在腋下，是个上街的样子。上街，自然是到邮局去取那三百二十元。太太笑道："你从来没有把我的举动当为善意的。"李南泉道："可是我说你和我要图章等类，也未尝以恶意视之。"李太太放下雨伞，将手上的小手绢抖开，在鼻子尖上拂了两拂，笑道："好酸。我也不和你说。你要我和你带些什么？"李南泉道："不需要什么，我只需要清静，得了人家三百二十元稿费，得把稿子赶快寄给人家呀。信用是要紧的，一次交稿很快，二次不是肥猪拱门，是肥牛拱门了。"李太太道："文从烟里出，得给你买两盒好纸烟。"李南泉道："坏烟吸惯了，偶然吸两盒好的，把口味提高了，再回过头去，又难受了。"李太太道："要不要给你买点饼干？"李南泉道："我倒是不饿。"李太太沉着脸道："怎么回事，接连地给我几个钉子碰？"

　　李南泉站起来，笑着拱拱手道："实在对不起。我实在情形是这样，不过我在这里面缺乏一点外交辞令而已，随你的便吧，你买什么东西我也要。"李太太笑道："你真是个骆驼，好好地和你说，你不接受。人家一和你瞪眼睛，你又屈服了。"李南泉笑道："好啦，你就请吧。我刚刚有点烟士坡里纯，你又从中打搅，这烟士坡里纯若是跑掉了，再要找它回来，那是很不容易的。"李太太站着对他看了一看，想着他这话倒是真的，只笑了一笑，也就走了。李先生坐下来，吸了大半支烟，又重新提笔写起来。半上午的工夫，倒是写了三四张稿纸，写到最高兴的时候，仿佛是太太回来了，也没有去理会。伸手去拿纸烟，纸烟盒子换了，乃是通红的"小大英"。这时大后方的纸烟，"小大英"是最高贵的消耗品。李先生初到后方的时候，也吸的是"小大英"，由三角钱一包，涨了五角钱，就变成搭着坏烟吃。自涨到了一元一包，他就干脆改换了牌子了。这时"小大英"的烟价，已是两元钱一包，李先生除了在应酬场中，偶然吸到两三支而外，那总是和它久违的。现在看到桌子角上，

巴山夜雨

放着一个粉红的纸烟盒,上面又印着金字,这是毫无疑问的事,乃是"小大英"。但他还疑心是谁恶作剧,放了这么一盒好烟在桌上有意捉弄人。于是,拿起来看看,这盒子封得完整无缺,是好好儿的一盒烟,这就随了这意外的收获,重重地"咦"了一声。这时,"啪"的一响,一盒保险火柴,由身后扔到桌子上来。

李先生回头看去,正是夫人笑嘻嘻地站在身后。因向她点个头道:"多谢多谢!"李太太笑道:"你何必这样假惺惺。你就安心去写稿子吧。"李先生虽然是被太太嘱咐了,但他依然向夫人道了一声"谢谢",方才回转身去写稿。他这桌子角上,还有一把和他共过三年患难的瓷茶壶,这是他避难入川,过汉口的时候,在汉口买的,这茅草屋是国难房子,而屋子里一切的用具,也就是国难用具,这把盆桶式瓷茶壶,是江西细瓷,上面画着精致的山水。这样的东西,是应当送进精美的屋子,放到彩漆的桌子上的。现在放在这桌面裂着一条大口的三屉桌上,虽然是很不相称,但是李先生到了后方,喝不到顶上的茶叶,而这把茶壶却还有些情致,所以他放下笔来的时候,手里抚摸着茶壶,颇也能够帮助情思。他这时很随便地提起茶壶,向一只粗的陶器杯子里斟上一杯茶,端起来就喝了。因为脑筋里的意志,全部都放在白纸的文字上,所以斟出茶来,也没有看看那茶是什么颜色。及至喝到嘴里,他的舌头的味觉告诉他,这茶味先是有点儿苦,随后就转着甜津津的。他恍然大悟,这是两三个月来没有喝过的好茶呀!再看这陶器杯子里的茶的颜色,绿阴阴的,还可以看到杯子里的白柚上的花纹,同时,有一种轻微的清香,送到鼻子里去。这不由得自己赞叹了一声道:"好茶!色香味俱佳。太太,多谢!这一定是你办的。我这就该文思大发了。"

李太太在一旁坐着,笑问道:"这茶味如何?"李先生端着杯子又喝了一口,笑道:"好得很!在这乡场上,怎么买得到这样的好茶叶?"李太太道:"这是我在同乡那里匀来的,你进了一笔稿费,也得让你享受一下。还有一层,今天晚上,杨艳华演《大英节烈》,这戏……"李南泉笑道:"你又和我买了一张票?"李太太道:"买了两张票,你带孩子去吧。"李先生道:"那么,你有个十二圈的约会?"李太太笑着,取个王顾左右而言他的姿态,昂着头向外面叫道:"王嫂,那肉洗干净了没有?

切好了,我来做。"李先生心领神会,也就不必再问了。他将面前的文稿,审查了一遍。下文颇想一转之后发生一点新意,就抬起头来,向窗子外看对面山顶上的白云,虽那一转的文意,并未见得就在白云里面,可是他抬头之后,这白云会替他找到那文思。不过他眼光射出窗子去,看到的不是白云,而是一位摩登少妇,太太的唯一良好牌友下江太太。她站在对面的山脚路上,向这茅草屋连连招了几下手。遥远地看到她脸上笑嘻嘻的,似乎她正在牌桌上,已摸到了清一条龙的好牌,且已经定张要和一四七条。李先生心里暗自赞叹了一声,她们的消息好灵通呀,就知道我进了一笔稿费,这不是向茅屋招手,这是向太太的手提包招手呀。太太果然是中了电,马上出去了。太太并未答话,隔了壁子,也看不到太太的姿势。不过下江太太将一个食指竖了起来,比齐了鼻子尖,好像是约定一点钟了。

李先生对这个手势是做什么的,心里自然是十分了然,他也没有说话,自去低头写他的文字。还不到十分钟,女用工就送着菜饭碗进屋子了。李太太随着进屋来了,站在椅子背后,用了很柔和的声音道:"不要太忙了,吃过了饭再写吧。"李南泉道:"我倒是不忙,有一个星期的限期哩,忙的恐怕是你。"李太太道:"我忙什么?吃完饭,不过是找个阴凉地方,和邻居谈谈天。若不是这样,这个乡下的环境,实在也寂寞得厉害,我们没有那雅人深致,天天去游山玩水。再说,游山玩水,也不是一个妇女单独所能做的事。"李先生走过来靠近了方桌子要坐下来吃饭,太太也就过来了,她站在桌子边,首先扶起筷子来,夹了菜碗里的青椒炒豆腐干,尝了两下。李南泉笑道:"不忙,去你那一点钟的约会,还有半小时。这样的长天日子,十二圈牌没有问题,散场以后,太阳准还没有落山,若有余勇,尽可能再续八圈。"李太太将手上的筷子,"啪"地向桌上一击,沉着脸道:"你不嫌贫得很?人生在世,总有一样嗜好,难道你就没有一点嗜好吗?我怕你啰唆,没有对你说,你装马虎就算了。老是说,什么意思?"说毕,她也不吃饭,扭转身到后面屋子里去了。李南泉微笑着道:"好,猪八戒倒打一耙。我算啰唆了。"那女佣王嫂站在旁边微笑,终于是她打圆场,两次请太太吃饭。太太在屋子里答应四个字:"你们先吃。"人并没有出来。李先生只好系铃解铃,隔了屋子道:"吃饭吧,菜凉了。"

巴山夜雨

　　李太太随着先生这屈服的机会,也就走来吃饭了。李先生想着自己的工作要紧,也就不再和太太计较,只是低头吃饭。他忘不了那壶好茶,饭后,赶快就沏上开水,坐在椅子上,手把一盏,闲看窗外的山景。今天不是那么闷热,满天都是鱼鳞斑的白云。山谷里穿着过路风,静坐在椅子上,居然可以不动扇子。风并不进屋子来,而流动的空气,让人的肌肤上有阵阵的凉气浸润。重庆的夏季,常是热到一百多度。虽然乡下风凉些,终日九十多度,乃是常事。人坐在屋子里不动,桌椅板凳,全会自己发热,摸着什么用具,都觉得烫手。坐在椅子上写字,那汗由手臂上向下滴着,可以把桌子打湿一大片。今天写稿子,没有那现象,仅仅是手臂靠住桌面的所在,有两块小湿印,脊梁上也并不流汗。李先生把茶杯端在手上,看到山头上鱼鳞片的云朵,层层推进,缓缓移动,对面那丛小凤尾竹子,每片竹叶子,飘动不止,将全个竹枝,牵连着一颠一颠。竹丛根下有几棵不知名的野花,大概是菊科植物,开着铜钱大的紫色小花,让绿油油的叶子衬托,非常地娇媚。一只大白色的公鸡,昂起头来,歪着脖子,甩了大红冠子,用一只眼睛,注视那颠动的竹枝。竹枝上,正有一只蝉,在那里拉着"吱吱"的长声。李先生放下茶杯,将三个指头,一拍桌沿道:"妙!不用多求,这就是一篇很好的小品材料了。"李太太正走到他身边,身子向后一缩,因笑道:"你这是什么神经病发了,吓我一跳。"李先生笑道:"对不起,我的烟士坡里纯来了。"

　　李太太微笑道:"我看你简直是这三百二十元烧的,什么烟士坡里纯,茶士坡里纯?"李先生满脑子都装着这窗前的小景,关于李太太的话,他根本就没有听到。他低着头提起笔来就写,约莫是五六分钟,李先生觉得手臂让人碰了一下,回头看时,李太太却笑嘻嘻地将身子颤动着。李先生笑道:"到了钟点了,你就请吧。我决不提什么抗议。"李太太笑道:"这是什么话?这侵犯了你什么?用得着你提抗议?"李先生微笑着,抱了拳头连拱了几下,说是"抱歉抱歉",也就不再说什么,还是低头写字。李先生再抬起头来,已没有了太太的踪影,倒是桌子角上,又放下了一盒"小大英"。李先生对于太太这种暗下的爱护,也就感到满足,自去埋头写作,也许是太太格外的体恤,把三个孩子都带走了。在耳根清净之下,李先生在半个下午,就写完了四篇小品文,将笔放下从头至尾,审查了一遍,改正了几个笔误字,又修正了几处文法,对于自己的作品,相当满意,把稿纸折叠好了,放到抽屉去,人坐在竹椅子上,做了个五分钟的休息。可是休息之后,反而觉得手膀子有些疼痛,同时,也感到头脑昏沉沉的。心里想着,太太说得也对,为了这三百二十元,大有卖命的趋势,利令智昏,何至于此。于是将笔砚都收拾了,找着了一支手杖,便随地扶着,就在门外山麓小路上散步。这时已到黄昏时候,天晴也是太阳落到山后去,现在天阴,更是凉风习习,走得很是爽快。

这山谷里的晚风,一阵比一阵来得尖锐。山头上的长草,被风卷着,将背面翻了过来,在深绿色丛中,更掀起层层浅绿色的浪纹。这草浪也就发生出"瑟瑟梭梭"之声。李南泉抬头看看,那鱼鳞般的云片,像北方平原上被赶的羊群一样,拥挤着向前奔走,这个样子,又是雨有将来的趋势。李先生站着,回头向家里那三椽草屋看了一看,叹上两口气。又摇了几下头,自言自语地道:"管他呢,日子长着呢,反正也不曾过不去。"这个解答,是非常地适用,他自己笑了,扶着手杖继续散步,直到看不见眼前的石板路,方才慢慢走回来。这时,天上的星点,被云彩遮着,天上不予人间一丝光亮,深谷里漆黑一片。黑夜的景致,没有比重庆更久更黑的,尤其是乡下。因为那里到了雾天,星月的亮也全无。在城市里,电光射入低压的云层,云被染着变成为红色,它有些光反射到没有电灯的地方来。乡下没有电灯,那就是四大皆空的黑暗。李南泉幸是带有手杖,学着瞎子走路,将手杖向前点着探索两下,然后跟着向前移动一步。遥望前面,高高低低,闪出十来点星星的火光,那是家之所在了。因为这个村子的房屋,全是夹沟建筑的,到了这黑夜,看不见山谷房屋,只看到黑空中光点上下。这种夜景,倒是生平奔走四方未曾看见过的。除非是雨夜在扬子江边,看邻近的渔村有点仿佛。这样,他不由得想到下江的老家了,站着只管出神。

就在这时,听到星点之间,小孩子们叫着"爸爸吃饭"。他又想着,这还是一点文料。可说"吾闻其语矣,未见其人"。但他也应着孩子:"我回来了。"到了家里,王嫂迎着他笑道:"先生这时候才回来,落雨好半天了。"李南泉道:"下雨了?

巴山夜雨

我怎么不知道?"王嫂道:"落细雨烟子,先生的衣服都打湿了。你自己看看。"李南泉放下手杖,走近灯下,将手牵衣襟,果然,衣服潮湿、冰凉。他笑道:"怪不得我在黑暗中走着,只觉得脸上越久越凉了。"他看到桌上还有"小大英"烟,这就拿起一支来,就着烟火吸了,因吟着诗道:"细雨湿衣看不见,闲花落地听无声。"王嫂抿了嘴微笑道:"先生还唱歌,半夜里落起大雨来,又要逃难。"这句话却是把李先生提醒,不免把眉头子皱起。但是他看到饭菜摆在桌上,只有三个小孩子围了菜油灯吃饭,就摇了两摇头道:"我也犯不上独自着急,这家也不是我一个人的。"他说着,也就安心吃饭。饭后,便独自呆坐走廊上。这是有原因的,入夏以来,菜油灯下,是难于写文章的。第一是桌子下面,蚊虫和一种小得看不见的黑蚊,非常咬人;第二是屋外的各种小飞虫都对着窗子里的灯光扑了来,尤其是苍蝇大小、白蜻蜓似的虫,雨点般地扑人,十分讨厌。关着窗子,人又受不了,所以开窗子的时候,只有灯放得远远的,人坐在避光的所在,人和飞虫两下隔离起来。这时,甄、吴二公也在走廊上坐着,于是又开始夜谈了。

甄先生道:"李兄不是去看戏的吗?"李南泉道:"甄先生怎么知道?"他笑道:"你太太下午买票的时候,小孩子也在那里买票。"李南泉道:"事诚有之,不过我想到白天上屋顶牵萝补屋,晚上去看戏,这是什么算盘? 想过之后,兴味索然,我就不想去了,而况恐怕有雨。"吴春圃于黑暗中插言道:"怎么着? 你的徒弟,你都不去捧了。"李南泉道:"唯其是这样,太太就很安心地去打她的牌了。这样,也可不让太太二次打牌,省掉一笔开支,我们是各有各的战略。"甄先生哈哈笑道:"何至于此,何至于此!"李南泉经邻居这样代解释着,倒也不好说什么。大家寂寞地坐着,却听到茅屋檐下,"滴扑滴扑",继续地有点响声。吴先生在暗中道:"糟了糟了,雨真来了。彭盖匠这家伙实在没有一点邻居的义气,俺真想揍他娘的。我们肯花钱,都不给咱们盖盖房顶?"李南泉走到屋檐下,伸着手到屋檐外去试探着,果然有很浓密的雨丝向手掌心盖着。因道:"靠人不如靠自己,我们未雨而绸缪吧。"因之找了王嫂帮助,将家里大小两张竹床和一张旧藤绷子都放到外面屋子的地上,展开了地铺。自己睡的两方铺板,屋子里已放不下,干脆搬到走廊上。那屋檐下的点滴声，似乎又加紧了些。甄、吴两家，也是搬得家具"扑通"作响。大家忙乱了半小时，静止下来，那檐滴却又不响了，那边走廊的地铺上，发出竹板"咯咯"声，吴春圃在暗中打个呵欠，笑道："哦呀！管他有雨没雨，俺睡他娘的。"

这个动作，很可以传染到别人，李先生自己，立刻就感觉到非打呵欠不可，昏昏沉沉地也就睡着了。睡在朦胧中，听到太太叫喊着，他只在地铺上打了一个翻身，却不曾起来，仿佛是身上被盖着一样东西，但也继续睡，却不管了。直到脸上头上，被东西爬得痒丝丝的，屡次用手挥赶不掉，睁眼看来，天色已经大亮，这是蚊子收兵以后，苍蝇在人身上活动，就无法再睡了。他坐起来，睁眼向屋檐外看看，那对过的一排近山，已完全被灰白色的云雾所封锁。在云脚下露出山的下半截，草木全被雨洗得湿黏黏的，树头枝叶下垂，草叶子全歪到一边去。那天上虽没有下雨，而乌云凝结成一片，似乎已压到屋顶头上来了。自然天气是很凉的，只穿了一件短袖汗衫，便觉得身上已有点不好忍受。于是赶快跳起来，见屋子里面，全家人像沙丁鱼似的，分别挤着睡在地铺上，叹了口气道："这又是一幅流民图。"屋子里让地铺占满，再容不下人去，也就不进屋子了，找了脸盆漱口盂出来，用冷水洗过脸，就呆坐在地铺上，静等家里人起来。在屋子里睡觉的人，一样让苍蝇的腿子给爬醒了。大家收拾地铺，整理屋子，这就足耗费了一小时。李南泉赶快将竹椅子在小桌前摆端正，展开了文具就来写稿。李太太道："你为什么忙，水也没喝一口吧？"李南泉摇着手上的毛笔道："难得天气凉快，还不抢一抢吗？"

他这个表示，太太倒是谅解的。因为一万字上下的稿子，不用说是做，就是抄写，也需要相当的时间。这就听他的便，不去打搅了。李先生写得正有劲，忽然桌子角儿上，"扑滴"一声，看时，有个很大的水点。他以为是哪里溅来的水点，只抬头看了一看，并没有理会，可是只写了三四行字，第二个"扑滴"声又来了，离着那水点五寸路的地方，又落了一点水，抬头看看天花板，已是在白石灰上，潮湿了很大一片印子。那湿印子中间，有乳头似的水点，三四处之多，看看就要滴了下来。他"哎呀"了一声道："这完了，这屋漏侵占到我的生命线上来了。"太太过来看看，因道："这事怎么办呢？你还是非赶着写起这一批稿子来不可的。那么，把你这书桌,挪开一个地方吧。"李先生站起来向屋子四周看看,若是移到吃饭的桌子上去写,太靠里,简直像黑夜似的。左边是个竹子破旧书架子,上下四层,堆满了断简残编;右边是两把木椅和一张旧藤几,倒是可以移开,可是那里正当着房门,也怪不方便;若是将桌子移到屋子中间,四方不粘,倒是个好办法,可是把全家所有的一块好地盘,又完全独占了。他看着出了一会神,摇了两下头,微笑道:"我得固守岗位,哪里也移动不得。"李太太道:"难道你就在漏点下写字吗?"李先生还没有答复这个疑问,一点雨漏,不偏不斜,正好打在他鼻子尖上。这个地方的触觉相当敏锐,吓得身子向上一耸,李太太说声"真巧",也笑起来了。

　　李南泉将手抹着鼻子尖,点了头笑道:"你笑得好,不然,这始终是演着悲剧,那就无味了。马戏班里的小丑,跤摔得越厉害,别人也就看得越是好笑,你说是不是?"李太太对于他这个说法,倒是啼笑皆非,站着呆了一呆,走到里面屋子里去,拿出一盒"小大英"笑道:"我还给你保留了一盒,吸支烟吧。"李南泉这回算是战胜了太太,颇也反悔。接过纸烟,依然坐到竹椅上去写稿,可是这桌子上面,前前后后已经打湿了七八点水了。这个样子,颇不好坐下来写。正好小山儿打了一把纸伞,由街上买烧饼回来。李南泉向他招招手道:"不必收起来,交给我吧。"小山儿也没有理会到什么意思,撑了伞在走廊上站着。他笑道:"我们屋子里也可以打伞,你难道不知道吗?打着伞进来吧。"小山儿侧着伞沿送了进来。李先生接过,在桌子角上竖了伞柄。正好这天花板上的漏点全在左手,伞一竖起,"扑"的一声,一个大漏点,落在伞面上,李先生笑道:"妙极,这声音清脆入耳,现在我来学学作诗钟的办法,伞面上一下响,我得写完两行字。"他说着,果然左手挟着伞柄,右手拿着毛笔在纸上很快地写。等到那屋顶的漏点落下来的时候,已经写了三行字,他哈哈大笑道:"这成绩不错,第一个漏点我就写了三行字了。"他这么一声大笑,疏了神,伞就向桌子侧面倒了去。幸是自己感觉得快,立刻拖住了伞柄,将伞紧紧握住了。李太太坐在旁边看到,只是摇头。

　　吴先生正由窗子外经过,看到了这情形,便笑道:"李先生,你这办法不妥,就算你一手打伞,一手拿笔,可以对付过去,可是文从烟里出,你这拿纸烟的手没有了。俺替你出个主意,在桌子腿上,绑截长竹筒儿,把伞柄插在竹筒里,岂不甚妙?下江摆地摊的就是这个主意。"李南泉拍手笑道:"此计甚妙。不仅是摆地摊的,在野外摆测字摊的算命先生就是这样办的。"他两人这样说着,这边甄先生凑趣,立刻送了一截长可四尺的粗竹筒来,笑道:"这是我坏了的竹床上,剩下来的旧竹挡子,光滑油润,烧之可惜,一直想不到如何利用它。现在送给李先生插伞摆拆字摊,可说宝剑送与烈士了。"李南泉接过来一看,其筒粗如碗大,正好有一头其中通掉了两个节。竖立起来,将伞柄插进里面,毫无凿枘不入之嫌。口里连声道谢,立刻找了两根粗索子,将竹筒直立着捆在桌腿上。将通了节的那头朝上,然后撑开伞来,将伞柄插了进去,这伞面正好遮盖着半截小桌面,将屋漏挡住。李先生坐下来,取了一支烟吸着,笑道:"好,这新鲜玩意儿,本地风光,是一篇绝妙的战时文人小品。"这么一来,屋子里外,全哈哈大笑。三个小孩感到这很新鲜,每人都挤到桌子角上,在伞下站一站。这笑声却把隔壁的家庭大学校长惊动了。拖拉着拖鞋,踢踏有声,走了过来,在窗子外就看到了,笑道:"好极!好极!我求得着李先生了。"

巴山夜雨

第十六章 家教之辱

李南泉听了奚太太这种话,倒有些愕然,撑着雨伞在屋子里写字,这和她有什么相干呢?因笑道:"惨极了,在家里摆测字摊,奚太太有何见教?"她笑道:"我就是为了你摆测字摊来的。我现在报一个字你测测,好不好?"李南泉哈哈大笑道:"你以为我真要在家里操这个副业?"她由窗子栏杆里,伸进一只手来,将他的纸笔拿去,就在纸上写了一个"胜"字,立刻放到桌上,然后隔了窗子,抱了拳头,连拱几拱,笑道:"难为!难为!请你替我测一测,阿好?"她一急,把家乡音急出来了。李南泉看到,心中好气,心想,这位太太有神经病吗?怎么把我说笑话当真事?李太太笑道:"你就给奚太太测一测吧,也许她真有什么要紧的事,需要朋友们给她解决。"奚太太将头一昂,笑道:"对了,老李知道我的意思。"李南泉回头看看太太,见她眉宇之间,含有一种藐视的微笑,便了解她是什么意思了,因道:"好吧,我就给你测一测吧。不过字不够,你还得写一个字。"奚太太笑道:"反正不要钱,再写就再写一个。"于是又把纸笔拿了过去,在窗外写了个"利"字送了进来。李南泉看了这两个字笑道:"奚太太问什么事?"说着昂起头来,向窗子外望着。奚太太道:"我和一个人办交涉,问我能不能得着胜利。"李南泉取了一支纸烟在嘴里衔着,回过来找火柴。他和太太打了个照面,太太却向他将眼睛眨了一眨。李南泉想着,这事有点尴尬,多少涉及她的家务吧。

他心里有了这种见解,拿着奚太太写的那张字条看了一看,因道:"哦!这是和一个人斗争的事。对方是男性,还是女性呢?"奚太太笑道:"你怎么问得这样的清楚?"李南泉笑道:"你这就有点不讲理了。测字和算命的人也和医生一样,他要问病发药。你若是不告诉我的病源,我这方子怎么开法?你要是告诉了我你对手方是何人,我才能够望文生义去推测这个字。"奚太太手扶了窗栏杆,低头沉吟了一下，因道：“告诉你就告诉你吧。对方是男性，但也有女性。不过这女性是个未知数，也许没有。”李南泉点点头笑道：“我这就十分明白了。”说着，把"胜利"两个字，分而写四。乃是"月、禾"和一个类似的"券"字和一个立刀，因笑道：“今天是八月二十三，午前十时。”奚太太点点头笑道：“不错，有点像测字了。”李南泉正了面孔不带一点笑容，望了她道：“月字加廿三加八，是个'期'字。”说着，就在纸上写了个"期"字。奚太太笑道：“有点像了。不过这个'期'字和我所问的有什么关系？”李南泉笑道：“你别忙呀！”说着，把"胜"字下的力字改为女字，因笑道：“假如其中是个女子的话，是个'媵'字了，'媵'字是伴嫁娘之谓，古来伴嫁娘，都是姊妹们。”说着，在纸上写了个"科"字，因笑道：“这是禾字加十二点。犯了奚太太的尊讳，你不是叫朱科秀吗？显然，这八月二十三的日期，和你关系很深。'利'字旁边那个立刀，立在你科秀的头边。只照字面上说，是不大吉利的。”奚太太听了这话，脸色立刻一变，红中还带些苍白之色。

但是，她依然强自镇定地微笑道：“这虽然有点意思，还是牵强得很。那个力字，和个立刀，你还没有拼出字来呢！”李南泉笑道：“这已很明白了。你还要详加解释，也未尝不可。不过，我再需要找点机会，请问那女方姓什么？你知道吗？”奚太太道：“我也不太十分清楚，姓秦吧？”李南泉道：“叫什么名字呢？”奚太太正待张口要说，忽然一摆头道：“不妥，你还没有把字测完，我的秘密，倒全盘告诉你了。”李南泉正要把"利"字的左半边，变为一个"秦"字，听了这话，就把笔放下来，望了她道：“奚太太，可是你来找我的，这样说了，像是我要刺探你的秘密，不提了，不提了。”说着，拿起桌上的铜笔帽，就要把笔套起来。奚太太摇着两只手笑道：“我和你开玩笑的，她叫秦致馨。致敬的'致'，馨香的'馨'。有时候人家写信给她，省掉那个致字的反文。哦！拼上那个立刀，那是'到'字了。这测出什么来吗？”李先生笑道：“'到'字没有什么，不过合上先测的那个期字，那是'到期'了；馨字中间是个'禾'字。你科秀小姐是有利一半而在头上，或在旁边。这位致馨小姐，可是将利益抱在怀里了。”李太太在旁边觉得他说得太露骨，便笑着扯开来道：“奚太太，你不要信他，他是信口开河，毫无标准的。”奚太太脸上，带了一分沉重的气色,走进屋子来,摇摇头道:"虽然有些话是很牵强的,那八月二十三到期这句话灌进我的耳朵来,有些让我不好受。还有那勝字里的'力'字你索性测测看。"

  李南泉笑道:"当然这是瞎扯。可是测字这玩意,也是要得自烟士坡里纯。机触得恰当,往往也是言必有中的。"奚太太走到桌子边,两手按了桌沿,向那张字条望着,因道:"还有那个力字,你何妨再测一测。"李南泉笑道:"我已有江郎才尽之叹了,你若再要我测下去,得再给我一点材料。你可不可以告诉我,男方姓甚名谁?"奚太太摇摇头道:"男方我不能告诉你。不过我可以告诉你,这女方是个寡妇,她婆家姓吕。我把这吕字加上去吧。"李南泉笑道:"好了,好了,我有了个烟士坡里纯了,把这两口子加上去,那就加两口子而和好了。'力'字'禾'字,都有了交代了。"奚太太红着脸道:"你这字测得不灵,和不了。"说着,也坐在旁边的椅子上,将手托了头,长长地叹了口气。李南泉笑道:"高邻,我看你是病急乱投医了。你是位妇女界的领袖,怎么会相信迷信的事?测起字来,而且这测字先生,找的是我这向来没有开过张的人。"奚太太道:"我并不是迷信,我若迷信,不会真上卦摊上测字吗?我是满腹疑团,无从决断,糊里糊涂,就找这么一个问津的机会。"李南泉笑道:"不是我做邻居的多话,天下不平的事多了,要管也管不了许多。在这个过渡时代,妇女界不平的事是常有的,我知道你和石太太,就常常喜欢出来打抱不平。上次在疲劳轰炸期中,石太太居然为了人家的婚姻问题来往百十公里跑到磁器口去。"奚太太摇着头道:"你全然说的不是那么回事。我自己家里有问题,难道我也不管吗?"

  李南泉把话听到这里,已经十分明白了,便站起笑道:"高邻,你今天所说的话,我有些不相信,难道你管束下的奚先生,还有造反的可能吗?"奚太太叫着她丈夫的号道:"敬平这个人,有三分贱相,一直是需要我管束着。他在我身边,我可以管理得他不喝酒,不吸纸烟,不打牌,规规矩矩,从事他的工作。不过他要离开了我的话,只能一两个月。日子久了,他就要作怪。每遇到这种事,我就得打起精神,从头教训他一番。这次,恐怕又是犯了老毛病。"李南泉笑道:"什么老毛病?"

奚太太瞅了他一眼,脸上不免带了三分笑容,向他一嘬嘴笑道:"你们男人都有这个毛病,离开太太就要作怪。"说着,摇摇头。正在这时,有个尖锐的声音,在隔溪的山路上叫着奚太太。那正是她的好友,石正山夫人。她穿了件浅蓝色竹布长衫,光着两只手臂,分别拿了秤和竹篮子。奚太太迎出来问道:"老石,你又忙着什么家政,亲自出马?"她站着向这里遥望着,将小秤夹在腋下,抬着手向她抬了两抬,因道:"听说你找我,有什么事吗?"奚太太道:"唉!还不是那件事,你到我家里去谈谈吧。"说着,隔了山溪向石太太招手,踢踏着那双拖鞋,向家里走了去。李南泉伸着头向门外看看,然后低声笑道:"这位仁兄家里,出了什么新的罗曼斯吗?"李太太笑道:"什么罗曼斯,不就是她说的那一套吗?我们太太群里,早已知道了这件事了。她先生现时和一个女职员在重庆同居。她吹什么,还管理先生不许吸纸烟呢!"

　　李南泉看看太太的脸色,觉得还不会见怪,因笑道:"站在女人的立场,你该同情她才对,怎么你也说她?"李太太道:"谁让她老在人前夸下海口?我们总没有自称家庭大学校长。"李南泉向窗子外一努嘴道:"来了,瞧热闹的吧。"李太太看时,正是奚太太的"对方"奚敬平回来了。他穿着一套灰色哔叽西服,巴拿马草帽,宽宽的边,将大半截脑袋盖着,手提了一支朱漆手杖。一步一捌,慢慢在山麓路上走着。看他每个步子踏下去,好像是落得都很沉重。他的家,和这边的屋子是并排的,由山路上下来,都要经过涧溪上一道木桥。奚先生走到溪岸的坡子上,将手撑着手杖,另一只手,托了一下他高鼻子上的眼镜,似乎是有点凝神的样子。他们家庭大学的学生,已经看到了,喊着一声"爸爸回来了",大家一拥而上,那木桥是梯子形架着木板的,老远就听到"噼噼啪啪"一阵响。李先生在那边草房子窗下,以为是打起架来了,也追向走廊上来看。这时,天上的细雨烟子轻淡得多了,山峰上的湿云却不肯轻淡,依然很浓厚,向草木上压迫着。只要在屋檐以外,空气里面,就全是水分。那位奚先生并不觉得这是阴天,依然静静地站在木桥头上,那些孩子直拥挤到他面前,他却是很从容地道:"仔细一点走,滑得很,不要摔下去了。"一个最小的男孩子抱了他的腿,问道:"爸爸,你带了吃的回来了没有?

巴山夜雨

我们老早就等着你呢。"

奚太太应着这声音,由屋子里走出来,她大声道:"你还有心管着孩子摔倒吗?孩子们摔死了,你就更是高兴,你没有了累赘,那就更好去找女人玩了。现在国家危急到这种样子,你们当公务员的人,正应当卧薪尝胆,刻苦自励,怎么刚是疲劳轰炸过去两天,你就丢了妻室儿女,在外面玩女人,无论是在私在公,你……"奚先生看看旁边走廊上,站了好几位邻居,这就把手杖举起来,指点了她道:"我还没有进门,你就说上这样一大套。你要知道,我不是一里、两里路回来的,我是经过二十公里的长途汽车才回来的。"奚太太道:"你走了二十公里?你走了二百公里也应该。这是你的家,你不当回来吗?若依着我的兴致,我当追到重庆质问你。我在家门口说你这就十分谦让了。"奚敬平虽然向来受着太太的管束,但在朋友面前,他这个面子是要绷着的。他想继续吵下去,恐怕太太会说出更不好听的话来。站着呆了一呆,将身子扭过去,将手杖点着石头坡子,又向原来的路上走回去。奚太太叫道:"奚敬平,你走,你飞也飞不了!"说着,自己就追了上来,她原是穿着拖鞋的,为了走路便利,脱下了拖鞋,光着两只白脚,径直向前追着。奚先生看到许多邻居都各在自己家里向外望着,他还不肯失落了这官体,依然是缓步而行。奚太太只是一段五十米的竞赛,就超过了奚先生,双手一横,拦着去路。

奚敬平对于这个作风,似乎不可忍受。他取下了头上那顶战前的宝藏巴拿马草帽,拿在胸前,当扇子摇着。但他还不肯高声,皱了眉道:"你这不是笑话吗?"奚夫人两手叉了腰,挡住了去路,偏了头道:"不许走,我要和你开谈判。要走也可以,我们一路到重庆去。"奚先生不说话了,只将帽子在胸前摇着,石太太在走廊下高抬着手,连招了几下,笑道:"奚先生回来吧,我还在这里等着呢。你回来了,太太少不得和你做顿很好的午饭,你怎么不回来?回来,回来!"她说着,手只管乱招。奚敬平道:"石太太我不是不回来嘛!我不回来,冒着阴雨天坐长途汽车干什么呢?我去找正山兄谈谈吧。"石太太乱摇着手道:"你可别找他。你找他,那是问道于盲了。有什么事,你和我商量吧。"说着,就径直走出来,直奔到一处。奚敬平笑道:"石太太知道我今天会回来?"她笑道:"我是前朝军师诸葛亮,后朝军师刘伯温,掐指一算,我就知道你会回来的。"说着,一把就把他手上的草帽夺了过去。那还不算,又扯着他的西服笑道:"穿这样漂亮的衣服,站在烂泥里面,你看,也不相称吧?回去吧,有什么话,家里说。"奚敬平看看自己太太光着两只白脚,站在水泥糊刷着的石坡上,身上一件薄绸的旧长衣,腋下倒有两个纽襻没扣,披了一把头发在肩上,实在不成样子,便道:"好吧,我们回去说罢。反正……"说着,他摇了几摇头,向家里去。

这时,奚太太算是醒悟过来了,自己还赤着两只白脚呢。这就向石太太笑道:"这是个笑话,我一忙就把两只拖鞋忙掉了。"说着,抬起一只白脚给人家看。她是站在一块油滑的石板上的,只剩下一只脚站在石板上,已是站不住。她抬着那只脚的时候,来个金鸡独立势,那双脚像踢足球似的踢了出去。于是身子向后弯着,胸部仰起来,取个重点平均的度数,那只单脚支持不住,屁股向下一坐,就坐在石板上了。她穿的是件薄绸衫子,白底子上的红蓝花点子,已经是只有一点模糊的影子,其形如纸,她向后一坐,压着那后底襟,早是"哧啦"一声响,除掉了半截。她这一下颠顿,顿得全身骨头作痛。两只眼睛里的眼泪都要流出来,坐在石板上,有五分钟不能站起来。石太太走过来,弯着腰将她搀着,笑道:"这是何苦,气是生了,苦也是自己吃。"奚太太右手被扯着,左手揉着眼泪,只管嘻嘻地笑。石太太笑道:"站起来吧,可别把我拉下去了,两人全在烂泥里打滚。"奚太太借着她的力量站起来,那身后压断的半截长衫,没有和衣服完全脱离关系,像挂穗子似的,掩盖了两腿的后面。石太太站着向她使了个眼色,又把嘴向她身后努了一下。她回头看了一眼,把一张气紫了的脸色,又加上了一层红晕,乱摇着头道:"真是把我气疯了,真是把我气疯了!"她下意识地将一只手掩着后身,就赶快向家里走了去。

奚敬平先生,似乎已知道今天的形势严重,尤其是夫人摔了一跤,必定要在任何人头上出气,其锋是不可犯的。他王顾左右而言他,走到廊檐下,向李南泉这屋子,连连点了两下头道:"没有进城去?"李南泉道:"颇想进城,但是正赶写点东西,没有走得了。这两天报纸很热闹吧?苏联和德国的冲突,越来越热闹了吧?"奚先生表示对国际形势,比任何人要熟习得多,摇摇头道:"那没有关系,东西两面

巴山夜雨

作战,这是希特勒胡闹的事情。苏联只要再支持两个月,冬季一来,德国军队就没有办法。当我在莫斯科的时候,十月初就下雪。希特勒若不知进退,可能会遭受拿破仑在帝俄境内的惨败。"他正说得洋洋得意,"啪咤"一声,在身后响着,碎片纷溅。正是一只粗瓷杯子,在走廊地上砸了个粉碎。他回头看时,奚夫人沉下了一张凶恶的面孔,将手指着道:"你还谈什么天下大事!你的家事管不了,你自己这条身子也管不了,你懂得什么?你是中华民国抗战时期里一个大混蛋。"奚先生看看左右邻居,全在走廊下度着阴天,每只眼睛,都向这里望着。明知道太太是个夸大狂,已说得她是个善理家政、善管丈夫的第一流人物;根本自己在家庭里的名誉就不大好。这时,在众目灼灼之下,人家是怎样揣想着,那是不言而喻的。若不起点反抗,那一切是被人家证实了,于是昂起头来,先淡笑了一声。

他于是向后退了两步,离开了夫人的逼近,摇摇头道:"你简直有神经病。"奚太太道:"我有神经病?我看你简直疯了。在这个时候,抗战到了最艰苦的地步,你还有心玩臭女人。哪里臭茅厕里出来的臭婊子,让你捡到了当宝贝。你是抗战公务员里面,最没有心肝的东西。"奚先生把脸色由红而紫,由紫而更变得苍白,两只手只管气得发抖颤。石太太立刻走向他两人中间一站,笑道:"这是何必?天天望先生回来,先生也是天天想回来,回来之后,两个人不好好说一阵子、笑一阵子,却是见了面就开辩论会,那岂不是有背原意?"奚太太道:"什么有背原意?我根本就是要他回来开谈判的。"奚敬平淡淡笑着,鼻子里哼了一声,因道:"开谈判就开谈判吧,大不了……"他说到这里,看看夫人那颜色,还是紫中带黑,而且两只眼的垂角,是更格外地弯曲,那气就大了。这个时候,若说出"离婚"两个字,可能会引起武剧。他说到这里,把话音拖长,没有把话接着说下去,背了两手在身后,在走廊上来回踱着步子。所幸他家的女仆,还能趁机解围,已经端了一把竹围椅来,请主人坐下,同时泡了一杯茶,放在窗户台上。他两手提了西服裤子脚,向椅子上坐着,同时将脚架了起来,笑道:"管他呢,舒服一下子,就是一下子。"奚太太两手叉了腰,在屋子门口站着,因道:"你要舒服一下子,休想!我们当了朋友的面,现在把话说开。"

经过这一度的冲突,奚敬平夫妇,都缄默下来。奚先生是捧了那一玻璃杯茶,就着嘴唇,慢慢呷着。奚太太却叉了两手,始终沉了脸子,垂了眼角,向先生望着。石太太对于闹家务,那是相当内行,她知道这是暴风雨前之片刻宁静。要平息事端,这个时候,来个釜底抽薪,那还是来得及的。于是向前一步,挽着奚太太的手道:"有什么话,我们到屋子里去说吧。你把门将军似的,站在这屋子门口做什么?"奚太太将身子一扭道:"这是我的家,我爱在哪里站着,就在哪里站着。"奚先生对于"我的家"三个字,似乎认为这很可考虑,端着玻璃杯子微微一笑。但他并没有作声,也不向太太这方面看了来。石太太觉得他这个微笑,很有轻蔑的意味,若是让奚太太看到,那就是导火线,这就将身子闪到两人的中间站定。她先向奚太太使了一个眼色,然后又将她的手腕微微牵了一下。奚太太始终认着石太太是志同道合的好友,在她这种指示之下,心里便想到石太太有个有利于己的策划,这就悄悄转身走进屋子去。奚敬平依然端坐着拿了茶杯慢慢喝着。他的脸上,也不断发出笑容。约莫是十来分钟的时候,石太太先出来了,她向奚先生笑着点了个头,因低声道:"奚先生,不是我站在妇女的立场上说话,你……"说着顿了一顿,然后又笑道,"你是亏着一点理的。你必须这样设想,我们做调人的,方才可以向下说话。"

奚先生端着茶杯,喝了一口茶,笑道:"我又怎么欠着一点理呢?"石太太笑道:"不问你太太所说你的事情,是真是假,你得好好解释,你不能扭转身就向原来的路上走。"奚敬平笑道:"你确是站在妇女立场上说话的。你看,我还没有走过屋门口这道桥,她就迎了向前,两手把我抓住,不由分说,乱骂一顿。什么事那样急,连鞋子都来不及穿就赤脚跑了去呢?这首先是给我一个难堪。我还有什么话说?我就躲开她吧。"奚太太也出来了,还是站在屋子门口将手叉着腰,因道:"老兄,你不要和他说话,他枝枝节节说些不相干的事,倒躲开了正题。奚敬平,你干脆说出来,为什么做那不要脸的事,躲在城里玩女人?吃馆子以后,去看话剧;看完了话剧,就去住旅馆。你以为我不知道?我打听出来了。让邻居们听听,这是不是你抗战公务员所应当做的事?"她越说越生气,就伸直了一条光膀子,向奚先生指着，而且是直指到他鼻尖上来。奚敬平颇有"高鼻子"之外号，奚太太的手指又长，伸了右手膀和食指，丈八矛似的指到他鼻子尖上。这简直告诉了邻居，这是奚先生特别的标志。站着看热闹的邻居们，谁都不免要由心窝里突发出那个笑声来。当然，这是很不礼貌，所以大家背转身，借了缘故，各自走回家去。邻居都不堪，自然身当其冲的奚先生也是不堪，他一句话也不多说，站起身来就走。他不能向家里走，也不便再向泥地里走，李南泉这边的草屋，却是和奚家的瓦屋走廊可以连接起来的，因之，他就顺着廊子走将过来。

李南泉还没有走进屋子去呢，看到奚先生走来，自不能避开，让到屋子里坐谈了一二十分钟。奚先生对于刚才的家务，丝毫不在意中，他还继续着刚才没有谈完的苏德战争预测。可是他家的小孩子，已是前后两个，在门前来往打探过去。李南泉便笑道："奚兄，你还是回府去，和太太谈谈吧。既是回家来了，太太有什么误会，以赶快解释清楚为妙，现在若不理会，回家去还是要继续商谈的。阴雨天，到了晚上，蚊子都钻到屋子里来了，亮了菜油灯谈话招引着许多虫子，真是讨厌。"他这样一提，他家两个孩子，索性由走廊上进来，各扶着爸爸的一只手扭了身子，连连说着："回去回去。"奚先生向主人点了个头笑道："回去是对的，迟早是过关，不如趁早吧。"李南泉只送到屋门口，以避免偷看人家家务的嫌疑。可是不到五分钟工夫，就听到奚太太在那边放声大哭。哭了二十来分钟，又听到她带了哭音在数骂着。那奚敬平先生对于这些声音，仿佛丝毫没有听见，慢慢踱着步子，踱到了走廊的这一头来。这里直柱与窗户台之间，曾拴着一根晾衣服的粗绳子。他手攀着绳子，抬了头向天空的阴云望着，口里哼着皮黄道："杨延辉坐宫院自思自叹，后宫院有一个吕后娘娘，保镖路过马蓝关。"他在一口气之下，就唱了好几出戏。有时一整句十个字，还没有唱完，他又想到别出戏上去了，可想到他心不在焉。口里所唱的，并没有受着神经的指挥。

李南泉一看，奚先生采取个谈笑靡敌的态度，倒要看奚太太次一行动是怎样，不然是难于收拾的。正是这样想着，奚太太却带着哭音骂了出来。她一面走着路，一面抬了手向奚敬平指着。指一下，人向前走一步。奚敬平始而是装着不知道,直等她挤到了面前,身子一转,缓踱着步子闪过去。在他家的窗户边,还摆着一把竹椅子呢。他又是那个动作两手牵了西服裤脚管,身子向下一坐。坐时,自然是两只脚向上一挑,同时,他就借了这两个机会把腿架了起来。奚太太看到他这样自然,再看看左右邻居,兀自分散在走廊上向这里望着。她是以一个家庭大学校长的姿态,在这村子里出现的,若是太泼辣了,恐怕也有失身份。因之,她先忍住了三分气,然后将两只手臂在胸前环抱着,半侧了身子,向奚先生看望着,冷笑道:"你不要装聋作哑,你到底打算怎么办,你得给我一个了断。"奚先生将放在窗户台上的玻璃杯子拿起来,端着就喝上了两口。手里还兀自端着杯子呢,口里可唱上了《打渔杀家》:"将身儿来至在,草堂内坐,桂英儿捧茶来为父解渴。"他唱的声音虽然是不大,可是他在坐唱着,显然对太太所说的话,他一句也没有加以理会。奚太太将身子逼近了两步,已是和奚先生身体相接了。先"嘿"了一声然后问道:"你到底是不是答复我?不答复我也不要紧,我自有我的办法。"

吴春圃先生,这时由他屋子里出来了,向李南泉做了个鬼脸,又伸手向奚家的屋子指了一指。李先生也就只点点头微笑着。那边屋子里,正闹着滑稽交响曲。奚太太在骂着女人口臭,腋下有狐臭气,身上有花柳病。奚先生却在唱着京戏老生。由谭鑫培的《卖马》,唱到海派麒麟童的《月下追韩信》。他们家的孩子们,在走廊上吃胡豆过阴天,为了分配不匀,操着纯粹的四川话在办交涉。他们家的用人周妈大声从中劝架道:"这些个娃儿,硬是不懂事咯。大人有些事,就不要割孽①嘛。两粒胡豆,算啥子事?"这时,奚先生开口了,他笑道:"要闹就由他们去闹吧。闹得一团糟,这才教邻居们有戏看呢。"这些声音,把在屋子里的李太太也惊动着出来了,问道:"打起来了?"李先生笑道:"不相干,学校里起学潮。"李太太道:"哪个学校有学潮?闹到这里来了?"李先生说了句"家庭大学"。在走廊上的邻居们恍然大悟,大家一阵笑。有几个人笑出声来时,立刻觉得不妥,各各将手掩着嘴,就弯着腰钻回屋子去了。李先生撑着伞在屋子里写稿,本来就十分勉强,窗

---

① 川语,意为不和睦,打架、争抢等。

巴山夜雨

子里的光线就像是黄昏时候似的。现在天窗里的细雨烟子加浓,深谷里两边山峰上的湿云,连接到一处,尽量向下沉,已压到了草屋顶上。窗子里的光线,已成了黑夜。看书写字,全不可能。他索性搬出了那木架布面睡椅,仰坐在走廊下睡觉。不知是何缘故,奚家的交响曲突然停止。烦闷的人,在阴沉的空气里,也就睡着了。

　　李先生在朦胧中做了一个梦,梦见在北平的北海看雪,眼前一片冰湖,没有遮挡的东西,只觉那西北风拂面吹来,吹得人周身毫毛孔只管向肌肤里紧缩着,站在这里有些忍受不住。可是睁眼一看,依然人还在四川,人是睡在草屋的走廊下面。天色已经全昏黑了,半空中风透过了细雨烟子,扑到人的身上,只觉冷飕飕的,立刻把人惊骇得站立起来。这时,所有前后邻居家里,都已亮上了灯火,尤其厨房里,烧得灶火熊熊,已是到烧煮晚饭的时候了。再看奚家,三个小孩睡的卧室里,有稀微的灯光,由窗户里放出来。奚太太的卧室,却已门窗都闭,鸦雀无声,而且也没有了灯火。回到房子里,方桌子上,已经亮起了菜油灯,筷子、饭碗都摆在灯下,四只菜碗,放在正中。一碗是红辣椒炒五香豆腐干,一碗是红烧大块牛肉,一碗小白菜豆腐汤,一碗是红辣椒炒泡菜。不由得拍了手笑道:"好菜好菜,而且还是特别的丰富。"李太太由外面走进来,笑道:"这是我慰劳你的。你撑着伞在屋漏底下写稿子,那是太辛苦了。反正有那笔稿费,我们可以慢慢享受。"李南泉走到桌子边,提起筷子来,先夹了一块红烧牛肉送到嘴里咀嚼着,点了几下头道:"不错,味儿很好,哪位烧的?"说着这话,望了太太微笑。李太太道:"不怎么好,你凑合着吃。"

　　李南泉笑道:"我们可不是家庭大学,就连家庭幼稚园这个招牌,也不敢挂。倘若我们那位大学校长,也能施用你这个法子,这要省多少是非。"李太太道:"人家是以贤妻良母的姿态出现的,我是以平常的妇女姿态出现的。今天晚上很凉,雨又不下了,正好工作,快吃饭吧,别管人家的闲事。"李先生说了句"原来如此"。下面虽还有一篇话可说,但想到这有点是昧心之论,而又埋没了这红烧牛肉,和红辣椒炒五香豆腐干的好意,只好是不说了。晚饭以后,燃起一支土制的蚊烟香,在菜油灯下开始工作。太太是慰勉有加，又悄悄在桌上放下了一包"小大英"，而且泡了一杯好茶。李先生有点兴致，作了两篇考据的小品，偶然在破书堆里，找了几本残书翻阅翻阅，消磨的时间，就比较多。将两篇小品文写完，抬起头来，见加菜油的料器瓶子，放在窗户台上，看瓶子里的油量，已减少到沉在瓶底。山谷草屋之中，并没有看到时刻的东西，就凭这加油量的多少，也很可以知道是工作了若干时刻了。他揉揉眼睛，站了起来，但见屋子里朦胧着黄色的菜油灯光，让人加上一层睡意，门窗全关闭了，倒是隔壁屋子里的鼾声，微微送了来。开着门，走到廊子下，先觉得精神一爽，正是那廊檐外的空中凉气，和人皮肤接触，和屋子带着蚊烟臭味的闷热空气，完全是个南北极。他背了两手在身后，由廊子这头踱到廊子那头，舒展着筋骨。

这时，茅檐外一片星光，把对面的山峰，露出模糊的轮廓。而那道银河却是横斜在天空上，那银河的微光，笼罩在茅檐外面，可以看到茅檐下的乱草，一丝丝地，垂吊了下来。那雨后山溪里的夏草，长得非常茂盛。虫子藏在草丛里，啧啧乱叫。越是这虫声拉长，越觉眼光所看到的，是一片空荡。他在走廊上慢慢踱着步子，觉得心里非常空虚。他默想着，这抗战时期的文人生活，在这深山穷谷里度着茅檐下的夏夜，是战前所不能想象的。这样凉的天气，谁不抢着机会，做一场好梦？正这样想着，却见奚太太卧室的窗户，突然灯光一亮，随着也就有了说话声。首先听到奚太太那带了八分南腔的国语。她道："直到现在，你还不肯说实话，那你简直是没有诚意待我。我并没有什么要求，我只希望你把认识这女人的经过告诉我。你肯把这事告诉我，那就是你表示和她断绝关系的证明。若不是这样，那就是你还要和她纠缠。"这一串话，奚先生并没有答复。于是奚太太又改了低微的声音向下说，李南泉虽不愿意打听人家夫妇的秘密，可是在这深夜的荒谷里，灯光和人语声，都是可以引诱人的。他缓缓向奚家屋角边走来，那细微的声音，虽是听得更明白些，但是有时说得极低，只能片断地听到："你说吧，我可以饶恕你……不行不行……这是谎话，我不需要你这假惺惺了……"最后听到奚太太一片嬉笑声。

李南泉听到这笑声，自然不便向下听，这就背着手缓缓向走廊这头走来。那

巴山夜雨

天上的星斗,钻出了雨云的阵幕,向夜空里露着银白色的钉子,在草屋顶上、山峰的草木影上,轻轻地抹上一层清辉,那山谷中的人行路,像一条带子,拦在浓黑的山脚下。那里像有两个人静静地站着。李先生定睛细看,那两个人始终不动,于是故意将脚步走得重些,以便惊动他们。但他们依然不动,而且那身子好像是慢慢向下蹲着。于是走到屋檐下,重重地对那边山径咳嗽了两声,那两个影子依然是不动。这就让他打了个冷战,每个毛孔,全收缩了起来。但奚太太倒是和他壮胆子,突然"哇"一声哭了起来。在这哭的声音中,还带着凄惨的叫骂声,这一开始,足足有半小时,那声音非常尖锐。李南泉听了这声音,以为路上那两个人影子,一定会被惊动着走开的,可是那两个黑影,依然镇定不动,甚至还有些像站得疲倦了,打算向下蹲着。李南泉想起来了,那正是山麓小沟沿上两株小柏树。当夕阳西下的时候,站在山径上说话,为了避免太阳晒着,不是还闪在柏树阴下吗?这并没有鬼,更不会有什么妖物,心里定了一定。半小时后,那奚太太的哭骂声,算是停止了。南方国语的谈话,却又在开始。她道:"你告诉我,到底那个女人和你订了什么条约,你打算怎么样对待她?你不说话不行哪,总得告诉我是怎么回事!"但她说话之后,一点回音没有。

照着白天奚先生那个谈笑鏖敌的办法,这时候,他应当唱起"孤王酒醉桃花宫"的。可是奚先生始终是默然,任何回答都没有。奚太太的哭声、叫骂声,在三十分钟之后,也就再而衰,三而竭。她似乎明白了奚先生的疲劳轰炸战术,在说过几句话之后,就停顿了几分钟。几分钟之后,她又骂上几句。在奚先生这边,他始终是不回答。李南泉在走廊上来回踱了几次,感觉到相当单调,也就回屋子安歇了。一觉醒来,天色已是有些蒙蒙亮,窗户纸上,变成了鱼肚色。他醒来之后,首先听到的,便是隔壁奚太太一阵哭声。那哭声越来越凄惨,被惊醒的人,实在无法安歇,只得披衣起床。打开屋门来,向外面探视。虽然是夏季,因为大雨初霁,太阳还没有出山的时候,山溪两岸,像冒出一阵轻烟似的,笼罩了一层薄雾。薄雾里,有个人影子,走着来回的缓步。他走着几步路,就站着一两分钟。站着的时候,随手就扯着路边的树枝,或者弯了腰下去,拔起地上的草茎,将两个指头捡着,送到高鼻子尖上嗅嗅,然后扔到地上去。李先生将那没有门枢纽的门板,两手掇了开来。一下哄咚的响声,把他惊动了。回头来看到时,苦笑着点了个头。

李南泉这就不能不有表示了,因笑道:"奚兄起来得这样早?"他笑道:"谈什么早不早,根本我就没睡。大概你府上,也很受点影响吧?"李南泉听听隔壁奚太太的哭声,已经停止了,这可以含混过去,因道:"没什么影响呀,你说的是哪一点?"奚敬平还想说什么时,他家里女工,却站在屋檐下向隔溪叫着:"先生,回来吃茶,茶泡好了。"奚敬平掉转身来向家里走,步子非常迟缓,似乎还带着考虑的态度。奚太太却由屋子里出来了。她两手捧着搪瓷茶盘,里面放着几个鸡蛋,和一只陶器罐子。李先生远远看去,虽然她两只眼睛,还略显着有点浮肿,可是她头发已梳得溜光,脑后扎两个老鼠尾巴的小辫子。而且她脸上有一层浮白,似乎是抹过雪花膏了。她站在走廊上,向走来的奚先生望着,虽然脸上一点笑容没有,但也没有一点怒容,很从容地问他道:"给你煮三个鸡蛋做点心。你是吃甜的呢,还是吃咸的呢?"他这一问,连在一旁的李先生,听了都有些愕然。并不曾经过什么人劝解,怎么她自己屈服下来了? 再看看奚先生时,态度却十分平常,他微点了两点头,声音很低,答复了两个字:"随便"。这分明是奚先生还不肯赏脸,换句话说,乃是挑战行为,这反响不会好的。李南泉为奚先生捏了一把汗。

可是事情有出于意外的,奚太太对于这分冷落,却丝毫不感到什么难堪。她还笑嘻嘻地向丈夫道:"那么,我就做甜的吧,家里还有一点好糖呢。"奚先生只点点头。李南泉看到,心想,这是怎么回事? 并没有看到奚先生施行什么对策,怎么奚太太的态度就好转了呢? 这时,对过的山峰,在尖顶上涂了橘红色的光彩,正是出山的太阳,它已向高处先放开了眼,今日要大天晴了。李先生过了三天的漏屋生活,心里烦得了不得,这一线曙光,颇给予安慰不少。于是在水缸里舀了一盆冷水,匆匆洗脸漱口,身上披起旧蓝布大褂,拿着手杖,走出门去,在山径上做了一度早起的缓步运动。约莫是半小时,缓缓走回。只见家门口对面的山路上,围绕着一群男女,两位主角,便是奚敬平夫妇。奚先生已把穿回来的那套西服,笔挺地加在身上。将手杖的钩子,挂在左手臂弯里,斜了身子在人群中间站着。奚太太却

巴山夜雨

是叉了手在腰上,挡着丈夫的去路,脸色气得红中带紫,将两只斜角眼,向奚先生望着,一言不发。两人旁边,站着石正山夫妇,各陪着奚氏夫妇一位,颇有做伴郎、伴娘之势。四个大人外,便围绕着奚家一群小孩子和石太太那位义女小青姑娘。他们各有各的表情:奚先生是冷冷地站着;小孩子哭丧着脸;石家夫妇好像遇到困难问题,双眉紧皱;小青姑娘,站得远一点,她手攀了树枝,弄着树叶子,静静地旁听。好像奚家这桃色纠纷,很是参考资料。

李先生慢慢向前走,自然也就走到了他们面前。看到这群人站在路头上说话,未便不理,也就站到一边,向石正山点了个头笑道:"起得早?"他笑道:"李兄来得正好。你加入我们这个调解团体吧。"奚太太首先接嘴了,摇摇头:"对不起,请朋友原谅我,我今天对任何调停,都不能接受。"奚敬平高鼻子耸着哼了一声,冷笑道:"不接受调停更好,难道还会把我姓奚的吃下去不成?"李南泉笑道:"二位都请息怒,让我从中插嘴问句话。刚才我还看到二位好好的,很有相敬如宾的局面。怎么这一会工夫,事情又有了变化了?"奚敬平淡淡地冷笑了一声道:"人要发神经病,就是找医生也医治不了的,我有什么法子呢?"奚太太瞪了眼道:"胡说,你才有神经病呢。请问重庆这地方,我怎么不能去?"奚敬平道:"谁管你,你爱什么时候去就什么时候去,但你和我一路去,显然是有意捣乱,我不奉陪。"奚太太道:"怎么是捣乱?我们不是夫妻吗?同桌吃饭,同床睡觉,怎么就不能同到重庆去?"奚敬平道:"那是我的自由。"他就只说了这句,不多交代,把身子扭过去,就向回家的路上走。奚太太看到,以为他真是回家,也就随他去了,因道:"大家看看,这也算是我不好吗?为什么不许我和他到重庆去?"朋友们听这口音,自知奚太太是要赶到城里去,查奚先生寓所的秘密,大家指东说西地劝了一阵,约莫是五分钟,他家的大孩子,匆匆地跑了来道:"爸爸由山沟里走了。"

听了这个报告,奚太太脸色勃然大变,将两脚一顿道:"这家伙太可恶了!"说完,像发了疯似的,提起两只脚就顺着山径小路,向乡场上拼命跑。石太太看了她这样子,顺手一把将她拉着,口里连说"不可不可"。但她这一下捞空了,只能觉得奚太太手臂的皮肤。她头也不回,径自走了。李南泉不免怔了一怔,因向着石氏夫妇问道："这是怎么回事？"石正山笑道："这个你有什么不明白的。敬平这次回家，还没有料到事情有很大的决裂。打算回来和太太敷衍敷衍就过去了。不想奚太太是要盘问个水落石出，一切敷衍不受。而且也把她所侦察得来的消息，完全证明了。但这样，究竟是没有证据把握在手里的。所以她就改用了软化政策，愿意和敬平到重庆去玩几天，把这事情忘了过去。其实所谓去玩几天，那是一种烟幕。她想出其不意地跑到奚先生办公室里去，找些书面上的证件。这个意思，奚先生是明白了，大概这一类的书面证件，他不曾藏收起来的也很多。所以……"石太太站在旁边，只冷眼看着丈夫说话，而且也微微瞪了他两眼。不料石先生说得高兴，根本就不曾理会。她实在忍无可忍了，这就沉下脸来，将头一偏道："你很懂，以后你也照着人家样子学。"说着，一甩手扭身回家去了。小青还是站在一棵小树下，将嘴一撇。她偷眼看着太太走远了，因低声道："这是大谈家庭教育的一种羞耻呀！"

　　石正山先生听了这话，只是微笑了一下。李南泉倒觉得这有点意外。无论小青姑娘是不是取得了石小姐的资格，她对于奚太太，应该是晚辈，当着主子的面，这样批评长辈，透着有点放肆。可是，石先生为什么并不见怪？就故意向她笑道："大姑娘，你是跟着石先生、石太太，很受点教育了。你觉得今天的事，哪个不对？"石正山笑着摇摇头道："你不要睬她，一个女孩子，人家闹这样的家务，她懂什么？"小青道："我怎么会不懂呢？现在也不是帝国主义的时候，大家都可以自由，好就大家好，不好就拉倒嘛！天天都向人家夸口，说是家庭教育好，会管先生，先生在她面前，也像很听教训，可是造了反，把家庭教育当了狗屁，让暗下看到造反的人，真是笑掉了牙齿。"石正山笑着"唉"了一声道："一个女孩子家，学得这样啰里啰唆干什么？回去回去。"小青站在路头上，拉着树枝，使劲向怀里一带，小树枝断了，大树枝回弹过去，呼咤一声，弹了好些树叶落下来。她将头一偏，嘴一噘道："我偏不回去，睁开眼睛就做事，一点休息的时间都没有。我还不如一条狗呢，狗守了夜，白天还可以在屋檐下睡一会子午觉。"李南泉看她这个说法，已经向主人直接加以讥讽了，而且还是当了主人朋友的面，这未免太给主人难堪。便故意从中挑剔一句,因向石正山笑道:"你家粗粗细细,全凭大姑娘一个人做,实在也是太累了。"石正山点点头笑道:"她倒是很能干。不过我太太,把她太惯坏了。唉!这也是家庭教育的耻辱呀。"说着,他望了小青姑娘,小青"扑哧"一笑。

第十七章　我的上帝

　　李南泉有个平常人所没有的嗜好,他喜欢看那人与人之间的交涉和动作。这些动作,储存在脑子里,是写剧本写小品的很好资料。刚才奚氏夫妇过去的一幕,他看来,就不少是蓝本。心里正在默念着呢,不料石家义父义女,又表演这一幕。这且含笑在旁,且看他们继续说些什么。石正山对于李南泉之默察,似乎有点感觉,因向他笑道:"为了敬平兄的事,脸也不曾洗,我就跑出来了。他们这一幕戏,恐怕要闹到汽车站上,我可不帮同演出,引着大家来看热闹。小青,回去弄水洗脸吧。"他说着话,首先向家里走去。这位姑娘,好像有什么心事似的,她站在那株小树下,依然不肯走去。抬起左手,情不自禁地,又将伸出来的小树枝攀住,右手扯着树叶子。但是她的眼睛却不望着树叶子,抬起头来,只管是向山顶上出神。李南泉和她的距离,约莫是一丈远,若是不和人家打个招呼,就这样走开,显着是太冷淡一点,便笑道:"大姑娘,你每日都是起得这样早。"她这才回过头来,因道:"可不是,这村子里起得最早的人,我也算一个。有什么法子,不起早,这一天的事情就做不完。不做完,也没有别人替你做,留到明天还是你来做。"李南泉道:"大长天日子,可以睡睡午觉。"小青将手扯的树枝放出去叹了口气,接着又摇了几摇头。李南泉笑道:"你是能者多劳。"小青道:"什么能者多劳,牛马罢了。"

　　李南泉不能想象她对义父义母,突然会起着这样明显的反抗。对于年轻的女孩子,说话不能太露骨,所以还用话去安慰她。又不料她对"能者多劳"四个字,一听就能理解,因向她笑道:"大姑娘念了几年书?"她笑道:"我念什么书,不过在家里跟着认识几个字。"李南泉道:"跟谁认识的字?是你父亲呢,还是你母亲呢?"小青红着脸道:"是这样叫着罢了,他们也生我不出来。"这话说得是更明显了。她简直不承认她义女的身份了。正想跟着向下还问两句,石太太却已在她茅

巴山夜雨

屋檐下出现，高声叫着小青。她突然一抽身，大声答应了"来了"两个字。她一面向家里走，一面却轻轻地叽咕着："一下也不让我得闲。什么女权运动，自己把人当牛马，那就糊涂了。"李南泉站在路上，发呆了一会，心想，接着这又是一幕悲喜剧了。李太太手提着一个竹制菜篮子，里面放着两个玻璃瓶子，就向这里走。她赤着脚，穿了鞋子，头发归理清顺了，脸上却是黄黄的，身上穿的那件浅蓝布长衫，下摆还有两个纽襻未扣。她走过来，李先生笑道："刚起来你又打算自己去买菜？算了，来回好几里路，纵然买得适口些，也得不偿失。"李太太道："反正早上也没什么事，只当是散步。你不是也在这里散步吗？"说着，把声音低了一低，因道："这里不是有一台戏正上演着吗？我也可以借了这个缘故到车站上去看看这台戏。"

李南泉道："我想不会吧？她自命为家庭大学校长，难道还能够把这桃色新闻弄到众目昭彰的长途汽车站去？"李太太笑道："唯其这样那才算是新闻了，回头听我的报告吧。"说着，她就向上街的路上走去。今日天气好，几天的阴雨，屋子里什么东西，都很潮湿，趁了这个好天气，拿出来晒上一晒。于是李先生立刻回家，集合了用人和小孩子，将细软东西，用竹椅木板架着，放到屋檐外来铺设，费了大半小时的工夫，算是布置停当。李先生口衔一支烟卷，站在走廊下休息，带着守着这业已破旧，而又无力再制的东西。就在这时，奚家两个男小孩，在对面山路提快了步子，向家里奔走。李南泉问道："怎么着，又挂了球了？"那个大些的孩子，抬起手来，在空中摇了两下。李先生知道不是警报，就料着是奚氏夫妇间的问题，增加了严重性。随着向奚家屋子看去，见大孩子将脸盆脚盆，陆续盛了几盆水放在屋檐下；小男孩却端了两把竹椅子放在到他们家的小木桥上，把行路堵塞。这是什么意思？李先生看到这情形，倒有些莫名其妙。他们家的女用工周嫂，就由屋子叫了出来道："该歪？硬是笑人。你伯伯和你妈妈是割孽嘛，说的话吓吓人出出气嘛？你留下一盆洗脚水救火，算啥子哟！"这位女用工五十上下年纪，蓬了一头半白头发，鸭踩水似的颠簸着，两只解放脚将破蓝布褂的大襟掀起，只是去擦洗衣盆里取出来的一双湿手。

李南泉道:"什么意思?救火?"周嫂道:"说的是!先生同太太在街上割孽,先生气不过,说是要放一把火,把这草屋子烧了,说是大家活不成。先生是一句话,那倒罢了。太太比先生的气还要大,硬是到香烛铺里去买了香烛、纸钱,预备回家来放火。"李南泉打个"哈哈"道:"买香烛纸钱,回来放火,有这样的事?擦一根火柴,向草屋檐下一点,就把房子烧着了,何必还要买香烛纸钱?"周嫂将手向山径的来路一指,因道:"你看,不是带着回来了?"李南泉看时,自己太太在后,奚太太在前,她手上正是提着一束纸钱,中间夹着一束佛香和一对大红烛。走起路来,摇摇晃晃的,步子很不正常。李南泉这就很觉得奇怪,夫妇吵架之后,为什么带了这敬鬼的东西回来?正注视着她的行动,他家两个孩子,跳着脚,连连摇着手道:"妈妈,不要放火,不要放火。"奚太太道:"胡闹,我放什么火?你不知道法律吗?放火是像杀人一样犯罪,要拿去枪毙的。"她说话时,已改了以前那种泼辣的态度,从容举着步子,到了小桥上。看到拦路的小竹椅子,就把纸钱、香烛放在那上面,向孩子道:"你不要害怕,我和你们孩子求求神,也许你们可以得着神佛保佑,家里也就风平浪静了。"李南泉这才明白,家庭大学校长已经在开倒车。这当然是一件怪事,等到太太进了屋子,就跟了进屋,笑问道:"隔壁大学校长,要敬什么神?"李太太道:"她不是敬神,但我也不知道敬的是什么东西,反正不是观世音菩萨。因为菩萨是不需要纸钱的。你爱打听戏剧性的新闻,你就往后瞧吧。"

李南泉笑道:"这里还会含有什么神秘吗?这倒是我想不出来的。"李太太笑道:"说破了就没有味了。"李先生已是感着奇怪了,太太这样说着,他更感到兴趣,不时注意着奚家的行为。到了黄昏的时候,他们家屋檐以外,向东北摆着一张茶几,将一个大倭瓜放在茶几中心,当了香炉、烛台,将一对红蜡烛和几根佛香,都插在瓜上。瓜后放着三个大瓷盘,分放着一块熟肉,一只熟仔鸡,一条小咸鱼,这是三牲的意思了。奚太太站在茶几旁边,口中念念有词,陆续将纸钱放在烛火上点着,放在前面焚化,口里叫道:"你们都来,向东北地方,望空鞠躬。"她的两个男孩子,有点莫名其妙,只是遥遥站在茶几后方,不肯移动。她有一位十六岁的大小姐,名叫赛维。这也是奚太太向人注解过的,意思是赛过英国女王维多利亚。她

巴山夜雨

倒是站在母亲的一条战线上的,料着母亲这样敬神敬鬼,一定有个大原因存在。母亲叫鞠躬,她就鞠躬,而且姿势是非常之恭敬而严肃。她事先就预备好了,上身穿着学校里的草绿色制服,下面系着青布短裙子。这时垂直了两手站得笔直,然后弯下腰去,行着四十五度的鞠躬礼,而且先后三次。她行完了礼,奚太太又向两个男孩子道:"姐姐都行礼了,你们为什么不来?行完了礼,我煮着这鸡和肉给你们做晚饭菜,让你们吃了,家庭和睦,长命百岁。"那两个家庭大学学生听说有鸡有肉吃,这才走过来,对着大倭瓜胡乱鞠躬一阵。

李南泉越看越稀奇,自己也忘了有什么不便,就走向前两步,直走到走廊草檐下,手扶了柱子站着。奚太太蹲在地上,将一根木棍子,拨着焚火的纸钱,倒是很诚敬的样子,偶然一抬头,看见李先生那样注意,便笑道:"李先生觉得我今天烧纸是太早了一点吧?到七月半还有几天呢。我不是为了这个事。"李南泉点点头道:"我知道,你做事是不会偶然的。"他这样交代过一句话,也就完了。天色已是渐渐昏黑,李先生全家人,都在草檐下的一小片平坦地上乘凉。椅子、凳子、布面睡椅,纵横交叉。李先生自己,躺在睡椅上,手拿一支烟卷仰望着夜幕上的天河。心里想着,这道天河,家乡也是照样看得见,不知道家乡人,在这天河影下做些什么感想?他正是这样出神,一阵拖鞋踢踏声,远远地告诉人们,是奚太太来了。李先生对于焚烧纸钱野祭的事情,感到莫大的兴趣。这就笑着叫道:"奚太太,现在清闲过来了,在这里坐着摆一摆龙门阵吧。"奚太太先叹了口气道:"谈话的材料多了,三天三夜都说不完。只是说了之后,又要添上我一肚皮闷气,那让我怎么办呢?我们谈一点别的,不要谈我家的故事吧。"她说着话,在椅凳子空当里挤了过来,就在李先生身旁一张小矮凳子上坐着。她先问道:"李先生,你看鬼这东西,宇宙里到底是有没有?据我看来,一定是有的,你说我做事不偶然,那是对的,我考虑得多了。"

李南泉道:"鬼这个东西,究竟有无,我的知识,还不够来答复。不过奚太太每做一件事,都是给家庭和社会做模范的,其中一定有很大的意义,你可以告诉我吗?"奚太太说:"你就猜猜吧。"李南泉道:"反正无事,我们就猜猜吧。我想你是不大信仰宗教的人，若说不是祭鬼，这当然不是供上帝。"奚太太笑道："那说得太远了，哪里有用香烛、纸钱去敬奉上帝的？"李南泉道："用纸钱敬奉上帝的事，虽然没有，可是用香烛、三牲敬奉上帝的事，却是有之。当年太平天国，每逢礼拜日讲道理之先，就有这么一套敬奉上帝的事。"奚太太道："李先生，你真是多见多闻。这样的事，你都可以找出前例来。不过我实不是敬上帝。"李太太在一旁坐着，便插嘴道："那么，你是敬什么佛菩萨？"奚太太道："不，佛菩萨他也不要钱，而且也不吃荤。"李南泉道："这就奇了，难道你相信什么《玉匣记》？那书上面倒是告诉人某日某时，朝着什么方向送鬼的。"奚太太在星光中嘻嘻笑了一阵，却没有把话向下说。李南泉道："在西洋科学发达的国家也不能肯定地作无鬼论，至少这东西是个未知数。在没有损害精神的情形下，就承认有鬼，也没有多大关系。"奚太太听了这个说法，在星光中连连拍了几下手笑道："李先生的见解，往往和我不谋而合，我就是你说的这个看法。宇宙是太神秘了，我们能知道多少？鬼这东西，没有科学方法证明他有，但也没有科学方法证明他没有。我就是在这种心理下烧香、化纸的。"李太太道："那么，有个对象了，这鬼是谁？"

李南泉笑道："这两个大前提，经解释，很清楚了。现在我们所要知道的就是，这是什么鬼？"奚太太还是嘻嘻地笑着，没有说出来。李太太笑道："我想起了一个典故。那《双摇会》戏里两个花旦，摇骰子的时候，她们曾静默合掌祷告，据说是祷告马王菩萨。马王爷有三只眼，中间那只眼，他就是观察妇女问题的。"李南泉哈哈大笑，连说："岂有此理？"奚太太对于京戏，是绝对的外行，什么叫《双摇会》她也不懂；马王爷这话，她更不明白了，便道："李先生，你为什么这样大笑，我倒有些不明白。"他道："她说的那个菩萨，并没有什么稀奇，不过她引的典故，倒十分恰当。"奚太太道："那不见得会恰当吧？我敬的这个鬼，并非外人。"李南泉道："哦！你是供祖先。"奚太太道："至多我们是平等的，她也不能做我的祖先吧？"李南泉道："平等的，是男人是女人？"奚太太道："是女人，仅仅是年岁比我大一点。其余，她是不能受我一祭的。至于孩子们祭祭她，那倒无所谓。"李南泉听了这话，就猜中了十之六七，突然坐了起来，将手拍着腿道："假如我们作有鬼论的话,这是不可胡闹的。鬼的嫉妒心要比人大得多。不说别的,只凭奚太太这样年轻漂亮,你祭她,她不来便罢,她若来了,看到你这样子就要作祟。我们住在这深山大谷里,这是闹着玩的吗?你看那纸钱灰还在烧着,也许那女鬼,现时正在那山沟里深草丛中坐着呢。"

奚太太听到这话,不觉身上毫毛孔立刻收缩了一下,接二连三回头向身后望着。他们这乘凉的地方,前前后后都栽着大丛小丛的草木花。这时,有些微风过来,摇撼着那花叶乱动,在星光下,就像一群魔鬼,支手舞脚,在地面上蹲着。她心里"哟"了一声,但没有喊出来。她知道喊了出来,是与家庭大学校长的声誉有关的。立刻把这"哟"字咽了下去了。只是将坐凳向前拖了一拖,更接近李氏夫妇,因道:"这也许是我的心理作用,我想是不会发生什么事故的吧?"说着,她身子向前挤了挤。李南泉道:"上次我和你测字,现在要我和你占卦了。你让我来掐指算上一算。"奚太太道:"不开玩笑。我真有点含糊。"李南泉道:"含糊? 此话怎讲?"奚太太的身子,又向前挤了一挤,把头伸到人缝里来,因低声道:"我们奚先生家里,原来有个疯子,后来,她死了。"李南泉道:"那是敬平兄什么人?"奚太太道:"你猜是他什么人? 他是自幼订婚的。和这个疯子还生了两个孩子呢。"李南泉道:"哦! 是他原配的太太? 大概是死了?"奚太太道:"当然是死了,老早就死了,我来的第三年,她就死了。"李太太道:"那是怎么个算法呢?"她说着这话时,似乎感到了极大的兴趣,这就坐着挺了身子,伸手握住奚太太的一双手臂。奚太太道:"男人就是这样可恶,奚敬平对于这个人,完全是瞒着我的。等我知道了,我已非和他结婚不可。"

李南泉道:"我算明白了。大概奚太太结婚以后,那位家乡太太,曾出来找麻烦吧?"奚太太道:"虽然找麻烦,我倒是和她没有见面。因为我那时住在南京,也总算是相当好的房子,她一个乡下来的女人,看到这种排场,她就不敢上门。而且敬平对她,除了不理而外,还要把她送到法院里去。"李太太道:"做太太的来找丈夫,还有什么犯法之处吗? 为什么要到法院?"奚太太道:"当然,敬平不过是吓吓她,不能就做了出来。当时,我很年轻,我不管这事,我也没有去拦阻她。那女人在南京，人生面不熟，虽然还有敬平的同乡，可是他们很不同情那个乡下女人，并没有谁和她说话。她住在小客店里，得了几个钱就回家了。"李南泉道："你不是说她还有两个孩子吗？"奚太太道："这是敬平的不对，他有了新太太，儿子都不要了。"李太太对于奚太太所说"新太太"三个字，听来觉得非常入耳。奚太太平常对所有新太太、抗战夫人、伪组织，无论是好是坏的名词，一概加以否定。干脆，她就以"姨太太"三字目之。甚至姨太太这名词她也还觉得太轻了，总是说臭女人。这时，李太太心里忽然来了一个反映，打算问她一句，你不也是"臭女人"，至少那个乡下女人，在她的身份上，可以说你是臭女人。这就坐起来问道："新太太？奚先生那时在你以外，还有一个太太吗？"奚太太冲口而出地说了句"新太太"，她并没有加以考虑，被人家一问，她倒是默然了。

李南泉知道这事很为不妙，便把话扯了开来，因道："不要打岔，你让奚太太把这故事说下去。以后怎么样呢？"奚太太叹了口气道："咳！这就是我今天烧香纸的原因了。在那乡下女人还没有来以前，她的大男孩子就死了。她也许是为了这事受到刺激，不能不来南京找奚敬平。可是拿了钱去回家之后，那个小的男孩子又死了。怎么死的，我不知道，现在我想起来，也许和那乡下女人没有得着结果，有些原因。这两个男孩子一死之后，她就疯了。疯了以后，敬平就更有法律根据了，他正式和那女人提出离婚。这个消息传到那女人耳朵里，不用上法院，她就死了。"李南泉拖长了声音，叫了一句"我的上帝"。奚太太被这声惊叹之词震动了，不由得低声也叹了口气道："这也是作孽。"李南泉道："那位太太和她两个孩子，完全消灭了，这事是很悲惨的了。不知道敬平兄对这事作何看法？"奚太太道："他有什么看法呢？事过了，一切也就忘记了。我虽站在胜利的一方面，可是我若站在女人的立场说话，我对她倒是很同情的。你看，敬平他又在糟蹋女人了。我希望和那死去的可怜女人来个联合战线。"李南泉笑道："那么，你们要阴阳并肩作战，对那个和敬平谈恋爱的女人进攻？"奚太太道："不是进攻，只是防守。"李太太道："我的嘴直，这事你应当考虑。你焉知不是那个死去的女人和这个女人，联合向你进攻呢？她在阴间里也可以报复呀！"

巴山夜雨

奚太太听了这话,未免身上哆嗦了一下,反问着道:"那不会吧?"李太太道:"你知道怎么不会呢?反正你们在恋爱的立场上,都是敌人,凡是三角形的敌人,从古至今,都是两个打一个,等到三个之中取消了一个,其余两个再来对垒。而且那个死鬼直接的敌人是你,现在重庆城里这个女人,直接的敌人也是你。同病相怜,目的又是一个,正好攻守同盟……"奚太太道:"她们怎么会联合得起来呢?要说那个死鬼,她倒是和我可以同病相怜的。"李南泉笑道:"这就奇怪了。你二人共一个奚先生,弄得一生一死,固然不会是同病,而且也不能相怜。要怜爱你,当年她不至于到南京去找你了,把丈夫让给你吧。你若对她相怜,你也会劝说奚先生,不会让她落到那悲惨的结局。何况'同病'两字,很难解释,至少你活着,她死了多年了。"奚太太道:"怎么不会是同病呢?我是被奚敬平欺侮的,她也是被奚敬平欺侮的。都是被丈夫欺侮的人。我到了现在这个阶段,丈夫有了二心,我知道她那时是太痛苦了。"李太太听了她这话,不觉学着李先生的口吻,叫道:"我的上帝。"奚太太道:"奇怪,李太太也叫了上帝。"李南泉笑道:"怎么不叫上帝呢?宇宙中一切事物的命运,都是属于上帝支配的,事情的出现,伟大、渺小、快乐、悲苦、离奇变幻,也都是上帝搞的,我们在惊叹每一件事情之下,不能不叫他一声。"奚太太听他所说的话,显然不是正当的解释,倒是默然了有四五分钟,接着低声叹了一口气道:"死马当作活马医。"

正说到这里,奚家的老妈子,忽然在他们家屋檐下,"哇呀呀"地发出一声怪叫,接着喊了声:"朗个做呀朗个做?"奚太太两个孩子也随声附和着,大喊:"不得了,不得了!"奚太太本来被李氏夫妻的话说得心虚,这时突然发生这种怪声,她突然向李太太身边一扑,两手抓住她的手。可是她忙中有错,抓的不是李太太,而是李先生。李先生在太太当面,而被邻居太太抓住了,这样也很难堪,立刻将手向后缩着,连问:"这是怎么了?"奚太太兀自握住他的手未放,连说:"我害怕!我害怕!"李先生道:"什么事!你害怕?"奚太太哆嗦着叫道:"活鬼出现,活鬼出现!"李先生这就没有法子不提醒她了,因道:"奚太太,你害怕,你去打鬼,你抓着我干什么?"奚太太这才明白了,突然"哎哟"了一声,将手缩了回去。奚家的老妈子,这时开言了:"砍脑壳的死狗,好大一块肉,拖起走了! 肉放那样高,它有那样厉害,硬是爬上桌子去了。"李南泉先明白她刚才叫喊的意思,因道:"你是不是说,狗把那作三牲的肉给衔走了?"老妈子道:"就是嘛!"李太太笑道:"我的上帝,这一下子可把我吓着了。这么多人在这里,还有活鬼出现,那还得了?"说着,伸手拍了奚太太的肩膀道:"我的上帝,你回去把那份三牲祭礼收拾起来吧。再要来两条野狗,不定更会出什么乱子。"奚太太透着有点不好意思,慢慢站起身来向家里走,勉强发出笑声道:"我只管说话,把那份三牲,都忘记收拾了。"她说着话,没有离开三步,正好走廊上一条黑影子向前一窜,她又怪叫了一声,手扶了墙壁,向李先生面前跑转来。

她这一声怪叫,引得屋子外面乘凉的人,全站了起来了。奚太太也就是那两分钟的惊骇,两分钟以后,她就醒悟过来了,因叫道:"哪里来的许多野狗? 李太太,我要求你一点小事,你可不可以陪我回家一次?"李太太笑道:"那我可办不到,我的胆子还不如你呢。让南泉送你回去吧。"李先生因李太太这样说明了,倒不好推辞,就起身送着她走。这虽是黑夜,满天全是星点。星光照见人家的屋檐,在暗空里画出一个立体轮廓。由这边走廊,到那边走廊,中间有一方斜坡的空地。空地上斜插着几根竹竿,上面各爬了一大堆扁豆的藤蔓,立在星光下,远看就很像细长的人,穿着破烂的衣服。晚风不带声音,轻轻吹过来,将那扁豆藤摇撼着,更像是个人在那里颤动。李先生在前引路,奚太太是随后跟着的,她突然抢前两步,抓住李先生的衣服,口里连说"慢走"。李先生道:"奚太太你镇定一点吧。若是你这样草木皆兵,奚先生不在家,你晚上会做噩梦的。"奚太太抓住他的衣服不肯放,紧紧随在他后面。走到她屋檐下,李先生道:"我可以回去了吗?"她道:"你人情做到底吧,你在这里站十分钟,让我把这份祭礼收了。"李先生料着这事,不会是太太所同意的,但又不好意思不答应,因大声答道:"好吧,我在走廊上站十分钟。可是我并没有夜光表,我怎么会知道是十分钟呢?"奚太太道:"那不过是这样说,我把祭礼收齐送进屋子去,我就关门不出来了。"她说着,倒是不敢怠慢,人走去收拾东西,口里又叫她的孩子,又叫老妈子,又请李先生等一会儿,嘴里唠叨个不息。

巴山夜雨

李南泉虽明知道送奚太太回家,是奉内阁命令的。可是想到奚太太屡次抓着自己的衣服和手,让太太知道了,是很大的一份嫌疑。这样黑的地方,只管陪了她,倒有些未便,因大声叫道:"两位奚公子,你们也快点拿个灯亮来吧。"她家大孩子在屋子里答道:"我们不出去,怕外面有鬼。刚才就有两个女鬼来抢三牲吃。"奚太太端着一只木托盆,正放快了步子向屋子里走,听到说有鬼抢三牲,她以为是跟着身后追了来的,就跑得更快。可是她忘了登走廊的台阶了,两脚碰了石坡子,人向前一栽,正好李南泉就站在走廊檐下,她是连手上的木托盆和整个身子都扑到李先生身上来。李先生猛不提防,向后倒去。奚太太整个身子压在他的大腿上。两个人和一只木托盆,同时落在地面,这声音不会太小,连左右邻居都惊动了,不约而同地问着"怎么样了?"李南泉在地面上推开了奚太太,慢慢爬了起来,笑着道:"不要惊慌,我摔了一跤了。我慢慢地爬起来就是。"说着,他扶了廊柱站了起来。当他爬起来的时候,奚家的老妈子,和两家邻居们,已经举着大小灯火,都到了走廊上来。灯火之下,照见李先生在弯腰拍着身上的灰,而奚太太却坐在地面上,两手抚摸着大腿膝盖。李太太在那边的黑暗地方,看这边的光亮所在,十分清楚,见李先生和奚太太的形状,都是这样狼狈,就大声问道:"这是怎么搞的?真有活鬼出现吗?这真是大大的一个笑话。"李先生听了这话,知道太太有怒意,什么话也不敢答复,立刻就走了回去。

李太太看到李先生回来,不免板住了脸子。但在星光之下,李先生并不看见,也就悄悄在睡椅上坐下。不多大一会儿工夫,奚家老妈子,手提了一盏带铁柄的瓦壶灯,后面跟着对面山沟一个卖水果的小伙子,一路嘀咕着来。那个小伙子是老妈子的儿子,在沟边上种了几块菜地,带卖点水果。但虽如此,却是本村子里的甲长。一来,这村子里全是外省籍的公教人员,不愿当保甲长。二来,本村子虽有一小部分本地人,都认不得字,人缘也欠缺。而这位水果贩,倒是认过三百千①三部大书的。因此在本村子的下江人,公举他为甲长。他叫戴国民,本村里三岁小

---

① "三百千",旧时私塾蒙学必读的《三字经》《百家姓》《千字文》三部著作的简称。

孩子都叫得出他的名字。原因不是他的道德文章，而是他贩了水果回来，在未上市之先，就可以卖给本村的小国民，而且还可以赊账。他一说着话，小孩子全操着四川话问他："戴国民，有李子没得？有白花桃子没得？"他道："今天没有桃子李子。地瓜咯，好大一个。"他母亲戴妈道："不要扯，先借新酒药嘛！"这句话说出来，乘凉的人，先吃一惊。因为"新酒药"三个字音虽听出来，还没有知道指的是什么。于是都不说话，把话听下去。他母子举着灯，见甄先生一家在走廊旁边丁字儿坐着，她便说："甄先生，我太太说，和你借药用一用。"甄先生一家人，都是笃厚君子，而且也非常俭朴。甄先生听了这话，不由得突然站起来，大声问了两个字："什么？"戴妈道："太太说，你家有新酒药，借来看看嘛。"

甄太太在旁边听了，也道："舍格闲话？舍格闲话？勿懂！"戴国民道："甄先生家里若是没有的话，奚太太说到李先生家里借一斤。"李南泉本来怕太太不高兴，不愿说话，人家指明了说，就不能不搭腔，便道："戴国民，你疯了。借什么借一斤？"戴国民道："奚太太硬是这样说咯。到甄先生家借十斤，到李先生家借一斤。她要看看，说是避邪的。"李南泉道："这越说越奇了，什么避邪的东西是论斤的？"戴国民道："是一部书吧？"李太太笑道："不要闹，我明白，奚太太是向甄先生借《新旧约全书》，向我们借《易经》。她那蓝青官话，又教这两位教育水准太高的人来说，没有不错的。"甄先生想了一想，也笑了，因道："对的。准是奚太太说了，借《新旧约全书》。她口里说的'旧'字，和酒字差不多。'新旧约'变成了'新酒药'。好吧，我这里有现成的，你拿去吧。"他说着，亮着灯火进屋子，取了一本布面精装的书给她。戴妈走过来还问道："李先生，你借一斤书嘛！不借一斤，借四两。半斤都要得。我们太太坐立不安，借斤把书给她，冲冲邪气，说不定她就好些。"李南泉笑道："你们家里人，真是闹得可以。好吧，我借半斤给你。"他说着走进屋子去，在旧书架子上翻了一翻，翻到《西游记》，将旧报纸包了，用笔在上面批了几下道："此书系《西游记》演成白话，传神之至，向秘之，未容他人寓目，今已奉赠，请不必让小儿女们见之也。《易经》家无此书，谅之。然此书胜《易经》十倍也。"

巴山夜雨

戴妈将那包书接着,用手颠了两颠,因问道:"这是好多,不止半斤咯。"李南泉笑道:"半斤?四两也够她消受的了。你回去交给她看,她就明白了。"李太太在那边问道:"怎么回事,你真给她四两药酒吗?家里那小瓶酒,是碘酒,我是预备给小孩擦疮疖用的。你可别胡闹。"李先生缓缓走了过来,很舒适地在睡椅上躺下,两脚向前伸得挺直,笑道:"我在旁边听着的人,都有些疲劳了,还闹呢。我给她的不是碘酒,是专门给她擦疮疖用的东西,到了明天,你就晓得了。"李太太料着李先生公开给奚太太的东西,那也不会是什么不可告人之隐,这也就不再说什么了。这村子里乘凉,谈谈说说,照例是谈得很晚。李太太心里搁着奚太太借《新旧约》和《易经》的事情,老是不能完全丢开,不住地要看看他们家有什么变化。奚太太家原来是一个窗户里露着灯光。自从借了书去以后,就有两三个窗户露着灯光。越到后来,那灯光就越大。他们乘凉,总是看到天上的银河歪斜到一边去,就知道夜已深了。这时,整条的银河,都落到山背后去,只在山峰成列的缺口里,还露着一段白光。照往日的习惯视察,这正是一点钟以后了。住在深山大谷里,到这时候,没有不安歇的,这总是很晚了。李太太起身,要向家里走去,这就看到奚太太的玻璃窗户里,人影子只是摇晃着,想是奚太太还未曾睡觉呢。

李南泉"咦"了一声道:"怎么回事?我那新药酒,立刻发生了效力吗?"李太太道:"真的,你给她什么药酒喝了?她这个人,已经是半神经,你再给她兴奋剂,她简直要疯了。"李南泉倒不给她什么答复,只是哈哈大笑了一下。李太太道:"果然的,你玩了什么花样?奚太太这个人无所谓,是她自己来借的,我们借给她就是了。下次奚先生回来了,若是知道我们借给她东西吃,让她一晚上没有睡觉,那不大好吧?"李南泉笑道:"我给她虽是食粮,可是这食粮并非用口吃的。详情你不用问,你明天就知道了。也必须到明天,这事情才有趣味。"李太太听先生说得这样有趣味,便也不再问。次日早上起来,站在走廊屋檐下漱口,这就看到奚太太手里拿了一本书,斜靠了走廊的立柱,看了个不抬头。心里想着,这很奇怪,昨天她大闹特闹,由人间闹到阴间,怎么今天安得下这心去,一大早就起来看书?便笑道:"老奚,你真是修养到家呀。昨天的事,你已是雨过天晴,今天你就能耐下这心情,站在走廊上看书。"奚太太这才放下了书,抬头向她看看,因道:"不相干,是小说。"李太太道:"是什么小说?"奚太太举着书看了一看,不大介意地道:"这是武侠小说。不,也可以说是侦探小说。"李太太道:"你看武侠小说,看得这样入神,也可以说是一种奇迹了。是黄天霸,还是白玉堂?"奚太太道:"这书上,对这两个人都提到,他们是正在比武呢。"李太太小时,把《施公案》《七侠五义》这类小说,看得滚瓜烂熟。她想:隔了几百年的人,怎么会比起武来呢?

奚太太虽是这样交代过了,但她自己对于这个说法,也认为是有破绽的。她不看书了,将书卷了个筒子,在手上捏着。李太太对她这个态度,更是感到可疑,觉着问她也问不出所以然的。远远站着,向她看了一看,也就不问了。奚太太所借去的那"四两书",似乎有极大的魔力。她们家整日没有什么声音发出来,她有时搬了一把椅子放在走廊上坐着,手上总是拿了一本书。有时她回到屋子里去了,随身就把房门关闭住。关了房门之后,小孩子偶然由门口经过,就听到屋子里面喝骂着:"你们叫些什么?讨厌!"李太太偶然进出,都在自己走廊上向那边瞟上一眼。走回屋子来,都随时向李先生报告。李先生还在那小桌子上伏案疾书,要把最后的两篇小品文将它赶写出来。太太一报告,他就抬头看了一眼,随着微微地一笑。最后他将笔一丢,把面前的稿子折叠着,将手按了,向她笑道:"我虽不是医生,可是对于妇女神经病,我是专科圣手。不管她有多么重,我还是手到病除。我并没有那样热心,要替奚敬平去解决桃色纠纷。可是这位芳邻,把我太看得起,芝麻大的事,都来请教于我,我真让她搅惑得可以了。给她一点安眠药吃,她安静了,我也就安静了。不然,我这两篇稿子,也许现在还写不出来呢。"

李太太道:"她那样手不释卷地看小说,我疑心那绝不是什么好书。昨晚上你到底交给她什么书了?"李南泉笑道:"我当然不会把这事瞒着。可是你能过两三小时再揭破这个秘密,那就更有趣味。"李太太坐在旁边椅子上对先生脸上望着,微微笑着,因伸着手道:"你给我一支烟。"李先生听说,果然就给她一支烟。而且擦着火柴,给她点上烟。李太太斜坐着,缓缓地喷着烟,斜了眼向他看着,因笑道:"我相信你有意和她开玩笑。不过她……"说到这里,她把声音低了一低,因道:

巴山夜雨

"不过她有意在这时候,报复奚先生一下,你可别在这时候,受着她的利用,做了牺牲品。"李南泉昂起头来哈哈大笑,笑声极长,总有两三分钟。李太太对他望着,倒也呆了。等他笑完了,因道:"你这是什么意思?"李南泉笑道:"这种牺牲品,男子是愿意做的。不过要看享受牺牲品的是什么人。你瞧她那德行……"正说到这里,李太太向他乱摇着手,只管偏了头向窗子外努嘴,这就听到奚太太操着一口蓝青官话,向这里走了来。她道:"李太太,上街去吗?我们一路走,我要请你做个参谋,行不行?"说着,她已走进门来了。见面之下,就让李太太大吃一惊。她今天已完全变了个样子。上穿黄府绸翻领短褂,下面系着一条蓝绸裙子,裙腰上束着一条紫色皮带,下面光了两只白腿,穿着白帆布皮鞋。

她这打扮,完全是十几岁少女的装束。奚太太是三十多岁的人,还弄成这一副情形,实在有些不相称。可是她的意思,却以为装束改回去二十岁,人也转回去二十岁。因之她平常梳的那两个老鼠辫子,各在上面扎了一朵绿绸花。两颊上的胭脂粉,那更不用说,是抹得十分浓厚的。她的眉毛和眼角,天生是向下深深弯着的,弯着成了个半月形。平常她并没有感到这有什么缺点,甚至这样向下弯着,她认为是好看的。今天不然,她把向下的眉毛弯,给它剃掉了。用了铅笔,把眉毛稍向上拉平了些。问题就在这里了。平常眉毛尾巴和眼睛角,保持了相当的角度。现在把眉毛向上提高些,就和眼角,失去平衡的距离。这一点,料着她也有个相当的考虑,她也在眼角上,用铅笔涂画了许多线条,而把眼角描得斜斜地向上,在远处猛然看着,她的五官,果然是有些改观了。可是就近看来,她用的笔,不是画眉笔,而是后方所出的小学生写字的笔。这种铅笔用来涂在脂粉浓抹的脸上实在不怎么调和。就近看时,笔画显然,却是不高明之至。李太太看了她那番新装束,实在是个意外的事情,因之立刻跑上前去握着她两只手,本来带着笑容,要说句"好美丽"。可是四手相握之后,一切看得逼真,简直是戏台上的小花脸子,这就大声叫了一句:"我的上帝!"奚太太笑道:"下面一句话,我替你说吧,你今天真漂亮呀!"李太太嘻嘻笑道:"真的,你今天太漂亮了。至少年轻十五岁。"

李先生听了这话,也是哈哈大笑。奚太太向他瞟了一眼,笑道:"我知道,你又要用俏皮话来奚落我了。可是我也常听到你说过,女孩儿家爱好是天然。你说良心话,你不愿意你太太化妆化得漂漂亮亮吗?我们敬平就是嫌我不化妆。我原来的意思,认为在这抗战时期,一切从简,能够节省些时间与金钱,那就节省些时间与金钱吧。倒不想这点善意,他完全不了解。那么,我就依了他,也化妆起来,化妆之后我们和那臭女人比比,看是哪个漂亮。化妆也像画画写字一样,必须肚子里有墨水的人,才能够化妆不俗。我们念了多少年的书,穿什么衣服,也不会有俗气。"李太太本已和她撒着手了,听了这话,复又抓住了她的手,连摇了几下头,笑道:"太太,你少用'我们'两个字,好不好?"奚太太故意学着电影明星的姿态,将头略微一低,又把眼皮一撩,做个略微沉思的样子,笑道:"对的,我这话说得很有语病。这不去管他了。我要求你一件事,你陪我上街走一趟。"李太太摇了两摇头,笑道:"那不行。你打扮得像个十几岁的小姑娘,我这个黄脸婆子,怎好意思和你一路在街上走呢?"奚太太捏了个拳头,轻轻在她手胳膊上碰了一下,笑道:"你说这种话,我要揍你,走吧走吧。"说完,不容她分辩,拉了就走。她向来是有点力气的,李太太非她的对手,只有让她扯着走了。李先生走出来看时,见奚太太的手臂挽在李太太的肩上,很亲热的样子,并肩在石头路面上走着。看那背影,她那两个小辫子走着一闪一闪的,带着绸花飞动,那简直是位小姑娘了。

　　李先生站在廊沿上,很发了一会子呆。身旁有人笑道:"咱这村庄里,今天出了个美女,你也看着出神了。也难怪你出神,真是新闻嘛!"他回头看见吴春圃先生,嘻嘻笑着,笑得他两腮上的胡桩子,全都有些颤动。李南泉微笑着道:"时代是变了,妇女也变了,什么花样也有,一哭二闹三上吊,那是落伍的手法,现在另有了新高招儿了。"吴春圃咬着牙齿,笑得摇了两摇头,因道:"这样的高招,我看简直要谁的命,甩句文吧,非徒无益,而又害之。三四十岁的人,打扮成个小学生,这是什么玩意?"李南泉道:"胭脂粉和高跟皮鞋,那是征服男人的机械化部队。她在另一个女子的对手方,吃了个大败仗,她为什么不使用机械化部队?"吴春圃笑道:"机械化部队也不是人人可以使用的呀。而况奚先生并不在家,她这机械化部队摆出来什么意思?难道要征服另一个人吗?反正我们这糟老头子不会是她侵略的对象。"他说得正有趣,吴太太在他屋子里老远插言道:"俺说,伲拉呱也避个忌讳。人家家里还有人哩,把这话传出去了,什么意思?俺这做街坊的好不正经。"吴先生道:"她能做,咱就能说。反正是人心大变。"说着哈哈大笑走回家去。李南泉虽然觉得吴先生的玩笑开得大一点,可是邻居们对于奚太太这番作风,都不免认为是个顶好的笑料,世界上真有这样忘了年纪的妙人。他独自寻思,脸上不免时时发出微笑。

他这微笑,却让对过的邻居袁先生看见了。那袁先生手上拿了根长绳子,正和他的男孩子牵着,在人行路下一块菜地上比来比去。看那样子,好像是在丈量地皮。那袁先生见这边有人在发笑,他以为是笑他的动作,便放下手上的绳子,点个头道:"李先生起得早!"李南泉道:"起早也是无聊。不像袁先生,起来就工作。"他对于这个批评,似乎正感到射中心病,丢下了绳子,先正了颜色,然后摇了几摇头,因道:"我这是什么工作,我这完全是为朋友服务,敌人轰炸,越来越厉害了。许多朋友,原来住在郊区的,都觉得不稳妥,又要再疏散,他们认为我这里很好,就交给我一种繁难的工作,要二十天之内,在这里盖起一幢房子。他们本是三四股出钱,可是想到没有我在内,觉得我不肯卖力,硬把我也拉进组织。我们这长衫朋友,不会搞盖房子的事。可是患难不相共,人要朋友干什么?我只好勉为其难,找瓦木匠,看材料,设计画图,不分昼夜地跑。"李南泉道:"四维兄,你这股份公司都办好了吗?还增资不增?"这句话让他听得非常入耳。立刻走了过来,笑道:"我们这是无限公司,可以尽量地增资。五间房子不够,盖十间。十间屋子不够,我们再盖一幢。怎么样?李先生有意加入我们这建筑公司?"李南泉笑道:"我有意加入,也没有那么些个钱。不过我有两个朋友,看中了这个地方,倒想在这里找几间住房。"

袁四维对这个报告,似乎十分感到兴趣,又凑近了两步,直挺到李南泉的面前来,抱着拳头,两手一拱,把他满脸的皱纹,都笑得闪动了一下,然后用客气而又诚恳的态度,问他道:"南泉先生是我们患难知己知交,你的文章道德,不但在村子里应当居第一位,就是在我平生的朋友当中,也是不可多得的一个。你介绍的朋友,一定没有错误。你说要盖多少房子吧？完全交给我代办就是。我对于盖房子,那不是自吹,的确有很丰富的经验,准保花钱不多,而房子盖得又好。你那位朋友在哪里？我们可以直接谈谈。"李南泉道:"也许他今天就会到这里来。"袁四维笑道:"那就太好了,这样子吧,今天你那朋友来了,就到我家里吃顿便饭。我也不会有什么菜。无非是炒两块豆腐干,煮几个咸鸭蛋,我立刻去买肉,也许买得到。"李南泉道:"那倒不必了。"袁四维道:"这难道还算请客？老实说,我对盖房子,的确有着满腹经纶,我必须找个比较长些的时间,才能把话说得清楚。吃过了饭,泡壶好茶,在院子里星光下,一面乘凉一面从容地谈着,这样,可以在极和谐的情形下将这件事顺利进行。"李南泉听了这话,心里好笑。顺利进行不顺利进行,那有什么关系？而且这也不是什么竞争场面,谈起来有什么和谐不和谐？因道:"那倒不必这样急迫吧？"袁四维将面孔一正道:"不！我现在计划着动工时间,关系很大。若是你那朋友今天不决定,那就错过机会了。那是很可惜的事。"

这里的吴春圃先生,他最不喜欢袁家人,唯一的原因,就是袁家极少和邻居们合作,而且也没有来往。这时他见袁先生对李南泉过分的客气和拉拢,站在走廊的那端咬了牙齿笑着。他每次微笑,两腮胡桩子会竖立起来。吴先生每逢这样笑法,就是心里极端不可忍耐的表示。差不多的邻居,也都知道他这个脾气。李南泉很怕这件事引起袁四维的误会,这就向他笑道:"我过去看看你丈量地面吧。"说着,他就移开步来,过着木桥,隔溪走去。一过溪就是袁家的后门,袁先生在后面跟着,笑道:"李兄,先到我家里坐谈片刻吧。"他说着,还怕人家不去,又牵了两牵他的衣服。李南泉倒不好拂了他的意思,只好走进他家。这附近十几处人家,只有袁家是瓦房,而且是幢假的洋楼。原来他这房子是分给人家住着,他反是住在旁边三间草屋子里。因为他要把这房子卖掉,和房客交涉了半年,以各个击破的方法,把房子腾出。可是房子腾出来以后,房价大涨,原来议的价钱,少得多了,他不肯卖出,倒反是让他全家享受着,于是书房、客厅应有尽有。不过房子有了,家具可没有力量补齐。他的客厅里,只有一张白木桌子,和两把竹围椅。有只椅子腿,还是用草绳绑着的。屋子显得空洞洞的。他又预备这屋子随时得价便卖,

巴山夜雨

屋子四壁，粉得雪白无痕，三合土的地皮，铺得十分平整。这样，成了一间并没有安家的屋子。

袁先生对于李先生的光降，似乎十分感兴趣。他立刻把放在靠里墙的两把竹围椅，轻轻端了过来。他这举动，似乎是怕椅子下去会触坏了地皮，所以他轻轻放下椅子之后，还低头看了看地面。椅子放好，他就向上面吹了几口风，吹掉椅子上的灰尘，说"请坐请坐"。李南泉坐下来，他就歪过头去叫道："家里有香烟没有？拿烟来。"在这句问话的口气里，李南泉料到就是没有烟敬客的预兆。因在衣袋里自掏出纸烟来先敬了主人一支，也连说"有烟"。主人接过纸烟，先来了半个鞠躬，说声"谢谢"。然后走到房门口向家里人打着招呼，大声叫道："拿火来。把我用的茶叶，泡一壶好茶来。"他这样交代了，还嫌着不够殷勤。直等着他家的小孩子，把火柴盒子取来之后，方才转过身来，将火柴擦着，先弯着腰，给李南泉先点上烟。然后坐在椅子上点着烟自吸，可是他这个时间是太长了，擦着的那支火柴，已是烧得快完了，已是烧到指头上，只得把火柴扔了。他将火柴盒子摇了两下，里面是扑扑地响着，仿佛这里面只有两三支火柴。他这就不再擦火柴了，把盒子塞到衣袋里去，先向李南泉道："我们接个火吧。"李南泉看他那分节省精神，当然予以同情。袁四维接过了火，却听屋子外面，有人叫了声"爸爸"，袁先生听到，立刻跑了出去。却听到在隔壁屋子里喁喁地和人说着话。

李南泉倒为了这事，吃上一惊。袁先生约来闲谈，这完全是他的意思，还有什么疑难不成？为什么要说私话？不免静下心来，仔细听去。这就听到袁四维大一点声音说："你们一会把茶叶米全放在桌上，像捡米蛀虫一样捡着，自然就会把米和茶叶分开来。有个几十片还不够了吗？再不够，抓点茶叶末子在里面掺着就是。"李南泉这才明白，主人说了拿他的好茶叶，家里发生了问题。那何必让人发生困难呢？于是站起来在屋子里踱着步子，预备走了出去。袁四维走进屋子来，拱着手道："请坐请坐，我还有点好茶叶，是湖南来的朋友送的，我没有舍得喝，把瓷器瓶子装着封好了口，免得走了香气。用点好水，泡上两杯茶，我们把茗清谈一番，倒也不失山居乐趣，我兄以为如何？"李南泉道："谈谈可以，不必泡茶了，我们一路在山路上走着,先看看盖房子的地势,好不好?"袁四维笑道:"不,我已经叫家里人预备了,还有一点下茶的好东西呢。"说着话,他又在门口抵住了,李先生真也没有法子可以走出去,只好又在竹椅子上坐下。过了十来分钟,袁家的小孩子,果然送来了两杯茶,一只是玻璃杯子,上面盖一只小酱油碟子。一只是盖碗,可是名存实亡,恰是敞着碗口,他们家里是特别恭敬客人,把那酱油碟子盖着的玻璃杯子,递到客人面前来。李南泉因为听到先前的那番隔壁话,不免隔了玻璃向里面看着,果然,茶叶里面掺和了许多的米粒。

袁四维似乎感觉到客人的观察意思,这就笑道:"茶叶绝对是好茶叶。因为我的内人,太看重了这点湖南茶叶了,她竟是把茶叶瓶子放在米缸里,这不免洒落几粒米在里面,其实这对茶叶本身,那是毫无妨碍的。"说着捧起盖碗来啜了一口茶,并且"唉"了一声道:"茶味真是不错。"李南泉笑着,也就揭开那玻璃杯子上的小酱油碟子来,然后将嘴唇就着玻璃杯子沿呷了一口。点点头道:"这茶味真是不错。"其实,他觉得嗓子眼里有股霉烂气味。袁四维笑道:"慢慢喝,还有下茶的东西,立刻就可以送来。"说着,走到房门口,伸头向外张望了一下,笑道:"来了来了!正好助我们的清谈。"说着,他端了一只粗瓷碟子进来。李南泉看时,那碟子底上,像嵌上面粉团子似的,平平地铺了一层南瓜子。在每个南瓜子的联结当中,却还露着碟子底的花纹。那碟子放上白木桌时,也许重了一点,把碟子里的南瓜子震动得堆叠了起来。而碟子底也就露出整片的花纹。袁四维立刻伸手,在碟子底上按了两下,按着堆叠的南瓜子,他们每个又平铺着遮盖了碟子。口里连说着"请、请"。李南泉本来也想伸手抓两粒瓜子嗑嗑。可是他转念想,无论抓着碟子里哪方面的瓜子,也会损坏了南瓜子的版面整齐。只好笑着点了两点头,并没有伸手。袁四维道:"南瓜子是我自己家里的出产,肥而且大,真不错。我们有一个计划,多多地收获,留到过年的时候,炒了当年货。"

他不提这个缘故,倒还罢了,提了这个缘故,李南泉更不能动手,人家是留着过年吃的年货,中秋还没有到哩,怎好吃人家的。便拱拱手笑道:"我有一个愿心……"袁四维不等他说出来,便接了嘴道:"这个我知道,有些人许下愿心,非等

巴山夜雨

抗战胜利,不做新衣服,难道我兄有这个心愿,非等抗战胜利,不吃瓜子?"李南泉道:"那倒不是。我的牙齿缺了不少,不在抗战胜利以后,我没有钱补牙。在没有补好以前,我是不能嗑瓜子的。"袁四维听了这话,倒不好说什么,因笑道:"这一层倒是出于我的意料。不过南瓜子并没有西瓜子坚硬,就是嗑个几十粒,也不会有伤尊齿,不信你就试试。"说着,他就伸了三个指头,夹了四五粒南瓜子,放到李南泉面前,还抱着拳头,连连拱了两下手。李南泉被他拘束着,倒不好过于拒绝,只得钳了瓜子,送到门牙缝里嗑着。袁先生在这殷勤招待之后,这才向客人道:"你那贵友来了,务必请他来和我当面谈谈。我真有一个当建筑工程师的瘾,想借台唱戏。而且对于老兄的朋友,我料着可以合作,我是乐于服务的。"李先生越见他逼得凶,越是有点生疑,简直也不敢再谈了。勉强喝完了那杯茶,又嗑了几粒南瓜子,便告辞出来,顶头就见奚太太花枝招展地走回来,而且比出去的时候更要摩登,脖子上披了一条花纱,手上还拿一把鲜花呢。见着人,将那花纱头子捂住嘴微微一笑。他不由得暗下叫了句"我的上帝"。

奚太太倒没有觉得这一顾倾城的姿态会引出别人什么注意。这就将手上那束鲜花,遮住了自己半边脸,然后对李南泉笑道:"李先生,你看我这种打扮能谈得上摩登吗?"李南泉笑道:"岂但是摩登? 简直是摩登老祖。"奚太太已走得靠近了他了,将鲜花在他肩上,轻轻拍了一下,笑道:"你这话不好。"她也就是这样说了一句,并没有多话,身子像风摆柳似的一转,就走了。李先生含着笑容,慢慢走回家去。见太太也是带了一副笑容进来,彼此见面,也就接着一笑。李先生道:"你笑什么?"她道:"我们笑的还不是一个人?"李南泉道:"不然,我笑的是两个人,不是一个人。"因把袁四维刚才请喝茶、嗑瓜子的事儿告诉了一遍。李太太翻了眼道:"这么一家人家,你也值得和他们来往? 你的短处,就在这里。什么人都是你的朋友,什么人都是你的学生……"李南泉笑道:"又来了,我可多少天没有看见杨艳华。"李太太道:"你是做贼心虚,我并没有提到女伶人,你怎么就猜到上面去了呢?"李南泉笑道:"我就是你肚子里一条蛔虫。虽无师旷之聪,倒也闻弦歌而知雅意。"李太太说了四个字:"这叫废话。"她就转着身子到里边屋子里去了。李先生倒没有想到她为什么又生气。也只好呆呆地坐着思索。他隔了窗户，向对面的山色看着，这样他感到了新困难，就是他说的要到这里来盖房子的那位客人到了。这位客人叫张玉峰，是位银行家。

李南泉含着笑容，迎出了屋子，老远地抬着手笑道："张兄，你言而有信，说是来，果然来了。"张玉峰穿着一套灰色的中山服，手里拿着一顶软胎草帽，放在胸前，当了扇子摇，跨着步子顺了下溪桥的坡子，向这草屋檐下走了来。他额角上的汗珠子，总是豌豆那么大一粒。他在小衣袋里，掏出一条带灰色的布手绢，只管在额头上乱擦着汗，口里不住地道："专诚拜访，专诚拜访。"然后两只手抱了帽子乱拱着，走到了廊檐下。李南泉站在走廊上同他握着手，因笑道："在大轰炸的时候，我以为你会到这里来躲避一下。现在大轰炸已经过去了，你又来了。"张玉峰笑道："我那时也不在城里，在歌乐山乡下。轰炸以后，我才进城的。我看到了城里被炸以后的那般惨状，我深深感到城里住家，危险性太大，就是在附近住家也十分不安全。我到过这里两次，觉得这里危险很少，就以你这带房屋而论，两旁夹着大山，在中间一条深溪，炸弹投下来，无论是什么角度，也很难投中这些屋子。"他说着话时，举起手上的草帽子，向屋子周围的大山招展着。而他说话的声音，也未免大些。对过袁家，有一条屋旁的小走廊，是沿溪岸建筑的，那就正和这边屋子相对，这里大声寒暄，就惊动了对过的袁先生。他像演戏一样，先在屋角上伸出头来，对这里探望了几次，然后大声说着，这些小孩子真是害人，怎么把廊檐外这些竹子都砍了呢？他一面说着，一面走向廊子上来，且不看这边，两手反在身后，低了头视察悬崖上那些毛竹子。

李南泉看到这情形，早就明了了，因挽着客人的手道："这大热天，远道而来，请到屋子里去坐吧。"张玉峰还不曾移步，那边的袁四维已是不能耐，就向这边笑嘻嘻地点了一个头道："南泉兄，这位先生，就是你说的那位要盖房子的朋友吗？"李南泉不曾把内容告诉张玉峰，他又正是要找房子的人，如何可以当面否认？因点点头道："是的！但是我还不曾知道这位张先生的真意如何？"袁四维丢开李南泉就向来客深深地点了一下头道："这位贵姓是张？"张玉峰自是点头承认了。袁

巴山夜雨

四维笑道:"好面熟,我们好像在哪里会见过。"张玉峰因人家那样客气,倒是不好不理,便也站住了脚,回问人家贵姓台甫。这么一寒暄,袁四维来个一见如故,立刻口里说着话,人向这面走来。李南泉心里虽说了十几声"讨厌",但人家已是走到了面前,又当着张玉峰的面,不好怎样冷淡了他,这就笑道:"我们回到屋子里坐吧。"袁四维伸着手,连说"请、请"。跟了主客到屋子里,先拱了手笑道:"我和李先生做了多年的邻居,十分要好,简直和自己弟兄一样。李先生的道德文章,真是数一数二的,于今让他隐居在山谷之间,真是埋没了长才。兄弟在敬佩之中,又增加了一分同情心。不是极好的朋友,谁肯到这里来探望他?俗语道得好,贫居闹市无人问,富在深山有远亲。贫居闹市,尚且不免冷落,况居深山乎?张先生这样热天到深谷中来看穷朋友,这番古道热肠,就不是等闲之辈。"说着打了个大哈哈。

李南泉听到他这番恭维,真觉周身的毛孔都在收缩着。可是在张玉峰不能明白袁四维的用意以前,只把随便的言语去暗示他那是不能让他了解的。若说得详细了,又抹了袁四维的面子,只是含着笑,连说"不敢当"。恰是张玉峰并不考虑,就说是要到这里来找房子。那袁先生坐在一边,两只眼睛睁得多大,就是向李南泉望着。李南泉没法子不理,这就把袁先生要盖房子,以及自己曾初步向袁先生接洽的话说了一遍。张玉峰道:"那好极了,我绝对加入。内人胆子太小,自经过这次大轰炸后,她在城里住着是惶惶不可终日。我已经把她送到南岸朋友家里去住了。不过这究竟不是个办法。不知道这房子要多少时候才能盖好?"袁四维突然站起来两手一拍,笑道:"这问题太好解决了。房子最迟一个月可以盖起。在房子没有盖起以前,张太太可以搬到舍下来住,我家里有的是空房子,炉灶也现成。若是张先生搬家人手不够,舍下有几个出力的人,也可以协助一切。随便张先生定个日子就可以。"说着,昂起头来,身子摇晃了两下,接着道:"我生平就是喜欢交朋友。"张玉峰向窗子外看去,见隔壁一幢土墙瓦顶的洋楼,四周都有玻璃窗,外面配着长廊,在长廊外,一面是山溪,一面是半亩大的平地,栽了些草木花和树秧子,在这个村子里是最整齐的房子。因向外面一指道:"那就是袁先生府上吗?"他连连地点着头道:"是的,是的。楼上楼下,全有空房,任凭张先生挑选。肥马轻裘,与朋友共,虽不能至,心向往之。"说着,又是摇摆了全身,去泄那股文气。

这位张玉峰先生,也是老于世故的人。他见袁四维一见之后,就这样客气,却是有点反常。不过他和李南泉是近邻而又自说交情甚厚,可能是为李先生的缘故。因之也就向他客气答道:"遇到袁先生这样肯帮忙的朋友,那是太好了。不过我们是初交。"袁四维不等他说完,就向李南泉抱手拱了几下,笑道:"你看,阁下和兄弟虽是初交,李先生和我知己,张先生又和李先生很知己,这就是二加二等于四,我们就成了好朋友。李先生,你以为如何?"他说着话,翻了眼睛,仰起下巴颏来,只等李先生的回话。李南泉有什么办法呢,只好点着头连说"诚然诚然"。这样连环地成了知己,袁四维就谈得更是有劲。半小时后,他告辞回家了一趟。李南泉也就考虑着,是不是要把向来和袁家无深交,以及他今日有意拉拢盖房子的话交代明白。可是话还没说出来,袁四维又来了。他先拱拱手道:"我们和张先生一见如故,今日我一定要做个小东。是到街上小馆子里去吃呢,还是在舍下便饭呢?"张玉峰连连说"不必客气"。袁四维站在屋子中间,仰着头看屋子上的天花板,像是个沉吟的样子,因笑道:"张先生到这里来,不见得自带了炊具,不是吃小馆,就是在朋友家里便饭。不过当此夏季,小馆子里苍蝇乱飞,实在是不卫生,还是在舍下便饭吧。就先请到舍下去坐坐如何?"说着,他只是抱了拳头向张、李二人乱拱着手,又连说"请请"。

李南泉看到这种情形,虽然不能说什么话,可是他不免为了心境的压迫,皱起了两道眉毛,只是向着张玉峰苦笑。张先生自然感到一个陌生人突然客气过分,请吃饭,这是不应当答应的。可是李南泉并不说话,也不能了解袁先生是何用意,只是笑道:"那不必客气了。我还有许多话没有和李先生说呢。"袁四维连连拱手道:"请请。不要受拘束。有什么话,到舍下去说就是了。请请!"就凭他这分作揖的劲儿,李南泉也不好意思再说什么,只得跟着袁四维走了。张玉峰虽不知道这位袁先生弄的是什么玄虚,但是人家这样殷勤招待着,而介绍的李先生又不肯说句话,自己也不能断定自己的举动。脸上带了三分忧郁的样子,随在袁、李二人后面,跟到袁家来。袁四维的客厅里,还是一张白木桌子和两把竹椅子,这立刻发

巴山夜雨

生了问题,主客三人,那怎么坐法呢?袁四维走进屋子,张眼四望,打了两个转身,口里连说"请坐请坐",人可就跑了出去。张玉峰对李南泉看了一看,微微笑着。李南泉笑道:"既来之,则安之吧。"主人穿着一套淡黄色的川绸裤褂,脊梁上都湿透了,弯着腰搬了一条窄凳子进来。那条窄凳子的凳面,像裂开的地板纹,有两条腿像袁先生摔文时候一样,有些摇曳着它的大腿。当袁先生向下一放的时候,那两条腿捷足先登,已是坠落下来了。袁四维红着脸笑道:"抗战四年,一切因陋就简,已是简陋得不成样子了。"他弯着腰把那两条腿拾起来看时,却没有了穿眼的木栓了。他打着哈哈,说了声笑话。

李南泉看到,就站起来,向他摇着手道:"我们一切随便,你不要这样殷勤张罗,好不好?"袁四维料着这断腿的板凳,也是无法拼拢的,就将它靠了墙放着,然后人蹲在门里,顺手在门外搬了一只小凳子进来。就靠了门边坐着。他的屁股,是刚刚挨了小板凳,人又站了起来,偏着头向门外叫道:"倒茶来!喂,拿烟来。我那屋子窗户台上有盒新买的烟,那是好烟。"李南泉想着,越和他客气,他是越来劲,那就由他去吧。袁先生就是这样,坐在小板凳上说两句话,他就站起身来,向外面叫着吩咐几声。要茶,要纸烟,要瓜子,要火柴,预备晚饭。这样足忙了半小时,算是把客人初到的这部回旋曲,演奏完毕。张玉峰这也明白了主人袁四维的那番用意。因之主人谈到凑股盖房子的这件事,他决定加入。只是详细的办法,请保留做两日的考虑。同时,李南泉在座,并不怎样热烈地赞助。袁四维也醒悟过来,必是自己进行得太积极了,这就谈些风景。他说到这地面夏天不热,冬天不冷,水是泉水,比城里的自来水好。屋后山上,有的是树木,烧柴大可不花钱。小菜出在附近农家,比城里便宜得多,而且新鲜,比肉还好吃。晚上乘凉,更不用说,月亮在山上照下来,满山谷都是清凉的影子。虫子由远叫到近,又由近叫到远。这种天然音乐,城里是没有的。这位袁先生说了不算,还将两只手向窗子外、门外上下四方乱指,李南泉不住地掏出纸烟来吸着,两道眉头子,不由自主地,只管向鼻子上面连接着,到了最后,他忍不住了,笑道:"真是那话,我们这里的月亮,都要比别的地方圆些。"

袁四维并不以为这话是挖苦的,笑道:"的确如此,我们这里的月亮,是比别的地方,更要圆些的。那倒不是月亮本身,有什么变样,因为我们这里的山水风景,非常幽静美丽,那就把这里天空上的月亮,也就点缀得格外好看了。假如这个地方,有法子维持生活的话,就是抗战结束了我也不离开.我要在这里买山终老了。这里我住了两年,我是越住越觉得可爱呀!"他说着这话,把头仰起来,把胸脯子挺着。当他赞叹着的时候,把那话音拉得很长,周身的重点,都在胸肩以上向后仰着。坐在小板凳上的屁股,就随了这个姿势向前伸出去,那小凳子没有多大的基础,给他的屁股向前一逼,弹了出去两尺远。他就身子仰着落下去,笃的一声,坐在地上,幸是后面有土墙,将他撑住,不然,他也就翻跌在地上了。张玉峰是客,自然不便笑,牙齿咬着舌头尖,极力把笑意忍住。李南泉笑着走过来,伸了两手将袁四维挽着,笑道:"我兄赞美这地方,真是赞美太过分了。大有贾岛骑在马背上敲诗之概。"他笑着站起来,拍了身上的灰迹,笑着摇摇头道:"真好,对于这个地方,我真像是喝酒的人喝醉了酒似的。哦!说到酒,我就想起了待客的问题了。张先生喝什么酒的?"张玉峰笑着点点头道:"袁先生,你不要客气,我绝不会在府上打搅的。"袁四维说句"哪里话",自己转身向外走。他到厨房里去,找着他的太太,低声笑道:"这个姓张的,我们必须将他抓住,家里有什么可吃的吗?"

袁太太是个胖子,而她那个肚子,特别大,大得顶出了胸脯四五寸。唯其是她的肚子大,因之她穿的衣服,特别肥大,像道袍似的,在身上晃里晃荡地披着。她平常把厨房里的事,交给了一位穷的女亲戚。今天因为有客来到,她不能不亲自到厨房来切实监督。这时,抬起一只老白藕似的肥手臂,撑住了门框,另拿了一柄芭蕉扇子,在胸中扇炉子口一样,一分钟连扇一二十下,扇得芭蕉扇头的撕烂处,呼噜呼噜作响。袁四维一问,她就道:"有什么菜?早又不说,这时候,菜市上已经买不到肉了。家里只剩一条咸鱼。"说着,她进去在夹壁的竹钉子上取下一条干鱼,手提着悬在半空中连连地摇晃了几下。袁先生看时,那鱼干得已像是一条石灰涂的薄木板子。约莫是尺半长,半边鱼,已经没有了,只剩下半边。不过那个干鱼头,倒还是整个的。那干鱼张了一张大口,穿了一条灰墨色的绳子,就是袁太太手里提着的。袁先生把这干鱼接了过来,将手高高提着,偏了头向干鱼望着,见那鱼肉干得像打了霜的板子似的,上面还有虫灰尘的小络子。这虫丝络子,明显地表示着干鱼的年岁。他提着鱼颠了两颠,怕有六七两重,因道:"这够做一碗的吗?"袁太太道:"那怎么会不够,反正我们也不能把海碗盛了端出去。"袁四维笑道:"我倒有个法子,用盘子装着那就好看多了。鱼头可不要取消,垫碟子底,那是很壮观瞻的。要不,用八寸碟子装,有一半也就够了。"

袁太太道:"拿碟子装好,把咸鱼头撑在里面,碟子可以装得饱满些。"袁四维道:"鱼头吗?放在锅边上烤烤就行了,不要放到油里去煎,因为鱼头是最费油的。而且吃饭的人,他也不肯吃鱼头。你用许多油去煎鱼头,那是一种浪费。"说时,他将头偏到左边,对咸鱼看看,先说了句"不错",然后再把头偏到右边,对咸鱼头检查检查,再说了句"要得"。袁太太道:"既是说要得,你就交给我吧,老看做什么。"袁四维把咸鱼交给太太,因问道:"光吃一条咸鱼不行,我们总还得做点别的荤菜。"袁太太道:"家里还有三个鸡蛋,找点香葱炒炒罢。"袁四维立刻驳正道:"三个鸡蛋炒起来,在碟子里有多大堆头呢?我看还是煎一个圆饼放在碟子里也好看些。"袁太太听了这话,点了头笑道:"你这个计划要得,就那么办。"袁四维交代完毕,转身就向客室里走,他只走了几步,却又转回身去,向厨房门口探着头道:"既是煎鸡蛋,不必三个,就是两个也够了。"袁太太道:"好!两个鸡蛋,勉强也可以煎一碟子,落得省些。"袁先生交代完毕,再转身走去。但只走了几步,他又回去了,因道:"不必两个鸡蛋,就是一个鸡蛋也够了。"袁太太道:"一个鸡蛋,怎么能煎出个饼来呢?"袁四维道:"多搁些葱,不也就行了吗?"袁太太道:"那么,拿出来是葱饼,不是蛋饼了。"袁四维站着沉思了一会,因道:"也好吧。"说着,慢慢走来,突然又站着道:"不必煎鸡蛋,就是打鸡蛋汤吧。一个鸡蛋,准可以打一碗汤,岂不甚好看?"

这时,李南泉正由客室里出来方便,他一听之后,大为惊讶。在屋子后面,转了个大圈子,再回到客室里来。袁四维正站着和张玉峰客气。他笑道:"寒夜客来茶当酒。我也不能有什么好菜敬远客,不过是小园里几项新鲜菜,聊表敬意而已。"张玉峰觉得他口里这样说着，未必事实上就是家里小菜园子里的小菜，抱着拳头只是拱手道谢。李南泉笑道："袁兄，我看你这事不必客气了。第一，我还有点私事和张先生谈谈。第二，我想带他在这附近看看。张先生今天也不走，关于盖房子的事，我们晚上在乘凉的时候，仔细地谈吧。"他说着，不住地向张玉峰递眼色。当然，张先生就很明了了。因向袁四维道："袁先生一定要招待，明天叨扰吧，我远道来此，还没有和李先生谈过什么呢。"由于袁四维之过分客气，他已感到烦腻。这就不再征求袁四维的同意，马上就侧着身子，出了门去。李南泉当然也就跟着走了出来。袁四维没有法子，站在屋子门口，满脸现出踌躇不安的样子，将手抹抹两腮的胡桩子，又搔搔头发，带了三分不自然的笑，口里连连说着"这个这个"。李南泉含着一肚子的笑，极力忍耐着。他赶快引了张玉峰向家里走。走到木桥上，连连摇着头，叫着"我的上帝"。李太太由屋子里迎出来，问道："你这是怎么了？我随便的一句笑话，你怎么捡起来说？"李南泉正想答复这句话，看到花枝招展的奚太太，又手扶了廊柱站着呢。

她不是先前的学生装束了，穿了一件粉红色带白花点子的长衫。这显然是战前的衣服，在两只手膀子外，搭了两三寸长的袖口。衣服的下摆也很长，几乎要拖到脚背。但是她有配合这件衣服的功架，下面穿着一双高跟鞋子，把身子高高抬起来，远望着，倒是像一只红蜡烛插在廊柱子下面。她本来看到李先生走来，弯着那垂眼角的双眼，有些笑嘻嘻的，及至他老远地又叫了句"我的上帝"，她有点疑心了，怎么李先生见面之后，老说这句话，那不是有意讽刺吗？她不免立刻把脸色沉下来。等到李先生到了面前，她觉得他老是把眼光注意她的周身上下。她最喜欢的就是人家这样看她，刚才那一分不愉快，立刻消失了，又对了李先生一笑。奚太太的形状，最好是随便，一切不适于美人式的作风。就以她的牙齿而论，全是马牙，像半截打牌的牛骨筹码排立在嘴里。美人的笑，讲究个瓠犀微露。必是瓠瓜子那么白小，而且不要全露。奚太太正相反，牙比葵花子还大，又整个全露出来，那实在不怎么好看。何况她的嘴唇，涂染得过红，笑起来简直带上三分惨状。李南泉看到，口里已不敢再叫上帝了，可是他心里不住叫着"我的上帝"。奚太太见

巴山夜雨

他满脸是一种调皮的笑容,便回转头轻轻地对李太太道:"男人的心术最不妥。总是文章自己的好,太太人家的好。老李,你说对吗?"李太太实在忍不住心里那分痒,也"扑哧"一声笑了。

第十八章　鸡鸣而起

张玉峰这位生来的客人，看到这些举措，很是感到诧异。因之他走得非常慢，落后一大截路。当奚太太和李南泉说着笑的时候，他索性站住了脚，就不走过来了。李太太看到他站在袁家屋角上，就笑道："张先生，怎么老远地到我们这里来，并不坐一下就走了？快请进吧，我正烧好了开水……"李南泉接嘴笑道："泡我的好茶。来吧，我这里还有一把破睡椅，你可以在我这斗室里躺着谈谈。"张玉峰还是慢慢地走过来，见所有的男女，全始终带着笑容，不免对自己身上看看。但自己相信并没有什么令人可笑之处，也就坦然无事地向李家屋子走去。奚太太也对张玉峰周身看看，瞧着他像个粗人，倒没有什么可以观察和研究的，就站在走廊上不曾进来。但她低头看到自己这身鲜艳的衣服，站在走廊上不动，那也就太埋没了自己。因之，站着出了一会神，牵牵自己的衣服，就向对面山麓的人行道上走去。张先生原先老远地看到这位红衣女郎，他就开始注意了。乃至逼近看她，胭脂粉里面浅浅地都有些皱纹，他就有些骇然，这样大年纪的人，为什么还打扮成一位少女的模样？而且看她那情形，和李氏夫妇还真熟，不知他们相视而笑，有什么用意。自己忍住了那分笑意，端正了面孔，向他们家里走着。这时，他坐下，隔了窗户，向走去的红衣女人只是望着。李南泉笑道："你看什么？让人见识见识，这是我们这里三绝之一！你今天看到了她，也就不虚此行了。"

张玉峰笑道："这是三绝之一，还有两绝，不知是怎样的人？是男是女？"李南泉道："当然都是女人。若是男人，我们不能给他上这样的徽号，我们要叫他……"说到这里，将声音低了一低，走近两步，对他笑道："我们这里，女有三绝，男是四凶。"张玉峰道："三绝我已经是领教了，大概都是这个样子，但不知四凶是怎么一种情形？"李南泉笑谭："四凶嘛，你也看见过了。"张玉峰将手摸摸腮道：

巴山夜雨

"我也见过了？这是冤枉。我到你贵处来，除了和你贤伉俪相见之外，并没有见什么人。你怎么说是，我见到了四凶？"李南泉指了鼻子尖笑道："你问这话干什么？反正四凶里面没有我。"李太太道："这都是不相干的事，值不得辩论。"于是走到李先生面前，轻轻说了几句。李南泉操着川语，连说"要得！"于是很快地到里面屋子，取了些钞票在手，出来，挽着张玉峰的手道："张兄，你听我的话，和我一路下山去吧。你有什么事和我商量的话，到了山下，我可以详细而且从容地告诉你。"张玉峰点了头笑道："我虽无师旷之聪，闻弦歌而知雅意。"李南泉哈哈大笑，拖了他的手就走。两人刚到走廊上，那位贤邻袁四维先生，又迎着走向前来，笑道："闻弦歌而知雅意，猜什么哑谜，可得闻乎？"李南泉道："那是我们谈到戏剧上的事情。"说着故意向他做个鬼脸，不住点头，挨身而过。那位袁先生，好像也知道这里面有什么文章似的，也嘻嘻地向李先生笑着。张玉峰看到，想起仿佛在这问题里，又含着什么妙处，心里疑问着倒是不肯放下。

李南泉见他脸上老含着笑意，因道："你必定有许多事情不解，又怕不便问，我就老实告诉你吧。这里为了集合着大批疏散来的下江人，所有迎合下江人口胃的消耗品，也就跟了来。下江店，下江小馆子，京戏班子，这里都有。这京戏班子里有几位坤角，是跑长江小码头的。放在大都市里，也许不见奇，放在这个地方出演，那就全是余叔岩、梅兰芳了。有位坤伶叫杨艳华的，很能识几个字，恭维她一点，就说是力争上游吧。我自己也不知道从何日何时起，她叫我老师，而且常到我家里去拜访师母。跑码头的女孩子，这实在是平常得很的举动。可是我太太对于这件事，不大放心。然而，她的心里又相当地矛盾。每当杨小姐来拜访她的时候，她抹不下来情面，对杨小姐还是很客气，甚至亲热得像姊妹一样。这让我和杨小姐接近是不妥，和杨小姐疏远也不妥。"张玉峰点了头笑道："这个我有同感。每逢我夫人来了女友，我就感到莫大的困难。我是主人，不能不殷勤招待。是太太们，那还罢了；若是小姐们，你若殷勤招待，夫人就可以等客去了问你是何居心。"李南泉摇摇头道："你和我谈的，不是一件事。偶然来一次女客，招待不招待有什么关系？我说的是平常来往。这位杨小姐，几乎每天要从我窗户外面经过一次，而且经过之时,必老远地叫声李先生或者老师。人家光明磊落的行动,丝毫无可非议。可是……"说着,他又摇了两摇头。把话停住。因为太太的好友下江太太迎面走来了。

他那番话,下江太太,当然是都听见了的。她走到了身边,就站住了脚,向李南泉呆望着微笑。李先生向她点了个头道:"今天天气还不算十分热。"下江太太笑道:"就是这话。打牌的可以打牌,听戏的可以听戏。今天晚上是什么戏?"李南泉笑道:"我还没有打听。但是听戏若是成为例行公事的话,那就在人不在戏了。"那下江太太抿了嘴微笑,向他点点头,就没有说什么话。李南泉说声"回头见",引了张玉峰走。他随着走了一截路,低声问道:"老兄,你这问题,相当严重,怎么左右邻居,全知道你有捧角的行为呢?"李南泉道:"唯其是大家全拿这事开玩笑,就表现着我丝毫没有秘密。"张玉峰道:"不管怎么样,这位杨小姐,一定长得很漂亮,要不然,也不至令老兄这样甘冒大不韪。"李南泉笑道:"我可以引你和她见见。反正我太太也会想到这上面来。"这么说着,自更引起了张先生的兴致。两人走到街上,进了一家下江小饭馆。李南泉刚坐下,茶房走过来,就笑着问道:"李先生还请客吗?"张玉峰道:"哦!全是熟人。他还是要请一位客的。你若能猜到他还要请哪一位,那就算你真是把他当熟主顾了。"茶房手扶了桌沿,向李南泉望着微笑。李南泉道:"你到杨小姐家去一趟,你说城里来了一位张先生,是我的好朋友,他要和杨小姐见见。请她就来。"那茶房并不怎么考虑,笑着去了。张玉峰摇摇头笑道:"在这种情形上,蛛丝马迹,那是人可寻味的了。"

张玉峰对于这个约会,颇是感到兴趣,就含了笑静等着。他们挑的这个座头,是馆子里的后进。外面一道栏杆,顺着山河的河岸排列。河岸上,也零落地种了些花木。山谷里的风,顺着河面向这里吹来,倒也让人感到周身凉爽。茶房送上茶来,他斟满了一杯茶,将手端着,先侧了身子,望着对面街市上的一排青山,颇也觉得胸襟开朗,正自有点出神呢。忽然,听到身后有人用很粗暴的声音问道:"怎么靠外面的桌子,还要卖座?"回头看时,一个少年,穿着花条子绸衬衫,下套白哔叽短裤衩。头上的分发,梳得油光淋淋的。长圆的脸子,虽然在皮肤上还透着很年轻,可是在神气上和眼光上,又是带着几分杀气的。他后面跟着两个中年人,也都是短衫裤衩的西装,可是腰带上各挂了一只手枪皮套。在后的那人,手上还牵了一条狼狗。张玉峰干银行的人,对于金融界的大小权威,没有不认识的。这就立刻站起来,深深点着头笑道:"大爷今天下乡来休息休息?请这边坐,我们让开。"那少年两手叉了腰向他脸上很注意地看着,问道:"你是谁?我不认得你。"张玉峰立刻在身上掏出一张名片,恭恭敬敬地双手递了过去,那少年接过名片向上面略看了一看,然后将名片向身旁的桌面上一丢。淡笑着道:"张经理,你不跑头寸,有工夫到乡下来?"张玉峰道:"有点事情来接洽。大爷就这边坐,我们让开。"说着,他就自行将桌子上的茶壶、茶杯,向堂里的桌子上搬了去。

李南泉看了他这种作风,心里十分不满意。他对于张玉峰所称呼的"大爷",也相当面熟。经过这一番考察,也就明了了。这是方院长的大少爷,方能凯。他和方二小姐一样,骄傲,狂妄奢侈又悭吝,聪明又愚蠢。照说,奢侈的人不会悭吝。聪明就不愚蠢。但奢侈是自己的享受,悭吝是对待他人。聪明是在他们的财富上,虽然小小年纪,也能够钱上滚钱。愚蠢是他凭了有钱有势,和他父亲种下许多仇恨。但整个地说,还是无知。他在顷刻之间,脸上变了好几回颜色。在张玉峰把茶杯、茶壶都移到靠里那张桌子上去的时候,李南泉还坐在那座头上未曾走开。方能凯兀自两手叉着腰呢,这就横了眼睛,向李南泉注视着。他向来的动作是一样的,只要他脸上表示一点喜怒,他跟随着的人,立刻就会代做出来。这就是颐指气使的那个典。他们主仆,做得能够合拍。可这回有点异常,当方大少爷那样出神的当儿,他身后两个健壮随从,并没有什么动作。他回头来,对他们看看,见他们在眼风和脸色上,有些闪动,那意思好像表示着,不能把李南泉轰走。张玉峰站在旁边,看到这个僵局,这就立刻向前握着李南泉的手道:"我们不还有客来吗?到这里来坐,比较好一点。"这句话是把李南泉提醒了。像杨艳华这种小姐,摆在方大少爷面前,那是将一只小羔羊,放到老虎口边,那是十分危险的事。岂但要移开桌子,连这饭馆里吃饭,都很是不妥,于是就站起身走了。

李南泉被他拉着,坐到靠里的桌子上来,索性将背朝外,对那方能凯也不望着。张玉峰倒是有些坐立不安的样子,站在桌子角边,将腿伸着跨了板凳,并不曾坐下。李南泉笑道:"张兄,我的计划,有点变更了。我打算请你到另一个地方去吃饭。"张玉峰先向外面那几张桌子看去。见自己原来的座位,是方大少爷两个随从占着,方少爷独自占了一张桌子。倒是跟来的那头狼狗,并没有什么惧怯之处,它径自走到这桌边,两条前腿,搭在椅子上,将狗头伸到桌子面上来,将鼻子尖在桌面上乱闻。方大少爷笑嘻嘻地叫着狗的外国名字,用手抚摸了它的头。张先生料着他要到了临河的座位,完全占着上风,这就不会再麻烦,也就对李南泉笑道:"何必又调换什么地方呢?在哪家馆子吃,也少不得是你李先生花钱。何况你还另邀了客,我们走开了,人家岂不是来扑一个空?"李南泉手按着桌沿,已是站了起来,摇着头道:"那没有关系,在这个乡场上,我的面孔倒是一块熟招牌。那只要向前面柜台上打个招呼,来客就会找到我们的,走吧。"说着,他首先在面前走着。张玉峰本来也不愿和方大少爷坐在一处,也就起身向后跟着。偏是那位方大少爷看到了,他要多这番事,抢向前,一把将张玉峰的手拉住,问道:"姓张的,你向哪里走,难道因为我在这里坐着,你就要躲吗?那不行,那是给我莫大的侮辱。"张玉峰回转头来,见他脸上带三分笑,又带三分怒色,倒摸不清楚他是什么意思,连说:"岂敢岂敢!"

这一下,可让张玉峰为了难。承认是让开他,没有这个道理。不承认让开他,那还得坐下,而且这个动作,又用意何在呢?于是笑道:"大爷,未免太言重了。我今天由城里到这里来,是叨扰朋友,朋友请我到哪里,我就到哪里。"方能凯点头道:"那我明白,是你的朋友要避开我。老实说我并不需要在这里吃喝什么。我是到乡下来,就尝试一点民间风味。没有关系,你的朋友不请你,我请你,你扰我一顿,怎么样?"张玉峰笑道:"多谢多谢,不敢当。"方能凯瞪了两只眼,白眼珠多于黑眼珠,脖子也微昂着向上,冷笑着道:"难道我姓方的,还够不上做你的朋友?"他说这句话时,脸色就十分难看了。张玉峰笑道:"言重,言重!"方能凯道:"你要证明你把我当方大先生,我请你吃饭,你就当接受。老实说,我请人吃饭,还没有哪个敢推诿的。"张玉峰听他这话,心里像被人钉了一锤,这也就恨不得回敬他一

巴山夜雨

耳光。可是他脸上还春风满面地笑着。两手抱了拳头,连连拱了几下,笑道:"那我就拜领,但最好是不要破费太多。"他们在这里拉扯着,李南泉走到前面客堂里,闪在柜台后面,远远向后面看着。见张玉峰被留下了,料着他也不敢不留下,自己落得省一顿请客的钱,也就悄悄走出来了,正走了不几步,却看到杨艳华穿了件淡绿色的绸长衫,摇着一把圆面纨扇,从容走来,老远她就笑了。

她走路的姿势,仿佛都带些戏剧性。她本是将那圆面纨扇,在胸前缓缓招摇着的。及至看到李先生以后,将扇子举到身边,对人微微点了三下。李南泉怕她径直走过来,就迎着跑到她面前站定,因笑道:"真是对不起,我有位朋友要和你见见,所以我请你来。不想我们刚是落座,方家那个宝贝带着两个随从也来了。那么些个座位,他都不坐,要我们把座位让给他。虽然这是小事,但他有什么权力,可以教我们把座位让给他呢?偏偏我那位朋友,是银行界人物,不肯得罪他,教他让座,他就让座。这实在是欺人太甚,我坐不住了,走了出来。我们换一个小馆子吧。"杨艳华向他笑道:"李先生这个举动,非常地聪明。若是这凶神在那里,我去了是坐下不敢,走开不便。我一个人在吃东西,那是不怕他的,他也不会像费得功①一样,白昼抢人。可是我和男人在那里吃东西,万一他借题发挥,什么事都做得出来的。那可让我为了难。你那位贵友,现时在什么地方?"说着,她回转头四处张望了一阵。李南泉虽没有了解她什么意思,也跟随了她这个动作,四处张望。便是这时,路旁一油盐店里走出一位太太来,那是李太太的竹城好友,白太太,她随了这边男女二人的四周相顾向两人笑着点点头,因道:"杨小姐这一身淡雅,潇洒得很。"杨艳华常在村子里来去,对她有点面熟,却不认识是谁,便笑着点了几点头,并没有答复一句话。李先生笑笑,也没说话。

李南泉很敏锐地感到,觉得这事有些不妙。因为接连遇着太太两位女友,脸上全都带了笑容,这笑容并不正常。尤其是眼前,单独地和杨艳华在这里说话,和在家里所约,请张玉峰吃小馆子的事大有出入。心里立刻给自己出了一个主意,

---

① 费得功为小说《施公案》中的恶霸。

便向白太太道："你回家去,请给我太太带个讯去。我请的那位朋友,事情有点儿变动,我暂时在四时春小馆子里等他。我太太若愿意下山,请你告诉她,马上就来。"白太太道："没关系。我回去就和你带个信。"这"没关系"三个字,透着有点双关,说时,带些笑容。她说毕也走了。杨艳华道："这位太太,我不大认识。姓什么?"李南泉笑道："这个人,你不应该不认识。她是这村子里太太群里的大姐,普通太太在称呼上用丈夫的姓老张、老李。因为老白和老伯子音相同,大家只叫她白大姐。她能干极了,能跑通任何一个合作社,公路上买汽车票毫无困难。因为如此,所以她能做点小小的囤积生意,而且日子过得非常俭朴。她有个口号叫'三一主义'。这'三一主义',就是一灶,一菜,一灯。"杨艳华笑道："这个'三一主义',我不大明白。"李南泉笑道："我们到四时春去慢慢谈吧。你们妙龄女郎,应该向这老大姐学习学习,这于人生是不无补益的。"于是他们走到那小馆子里,挑了一副座位坐下。李先生是为了和太太及张玉峰留着座位,隔了桌面,和杨小姐相对地坐着。她很急于要知道这"三一主义",便笑道："不要做文章了,快告诉我吧。我将来有了家庭,也可以照人家的法子办。"李南泉望了她道："你快有家庭了? 可喜可贺!"

杨艳华见他脸上带着调皮的笑容,因道："这也没有什么稀奇,谁都有个家庭的。你先把这'三一主义'告诉我吧。"李南泉道："我告诉你,你只可以参考参考。持家过日子,若是真照这个办法去做,那也是有伤天地之和的。我先说这'一灶主义'吧。这就是说每日只烧一灶火。早饭吃晚一点,晚饭吃早一点,就把三餐改为两餐。早饭这一餐饭,当然是吃热的。晚饭这一顿,就把热水淘着冷饭吃。"杨艳华道："这也不是'一灶主义'呀。烧开水不是一灶火吗?"李南泉道："当然开水是上午烧的。他们家大大小小有些瓦壶瓦罐子,上午就装满了开水放到一边,到了吃饭的时候,大家在饭碗里泡着水,稀里呼噜地喝着。"杨艳华道："这在夏天当然可以。到了冬天,那怎么办呢?"李南泉道："那当然还是一灶火。不过多耗费一点炭火而已。她的做法是这样的,在烧火的时候,放两节木炭在灶里面。在屋角上堆着一些炭灰,把灶里的柴棍夹上几块再将木炭添在上面,用热火培壅着,这火

巴山夜雨

就可以维持一个整天。不但早上烧好了的开水放到火上不会冷掉,而且还可以把瓦罐子装着冷水搁在热灰里煨着,这水虽不能喝,洗手脸是好的。"杨艳华点头笑道:"原来如此,我早就听到说,贵村子里有位善过日子的太太,烧一大缸开水,喝上两个礼拜。我以为那是神话,果然有这件事。"李南泉道:"有这件事,但那是另外一个人,你要打听打听这位太太的故事,我也有。"说着,他手拍了两下肚子。

杨艳华道:"我问题暂且不管了。还有'一菜一灯主义',那是怎么个解释?"李南泉道:"'一菜主义',那用不着解释,就是每餐只吃一项菜,而且还限于一碗。'一灯主义',这却是难能可贵的。就是到了晚上,全家只点一盏菜油灯。"杨艳华道:"这是不可能的事,随便怎么简单,一户人家,连厨房在内,总有两三间屋子,这一盏灯怎样照得过来?"李南泉道:"妙处就在这里了。他们家虽有两三盏菜油灯,平常都不用。用的是一盏特制的节约灯。这灯座子是个纸烟筒子,用钉子钉在门框上。瓦油灯盏里加上了八成油,放着半根灯草。"杨艳华摇摇头笑道:"这有点形容过甚。灯草不论长短,一尺是一根,两寸也是一根,这半根灯草,倒是怎样的计算呢?"李南泉道:"当然有个法子计算。凡是灯草的长度,足够灯盏的直径,那是一根。只够灯盏的半径,那就是半根了。"杨艳华笑道:"就算对的吧。以后怎么样呢?"李南泉道:"以后吗就放在纸烟筒子上了。必须是往烟筒子上放稳了,他们家才会把灯点着的。灯在门框上,自然可以照见内外两间屋子,就是灯盏漏油,也就漏在纸烟筒子里。你说,这能不能算节约灯呢。至于厨房里,那不成问题,他们家根本晚上不做饭,用不着灯。你看这位太太,是不是会过日子?不过有一点,我们旁观者是解不透的。她喜欢打麻将。而且赢的日子很少。我怎么会知道她赢的日子很少呢?她照例赢了钱之后,必做一次回锅肉吃,全家打牙祭,两三个月来,不见她吃回锅肉了。所以知道她没赢过。"

杨艳华笑道:"你这未免挖苦人太甚了。两三个月不吃一回肉,这倒是现在人家常有的事,不过每次吃肉,一定是回锅肉,这倒不见得。"李南泉道:"小姐,你是和社会相隔着一段小距离,不知道民间真正的情形。吃回锅肉和吃别的肉不同,回锅肉是整块肉放在水里煮熟。肉拿出锅来切了,只要放些生姜、葱头、豆瓣酱,并没什么配件。那煮肉的水，可以做汤，煮萝卜、白菜，都很合适，这是最省钱的办法。管家太太，为什么不吃回锅肉呢？"杨艳华笑着点头道："吃回锅肉打牙祭，还有这些个文章。领教领教。"她说着话，两手按了桌沿，身子颠了几颠。这分明是个调皮的样子，李先生望了她，也就只好微微笑着。就在这时，那位下江太太左手拿了个纸条，右手拿了只酒壶，直奔到柜台上去。李南泉看到，不能不加理会，这就起身相迎着笑道："怎么样？坐下吧。我做一个小东。"下江太太将手上的纸条，迎风晃了两晃，笑道："我家里也请客呢。正来叫菜，我欢迎你同杨小姐，也到我那里去吃顿饭。好不好？"杨艳华和她并不认识，所以她和李南泉说话，只是呆着脸子听了，现在她正式提出来请客，倒不好不理，只得起身向她笑着道："不敢当，改日到府上去奉访吧。"下江太太笑道："我们这是顺水人情，但杨小姐真肯去的话，倒是蓬荜生辉。李先生，你不觉得我这话是过分地夸张吗？"说着，她向李南泉嘻嘻地笑。他有什么话可说呢，也只有向她点着头微微地笑而已。

她交代过了请客，就把那张字条和柜上的店老板交涉菜肴。听她口里商量着，就调换了三个菜。那么，她要的菜就多了。李南泉心里也正在计算着，下江太太家里有什么喜庆事宜，要这样大办酒菜。就在这时，张玉峰在店门口就拱着拳头向里面走，口里连连说："对不住，对不住！"李南泉走向前去，和他握着手，把他拉扯到座位上来，向杨艳华介绍着笑道："这就是我说的杨小姐，不用看她在台上表演，你看这样子，不也就是一表人才出众吗？"杨艳华笑道："张先生，请你多指教吧。李老师，当然要在他的朋友面前，说他的学生不错。学生不行，那不也就说老师不行吗？"张玉峰见她伸着两道眉峰，在鹅蛋脸上，掀起两个小酒窝儿来，这样子非常的娇媚。她脸上只是薄薄地施了点脂粉，配上那浅淡的衣服，在乌黑的发鬓下，斜插了几朵新鲜茉莉花编的小蝴蝶儿，实在是艳丽之中带了几分书卷气。尤其是她手上拿的那柄小圆扇，上面脚着水墨竹子，她每一笑，就把扇子举着，半遮着她的脸，非常有意思。张先生在她对面坐下连连地点着头道："我一见之下，就知道是受着李兄很深的熏陶的。不怕言语冒犯了杨小姐的话，我所看到过唱老戏的小姐们，北方有北方典型，南方有南方典型，像你这种样子，分明是世代书香家中出来的一位小姐,我还是初次见着呢。"李南泉拿着伙计刚送来的筷子,在桌沿上重重地敲了一下,笑道:"批评得二十四分恰当。"

这些谈话,当然让杨艳华听着非常痛快。她也就很高兴地陪着张李二人在一处,吃过这顿饭。言谈之间,提到了刚才和方能凯相遇的一幕。张玉峰倒不是李南泉和杨艳华那种观感。他说:"这位方君完全是个大少爷脾气,人是聪明的,学问也很好的,不过就是缺乏一点社会经验。若是他有两个老成练达的人和他同在一处合作,那他的前途,是不可限量的。"李南泉笑道:"你的意思,以为他将来做的官,比他老子的地位还要高些?"杨艳华捧着筷子碗低头吃饭,只是抬起眼皮向二人看着,然后微微地一笑。张玉峰虽然知道他们不以为然,可是他并不更改他的论调,因笑道:"并不是因为他请我吃了一顿饭,我就说他的好话。你只看他二十岁边上的人,除了中、英文都很精通而外,对于经济学可以说对答如流,若是他……"张先生说到这里,对着杨、李二人看了看,却突然地把话停止了。随着这话,也是微微地一笑。李南泉知道他和方大少爷有什么初步的了解,老是追问着,倒有些不方便了,于是笑道:"今天晚上,杨小姐的戏很好,你有工夫去看看吗?我可以奉陪。"张玉峰望她笑道:"今天晚上什么戏?"她笑道:"我今天晚上是《大英杰烈》。若是张先生觉得这戏不对劲,请你改一个,我无不从命。"张玉峰笑道:"我对此道,百分之百的外行,只要热闹就行。我不懂戏,老生唱大嗓,我都听不清;青衣唱的小嗓,我更听不懂了。"李南泉鼓了掌笑道:"她今晚上唱的戏,那就完全对你的胃口。"

杨艳华笑道:"我们在下江,就是赶码头的戏班子,还有什么了不起的本事。到了四川,名角全没有来,我们就山中无老虎,猴子充大王了。张先生今晚上去赏光,我是欢迎的,可是不要笑掉了牙。"张玉峰笑道:"你们老师,都当面赞不绝口,我一个百分之百的外行,还有什么可说的?今晚上无论怎么样忙,我也要去看戏的。李兄,就托你给我买戏票了。"说着,他站起来一抱拳,还伸手到口袋里去掏钱。李南泉道:"你若有事,就只管请便,其余不必管。我在戏馆子里第三排座位上等着你。我那草屋,还有一间空房子,给你铺下一张凉床。此地找旅馆,那是让你去喂臭虫,可以不必了。"张玉峰连说多谢,拱了几下拳头,起身就走了。杨艳华看着他匆匆走去,笑道:"这位张先生,好像是很忙。一句多谢,包括了三件事。请他吃饭、听戏,以及让房间他下榻,可能他这声'多谢',对另外两件事就谢绝了。"李南泉道:"他虽是一位银行家,他的作风,和其他银行家不同。他是贫寒出身,一切是自己跑腿。抓着一个挣钱的机会,他立刻就上。他到乡下来,是预备盖两间躲空袭的房子,本来不紧张,现在让他遇到了方大少爷,那也是个找钱的机会,他怎能放过?所以又忙起来了。"杨艳华向店外面张望了一下,又向左右座位看了看,这才低声笑道:"在方大少爷手里想办法找钱,那不是到老虎口里去夺肉吃吗?"李南泉笑道:"也许他要的不是肉,是老虎吐出来的肉骨头。世界上有怕老虎的人,也就有利用老虎的人。小姐,你是在戏台上演着人生戏剧的人,你不会不知道哇。"

李先生说得很高兴,杨艳华却微笑不言。站起来点点头道:"老师我多谢了,回头若是来听戏的话,务必请你给我带个信给师母,请她也来。"李南泉道:"大概她不会来吧。"杨艳华说话时,始终是把眼光向店堂外面射着的,这就先把嘴向外一努,然后低声笑道:"刚才这位白太太在这门口张望了两三回,恐怕有什么事找你吧,我先走了。"李南泉笑了一笑,让她自去。会过了酒饭账,走出馆子来,果然看到白太太手上提了两个纸包,站在一家店铺屋檐下和人说话。心里就想着,这位太太说了回家去的,怎么又在街上晃荡,而且老盯着我的行动,这是受太太之托吗?于是缓缓地走到她面前,笑道:"你这时候有工夫到街上来。我知道,下江太太家里,今晚上有个约会,你在不在内呢?"白太太笑道:"不但我在内,我还给她帮忙呢。你不瞧这个。"说着,将手提的纸包举了一举。李南泉道:"她家今日有人过生日?"白太太道:"这个我不晓得。反正是有什么庆祝的事吧?不过她不请男客。她说,吃饭的时候,她会宣布,反正用不着送礼。你太太也在被邀请之列。不过我问她,她说不参加。原因是不知道下江太太今晚上这个宴会用意何在。有人猜她是邀会,那不对。人家手边,比我们方便得多。也有人猜她是举行什么纪念。"李南泉道:"什么纪念,除非是他们的结婚纪念。"白太太道:"你太太说,为了

巴山夜雨

避免这个应酬,希望你接她到街上来听戏。你太太,她也很喜欢杨小姐的。"说着,"嗤"一声笑着,就提着纸包走了。

李先生想着这些情形,站在街头上,很是踌躇了一会。最后,他觉着今天的请客大概是不免引起太太的疑虑。为了免除太太的疑虑,还是向她解释一番为妙。于是暂行不买戏票,扶着手杖,缓缓走回家去。这时,天已昏黑了。草屋的窗户里,已露着昏黄的灯光。由山溪这边,看山溪那边,已是昏茫茫的不辨房屋轮廓。而天上恰是有些阴云,把星光埋没了。这现出了四川的黑夜真黑,在眼前三尺外的熟路,简直不能看到。他将手杖探索着地面,一步步地跟了手杖走。这样人走得慢,脚步也响得轻。倒是房里人说话的声,在外面听得清楚。最能入耳的是奚太太的声音。她正在批评着男人说:"无论什么样子的男人,太太离开久了,这总是靠不住的。老奚若是在我身边,他若多看别个女人一眼,我可以拿棍子打断他的狗腿。也就因为我一点没有通融,他非常地规矩。可是他离开了我,我就没有法子控制他。李先生的态度,倒是公开。不过他要离开了你,那就难说呀。最好你现在就管制得紧一点。"李南泉听说,不由站住了脚,暗中叫声"岂有此理"。可是李太太并没有答复,只是嘿嘿地笑了两声。接着就听到石正山夫人说:"只要女人不做男子的寄生虫,理直气壮地,要男子一样同守贞操,有什么过分?所以我就向来不用化妆品。先生也不化妆给太太看,太太为什么化妆给先生看呢?若是男人擦胭脂,我也就擦胭脂。"

这一通话,颇是给了李先生一个不小的刺激。向来不敢得罪此两位女客,听她们的口音,颇有教唆李太太管理丈夫之意。在这时候,冲进家去,倒是不甚妥当。这就隔了山溪叫道:"黑得很,家里拿出一盏灯来吧。"王嫂由厨房里举出一块烧着的木柴,问道:"先生消了夜没得?我们吃过了咯。"他答道:"我请客,吃过了。我在街上还等着太太呢。大概托白太太带的那个口信,还没有送到。"他这话自然是故意让太太听见的。然而太太没有答话,答话的是那位煎干鱼头待客的袁先生。他站在他家溪沿的走廊上,将手电放出一道白光,射在木桥上,大声道:"李先生,小心走,桥板不稳得很。"李南泉倒落得借了他这亮光走回家去,站在走廊上连声道谢。袁四维并不让他进家,接着道:"李兄,你那位朋友,为人十分爽直,而且很慷慨,我就喜欢和这路人物结交。他和方家好像很熟吧?"李南泉道:"不,他虽是银行家,他是另外一条路线。"袁四维道:"不然,我刚才看到方大爷请他吃饭,而且,他走出饭馆子,方大爷还送了出来。这是不小的一个面子。我在路上碰到方院长的时候,因为他是我们的政治首长,我们为了国家,也应当敬重他,所以总是站在路边,脱帽致敬。方先生认为我彬彬有礼,坐在轿子上,总是和我微笑点头。我想,他脑筋里对我一定有很深的印象。张玉峰先生若是能够把这层意思向方大爷提提,为之先融一下,我们找个机会去向方院长致敬致敬,老兄以为如何?"

李南泉听了他这番话,不觉得由心要笑了出来,便道:"袁兄既是认得方院长,那就直接去拜见得了,何必还要经过他少爷那道手续呢?"袁四维兀自把电筒向这边射着白光笑道:"那当然有些原因。我们隔着这条小溪说话,怪不方便,一会儿我到府上来细谈吧。"这句话,李先生非常之不欢迎,不敢答话,"哦哦"了两声,就走到屋子里去了。这时,奚、石二位太太还在屋子里坐着。看到李先生进了屋子,两人的脸上,都带了一分俏皮的微笑。尤其是奚太太眼睛斜着看人,嘴角不住闪动。李太太脸上,也是带着笑容的。但她并不望着进门来的丈夫,拿起桌上的烟卷盒子,抽出一支烟卷,送到嘴里抿着,然后擦了火柴点着烟,偏过头去将烟吸着。火柴盒"啪"的一声,扔在桌上响着。李南泉看这情形,不大妥当,这就向石太太道:"今晚上怎么有工夫到舍下来谈谈?"她是手扶了茶几,在椅子上端坐着的,这就偏着头对李先生周身上下,看了一看,笑道:"天下事,无非是物以类聚。你愿意找谈得来的人谈谈,我们也是一样呀。"李南泉听这话音还是不对,便笑嘻嘻地向里面屋子里走去,也来个王顾左右而言他。他在屋子里很耽搁了一会子,听到外面屋子两位女宾,并没有言走,干脆就横倒在床上躺下。但心里可在想着,杨艳华该上戏馆子了,倘若她在门帘子缝里张望一下,那就看不到老师在座,她不会是说故意失约吗?李太太在隔壁屋子里,笑道:"二位不忙走,我再泡壶好茶喝,买点瓜子、花生,做个长夜之谈吧。"

他料到这是太太故作惊人之笔,反正把今天的戏耽误了,那也没有什么关系。

巴山夜雨

且躺在床上,不做任何反应。约莫是五分钟听到一阵脚步响,向门外走去,依然是没有声息。他很坦然地躺在床上,约莫是十分钟,李太太却在隔壁屋子说话了,问道:"是真睡着了,还是假睡着了。人家走了,可以出来。"李南泉道:"没有睡着,休息休息。"李太太道:"起来吧,人家张先生到戏园子里去,你若是还没有到,岂不要人家买票?"李南泉由里面屋子里走出来,手急急地乱抚摸着头发,因道:"我本是回来,邀你同去的。因为看到两位女杰在这里,我就懒得说话。这种人物……"说着,探头向屋子外看看,有个油纸捻儿,在夜空里照耀。见石太太抬了一只手,正在溪岸那边走着。这就低声道:"你何必和她们一样。她们满口男女平权,事实上是要太太独霸。尤其是石太太,她说妇女解放,她家里现养着一个丫头,她真要平权,先把那丫头和她平起来。"李太太道:"我有我的主张,我为什么听人家的?你有正当的应酬,那我当然不干涉。无须假惺惺,你去听你的戏。"李南泉望了她笑道:"下江太太家里,今天晚上有个盛大的宴会。"太太不等他说完,乱摇着头道:"我不去,邀我我也不去。"李南泉道:"你们是好牌友呀,为什么不去?"李太太将手连挥了两下,皱着眉道:"你去吧。不要管我的事。"李先生颇觉得太太脸上有些不悦之色,料着下江太太的宴会,还有什么小小的问题,这就不敢多说话,摸索着了手杖,悄悄地就溜出了大门。

  李先生是这样地走了。当他走回家来的时候,那已是夜中。他打着一个折纸灯笼,照着山路上前后丈来宽的光芒。张玉峰先生跟着在后面光圈内走。他从容着低声道:"李兄,这位杨小姐的确不错。她在台下,看着她娇小玲珑而已。美中不足的,脸上还有几个雀斑。可是她一上了台,化过妆,更穿上那美丽衣服,那真是画中美人。"李南泉笑道:"老兄,你外行。看戏不是专看角儿的长相的。你在我太太面前,可别说杨艳华长得好看。"张玉峰对这话还没有答复,身后面却有人嘻嘻地笑了一声。他回头看时,那人也是提着一只灯笼,彼此灯光照耀,只是个人影,倒看不清是谁。那人笑道:"南泉兄,你我同病相怜呀。"这听出他的声音来了,那正是石正山教授,因笑道:"虽然我们患同病,可是起病的原因不一样。我是外感风邪,吃点发散药病也就好了。老兄只是身体弱,并不招外感。"石正山快走了两步,到了身边,低声笑道:"唯其是我并没有外感,我就觉得内阁方面对于我压迫得过于严重一点。在物理学上,是压力越重,反抗力也越大的。"李南泉道:"难道你老兄打算造反?"石正山跟在身后,只是一笑。李先生这就想起前两三小时前石太太在家里的那番谈话了,因问道:"石兄,你是赞成女人化妆的,还是反对的?"他笑道:"这话问得奇怪。哪个男子不喜欢女人漂亮?你不是刚才看戏来吗?你愿意戏台上的人,都丑陋不堪?"李南泉道:"那么,你是愿意太太用胭脂粉的了,也不反对太太烫发的了?"

石正山倒还没了解他的用意,因道:"太太长得不漂亮,是不能驾驭先生的。讨老婆,谁都愿意老婆漂亮吧?那么,为什么不愿意太太擦胭脂粉呢?老实说,太太不化妆,那是一种失策,这很可能让先生失望,而……"他那句话没有说完,已走近他的家门。他的家就是在人行路边上,窗户里放出来的灯光,老远就可以看见。而且夜深了,那里面说话,外面也听得很清楚,这就听到石太太叫道:"小青,熄灯睡觉吧,不用等了。知道你爸爸这夜游神游到哪里去了?不管他,再晚些回来,门也不用开了。"石正山老远地大声答应着道:"我回来了,我回来了!"说着,直奔了家门口去,对于李、张二人,并没有加以理会。张玉峰直走了百步以外,方才回过头来看了看,见石公馆已鸦雀无声了,这就向李南泉低声道:"我看这位石先生,是最守家教的一位吧?"李南泉笑道:"那是我们做丈夫的模范分子。不过他在朋友面前,不肯承认这种事实。刚才他还不是说压力越重,抵抗力越强吗?"说到这里,突然把话停住,改口说着两个字"到了"。跟着"到了"这两个字,下面就寂然无语。手上提着那个纸灯笼,高高举起。到了自己家门口,首先报告着"张先生来了"。张玉峰看到石正山刚才的一幕,也就知道这冒夜叫门,在家规第几条上,可能是有处分明文的,这就叫道:"李太太,我又来吵闹你来了。"但出来开门的是王嫂,屋子里并没有什么反应。主人引着客人到空屋子里去安歇,他自己也是默然地走回卧室去。

李先生料着太太心里,总还有点疙瘩,干脆不去惊动,自向小竹床睡下。这已是夏夜的十二点半钟了,其实也可以安睡。但睡了一小觉之后,却听到后墙的窗户,有人轻轻敲着。那敲窗人似乎也知道这是孟浪的,就先行说话了,她道:"王嫂,你叫一声你太太起来,我姓白呀。"李南泉听出这是白太太的声音,自也感到奇怪,只是装睡着不作声。李太太惊醒了,因道:"白大姐,为什么起得这样早哇?到哪里去赶场?"白太太在外面笑道:"根本没有天亮,不过是两点多钟。你起来,到下江太太家里去一趟。"李太太道:"有什么要紧的事?"白太太笑道:"我们还有什么要紧的事,无非是三差一。"李太太说着话,就在黑暗中摇着火柴盒响。接着擦了火柴将桌上的菜油灯点亮。她睡觉的时候,当然是穿着小汗衫和短裤衩,这就在床栏杆上把长衫抓起来穿着,因道:"这是怎么回事?你们天不黑就搭上了桌子,到这个时候,怎么又变成三差一了呢?"白太太在外面轻轻地敲着窗户板,笑道:"你别废话了,不怕先生,你就开了门让我进来,把原因告诉你。你若是怕先生,你就熄灯睡觉罢,明天见面,可不许嘴硬。"李先生听到了这个激将法,心里想着,这半夜邀赌角的人,倒也有半夜邀角的办法。且不作声,看她们怎么样。李太太就道:"笑话!什么时候打牌,我也不受拘束。开门就开门,你是一位太太,我怕什么!"于是举了菜油灯到前面屋子里去,果然开门了。

白太太走进前面屋子首先低声问道:"李先生是醒的吧?"李太太道:"你不管他了,有话就说吧。"白太太道:"下江太太,也是太多事一点,打了一桌不够,又打第二桌,第二桌有一位人家不大舒服,打完了十二圈,就下场了。主人家非凑足两桌不可。她也不用费神做第二步想法,就派我来找你。她说,若不如此,人家垫的伙食费都找补不出来了。"李太太道:"那位是赢了呢,是输了呢?可别让我去做替死鬼呀。"白太太道:"我不在那一桌,我不知道那桌的情形。反正各凭各人的本事,各凭各人的手气,你管他前手怎么样?走吧走吧。"李太太道:"我也得洗把脸漱一漱口吧,我起来了就不再睡了。"白太太道:"你带着钱就得了。洗脸漱口,我会给你找地方。走走。"李先生听那声音,好像是由太太已把他太太拖着向外走。随后李太太走进屋子来,在枕头下面摸索了一阵。然后她走到小竹床面前来,两手撑了床沿,低声问道:"你是真睡着了,还是假睡着了?"李先生侧了身子睡的,并没有作声。李太太道:"你再不作声,我就拿蚊香烧你了。"说着,两手将他连推了几下。李先生一个翻身坐了起来,笑道:"你要走你就走吧,你又何必把我叫了起来呢?"李太太道:"这还是半夜里呢。我走了你不要起来关门哪?"李先生也不分辩,随着她到前面屋子里来,见白太太站在屋子中间,手里兀自提着一只纸灯笼。她眯了眼睛笑道:"对不起,扰了你的清梦了。"李南泉笑道:"可不是,我正梦着和清一条龙。"

白太太笑道:"你不是在梦着看《玉堂春》?"李南泉笑道:"看了《玉堂春》,回来还梦着看《玉堂春》吗?我并没有对你来邀角稍有违抗呀,你还要加紧我的压力吗?"李太太接过白太太手上的白纸灯笼,挽了她的手道:"不要和他多说话。走吧。"但她并不就走,站在屋子里停了一停。等李太太走出门去了,她向后退了两步,回到李南泉身边,向他做了一个鬼脸,然后微笑着低声道:"我虽然在街上遇到了你三次,可是对你太太,并没有说半句话。"她说着话,竟是男人和男人开玩笑的态度一样,伸着手拍了两拍李南泉的肩膀。李南泉还打算说什么话时,她就走了。他对于白太太这种作风,心里十分不痛快,跟着走出门来,在走廊上站着。他看着那两位太太共着一只白纸灯笼,晃荡着在人行道上远去。这已夜深了,很远的说话声,也可以听到,有一句最明白。白太太说:"你说,那副牌,为什么不和五八条呢?"她们低声笑语地在那灯笼光下,走进了前面那座灯光四射的村屋。李先生背了两手在身后徘徊着,自言自语地道:"殊属不成事体。"他一叹气,将头抬起来,这就看见对面邻居袁先生家里,突然在窗户里一冒灯光,窗子打开了。接着是袁先生一片咳嗽声。随后是袁太太的问话声:"现在是什么时候了?"袁先生说:"可以起来了,天快亮了。不起来也不行,我睡不着。我们把问题来谈谈吧。"这边走廊,和那个打开的窗户只相隔了一道山溪,那边的话,这里是听得很清楚的。他心里很是奇怪,有什么重要问题,要他夫妻双双半夜里起来商量呢?

李南泉并没有打听人家秘密的意思。可是这一溪之隔,又是夜深,那边人说话,无论怎样不经意,也是听得很清楚的。却听到袁太太道:"我也是睡不着,倒愿意起来和你谈谈。那个姓张的,人倒是个老实样子。不过人家是干银行的,什么事没有个盘算?他能够毫无条件,就拿出一笔款子来入股吗?"袁四维道:"我也这样想。可是我们所要的这数目,在银行家眼里看来,那是渺乎小矣的事,他不会有什么考虑的。"李南泉一想:"好哇,你们夫妇,半夜里起来,倒商量这样一件不相干的事。"索性在走廊上来回地走,听他们的下文。袁四维轻轻地说了几声,接着大声道:"老实说,出几个钱,自己就舒舒服服地住现成房子,我也愿意办。"袁太太道:"他就是愿意办,还有那介绍人从中作梗,这事就不好办了。"接着,袁四维又嘀咕了一阵子,然后大声道:"我有一个办法。他那个人,究竟是个书呆子,把面子拘了他,他也就没有办法。我们明天单独请他吃一顿饭。"袁太太道:"一点消息没有,我们又得花钱,可不要偷鸡不着蚀把米。"袁四维道:"我有办法,昨天那碟子干鱼,不是还保留着吗?今天表弟家里送来的那五个咸鸭蛋我们切它三个,每个蛋切八块,就是两个碟子。回头我起个早到菜市里去买十二两肥肉,大概有个半把斤,配上一点辣椒豆腐干,可以炒一碟;四两肥肉炼出油来,做一碗汤,这碗汤我也有办法了,那陈屠户老早说了,送我们一块猪心,做一碗汤还有富余呢。"

李南泉听到,不由得要笑起来。心想,倒没有料着半夜里起来,发现有人算计我。而算计我又不是恶意的,乃是请我吃干鱼头,和三个咸鸭蛋一碗猪心汤。再向下听,袁太太的答复,却是默然。袁先生又说道:"那个猪心,我们不做汤也可以。拿回来用点盐腌起来,然后再拿出来炒辣椒,我们可以少买四两肉。好在陈屠户和我很好,和他讨点猪血,在山上拔点野葱,也可以做一碗汤。"袁太太这就开言了,还是带了笑音的,她道:"买几根葱也要不了多少钱,何必到山上去拔野葱呢?"袁四维道:"这里面我是有理由的,山上的野葱,比家葱香。猪血不免有点血腥气,加上野葱,那汤里不会有气味了。"袁太太道:"不用计算了,就照着你那个计划行事吧。可是不要像昨日一样,办好了饭菜,人家不赏光。"袁四维道:"已经拒绝我一次了,我菜里又没有毒药,他好意思再拒绝我们吗?我们现在非有一笔款子,放在手边不可。乡下人马上要割谷子了,收成到家,他怎能不变成现钱卖了。那个时候,米总要便宜些,我们有一担的钱囤一担,有一斗的钱囤一斗,乡下人现在来借钱,就可借给他。说明要他还谷子。"袁太太道:"这个道理哪个不知道。但是你的算盘打得太精了,就会失败。你起初以为我们把房客轰走了,就可以把房子卖掉。现在空了两个月的房子,还没有卖掉,这吃了多大的亏。"袁四维道:"还等三天吧。三天没有人给定钱,我就把房子再分租出去。我已经预备好了一张招租帖子,我可以念给你听。"

李南泉听到这种地方,虽然觉得新奇,也不愿意向下听了。他转身向屋子里走,却待掩上屋门,这就听到袁四维开着他们的屋子后门响。心里想着,莫非他知道有人偷听?于是,也不掩房门了,就在门里边一张帆布椅子上睡下。好在屋子里的菜油灯焰,已经是熄下去了,他也看不到这边。这就看到袁四维举着一个纸灯笼,高过了头顶,在后门外四面张望着。随着,袁太太也就出来了,她道:"我听到有鸡叫,一定是黄鼠狼拖着的。"随着这话,袁家的少爷小姐,全体动员,都蜂拥到后门口来了。火把,纸油灯捻,菜油灯,灯笼,他们家后门口,那块斜坡上,几点大小的灯火,照着许多摇摇的身影。大的笑着,小的叫着,闹成了一片。李先生为了避免窃听他夫妻私语的嫌疑,兀自不敢露面。只是用两耳听着,随后听到他们家孩子叫道:"找着了,找着了,鸡在窗户眼里夹着,没有拖着走。"于是那群灯火,都拥到他们家后门口厨房的窗户下去。听到有人叫道:"只是把鸡头拖走了,鸡身子还在这里。"又有人道:"这一地的鸡毛和一地的鸡血。"又有人道:"我们明天有鸡吃了。"这才听到袁太太喝骂着道:"你们嘴馋怎么不变黄鼠狼呢?变了黄鼠狼,就可以天天有的吃了。"最后有一个女孩子的声音,结束了这些话,她道:"你们不用吵,我已经听到了。爸爸明天要请客,商量了半夜,还没有把菜决定。现在有了鸡,又多一样菜了。不止多一样菜,煮一碗汤,红烧一碗,这就两样了。"袁太太笑骂着道:"小姐们,好厉害的嘴。"

李南泉心里想着,这很有趣味,他们袁府上,打算在那无人过问的干鱼头之外,又要把这黄鼠狼没拖走的鸡待我。这就禁不住笑了起来。门外有人问道:"李兄,还没有睡吗?你倒是能摸黑地坐着。"这是张玉峰的声音,李南泉站起来,把桌上的菜油灯挑亮了,见他已是把那套灰色中山服穿得齐整,便笑问道:"难道你让机械化部队把你吵醒了。我是知道的,那张竹床,绝对没有臭虫,铺盖也是干净的。除非蚊香不够防御,蚊子有些咬人。在乡下住家,什么都好。我觉得这大自

巴山夜雨

然给我的安慰不少。唯一的困难,就是这蚊子无法对付。"张玉峰道:"不是不是,我是一条劳碌命,吃得饱,睡得着。我今日得早起会个人。"李南泉道:"现在是两点多钟,就算夏季天亮得早,也是四点多钟五点钟天亮。你这样半夜,到哪里去会人?"张玉峰道:"夏天的夜里,有什么早晚?这位朋友,天亮就要进城,我需要在他动身以前和他谈几句话,还是去那里等着吧。"李南泉听他这话,就知道他是去会方大少爷的。也不便多问,笑道:"现在夏季时间,起得特别早。也不但是你。我们邻居,有这时候邀角去打牌的,也有起来谈家常话的,你到我们这里来,可以说入乡随俗了。反正还早,我烧壶开水,泡碗好茶你喝。我保证我的好茶,里面没有米粒。"张玉峰想起袁四维待客的事,他也笑了。他也感到这时去会人太早,就依了主人的话,夜坐喝茶。遥远地,在半夜空中有尖锐的声音送了过来。

夜深闻远语的情况下,只能听那低声慢语,若是尖锐的声音,那是加倍的刺激人的。因之张、李二人,对着桌上一盏孤灯,各人托着粗茶杯子,偏头细听,都有些愕然。那尖锐的声音,也就听出来了,有人道:"你不要管我的事。天亮的时候,叫小青到菜市上去接我。女孩子家,还是不要她半夜里出来,我有几个人在一处走,怕什么的?"李南泉笑道:"没有什么,这是那位石正山的太太,赶什么利市去了。"张玉峰笑道:"你说这俏皮话,石先生听到了,可不依你。"李南泉道:"我绝不是开玩笑。这位石太太,是赶上了时代的妇女。她手上有一张钞票,都变成物资,由人吃人用的,到鸡吃猪吃的,她随时都要。她并不要像男子那样,跑码头,跑比期,她就是住在这村子里,跑附近两三个乡场,她每月所得的利润,超过她丈夫薪水的两倍。例如我们现在吃的菜油,已是四五元一斤,而她家所用的菜油,还不曾超出一元钱。这一点,令人实在佩服。"张玉峰道:"这也算是妇女运动里的一课吗?"李南泉道:"那无可非议。不过她也有得不偿失之处。就是倚恃着自己会挣钱,压迫丈夫过甚。而压迫丈夫过甚,又有大意的地方,毛病就出来了。这样鸡鸣而起,孜孜为利,那是个漏洞。"李南泉说得很高兴,只管往下说。忘记了对这位来宾,也是鸡鸣而起,孜孜为利的。及至说完了,总觉得不妥。便停止了话,向窗外侧耳听着。正好是村鸡凑趣,就在夜空里拉长了"喔喔"声浪,送进窗户里。随着鸡声,隔溪那丛竹子,抖擞叶子,有些瑟瑟之声相和。

张玉峰笑道:"还是乡间住得有意思。我们整年住在城里的人,简直听不到鸡叫。重庆是上海化了,很难有什么人家,有空地养养鸡鸭。"李南泉道:"有钟表,要听鸡声干什么?"张玉峰笑道:"但是大自然的趣味没有了,世界进到了机械化,诗情画意就一概消失。到了战后,无须为生活而奔走了,我一定回到农村去。"正说着呢,夜空里又送来了一片凄惨而又尖锐的哀号声,乃是猪叫。呜呀呀的,十分刺耳。李南泉笑道:"这也是大自然的声音了,你觉得怎么样?"张玉峰伸了个懒腰,站起来笑道:"你休息着吧,趁着太阳还没有出山,你还可以好好睡上一觉。我走了。屠户已在宰猪,分明是去天亮不远。"说着,人向门外走。李南泉道:"接二连三的,都是鸡鸣而起的人,我也不能再睡了。我送你几步。"他走出屋子来,随手将门带上。抬头看看天空,夏季的薄雾,罩不了光明的星点。七八点疏星,在头顶上亮着。尤其是半夜而起的那钩残月,像银镰刀似的横挂在对面的山峰上,由薄雾里穿出来,带着金黄的颜色,因之面前的物,已不是那样黑暗,石板铺的人行小道,像一条灰线在地面上脚着。山和草木人家,都有个黑色的轮廓,在清淡的夜光里摆布着。半空里并没有风,但人在空气里穿过去,自然有那凉飕飕的意味,拂到人身上和脸上。杀猪声已是停止了,这空气感到平和与安定。倒是鸡声来得紧急,由远而近,彼起此落,互相呼应。两个人的脚,踏在石板路上,每一下清楚入耳。

张玉峰笑道:"你家里还没有关大门,你就不必再送了。"李南泉道:"不要紧,我们左右邻居,都起来了。虽然住在乡下,大家的生活,还是那样紧张。"张玉峰道:"不见得,你听,还有人唱歌呢。"于是二人停住了脚,静听下去。这时,山谷的人行道上,没有一点人影活动,只是偶然来阵晨风,拂动了山麓上的长草,其声瑟瑟,而且也是很细微的。所以张先生说的歌声,却也是听得见。细察那声音的所在,是路旁人家一个窗户里。路在山坡上,屋在山坡下,所以他们对于这歌声,却是俯听。这个窗户,就是石正山先生之家。他们家并没有灯火,整幢房子,在半钩残月昏黄的光线里,向下蹲着。这半钩残月和月亮边的几点疏星,可能由这山峰

巴山夜雨

上射到那窗子里面去。这就听到那歌声,轻轻儿地由窗户里透出来。两人静静听着,那歌词也听出来了。乃是《天涯歌女》的一段:"人生谁不惜青春,小妹妹似线郎似针,郎呀,咱们穿起来久不离分。"那歌声是越唱越细微,最后是一阵嘻嘻的笑声,把歌子结束了。张玉峰有事,没再听下去,继续向前走。看看离那屋子远了,他赞叹着道:"哎呀!此时此地,这种艳福,令人难于消受。你说,这个屋里的主人翁,他的生活还会紧张吗?"李南泉笑道:"我这位芳邻,生活虽不紧张,却也不见得轻松。上半夜我们走到这里,那位打着灯笼追上来说话的先生,就是这屋子里听夜半歌声的主人。"张玉峰道:"就是他?他不是说他向太太反抗吗?太太半夜里还唱这艳歌给他听呢!"李先生故意道:"怎么见得,一定是他太太唱歌给他听呢?"

张玉峰道:"你说的这话,我有点不懂。这样半夜里,除了自己太太,谁会唱歌给先生听呢?"李南泉笑道:"你这话才让人不懂呢。谁家太太,半夜里起来唱歌给先生听呢?我的太太,当然办不到;你的太太,可以办到吗?"张玉峰笑道:"你说这话,那犯了大不敬之罪。"两个人都笑了。他们这笑声,惊动了对面的来人,远远地听到有本地人说话:"硬是不早咯,他们下江人都起来了,杂货儿的。"又有人说:"下江人,朗个的?还不是为了生活起早歇晚。这两年,下江人来得太多,把我们的米都吃贵了。"第三人又说了:"打国仗①打到哪年为止?我们四川人,又出钱,又出人。说是川军在外打国仗的,有上百万。你说嘛,上百万人,摆起来有好大的地方!他们下江人都说,没有四川,硬是不能打日本。"说着话,一串过来三个人。一个背着背篼,两个挑着担子。在残月光辉下,看到他们的颠动步子,彼起此落,口里喘吁吁地出着气,相当紧张。正反映着他们肩上的负担不轻。这分明是乡下人起早去赶场的。他们过去了。张玉峰道:"你听听这言语,很可以代表民间舆论。"李南泉道:"那就是说,我们把人家的米都吃贵了,若是不为国家民族出点力气,真对不住给我们落脚的四川朋友。人家这样起早挑了担子去赶场,

---

① 川人称对日抗战为"打国仗"。

也许这里就有百分之十的血汗要献给国家。"张玉峰似乎感到一种惭愧,默然地走了一截路,却又长叹了一声。

李南泉道："你叹什么气？你觉得他们批评得不对？"张玉峰道："他们的批评,是太对了,我其实不应该走向银钱业这条路的。现在已经走上这条路子,那也没有办法,欠头寸,就得跑头寸,多了头寸,就得想办法加以运用,不然,银行门开不开来,面子丢不起,而这些同事的饭碗,也没有了着落。"李南泉颇不愿听他这些话,默然送了一截路,已经是走到村子口上,便笑道："张兄,你走夜路,害怕不害怕,我可不再送了。"张玉峰正是怕他继续送下去,连说"劳步劳步"。李南泉悄然站在路口,看到这位朋友的影子,在月光里慢慢消失。他自觉得身体的自由,和意志的自由,那绝不是任何人自己所能操纵的。自己的身体与意志,自己还没有把握去操纵。若以为自己有办法,可以操纵别人,这实在是可考虑的事。奚太太自吹能管束得先生不吸纸烟,这反抗就让她受不了。石太太也自许能管丈夫,当她半夜赶场去了,就在她的卧室里,黄昏的月光下,放出了情歌。天下事真是自负的人所不能料到的。他想着呆呆出了一会神,觉得是露下沾襟,身上凉浸浸的,于是才回转身来,慢慢向家里走。当他走到石正山家墙外的时候,他的好奇心,驱使他不得不停下步来,在那月光下的窗户旁听了听。但是一切声音寂然,更不用说是歌声了。倒是二三十丈之远,是下江太太之家,隔了一片空地,有灯光由窗户里射到人行路上。随着光,噼噼啪啪,那零碎的打牌声,也传到了路上。

这时,村子口外的鸡声,又在"喔喔喔"地,将响声传了过来。邻居家里,不少是有雄鸡的,受着这村外鸡声的逗引,也都陆续叫着。夜色在残月光辉下,始终是那样糊涂涂的,并不见得有什么特别动作,但每当这鸡叫过一声之后,夜空里就格外来得寂寞。尤其是他家门口斜对过一户邻居,乃是用高粱秫秸编捆的小屋子,一切砖瓦建设全没有。高不到一丈,远看只是一堆草。这时那天上的半弯月亮,像是天公看人的一双眼睛,正斜射着在这间小屋子上,那屋子有点羞涩,蹲在一片青菜地中间,像个老太太摔倒着。而他们家可有雄鸡。那雄鸡并不知道他们是那样穷苦可怜的,在草屋角上,扯开了嗓子,对于外来的鸡啼,高声相应,看那个小草

巴山夜雨

棚,在这高声里,简直有点摇摇欲倒。这屋子里是母子二人,他们被这鸡叫醒了。可以听到那母亲道:"朗个这样好瞌睡,鸡都叫了好几遍,起来起来。我把饮食都做好了。"有个男子含糊的声音问道:"吃啥子?"他母亲道:"吃啥子,高粱糊羹羹。米好贵,你想我煮饭给你吃。"接着是一阵动作声,这壮丁起来了,他继续道:"吃的是水一样,出的力气,是铁一样。鬼鸡,乱吼。让人瞌睡都睡不够。明天我打死你,一来吃了,二来多瞌睡一下。"接着这话是老太太的一阵啰唆,猪哼,开门声,整理箩担绳索声,和百十丈外那麻将牌是互相应和的。那天上的月亮,看了这草棚,当然也就看了在里面打牌的那西式房子。

第十九章　内科外科

　　在夜半声光的特殊情形下,李南泉究竟是很无聊地走回了他的家。后面那两间屋子里,小孩和女用人的鼾呼声,隔了泥壁,不断向耳里传过来。桌子上那盏菜油灯,又缩得只剩了一点豆火之光。和人的鼻呼声相应的,是书桌子边那窗户下面,有两只蟋蟀,彼起此落,"叽铃铃"地弹着翅膀。待客的那一大壶茶,还没有喝完,他剔亮了灯,斟着一杯茶,静坐着慢慢地想着。真觉得这个世界,处处是矛盾的。当轰炸期间,大家渴望有个安定的时间,可以休息休息。现在是安定了,大家全不要休息,半夜里起来,有人去找钱,有人去会朋友,有人去找娱乐,就是不出门的,也起来点着灯火,商量着在别人头上打主意。不睡觉,也不会坐着享享清福吗?他这样想着,算是会享清福的一个。就在旧书架子上抽出一本书,坐在窗户前的小桌上,慢慢地看下去。耳根清净了,窗子外却不断地一阵一阵送来瑟瑟之声。为了躲避蚊子,这窗户外的两扇板窗,是紧紧地闭着的。看了看窗户,只是菜油灯淡黄的光映着茶壶笔筒的影子,落在窗户台上,这不能有所感动,还是看书。看了半页书,那外面瑟瑟之声,却是响得更厉害。他把书本放在桌上,手按了书本,偏着头想,我不信有什么鬼物,这是什么声音?同时,对溪那小草棚子里的说话声,还隐约可以听到。这声音不会是鬼,也就不会是贼。明明知道屋子里有人亮着光看书,这是谁,弄出这些声音来呢?

　　他终于忍不住了,突然将房门向里一带,打了开来,人向外一跳。同时口里叫着:"我倒要看看,到底是什么东西?"他并没有吃惊,门外面有人吃惊了,大大地"哟"了一声。看时,在窗子边,一个女人的影子向后一缩,便问道:"是哪一位,起来得这样的早?"那人答道:"是我呀,天热得很,根本睡不着,邻居左一批右一批起来,就把我吵醒了。"说这话的,是奚太太的声音。这把李先生听得有点诧异,吵

巴山夜雨

醒了,在这夜深,不能再睡,也就只有在家里坐着,为什么跑到邻居家的门窗外这样轻轻悄悄走着?便笑道:"天还有一小时才能亮呢。奚太太就这样在外面乘早凉吗?"她道:"那又何必那样拘束呢,你都打开门了,我还不能进去坐坐吗?"说着话,她也就侧身而进。李先生并没有那勇气把她推了出去。人家进屋去了,自己也不便在走廊上站着。只好到了屋子里将灯火剔得大大的,而且隔了墙壁,大声叫了两句"王嫂"。奚太太笑道:"没关系,用不着避什么嫌疑,这房门不是开着的吗?"她随了这话,就在门里的竹椅子上坐着。看到正中桌子上放有茶壶、茶杯,笑道:"你还有热茶,送杯茶我们喝喝,可以吗?"李南泉看了看她的颜色,只见她是嘻嘻地笑着,自己抹不下面子来不睬她,只得斟了大半杯热茶,送到她手上。她手里接过茶,眼神可向李南泉瞟了一下,因笑道:"我很明白,你对于上半夜和你太太谈话的姿态,你是不愿意的,但那是为我自己的事,与你无干,你不要误会。"

李南泉远远地在她对面椅子上坐下,笑道:"我根本没有介意,难道奚太太鸡鸣而起,倒来和我道歉的?"她端着刚斟上的一杯温茶,慢慢儿地喝着,这就向他瞟了一眼笑道:"这样才显出来是有诚意的呀。李太太半夜起来,打牌去了?"李南泉道:"你怎么知道的?"她把那杯温茶一饮而尽,将空杯子放在茶几上,将手按住杯的口,不断地摇撼杯子,做个沉吟的样子。她这个动作,总继续了五六分钟,然后叹了口气道:"实不相瞒,这一个星期,我就没有睡过好觉,整夜都是睁了眼望着菜油灯。白太太到你们家敲门的时候,我就听到了。我原来也是疑心,这位白太太有什么要紧的事,半夜三更打人的门。后来听到她和李太太笑嘻嘻地走了。我就知道她们是赌钱去了。李先生,你看这事怎么样,我觉得不大好。哪有做邻居的半夜叫人起来打牌的?"李南泉道:"我当然是不大愿意。不过现在女权伸张的时候,我也不便做什么干涉。"奚太太笑道:"李先生倒是个标准丈夫,对太太的行为是这样的放任。"李南泉笑道:"难道奚先生还不够标准?连吸纸烟的小事,也都遵命办理。这叫我就不行。"奚太太将手在茶几上拍了一下道:"唯其这番做作,表示了他是个伪君子。这样的小事,都听从太太的话,好像是正人君子,可是他背了太太造反,玩弄那些无耻的女人,那比吸纸烟的罪大到哪里去了!李先生,你这人很直爽,在太太当面和背后,都是一样。"

　　李南泉对于这位奚太太冒夜来访,已是感到老大的不愉快。现她又提及彼此的家务,大有扯上是非的嫌疑,这就让人不好往下说。于是站起来伸着头向门外看看,笑道:"糊里糊涂,天色也就大亮了。把小孩子叫起来看大门。我可以到外面去做早起运动了。"奚太太对这个提议,似乎感到很兴奋,这就扶了茶几,突然站起来道:"好极了。我们在南京的时候,常常挑一个早晨起来,到清凉山一带去散步,不用提精神多么好了!回来吃烧饼喝豆浆,就得增加许多食量。自到了重庆以来,我们根本就没有住在山林里面,就没有做早起运动的打算。其实那是……"李南泉料着她下面是一篇很长的大道理,他是站在房门口向外张望着的,索性举步跨出大门,走到屋檐外,昂了头对天空看着,笑道:"疏雨滴梧桐,疏星耀河汉。"说着,两手背在身后,在走廊上来往地走,口里还是细语沉吟着。奚太太跟着也就走了出来,她靠着门框站了,将一只脚尖提起,在地面上颤动着。她不免学习了李先生的态度,口里也就吟吟地哼着诗句。李南泉对于她的声音,原来是不怎么介意的,可是她老是那么哼着,这就不能不注意了。走近了她身边,仔细地向下听了两分钟,却听出了两句,乃是"云淡风轻近午天,傍花随柳过前川",他还打算听她第三句时,但是第三句没有,还是那话,"云淡风轻近午天,傍花随柳过前川"。便忍不住笑道:"好诗好诗,吟得恰到好处。这不就是云淡风轻近午天吗?"

　　奚太太笑道:"老李,你拿话奚落我。你知道我在你面前充不过好汉去的。不过我处处和你表示着共鸣,这一点是可取的。例如你天不亮起来看书,我也是天不亮就起来了,你说天亮了出去散步,我也赞成。你站在这里吟诗,我也陪着你吟诗。只是这点共同的行动,那就是很可取的。至于我吟的诗文不对题,那有什么关系?这时候也不是考试国文的时候。"李南泉笑道:"好,谢谢你的盛意。奚太太,我有点要求……"奚太太听到要求两个字,先"嘶嘶"地一笑。虽然是在星光下,还可以看到她的身体,是猛可地颤动了一下。但她好像连续发生了几个感想。而后生的感想,就要更正先发生的感想。她跑了两步,跑到李南泉面前来,伸手拍了他的肩膀道:"天亮了,邻居都醒了,你可别随便开玩笑。我对于朋友开玩笑,倒

巴山夜雨

是不介意的,不过让第三者听去了,那可是怪不方便的。你说吧,你要求什么?"李南泉本来站着离她四五尺远,她突然扑向前来,实在未曾提防,尤其是她伸手拍肩,这事出于意料。当她连篇说着的时候,自己赶快将身子向后缩了两步,笑道:"你不要过分地神经紧张。玩笑终究是玩笑而已。正是你说的那话,邻居听到怪不方便的。这样夜半无人的时候,我们嘀嘀咕咕在这里说些什么呢? 我要求你回去安歇,有话明日上午谈。"他口里说着,人是缓缓向后退,由相距四五尺路,退到相距七八尺路。这是走廊出去的台阶所在,他猛可一转身,索性走出走廊了。

奚太太对于他这样走去,似乎感到一种怅惘。可是她也并不肯太受人家的冷淡。她缓缓在后面跟着来,故意装出很宽厚的笑声,吓吓地道:"李先生,你怎么不带上房门就走了? 仔细人家偷了你的东西去。"李南泉道:"奚太太出来,又带上了房门吗?"她道:"你不忙走,我告诉你一句要紧的话,你可以拿去做文章题目,甚至可以编剧本。"说着,她又开快步子走了过来。这屋檐外的台阶,就是直通山溪上的木板桥。她一口气跑了来,就奔上了木板桥。脚步踏在木桥上,只是咚咚地响。而且桥板失修,多半是彼起此落,钉在桥柱上的。发起响来,全体活动。"咯吱"之声和"咚咚"相和。李先生平常没有这样感觉,也许是因为夜静的关系,这声音非常之刺耳。他将身子偏了一下,躲过奚太太去。恰是她走到身边,踏上了一块活桥板。板子向桥下陷着,她失了脚,人向后一栽。这木桥下面,虽没有水,可是高有四五尺,干河床上不少的乱石头,栽了下去,必是好几处重伤。李南泉情不自禁地伸手将她抓住,口里还说着"当心"。奚太太赶快缓了步在桥板上站着,人还是向前栽,极力按住他的手臂,方才站定,将手拍着胸道:"这一惊非小。"可是她握住李南泉的手臂,却没有释放。李南泉缩着手道:"什么要紧的事,你这样忙着追了来说?"她笑道:"我告诉你,我也焦土抗战,为了对付丈夫,我这房子不要了。"李南泉道:"呵! 你要放火? 这玩不得,那是要带累邻居的。"

奚太太道:"你急什么,我的话还没有说完呢! 我什么不懂,难道这村子里都是草屋,一把火全着,我都不知道吗! 我说的焦土抗战,那是借用一下这个名词,我不能真放火。我说的是打开门来,让贼去偷,让土匪去抢。把这个家弄空了,我就是穷光杆了,然后我到哪里走都是自由的,我就有办法对付奚敬平了。刚才多谢你扶助我,把我拉着。在这点上,我觉得朋友是比丈夫还好。将来我还有许多事情希望你帮助我。"李南泉等她站定了,自己就慢慢地闪了开去。相间是约莫隔了六七尺路了,这就放郑重了声音道:"奚太太,你站定了,我给你抖两句文吧。《孟子》上有这两句话,'男女授受不亲,礼也;嫂溺则援之以手,权也'。我看你要摔倒,我不能不拉着你,这完全是从权。你说朋友比夫妻还好,这话是可考虑的。尤其是你这单独地对我说,我有点惶悚。你请回吧,我也要去接我的太太。"他交代了这句话,立刻就向大路上走去。他只知道身后默然无声,他真走了二百步路,方才回头看看,见那昏黄的月光下,一道低卧的板桥上,孤单单地站着一个人影。他心里想着,这是你自讨苦吃,活该。正是这样向前走着,忽然迎面有一阵很急促的声音跑了来。深夜之间,无论什么急迫的声音,都是刺激人的。他突然受到这番意外的刺激,精神上就不免有点震动。这就站着等那声音前来。当那声音到了身边的时候,这让他有点怅然若失,原来是一个小孩子由村子外跑了来。

　　这颇有点稀奇,谁家的小孩子,这样早就起来了?他注视着,却不走近。可是那小孩子也站定了,遥远地看他东张西望的,似乎在等人。随后那边又来了个人,虽然不是跑,那急促的步伐,显然也是有什么急事。李南泉疑心是小偷,就有意抓贼。身边正有一块山脚下露出来的大石头,立刻蹲了下去,隐蔽在石头后面,且伸了半截头向那边张望着。见后面来的那个人,扶了先来的那个小孩子,叽叽咕咕地说话。虽然这是小声音,但夜里还是可以听得清楚。她是女人,而且声音还是很尖锐。照着耳朵里面的经验,那可以证明乃是石太太,叽咕了几分钟,她就先走,把小孩子扔到后面。虽然她的脚步放开得很大,可是落下地很轻,简直没有响声。由身边过去不远,便是石太太之家,石太太没有考虑,径直向家里走。李南泉想到刚才他家的窗户里放出《天涯歌女》的歌声,这倒是和石先生暗捏了一把汗。站起身来,缓缓向石家屋基走去。自己还不曾走到那窗户边,就听到"啪啪啪",几下很重的巴掌声。这巴掌无论落在人的身上,或者落在人的脸上,都是很重的。接着就听了石太太骂道:"好一对不要脸的东西。你石正山是读书人,连五伦都不

巴山夜雨

要了吗？你忘了石小青是你什么人？她不是叫你爸爸吗？你这个臭丫头，太不识抬举。我没有把你当外人，你做出这种丑事来。当丫头的东西，生定就是当丫头，把你抬举着当小姐，你没有这福气享受。你给我滚，马上就滚！"

李南泉听到这里，对于这屋子里整个的情形，已十分明了，这就悄悄地走近了那屋子犄角上的路边，慢慢蹲下去。这屋子是比大路矮的，他蹲在路上，正和屋角平衡，对屋子里的人语声，有青草池塘独听蛙之势。自然听得很清楚，他正想着，随了石太太两个"滚"字，下面一定是小青小姐一片哭声。然而不然，她用了很坚强的语调答复了。她说："你打人做什么？我为了过去对你那番尊敬，让你一次。你应当管你的丈夫，不该管我。"石太太说："好大胆的丫头，你还敢和我顶嘴，我打死你！"听了这话，屋子里是一阵脚步动乱之声。小青又说了："好！你口口声声叫我丫头，我到法院去告你，你们贩卖人口！"那声音可就越说越大了。石正山原是没有作声，这就说了："大家不要吵，安心讨论这个问题，好不好？半夜三更，邻居听去了，什么样子？"小青道："邻居听去了，什么样子？你们，反正我没有罪。我是你们家丫头，你们做主人的要怎样对待我，就怎样对待我，我有什么法子抵抗？你丈夫对我势迫利诱，我一个做丫头的人，有什么法子拒绝他？"这一通话，居然弄得那位女杰石太太没有话答复。约莫是默然了两三分钟，石太太才说了："你为什么不告诉我？"小青道："我凭什么告诉你？你自己常常自负会管丈夫，是模范太太，别人听了不稀奇，我听了暗下好笑。你还和奚太太出主意呢，你自己家里丈夫就造了反。我落得让你活现眼。你要喊破来很好，天亮了，我们找人来评评这个理！"

李南泉在屋角上听着，暗暗喝了几声彩，觉得这位小青姑娘真能表演一手。她不但能抵抗，能反击，而且说的话并不粗俗。这就要看石太太怎样接着往下说了。她道："你好，你说这些话，都把良心丧尽了。我不愿再见你，天亮你就给我走！"小青道："走就走，你是什么富贵人家，我留恋着舍不得走吗？但是我要声明一句，从此以后，谁都不找谁！你要知道，刚才你打我一个耳刮子，我没有回手，我已是十分对得起你，你生气有什么用？你丈夫不爱你，爱我！"小青这通话，没有听到石太太的答复。相隔约莫是两三分钟,忽然一声重响,像倒了好几样的东西。接着听了石太太气吁吁地道:"好了,我不要命了,我要和你石正山拼了。我们一起跳河去!"这才听到石正山答话:"你这干什么,你打我就会屈服吗?"石太太还是气吁吁地说:"我打你,我要杀你!"说毕又是一声重响。接着是石先生由屋子里骂了出来,口里连说:"你疯了!"这时,脚步乱响,石正山跑到屋外竹篱笆时,口里还是说着"你疯了""你疯了"。他径直跑上了大路,方才停住。这时,月亮已经向西偏斜,清光斜射到人行路上,看到石正山的人影,在地面上拖得很长。这倒教李南泉有点为难,挺出身子来,那会给石正山一种难堪,分明是窃听来了。闪开去吧,彼此相距不远,月亮下人影移动,正是看得清楚。不闪开去,蹲在石头后面又蹲到几时为止?多管人家的闲事,势必给自己带来这个麻烦。

他正在这里为难呢,却听到石太太操着很尖锐的声音,跑了出来,她道:"石正山,你往哪里跑?你就是跑到天上去了,我也要把烟熏你下来!你这样无耻的东西,为天地所不容。你到哪里去,也不为社会所齿。你想想,你干的都是些什么好事?"她说着话,像饿鹰抓食似的,直扑到石正山面前去。石正山见她来势甚凶,将身子闪了一闪,轻轻喝道:"你打算怎么样?要打人吗?"石太太道:"哼!我不但要打你,我要咬你,我要杀你!"她说着话时,真的扑到他身边来了。石正山扭转身躯,扯腿就跑,口里还骂着:"好泼辣的东西,我到法院里去告你!"他究竟是个男子,比女人跑得快,一转眼的工夫,他就跑出村子口了。石太太也是口里责骂不停,从后面赶了去。他们到底是君子之争,那声音并不怎么大。李南泉看到他们走远,这才站起身来。他的本意,倒是想到下江太太家里去看看,看看她们这赌局是怎样的伟大。有了这幕喜剧摆在眼前,他就不必去看赌局了。于是站起身来,顺了大路,缓缓向前走。将近村口,天色已经有些浑浑的亮,见石太太孤单单的,独自站在路口上一棵大黄桷树下。那树在太阳里面,阴影特别浓厚,就是没有太阳的时候,根据人的心理作用,也觉得这树阴下特别阴凉。这样的天亮时间,隔夜的露气很重。只见那树叶子绿得发亮,似乎那露水整夜淋在上面,就像下了一场小雨。石太太默然无声地站在树阴下面,第一个印象,是他感到她身上很凉,因为她穿了短袖子衣服,一只光膀子都环抱在怀里呢。

李南泉要装成不知道他们家新闻的样子,这就站住了脚,老远地向她点着头道:"石太太,这样早就起来了,打算进城吗?"她笑道:"我向来是起早的。起得太早了,在家里反而无事,所以到外面来遛遛。"她虽然是笑着说话的,可是她笑得极不自然。李南泉走向前两步,见她将两只手,互相抚摸着光手臂,也就可以知道她很是在皮肤上感到凉意,因道:"石太太衣服穿得太单薄,留神感冒。其实,你是用不着这样起早的,你们家的那位大小姐,真是粗粗细细,无所不能,和你负了不少的责任。你的家务全交给了她,你就可以无为而治了。"石太太偏在这个时候听到人家夸赞小青,满脸是露着不高兴。将她的脸腮向下沉着,鼻子里先哼了一声,然后冷笑道:"你以为她是好孩子?"李南泉笑道:"不错呀,年轻轻的,身上穿得干干净净的,又是那样能做事。除非说她的书念得少一点。不过在正山兄和石太太领导之下,家庭教育,也可以把她陶冶出一个很好的姑娘来。正是《红楼梦》上宝玉说莺儿的话:'将来不知道哪个有福气的人娶了她去做太太。'"石太太听了这话,脸上又不免板了起来,哼了一声道:"李先生,你不知道我们家的事。将来你看吧。"她说完了,又冷笑了一声,但她立刻觉得这个态度是不对的,便回转头来向他笑道:"你这样看重她,请你给她做个媒吧。她也没有什么知识,找个做小生意买卖的,能够糊口就可以了,我早就不愿意留她,倒是她图吃现成饭,不愿走。"

李南泉在言语上这样引逗了人家生气,心里可就在转着念头,保存些诗人敦厚之旨,还是少向下逼吧,这就点了头笑道:"我乐于给她介绍一位朋友。不过你是谈妇女运动的。你当然不反对小青小姐婚姻自由。"石太太微微笑着,鼻子里哼了一声,但那哼声只有她自己听到。他也觉得这样谈下去,只有自己受窘的,扭转身,缓缓向家里走去。李南泉看她走过几十步路,却改了个姿态,突然发了跑步,向家里奔了去。不到五分钟,她家的号哭声就随之而起。有几位起早的邻居,被这声音所惊动,纷纷向石家走去。李南泉回到她家屋角时,奚太太也由路那边跑了来。她看李南泉倒是不念旧恶,笑嘻嘻地道:"你刚散步回来?石家有什么事?她娘俩都在哭着。"李南泉笑道:"清官难断家务事。谁知道?你不妨到她家去打听打听。石太太常做你的参谋,不妨你也去给她们参谋一下。"奚太太笑道:"她家没事,用不着我参谋。石先生可不是奚敬平这类人物。"李南泉只是微笑着;并不说什么。奚太太虽是这样说着,可是听到石太太和小青的哭声,却是相当惨厉。这情形当然不同平常,而况又是天刚亮的时候。她赶快走到石家,见石太太在小青屋里竹椅上坐着,手里拿了条洗脸冷手巾,不断在呜咽。小青坐在她的小竹架床上,低了头,两手抓住垂下来的旧蚊帐,眼泪像抛沙似的向下滚,把蚊帐湿了一大片。而且娘儿两个谁不瞧谁,像是冲突过的样子。

奚太太走到屋子门外,先就感到稀奇了。这时走进屋子来,对这母女两人看看,因道:"这事奇怪,你娘儿两个,向来没有争吵过。怎么一大早起来,就这样一把眼泪、二把鼻涕的。"石太太垂着眼泪,看了奚太太,就叹了两口气,又摇了两摇头。奚太太走到小青面前,手抚了她的肩膀,因道:"姑娘,什么事?挨了骂吗?"小青就把旧蚊帐子擦着眼睛,把眼泪抹干了。然后板着脸子道:"挨骂?那人家怎么消恨,我是挨了打了。奚太太,你也是讲妇女运动的人。对于贩卖人口,把良家妇女当牛使的事,你能赞成吗?我在他石家当牛马当够了,我不干了。"奚太太听她的口气,显然是不对,这就望了她道:"嘿!姑娘,在气头上不要不顾一切,这样乱说话。你母亲并没有把你当外人,几乎是全家的钥匙全交给你了。你和她的亲生儿女,同样是吃饭,同样地穿衣服,有什么不好?"小青鼻子里哼了一声,然后在满面泪痕之下,发出一种惨重的冷笑道:"奚太太,你哪里晓得,这是人家一种手段。你当然明白,现在雇个老妈子,一个月要多少工钱?而且人家高兴就干,不高兴就不干,当主人的,免不了常常受气。若是用个丫头呢,工钱不用花,而且可以随便指挥,像我这种人,六亲无靠,东西也不会走私。我十几岁的人,洗衣做饭跑路,缝鞋补袜,什么事不干?主人家没起来,我先起来;主人家睡了,我不敢睡,用这么个丫头,多合算。不叫我丫头,那并不是对我客气,那是怕社会上不容,说是教授家里还买丫头呢。"

她噼里啪啦这么一大串说法,把奚太太吓得都震倒了,望了她说不出话来。这里还有其他的几位邻居太太,都也是站在屋子里外呆望着的。事先她们也都劝过,全感觉到小青的态度,过于蛮横。现在奚太太劝说,也碰了个钉子,大家都知道这位姑娘已居心和石太太决裂。大清早的,都不愿意老在这里劝说,各自悄悄散去。奚太太和石家是交情深厚的,现在见邻居散了便拉着石太太的手,向外边屋子走来。一面劝说着道:"小青是你一手带成人的,还不是和自己亲生的一样。她年纪轻,说话不知轻重,你也不必介意。"石太太虽说是被她拉着走了,但她并不服这口气,擦着泪道:"这是我的家,我爱在哪里坐,就在哪里坐。难道我还怕这丫头?"小青站起来指着她道:"奚太太!你听听,这是她自己承认贩卖人口,叫我做丫头。丫头怎么着,你还不如我丫头吃香呢。你丈夫都不要你了,夸什么口?"石太太气得全身发抖,因走到房门边,顺手摸一根脱眼的门闩,就丢了过去。虽是她的手法不准,已丢到帐子顶上去了,但究竟由小青头上飞过去。她竟是脸不变色,端端正正望着。石太太骂道:"你这丫头不要脸,什么都说得出来。我不信我就莫奈你何。我拼了这条命不要,我也不能让你痛快过下去!"小青冷笑道:"我等着你的,你不就是抛东西打人吗?我也会,吓不倒我!"奚太太已把石太太拖到外面屋子里去了,却又回转身来,"呀"了一声道:"小青,你今天变了,姑娘家,怎么口齿这样厉害?她究竟是你一个长辈,你不能这样把话顶撞她的。"

　　小青道:"中国四万万同胞,一律平等。我和她非亲非故,她怎么会是我的长辈?"奚太太正了脸色道:"小青,这就是你的不对了。纵然你受了两句委屈,你也不能把人家多年来待你的好处,一笔勾销吧?你想想,我劝劝你母亲去。"说着,陪了石太太到她卧室里去。这里和小青的卧室,中间还隔了一间堂屋,说话是方便些。奚太太回头看看,并没有人,低声问道:"你娘儿两个,今天为什么吵起来了?石先生哪里去了?他在家里,也许对小青压服一下。"石太太坐在她木架床上,胸脯上下起伏,深深地叹了一口气,摇摇头道:"我有难言之隐。"奚太太对她的脸色看看,见她泪痕之下,还遮盖了一层忧郁,因低声道:"女大不中留,我想她也到了耍对象的岁数了。准是为了这一点和你为难。"石太太道:"唉!你正猜在反处。她若是愿意走,那就没有问题了。你也不是外人,这事我可以告诉你的。你想想,若是为了普通的事,我能够天亮和她争吵吗?"奚太太脸色红着,带了笑问道:"难道这孩子有这大胆,敢引什么人到这里来?"石太太道:"那我倒不生气,她不过是我买的一个丫头,叫她滚蛋就是了,至多人家说我一声管教不严。但是事有出人意料的,这个贱货,她要篡我的位。"说到这里,她再也忍不住,两行眼泪,一齐流出来。奚太太倒没有料到她会报告这样一个消息,因道:"那不会的吧?石先生也不至于糊涂到这种程度。你是多疑了。"石太太擦着泪道:"不但你不相信,我不是亲眼看见,我也不相信。这就是让我伤心之处了。"说着,"呜"的一声哭出来。

奚太太看这情形,那的确是真的,便踌躇皱了眉道:"自然人心是很难捉摸的。不过像石先生这种人,除了读过几十年书而外,而且还是喝过太平洋的墨水的,难道他也那样看不透彻?你是怎样看出来的?"石太太道:"嗐!我是太把君子之心待人了。这几个月以来,我就看到情形有些不对。他们言语之间,非常地随便,我那不要脸的东西,以前见了那贱货,总是板着面孔,端那主人和长辈的牌子,我就觉得他有些过分;他态度变得和缓了,我以为他是看到女孩子长大了,不能不客气些。可是他们越来越不对。就以躲警报而论,他们都不躲洞子。我还是好意,说是不躲洞子也可以,千万不要在家里守着,飞机来了一定要疏散出去。这一来就中了他们的计了。借着这个缘故,这一对不要脸的东西整日游山玩水,直到解除了警报两小时以后,他们才慢慢回来。我每次不在家,他两人就打着、笑着、闹着,慢慢地,连在小孩子当面,也是这个样子没有什么顾忌了。小孩子给我说了多次,我也就更加疑心了。今天我故意起个早,说是到菜市买猪肉。其实我在家里已经布好了线索,我只在山下等着消息。果然,小孩子报告我,我一离开家,这老不要脸的,就跑到这小不要脸的屋子里去了。我回来的时候悄悄走着,不让他们知道。我到他屋子门口听,还听到里面叽叽喁喁在笑着说话。我实在气得发抖,推开门就向里面一冲,嗐!我这话就不愿往下说了。"

奚太太一听这情形,简直是人赃俱获的事实。石太太是好朋友,比自己还好面子。这时可不能去问着她让她难堪,这就向她低声道:"为了顾全石先生的面子,你且不必多说了。这事也并没有什么难解决的。找了一个适当的人,把她嫁出去,什么问题都解决了。小青绝不能说她不嫁,石先生也不至于说不让她嫁。

权在你手上,你这样苦恼做什么?"石太太听了她这些话,倒也言之有理,点了点头道:"我当然这样办。不过谁遇到这种事,也是气不过的吧。"奚太太道:"那么,你到我家去坐坐。我原是打算约你进城去玩两天的。现在当然作为罢论。看你这个问题发生,更让我心里冷了半截,男人都是这样靠不住的。"石太太垂着头,叹了两口无声的气。这奚太太把问题牵涉到自己身上了,她就无心再管别人的事,说了声"回头再谈吧",就悄悄离开这屋子了。当她走过小青窗户外的时候,向里面张望了一下,见小青横躺在床上,紧紧闭了眼睛,一丛头发,乱披了脸上和头上,将头偎在被子里。她索性站定了,手扶了窗户台,向里面看着。见她身穿了一件半新的印玫瑰花夏布晨衫,下摆里露出两条肥白的腿子,赤着雪白的双脚,放在床沿上,而床下却放的是石先生常用的一双拖鞋。奚太太凭着她的经验,再看看那小方竹板床,放枕头的所在。抗战期间,疏散区的人士,枕头都是将就着。而她那床头,是用一条旧棉被子,卷了个很长的卷儿,上面蒙着白布。

奚太太看了这个情形,心里颇为不快,一个姑娘家,要这样的长枕头睡觉干什么?正自这样注意着呢,在那枕头旁边,发现了一支烟斗。小姑娘不会抽烟,更不会抽烟斗,这东西放在枕头边,不是石正山的,是谁的?不知是何缘故,她看到了心里一阵难过,而两只脚也有些发软,她好像心里头有些发酸。自己警告了自己一声:这有什么意思呢?这样想着,她也就扭转身走了。她本来想着,自己和石太太这样好的交情,一定要顾全她的名声,她家里这件事,一定给她严守秘密。可是她将走到家的时候,看到了李南泉在小路上散步,她首先就笑道:"李先生,你觉得石太太家里这场风波,发生得太为奇怪吧?"李南泉笑着点了两点头道:"有那么一点。"奚太太走近一步,想向他把这事说明,可是忽然有点感想,又退后了半步,抬起两只手,将肩上的乱发,抄着向后脑勺子上理去。然后又将手摸自己的脸。她觉出早晨大概没洗脸,更没有抹雪花膏,于是将手摸了脸,又将中指头细细地画着眉毛。把眉毛尖让它长长地。她不知是何缘故,在脸上摸过之后,又把手在鼻子尖上嗅了几下。她还觉这嗅觉不够敏锐,这时鼻子耸上几耸,吸了三四下气。这倒是把鼻孔搞灵通了,手上还是有点香气。大概昨天她脸上擦的胭脂粉还没有完全洗掉。所以手摸着脸，那些胭脂粉都在手上粘着。李南泉对于她这些做作，倒有些莫名其妙。未说话之先，这些姿势是干什么的呢？

这时，天色已经大亮了。乡下人赶场的，背着盛菜的背篼，正不断地在路上经过。李南泉这就向后退了两步，笑道："奚太太，你为别人家的事，也是这样地兴奋。"奚太太道："对于男子的性情，我现在有了个新认识。你李先生也许不同。不过对于阁下，是不是例外，我还得考虑。"说着，她又抬起手来去摸她的乱发。两只眼睛，可射在李先生身上。正好有个背柴草的妇人，由这路上经过。她所背的背篼，根本就是大号的，这柴草在篼子里面装不下去，由篼子口上四面簇拥着，把那个妇人压在背篼下面，好像是一个大刺猬，慢慢在石板路上爬动。她当然看不到奚太太站在路上出神，而奚太太又正在向李南泉试行男子心理测验，也没有看到背柴的人。那背篼上面的草茎，就在奚太太脸上和肩上，重重碰了一下。奚太太站不住脚，向后倒退了好几步。她反转身来骂道："什么东西，你瞎了眼吗，这么大个人站在路上，你看不见吗？"那妇人却不示弱，她将背篼向山坡上靠着，人由背篼下面伸直腰来，在她那蜡制的皱纹脸上，瞪着两只大眼睛道："朗个的，你下江人不讲理唆？我背起这样人一个背篼，好大一堆哟！你也有眼睛，你不瞎，你朗个也看不见？我人在背篼下面，你说嘛，我又朗个看得到人？"奚太太抚摸着自己的手臂，跑到她面前去，脸上沉板下来，非常地难看。李南泉怕奚太太伸手打人，立刻抢上前去，扯住她的手臂，笑道："她是无知识的穷苦人，不和她一般见识。"

奚太太虽是满腔怒气，可是经李南泉这样一拉她的手，她就感到周身一种轻松。随了他这一拉，身子向后退了两步，回转头向他笑道："你又干涉我的事。"李南泉道："并非我干涉你的事，我们读书的人，犯得上和她这样的人一般见识吗？而且你也有事，你应当定定神，去解决自己的事，何必又为了这些事，扰乱了自己的心情。你昨晚上半夜里就醒了，这时候也该去休息休息。我送你回家去吧。"她对于李南泉先前劝的那些话，并不怎样的入耳。及至听到这后一句，这就在脸上放出了笑容。望了他道："你送我回家去，还有什么话和我说吗？"李南泉道："有点小问题。"她听这话时，态度是很从容的。脸上虽没有笑容，但也没有什么不愉

巴山夜雨

快之色,问道:"有点小问题,有什么小问题?"李南泉道:"到了府上再说。"她听到很是高兴,开步就走,而且向他点了两点头,连说"来来"。李南泉心里虽在笑她是百分之百的神经病,可是说了送她回家的,还是跟着她后面走去。奚太太还怕他的话是不负责任的,每走两步,就回头看看。她先到家,就在屋檐下站住,等着他。他到了面前,她问道:"你到哪间屋子里坐?"李南泉道:"那倒毋须那样郑重,当了什么事开谈判。两分钟这问题就解决了。我是说,我们这两幢草屋子。中间隔的那块空地,野草是长得太深了。我的意思,把那些草割了。一来是免得里面藏着蚊子,二来是下雨天彼此来往方便些,免得在草里走,沾一身水,你同意这个建议吗?"

奚太太听到他是交代这样一句不要紧的话,把脸板着,一甩手道:"开什么玩笑?"只交代这五个字,也就转身进屋子去了。而且是转身得很快。李南泉在晚上两点多钟起,就被这几位太太搅和得未能睡觉。她现在生气了,倒是摆脱开了她,这就带着几分干笑,自回家去安歇。熬了大半夜的人,眼皮早已粘涩得不能睁开。回家摸到床沿,倒下去就睡着。他醒过来时,在屋后壁窗子上,已射进四五寸阳光,照在桌子上,那就是说太阳已经偏西了。在床上打了两个翻身,有点响声,太太便进来了,脸上放下那好几日不曾有的笑容,用着极和缓的声音道:"我让小孩子都到间壁去玩了,没有让他们吵你。你是就起来呢,还是再睡一会儿?"李南泉坐起来道:"这是哪里说起,半夜里不得安眠,青天白日,倒是睡了个不知足。虽然没有什么了不得的工作,无论做什么事,也比睡觉强吧?"李太太道:"那也是偶然的,一回事罢了。只当是休息了半天吧。你要不要换小衣?"她口里这样说着,放下手上的活计,就去木箱子里,拿了一套小衣放在床沿上。那活计是李先生的旧线袜子,正缝着底。李南泉是宁可打赤脚,而不愿意穿补底袜子的。李太太也是一月难遇三天做活计,而尤其是不愿补袜底。这表现有点反常,李先生也不作声,自换小衣。李太太拿活计到外面屋子去了,却又笑嘻嘻地走了进来道:"我告诉你一段很有趣味的新闻。石家的小青出了问题。"李先生系着上身的汗衫衣襟,却没有作个答复。

李太太算是连碰了两个钉子,但是她并不因为这个气馁,笑向李南泉道:"石先生这个人,我们觉得是很严肃的。不想他在家庭里面,弄出了这个罗曼斯。真是男人的心,海样深,看得清,摸不真。"李南泉笑道:"你究竟是站在女人的立场,你就不说女人的心,看得清,摸不真。那小青姑娘,她在石先生家里,是负着什么名义,她就可以弄出许多罗曼斯来吗?譬如说,打牌,这就在好的一方面说,乃是家庭娱乐。和打球、游泳、唱戏应该没有什么区别。倘若一个人半夜两三点钟起来,到朋友家里打球、唱戏去,无论是谁,人家会说是神经病。可是这个时候被人约去打牌,就无所谓了。尤其是女太太们,半夜里……"李太太笑着而且勾了两勾头笑道:"不用向下说了,我知道你对于昨晚上这个约会,心里不大了然。"她说到最后那句,故意操着川语,让"不了然"这三个字的意义,格外正确些,李南泉淡淡一笑道:"好在你有自知之明。不过我已和你解释好了,就是人生都有一个嗜好,就可原谅了。不过像日本军阀、德国纳粹,他们嗜好杀人,不知道是不是在原谅之列?这村子里的一群太太,简直都是戏台上的人物,每人都可以演出一个重要角色来。真是岂有此理,半夜里不睡觉,呼朋唤友,叫起床来去赌钱。"他说着这话时,向外面屋子里走,脚步走得非常重。李太太是当门站立的。他挤着走过去,而且是走得很快,几乎把李太太撞倒了。他故意提高了嗓子,仰起头来叫道:"王嫂,给我打水来,这不是半夜赶来,不要例外呀。"

李太太看他那个姿势,分明是预备吵嘴。吵嘴是无所恐惧的。只是半夜里出门去打牌,这个不大合适,这个吵嘴的根源说了出来,究竟是站在理短的一方面。想了一想,还是隐忍为上,这就向他笑道:"王嫂出去洗衣服去了。你的茶水,我都给你预备好了。"说着,她放下手上的活计,在里面屋子里拿着脸盆和漱口盂子转去了。李南泉虽是心里极感到别扭,可是在太太如此软攻之下,他没有法子再表示强硬,只好呆坐在椅子上,并不作声。不到五分钟,太太就把水端进门来了。她又是一番柔和的微笑,点了头道:"请洗脸吧,我这就去给你泡茶。"李南泉站起来,且不答复她这个话,问道:"你们那一桌牌,什么时候散场的?"李太太笑道:"我自己没有打,我是替别人打了四圈。"李南泉道:"那是说,你在天不亮的时候,

巴山夜雨

就回家来了?"李太太笑道:"你还忘记不了这件事呢,我大概是早上九点钟回来的。不到八点多钟就回来了。"李南泉道:"输了多少钱呢?"李太太道:"牌很小,没有输多少钱。你怎么老是问我输钱,就不许赢一回吗?"李南泉道:"既是小牌,输赢自然都有限,无守秘密之必要,我问一声,也不要紧。"李太太道:"不过是二三十块钱。"李南泉哈哈笑道:"这我就大惑不解了。你说自己没有打,只是替别人打了四圈,替别人打牌,还要垫钱,劳民伤财,你真有这个瘾。"李太太沉着脸道:"从今以后,我不打牌了。我不过是消遣,为了这个事常常闹别扭,实在不值得。这村子里已经有好几档子家庭官司了。难道你还要凑一回热闹?"

李南泉笑道:"那还不至于有这严重吧?至少我反对半夜打牌,不失是个忠厚的建议。"说着,他懒洋洋地走到里面屋子里去洗脸。重手重脚,碰得东西一阵乱响。李太太不便在屋子里了,就走到廊檐下站着。吴春圃先生打着一把纸伞,由太阳里面走过来,站在屋外木桥头上就笑道:"天热得很,李太太没有出门?"这个问题的答复,他已经先说了,李太太也没有法子再说,便笑道:"我们不像吴先生有工作的人。除了跑警报,落得在家里不动。不过有十三张看,也许出门。"她也先说出自己的毛病来,然后一笑。吴春圃收了伞,将伞头向石正山那个草屋一指,笑道:"他们家出了新闻了,你没有听到说?"她笑着摇了两摇头。吴春圃道:"我刚才遇到石先生,他的面色,非常之难看。听说他家那个大丫头跑了,本来嘛,女大不中留。这样大的姑娘,留着家里当老妈子使唤,又不给她一个零钱用。她凭什么要这样卖苦力呢?我觉得……"他的感想还没说出来呢,吴太太却在屋子里插嘴道:"吓!人家的事,你这样关心干什么,出一身汗,还没有回家,又说上了。"吴先生耸着短胡子笑了一笑道:"我说这话是有缘故的。石先生在街上看到我,和我商量,要和我一路进城去。因为他要找一个有好防空洞的地方下榻。他也知道我在高工教课,那里有教授寄宿舍,而且有头等名洞。我就说不必和我一路,写一张名片介绍他去,他就可以住我那间屋子。不过我不赞成他去找那位姑娘,跑了就跑了吧,解放了人家也好。"

李太太笑道:"吴先生,你完全错误了。他当然要去找。不过不问这件事倒好。"吴春圃已走到他的房门口了,听了这话,却走回来,问道:"这里面一定有文章,可以告诉我吗?"李太太笑道:"我自己的事还没有了,我也不愿管人家的事。"吴春圃笑道:"我知道,昨天晚上,三四点钟的时候,白太太叮叮咚咚来打门,听说是请你去打牌。你去了没有?"李太太道:"人都是个面子,人家找上门来,我不好意思不去,不过为了这种事,常常家庭闹别扭,实在不值得,我现在下了决心不打牌了。看看还有什么别扭没有?"李南泉听到太太这番话,倒忍不住由里面屋子里走出来。可是当他走到窗户边时,就听到山溪对岸,有人叫了一声"老李"。在窗户眼里张望时,却见白太太站在那边人行路上,她笑嘻嘻地张着大嘴,像是说话的样子。她两只手横了出来,凭空来回旋转,像是洗牌的样子。摸完了,她先伸了一个食指,再伸出中指、食指两个指头,最后,将大拇指和食指,比了一个圈。这很容易明白,一定说是十二圈牌。李太太背了窗户站定,她可没有知道窗户里面有人。她向白太太点了两点头,又将手向她挥着。这本来是哑剧,可是她终于忍不住声音,轻轻说了六个字:"你先去,我就来。"李南泉看到,情不自禁,长长地叹了一口气。李太太回头看他站在窗户边,这就笑道:"我不过是这样说罢了,我哪里能真去?"李南泉笑道:"你说下决心不打牌,那也是这样说吧。"在旁边听到的吴春圃,也哈哈大笑。

李南泉走出来,向他笑道:"吴兄,你看这情形,让我说什么是好?"吴春圃笑道:"你这问题,非常好解决,就是任什么也不说:家家有本难念的经,诚然是事实。可是这本经你不去念,也就没有什么问题了。"李南泉还没有答复他这句话,却有人在屋角上答复了一句话,她道:"这话确乎如此。这本经,我不念了。我打算连这个家也不要了,这多少省事。"说着话的,是奚太太走了过来。她脸上带了很高兴的笑容,两手环抱在怀里,踏了拖鞋挨着墙,慢慢儿走。她的脸子,并不朝着李南泉,却是望着吴春圃。那脚步踢踢踏踏的,打着走廊上的地板响。吴春圃虽是看到自己太太站在房门口板着脸子不太好看,可是他不愿放弃那说话的机会,依然扭转身来,迎着她笑道:"奚太太的家事,大概了结清楚了吧?"她摇摇头道:"没有了结,我们这些邻居,好像传染了一种闹家务的病。你看,石太太家里,今天一大早就吵得四邻不安。"李南泉觉得早上违拂了人家的意思，心里有些过不去。这就向她笑了一笑。奚太太倒是真能不念旧恶，这就站定了向他望着道："老夫子，我正式请教你，你可不可以对我作个明确的指示？"李南泉当了太太和吴春圃的面，倒不好怎么和她开玩笑，便沉重地道："奚太太，大嫂子，并不是我不和你出主意。可是这主意不大好出。比如说你和石太太同有家务，这病症就不一样。石太太的病呢，是内科；而你的病呢，是外科。这内科外科的症候，就不能用一个手法去医治的。"

奚太太在电影上，很看了几个明星的小动作。她将一个食指含在嘴唇里，然后低垂了眼皮子，站着做个沉思的样子。但她那张枣核脸，又是两只垂角眼睛，在瘦削的脸上，不带一些肉，很少透出美的意味。不过她在那抿着嘴唇之下，把那口马牙齿给遮掩上了，这倒是藏拙之一道。她自己觉得这个动作是极好的，约莫是想了两三分钟，做个小孩子很天真的样子，将身子连连地跳了几下。不过她下面拖的是两只拖鞋，很不便于跳。所以身子跳得并不怎样的高。她伸了那个食指，向李南泉点着头道："我明白了，你说的内科外科，那是很有意思的。原来石家的事，你也很清楚了。人家内科的病，我不去管它。你说这外科的病应当怎样去医治？"李南泉见她跳了几下，逼近了两尺，已经走到面前，便向后退着，点了头笑道："你找医生，也不要逼得太凶呀。外科的治法，那是很简单的，哪里有毒，就把哪里割了。"奚太太道："割了它？怎么割法呢？"李南泉笑道："我究竟不是医生啦，我只知道当割，我却不知道要怎样割。我想，你明白了这个缘故，你也就会的。"奚太太觉得刚才那个小动作，表演得很好，她又将两手十指互相交叉起来，放着在胸脯下面，头微低了，紧抿了嘴唇。尤其是她那双眼睛，她有意多做几个表情，不住地将眼睛皮撩上垂下，转了眼珠子。很像是耍傀儡戏里的王大娘，急溜着她那双抓住观众的宝贝。

李南泉看到，心里是连叫着受不了，可是奚太太并不管这个，却向他笑道："你看我可以和奚敬平离婚吗？"李南泉"呵呀"了一声道："那太严重。"奚太太道："那么，我就去捉奸。"李南泉皱了眉道："这也不好。"奚太太道："你以为捉奸这事也严重?"李南泉道:"严重倒不严重,不过这两个字,不大雅。而且你一位太太到重庆去做这件事,也不大好。"奚太太道:"离婚不好,捉奸……"李南泉立刻拦住道:"又是这么一个不雅的名词。"奚太太笑道:"那要什么紧?今天早上,石太太就表演了这样一幕。虽然当时是要费点气力的,可是你所说的她那内外科的时候,也就去掉了。那个人不是悄悄离开了她的家吗?我的目的,也就是要做到这样。"李太太斜靠了门框做针线活,低着头只是听。听到了这里,她却忍不住一笑。奚太太道:"你笑些什么?一定有文章。"李太太道:"你这个聪明人,怎么一时想不开来?石太太要小青离开她的家,那范围太小了。你要那个女人离开重庆,那问题不是太大了吗?她若不离开重庆,你就和她抓破脸,她也不过是当时受你一点窘……"奚太太道:"不,我要把那贱女人抓到警察局里去。只要警察局里有案,她的住址就瞒不了,我立刻到法院里去告她妨碍家庭罪。她除非真不要脸,否则她好意思在重庆住下去吗?"李南泉笑道:"不错,你连法律名词也顺口都说出来了。"奚太太将手一指道:"我的顾问多着呢。我是请教过这位袁先生的。"说着,她向隔溪袁家一指。

奚太太笑道:"你看,我的法律顾问来了,你看我说的话对是不对。"袁四维将一支竹笔套子,套了半截纸烟,咬在嘴角上,将两只手反背在身后,缓缓地走过那木桥,他一身淡黄色的川绸裤褂,像是佛盘上的幔帐,受过若干年的香烟,带着很深的灰色,而且料子落得像气球的皮。在他那张雷公脸上,已是充分表示了他的瘦弱,现在再加上这身不贴体的衣裤,真觉他这人是个木棍架子。他缓步过了桥,将嘴里那个装纸烟的竹笔套子取下来,捧鲜花似的举着,笑道:"奚太太,我还没有执行律师业务,你可不要宣传我当法律顾问。大家全是好邻居,对奚先生、奚太太我一样地愿意保障你们的法益。我们还是谈谈交情吧。奚太太愿意和解的话,我和李先生都可尽力。说句老实话,太太和先生打官司,没有到法庭,首先就是一个失败。这话怎么说呢?夫妻的感情破裂了。夫妻感情破裂,你以为这是男子一方的损失吗?其次,夫妻官司,最大的限度是离婚。在中国这社会,男人丢开一个,再娶一个那实在没有什么稀奇。女人能像男子一样吗?无论怎么样,丈夫总是丈夫,太太把丈夫告倒了。精神、物质,同时受着损失。这还是就夫妻本身而论,像有了儿女的人,父母打官司离开了,这小孩子们或者是无父,或者是无母,你想那是什么遭遇?"他这篇话,在走廊上的人听了都感到奇怪。在这个人的嘴里,怎么会有这样忠恕的话?尤其吴春圃这个人,他心里搁不住事,就拍掌连叫了几声"对"。

袁四维看到大家这样和他捧场,他太高兴了。他将那竹笔筒子搬到手上,连连地弹了几下灰。像是很轻松的样子,在走廊下来去走着,笑道:"我相信,我若是做律师的话,十场官司,有八场官司打不了。那为什么缘故?就为的是我都是这样劝解着,让人家官司打不成。"奚太太笑道:"官司打不成可不行,我现在这情形,不打官司,还有什么办法去对付?"李南泉一看到了此公,先行头痛,借故到屋子里去拿纸烟,就闪开他了。隔了窗户,听他和吴春圃啰啰唆唆地说着,索性坐下来,取了一本书举了看着。他总以为没有事了,袁先生却又在窗户眼里伸着头向里张望了一下,笑道:"李先生很是用功。在这样环境里,你还是手不释卷。"这么一说,李南泉就不便含糊了,只好放下书站起来。他口里虽然有句话,说是请进来坐坐。可是话到了舌尖上,还是把话忍回去了,向他点个头道:"你倒是很安定。"说着话,向屋子外面迎出来。站在屋子门口,意思是堵着他不能进去。袁四维在衣袋里掏出烟盒子来,翻转口将烟卷倒出。这让他发现一个奇迹,就是倒出来,只有两个整支,其余全是半截的。这半截烟并非吸残了的,两头崭新,并无焦痕。他这样注意着,袁四维已经明白了,有意将肩膀扛了两扛笑道:"我现在新学会了吸烟,不吸有点儿想,要吸又吸不了一支,所以将每支烟用剪刀一剪两半段。这也可以算是节约运动吧?老兄来支整的吧。"说着,将一支烟递了过来。

李南泉笑道:"袁先生,你真有一套经济学,我刚吸过,谢谢。"说时,他伸出手来挡住,向袁四维连连摇摆了两下。但他那支烟,并不肯收回去,依然将三个指头夹住了烟,向上举着。他笑道:"这抗战期间,节约虽是要紧,但结交朋友还是要紧。人只有在患难贫贱中,才会知道对于朋友的需要。我就最欢喜二三知交在一处盘桓。朋友相处得好,比兄弟手足还好。"他口里说着,手里还是老举着那支烟。他忘了敬客,也忘了收回去。接着,他将纸烟向山溪对岸,遥遥地画了个圈子,笑道:"你看,那边山脚下一块地,是我画好了,预备建筑房子的。假如这房子依了我的计划施工,一个月以内,准保完成。等着这房子盖好了,我可以腾出一间朝着南面的房子,让李先生做书房,你看那山坡上现成的两根松树,亭亭如盖,颇有画意。再挖它几十根竹子,在那里栽下去。那就终年都是绿的,大有助于你的文思。我先声明,这间房子,不要你的房租,而且也不必你在盖房子的时候,加入股本。你的境遇,我是知道,现在实是没有那富余的钱。在外面做事,无非是鱼帮水,水帮鱼。只要是我可以卖力的地方,我可以和你老兄尽一点力。"他说着话,连头带身子转了半个圈,表示坚决。李南泉笑道:"鱼帮水,水帮鱼? 不用说,我是一条小鱼。这鱼对于汪洋大海,也有可以效劳的地方吗?"袁四维道:"当然可以。"说着把肩膀扛了两下。又道:"一汪清水,有两条金丝鲤鱼在里面,那就生动得多了。来一支烟。"他终于觉悟了,手里捏着没有剪断的烟,还没有敬到客手上去呢。他真客气,简直就把这支烟向李南泉嘴里一塞。

这分客气,虽让李南泉难于接受,但他也只好伸手将烟接住了,笑道:"像袁先生这样热心交朋友,那真没有话说。自己吸半截烟,将整支的烟敬客。我当然在可以帮忙的地方,要相当地帮忙。"这句话说到袁四维心坎里去了,他明白这支烟,发生了很大的效力。于是牵扯着李南泉的衣袖,让他向前走了两步,他低声笑道:"我们到那边竹林子下去谈谈。"李南泉因他一味客气,不便推辞,只好跟着他走过木桥去。袁四维由眉毛上就发出了高兴的笑容,一直到嘴角上,下巴上,那笑容都由他雷公脸的每条皱纹里突发出来。在他那嘴角一动一动当中,似乎就有一大篇话要说,李南泉也就只有见机再谋对答了。就在这时,大路上来了一位摩登少妇。她梳着乌亮的头发,后脑将小辫子挽了半环发圈。在发圈的两端,还有两堆点缀物。一头是几朵茉莉花,一头是红绸制的海棠花。满脸通红的,擦着胭脂粉,尤其是那嘴唇,用大红色的唇膏涂着,格外鲜明。在两只耳朵上,还垂了绿玉片的秋叶环子。她身穿浅紫色带白点的长衫。雪白的赤脚,踏着橘色的皮鞋。她越来越近,袁李二人都看着有些惊奇,不知村子里哪一家,有贵客来临。但看她这样子,是向李家走去的,李先生就不能不更为注意。她倒是不生疏,高跟皮鞋走着石板的"咯嘀咯"响着,到了面前,先笑了。她道:"李先生,我无事不登三宝殿,有点儿事情和你商量商量。"直等听到她发言,这才恍然,原来这就是石正山太太,一经化妆,她就变成了两个人了。

李南泉不由得"呀"了一声。但对石太太不十分熟,还不肯说"你好漂亮"的话,只是笑嘻嘻地点了个头。袁四维倒不知道石家今天有事,这就向她道:"石太太今天由城里来?"石太太笑道:"不是由城里来,我是要到城里去。"说着,掉过脸来向李南泉道:"李先生,请到你府上,我们去谈谈。"袁四维对于她这个请求,不大赞成,很不容易把李南泉邀到竹林子下面,正是要谈生意经,怎肯让她拉了去!因扛了两扛肩膀笑道:"我正和李先生讨论一个问题,若是石太太和李先生商量的问题很简单,我告便一步,就请你在这里和他说罢。"石太太笑道:"我说的,都是大公无私的事,也欢迎袁先生给我一点指示。就是我家那个丫头,今天逃跑了。我不希望她再回来,我要到城里去登报。这文字的措辞,不知道要怎样才适当。我这里有个底子,两位看看怎么样?"说着,她由衣袋里拿出一张稿子交给了李南泉。他看时,上写着:

石正山声明与义女石小青脱离关系启事

鄙人在数年前,收容晚亲某姓之女为义女,善为款待,且授予相当之教育。正山对之,视如亲生,向严守父女之义。该女近忽受人愚弄,窃去本人衣物钱币合值五千余元黑夜逃走。似此忘恩负义,实令人难忍。自即日起,与小青脱离一切关系。但义父之身份,依然存在。如有诬辱谣言,概之不理。此启。

李南泉看了两遍,问道:"既然脱离一切关系,怎又说义父之身份依然存在呢?这是个漏洞,请你考虑考虑。"

石太太笑道:"这就是我一点用意。老实说这全段广告的紧要观点就在这里。"李南泉当然很明白她这是什么意思,但当着她的面,也不能说破,这就把那张字条,交给了袁四维,笑道:"你是位法律家,你看看这文字的情形怎么样?"他接过去,将字条从头到尾仔细看了两遍,摇摇头道:"这个在法律上说不过去。养女走了就走了,她也不能对你做义父、义母的有什么法律上的义务可言。你就登上这段启事,她也可置之不理。有道是养儿子还能算饭账吗?养了她多少年,也不能……"石太太摇头道:"不是这意思。我的目的,就是要她不理。哪怕从此以后见了石正山当作仇人,我也欢迎之至!"袁四维拿了那张稿子仔细沉思了一下笑道:"我这就明白了。这就是李先生所谓的外科。"石太太不明白他这意思,望了他沉吟了一会,问道:"她还有毛病,那简直该打。"奚太太老远地站在走廊檐下,立刻向她乱摇着手道:"你不明白,回头我和你说。人家怎么会知道她有毛病呢?"石太太道:"那个贱丫头,她是有毛病。第一,她喜欢出汗,到了夏天,三天不洗头发,作臭腌菜气味。第二,她有狐臊臭。第三,她又不刷牙齿,口里脏死了。第四,她汗手汗脚,摸着什么东西,也是很大的汗印子。第五……"她一连串地说出小青许多毛病,她是信口说出来的。到了第五项,她却是说不出名目。但她报了第五,决不肯没有交代。她见袁、李二人全把眼睛盯在她脸上,她就摇摇头道:"我不必说了,这是内科,反正她周身都是毛病吧。"

李南泉笑道:"石太太,不是我挑眼,这个问题,很让我疑问。既然小青是个周身有毛病的人,你们为什么收养她?收养之后,为什么家里大小事都由她负责?例如她不刷牙,手脚有汗印,头发臭,又是狐臊臭,这都是给人一个很不清洁的印象的,为什么你让她洗衣做饭?"石太太虽是擦了满脸的胭脂,但还是看得出,她脸上的红晕,却依然由皮肤里烘了出来,勉强带了笑容道:"你这话问得是对的。可是这些事情,我是天天监督着,罚她洗头,罚她擦药,罚她刷牙齿,所以也就不见得她脏。"袁四维倒不谈话,拿了那张字条,只是出神地看着。石太太扭了脸向他问道:"袁先生,你看这启事可以随便登出来吗?"袁四维两只眼睛,还是向字条上看着,沉吟着道:"你若是不作为法律根据的话,拿着去登报,倒无所谓。其实呢,"他说着,又使出了那手法,将肩膀扛了两扛,继续地笑道,"你真是要找法律根据的话,那也有办法,不过我也不愿多这件事,我现在也不做律师。"石太太看看李先生终始不肯负责说话,而袁先生倒有点肯出主意的样子,便笑道:"袁太太在家吗?我到你府上谈谈。"袁四维道:"好,请你先去,我就来。"石太太去了,袁先生心里已另有了一番打算。但同时对李南泉这个说话的机会,也不愿丢了。时间迫促,他也不能再考虑了,先吓吓地淡笑了一声,然后道:"你昨天介绍的那位张先生,实在是一位好朋友。忠厚,慷慨,而且又精细,想来,学问也必是很好的。"李南泉笑道:"可惜走上钱鬼子那条路了。"

袁四维笑道:"现在是功利主义的社会,非谈钱不可。《天演论》上说过的,适者生存。现在不谈钱,就不是适者。读书的人,讲究穷则变,变则通,这个日子谈经济,那是百分之百地对。张先生为人,我十分佩服,我想请他吃顿便饭,又没有这个机会。今天晚上,我们到街上去吃个小馆,你看怎么样?"他说着这话时,把他那张雷公脸仰起,对了李南泉很诚恳地望着。在他的那脸皱纹上,像安上了电线似的,不住有些颤动,似乎是笑,又似是不安。李南泉虽然不愿意给姓张的找麻烦,也不愿意给姓袁的难堪,沉吟着道:"张先生今天一大早就出去了,到这时候他还没回来,我也没有法子去约会他。他回来了,我一定把你这好意转达给他。"袁四维掏出了身上那个纸烟盒子来,伸着两个指头,在里面乱挖,挖出两个半截烟卷来,将半截敬了客,又将半截安在竹笔筒子头上,半鞠了躬笑道:"你是老邻居了,对于我这种节约行为,自然十分谅解。不过对于新朋友,就不能这样。当年我在南京、汉口的时候,我家里天天有客,我预备了两个厨子,一个厨子做四川菜,一个厨子做扬州菜,只要朋友肯来,我无不竭诚招待。我不请那张先生,我心里过不去。这样吧,回头我送点土产来,让张先生带进城去。这就是石太太说的话,算是我一个毛病。我就是好客。"李南泉道:"好客也算毛病,这毛病可太好了。你这毛病算是内科还算是外科呢?"袁四维笑道:"在我太太看来,一定算是……不,她也很好客的。"说着,他觉得不大妥,伸了手乱摸着头。那和尚头的短头发,摸得窸窣作响。

李南泉看他这样子既是讨厌,又是可怜,便笑道:"袁先生这番好意,我一定转达。不过张先生为人,他很是拘谨。他若说是无功不受禄,那我可没有办法。"袁四维把竹笔筒子咬在嘴角里,将头微偏着,抱了拳头,连连拱了几下,抿着嘴,口里呼噜呼噜说不清楚,听那声音,好像说是"请多帮忙,多请帮忙"。李南泉笑道:"好吧,若是能把张先生留下的话,我就留他一天,大家详细地谈谈。"袁四维终于忍不住肚里的话,先打了个哈哈,然后笑道:"多谢多……"他却没法说第四个字。因为他一张口,那支竹笔筒代替的烟嘴子,落了地上。这正是斜坡的上层,竹笔筒子不肯在地面上停留,却顺了竹阴下的斜坡,滚了去。这斜坡下面,有两大堆猪粪,这支竹笔不偏不斜,滚到猪粪堆里去了。他看到之后,连连将两只脚顿了两顿,口里连说是糟糕。在李南泉心里想着,他对于这支竹笔筒和那半截烟卷,一定牺牲的。可是他并不这样做。弯着腰,径直奔到那堆猪屎边上。他本来伸着食指和拇指,硬把那个竹笔筒捡了起来。可是他弯腰的程度很深,似乎嗅到一股猪粪的气味,立刻将身子向后一闪,直立了起来。李南泉想着,这该牺牲了吧?然而不然,他左手捏着鼻子,右手在地面拾了一片大树叶拿在手上,利用了这片树叶,盖在猪粪的竹笔筒上,就隔了那片树叶把竹笔筒捏了起来。那半截卷烟,塞进到竹笔筒里去很紧,居然还嵌在竹笔筒上,没有落下来。

  李南泉对他这个行为,发生了莫大的惊讶。这位先生竟是这样的屈尊,只有皱了眉毛,远远站着。那位袁先生,将手指夹住了带猪粪的笔筒,弯了腰走着,他似乎知道李南泉看了这事有点不愉快,便放了苦笑道:"我并不是不肯放弃这个烟嘴子,因为它和我有一段共患难的关系,我就以后不用也要保存它。我就有这么一个纪念品。"他一面说着,一面兀自弯了腰不直起来。李南泉见他这行动,微笑着,并轻轻地道:"这是内科还是外科?"袁四维道:"外科外科。"他说时点着头,那自然是聊以解嘲的意味。可是他只管笑,却把手上忘了,那个竹笔筒子又掉在地上,他手上仅仅捏住那张枯树叶子。他忙将背对了李南泉去捡笔筒子。他以为身体把自己的行为给挡住了,这就扔了那张败叶,赶快将两个指头夹住了竹笔筒子,向家里跑。李南泉看到只是摇摇头,背了两手,缓缓地向家里走。但两只手在背后,是把手掌心托了向上的,突然觉得手掌心里有样东西放着。他的触觉,知道这是一块石头,赶快回头看时,奚太太却是笑嘻嘻的,站在身后边,她已经重新化了妆,这样她脸红红的,倒成了将熟的冬瓜枣。两只辫子,老鼠尾巴似的垂下。

李南泉对于这位奚太太,十分地敬崇,可是又相当地害怕。现在她这副形象,站在自己面前,教人却是相当地窘,尤其是自己的太太,还站在走廊上,含了笑容,向这里望着。若是和她说几句不客气的话,彼此是很熟的邻居,尽日给人家钉子碰也不好,今天是给她好几个钉子碰了,那就非弄得彼此交情决裂不可。他犹疑了一会子,便带了笑容向她道:"我是刚刚睡午觉起来,是不是奚太太早上有什么话告诉我,我没有去办?"奚太太摇摇头道:"那倒不是,我……"说到这里,把声音低了一低,她还是把扇子边沿掩了嘴唇,笑道:"那位袁先生将两个指头捏了竹笔筒子走去,那事情是不可笑人家的。你为什么当了人家的面讥笑人家?"李南泉笑道:"我并没有讥笑他。我不过敬佩他为人,夸赞他几句。你看看我这事做得不大好吗?"奚太太道:"这件事我不管,我有件事想和你商量商量。"说着,她收起了折扇,将扇子头放在嘴唇边,低着头想了一想,然后把扇子头连连在脸腮上敲着,沉吟着道:"我有句什么话要说呢?你看我脑筋混乱得很,我忘记是什么事了。"说着,将扇子头轻轻地敲了额角,这样的做作,总有四五分钟,她始终没有把这件事记了起来。然后身子扭了两扭,笑道:"我想起来了,我打算马上就进城去,你可不可以给我写几封介绍信?"李南泉道:"你这话说得太空洞,你要我给你介绍些什么人呢?"奚太太道:"你所接近的是些什么人,你就给我介绍什么人!"

她说着这话,将扇子在空中抛着,打了两个翻身,然后将扇子接着了。李南泉道:"我所认识的朋友,文艺界,新闻界都是现在天字第一号的穷人,你要认识这些人做什么?他们可不能给你治那外科的病。"奚太太道:"我又不去募捐,我要认识有钱的人干什么?老实对你说,我想到重庆去招待一次文艺界和新闻界,我要当场把我的家事宣布出来。对文艺界的人,我希望他们给我写一个剧本,或者写一篇小说,最好是能写剧本,等到这戏能上演的时候,我亲自登台,现身说法,演说一番。新闻界的人呢,我要他们给我宣布新闻。"李南泉笑道:"就是这个意思?不过,你这故事,并不十分稀奇,你这样大张旗鼓地招待新闻界和文艺界,你供给人家的材料,让人感到并不足做小说、编剧本的时候,人家失望,你也失望。"李太太在那边廊檐下就插嘴笑道:"天下事不都是事在人为吗?有许多很小的事,经妙手点缀一番,就可化为大事;也有很大的事,因为主角儿太不会用手段了,让很大的事平平淡淡地过去。"奚太太对女人说话,她的姿态就变了。把小扇子展开,连连在胸前扇着,扇得"扑扑"作响,笑道:"你说得很有道理。你看我这事怎样才能引起人家的注意?而且把问题扩大起来?"她说着话,向李太太面前走去。李太太笑道:"可有两个办法,一个是比较冒险的手段,就是你到城里去挑一所大楼住着,这楼必须面对了大街,当那大街上正热闹,行人来往不断的时候,你突然由楼上一跳,而且大叫一声。"

奚太太道:"那样做,我不是疯了吗?本来,现在我也有几分疯了。你说是不是?"这么一说,连在走廊上的人,都放声大笑了。李太太笑道:"大家笑什么,这是真话。有道是胆大拿得高官做。若要怕事,怎么做得出事来?"奚太太倒不以为她这是玩笑话,拿着那把小扇子在胸面前慢慢扇着,点了两点头道:"这事情倒并不是开玩笑。我要打算干的话,一定要拼着出一身血汗。李太太说的这话,让我考虑考虑。"李南泉道:"那么,你就不必让我写介绍信了。"她道:"我跳楼是一件事,你写介绍信那又是一回事。多下两着棋总是好事。"说着,展开她手上的小扇子,向他连连招了两下笑道,"来,来,你就写信吧。"李南泉对于她所点的这个戏,颇感到有些头疼,含着笑,还没有答复呢。忽然那边山坡的人行路上,有人笑道说:"我又回来了。车子太挤。"看时,是张玉峰缓缓地走回来了。看他拖着沉重的步子,好像是很疲乏。望着点了个头,还没有迎上前去,只见那位袁四维先生,由他家里奔了出来,直迎向人行路上。走到张玉峰面前,伸了手和他握着道:"我今天候大驾一天了。很是要和老兄畅谈一番。现在有了机会,请到舍下去坐,请到舍下去坐。"他握着张玉峰的手,表示很亲切,只是上下地摇撼着,摇撼得他的身体都有些抖颤。李南泉想到那只手,正是在猪粪里掏过的,张玉峰那只抓黄金、美钞的手,现在却是间接地抓着猪粪,这倒很替他那只手抱屈。张玉峰哪里会知道这事,他被袁四维的诚意所感动,笑道:"有点急事,早上是天不亮就走了。简直要和袁先生谈几句话都没有工夫。"

袁四维道："我无所谓,在乡下闲云野鹤一个,有的是时间招待朋友,请到舍下去坐坐吧。"他说着这话,站在分岔路口,将张玉峰向前的路挡着,使他不能不向去袁公馆的路上走。张玉峰看着也是没有再婉拒这约会的可能,只有向他家里走去。袁四维觉得这回钓鱼,百分之百地上了钩,不能再让这条大鱼跑了。便跟在后面护送着,一路高声叫道:"拿烟来,泡好茶来,有客来了!"说着,很快抢到自己家门口,将身子侧着,伸了右手作比,口里连说"请里面坐"。张玉峰被他的客气压迫着进去了。袁四维跟着进来,两手拱着拳头,笑着说:"请坐,请坐,我家里是不恭敬得很。"张玉峰在李南泉口风里,已经知道这位袁先生是一种什么作风,他又想着,袁先生所以这样拉拢,无非是想彼此约会盖房子。本来自己就要房子住,订约出钱之后,他必得交出一幢房子来,这也没有什么吃亏。他的这番作风,也无非像生意人拉拢买卖一样,并没有什么出奇。自己痛快,也让人家痛快,干脆答应他就是了,便笑道:"关于盖房子的事情,李先生已经和我提过,说是袁先生对于盖房子的工程,非常有经验,那我也正要把这事相托。"袁四维听到他已答应,口里连说道"好说好说",而两只手又情不自禁地抱上了拳头。张玉峰道:"我事情忙,不能在这里多耽搁。袁先生若有什么合约的话,只管拿出来让我签字。以后一切事情,请和南泉兄接洽,我请他全权代表,至于款子多少,我照摊。也都先交给南泉兄,由他转交。"这句话说了不要紧,袁四维"呵唷"了一笑,竟是弯了腰深深地作个大揖。

张玉峰对于这个举动,当然有些惊讶。便是答应合伙盖房,何至行此大礼相谢?更是吓得向后退了两步,抱拳回礼道ःः"老兄何必这样客气!"袁四维笑道:"倒不是客气,只是我的脾气是这样,看到朋友对我客气,我就在人敬一尺,我敬一丈之下,要大大回敬。"他说是这样说了,可是他的脸色,不免泛起一层红晕,似乎有点难为情,不过这难为情,也是片刻的。立刻昂起脖子来,向窗子外叫道:"快快送茶来。看看瓜子还有没有?若是有的话,把碟子装一碟子来。"他叫一句,太太在屋子里答应一声。他听那答应的声音,非常之利落,料着留着过中秋的那些南瓜子并不会失落，便又高声道："把大碟子装了来。开水烧得开开的，给我泡一壶好茶。"他那样高声叫着，不但屋子里听到，就是屋子外很远也听到，李南泉站在竹子外，就是所听到的一个。不必作过深的揣测，就是在袁先生这样叫泡茶、拿瓜子的当儿，就可以知道张玉峰已是身入重围。现在马上要援救他出来，拘了面子，恐怕他不肯走。而且这样急促地把张玉峰叫了出来，也很给袁四维面子难堪。这就不作声，背了两手在屋子后面来回踱着步子。他所听到的，都是袁四维带着哈哈的笑声，张玉峰在这哈哈笑声中，很久才说了个"是"字，或者"对"字。这样总有二十分钟，始终没有听到袁四维间断他的话锋。他想着自己钻到袁家去和他们插言，那是不知趣的事。站着出了一会神，他倒是想得了一个主意，立刻走回家去，在抽屉里取出了一张纸条，写上几个字。

这张纸条，他是这样写着："电话局顷派来人报告，贵行有长途电话来到，详情已由电话局记录，请速来阅。"写完了，交给王嫂，让她送到袁家去。果然，不到五分钟，张玉峰就来了。他脸上带了一分沉重的颜色，正待问话，李南泉笑着相迎，摆了手低声道："没事没事。我若不写那个字条，你怎么脱得身？"张玉峰也笑了，摸着头道："我看那袁先生，用心良苦。他也不会白要我的，我给了他钱，他得给我房子住。不必让他老悬着那分心事，我就答应他罢。他说每一股，约须出款五百元。这五百元也不是什么了不起的数目，我已经答应他照付。那钱我交给你，由你分批地付给他。他倒也相当的漂亮，和我约好了，筑好了墙发给一批款，盖起了屋顶给一批钱，最后他交房子我清账。现在只要付一笔定钱。这件事我是全权交给你了。你看钱当付就付，不当付，就停止了。"说时，脸上带了三分苦笑，连连摆了几下头。李南泉笑道："这事我害了你，不该宣布你是银行家。现在这社会上，谁要看到了银行家，那还肯放过吗？只有我这姓李的是大傻瓜，银行家和我交朋友，我是让他自由来往。"张玉峰脱下了他身上那件八成旧的灰哔叽中山服，提着衣服领子，连连抖了几下，笑道："你看，我这一身穿着，我也叫银行家，那真把银行家骂苦了。不过你真和银行家来往，你以为那是揩油的事，那就大错特错，办银行的人，都让人家揩了油去，那银行怎样办下去？开银行是大鱼吃小鱼的玩意儿，你还想

巴山夜雨

吃他吗?"李南泉笑道:"怪不得你肯住我这草房子,你是吃小鱼来了。"

这一说,宾主哈哈大笑。张玉峰道:"这的确不对。我就这样两肩扛一口地到府上来。没有给嫂夫人送东西,也没有给小孩子带东西。"说着,仰了头向里面屋子叫道:"大嫂,我太不客气了吧?"李南泉笑道:"她的公事,比你还忙。她老早坐上牌桌子去了。我现时在家里做留守,你有话我代你转达就是。"张玉峰笑道:"我非常赞成这个行动。在这个山谷里面,生活着什么娱乐都没有,打几圈卫生麻将,那是最合适不过的事。若是我住在这里,我不也是每日一场卫生麻将吗?"他们这样说笑着,自然是声音大一点。说过了,也只是十来分钟的时候,袁家一位十三四岁的小姐,笑嘻嘻地走了来,向张、李两位各深鞠一躬,笑道:"李伯伯,我爸爸说,张先生若是有意打牌的话,我爸爸可以奉陪。若是角色不够,我爸爸说,可以代邀两位。"李南泉听了这话,简直说不出话来,只有向张玉峰看了一眼。张玉峰禁不住他每逢踌躇时候的作风,伸着手摸了几下头,笑道:"好的,假如我腾得出来工夫,我再通知你爸爸。"那位袁小姐去了,张玉峰低声问道:"这位袁先生,从前做过官没有?"李南泉道:"你突然问这话是什么意思?"他道:"据我看来,他完全是做官的作风。"李南泉想了一想,也笑了。只是这样一来,张玉峰可就不敢在李府上多坐。邀着李南泉上街去坐小茶馆,并在小馆子里吃晚饭,饭后,又去听了三个小时的戏,直到深夜方才回家。第二日一大早,太阳没有出山,他就告别了主人。一小时后,李南泉就听到隔着山溪,有了袁四维的咳嗽声。在窗子里张望时,他正在路上徘徊呢。

袁先生在人行路上来回走着,也是不断向这里张望,最后他就叫了声李先生。李南泉知道是被他看到了,不能含糊,这就隔了窗子答应着。袁四维笑嘻嘻地走了进来,拱了手道:"张先生,我昨天和老兄谈了几分钟之后,痛快之至!今天天气很好,我们去坐个小茶馆。"他说着,也不问屋子是否有人,已经是抱了拳头,连连地向屋子里作揖。李南泉笑道:"张先生已经走了。"袁四维听了这话,他脸上那笑意,却是来得快去得也快。立刻翻了两眼向人望着。李南泉笑道:"他虽然走了。可是袁先生所托他的事,他完全照办了。所有盖房子的事,他叫我代为办理。

所需要的五百元款子，他可以分次交来，由我转交给袁先生。签订合同这件事，也归我代办。他今天回到城里，明后天就有款子寄来。他这个人倒是很守信约的。那可以完全放心。"袁四维的笑容，本来已抛到天空里去。经他这样一说，那笑意又由天空里跑回来冲上了他的面孔。他将头摇成个小圈，接着道："我就知道张先生这个人是位慷慨的君子，简直是一语千金。这人是太可佩服了了！这人是太可佩服！"他说着话，把头竭力仰着向后，仰得人倒退了几步，向夹壁墙碰了一下。李南泉倒不忍笑他，有些可怜他了，也就没有说什么。不过袁四维自己，透着有些难为情，因道："既是张先生这样说了，大家一言为定，我去把合同稿子弄好，至迟明天上午，我送来给李先生签字。"李先生想说几句"不忙"，可是这话是人家不愿意听的，也就不作声了。袁四维说句"不啰唆了"，拱了两拱拳头，自行走去。

　　他说不啰唆了，倒有自知之明，李南泉回答声"再谈吧"，也就没有远送。对于袁四维这个作风，实在是感到有些头痛，太太既不在家，也就只有拿了一本书坐到桌旁看着。心里料想着，在这最短期间，他是不会来麻烦的。可是这个猜想，又不怎么符合。窗子外面，忽然有人叫了一声"李伯伯"。看时，是袁先生那位大小姐。她小手提了点东西，摇摇晃晃地向这里走来。她径直走到屋子里，将手上提着的东西举了起来。乃是半条干咸鱼和一个小报纸包儿。那鱼约莫有七寸长，三寸宽。鱼头倒是完整无缺。在鱼鳃以后，这鱼就削去了半边。尤其是那鱼尾巴已不存在，这鱼的半边干身子，盐霜像加了一层白粉，还有些虫丝，圆秃秃的，极不好看。那个报纸包，约莫有四寸见方，不知道里面包的是什么东西。那纸包并不大，而外面绑扎的绳子，却是小拇指粗细的草绳。这显然是极不相称。可是送礼人对于这些物品，似乎还是十分重视。那包扎着纸包的草绳，束得很紧，而且还长出了有一尺多的绳子头。李南泉虽是十分明白这点意思，可是还不能直率地先说破，只是笑着向她点头。袁小姐道："李伯伯，我父亲说，送你一包茶叶泡茶喝。这是我们家乡带来的。"李南泉望了那半条七寸长的干鱼，笑道："这也是送我的？"这小姑娘有十三四岁了，她也觉得这不大像样子，脸上先红着，然后笑道："人家送我们的时候，就是这样半条。我爸爸说……"她已经完成了家中教给她的那些话了，将两样东西,扔在桌上,扭转身就向屋子外面跑走了。

李南泉看了看桌上的礼物,又对走去的袁小姐后影看了看,叹口气道:"羞恶之心,人皆有之。"说着话,把那草绳子解了开来,打开旧报纸包看时,里面长长短短的茶叶,还带着茶叶棍儿。茶叶品质怎样,那不必去研究它。只是那茶叶里面,还有不少的米粒。这和上次在他家喝的茶叶,那是一样的情形。抓着那茶叶,在鼻子尖上嗅嗅,还有很重的霉味。他淡笑着叹了口气,将那报纸包依然包好,把草绳子也束紧了,然后提了那绳子头,走到屋角山坡上,当甩流星似的,远远地向山沟丢了去,口里还大声叫道:"去你的吧。"他回到屋子里,见小桌上还有许多碎茶叶屑子,这就用点碎纸把这茶叶末子扫了下去。正当扫抹桌子的时候,却看到桌面上爬了黑壳虫子,茶叶里面生虫,这倒是第一次看到的。再仔细向桌面上看时,乃是那干鱼鳃里爬出来的。拿起了那鱼,在桌上扑扑地连敲了几下,就从那鳃里面陆续漏出几只虫子,而且爬的速度,比原来在桌子上的黑虫还要爬得快。他不加考虑,提了那鱼头上的草绳子,又向屋子外跑去,他照着茶叶包那个办法,把鱼头也丢到山沟里去。回家之后,向书桌面上嗅了两嗅,还有些盐臭味。他坐在竹椅上,抄了两手在胸前,向椅子背上靠着,眼望了桌面,连连地摇了几下头,叹了一口气。他呆定着,不免翻了眼睛,向窗子外看去,却见袁四维先生带着两个短裤赤膊的人,在对面山坡上,横量直量的,在地面四周比画着,而且他口里笑一阵子,大声叫一阵子,闹了个不休。最后他大声叫道:"我们都是为了抗战嘛!"

李南泉听到这话,心里有些奇怪。他这样建筑房子,与抗战有什么关系?这就不免站立起来,缓缓走出门去。那边袁先生说话,声音非常大。他打了哈哈道:"我们由下江来到四川,什么东西都给丢了,政府不是说了吗?有钱出钱,有力出力。我们虽没有钱帮助国家,可是我们出力的时候,一天也没有断。保甲上开会,哪一次我没有去演说?每逢一次前方胜利,我都要在茶馆子里坐两三个小时,买好几份报摆在茶馆里让人传观。第一区专员兼巴县县长,是我的好朋友,他看到我为国家这样的出力,希望我住在这村子里,做领导民众的工作。上次我到专员公署里去,专员亲自把我送到大门口来,和我握着手说:'只要袁先生看的地方中意，无论是哪片地方，由袁先生随便划出来盖房子。'你们的父母官，都是这样的帮忙。你们做老百姓的，岂可对我们的事马马虎虎？下次你们是摊款抽壮丁的时候，要不要我到县政府去说话？"他越说越带劲，索性丢下了手上那根当软尺的草绳子，站在一方土堆上，当上了人行路上的演说家。原来这条路上，陆续有些下市回家的农人。听到他一再提专员和县长，都觉得这是惊人之举。乡下人对于县长的印象最深，他口口声声提到县长，想必也是一位了不起的人，所以大家都站住了脚听下去。袁先生说话的对象，原是站在面前的两位瓦木匠。木匠姓李，还是地方上一个甲长。他包工做国难房子有一百多所，很赚了几个钱，这时，上身赤膊，手臂上搭了一件蓝布衬衫，下身穿条青布短裤子，赤脚穿了双麻绳沿边的草鞋，腰上还束着一根紫色皮带呢。

他脸上带了七八分的酒意，面皮红红的，手上拿了一支长烟袋，呆呆地听袁四维先生说话。那瓦匠姓汪，是个五十以上的老头子，黄脸上，留着几根老鼠胡子。他穿了一件似背心非背心的灰白短褂子，两只手膀子，像摩登女子似的，全露在外面。那褂子的下摆，遮着肚脐，还破了几个大眼。虽是这样的热天，他腰上还裹着白布条子，上面挂着短旱烟袋，烟荷包，还有一条毛巾。他对于这条毛巾，特别感到光荣，这是犒劳抗属的礼品。因为他三个儿子，倒有两个出去当兵，大门口还有一块市政府送的木牌子，上写着"为国尽忠"四个字。他觉得这实在是可以站在人前说话的一个凭证。不过那木牌子是不能背在身上到处走的。所以他想起了一个变通的办法，就是把这块毛巾塞在腰带上，当了荣誉勋章。这时袁四维对着他教训了一顿，汪瓦匠有点不服气。他想，你出力，我出的力比你还多呢。不过袁先生再三提到县长，又说县长亲自送他出大门，还和他握手，这是和县长最亲密的表示。而且他又明说了，以后抽壮丁摊款的事，他可以和县长去说话。县长的滋味，那是领教良多的，将来真有许多找县长的事，那还是以不得罪他为宜。于是在腰带上把那支短短的旱烟袋取了下来，放在嘴角里，叭吸了几下，仰起他的黄蜡面孔，向袁先生瞪了两只圆眼睛。李木匠知道汪瓦匠是个抗属，真到官场上去，那是有三分面子的，就扭转身子做个要走的样子，将长旱烟袋，敲了他一下腿。淡淡地道:"老板,你去和他说嘛,让他先付几成款子嘛。没得钱,说啥子空话?盖七层楼我也会搞个计划出来。"

汪瓦匠很相信李木匠,因为他是个甲长,许多事情,他都能和乡下人出主意。虽然有这句话:"保甲长到门,不是要钱就是要人。"可是乡下人找保甲长要办法,而保甲长拿出来的主意,有些是很灵验的。现在经李木匠这样一指示,他就有了胆子了,因道:"完长,你是做官的人嘛,啥事你不晓得?我们不吃满肚子,朗个做活路?"袁四维当过贫民救济院的院长,当时,他家里人就称"院长"。于今虽是辞官多年了,他家里人对外,还是称他"院长"。乡下人并不知道贫民救济院和行政院、监察院有什么分别,也就叫他"院长"。既是院长,当然是官,所以汪瓦匠的说法是这样。袁四维听到他说要钱,把脸沉下来道:"你们这些人,虽然不能打听打听我过去的历史,可是我平常的行为,你总也有眼睛看到,袁院长住在你们贵地方,是买东西和你讲过一回官价呢,还是雇你们一次人了,没有给钱呢?现在不是刚刚谈计划吗?你以为这是到医院里去诊病,先要花钱挂号?我当然不会让你们饿了肚子上工。也不一定我就找你和李老板盖这房子,为什么今天就和我要钱?"汪瓦匠道:"朗个要不得钱?这就是定钱嘛!你叫我们应你的活路,我要去找人。我不给人钱,到了时候,别个不来,我和李老板四只手就盖起房子来?"说着,他把旱烟袋塞到嘴里,又叭吸着那不冒火的冷烟袋,把他那张黄绿脸向下沉着,半扭着身子,缓缓地移了脚步,自言自语道:"没得钱,这样大太阳把我们叫来摆龙门阵,扮啥子灯!"

袁四维听了他那些话,又看到他那不驯服的样子,把颈脖子都涨红了。横伸出一只手臂,将五个手指乱弹着,乱弹得像打莲花落一样。他张开口,抖颤了嘴皮道:"你混账!你说什么话?你看,你一个当瓦匠的人,就这样目中无人,那还了得!那还了得!"汪瓦匠已是远走了几丈路了,他胆子更显着大,这就站住了脚,回转头来道:"做瓦匠朗个的?不是人嗦?"说着,他抽出口里的旱烟袋嘴子,叭吸一声,向地面上吐了一口水。袁四维看了这情形,实在感到很大的侮辱,可是自己叫了一阵,左右邻居,都出来看热闹来了,又不便在此叫,只有瞪了两眼向他望着。

这时袁太太由他家后门口走了出来，手上拿了一叠钞票，高高举着，埋怨道："你也是太不怕费神，和他们吵些什么？有钱还怕找不到瓦木匠吗！这是人家交的一笔股款，你来点点数目吧。现在邮政局还没有关门，你存了进去吧。"袁四维听说有人交股款了，而且整大叠的票子，在太太手上举着，这绝不会错，把瓦木匠得罪他的事，完全丢到脑子后面去了。那一阵高兴，由他雷公脸上的每一条皱纹里挤出了笑容来。他人还没有走到前面已是老早伸出手来了，笑道："你点了没有，是多少钱？"袁太太道："一股半，站在大路上，点什么数目。"说着，把钞票交到丈夫手上。那个李木匠，他虽是先走的，却没有走远，他听到袁太太的话，也是站住了脚的，这时见袁四维接过了钞票，他就口衔了旱烟袋，慢慢走到面前，笑着一点头道："我说，袁完长，你是打算哪一天兴工嘛？你有了日子，就是迟个天把天交定钱，也不生关系！大家都是邻居，有话好说嘛！"

袁四维有了钱在手上，更是胆壮气粗，他僵着脖子，横了眼睛道："你问这话什么意思？反正你不和我合作。我说哪天动工也没有用。"李木匠左手拿了旱烟袋的上半截，让烟袋头子在地面上拖着，右手在光和尚头上乱摸了一阵，表示着踌躇的样子，笑道："不要说这话，完长，我们邻居总是邻居嘛，有啥子话总好商量哟。"袁四维道："邻居总是邻居，你怕我不晓得这话，我拿这份交情和你说话时，你要谈生意经。谈生意经就谈生意经吧。我没有钱，就不说出这些闲话。现在我不谈了，你又来谈交情，这到底是什么意思？"他说着话，将大叠的钞票，向口袋里装着，手里只拿了一叠小的，一张一张地数着，口里还是四、五、六、七、八地念着。李木匠将旱烟袋放到嘴里吸了两下，做个沉思的样子，然后笑道："我和袁完长做事，哪一回又谈过生意经？总是讲交情咯。上次，我就送了好几斤木头片给你们家引火，还不是交情？"他口里说着，眼睛可望了袁四维手上的钞票。袁先生虽然在数钞票，可是听了他这句卖交情的话，不能不答复，淡笑一声道："几斤木头片子好大的交情！你看，这一打岔，又把我数的数目忘记了。三十五，四十，四十五，五十。"他口里数着，手上将那五元一张的钞票，又继续翻动。李木匠虽然碰了他这样一个钉子，可是他并不走开，依然含了旱烟袋嘴子，默默地吸着，直等袁四维把左边

巴山夜雨

口袋里的钞票数完,全部都送到右边口袋里去了以后,他将两只手同时按着两只口袋,表示着这手续完了。李木匠这就含着笑容,又叫了一声袁完长。

李木匠笑道:"确是。不过我们说在先嘛,五十块定钱,少一点,完长,加成个整数,要不要得?"袁四维望了他道:"把定钱加成整数,这是你和街上王木匠说话,还是和你自己说话?"李木匠笑道:"当然是和我自己说话。"袁四维打了个哈哈,又摇了两摇头。他什么话也不说,径自回家去了。他走的时候,左右两个装钞票的口袋,上下颤动,和他举着的步子相应和。李木匠等他走远了,瞪了眼望着袁家的后门道:"龟儿!有了钱就变了一个样子了。格老子,二天火烧他的房子,我在远处吹风。"汪瓦匠望了他道:"他好好地邀我们来说活路,你要和他扯皮,他有钱,格老子怕盖不到房子?我这两天,正短钱用,应下他的活路,啥子不好?"李木匠对于这件事的失败,有点懊丧,装上了一袋旱烟,汪瓦匠又追了过来,蹲在地上,捡了几个小石头子在地面列着算盘子式,将手下移动小石子,口里念着二退八进一,三下五去二。算完了,他向李木匠道:"格老子,这趟活路应下来,我们两个人,好挣他三四百元,你为啥子不干?"李木匠道:"下江人要盖房子的多得很,没有姓袁的,我们就不过日子嗦?"汪瓦匠道:"那是当然,不过有活路到手,也犯不上丢掉它。"李木匠突然站起来,歪着脸道:"我硬是不受这龟儿的气。"这时,竹林后面,有个女人出现。她虽是乡下打扮,头发梳得光光的,身穿阴丹士林长衫,没有点皱纹,不到三十年岁,脸上洗得白净净的。她叫着李木匠的名字道:"李汉才,我昨日和你说的话,朗个做?"李木匠满脸是笑,向她点着头笑嘻嘻地道:"就是嘛,我照办嘛。再过两天,要不要得?"

那女人脸上红红的,像生气不生气的样子,淡淡地笑道:"过两天要得。你也不必费事了。"李木匠笑道:"你听我说,这两天我用空了。过两天我来了钱,我就照办。"那女人笑道:"你说啥子空话?别个请你做活路,你不做,好像你家里放了几百万,就要做绅粮。现在跟你要钱你又说没有钱。扮啥子灯影儿①,神经病。"

---

① 川语,"扮灯影儿"意为"作假"。

她说着"神经病"三个字的时候,猛可地一顿,语气是很重的。李木匠笑道:"要得要得,我到袁完长那里去,把活路应下来就是。"那女人一扭身道:"你应不应,关我啥事,往后在别个面前,少说空话。"说毕,她扭身就走了。李木匠站着怔了一怔,向汪瓦匠道:"格老子,要钱用,有啥法子?"汪瓦匠叭吸了两下不点火的旱烟袋,向地面吐了两口清水,笑道:"这个女人,不是杨老公的堂客吗?为啥子跟你要钱?"李木匠将旱烟袋放在嘴里吸了几下,微笑道:"也是我不好,上半年和杨老公邀一个会,会散了,我短他家几个钱。我们又是邻居,她天天跟我罗连①,我也没得办法。"他说着这话,自己显着不能交代,左手捏了旱烟袋,右手搔着头发,慢慢走开。汪瓦匠站在竹林子下面,将冷旱烟袋吸了两口,又抽出来,仰着蜡黄的脸,对竹子梢上注视着想了一想,想过之后,再抽冷烟袋。最后,他向地面吐了一口清水,就奔向袁家去。这时,袁四维穿上了袜子,换了一套绸子小裤褂,口角上衔了那竹笔筒子,安上半截纸烟,手上提了大皮包,神气十足,走出门来。看那样子,是要到邮汇局存款了。

汪瓦匠笑道:"完长,上街去嗦?我们商量商量,我还是应下你的活路,要不要得?"袁四维站住了脚,向他翻了大眼望着,问道:"你还是应下我的活路?借钱没有问题?"汪瓦匠笑着吸了两口旱烟,又把肩膀扛了两下,将烟袋嘴子,对着空中划了两个圈子,笑道:"我倒并不是硬要接你这活路。不过都是熟人嘛。我若不答应,二天不好意思见面咯。你说是不是?完长,你先付我五十元定钱,要不要得?二天动了工以后,我不随意乱支钱。龟儿子说谎话。"他口里发了这个誓不算,不捏烟袋的那只手,还伸着手指头,做了乌龟爬路的样子。袁四维先望着他脸上,然后又偏头看他身上,笑道:"只要五十元定钱?说话算话?"说着向他把眼珠瞪了。汪瓦匠不敢作声,把冷旱烟袋嘴子,送到口里叭吸着。袁四维不走了,将皮包向屋子里提着,又向汪瓦匠招了两招手。汪瓦匠以为是妥了,很高兴地跟着他走进屋去。袁四维将皮包放在桌上,缓缓地打了开来,然后在皮包里掏出钞票来,左叠右

---

① 川语,"罗连"意为"麻烦"。

巴山夜雨

叠地放在桌子上。笑道："你不要以为这都是我的钱。人家加入股子盖房子,我也不过是代人经管这件事。我不得不慎重一点。事情办好了,那是朋友的交情。事情办不好,我就受朋友褒贬。"汪瓦匠道："确是。完长是做官的人,啥子事不晓得? 自从你展[①]到这村子里来了,我看你是个好人。将来你还要发财发福。说不定你就做我们巴县的县长。"说着,他两手捧了旱烟袋,连连拱了几下手,就算是预为恭喜的样子。袁四维笑道："县长? 你叫我官做回去了。"

这时,李木匠来了。他口里咬着那支长旱烟袋的嘴子,将手扶了旱烟袋的中间。他鼻孔里和嘴里的酒气,兀自呼呼地向外喷着。他脸上红红的,有三分酒气,也有三分难为情,在门外和窗户外面来回地逡巡着,伸了头向门里看了一看,见着汪瓦匠笑嘻嘻地向袁四维鞠着躬,而袁四维将桌上堆的钞票,左边放到右边,右边又移到左边,眼睛望着那些钞票,不看汪瓦匠也不看李木匠,只是在嘴里算着数,二二得四,三五一十五,算着他心里所估计的账目。李木匠故意咳嗽两声,又轻轻叫了一声"完长"。袁四维抬着眼皮看了看,将头点了两点,淡笑着哼了一哼,然后要响不响地说了三个字："进来吧。"李木匠笑道："我说完长,你啥子事看不过去吗? 我……"袁四维瞪了眼道："多话不用说。我要去赶邮汇局营业的时间。你们若是愿意接受我的合同,现在每人拿去五十元做定,马上签字。若是不愿意,谁也不勉强谁,我们就此拉倒。"说着,他把桌上摆的那些钞票,又陆陆续续向皮包里塞了进去。而且把皮包外的两根皮带,先后地扣好。很带劲地将皮包提了起来,向腋下一夹,大有马上就走的样子。汪瓦匠站在桌子角边,只是吸他的冷烟袋,一声不响,瞪着袁四维一叠叠地收钞票,直到他扣起皮带为止,那眼光都没有离开他的皮包。李木匠看这样子是百分之百的僵局。这就两手一伸,把袁四维的去路拦住,抱了旱烟袋,连连拱手道："不忙不忙,还是好说好商量嘛!"

袁四维手里还是提着皮包,翻了眼睛向他两人望着,把脸色沉下来,问道："你们对于五十元定钱,没有什么问题了?"李木匠对汪瓦匠看着,微笑道："你说,朗

[①] 川语"展"意为"搬"。

个做?"汪瓦匠淡淡笑道:"我能说朗个做？格老子,杨老公的太婆儿跟你要钱,你拿不出钱来,你脱不到手咯。"李木匠瞪了眼道:"说啥子空话？我们谈的正经事嘛。"袁四维笑道:"谈正经事,你们还要正经地做呀。先开好收条,我就给你钱。"说着,打开抽屉,取出两张纸条来。汪瓦匠道:"我不认识字,叫我写啥子?"袁四维道:"那好办。我给你写,你们自己画上押好了。"于是就用上了桌上的笔砚,文不加点,写了两张收条。写好了之后,拿了纸条向两人道:"我不能骗你,把收条念给你听了,你再画押。"于是他念道:"立收据人瓦匠汪正才,今收到袁四维定工洋五十元。当面言定,收定洋之后,三日内兴工,五日内,筑起土围墙见方五尺高,如到期不动工,动工如不照约期办理,所有定洋加二成奉还。如有反悔,依法解决。×年×月×日立。"汪瓦匠叫起来道:"要不得,朗个还要奉还?"袁四维笑道:"你这是不识字之故。我说的奉还,那是你到期不动工,动工又不照日子交工的说法。你到日子交工了,我不但不能要你还钱,还要付你工钱。我又不是恶霸,难道你们给我盖了房子,我不给你钱吗？你怕到日子还钱那就是你拿了钱去不肯动工了。"汪瓦匠道:"拿了你的钱去不动工,没得那个说法。"袁四维也不多说了。这就在皮包里取出两叠钞票,放桌子角上,笑道:"五十元钱,现在买两斗米,八九十斤,要不要随你便,要钱就先画押。"

  汪瓦匠对这位院长看看,又对李木匠看看,笑道:"就是嘛,我就画押嘛。画了押,也不会要我的脑壳。我两个儿子都打国仗去了,我还怕啥子?"说到这里,他更没有一秒钟的考虑,在袁四维手上拿过毛笔来,弯腰就在桌上对纸条末尾画了个十字。李木匠站在旁边望着,淡淡笑道:"你硬是穷疯了。看到了大卷的票子,格老子,祖宗三代都分不出来了,你朗个在我的收据上画押?"汪瓦匠笑道:"朗个的？错了？那也不生关系嘛,都是五十元。哪个也不占哪个的相因①。"袁四维摇摇头道:"那究竟不对。你还是填你的收据。李老板你愿意收钱,补签一个就是。"李木匠伸手搔了头发,又看看桌上的钞票,将脚在地面上一顿道:"是汪老板

------

  ① 川语,"相因"意为"便宜"。

巴山夜雨

那话,又不输脑壳,哪个叫我短钱用,完长,我投降了。"袁四维满脸是笑,让他们办完了手续,也就给了他们的钱。打发瓦木匠走了,他把皮包里的钞票掏了出来,悄悄送到卧室里去,教太太收着。他低声道:"我们得把现钱放在手上,随时收买便宜砖瓦木料。存到邮汇局去,并没有几个利钱,拿进拿出,耽误时间。可是钱放在家里让人知道了,晚上得留心小偷。存款的样子,还是要做出来的。"说着,他在家里收罗了些破旧报纸,塞到皮包里去,依然让皮包鼓起来,然后提了皮包出门,大声叫道:"我到邮政局去了,有人找我,说我就回来。"一面说着,一面摇晃了手提包向大路上走。邻居李南泉先生,他是到处收罗戏剧性人物与戏剧动作的,这一下午,他看到袁先生的行为,非常有趣,像看电影一样,只管看了和听了下去。他在走廊上坐着乘凉,眼里看到,心里想着,统共也不过三五百元的事情,就把这几个人这样戏剧化了。钱是好东西!

他这样慨叹着,对于袁院长的行为,自也感到莫大的兴趣,以后是格外地留意着。过了两三天,果然在那对面的山坡。挖开了一片平地,十几个工人忙碌着,筑起了一个四方形的土墙,那墙高约四五尺。袁先生也是和筑墙的工人同样忙碌,终日都站在平坡上监工。一日上午,袁先生手上拿了一叠纸张,带了他家的男佣工和大小孩子,很高兴地结队向山下去。他看那男佣工手上,带了糨糊钵子和刷子,颇有向街上撒传单贴标语的样子。心里想着,这又是什么作风?不属于生财之道的事,袁先生是不办的。他又不卖花柳药,也不看相算命,满街去贴什么传单?如此想着,心里又增加了一层纳闷,约莫是过了三小时,有一个很大的反响,就是三三两两,不断有人到村子里来看房子。来看房子的人,都是一套作风,先到袁四维家里去打听,其次由袁先生引导着,到那兴工的地方来看房。又其次,看房子的人发出了惊讶的态度,都说:"怎么半截土墙,你们就出招租帖子招租?"最后,就是袁先生解释了。他笑说:"我们只四十八小时,就在平地上筑起这些土墙来了。根据这个速度,半个月内,我们可以盖起一幢很好的楼房。因为砖瓦木料都是预备好了的,而且所有瓦木匠,都是连夜赶工,我算的日子,一点不会错。现在出招租帖子,不能马上就会谈好租约。等租约谈好,房客也把搬家的手续预备好了,那我的房子也就完工了,这都是算准了时间来办的,一点不会错。"接着,他又把未来房子的美丽夸耀一番。

袁先生这一套说法,虽然限于面前的事实,人家不太相信。可是照他的计划推算起来,却也相去不远,大家带了笑容,悄悄走去,连租金多少,也没有人问过。李南泉这才明白,袁四维急于要盖房子,是这样的打算。他是想划了地基,就预定把房子出租的。邻居吴春圃先生,看到李先生老是站在走廊上望了那盖屋的所在发笑,也就很明白他的意思,同时,走到廊檐下,低声笑道:"此公发财的主意,可说想入非非。若是这个样子就能做房东,我姓吴的一百个房东也做过了。天下真有这样的傻瓜,看到一块土墙围的地基,他就肯定约付租钱。"李南泉笑道:"这一个试验,袁院长当然是失败了。可是他能半夜里点着灯起来,和太太商量盖房子弄钱的事,他一定有很多计划。他一计不成,必有二计。"吴春圃摇摇头道:"无论有多少计,没有房子,总收不到租钱。"李南泉道:"这件事很容易证明,今天来了许多班人看房子,都失望而去。明天若再没有人来看房子成交的话,他一定得想办法。"吴春圃定神想了一想,他还是摇摇头。当然他猜不出袁四维计将安出。这日下午,他由街上回家来,老远看到李南泉在窗子下看书,他就把手上捏着一张纸高高举起,笑道:"李兄快来,我们奇文共欣赏。"李南泉以为他由街上带着什么传单号外之类回来,就立刻迎了出来。远远看到他所拿的纸头,有四个大字,格外鲜明,乃是"新房预约"。他这就知道是袁家那回事,便笑道:"这也没有稀奇之处呀。根据事实来说,这四个大字,不是对吗?"吴春圃走到面前,低声笑道:"奇文不在这四字。"

李南泉道:"招租帖子,还有什么很妙的奇文吗?"吴春圃含着笑,把那张招租帖子送到手上。他展开来看时,上面这样写:"兹有正在动工之洋房屋一所,坐落桃树湾东山之麓,前有溪流,后有青山,屋前辟有坝子(平地也)一片,拟栽花木。盖房系上下两层,配合光线、风景,于适之处,开辟窗户。除装制玻璃外,并拟安置纱网,以挡虫蚁。楼上楼板,地面三合土,光滑平齐。楼上下均有走廊,作为游憩之所。房内白粉糊壁,虽在雾天,亦可使屋中光线充足。至阴雨之时,除四周有走

巴山夜雨

廊在外掩护外,而室中屋屋相连,使居此地者,足不履湿地。冬季则屋子朝阳,满室生春,夏季则四面通风,清凉如秋。凡此建筑,均适合在川住家之久住。屋后山上,通有山洞,空袭时可以自出闪避。而且村口有足容千人之大山洞,三分钟可到,亦极便利。至于柴、水,不烦细述。水是清泉一也。乡下人背柴下,必由门前经过,随时可以压价之二也。小菜则附近全是菜园,还是可食鲜品三也。总之,此处住家无一不宜。兹愿为疏散来此之义民,解决目前问题,敬将此屋三分之一出租。即日起,仿照预约书籍的办法,只收租金半年。以半年为期。但在此招租帖三日内订约者,再打八折。且预约房客,付款以后,如来乡下游览,毋须在乡镇上觅旅馆,可下榻舍下,鄙人房东自当竭诚招待一切。绝好机会,幸勿错过,千万千万!"

李南泉笑着点了几点头道:"的确是妙文。妙句就在最后两句,付了预约费的,可以在他家里下榻。"吴春圃低声道:"也许有人会贪点便宜。不过他家里竭诚招待客人的东西,最上等是生了蛀虫的咸干鱼头,和带有霉味的米拌茶叶,那也不大受用。"李南泉笑道:"你怎么知道这件事?"吴春圃道:"你两次由我窗户口上经过,把上等礼品丢到沟里去了,我都看到的。你是个极有涵养的人,都答复了他这么一个杀手锏。那些陌生的人要受到他这样的招待,那不会有恶劣的反响吗?"李南泉笑道:"戏法人人会变,各有巧妙不同。以后我们再看他的巧妙吧。"吴春圃微笑着,摇了几摇头。这就是说李先生相信袁四维有办法,而吴先生则不然。但是李先生看法是对了的。自这招租帖子发出去以后,到这里来看房子的人,还是陆续不断地来。袁先生接见来宾,可换了一个方式。每到有人问房子的时候,他左手拿了一张白厚纸图样,右手拿了两三株树秧子。在他小褂子口袋上,还插了一支铅笔。对着客人将树秧子插在地上,然后捧了那张图样给客人看。口里说着,手里将铅笔指着,将图上的房子,就地一一地给他对证起来,对证某间房子在某处。这当然让看房子的人有些信念,可以想到这个土墙围着的地基,将来是些什么东西。他把图样解释完了,然后就把树秧子提起来给人家看,他说这是在苗圃里拿来的样品,已经定下了一丈高的梅花,两丈高的法国梧桐,还有碧桃、梨花等等,都是栽下去就可以开花的。

天下有那几种鱼,专吃那种食。袁四维所下的这种钓饵,凡是聪明些的鱼,是不肯吃的。可是也就有一部分鱼,对于袁四维下的钓饵,感到很肥很香,一批一批地,都来看房子,并听着袁先生的解释。袁先生在解释的时候,看到看房的人,已经受到引诱的时候,他就把人家请到家里,把太太请出来,竭诚招待,所谓竭诚招待着,还是那带有米粒的茶叶,以及留着过中秋的瓜子。中秋已经是快到眼前了,炒熟了留起来,并没有问题。就是客人吃了,只当预先过了中秋,也还说得过去。这个作风,居然发生了效果。在他贴租帖的第三天,有一家银行的行员,三个人同游结伴下乡。他们一部分眷属在重庆对岸江边上住,每遇空袭,还是受到很大的威胁,打算再疏散下乡十来里路。可是银行的眷属,都是享受惯了的,对于夹壁草顶的国难房子,实在不感到兴趣。就是四川乡下,那种两三进堂屋的平房,也不愿意。因为屋顶下没有楼板,窗户光线不够,而地下又无地板。至于电灯电话,自来水,以及卫生设备,他们体谅时艰,已经是放弃了的,乡下没有,也就算了。但是他们疏散的条件,也不能太将就,必须是洋式楼房。符合这个条件的屋子,乡下不是绝对没有,但是有了这样的好房子,超等疏散的公民,他就抢着租了过去。这三位行员到了这乡下,首先就看到了袁四维出的这个招租帖子,这是正合孤意的事,三个人看见,立刻跑来看房子。因为又过了三天了,那土墙已建筑到了一丈高,而且窗户和门的白木框子,也都嵌进到土墙里去了。

巴山夜雨

第二十章　生财有道

袁四维并没有知道这三位来宾是银行家,也是像招待其他来宾一样地说话。他们三人对筑好的土墙看看,又对其他预备下的砖木材料看了看,环境也还相当地可取。其中一位年纪大些的,穿了一套哔叽西服,像是个高级职员,便含了笑道:"大概这总算是一种洋式的土制房子。不过根据招租帖子上介绍的环境来说,那就不是那样优美了。后面这排高山是真的,满山乱草乱石,稀松地长了几株松柏,这并没有什么稀奇。至于面临清流的话,那却过于夸张。这里不过是一条干山沟。不但不是清流,连浊流也没有。"袁四维正在旁边伺候着,以便随时答辩。这就立刻纠正着,连连摇了头道:"不然! 孟子说:七八月之间旱。现在正是干旱之际。慢说山溪里的水,就是洞庭湖的水也要落漕。春夏之季,这条山溪,是终日流着水。醉翁亭里形容的水声潺潺,此处有焉。"他接连抖了两句文,表示他不是一个吃房钱的普通房东,脸上带了笑容,摇着他的脑袋,连续地在空中画了几个圈。接着他又道:"当水平之时,养几只小鸭子在清流里面游泳,真是有趣。若是大雨几天,山洪陡发,这山溪里的水,顺着山脉涌将下来,浪头打在石头上,真是万马奔腾,响声非常地宏壮。到了晚上,睡在枕上听着,大有诗意。"一个年轻人摇摇头道:"那不好,会吵着人睡不着觉。我太太晚上睡觉,就怕人吵。连蚊子叫她都睡不稳。"袁四维道:"不,不,这清流的响声,好处就在这里。爱听的人,越听越有趣;不爱听的人,一听就睡着了。"

那人听说,不由得笑了起来,因道:"这溪流简直神了。爱听的,它可以助你的诗兴;你不爱听,它就变成了催眠曲。"袁四维对于他这几句话,倒没有法子再为解释,口里只是连连说了两句"这个这个"。那个年纪大些的人,正了颜色道:"这位袁先生倒说的是真话。这件事,我有点经验。我们这终日看数目字算盘子的人,脑筋都成了机械,一点自然的意味都没有。我们一天接近了大自然,那就什么东西都是新鲜的。水浪声,的确不吵人。你没坐过海船,你在船上听到浪声,会吵得失眠吗?反过来,有些人,特意还跑到瀑布下面去听那响声呢。我若是在这里有间屋子,一个星期我就得下乡来睡一晚上。"袁四维不由得连连拍几下手道:"对了,对了!这河流的响声,就是这么样神妙。听了水声,大家可以感到兴趣,无论你在什么环境里,你都不会讨厌的。刚才这位先生说是每日看数目,大概……"他说到这里沉吟了一会,心里原想猜人家是银行家,可是立刻想到,若是那样就显着太势利眼了,于是转了一个口风道:"三位先生是在公司里工作的?"那年纪大的就在衣袋里掏出一张名片,交给他看。他接过来看时,上写着"百顺银行襄理全大成"。那片子下端,还有几个注明籍贯的字。他也来不及看立刻"呵哟"一声,向姓全的深深点着头道:"久仰久仰。你贵任曾经理,我们是熟识的,在汉口的时候,我和他同过席,这位曾先生,真是一位经济大家,议论宏伟,真是让人佩服之至,真是让人佩服之至也!"

全大成听见他说认识经理,这已拉上交情了,就笑道:"袁先生认识我们总经理,那就更好说话了。我们有一部分眷属,很想迁居到这里来……"他的话还不曾说完,袁四维就向他深深地一鞠躬,满脸堆下笑来道:"欢迎,欢迎之至!有什么事要兄弟代办的,无不全力以赴。我们虽然是初次见面,可是既然和贵经理是熟人,那就大家都是熟人了。只要是兄弟可以帮忙,无不竭诚服务。外面太阳甚大,秋高日晶,在江南是很好的天气,可是在四川,还是很热的,也许赛过江南的三伏。三位都穿的是西服,请到舍下坐坐。先凉快凉快。"说着,两手抱了拳头,只管拱之不已。这三个人看他这样客气,这是和普通房东气味不同的。也许他真的和总经理交情不坏。大家带着笑容,就跟了袁先生一路到他家里去。袁先生又用起待客的老套了,老远就叫着:"泡茶来,把那个人家送我的洞庭春泡着。水要开开的。那个好茶叶,要极开的开水,才可以泡出汁来。家里有纸烟吗?一路拿来。"他这么连说带笑,将客人引到他楼下的客厅里去。这时,袁先生为了时时要招待看房子的人,绝不能还是那样空洞着,引起人家小视,所以他在街上七拼八凑,向一片

巴山夜雨

倒闭了的茶馆,借了六张支架子的布面躺椅。又在杂货店里借了两张竹片茶几,一张四方桌、三条板凳。屋子里倒是布置得相当满。可是这不像客厅,倒像座野茶馆。因为重庆的茶馆,摆这种布面椅子的最多。任何人家,是不会这样安排的。

这三位银行家,究竟和平常的银行家不同,他们在重庆经过了一番抗战生活,四川乡下是一种什么情形,大概是知道的。他们到这个村子里来,已经观察过了许多人家,觉得他们的家庭,都是很简陋的,远不如袁先生家里这个茶馆式的布置。所以大家也没有怎样注意,各人很随便的,拖开那围着方桌子的板凳,跨过腿去坐下。同时,各人把草帽,都放在桌子角上。袁先生一看这情形,倒很像是上茶馆落座,自己先有点内惭于心。这就站在桌子边先把腰弯成个虾米式,抱了一抱拳头,笑道:"真是招待不周之至。连各位落座的地方都没有。实不相瞒,兄弟大批的家具,在重庆都是难物色的,里面有硬木桌子,海绒沙发,安螺钿的香妃榻,绿漆鱼皮的睡椅,都用三辆大卡车运到成都去了。原来兄弟有个计划,是要到成都去住家的。不想事务系身,离不开重庆,这里又盖几所房子,越发地走不动。现在要把那些家具由成都再运回来,这笔运费,又高得吓人。所以兄弟也就只作个苟安苟全的打算。因为两三个月后,我还是要到成都去,如今不能再搬家具了,屋子里所有的木器,我都得送人,所以我也就不再添了。"三位客人因主人站着说话,大家也就只好都站了起来。那位年轻的行员心里有些纳闷:我们是来租房子的,又不顶你这些家具,谁问你这些?因之,大家脸上只表示了一点笑容,并没有向他说什么。袁先生又省悟了,弯着腰向板凳上连连地吹了几口灰,而且把小褂的袖子垂出来,在板凳面上连连轻掸了几下,口里说着:"请坐请坐。不恭之至!"

这三位客人点了个头坐下,袁四维又昂着头向外面叫着泡茶,然后拿了条凳子放到屋子旁边,侧了身子坐着,笑道:"三位先生请坐吧。兄弟生平,别无所好,就是喜欢交朋友。三位虽是来租房子的,但兄弟并不以房客看待。房子租妥了,我们是朋友。请坐请坐,哈哈,四海之内,皆兄弟也!"这三位银行员虽是老于世故的人,可是对于这位房东的客气,只觉不同平凡,却又看不出他有什么作用,也许这个人个性就是如此吧!全大成是这一行的领袖,他感到客气太过分了,房价就不好谈，还是先开口吧。这就向他问道："袁先生这房子打算要租多少钱？"袁四维道："这村子里房子，大概都有一个定规，草屋子是五十元一月，瓦房加半，洋楼加倍。"全大成道："那就是一百元一间了。在重庆的房子，现在还没有这价钱。"袁四维本是坐在板凳上的，一听人家的口气不对，立刻站了起来，又把腰弯成个虾米式，雷公脸上的纵横条皱纹，全都像触了电似的，一齐在颤动。这颤动不是生气，而是故意发出笑容来。他抱了拳头连作了几个揖道："看来如此，然而不然，这时候乡下的房子，一定要比重庆的房子贵。那原因很简单。住在城市的人，全拥下了乡。乡下自然在求过于供的情形下而涨价。若不是生活压迫，哪个不怕空袭？城里的房子，根本就有空，自然贵不起来。不过兄弟这房子，完全是对社会服务，只要把盖房子的本钱收回来就行了。我为什么要办理房租预约呢？就是想收到一笔预约费之后，再拿去盖房子，以便扩大对社会服务。而且……"那位年轻的行员，听到这里，未免把眉毛深深地皱了起来。

袁四维看到这位年轻的先生，颇有不愿就范的意思，这就把刚才给的那三张名片拿了出来，对片子看了一看，笑道："你先生是赵首民先生？"他点了两点头道："是的，袁先生有何见教？"袁四维笑道："你先生这姓名，实在雅致得很，'赵'是百家姓的首姓。而大号又是'首民'。将来国家实行选举，阁下有当大总统的希望。你这贵姓大名，兆头是非常好的。"他这么一说，在座的人全体哈哈大笑。那位赵先生虽然不会做当大总统这个梦，可是人家恭维着将来可以当大总统，这也总是善意，便笑道："呵呵！这个我怎么可以敢当？"袁四维道："不然！凡是国家的公民，都可竞选大总统。你老哥正在盛年，等到抗战完毕，国事大定。然后再筹办选举，又是几年。前后恐怕有十年的工夫。以十年之久，人事变化是难说的。焉知那个时候，你老哥子不已由银行行员升为经理、总经理，成了金融界的大亨？出而竞选大总统，那还是什么稀奇的事吗？有道是将相本无种，男儿当自强。你老兄满脸红光焕发，将来的前途，一定未可限量。老兄还是努力吧。"说着，连连拱了几下手。那位赵先生听了他这番解释，觉得也很是有理。世界上的共和国大总统，也不是由天上播下的种子，自己至少是个大公民，为什么就不能竞选大总统？

巴山夜雨

心里这么一转念头,脸上也就带了笑容。抱着拳头,连连将手拱了两下笑道:"假如有那么一天。不必说当选大总统了,就是能够竞选大总统我也不能忘了袁先生这番测字的大功。"袁四维哈哈大笑道:"那当然是请吃鱼翅燕窝了吧?"

说到这里,袁家大小姐,将一只旧搪瓷茶盘子,托着四只杯子进来。这四个杯子,表示着袁家做事的手腕不呆板,大小高低,各极其妙。有八角棱的橘色玻璃杯子一只,蓝釉粗瓷茶杯一只,彩花瓜形瓷杯一只,无盖的黄釉盖碗一只。这位小姐,把茶盘子先送到桌上,她看到全大成衣冠最为整齐,派头也足,她就先把那只橘色杯子送到他面前。其次把蓝瓷茶杯送到赵首民面前,瓜形茶杯,捧送给另外一位客。最后,才把那没盖的盖碗,交到她父亲手上。全大成看这位小姐干干净净的,倒像是有点聪明的样子,便问道:"袁先生,这是你的小姐吗?"袁四维道:"是的,是我的大女孩子。向三位老伯老叔鞠躬。"那位小姐很知道她父亲的意思,立刻退后两步,垂了两手,分别对着三位客人,各行一鞠躬礼。全大成虽然心里疑问着,此礼为何?可是人家行礼,就不能不理,客人纷纷站起来。尤其是全大成对于这事,不能不敷衍几句话,因道:"这位小姐很聪明,现在多大了?"袁四维道:"十四岁了。小学已经毕业,马上就要送进中学。全先生有几位千金?"他摇了头笑道:"我看见人家的孩子,就羡慕不置。我不但没有女孩子,连男孩子也没有。"袁四维笑道:"得子有迟早,那没有关系。而且得子晚的,那孩子一定是出类拔萃的人物,有道是大器晚成。"他说到这里,自己心里暗叫了一声不好:女孩子们怎么会大器晚成?说到最后一句,他已是想把话收回去而来不及收回,口里的齿舌,只是哩哩啰啰,不知说些什么是好,只是瞪了眼望着人。

全大成对此话倒没有怎样介意。又对这大小姐看了一看,笑道:"袁先生,我今天遇到一个奇迹。你这位小姐,和我一位侄女非常相像。我这个侄女,在故乡,没有带来,我非常想念她。看到你这位小姐,我就犹如见到她了。"袁四维笑道:"也是和我这女孩子一样大吗?"全大成道:"我和她离别的时候,是这样大,现在应该半大人了。"袁四维笑道:"既然如此,那索性让她成个奇迹吧。全先生若是不嫌弃的话,我让这孩子拜在你跟前为义女。我还是有言在先,免除一切俗套,不要见面礼这些东西。以后全先生想令侄女公子的话,我就送她进城去,陪伴着你和你的太太。"全大成真没有想到萍水相逢,袁先生就肯认干亲。一来是人家的盛意,二来这女孩子长得怪聪明的,当了人家的面,怎好意思拒绝?这就站起来,摇着手笑道:"那可不敢当,那可不敢当。"袁四维笑道:"我不知道全先生是客气呢,还是嫌弃?若是嫌弃,那我就不便说什么了;若是客气,那就大可不必。"全大成笑道:"若是嫌弃,我怎么敢说你小姐和我舍侄女长得相像呢?"袁四维笑道:"既是客气,那我就老实一点了。孩子,过来,给你干爹磕头。"这位袁小姐虽只十三四岁,她很知道银行家是社会上的头等阔人。有这种人做干爹,那是很有面子的事情。当大家议论着,她就站在桌子边,瞪了小眼睛看这位新干爹,将手拧着衣裳角只是出神。现在父亲叫磕头,她还有什么考虑?掉过身子来,蹲下一条腿,就要磕头。全大成立刻弯了腰两手挽着,连说"不行大礼,不行大礼"。

  袁小姐长到这样大,还没有磕头的训练,虽然那一条腿已经跪下去了,那条身子并没有俯伏下去。现在全大成两手将她扯住了,她也就不必勉强,顺着这个势子站将起来,就对着她干爹,胡乱鞠躬。全大成笑道:"好了,好了,说了就是了。"说着,他伸手到衣袋去取出一个皮夹子来。袁四维这就走向前两步,对他连连拱了两下手道:"亲家!这就不对了。我已经有言在先,免除那些俗套,不要见面礼。现在你又打算破费,你是不信任我的话了。"口里说着,两只手隔了三四尺路,只管做个拦阻的样子。全大成怕他来拦阻,将身子扭到一边,躲过袁先生的手势。然后取出一叠钞票来,向袁小姐手上乱塞着。袁小姐手里捏着钞票,口里连连说着"我不要,我不要"。身子随了这"我不要"三个字扭着,扭股糖儿似的。她的两只眼睛,可远远地向他父亲望着,探求他父亲的表示。全大成笑笑道:"我什么东西没有带,这点钱不值什么,你拿去买两本故事书看看吧。"袁小姐没有听她父亲的指示,还是陆续地说"我不要,我不要"。袁四维笑道:"既是你干爹给你买故事书看的,这含有教育性质的事,你就接着吧。向干爹谢谢。"袁小姐看看那钞票,这个日子二三十元钱,除了做两套衣服,还可以买一双皮鞋,这是很难得的幸运,就依了父亲的话,鞠躬道谢。袁四维道:"那不好,得口里说谢谢干爹。行过礼还没有叫过干爹,那怎么行呢?"袁小姐倒是极遵父命,于是又连鞠三个躬,每一鞠躬说一句"谢谢干爹"。

全大成对袁家虽然是初次见面,在袁先生叫着亲家、袁小姐热烈地叫着干爹之后,总也觉得是人家的盛意,也就不能太冷淡了。于是握着袁小姐的手道:"过两天下雨,城里不会有空袭的时候,可以到南岸去看你干妈,然后让她带你过江去看电影。将来她要搬到这里来住了,那亲近的日子更多了。你看我多大意,我们认了亲了,我还没有问你叫什么名字!"袁小姐说:"我叫袁湘秀。"全大成笑道:"那很好,又香又秀。"她笑道:"不,是湖南省那个'湘'字。因为我在湖南出世的。"全大成笑着望了两位同事道:"这孩子很聪明。她都了解湘是湖南。"袁四维见全大成称赞他的女儿,雷公脸上的皱纹,又都笑着颤动起来,便拱了两拱手道:"亲家,我应当介绍我内人和你见见吧?"全大成道:"那是当然。我应当拜见拜见亲家母。"袁四维十分高兴,立刻走到里面屋子去,把太太引了出来,对在座的人,分别介绍着。袁太太在屋子里面,早已把外面的消息听了个够。这时换了白夏布印花红点子长衫,下面赤脚,蹬着漏花宝蓝色皮鞋,倒也是副摩登装束,不过她那个身材,却不大相称,她终年顶着一个大肚囊子,就像是怀足了胎一样。穿着短袖子衣服,露出两只手臂,说什么像两只肥藕,简直像两条白木杠子。不过面部有轮廓,还不失为三十以上和四十以下的样子。她倒是没有烫发,天气热,不宜披着头发在肩上,脑后梳了两条辫子,各有尺把长,细细的,光光的,成双线垂在背上。

全大成倒没有想到这位女判官,能生下这么一位好姑娘,相见之下,脸上当然有点诧异。袁四维对于这位新亲家是用全副精神注意着的。这就介绍着道:"内人和亲家还是同乡呢。她进过三个大学,不是和我结婚,她就出洋了。她最近两年,对于经济学非常有研究,认识金融界的人,她是最愿意讨教的。"在袁先生这样介绍之下,全先生也就不敢对袁太太以貌取人,很是敷衍了一阵。袁四维等太太进到屋子里去的时候,也就跟着到屋子里去,先扛了两下肩膀,然后低声笑道:"人要走运,门板都抵不住。你看,半天云里,会掉下一位银行家来和我们认干亲。你看今日这顿招待,我们要怎样布置?"袁太太道:"我家乡有一句话,舍不得牛皮,熬不出膏药。我们拿出牛皮来熬膏药吧。"袁四维道:"你说的是我们那笔盖房子的资本,动用它一部分?"袁太太不等他再说什么,已经把床底下一只网篮拖了出来。在网篮里搬出了大小几只破烂的皮鞋。又是几样破瓶破罐之类。然后在一堆破烂报纸里,翻出了个蓝布袋子。由蓝布袋子里,掏出一只破线袜子。伸手到破线袜子里去,再掏出一个长布卷儿来。那长布卷是用旧麻绳捆着的。直把那麻线层层解开,掀开了好几层布,这才露出里面两叠钞票。她数了几张钞票,交到袁先生手上,正了颜色道:"你就只当害了一场大病,花了钱请医生来救命。你拿出钱会东的时候,千万千万大方一点,不要有一点舍不得的样子。"袁四维道:"好好,我只当看了一只梅花鹿,拿钞票我就是在猎枪上装子弹。"

袁太太也是太高兴了,笑嘻嘻地将手拍了丈夫肩膀一下,笑道:"你不要胡说八道,让人听见了,那把大事完全推翻了。"袁四维把票子揣到衣袋去,又把手按了一按,笑道:"好,我这就去钓鳖鱼了。"他已走出了房门,袁太太扯住他的衣服,又把他扯了回去,低声道:"你还没把事情完全办好。既是请人家,就当风光一点儿,不能陪客都没有一位。我们邻居的吴先生、石先生都是教授,你应该把他们拉了去。这样,就可以表示你也是教授身份了。"袁四维道:"我以后要请的是李南泉。他也和我们介绍着房客。以财神而论,他至少也是财神爷手上那条鞭子。"袁太太低头想了想,点头道:"那也好。不过这个人对于什么事都看得透彻。我们这认亲家的事让他知道了,恐怕他会见笑我们的。"袁四维伸了颈脖子,头向后一仰,然后笑着叹了口气道:"太太,要说生财有道这个'道'字,你还是大大不如我。我们要想发财,就老老实实,以发财为目的,不要讲什么面子。我们认干亲,叫女儿和人磕头,都为的是那个。"说着,在衣袋里掏出那卷钞票举了举。袁太太笑道:"说到女儿和人磕头,等于我和人磕了头,我得另外分一注钱。"袁四维笑着摇摇头道:"你这话不大合逻辑。将来女儿出了阁嫁了女婿,也算了你嫁了女婿吗?"袁太太握着肉拳头,在他肩上重重地捶了一下道:"你有了挣钱的机会,钱烧得你胡说八道。"袁四维笑道:"我们好久没有这样开心了,也应当开开心呀。"说着,向太太做了个鬼脸,然后带了笑容,乱扛了肩膀向外走。

巴山夜雨

第二十一章　有了钱了

袁四维先生这番高兴,倒不是白费的。他在十分的诚意之下,把那三位银行家邀到街上一爿小馆子里去招待。而且,听了太太的话,约着李、石、吴三位邻居作陪。李南泉本来是不愿赴约的。无奈袁太太是亲自出马,三顾茅庐,带说带笑,又带鞠躬。弄得李南泉实在抹不下这面子,只得随着去了。在席上,对于袁家之殷勤招待财神爷,诚如吴春圃所料,为了钱,做出这些手脚,大家并不以为奇怪。倒是石正山今天也坦然赴约,李南泉觉得稀奇。他谈笑自若,好像家里就没有弄过那桃色纠纷似的。袁先生这顿饭,在这乡镇上而论,总算是头等的酒席,除了有肉有鸡,而且有鱼,重庆这地方,虽然有两条江,水太急,藏不住鱼,乡下又很少塘堰,也不产鱼。倒是在冬季以后,各田里关着水,留到春季栽秧。水田里有些二三寸长的小鲫鱼产生。到了夏天,各田里全长着庄稼,虽然水大,反是鱼荒,在这个时候,能办出一碗鱼来待客,那是十分恭敬的事。李南泉吃着豆瓣鲫鱼,就回想到前几天他们家送礼的干鱼头来。觉着袁四维这个鱼钩撒下去,一定要开始钓大鱼。可是他做主人翁的在席上,始终只谈些风土人情及天下大事,任何房子问题,他都没有谈到。吃饭以后,袁四维又招待三位银行家到一家上等旅馆去下榻。李、石、吴三位陪客,自然不必再奉陪,三人同路走回山村。在路上走着,石正山却是忍俊不禁,先打了一个哈哈,然后问道:"李兄,我那位夫人曾到你府上去麻烦过吧?实在是无聊得很。"

李南泉根本就不愿问人家这种事,既是他说出来了,却不能阻止人家自己说,而况他还是反问过来的。这就轻描淡写地向他笑了一笑道:"你夫人和奚太太十分友好,每日有往返。她经过我家门口的时候,总是很客气地和我们打招呼。她也许和内人谈了谈。不过我们对于府上的事,并没有怎样的介意。"石正山笑道:

"不用说，我也知道她会做那恶意的宣传。不过女人永远是女人，嫉妒、猜疑、狭小，那是大多数的个性。"李南泉向他一抱拳头笑道："老兄，你声音说得小一点吧。你对女性这样侮辱在轻的一方面说，你是反动；在重的一方面说，你简直要造反。"石正山道："实在是压迫得太厉害了，不造反怎么办呢？"吴春圃道："我也不同意石先生的看法。女性端正大方，以及聪明伶俐而又能忍辱负重的，那也多得很。不必远说我们眼面前就有。"李南泉很怕他直率地说出石小青来，只管向他以目示意，同时，就把话锋扯开来，对他道："我们眼前放着一个问题，并没有解决。就是我们今天，无缘无故，扰了袁先生一顿，将来我们怎样还他的礼呢？"石正山很自然地笑道："那不用你费心，你就是不打算还礼，人家也不会放过你。大概远则一星期，近则三两日，我们还礼的机会就要来了。"他们是这样地闲谈着，并没有瞻前顾后，后面有人插言道："假如我请各位吃一顿，各位是不是在两三天之内就会还礼？"大家回头看时，正是那位奚太太。她今天穿着一身印着大彩色蝴蝶的杏黄绸长衫，新烫的头发因为头发不多，薄薄地堆在头顶上，右边鬓角下，插了一朵茉莉球。

石正山究因她和自己太太很友好，在家庭的外交手腕上，也不能不敷衍她，这就笑道："如果奚太太有什么事要我去办的话，你吩咐下来就是了，倒不必费那请客的手续。"说着话，她已经追到了三个人排行当中。大家在远处看她那分装束，也无非是浓艳而已，可是等她走到了面前，已看到她脸上擦的胭脂粉，不能掩饰任何一条皱纹。尤其是她那半月式的眼睛，在眼角上辐射出几条复杂的皱纹，非常之明显。她每次向人一笑时，脸上那些浅的皱纹，反为了有浓厚胭脂的衬托，全部都被渲染出来。她嘴唇唇膏也是涂得过分浓一点，已经由口角上浸出来，比别人涂的唇音，多出两条粗线。大家都诧异着，这位太太如何是这样化妆。不过看到眼里，虽不怎样的高明，可她人来之后，身上一种浓厚的香味，却不断地向人鼻子里送着。她左手倒提着一把收折起来了的花纸伞，右手提着一只有带子的新式皮包，两手都不空着。因为石正山和她说话，她就将纸伞交给他，然后打开皮包，从里面取出一条花绸手绢，在脸上擦摩了两下。当她取出这手绢时，各人所闻到的香味,那也就觉得更浓厚。石正山和她也比较的熟,就笑道:"奚太太,你全身上下都是香味,你是不是到城里和人家做化妆比赛来了?"她瞅了他一眼,笑道:"你还拿我开玩笑呢!你太太和我在城里一路走,我都自惭形秽,她比我美得多,也比我摩登得多。"石正山笑着没作声。李南泉偏着头对她周身上下看了一遍,摇摇头道:"若说奚太太这个样子还不摩登,那是有眼无珠的人。"

奚太太对于李先生,始终犯着一分生克。虽然明知他的话,不完全是善意的夸赞,但也乐于接受。这就拿手上的花绸手绢,在脸面前招拂了几下,瞅了他笑道:"你俏皮我做什么?每一个女人她都爱美,你的太太也不会例外。你看着我这样装饰有点不对吗?"李南泉抱着拳头道:"岂敢岂敢!再说我们这村子里多有几个美人点缀于山水之间,也不错嘛!"她道:"你以为是美人?我若是美人,家庭也就不会发生惨变了。不过我这次进城,倒是有意和那臭女人比一比。可是那臭女人知道我的意思,她就躲起来了,不敢和我比赛。老实说一句话,在抗战以前,我走到什么大宴会上去,也是引人注目的一个。于今老了。"石正山忽然正色道:"奚太太这是你不对。"他说这话时,还是站住了脚对她注视着,好像是很有严重的抗议。她也现着奇怪,问道:"我什么不对?你以为我不该去和那臭女人比赛吗?"石正山道:"不是那意思。你分明说比别人强,怎么突然气馁起来,说是老了呢,你今年还不到三十岁吧?说老的日子还远着呢,你不但不老,而且连中年都不能说,你简直年轻。"奚太太瞅了他一眼道:"老石,你还和我开玩笑呢。我这次帮你的忙,不算在小呀。你说我年轻,我和你太太同年的呀。你对于你太太怎么就有点嫌她年纪大,而要爱那更年轻的呢?"石正山红了脸道:"你们是站在一条战线上的人,我不说,我不说。"他将手上那纸伞交还了她,转身离开了。奚太太等他走远了,对他身后叹口气,而且将手轻轻按了胸脯。

李南泉虽也觉得石先生是自讨没趣,可是不愿奚太太在这大路上揭破人家的秘密,便笑道:"大热天由城里跑回来,也该回去休息了。晚上无事,谈点城里得来的消息吧。"奚太太道:"好的。我还有个旅行袋放在街上由下学的孩子带回来。里面有点好茶叶,回头我泡茶请客。"她因为有了这个约会,方才把赶上前要说的话止住,回家去了。吴春圃悄悄地道:"你看她这样子,得着胜利回来吗?"李南泉笑道:"若是太太每次和先生起交涉,就能得着胜利,社会上哪有这样多桃色新闻呢?反过来说,这些桃色新闻,正是那些聪明过分的太太造成的。宇宙里的事物,有一定的道理,压迫愈甚,反抗力愈大。"他说着话,已走近了家门口。李太太提着个白手绢包正向外走。这手绢包角缝里,正露着几张小钞票的纸角在外。吴春圃问道:"上街买东西去?现在这一元一张的钞票,简直臭了。随便买一样东西,要拿出一大叠子来。拿多了,连卖小菜的都不愿意要。角票是更不必提。铺子里进三五角钱,连小伙计、小徒弟都有那股勇气,干脆让了。"李太太还是走着路,笑道:"小票子我们有地方花,这全是。"说着,将手绢包举起晃了两晃,笑道:"麻将桌上,什么票子都能花。"李南泉站在一边让着路,望了她笑道:"又是哪里八圈之约?你不用这样忙,等我回到家你再走好不好?新旧官上任下任,也有个交代时间。"李太太道:"你不是说了吗?宇宙间压力越甚,抵抗力也就越大。你老干涉我,我偏要赌,我明天就死在麻将牌桌上,你解恨,我也免了受干涉。"她虽是带了笑说着,将头点了两下,表示她说得有力,径自走了。

吴、李四目相看,微微一笑。李南泉微微叹了口气,自走回家去。刚落座不到一会子,袁家大小姐就来了,她笑道:"李先生,你今天晚上不出去吗?"李南泉听她这一问,就知道有事,便道:"我打算进城一次。不是那位张先生和你父亲定下的房约,还没有付款吗?我也顺便到城里去催催,你父亲有事找我吗?"袁小姐道:"我那干爹,今天晚上回请我们吃饭。也请李先生。"李南泉道:"好,我假如不进城去,一定到。"那女孩子多少受了父母一点熏陶,听说李先生是为了催房钱要进城,这是对家庭有利的事,满意而去,又向隔壁吴家请客去了。当天,吓得李南泉晚饭也不敢在家里吃,溜到朋友家里谈天去。次日大早起来,还是躲开。事有凑巧。当他半上午回家的时候,张玉峰就专人送了三百元钞票来,请转交袁先生作为房租定款。李南泉也不愿把这现款久留在手上,立刻就送到袁家去。因为彼此是望街对宇的邻居,常常是因为偶然相遇,就随便到哪家坐下谈天,就没有怎样予以顾忌,径直就走向袁家楼下那间待客的房子。这时,袁先生坐在方桌面前一把

巴山夜雨

椅子上。桌子上摆了许多叠钞票。袁先生再把那钞票分出类来,红色的归到红色,绿色的归到绿色,同时,大小也让它各自分类。袁太太伏在桌子沿上,脸上笑嘻嘻的,望了先生做这种工作。李南泉猛撞进来,这倒是很是尴尬,只好是站住了脚笑道:"袁先生和我一样,有这爱整齐的毛病。就是乱钞票,也要把它划一了去花。我也是送钱来的,要给你增加一分困难了。"

在这个时候,朋友冲来了,袁先生实在是不高兴,但客人既然进来了,也就不好拒绝人家,只是红着脸,苦笑了一笑。他还不曾开口说话呢,而李南泉已经说了是送钱来的。这个"钱"字,是很动人的,这就立刻把苦笑收起,将欢笑送出来。这苦笑与欢笑,在袁先生脸上,是很容易分别的。凡是苦笑,他那雷公脸上的皱纹,一定是会闪动着成半弧形;若是欢笑,他那眼角上的鱼尾纹,一定像得太阳光芒似的,很活跃地在眼边闪动。现在袁先生的脸,就是把雷公脸上的皱纹收起,而把眼角的鱼尾纹射出。李先生知道这已不会触犯他的忌讳了,也就没有走开,立时在衣袋里掏出一大叠钞票,两手捧着,向袁四维笑道:"我太穷,不愿把钱久留在手上,所以张先生把钱送来了我立刻就转送到府上来。"说时,把那钞票双手送到桌沿上放着。他放得是很匆忙,那叠钞票,不但是齐了桌沿,而且有一部分钞票角,已经伸出桌沿外面来。袁先生这时看了这钞票,好像是个水晶球,这东西落到地上,岂不会砸了个粉碎。于是做了个饿虎攫羊的姿势,立刻把这叠钞票抓着,移到桌子中间去,然后才腾出两只手来,向李南泉连连地打了几个拱,笑道:"多谢多谢!"李南泉笑道:"这是你应得的钱。谢我做什么?"袁四维道:"这钱虽是张先生的,可是烦劳了李先生送来的。钱的事情在其次,老兄这番合作的精神,那是让人刻骨难忘的呀。"说着,右手伸出二指,在半空中连连地画着圈子。

袁太太看到李南泉进来,也是慌了手脚,眼望着桌上这些钞票全让人看到,真是怪不方便的。现在看到他也是送了一叠纱票子放到桌上来的,真是锦上添花。便端了一张凳子过来,伸了雪白的肉巴掌在凳面子上抹着灰,口里连连地道:"请坐请坐。"李南泉道:"不坐了,钱交过了手,我就减轻责任了。不过请袁先生点点数目。"袁四维道:"那用不着,李先生我相信得过,张先生我也相信得过。不要看到桌上摆下了这多钱，我也像李先生一样，只是过手而已。今天下午，我就得交给瓦木匠去。"李南泉见他不肯当面点清钱数，对了这满桌子钞票，人家是窘得很，点个头就告辞。他对这事，未免很发生感慨，人就是为这类东西，什么笑话都可以做出来。深谷穷居，倒是少了笑话，可是生活的压迫，天天过着发愁的日子。发愁是自己难受，出笑话是让别人好笑，这两者之间的取舍，聪明人不会不知道，那么，袁先生是对的了。他在这感慨中，未免呆坐在山窗下发呆。过了一会，觉得两只腿，同时痛痒交集，抬起腿来看，膝盖以下，两腿各突起了几十个小包。四川乡间，有一种小飞虫，比蚂蚁还要小过一半，叫着墨蚊，平常不留心，肉眼看不到，咬起人来，比蚊子厉害十倍。这个时候，女人为了摩登，夏天是绝不穿袜子的。男子也一样，在家里尽可能不穿袜子。倒不是摩登，拿薪水过日子的人，实在是买不起袜子。四川天气热，中秋还像三伏天，落得舒服而又省了这笔袜子钱。唯一的缺点，就是怕这类虫子来袭。公教人员是坐的时候多，因之它们又专门嗜好公教人员的腿。

这虫子叮咬以后，还是无药可治，只得找点热水洗擦，可以稍微止痒而已。李先生被咬以后，也是这样办理的。他这就不敢在屋子里呆坐了，在走廊上背了两手，来回地走着。他家用人王嫂悄悄地走到他身边，脸上带了几分笑容，轻轻地道："先生，我们家的米没有了。"李南泉道："够今天晚上吃的吗？"王嫂道："今天消夜够吃的。明天上午就不行了。"李南泉皱了眉道："米需用得这样的急，太太在事先倒不告诉我一声。"王嫂道："太太根本没有看米缸，朗个晓得？"李南泉道："你也不告诉她。"王嫂笑道："不告诉她，是要先生拿钱买米；告诉她，还是要先生拿钱买米。"李南泉道："话虽说如此，她知道了家中无米，也许今天不去打牌了。"王嫂笑道："打牌的人嘛，也输不到一斗米。"李南泉道："你们是站在一条战线上的，我也无法给你说清这些理由。好吧，我去想法子，明天一大早，我去赶场，买一斗米回来。"王嫂道："到界石场买米，那是米市嘛，合算得多咯。那里斗大。一斗米多四五斤。又要相因好几块钱。不过买一斗米，来回走三十里路，还是不值得，最好多买两斗，叫个人担回来。"李南泉昂头望着天出了一会神。王嫂不知道他什

巴山夜雨

么意思,也就不多说了。他还是在继续地望了青天上的片片白云,只管出神。那白云成堆地叠在西边天角,去山顶不远,正好像江南农人用的米囤子,堆着无数竹囤子的米,那云层层向上涌着,也正像农家囤子里的米层层向上堆叠。不过看着看着,就不像半囤子了,光像个大狮子,后来又像几个魔鬼打架。

这时,听到有人叫道:"李兄,你好兴致。行到水穷处,坐看云起时。你对于天上的云片,发生着什么感想?"看时,正是那位生财有道的袁四维先生。他背了两手,口里衔了一支烟卷,在山溪对岸那竹林子下面徘徊着,那烟支已不是半截,也不是用竹筒子笔套当的烟嘴,就把烟支抿在嘴唇里。看他脸上喜气洋洋,正是十分高兴,便点头道:"正是在看云。看这东西最是合算,不用花钱。"袁四维笑道:"不要紧,这种抗战的艰苦日子,不会太久。我们一样的有五官四肢,不见得有哪项不如商家的。只要我们会打算盘,肯下功夫,一样可以跟商人较量较量本领。我的家庭负担,比你老哥重得多,我也并没有什么渡不过的难关。你看我家里这么大一群,这都是消耗的。"说着,他伸手远远地向人行路上一指,李南泉看时,袁太太挺着个大肚囊子,肩上扛了一柄比芭蕉扇略大的花纸伞,手上提了八寸长的小皮包。她那像千年老树兜的身材,配着这么两项娇小玲珑的东西,真说不出来是怎样的不调和。她后面男男女女统共跟着五个孩子。有的提着篮子,有的提一串纸包,有的在手上拿着大水果吃。而最后一个男孩,手里就提着一刀五花肉,约莫三四斤。他看到村子里孩子迎面而来,就举起那刀肉给人看,下巴一伸,舌头在嘴里嗒的一声巨响,然后笑道:"我们家里今天吃回锅肉,你家里有吗?"说毕了,又点着头,再将舌头嗒的响了一下。袁太太回转头来向男孩子瞪了一眼道:"你这孩子,真是讨厌。"说着,回过头来向袁先生道:"我正碰到街上杀猪,我就买了一刀肉来。"

袁四维因李先生正在当面,这样大刀地买肉,好像表示了有了钱,生活就有点立刻改样。可是太太是很精明的,向来就是她的指挥,也不能当了人的面,批评太太什么。这就先说了两个"好"字,然后低了头咳嗽了几阵,在这个犹豫的时间,他终于想出了话由,这就笑道:"这个日子招待朋友,真也不是一件简单的事。不事先预备，这乡下，临时买不到肉。事先预备了，天气热，又不能久放。"他这样说着，袁太太在路头上站定，未免向他呆看着，不知道他说的有人来，是真是假，因为袁先生现在为了房子出租，正是广结善交的时候。袁先生抬起一只手来，老远连连地招了几下，笑道："不要紧，不要紧。反正快要到中秋。没有客来，我们就提早过中秋吧。"袁太太看他那情形，就知道他是对付邻居的话，免得邻居怀疑他们拿了人家盖房子的股本狂花。于是不再接嘴，带了孩子回家。这些孩子回家，立刻把那带回的纸包放在桌上透开，乃是杂样饼干、瓜子、花生米、糖果。小孩子们嘴里咀嚼着饼干，手里大把地抓着瓜子、花生米向袋里塞。两个小的孩子衣服上，就没有口袋，急忙中没有储藏的办法，就顺手掏了桌上的粗瓷茶杯，陆续地将东西向里装。这当然比衣袋塞下去的多，大孩子在小孩子头上一巴掌，于是屋子里好几个孩子哭了。袁太太抢了过来，忙着分配了一阵，才止住了争吵与哭声。小孩子有了吃的，也就没有继续哭，而继续的是留声机响。

原来袁先生家里，有个一九一八年的留声机，乃是带喇叭的。这个留声机共附带有三张唱片，一张是汪笑浓的《马前泼水》，一张是昆曲《游园惊梦》，一张是《洋人大笑》。那张昆曲片子，放到机器上去，已经没有唱腔，只是呜呜的笛子做鬼叫；那张《马前泼水》呢，前面还是有几句唱腔，后段的唱词，盘子上的线纹全乱了，转针在第一条线转着的时候，可以突然跳跃好几条线，转两个圈，可能又转回来，于是这唱词前后颠倒重复，不知道唱的些什么；只有《洋人大笑》这张片子，无论怎样的跳法，总是哈哈大笑。所以开起机器来，倒还是听得入耳的。袁家的孩子一遇高兴的时候，就拿出这三张唱片子来唱。现在，吃了饼干糖果，晚上还有吃回锅肉的希望，自然大家都是很高兴的，于是又开起话匣子来了。袁太太打开她带上街、又带回来的手提包，正拿出所有的钞票，清理着今天花了多少钱，可是这洋人大笑，老是在耳边哈哈大笑起哄，吵得她数到八十四，接下去是四十九。但她手上拿着钞票，觉得所数的数目是不对的，于是又重新数了起来。数着，还是洋人在耳朵边哈哈大笑。她这才急了，走向前抢着将留声机关住。她很知道小孩子的意思，这就瞪了眼道："你们再要胡闹，今天晚上的回锅肉，就不给你们吃。连汤都

巴山夜雨

不许你们喝一口。"这句话说着,小孩子就立刻停止了活动。但她数票子的行为,已经不能在这里举行,只有提了皮包走回卧室里去。小孩子也怕真的连肉汤也不给喝,大家就都到门外院坝里去玩了。

袁四维口里衔着烟卷,手里折了一枝小竹条,将几个指头搓抢着,在竹林子下散步。两只眼睛,可是对那边地上盖房子的瓦木匠,未免多多看了两眼。当那房子里放出留声机的洋人大笑时,他不免皱起了两道眉毛,不住在脸上发出苦笑来。这时,李先生也在走廊上来回走着,他就摇着头笑道:"乡下也实在没有什么可娱乐的事,家里逃难的时候,也不知道怎么样把这破话匣子带来了,其实是不值一顾的东西。小孩子们偏偏对这个感到兴趣,你说怪不怪?"李南泉笑道:"人世难逢开口笑。莫名其妙地大笑一阵,那最好不过。我是天天想笑,可是一感到这日子难过的时候,我就笑不出来。"正说到这里,三个乡下女人,各在肩上背着一个大背篼,成了一串,向袁家走去。遥远地可以看到这背篼子里面,两背篼子是柴草,一背篼子是小菜。她们看到袁四维站在当面,就问道:"完长你们家要菜要柴吗?"袁四维摇了两摇头。那妇人道:"朗个不要?你们家两个小娃儿到我家去说的,叫我们送来的。他说,我们家有大把的钞票,你送好多去,我们都有钱买。我们好远路跑了来,不能够和我们说着好耍的。"袁四维道:"你把东西送到我家里去就是了,何必在这里问我。"那妇人还问道:"送到你家里去,还是要不要呢?"袁四维还没有作声,袁家两个孩子,手里各举了一张钞票,在凭空里招展着,叫着道:"把东西送了来吗?我们有钱,你要多少?"那妇人道:"有钱就要得!"说着,把三个背篼,成串背到他家去了。弄得袁四维倒很尴尬地在竹林下站着。

李南泉一旁冷眼看着,他倒长了点人生的经验。觉得这怪客的习惯,也不是丝毫不可动摇的。这日下午,袁家发生像买肉、买柴的事就很多,这也不免给了李先生一点刺激,在生活鞭子严重地打击之下,的确是赶快弄钱。人有了钱,不但不受生活鞭子的打击,反过来,还可以拿生活鞭子去打击别人。薪水阶级的人,已经是无法过日子,卖文为活的人,根本没有固定的收入,更不如薪水阶级。这要发财,又谈何容易。不过少用一点,多挣一点,总也是可以办得到的事情。家里无米，明天要买米，若是自己到界石米市上去买米，就可以少花一点了。袁家今天的浪费，激起了李先生这点奋斗精神。当天搜集家中所有的存款，约莫是够买一大斗半米的，又去找了几位好友，凑借了几十元钱，也不必通知太太，自己起了个绝早，带着一把纸伞和一只小布袋，就向十五华里的界石场走去。他出门的时候，天上还有几点酒杯大的星点。只是东边天角有些光亮，其余的天色，都是混混沌沌的。他在曙色下，沿着山麓的石板小路，放大了步子走。因为这样早，没有伴侣走路，非常地寂寞，脚步也自然而然会大了起来。当他经过山谷的松林时，晓风在不亮的空中经过，拂着松针，发出那像浅河流水的声浪，是很让人精神清爽。穿过了山林，四川的地势，照例有个小平原间隔着，山里已割完了谷子，四处是新投的水。土产小鹭鸶像一朵朵的白花，站在水面和田埂上。川东水田里，也有栽荷花的。荷叶老了，这时还开着晚花，空气静静的，莲花的清香，带着露水的滋润，扑上了水田中间的人行道。

　　这样的环境，让孤单走路的人，多少感到一点安慰。李南泉继续打起精神走，路上也就渐渐遇到了赶场的人。在一个小山脚下，远远地听到一阵哄哄的人声，由树林子里出来。同时，那树林子里，也就露出了许多屋角。渐渐走近，在树林子里露出了墙垣。穿过树林，便是个市集的街口，所见情形立刻两样。挑担负筐的乡下人，纷纷来往。川东的乡镇，大概是一个型的：在山坡或高地上，建筑一条随时有石级的街道。那街道石板铺地，四五尺宽，两边屋檐相接。在街的中段，就有个大瓦棚子罩着。大晴天，这棚下也是阴暗暗的，阴雨天那就更不必提了。凡是这种市集，都是为农村预备的。满街列着的摊贩，输入的都是农村的必需品，输出的第一就是米。第二是木炭。那米箩和米筐子，连接地在街上陈列着。同时，让李先生有个新发现，就是不少穿中山服的男子，和穿着摩登衣服烫了头发的妇女，也在这里买米。而他们说话，都是外地口音，那不用提，正是抱着同一志趣来买便宜粮食的。李南泉心里想着，利之所在，人争趋之，这倒不是自己一个人的事了。问了几处大米的价目，自己所带的钱，买两斗还有富余。过了秤，每斗也的确是比平常多出四五斤米。他想着，这远地来了，这个便宜，绝不可失去，并没有考虑，就

巴山夜雨

买了两斗米。自己原带了两只布袋来,将米盛上了,将手提提口袋,这才让他感到了困难。两大斗米,有九十市斤,十五华里的路程,这绝不是自己的力气可以运回去的。在市集上连问着几位乡下人,可不可以代送,人家正是卖掉了出产,要去喝冷酒,话也不回,只是摇摇头。

他对了面前两布袋米,倒是呆住了。这就向米贩子道:"米是我买了。可是你看看我是个斯文人,怎能挑得动百十斤重的担子?现在找不到挑米的人,我只有退还给你了。"那米贩子瞪了眼道:"啥子话?没得那个说法。你担不动,哪个叫你买?"李南泉道:"这不过我和你商量商量,你不认可,我也不能勉强你,何必动气?"这几句话,惊动一旁买米的人,有人叫着"李先生",看时,正是袁太太。她带着三个强壮的小伙子,各有两个竹箩,里面盛满了米。而且米上面都放着整刀肉和整堆的猪油。她手上拿了一柄大秤,指挥那三个小伙整理箩担。李南泉道:"袁太太也来买米?你是在哪里找的挑子?我没有预备这一着棋,米买来了,现在倒是大大地为难。"袁太太道:"我是叫了挑来的。不过你只两斗米,那好办,我让人去给你找个乡下人来送送吧。"说着,她就吩咐一个挑夫到市外寻找乡下人。约莫是十来分钟,果然找了个背着空背篼的人来了。他身上的衣服,虽然是拖一片挂一片的,可是他脸上红红的,老远就有一股酒气熏了过来。他先开口道:"我是来赶场的,不做活路。这位大哥鼓到起要我来送米。米在哪里?"李南泉看他也不过二十多岁的年纪,便点点头道:"这位大哥,请你帮帮忙吧。"他瞪了瞪充血的红眼,噘了嘴道:"我又不认得你,帮啥子忙?来回三十里路,大半个工。现在生活好高,帮忙,说不到。"说着扭转就要走。袁太太一把将他拖住,笑道:"你也太老实了,人家请你帮忙,是客气话。当然要给你力钱。你说半个工,我们就照半个工给你钱,还不行吗?"

那人听说有钱,脸上的颜色,稍微好看一点,这就两手扶了扁担,向李南泉望着,问道:"你说,给我好多钱嘛?"李南泉道:"这位太太,已经说了,给你半个工。"他手扶了扁担,又掉转头去,答复了三个字:"不得干。"李南泉苦笑了一笑道:"谁让我没有气力呢?就是一个工吧。"那人听说一个工,这又回转身站住了脚,向李南泉道："是吗？你把钱拿来嘛。"李南泉笑道："这还要先给吗？"他道："我又不认得你。你要是逃了，我找哪个要钱？"李南泉笑道："这位大哥，你也太老实了。你以为我为了要赖你那几个力钱把整担米都牺牲吗？你没有想到我那两斗米挑在你肩上，那是个抵押品。"那人也想转来了，便笑着点了两点头道："我先和你担回家，到了你家里，怕你不给钱。"李南泉笑着，叹了口气，也没有多说。看着他挑起了两只布袋，也就跟着他后面走了去。倒是这位力夫把话提醒了他，假如他逃了，那又怎么办？在放开大步之时，也来不及和袁太太多为道谢，只是连连点了几点头。这个力夫，倒是和他先前的态度相反。他不但愿意挑这两袋米，而且走得非常快，只看扁担上挂着的两个袋子，先后闪动起来，就可以知道他落脚的速度。李南泉跟在他后面，也不作声，只是跟了他的脚步下着自己的脚步，一口气跑了两三里路，是个大小路交叉的地点。那力夫奔到了这里，回头看了一看。他是向右边掉转头来的，李南泉闪在路的左边，他并没有看到，便哈哈了一声道："这个老头，我把他逃脱了。杂伙儿的，格老子倒拐朝小路走了。"

李南泉就突然在后面叫起来道："老兄，这个玩不得，你原来怕我逃跑，现在是你真要逃跑了。我们是逃难到四川来的人，手糊口吃，两斗米可吃亏不起。"那挑夫倒没有想到李南泉就紧紧跟在身后，因道："好稀奇哟！两斗米哪个没有看见过？我怕你走脱了，回头来喊你，走嘛！"他这样说着，也就不啰唆，挑了担子再走。不过这样一来，他的兴趣大减，比原来开放的步子，也慢下来一半。走不到二里路，路旁有棵大树，老树根子由地面伸了出来，像是条长凳子，他就歇下了担子，从从容容地坐在树根上。他伸着两条腿，人向树兜子上倚靠着，李南泉只好站定了脚，向他望着。他也不说话，反是闭了眼，李南泉想着，这是人家有点难为情，也就随他去了。可是他休息之后，简直没有睁开眼来。不多的工夫，就见袁太太押着三副担子，成串地走了来。挑夫们倒是肯顾全主人的，走了几十步路，就把担子歇下，等袁太太到了面前，他们才开始挑上肩头。李先生眼望着他们这样挑来，直等他们都在面前停下，这才笑道："袁太太，你跟着担子走，很是有点吃力吧？"她手里拿着一根粗木手杖，走一步，将手杖在地面上，点一下，到了面前，她把手杖撑

巴山夜雨

着地,那个大肚囊子,仿佛是挺得更高。她另一只手拿了手绢,只管揩抹头上的汗珠子,喘了气道:"三挑子米,还有二十来斤肉和猪油,又是五十个鸡蛋,现在的行市,要值多少钱呢?我负了这个责任来买东西,我就不能不押运到家。"她说一句喘一句气,又在头上揩抹一次汗。

李南泉笑道:"袁太太的确是对家庭负责任。这个日子,留钱在手上,就万万不如把东西搁在手上,下乡买东西,已经是便宜了许多。东西放在家,又可以逐日涨钱。会过日子的,真是一举两得。"这么一说,袁太太就在脸上表现了一种得意之色,那喘气和揩汗的动作,都跟着停止了。这就向他笑道:"我是没有什么用的人。不过袁先生是个书呆子,对于柴米油盐这些问题,一切不管。我们家里孩子又多,耗费又厉害,我若不管问家事,那家事就变得一塌糊涂了。我这也是逼上梁山。"说着话时,她故意将眼光射在那雪白的米和鲜红的猪肉上。她那臃肿的脸腮上,皱纹拥簇着闪动几下,表示了笑意。李南泉已知道她是什么意思,这就笑道:"袁太太这米买得好,猪肉也买得好。"挑夫们听着这样夸赞,也都跟着把眼光向肉望着。其中有个光嘴的瘦子,这就弯下腰去,把鼻子尖凑着向鲜肉上连连嗅了几下,而且把舌头伸出来,拖着有两寸长,方才收了回去。他笑道:"硬是要得。"袁太太笑道:"你们快点把米担子给我挑回家去。若是米在家里过秤,分量都有富余,我就请你们消夜。我做回锅肉你们吃。"那挑夫道:"吃回锅肉?要得!每人赏二两大曲,要不要得?"袁太太将手绢擦着额头上的汗珠子,脸上带了微笑,并没有说什么。那几个挑夫,听到晚上有回锅肉吃,而且还有二两酒喝,说声"走",又挑起担子飞跑。但跑是跑,绝不能离开主人的监视。在二三百步之外,这里还可以看得见的时候,又把担子歇下了。

袁太太向他点了个头,说声"再见",也就匆匆地开着步子走了。李南泉看这挑夫时,他还是懒懒地坐在树根上,便道:"老兄,你也该移移步子呀。"他把微闭着的眼睛略略地睁开来看了一下,后又闭上,慢条斯理地道:"别个是包工咯。你没有听到说,别个有回锅肉吃,还有酒喝。有这样的好事,别个为啥子不跑?"李南泉见他眼睛闭得特紧,看那样子,睡意很浓,连嘴角都是向下垂着的,这就笑道:

"你不就是这点要求吗？刚才这位太太，是我们对门的邻居，他们家怎样对待工人，我们也怎么办。"那小伙子睁开了眼睛道："你说的话算话？"李南泉道："她家酒肉招待，我家也是酒肉招待。她家若是开水招待，我也是开水招待。这个样子办，那就两下公平。你看我这个人说话，像是不算话的样子吗？"挑夫道："你看别个挑子上，放了那样多的肉，你怕他们没有肉吃。"李南泉笑道："那样就好，我决计照办。买不到肉，我到他家借也借半斤肉你吃。"那小伙子说了句"要得"，跳了起来，就把担子挑起。李南泉有了以往的经验，怕在三岔路口他又要逃走，也只好是紧紧地跟着。这回锅肉的力量却是不小，从此后，他就始终是跟着袁太太那三副挑子走。到了家里，也不过是半上午。李先生将米袋子收拾了，当然是开发挑夫的工资。向他笑道："他们三副担子也到了家了，你不妨去看看，他们是不是有酒有肉。这是我的家，你看我这样子是不会逃走的吧？"那挑夫倒相信李南泉的话，就奔袁家打听吃肉的消息。

果然那三个挑米的人，全都站在袁家屋檐下，似乎等着打发的样子，不过看他们的脸色，全鼓起了腮帮子，没有一点笑容。他就走近前，悄悄问道："你们主人煮的回锅肉……"他这句话还没有问完，一个年轻的小伙子很干脆地答道："回锅肉？屁！"这挑夫道："我听得清清楚楚，做回锅肉你们吃，还有二两大曲。朗个的？不作数？"小伙子道："作数是作数，她说下江人打牙祭有日子，每逢二、五、八，不在二、五、八打牙祭，那人家要倒霉。今天是十三，打牙祭还有两天，她说肉是把我们吃，过两天再来。迟请早请，都是一样，不许我们多说，你想嘛，哪个为了那顿肉吃，再跑一趟？我们要她把钱干折，每个人半斤肉，不算多咯。"给李南泉挑米的小伙子，这才知道事情有点靠不住，他道："不给，你们不要走，看她朗个把话收转去。"这时，袁四维先生手上端了一只陶器盘子出来，里面盛有半盘干猪油渣子。那油渣子干得像石头块似的，想必那里面的油水，是熬榨得点滴无余。他向那三个挑夫道："不错，我太太说了，担子挑到家请你们吃回锅肉，不过请客这句话，是没有定规的，千斤不为多，四两不算少，我这里有盘回锅肉，你们拿去分了吃罢。"一个挑夫道："这是油渣嘛！朗个是个回锅肉？"袁四维道："这是猪身上的肉不是？先在锅里熬出油来，再倒下锅去，用盐炒一炒，是回了锅不是？这不叫回锅肉，叫什么？我们家乡就把这个叫回锅肉。"一个年长些的挑夫，红了脸道："留着你们自己过中秋节吧。"他一扭身走了，其余两个也嘀咕着骂了走去。给李家挑米的小伙子倒望着呆了。

　　袁先生对于这个打击，好像并非出于意外。他站在屋檐下，望了他们笑着，自言自语道："你们还有满足的时候吗？给我挑三挑子米。这三挑米白送给你们，恐怕你们都嫌少吧？你们不吃这油渣子，那算你走运，这是我过年时候留起来，把盐腌着的。你们吃下去，怕不要喝三壶水才洗掉舌头上的咸味，哈哈！"他打着个哈哈，端了盘子进屋子去了，那个和李南泉挑米的小伙子，这才知道吃回锅肉的那句话，果然是空的。但他还不肯放过李南泉，复又走到他家来。李先生已在路头上迎着，拱手笑道："这位大哥，你看到他们吃回锅肉了吗？"他道："他们吃肉不吃肉，我不招闲。你对我说的啥子话，你总应当做到嘛！"李南泉笑道："老哥，实不相瞒，我自己家里一个月也不吃三回肉。哪里那么现成，你把担子歇下来，我就有回锅肉给你吃？不过我既说了，我也不能冤你，照现在的肉价，我干折了半斤肉钱给你，还有二两酒的钱，我都也干折给你。"说着，就在身上掏出钞票，折合着市价给他了。给完了钱，向他问道："大哥，你还有什么话说吗？"他右手接着钱，左手搔搔大腿的痒，禁不住笑了，点着头道："你这些话，我听得进，二天你到界石去买米，你还可以找我。我叫李老幺，在街口一吼，我不听见，也有人会叫我咯。吃肉不吃肉，不生关系，只要话听得进，我就愿意。你这个下江人，要得。"说着，笑了扭转身去走开。李南泉站在路头上，倒是望了这小伙子发笑。袁四维又出来监工了，且不打招呼，先摇着头抖了文道："唯女子与小人为难养也！"方向李南泉点个头。

　　李南泉笑道："你说的是那个挑夫？"他说："可不就是。我们给的工资，根本就比别人多，他要我们酒肉款待。这话从何说起？我们现在念书的人，受过谁的酒肉款待呢？不过这话又说回来了，一部分资本家，他们良心发现，也觉得我们念书人生活实在苦，也就伸出同情之手。有些事情，他们还是少不了要我们念书人帮忙的。于是在我们万分不得已的时候，也就来个雪中送炭。此文人不可为而又可为也。"说着，在身上掏出了一盒纸烟来。他举着烟盒子道："这个烟南方人叫'小大英'，北方人叫'粉包'，全然文不对题。战前，这是三级纸烟了。现在好烟买不到，这已跃为超等烟。不知什么缘故，这'小大英'，也就越吸越有味。现在我不吸纸烟则已，要吸纸烟，就是'小大英'。李兄，来一支！"说着，他将纸烟盒口翻转过来，倒出两支烟，先递给李先生一支，然后自放一支在嘴里。李南泉看得清楚，他这纸烟全是整支的，不像上次将剪刀一剪两截了。而且他是把纸烟放在嘴里，并没有将竹笔套当了烟嘴子。随后，他又在身上掏出一盒整齐的火柴来。他掏火柴时，举动有点儿粗疏，把小褂子衣袋里的钞票也带出来了，散落在地面上有好几张。而且那钞票都是十元一张的。他弯腰将钞票捡起，将钞票举了一举笑道："这是我的心血钱。我现在又兼了几点功课，而且又给几个人作了两篇寿序，富余了这些钱。"李南泉自知道这是人家盖房子的股本，含笑着点了两点头，并没有说什么。他笑道："我也只有笑而纳之了。"说着，把这叠钞票向口袋里一塞，而且将手按了两下口袋。

　　李南泉想着，这家伙实在有点沉不住气。怎么会把口袋里票子都拖着掉下来了？心里这样想着，脸上也就忍不住笑了出来。袁四维拱了两拱手笑道："我们做文人的，人家都说是穷措大。这穷措大是不能免除穷相的啊！"说着，他又伸手在口袋上按了两按。似乎很怕这几张钞票，会由口袋里飞了去。李南泉道："袁先生，你真是个全才。既能够盖房子监工，又能够为人作寿序。这寿序是散文的呢，还是骈体的呢？"袁四维听到这里，似乎涌起了他的文思，于是又将头摇成了两个大圈，将手指夹了嘴角上的烟支，笑道："韩退之文章起八代之衰。若要作动人的文章，吾其为韩退之乎。"说着，昂起头来，打了个哈哈。这时，有人在屋角下接嘴道："要不得，五七位，就要退之，那不好，我们有六位咯。算是五位呢，算是七位呢？"这话有点突然而来，而且是不接头。李南泉就向那屋角边去看着。那里出来一个黄面汉子，头上将白布手巾，在脑袋上围了个圈子，圈子中间的黑头发，还是竖了起来。身穿件深蓝的阴丹士林大褂，足有九成新。脚下面赤了脚，穿着一双黄色草鞋。而他手上又拿了一支黑漆的长烟袋杆。倒很像是当地一位绅粮。袁四维看到了他立刻掉转身来,拱手笑道:"吴大爷,好说好说,大驾来临,欢迎都欢迎不到的。怎么说告退的话?"他口里说着话,人就迎上前去。那吴大爷把口角里旱烟袋拖了出来,向他遥遥地画着圈子道:"完长,我们来邀你下山去喝酒。没得事,摆摆龙门阵,要不要得?听到说,这几天,你发了财咯!"

袁四维对于这种人,似乎感到了极大的兴趣,连忙答道:"要得要得,大长天日子,不喝两盅,硬是睡不着觉的。"他应付着这类地主人物,就把李南泉抛开了。他给的一支"小大英"好烟,还没有给火柴来擦着呢。这是人家的自由,不过在这里看出了一点,就是袁先生的身份,完全和前三天不同,他是有了钱了。由次日起,袁先生也换了装束,脚上已不表示摩登,已穿了袜子。身上也换了一套绸子衫裤,虽然仅仅是到这山下街上去买点东西,他也穿起一件新的夏布长衫。手上拿了一柄长可尺二的白纸折扇按着他的步子招展,每走一步,扇子招展一下。后来就每日下午,不见踪影,监工的工作,都改在上午做。那新盖的十间屋子,本就在李南泉的书窗对面。他每看到那屋子的工程完成一部分,就看到袁先生的气焰高了两尺。等房子完全盖成功了,袁先生的行踪也就格外少见。李南泉想到这房子曾代表张玉峰投资一大股的。现在房子已盖好了,当写信去通知人家。这就到袁家去探问消息。他在门外边遇到了袁家的孩子,就问道:"你父亲在家吗?"他说:"天天下午不在家的。"又问:"你母亲在家吗?"他说:"家里请着医生看病呢。"李南泉道:"请医生看病?你妈妈害的是什么病呢?"他说:"没有病,请医生看看。"李南泉对于他这话不怎么了然,站在窗户外边,伸头向里看时,果然有个长胡的人戴上老花镜在桌上开药方。袁太太坐在旁边,不但精神抖擞而且满脸是笑容,这绝不会是生病的人。

这个样子,是不便惊动人家的。他就在窗子外面站着。这就听到袁太太问道:"这药要吃多少剂,才有效应呢?"那老医生回答道:"在中国的医道上,还没有医治肥胖的专方。不过医道通神,神而明之,存乎其人。我这个方子是下的一些清除肠胃的药,让人肚子里清血清食。也许吃下去之后,要泻肚几回。但这个没有关系,你不愿意泻,不吃药就止住了。"袁太太道:"这样吃下去,人是不是就会瘦呢?"老医生道:"看袁太太的身体这样好,也许瘦不下来。最好的办法,倒是不如慢慢地减食。譬如你一天原来可以吃四碗饭,从马上起,先减少半碗饭,等到习惯了,再少半碗,直等你把饭量减到一半的时候,我相信你慢慢会瘦下来的。"袁太太道:"这个我当然知道。不过活活把人饿瘦,那恐怕我受不了。"医生道:"那倒不。中国古人修仙养道,就讲个不食人间烟火。只是喝点清泉、采点山果吃。人真要能够不吃熟食,倒是好事。袁太太若是觉得猛然减食,身子支持不了,可以先别吃鱼、肉、鸡蛋之类。"袁太太道:"这个我倒是同意的,他们西医,也是这样说,让我先别吃油重的东西。我看,索性把菜里免了油,先生你看好不好?"那医生是位老先生,读的是张仲景这辈汉医的著作,医治的是温湿虚热中国相传的这路病症。他就不肯承认胖是一种病,也就没有开过治胖病的这路药方。不过人家出了钱请来,而且听说袁先生是做过院长的人,也许将来有可以帮忙之处,人家这样问道,就不能不答复。于是放下笔,将手摸着长须,沉吟了一会,然后点点头道:"修仙且避烟火食,治胖不吃油,于理正通。哦!于理正通。"

李南泉隔了窗户向屋子里面看着,见那位老医生是那样出神,而袁太太对他望着又表示着十分的殷切,也就透着些奇怪。心想,搬到这里来和袁家做邻居,已经有三年了。开始看到袁太太是那样的大肚囊子,现在还是那样的大肚囊子,怎么突然之间她要治起肥胖来了?若说是有了钱就不愿胖,这话就不通,有道是心广体胖,有钱人,不正是应该发胖吗?在这样出神的时候,袁太太已经把那新开的药方拿过去看看,因问道:"先生,你这方子里面下了一味大黄。平常的人说,吃了巴豆大黄,屙得断肚断肠。这不要紧吗?"老医生摸了胡子梢道:"不要紧,我只开了八分,像袁太太这样停食太多的人,也许都行不动呢。你先吃了这剂再说,若是不行,我还得加重分量。"袁太太道:"这大黄吃下去,是不是可以把这大肚子消下去呢?"他道:"此理至明。何待细说。例如府上有口米袋,米盛得太多了,几乎要把米袋撑破,现在你把米袋子下面钻上一个眼,米慢慢向下漏去,这米袋子不就缩小了吗?"他说着话时,正着颜色,手还是不停地摸胡子梢。袁太太看他这样郑重

巴山夜雨

出之,料着他是真话,也就点了几点头。老医生先把桌上一个红纸包儿摸着,揣到衣袋里去,然后取下鼻梁上的老花眼镜,再取过桌子角上放的手杖,然后缓缓站了起来,对她道:"凡人长得肥胖,都是吃饱了少动作的缘故,自今以后,可以多多动作些。"袁太太道:"是的,我应该多运动运动。"老医生摇摇头道:"然而不然,'运动'两字是外国贩来的,不妥。像打球、游水时,摩登人叫为'运动',这是好玩,这岂是我们所应当做的?我今年六十六了,就没有运动过一次。"李南泉听他这种说法,觉得有些不成体统,这无自己加入之必要,只好扭转回家去。过了一小时,他再回到这里来,隔了窗户,就听到屋子里脚步声咚咚乱响。他诧异着袁先生家里有什么特殊事情发生。就隔了窗户的缝隙,向里面张望着。只见袁太太身穿了花夏布长衫,脑后两条辫子拖到肩膀。她那个身体,好像一只圆木桶,大肚囊子挺了起来,像是军乐队里的人,胸前挂了一面大鼓。她弯举着两只碗粗的手臂,比齐了胸脯那样高,开着跑步,在屋子里跑着。她所跑的路线,是绕了屋子中间那张四方桌子。所有桌子旁边的椅子都移到屋子角上去了。腾出了桌子四围的那条路线,当了她赛跑的圈子。她每跑一步,周围的肥肉,就随着这个步伐,齐齐地抖颤一下。不但身上如此,就是脸上也如此,这好像是一堆豆腐在那里颤动。她张口,气喘吁吁的,发着狗喘的声音。两只额角上的汗抹子,豌豆那么大,向外冒着,她跑了一个圈,又是一个圈,不肯停止。李南泉看到,心里想着,这是什么意思?难道她对医生说要运动运动,这就开始了吗?这虽不是秘密行动,可是这儿戏样的举动,究竟也是不大合适,只好又在窗子外面站着,这就听到一个小孩子问道:"妈妈,你为什么在屋子里跑?"她答道:"过去过去,不要打搅,你一打搅,把我数的数目又忘记了。西医告诉我,要跑一百二十个圈子,我这才跑了八十个圈子呢。"说着话脚步在屋子里踩踏出咚咚的响声,继续向下跑去。

李南泉站在窗外,足足呆立了五分钟,那屋子里的脚步声,依然是"的笃的笃",继续响下去。他看这样子,又不便进去和袁太太说话了,正待转了身子要走,却听到袁家大小姐大声叫道:"妈,你这是怎么了?这么大人,像小孩子似的,你再要跑,我就去喊人来看了。"这才听到那"的笃"之声停止,而袁太太气吁吁地道:

"你叫人来看也不要紧,我又不是疯了,我是做室内运动。"大小姐道:"从前你并没有做过这种室内运动,现在怎么突然地运动起来了呢?"袁太太道:"你看我胖成这个样子,这大肚子终年都像要生小弟弟,这实在不方便。现在,我要治一治这种胖病了。运动是可以的。你明白不明白?"袁小姐道:"这个我倒明白。那猪吃了就睡,不肯运动,不是就长肥了吗?"袁太太道:"你这孩子也太不会说话,怎么把人和猪打比呢?"袁小姐发了一阵格格地笑声道:"这是我比错了。不过从前你不医胖病,现在怎么要医胖病呢?"袁太太道:"从前你爸爸有钱给我医胖病吗?我就是打摆子,也只是买两粒奎宁丸吃。大烧大热几天,也就是躺在床上睡几天觉,哪里找过医生?"袁小姐道:"现在我们有了钱了。干爹那里,一笔就给了一大包钞票。有了钱,你就治胖子了。是我干爹给的钱,我也应当治治病。"袁太太道:"你蹦蹦跳跳像小狗一样,有什么病?"袁小姐道:"我比你是猪,你就比我是狗。比我是狗也不要紧,你得想法子给我治这脸上的雀斑。你这样大年纪都要好看,我们小姑娘就不要好看吗?有了钱了,都是我的力量。我不给人家磕头认干爹,你们哪来的钱呢?"她母女这话,让隔了窗户的人听到,发生无穷感慨,就长长地叹了一声。

巴山夜雨

第二十二章　西窗烛影

　　李先生这声长叹,是出于情不自禁。他对于感情的抒发,并没有加以限制。这就把屋子里袁家母女二人惊动了。袁小姐首先一个跑了出来,向他望着。李南泉不便走开,便问道:"大小姐,你父亲在家吗?"她道:"他每日下午,都不在家的。要到很夜深才回来。"李南泉道:"我知道他在学校里兼课,可是怎么教书到夜深呢?"她嘴一噘道:"爸爸总是说有事,我们也不知道。"李南泉看这情形,似乎大小姐对父亲的行动也有些不满。那么,袁太太的态度,是可想而知的,便道:"那就等他回来,请你转告他吧。昨天张玉峰有信来,问这房子完工了没有,他们打算搬来住了。我要写封信去答复他。"在李南泉这话,那很是情理之当然。可是在屋子里的袁太太,似乎是吃了一惊的样子。在屋里先答道:"屋子完工,那还早着呢。"先交代了这句话,人才走出来。仿佛是戏台上的人先在门帘子里唱句倒板,然后才走出来。她面孔红红的,口里还有点喘气,分明是那室内运动疲劳,还没有恢复过来。她手扶了墙角,先定了一定神,然后笑道:"李先生请到家里坐吧。"李南泉道:"我就是交代这句话,不坐了。"袁太太道:"请李先生转告张先生,暂时不要搬来。第一是这屋子里面还是潮湿的,晾干总得两三个礼拜。第二这是股东盖的房子,总要大家一致行动。"李南泉听这话,显然是推诿之词,问道:"所谓一致行动,是要搬来就都搬来,有一家不搬来,就全不搬来吗?"她笑道:"大家出钱盖房子,就为了没有地方去,盖好了房子,谁不搬来呢?"

　　李南泉道:"袁太太说的这话,当然是对的。不过照社会上普通情形,说是搬家要找一个共同的日子进屋,似乎还无此前例,而且这事情也不可能。我知道这所房子的新股东,都是银行家。他们在乡下盖所别墅,三五年不来住一天,那是常事,我们能够也按这个例子向下办吗?"袁太太还是手扶了墙角,向这边呆望着的。

这就向他带了三分苦笑道："这件事我也做不得主,等四维回来了再说吧。"李南泉越听这话音,越觉得这里面大有文章,可是她在表面上不管这房子的建筑章程那也是事实,便点了头道："那也好。不过有好几天了,并没有看到袁先生。请太太通知他一声,明天上午我们谈谈吧。"她对于这个要求,当然是答应了,李南泉也不愿和她多说。次日早上,却是个阴雨天。四川的阴雨天,除了大雨而外,平常总是烟雨弥漫,天空的阴云结成了一片,向屋顶上压了下来。因为下雨的日子太多,川人并不因为下雨停止任何工作。在外面活动的人,照样还是在外面活动。李南泉虽然看准了情形,可是这天的阴雨,格外绵密,完全变成了烟雾,把村子口上的人家、树木,全埋藏在湿云堆里。而且还有风,雨烟被风刮着,变成了轻纱似的云头子,就地滚着向下风头飞跑。打了伞的走路的人,都得把伞斜了拿着,像画上的武士,把伞当了盾牌挡着。就是这样,每个人的衣服下半截还是让雨丝洗得湿淋淋的。他这就想到袁先生,没有那特殊的情形,今天应当是不出门的。这也就不必忙着去找他了。

阴雨天,在乡下是比城里舒畅一点,因为打开门窗,总可以看到一些大自然的景致。李南泉对于这样的天气,也是闷坐在屋子里感到寂寞的。他背了两手,由屋子里踱到走廊上来,来回地走着,看着雨中的山景。就在这时,听到袁公馆屋子里,一阵强烈的咳嗽声,那正是袁四维的动作,这更可以证明了他是不曾出门的人了,这样踱到走廊尽头时,看到那边山路上,有人打着伞很从容地走。后面有袁家的小孩子,提了竹篮和酒瓶子,看那样子很像袁先生家里要打酒煮肉过阴天。连带地,也就可以想到前面打伞的那位是袁四维先生了。这只好提高了嗓音,大声叫道："四维兄,不忙走,我们还有几句话要谈谈呢。"那个打伞的人,居然被这声叫着,掉转身来向他望着,正是袁四维。他道："好的,晚上我们剪烛西窗,来个夜话巴山雨吧,我现在有两堂国际公法,必须去上课。这是我的看家法宝,非常之叫座,我若不到,学生会大失所望的。而且,今天校长有到学校来的可能。就是校长不来,校务委员一堂要来三四位。这里面有两位院长、三位部长,他们若是开完会了,一定会旁听。其中陈部长对我是特别注意,上次到校来就和我谈了十五分钟的话，大家都觉得余兴未尽。今天，我可以和陈部长畅谈了。哈哈！"他说到"陈部长"三个字，声音特别大，几乎是做大狮子吼，叫得全村子里都可以听到。李南泉也自命嗓门不小，可是要比现在袁先生的嗓门，还要低一个调，他实在不能答复了。

　　李南泉对于这种人的观感，是啼笑皆非，若是再跟着他说下去，他可能说是他自己马上就要做部长。只有远远地望了他走去。他心想，不能够提房子的事，袁太太没有向他提到，他简直不提一个字，难道这件事还能白赖过去吗？这也无须去和他商量，径直去通知张玉峰让他自己来吧。这样想着，立刻写了信。为了求速起见，写好之后，就自己撑了把雨伞，将信送到街上去付邮。这里的街市，在山河两岸都有。有一道老石桥，横跨着两岸。平常时候，桥洞下面，也可以过着小船。桥上两旁有石栏杆，也可以凭栏俯瞰。不过在阴雨天，桥上是没有人看风景的。李先生今天走到桥上，有个特殊情形，有两个女子各撑了雨伞，在石栏杆边站着，俯看着桥下的洪水，像千万支箭，飞奔而来，哗哗有声，天上又正是下着雨烟子，桥上的石板，全是水淋淋的。这时在这里看水景，上下是水，可说是烟水中人，那是对风景特别感兴趣的了。他正向那班人注意，雨伞底下，有人叫道："李先生，好几天不见了，不在乡下吗？"那声音便是杨艳华了。他笑道："杨小姐高雅之至，打伞看雨景？"她撑平了伞，向他笑道："我还高雅呢，就为了俗事，难为要死，阴雨的天，家里更坐不住，我就出来站站吧。"李南泉道："这几天，米价实在是涨得吓人。不过你全家人都是生产者，你不应当为了米发愁吧？纵然是，这是大势所趋，我们又有什么法子呢？"她对这问题没答复，只是笑着。

　　另外一个打雨伞的女孩子，可就把伞竖起来了，她向李南泉笑道："她哪里是烦恼，她是高兴得过分，李先生，你该向她要喜酒喝了。"说话的是杨艳华的女伴胡玉花。这话当然是可信的，便笑道："只有几天工夫不见，这好消息就来了，这也是个闪击战了。杨小姐，你能告诉我对象是谁吗？应该不是孟秘书这路酸秀才人物。"她笑着还没有答复，胡玉花笑道："不是酸的，是苦的。"李南泉道："那是一位开药房的经理了。现在西药、五金，正是发大财的买卖，那是可喜可贺之至。"杨艳华听说，将一只手在胡玉花肩头上轻轻拍了一下，瞪了眼道："你真是个快嘴丫头。"胡玉花道："这就不对了。你在家里还对我说过的。说这件事，你几乎不能自己做主，还要请教你的老师。现在当着老师的面，你怎么又否认起来了呢？"李南泉道："这是胡小姐的误会。他说的老师，是教她本领的老师。我根本不敢当这个称呼。"杨艳华正了脸色道："李先生，你说这话，那就埋没了我钦佩你的那番诚心了。我向来是把你当我老师看待。不但是知识方面，希望你多多指教，就是做人方面，我也要多多向你请教。我实在是有心请教你。不过……"说到这两个字，下文一转，有点不好意思，又微微笑了起来。

胡玉花牵着她的手笑道："你既然愿意和李先生谈这件事，就不必在这里谈了。家里泡一壶好茶，买一包瓜子，和李先生详细商量一下。的确，你也得请人给你拿几分主意。你这样大雨天跑到桥头上站着，好像是发了疯似的，那是什么意思呢？"杨艳华望了李南泉道："李先生可以到我家里去坐坐吗？"李南泉站着望了她笑道："你若是一定要我去谈话，我可以奉陪。不过……"胡玉花向他使了个眼色，又摇了两摇手，笑道："李先生愿意去，你就去吧。这不会有什么人讹你的。我们先到家里去等着吧。"说着，拉了杨艳华的手就走。李南泉自到邮政局去寄出了那封信。不过，他心里想着，杨小姐的家庭虽然人口不多，可是她本身的问题，相当复杂。卖艺是可以自糊其口，可是年岁一年比一年大了，这时间不会太久，到了那时间再谈婚姻问题，那就迟了。现在的情形，她是很想嫁一个知识分子，可是知识分子是没有钱的。她纵然可以跟一位知识分子吃苦，可是她嫁出去，家庭不能一个钱不要，就是家庭不要钱，她还有一个六十岁的母亲，必得养活她。哪个知识分子在现时的日子，可以担负一个吃闲饭人的生活呢？这样，就只有去嫁一个做生意买卖的国难商人了。可是国难商人，又多半是有了家眷的。

在这种矛盾的情形下，杨艳华的结婚问题，是非常之困难的。站在正义感上，不能教她去嫁一个大腹贾。可是真劝她嫁一个知识分子，让她去吃苦不要紧，可是让她的母亲也跟着去吃苦，这就不近人情。那么还是去劝她嫁大腹贾了。试问，站在被人家称为"老师"的立场，应当这样说教吗？他心里这样踌躇着，这脚步就不免迟缓着,一面考虑,一面计划着去与不去。就在这时,耳边有人叫道:"李先生,艳华在等着你呢。你怎么向回家的路上走?"李南泉看时,乃是杨小姐的母亲杨老太。她穿了件黑布长衫,手上拿了一只斗笠,站在人家屋檐下。李南泉笑道:"是的,承杨小姐的好意,她有很大的问题,要拿出来和我谈谈,不过这问题,过于重大,我不便拿什么主意。我想,还是老太自己做主吧。"杨老太道:"唉!我要做得了主,我就不费神了。"说着,她走近了两步,走到李南泉面前,皱了眉毛,低声道:"李先生,你在桥头上遇到她,不是和胡玉花站在一处的吗?我就是叫玉花看着她的。你猜她打什么糊涂主意?她要趁着山洪大发的时候,向水里面一跳,好让家里人捞不着尸首。我们有什么深仇大恨,会逼得她这样寻短见呢?李先生能够去劝劝她,她也许会想开些。"

李南泉笑道:"那是你过分注意了。她是一位很聪明的小姐,难道这一点事,她都不知道?婚姻大事,现在过了二十岁的青年,在法律上谁都可以自主。愿意不愿意,那全是自己的事,要寻什么短见!"杨老太对他所说,二十岁的青年婚姻可以自主一点,最是听不入耳。可是她向来对李先生也很恭敬的,自己又是请人家去做说客的,怎好对人家说什么?但脸色变动了一下,透出了三分极不自然的微笑,同时,在嗓子眼里,还喘了一口气,然后微摇着头道:"李先生,你是不大知道我的家事。我们全家都是吃戏馆的。干什么的,就由什么路走吧。艳华在七八岁的时候,我们老两口子就下了全功夫教她唱戏,自己的本领还怕不够,左请一个师傅,右请一个师傅,这钱就花多了。她父亲去世了,就靠了她和她两个哥哥养活这一家。当然她是有点叫座的能力,不谈这条身子,就说这身本领,不是我花钱请人教出来的吗?若不是打仗,跑跑下江码头,也许让她唱个三年五载,我有了棺材本了。偏是逃难到了四川,除了几件行头,全盘家产,丢个精光。在重庆可以唱几个钱吧,又怕轰炸,疏散到乡下来。这乡下能唱几个钱呢?我也不能说那话,耽误她的青春,给我再唱多少年戏。可是说走就走,就扔下几件行头给我,我下半辈子怎么过活?"李南泉听她这一大堆话,就知道她是什么意思了,点头道:"那是自然。不过你也不必太悲观,艳华还有两个哥哥可以养活你的晚年啦。"

杨老太道："是的,她还有两个哥哥。偏是这两个哥哥不能争气,本事既不如他们妹妹,而各人都有了家室。就凭现在的收支,他们自己恐怕都维持不过去,还能养活老娘吗?我现在无路可走了,只有讲讲三分蛮理,艳华愿养活我要养活我,不愿养活我,也得养活我,我是要她养活定了。"李南泉看这位老太,尖削的脸子,虽然并没有深皱纹,可是两腮帮子向里微凹着,很少肌肉,不知是阴雨天的关系还是她有点受凉,脸上带几分苍白色。在这种典型的面貌上,那是很难看到她有情感的。这还有什么情理可以和她说的呢?于是他就笑道："这事情的确不十分简单,到你府上去谈,那你娘儿两个对面,我这话可不好说。"杨老太道："那有什么不好说的?我这些话,当面是这样,背后也是这样。"说着,伸了手就拉着他的衣袖,笑道："这样的老太婆,当街拉人,人家要说马二娘出现了。"李南泉道："吓!这是什么话?"杨老太道："没关系。我们唱戏的人,对于这些事情绝不介意。"李南泉对左右前后看了一看,觉得这老太已经把话说到这里,不去也得和她去。要不然,在街上拉扯着,她什么话都可以说得出来,让一个唱戏的在大街上拉扯着,那成什么样子呢?于是,不得不跟了杨老太走到她家里去。

　　她们住在这镇市后面,一幢楼房里。对着一排山峰,展开了一带有栏杆的小廊子,就乡间的建筑来说,这总还要算是中上等的。为了杨艳华是他们家挣钱的台柱子,所以她住了最好的屋子——带着栏杆的楼房。这时,她正手指缝里夹了一支烟卷,斜靠在楼栏杆上,面朝里,好像是在和别人说话。杨老太道："艳华,你看,我硬在大街上把你老师等着了。"杨小姐回头看到李南泉,笑着摇摇头道："这宝我没有押中,李先生居然来了。"李南泉心里想着,这孩子够厉害,自己心里的计划,一个字也没有提,她就完全猜到了,便笑道："你下来坐吧,我是尽人事。"杨老太将他引进屋里,笑道："李先生,你还避什么嫌疑?你是她老师。倒是她屋子里干净些,你请上楼吧。"李先生还没有答应,杨小姐可在楼上再再地喊着,他觉得她母子都很希望有这个调人,尽管话是不好说的,总得把这手续做完,就勉强登上楼去。这里两间打通的楼房,糊刷得雪白,虽然只简单地摆了几项木器家具,都揩抹得没有一点灰尘。尤其是右边杨小姐自睡的一张床,全床被褥枕头,一律白色,连

巴山夜雨

一根杂色的痕迹都没有。在这上面，也很可以知此人的个性。李先生笑道："我终于是来了，可是我不能说什么，还是你自己说吧。"

胡玉花看到主客之间，都很尴尬，像是有话说不出来，便低声笑道："艳华，李先生是一定会帮助你的。你可别和他谈什么理论，你把心坎子里的话说出来，让李先生心里有个准稿子，他就好和你说话。"杨艳华还是靠了栏杆，坐在一张小方凳上的。她伸头对楼底下看了一看，然后回转脸来带了三分笑容，向李南泉道："玉花叫我说心坎里的话，我就说心坎里的话吧。不过我说出来，你未必相信。实不相瞒，我在戏台上露了这多年的色相，追求我的人，那不能算少，可是我自己并没有把谁放在眼里，因之直到现在我并没有一个真正的对象。所以结婚这句话，我简直可以不理会，唱戏的女孩子，没有什么说不出来的，你倒以为这是我遮羞的话。"李南泉一拍腿道："那就没有问题了。你母亲正是想你不结婚，给她还唱几年戏。你不需要结婚，她也不主张你结婚，这不很好吗？一切事不用提，你安心唱戏吧。"杨艳华道："然而事实不是这样的。她以为我现在有对象。"说着，她淡淡一笑道："那简直是想入非非的事。不过她有这些想法，她就愿意我这时嫁个有钱的人，把她的生活问题解决。这在她也许是先发制人。"李南泉道："她所给你提的这个人，你对他的印象如何？"她道："倒不是我母亲提的，也是我自己认识的。但我的本意，只想和他交个朋友。"李南泉道："你对他的印象怎么样呢？"她道："在生意买卖人里面，那总算是老实的吧，但是这个世界，有点异乎寻常，专门老实，那是不能应付一切的，我理想的丈夫是个有作为的人。"

这时，杨老太送了两个碟子上来，乃是瓜子与花生。在表面上，她当然是殷勤款客，事实上她也很愿意知道这里谈的结果。不过她一上楼来了，大家都默然。她只好将碟子放在桌上，向李南泉笑道："李先生请用一点。阴雨天，回去你也没有什么事。多坐一会儿。"李南泉倒是趁她上楼来的这个机会，站立起来了。他笑道："你们的事，我约略摸到了一点轮廓，就是你愿意小姐在家多过活几年，而小姐呢，也是这样，她不愿意这时候离开母亲。我觉得你们现在突然提起这婚姻问题，乃是多余的。"杨老太倒没有想到请出调人来，都是这样一个结果。先是怔怔地站了一会,然后叹了一口气道:"我们这位小姐,成了角儿以后,这些事就没有和我提过了。我有什么法子。照着李先生这样的说法,倒好像是我这个做娘的不容许她在家里。"杨艳华一听这话,脸皮可就红了起来。她似乎紧接了下面,有一篇大道理要驳复她的母亲。忽然有了解围的——楼下有人叫道:"快点给我接着东西吧,我有点提不动了。"杨老太听到这话,脸上就有了笑容。她向胡玉花道:"小陈来了,暂时不要提吧。"说着,她飞步下楼而去。李南泉望着两位小姐,还没有问出话来。胡玉花道:"这就是艳华说的那个老实人来了。"李南泉沉默了两三分钟,问道:"杨小姐,是我下楼去看他呢,还是请他上楼来呢?"她随便地说了句"没关系"。

这三个字很让李南泉不解。什么叫"没关系"?站了起来走是不好,不走也是不好,正是踌躇着、不知道怎样是好的时候,就是一阵楼梯响。听那脚步响声很重,当然是穿皮鞋的人走来。这倒叫他不好在楼梯口上去阻人。只得在椅子边上站着。随了脚步声音,走上来一个三十多岁的人,身穿西装,外面罩着雨衣,手里提着一只雨打湿了的呢帽子。李南泉虽不认得他,可是他反是认得李南泉,向前一鞠躬,笑道:"李先生,我向来就认识的,只是没有人介绍过。今天幸会得很。"说着,立刻在西装小袋里掏出一张名片,双手捧着递送过来。李南泉看那上面的字时,乃是陈惜时。旁边还有一行头衔,乃是茶叶公司副经理。这他倒明白了,原来是卖茶叶的,怪不得胡玉花说他是做苦味买卖的了,便笑道:"我也屡次听到艳华说过陈先生的。这大雨天由城里来吗?"胡玉花在旁边就插嘴道:"不但是大雨天,就是天上落刀,他也会来的。"他搓着两手,表示了踌躇的样子,向她点了头笑道:"胡小姐又跟我开玩笑。"胡玉花笑道:"本来就是这样嘛。"李南泉笑道:"陈先生老远的来,先休息一下,我有点事情,要和杨老太商量商量,请坐吧。"他交代完毕,也不问大家是否同意,立刻就走下楼去了,杨老太就迎着他低声笑道:"李先生不要和小陈谈谈吗?他虽然年纪很轻,为人倒是很老实的。而且他也很佩服李先生。"

李南泉笑道:"是很好的,这话很长,改天再谈吧。"说着,点了头就要向外走。

巴山夜雨

杨老太真没有想到李南泉会这样淡然处之,只好站着门口向他笑道:"这阴雨天,你回去也没有什么事,就在楼下多坐一会子也好。"李南泉走出了她家的门,却又回转身来向她笑道:"我还是和你谈谈吧。现代的婚姻问题,那并不是父母可以做主的。老太的意思,不是要认那位陈先生做女婿吗?这件事,最好你不要过问,就交给陈先生自己去办。我看陈先生给予杨小姐的印象,并不算坏。你一切放任,不要过问,甚至……"说到这里,笑了一笑,又沉默了几分钟,因道:"反正什么事你都不要过问吧。"杨老太见他那脸上笑嘻嘻的样子,自知道他这话里是含着什么意思,这就笑道:"这个我自然明白。不过女孩子的终身大事,我总得管。现在的年月,究竟是不同了。"李南泉笑着点了两点头道:"的确是如此。你知道现在的年月不同,那就什么话都好说了。你根据了这句话做去。我保证不用我出面,你这问题就解决了。"说着打了个哈哈,抱着拳头,一面作揖,一面就走,那外面的路,正是泥浆遍地。他向杨老太说话,却忘记了脚下的路了,身子一滑,人向前栽着,所幸面前就是一根电线杆,他两手同时撑住了那根木柱子,总算没有倒下去。而楼上楼下,却和台底下看客喝彩一样,不约而同,共同地"哎呀"了一声,而且那声音还是非常大。

李南泉站定了脚,向楼下看着,发现了楼上两位小姐,楼下那位老太太,全对了自己注视着,还没有把那惊慌之色镇定过来。这就笑道:"没有关系,假如摔倒了,不过是滚我一身泥。楼上有现成的两位小姐正闲着,怕不会给我洗衣服吗?"那位陈先生也就走到栏杆边,连连地点了头道:"对不住,对不住。"李南泉也不知道他为什么要道歉,立刻又没有想到这件事,口里只是说:"没关系,没关系。"口里说着,他也就走开了。走到了半路上,才想起他这声道歉,不成为理由。或者他会这样想着,以为我是来和他做媒的。想到这里,他觉得好笑,脸上也就笑了出来,路边有人笑道:"李先生什么事高兴?一个人走着笑了起来。"他看时,正是那位喜欢聊天的邻居吴春圃,便道:"有人误会我给他做媒,只管向我表示好感,我觉得受之有愧。大雨天,吴兄也出门来了?"这时,吴先生左手撑了一把伞,扛在肩上。右手提了一串筋肉牵连的牛肉,另外还有一串牛油。他把这东西提起来对客相示,笑道:"我是捡便宜来了。小孩子很久没有开过荤,我买不起任何的肉类,只有这样的牛筋,是没人吃的,我要它三斤,不吃肉,回家熬萝卜喝喝,也可以让小孩子解馋。"

李南泉道:"当今之时,不是肉食者鄙,而是肉食者贵。老兄这样的吃肉法,可以说良口心苦。不过这牛油又是怎样吃法呢?"吴春圃笑道:"这是便宜中之便宜。因为这东西,除了蜡烛作坊拿去做蜡油外,恐怕很少人用它。但无论如何,总是脂肪品。我拿回去,煎菜、炸面,也总可以利用它。实不相瞒,我因为合作社有两个星期没有把配售菜油发出来,我每个星期,减到只吃半斤油,每日平均不到一两二钱,菜里面哪里算有油?这东西拿回去,来个饥者易为食,绝没有人嫌它带膻味的。"他虽然是带着笑容说的,可是李南泉听他这话,觉得针针见血,让自己心灵上大大受着刺激。真不忍和他开玩笑,不觉得昂起头来,长长叹了一口气。吴春圃道:"这也没有什么难过的。老兄不是来回跑了三十几里路,挑了两大斗米回来吗?"李南泉道:"这是传闻异词。我是个手无缚鸡之力的儒夫,哪里挑得起两大斗米?米虽买了,乃是人家挑的。自然,这种生活,也就够斯文扫地的了,不过我有一件事值得自傲,比老兄要高一筹。就是我的太太,还和村子里太太群能整齐步伐,每天还有余力摸个八圈。你那太太只有在家中给小孩子纳鞋底,给你烙饼吃的能耐。那不是我的收入,要比你强的明证吗?"

这时,路旁有个人插嘴笑道:"李先生对于太太打牌这件事,始终是忘记不了的。其实,我们是混时间,谈不上什么输赢。"李南泉看那人时,正是下江太太。她上次半夜里派白太太来抓角,心里实在是不高兴。而那晚上究竟为什么赌兴那样勃发,打了两桌通宵的牌,至今也是一个谜。现在看到了她,倒不免要探问一下。于是点着头笑道:"我觉得混时间这个题目,也不十分恰当的。例如那天晚上,你府上两桌人通宵鏖战,那不能算是混时间吧?这个时候的时间是好容易消磨的。高叠着枕头,软盖着被子,八小时可以消磨过去。高兴的话,消磨十小时,也没有问题。"下江太太右手打着雨伞,左手提着个四方的白布包袱,看那样子沉甸甸的,里面露出一只红木盒子的犄角,这无须做什么思索,就可以知道那里是麻将牌。

巴山夜雨

说着话时,也就不免向那白布包袱上望着。下江太太倒是不隐讳。她将那包袱举了一举,笑道:"不用看,这里是牌,阴雨天,不摸八圈,怎样混得过去?哦!你问那天晚上的事,我可以告诉你。那是我们一个秘密。我们太太群,这个名词,是你刚才取的,我老实不客气接受下来。我们曾开过一个座谈会,比赛哪个不怕先生。于是就邀集了这么一场狂赌。狂赌之后,谁回家引起了先生的质问的,谁就算是怕先生。怕先生的人,我们罚她请一次客。结果,谁回家都太平无事,我们证明了全体大捷。我们猜着,李太太是要请客的,所以故意半夜里去邀她。没想到李先生也是不行。"

吴春圃哈哈大笑道:"了不得,了不得,大家还有这么一个决议。这叫遣将不如激将。太太都受着这么一激,不打牌的,也不能不去摸四圈了。"李南泉笑道:"不过那也看人而施。若是像吴太太这种人,专门给吴先生烙饼,给孩子纳鞋底,你说她怕先生,她就怕先生,她并不会因此失掉她的……"他说到这里,觉得把下文说出来了,也许下江太太有些受不了。这就把话拖长了,偏着脸望了吴春圃笑道:"我到底客观一点,说的话未必全对,还是请吴先生自己批评一下。"吴春圃笑着摇了几摇头道:"我倒是不好批评。我自私一点,我觉得她这个作风是对的。"下江太太向吴、李二人很快地看了一下,接着是微微一笑。李南泉道:"此笑大有意思。因为我认为缄默是最大的讽刺。"下江太太笑道:"岂敢岂敢!我的意思,做先生的,也可以打打算盘。像我们村里……"说到这里,她向前后看了一看,接着笑道:"像我们那女中三杰,当然是帮助家庭大了。她们是不打牌的。可是先生的经济权,都操在她身上,先生那份罪也不好受。其次,我们烙饼纳鞋底,不是不会,不过是没有去苦干,这一点,我们当承认和先生的挣钱,有点苦乐不均。不过这是少数。像白太太这种人,她经营着好几项生意,比先生挣钱还多呢。至于我呢,当然没有表现……"李南泉接着笑道:"这底下是文章里的转笔,应当用'不过'两个字。这是文章三叠法,每一转更进一层。结论也有的,就是太太们摸八圈卫生麻将,那实在是应该的。"

下江太太对于他这个解释,倒并没有否认。举着那白色包袱向他笑道:"我提了这一部分武装,到处辟战场,全找不到对手。李先生若是民主的话,你把后面那间屋子解放一天,让我们在那里摸十二圈嘛。"李南泉笑道:"这个办法,就叫民主? 这个办法,就叫解放?"下江太太笑道:"多少由我们打牌的太太看起来,应该没有错误。我最后问你一句,你敢不敢民主?"李南泉笑道:"民主是好事,怎么说是敢不敢的话? 所有世界上的人民,都希望民主,而我也是其中之一。"下江太太向吴春圃点了个头,笑道:"李先生说的话,有你做证,他要民主。回头我们要到他家里去试验民主了。若是李先生反对,你可要出来仗义执言。"李南泉道:"不过……"她不等他说完,立刻乱摇着手道:"这里不是我的文章,不能下转笔了。回头见吧。"说着,扭了身子就走。李南泉招着手道:"回来,回来,我还有话商量。"她一面走着,一面摇头,并不回头向他打个招呼。吴春圃笑道:"老兄,你这可惹了一点祸事。这位太太,一定是趁机而入。带着牌和牌角同到府上去民主,你打算怎么应付这个局面?"李南泉摇了两摇头,又叹了一口气,然后笑道:"我也不能那样不讲面子,把她们轰了出去。不过,我有个消极抵抗的办法,她们来了,我就出门找朋友去。反正阴雨天没有什么事。"吴先生看了这情形,料着他也只有这个办法,沉默起来,不断地微笑。李先生到了家里,太太正是很无聊地靠了门框站定,呆望着天上飞的细雨烟子。李先生到了面前,她还是不像看到。

　　李先生笑问道:"看了这满天雨雾出神,有什么感想吗?"李太太以为他是正式发问,也就正式答道:"在江南,我们就觉得阴雨太多,有些讨厌。现在到了四川,这阴雨天竟是不分四季。除了夏天的阴雨天,解除了那一百度以上的温度,是我们欢迎的而外,其余的阴雨天,实在是腻人。尤其冬天,别地方总是整冬的晴着,这里是整冬的下雨。穿着棉衣服走泥浆地,打湿了没有地方晒,弄脏了没有地方洗,实在是别扭。"李南泉笑道:"这时算是杞人忧天吧? 现在又不是冬天,你何必为了冬天的阴雨天发愁。我告诉你一个好消息,下江太太,要到我们家里来试验民主。"李太太对于这话不大理解,望了他道:"你这话什么意思?"他就把下江太太刚才说的话,重新述说了一遍。李太太笑道:"你听她胡说,她用的是激将法。想激动你答应在我家打牌。你自己上了她的圈套。"李南泉道:"那很好。回头下

巴山夜雨

江太太来了,你可以给我解这个围。就说家里有事。"李太太道:"你做好人,答应民主,让我做法西斯拒绝人家到我们家打牌。"李先生道:"民主和法西斯,就是这样分别的?领教领教。"说着拱了两下手。吴春圃在走廊上看到,也是哈哈大笑。他们这里说笑着还没有完,山溪那边的人行路上有人说笑而来,而且提名叫着"老李"。看时,第一个就是下江太太。后面另跟着两位太太。下江太太手上还提着那个白布包袱。那自然是麻将牌了。这三位太太,全没有打伞,分明不是向远处走的样子。

李南泉真没有想到她们来得这样快。心里计划着和太太斗一斗法宝的措施,根本还没有预备好呢。这就只有含了笑容,呆呆地站在一边。下江太太一马当先,到了走廊下,见李氏夫妇都含了笑容站在这里,料着这形势并不会僵。这就向李先生笑道:"你回来对太太报告过了没有?我其实没有发动这闪击战。我提了布包袱,本就是个幌子。我一提到要在李公馆测验民主的话,她二位立刻起劲。白太太还说,李先生也许是勉强答应的,要去马上就去。去迟了会发生变化的。"李南泉点了头笑道:"你们要突破我这戒赌的防线,可说无所不用其极。"他说这话时,对来的三位太太看看,觉得有点失礼。因为最后那位太太还相当面生,不可以随便开玩笑的。而且,那位太太,也有点踌躇,正站在溪桥的那端,还不曾走过来呢,便低声问白太太道:"那位太太,我还面生呢。"白太太笑道:"你又不是近视眼。"那桥头上的太太,也就笑了,点着头道:"久违久违,有一个礼拜没有见面吗?"她一开口,李南泉认识了,原来是三杰之一的石正山太太。她已经烫了头发。这头发烫得和普通飞机式不同,乃是向上堆着波浪,而后脑还是挽了双尾辫子的环髻。她是很懂得化妆的,因为她是个圆脸,她不让头发增加头上的宽度。如此,脸上的胭脂,擦得特别的红。而这红晕,并未向两鬓伸去,只在鼻子左右做两块椭圆纹。唇膏涂的是大红色的,将牙齿衬托得更白。身上穿了件蓝白相间直条子的花布长衫,四周滚着细细的红镶边。光了两条雪白的膀子,十个手指甲,也染得通红,她是越发摩登了。

李南泉没想到石太太会变成这个样子,而且还肯加入太太群打牌,便点头笑道:"这是个奇迹。我没有想到石太太也要到我家里来试验民主的。"她缓缓地走过了那木板桥,笑道:"男子们的心理,我现在相当的了解,他们愿意的是这一套。那我们就做这一套吧。"说到这里,那边人行道上,又来了两位太太。老远地抬起手来,招了几招,就问民主测验得怎么样。李先生一看,今天太太群来了个左右联合阵线,这事情不好拦阻。充其量太太大输一场,也不过量半斗米吧。于是不置可否,缓步走到吴先生家去。吴春圃正坐在窗户里桌子上,架上老花眼镜,看一张旧地图。李南泉问道:"吴兄看报之后,关怀战局?"他双手取下老花眼镜,招招手,笑着让他进来。他低声笑道:"你就给你太太一个十全的面子,让她们在你家里摸十二圈。"李南泉坐在他对面木凳上,笑道:"我正是如此,不过这事实在有点欠着公允。我你这样吃苦,她们还要取乐。"吴春圃笑道:"天下不公的事多了,何必计较自己家里的事。我们谈谈天下事来消遣吧。我看看全国地图,心里实在有点难过,我们这自由天地,越来越小了。过几个月,我们这地图大小,就得变回样子。我们哪年哪月有恢复版图的希望?我快六十的人了,我眼睛能看到这地图恢复原状吗?人家想升官发财,我这思想全没有。我只希望有一天,牵着孩子的手,逛逛大明湖,让在外面生长的孩子,到济南老家去看看自己家里的风景。那时,在茶棚子里泡壶茶和孩子谈谈战前的事,我就乐死了。可是我想一想,这也许比升官发财还难。"说着,长叹了一口气。

　　两人说到此,都觉得心上有块沉重的石头,相对默然。李南泉笑道:"我们这样悲观,实在也是傻事。我总觉得中国有必亡之理,却无必亡之数,我们何必杞人忧天?你不看这些太太们的行为?她们会感到有亡国灭种的日子吗?"吴春圃咬着牙把短胡桩子笑得耸了起来,将手连连摇撼着。李南泉笑道:"我由她们在我家里造反,我眼不见为净,我走开了。吴兄的伞,借一把给我。"吴先生倒是赞成他这种举动,立刻取出一把伞交给他。他接过伞转身就向外走。吴春圃跟着出来,见他将收好的伞,当了手杖拿着,像是散步的样子走去。听得李家屋里,那几位太太像打翻鸭子笼似的,笑声、说话声、倒麻将牌声,闹成了一片。当然,这声音,李先生也是听到的,心里尽管有说不出来的一种苦恼。可是他头也不回,就这样从容

巴山夜雨

地走过桥去,在人行路上徘徊回顾地走。他这时候,心里有点茫然,走向哪里去呢? 早知道回家是这样的苦闷,倒不如在杨艳华家里多坐些时候。再看看村子里那些人家,屋顶的烟囱里,正向上冒着黑烟。阴雨的天,湿云在山谷里重重地向下压着,半山腰里就有像薄纱似的云片飞腾。所以,在人家屋顶上,相距不高,空气里就有很重的水分,把烟囱里的烟压得伸不直腰来,卷着圈圈儿向上冲。他猜想着,这是下面的饭灶,正大捆向灶里加着木柴。木柴上面那口饭锅,必是煮得水干饭熟,锅盖缝里冒着香味。他想到这里,便觉得肚子里有些饥荒,自己逞一时的气,牺牲了午饭走出来,这是十分失算的事了。

他慢慢走着,也就想着,这餐中饭在哪里吃? 他心里踌躇着,脚下也跟了踌躇着,不知不觉就顺了一条石板路向前走。这个方向,不是到街上去的,正好背了去街头的方向,走往另一个村子口上。他始而是没有注意走错了,也就跟了向下错。阴雨的天,全山的青草都打湿了。长草缝里的小山沟,流着雪白的水,像一条银龙蜿蜒而下。在人行路的石板缝里,野草让雨洗得碧绿。铺在地上的绿耳朵草叶,开着紫色的花,非常地鲜艳,上面还绽着几个小白水珠子。这些小点缀,眼里看着,也很有意致。他那点剩余的诗意,就油然而生。他站在石板路上有点出神,忽然有人叫道:"李先生雅致得很,冒着雨游山玩水。"回头看时,便是那久不见的刘副官,因点头道:"久违久违! 我以为刘先生不在这里住了。"他道:"请到家里喝杯茶吧。我正有事奉商。我到昆明去了一趟,也是前天才回来。"这个时候跑昆明,就是间接地跑国际路线。那是可欣慕的好生意。于是夹了伞,抱着拳头拱了两拱,笑道:"恭喜发财了。老兄!"刘副官笑道:"我是为公事去的,不是为做生意去的。不过也带有点土产。大头菜、火腿、普洱茶全有,到我家里喝杯普洱茶去,好不好?"李南泉仰了脸,不由得哈哈大笑。刘副官愕然地站着,问道:"李先生以为我是骗你的吗?"李南泉笑道:"你有所不明。我直到这时,还是一粒米不曾沾牙。今日所消化的,就是昨日的食粮。你这时候,还让我喝普洱茶,那不是打算把我肚子里这点存货,都要洗刷干净,那不是让我更难受吗?"刘副官笑道:"那么,请到我家吃火腿和大头菜。"说着拉了他的手就向家里引。

李南泉笑道:"老兄请客,可谓诚意之至。假如我有事的话……"刘副官道:"你根本无事。若是有事,你也不会在这阴雨天到人行路上赏玩风景。"他口里说着,手里还是拖了李先生向家里走。客人进了门,他首先就喊道:"快预备饭,切一块火腿蒸着。"说着,就在书桌子抽屉里取出一听烟来,笑道:"这也是由昆明带回来的成绩。"他说着这话,似乎是很高兴。将他脚上的皮鞋,抬起来放在凳子头上。他抬起了右手,中指按着大拇指,使劲一弹,就是"啪"的一声响。随了这个动作,他周身都是带劲的,身子闪动着,转了半个圈。李南泉笑道:"看刘副官这样子喜形于色,必是很赚了几个钱吧?"刘副官笑道:"我实在没有做生意,是为了公事去的。不过既然走上了这条路,有现成的便宜东西,我当然就买它一些回来。来一支好烟!"说着,打开烟听的盖子,取出一支烟,送到他面前来。他接住烟,在嘴里抿着。刘副官就在口袋里掏出打火机,擦着了火和他点烟,笑道:"我说句最公道的话,像李先生这样有才学的人,一切享受都应该比我们高。而现在的情形,你们先生们是太清苦了。"他突然这样一阵恭维,教李南泉听着倒不明白他是什么用意,也只有微笑着。刘副官自己,也就取了一支烟吸着,两手抱了大腿,抿着烟微笑道:"的确,我对李先生的学问道德,钦佩之至,若有工夫的话,我一定得在你面前多多讨教讨教。苦于我是没有时间。今天正好都闲着,好好地谈谈吧。"

李南泉对于这种人,多少存一点戒心。见他今天这样特别客气,料着有什么要求会提出来的,心里也就估计着,无论什么事,自己总向无能的一方面推诿,料着他也不能让人所难。可是刘副官尽谈闲话。不多一会,他家里开出饭来,除了云南的火腿和大头菜,还有几样很好的菜。饭后,他泡了一壶普洱茶请客,还是谈些闲话。直到李南泉告辞,他才笑问道:"李先生晚上在家吗?我要找李先生请教请教。"李南泉笑道:"住在这样的山缝里,晚上有哪里可以去?而况又是阴雨天。不过我家里今天让太太们开辟了战场,我得暂避一下。现在虽然是国难严重,可是大部分的中国人还是醉生梦死地过活着。"说完长叹了一口气。刘副官觉得他说的"醉生梦死过活着",似乎有点扎耳。他将两手插在西服裤袋里,连连地扛了两下肩膀,笑道:"像我们这种人,实在也是不可救药。你说替国家出力吧,连当名

巴山夜雨

大兵,也许都不够资格,不能替国家出力;而自己和家庭的生活,又要顾到。我们的生活,就是这样鬼混。"说着,他将手在裤子袋里掏出来,却带出了一张扑克牌,笑道:"你看,我们随身就带有武器。这不怪我,怪我们这环境不好。所有识得的朋友,都这样醉生梦死。也因为如此,所以我想到府上去长谈一番,我想我还年轻,可以改换环境的。"他这样说着,可以知道他要来请教,原是真话,这是人家的正当行为,就不能推辞了,便笑道:"谈谈是可以的。你要说我为人之道,我家里就在打牌过阴雨天,我这种家长,还值得学习吗?"

李先生别了刘副官,向回家的路上走。远隔了一条山溪,就听到家里麻将牌的擦弄声音。他站在路头上静听一下,其实不是。乃是山溪里的山洪,在石头上撞击之响。他想着,还不曾回家,神经就紧张起来,在家里也是坐不住,就撑着雨伞,在细雨烟子里,分别去拜访村里村外的朋友。到了天色将黑了,这餐晚饭,却不便去打搅朋友。因为所访的朋友,都是公教人员,留不起朋友吃便饭。于是绕道街上买了几个冷烧饼带回来。到家之后,在走廊上站着,这回听清楚了,家里的确是有麻将牌声。而且,还听到李太太带了叹息的声音说:"掀过来就是五筒,清一条龙,中心五,不求人,门前清,自摸双。十几番都有。唉!你这种小牌,和得好损。"听这话,自然屋子里还在鏖战,他也不用进去了。在厨房隔壁,有一间小草房,原来是堆柴草的,现在里面没有了柴草,放了一张竹板床,一张竹桌子,乃是邻居共有,预备谁家有客来,就临时在那里下榻。李先生很自知地向那里一溜,让孩子们取过茶壶凳子和书架上的几本书,就在这屋子里休息。女主人打牌,王嫂要管理孩子,灶下还没有烧火。不用提晚饭何时可吃,连开水都发生问题。好在邻居家都已做晚饭了,他暂且把烧饼放下,借了邻居家的开水,泡了一壶茶喝。孩子们原不知道他要看什么书,随便拿来的是一本《庄子》,一本《资治通鉴》,两本《杨椒山集》。他将手拍了书页道:"这环境教人真积极不起来,看看《齐物论》吧。"他拿起书来看时,这屋子只有尺来见方一个窗户眼,光线不够,搬了凳子靠着门拿了书来。看了两页,身上冰凉,原来是茅檐下的细雨烟子飞了满身。

他撩起蓝布长衫的小襟,在脸上擦抹了一下。把凳子移到竹桌子里,两手按了桌子沿，只管向那一尺见方的小窗户孔里出神。这时有人叫道："李先生在家吗？"伸头一看，正是那刘副官，他是脱离了战时生活的人，身上披着雨衣，手里提着布伞就向廊子里走来。李南泉迎出来，引他到小屋子里坐下，笑道："老兄真是信人，说到就到。"刘副官向屋子里周围看了一下，他也不脱雨衣，伸手到怀里去掏摸了一阵，先掏出一张支票，然后掏出一张寿事征文启，笑道："我本来要和李先生谈谈的。不过我看到李先生自己都成了偏安之局，明天你有不明白的时候再问我吧。这里是一张征文的启事，里面写得相当地清楚。启事里面夹有一张字条，那就是送礼的人写着他的身份和关系。我很冒昧，代人家要求李先生代作一篇寿序。这里有一张一百五十元的支票，那就是文章的润笔，无论如何，请李先生赏个面子，大笔一挥。"李南泉这才明白他上午的那番殷勤，为的是这件事。这就笑道："那没有问题，我是一个卖文为活的人，有这先付稿费的生意我还有什么不接受。"刘副官拱拱手道："那很感谢。不过有一点不情之请。这文章明天上午就要。"李南泉道："那可无法交卷。你都说了，我今天是偏安之局。这屋子里白天没有光线，晚上窗户没有纸，风吹进来，灯不好点。今天晚上，无论如何，我不能动笔。假如今晚睡得早的话，明天我可以起早来办，但是看这趋势，今天晚上是无法早睡的。"

刘副官站起来想了一想，笑道："做文章是要好地方的。若是李先生不嫌弃的话，可以到我家里去写，我一定用好茶好烟招待。"李南泉笑道："假如一定要有那些做派，那是太平文人，现在岂可以这样？好吧，我委屈一点，就在这小屋子里写。"说着也站了起来。刘副官看他有送客之意，主人是别扭在这屋子里，这时还要在这里多谈天，也许增加了主人的不便。于是向他伸着手，握了一握："我家云南火腿还多，明天我亲自上街买点牛肉来烧，请李先生吃午饭，犒劳犒劳。明天见。"说着，抬起手来扬了一扬，就走去了。李南泉在廊子下站着很是出了一会神。李太太突然走出来了，向他笑道："你肚子饿了吧？"李南泉道："中饭在刘副官家里吃得很好。晚饭呢，我买了几个冷烧饼带回来了。"李太太近前一步，没说话，先又笑了一笑。李南泉挥着手道："你去办公吧。倒不用关心我。"李太太笑道："太太们起哄,难得的,下不为例。我马上就叫王嫂做饭了。刚才姓刘的来,找你什么事?"李南泉道:"他订货来了。约了明天交货。"李太太道:"订货?你有什么货交给他?"李先生将手拍了肚子笑道:"这里面的之乎者也。"李太太道:"这种人,你是向来不大愿意交往的,你为什么给他写文章?"李南泉道:"我当然不愿意。不过我想到,为了买二斗米,可以便宜上十块钱,我还来去走三十里路。现在有人送一百五十元上门来,我既不是强取豪夺,又不是贪污,不过就那征文启事敷衍几句人情话,有何不可?有这一百五十元,岂不够你输几场的吗?"

李太太一扭身子道:"我不和你说。只敷衍你,你还老是说,你简直不知好歹。"这时,屋子里也有太太们叫了:"老李呀,怎么回事?一去不来,我们正等着你呢,牌都理好了。"李太太听了这话,赶快向屋子里走。但是去不到五分钟,她又回转身来了,脸上已不是生气的样子,直奔那小屋里去。她取得了那张一百五十元的支票,在手上举着,向李先生笑道:"这个归我了。"李南泉道:"你还是和我说话。"李太太笑道:"得了,今天这场牌打完了,我准休息一个礼拜。今天这场牌,并不是我邀来的。明天早上,无论下雨天晴,我亲自上街和你买几样可口的菜。"李南泉点着头道:"我先谢谢。不过这一百五十元是人家订货的。我是不是愿意交卷,还在考虑中。而且你也反对我写这路文字。现在我一个字还没有写,你就把钱全数拿去了,那也太损一点。文从烟里出,至少你也得给我留下一包纸烟的钱吧?"李太太听了这话,走近一步,抓着他的手笑道:"我告诉你,我今天没有输钱,而且还多少赢了一点,纸烟不成问题,我马上教人和你去买,对不起,对不起,我还有四圈。"说着,她就把那张支票揣到衣袋里去了。李南泉只是笑笑,并没有说什么话。李太太笑着点了两点头,然后走回去了。不过这张支票,的确是发生了很大的效力。立刻王嫂就在牌桌上拿了一盒"小大英"纸烟,送到小屋子里去,接着是又送来一盏擦抹干净了的菜油灯和大半支洋蜡烛,这东西还是两个月前的存货,因为大后方的洋烛,已是珍贵物品了。

李南泉知道这是太太鼓励写文章的意思,而这写文章的地方,也就规定了是在这间小屋子里写,这无须多考虑了。他回到那小屋子里,发现纸笔墨砚都已陈设停当。他这就找了一张旧报纸,把窗户先糊上,然后掩上了房门,把灯烛全点了起来。先将这征文看了一看,却是一个极普通的老人,现在活到七十岁,四个儿子,两个务农,两个经商,不过家里相当富有而已。只有他的第二个女婿现在是一位抗战军人,已经达到少将阶级。其余就是这位老人,他为人忠厚勤俭,由一个中农之家,达到现在很富有的阶段。而且两个孙子,都因他这番血汗,考进大学了。这一切是平庸,丝毫无独特之处,这有什么法子用文字去夸张呢。他看了一遍,又把这寿启看上一遍。接连地看过几回之后,还是看不出也想不出独特之处。桌子那盒"小大英"纸烟,取了一支,吸着;又取一支吸着,不知不觉地去了小半盒。他凝着神在想如何找出这枯燥文字里面的灵感来。这时,他听到了茅檐外的雨,正"哗啦哗啦"地下着,而檐溜也跟了这响声,在窗子外面狂注。他提起笔来,就在纸上写了起来:"李子方剪烛西窗,烹茶把卷,有声如山崩海啸直压吾斗室者,则正巴山夜雨也。于时而不能悠然遐想,觅吾诗魂之所在,而乃搜索枯肠,为一小地主谋颂扬之词。此非吾自苦,乃一百五十元之支票一张为之,又米缸中之米为之,嗟夫,此岂人情乎哉?此七旬之老翁,何为而苦我,我固素昧平生也。"

他写到最后这句话,将笔放了下来,长叹了一声道:"一百五十元之支票为之。"窗子外这就有人问道:"怎么着,今晚上搬家了?"李南泉听到是吴春圃的声音,便打开门来笑道:"请进来谈谈吧。"吴先生进来,看到桌上放着一本征文启,李先生自己写的一张稿子,这就把身子向后一缩道:"你在工作,我不打断你的文思了。"李南泉笑道:"不忙,你看看我这是什么玩意。"说着,把这张稿子递到吴先生手上。吴先生接着看过,这就笑道:"这与寿序无关呀!"李南泉自己坐到竹床上,将那张小凳子让给吴先生坐了,把桌子上的烟,向客人去敬着,笑道:"我这脑筋太枯塞。我们剪烛西窗,谈一两小时吧。"吴春圃将烟支对着烛焰点着吸了。两手指夹了烟支,在嘴里抿着,深深地吸了一口,然后在口里冒烟的时候笑道:"这'小大英'的烟,竟是越吸越有味。在战前,这太不成问题了吧?"李南泉摇摇头笑道:"提起这支烟,这倒让我很着急。这篇寿序,一字未写,洋烛、油灯、茶叶、纸烟,所消耗的资本已经是很可观的了。从前写文章,绝没有人估计资本的,现在可不

巴山夜雨

能不估计。若写出来的文章,稿费不够本钱双倍,大可以不费这脑筋了。"吴春圃道:"我知道,你绝不是写不出文章,你是满腹牢骚把你的文思扰乱了。别那么想,这年头能活着就是便宜。"李南泉听了这话,两手一拍,突然站了起来道:"吾得之矣!老兄这句话,就是我这篇寿序的骨干,文章写得成了。"吴先生倒不解所谓,只是吸了烟望着他。

李南泉笑道:"这当然要我给你解释一下。你不是说,现在能活着就是便宜吗?我就可以根据这点,加以发挥。我说,现在前方家庭破碎,骨肉流离的,固然不知多少;就是大后方,受生活压迫,过不去日子的人,也不知多少。而这位老先生就在这时代,还可以活到七十岁,这是幸运。而且七十岁的人,看了这几十年多少不同的事情,除了幸运,还饱享眼福。"吴春圃笑道:"你这样写,那简直是骂这个寿星翁了。"李南泉道:"当然我下笔不能那样笨,虽有这个意思,也得婉转地说了出来。"他说着话时,看到烛芯焦煳得很长,就取了两支笔,当筷子使用,把烛芯夹掉一小截。吴春圃笑道:"你别耗费烛油呀,等你写文章的时候再点吧。"李南泉笑道:"这必须谈话的时候剪蜡烛,才有意思,你不听到屋外面正是巴山夜雨?"吴春圃笑道:"原来是根据诗意来的。"这就顺着想到"君问归期未有期"了。李南泉笑道:"确是如此,我已打成了一首油,你看下面这三句吧。"于是拿起桌上的笔,就着这张稿纸,文不加点地写了几行字道:"巴山夜雨阻文思,何堪共剪西窗烛,正是夫人雀战时。"吴春圃哈哈笑道:"我兄始终不能对这事处之泰然吗?"李南泉笑道:"南宫歌舞北宫愁,我能处之泰然吗?而且我那张支票已经不翼而飞了。"这时,王嫂给李先生送了一碗面来。平常吃汤面,总是猪油、酱油做汤,搁点儿鲜菜,成为上品。这碗面特别,居然有两个溏心鸡蛋。

吴春圃笑道:"李先生还没有吃晚饭吗?我们吃过去一小时了。"他笑着点了两点头道:"所以我对于这事,就感到有些头疼。你再让我饿着肚子写文章,当然有点头疼了。"吴春圃笑道:"努力加餐吧。吃饱了也好写文章,我不打搅了。"说着,起身就向外走,李南泉对了鸡蛋面,略觉解除了胸中一些苦闷。既是吴先生走了,也就先来享受吧。他把面吃完了,不愿再耽误,也就开始写那篇寿序。直等到桌上菜油灯的灯光变得昏暗了,他抬起头来剔灯芯,才知道那半支洋蜡烛,又烧了一半。于是将茶杯子覆过来,把洋烛放在茶杯底上,重新将烛芯剪去一小截。再回头,看到竹床上放了一盆洗脸水。这才想起,吃了饭还没有洗脸,立刻伸手到脸盆里去捞毛巾,那水已是冰凉的了。他掏着手巾胡乱地洗了一把脸,就恢复到桌子上去写稿。因为是冷水洗脸的关系,脑筋比先前清醒些了,听到屋檐外面,大雨滂沱声已经停止,只有那"扑笃扑笃"的檐溜声未断。这时,山谷里的夜色已相当深沉了。他放下了笔,将那张征文后,又仔细地看了两遍。还是觉得这里面供给做文章的材料很少,他找了两根火柴棍,将灯草剔得长一点,又把烛芯的焦煳之处,用两支笔夹去一点,坐着看看灯光,看看人影儿,非常无聊。这就听到那边打牌的房间里,送来一阵嬉笑声。尤其是下江太太的笑声,听得非常明白,她笑着说:"够了够了,已经十一番了,我有两个月没有和过这样大的牌了。哈哈,这回可让大家看看我的颜色了。"

李先生听了这声音,当然是心里不大舒服。这就把房门掩上了,把头低下去,提着笔,在稿纸上一句一字慢慢地向下填着写,约莫是五分钟,这房门却是"扑通"的几声响,他正写到一句转笔,觉得很是得意,要跟了这意思发挥着向下写。这几声"扑通",未免把这点发挥的灵感,冲刷得十净。正想狠狠地说一声:"这是谁",可是抬头一看,却是自己的太太,她笑嘻嘻地向李先生点了个头。李先生虽然是有一腔火气,可是不便发泄,因为太太的同伴,都还没有走开,这是不能不给太太这分面子的。便忍住了怒容,皱着眉头道:"我做文章向来没有这样提笔写不出字的事情。江郎才尽,恐怕这碗饭有点吃不成了。"李太太走进屋子来,看到他面前摆的那张稿子,还有大半块空白,便笑道:"那很是对不起,我们打牌扰乱你的文思了。今晚上你先休息,明天早上起来,你再写吧。"李南泉道:"不过明天上午人家就要来取稿,这绝不是写白话书信那样容易,可以对客挥毫的。"说着,把头仰起来,长叹了一口气。他这样叹气,并没有对太太说什么,可是她总觉得心里有点歉然。站在桌子边,两手撑了桌沿,向他的稿纸看看,又取了一根火柴棍子,拨弄着烛芯,这样有两三分钟,笑道:"我还对她们说了,声音小一点,不要让过路的警察听到了。其实我是怕她们那种狂态会打断了你的文思。"李南泉笑道："不过，我已听到了，下江太太刚才和了一牌是十番以上的。"

李太太笑道："这位太太，本来嗓音就不小，再一高兴，的确是声震四邻。我也就是为了这事，要来和你商量一下。"李南泉道："还有什么可商量的。我已经被挤到柴草房里来了。"李太太笑道："不是下江太太和了个十多番吗？她是大赢之下，其余的输家，不肯放手，还要继续四圈。你既然委屈了，你就委屈到底吧。你还在这里坐一两小时，你要吃什么东西不要？"李南泉道："什么条件我都可以接受，请吧。"说着，抱了拳头拱了两拱揖。李太太看他那脸色，虽然没有怒容，可是也没有一点笑意。手扶了桌沿，呆站着一会，点了两点头笑道："委屈你今天一回，下次绝不为例，这实在是赶巧了。"李南泉淡淡一笑，并不再说什么。李太太走了，他提起笔来，继续写稿。他像填词似的写这篇散文，写一句，凑一句，写完一段，就从头到尾看上一遍。接连作过这样三次，总算把这篇寿序作完。他将笔向桌上一丢，叹口气自言自语道："这不是写文章，这是榨油。"这时，屋檐外的雨阵又来，沙沙地发出雨点密集的声音。不用听这响声，就是那窗户眼里透进来的凉风，也让人全身的毫毛孔都有些收缩，抬头看窗子外边，眼前的光亮减少，那茶杯底上的大半支洋烛，已是消耗干净了，许多白烛油堆集在茶杯底上。仅是在这件事上，也可以知道夜色已深了。

李南泉将那张写起的寿序，就着菜油灯光，仔细地看了一遍，虽然是自己写的字，却是越来越模糊，再看看灯里的菜油，已燃烧得只剩了些油渣，伸出油碟外的灯草，向碟子中心去燃烧着，那火焰在碟子中心，变成一条龙了。他想叫王嫂加油，无奈屋外面的雨，下得很大，而那边正屋子里的牌，又正在鏖战，料着喊叫也是白费气力，只好放下稿子，让这油灯去熄灭。不到两分钟，油碟子里的灯草，已完全燃烧，哄哄地烧出一大把火焰。在这火焰之后，突然就是眼前一黑。灯熄了倒无所谓，只是烧干了油的灯碟子，有一股焦煳气味，却是十分触鼻。他坐不住了，摸索着开了门，走到廊子下来。虽然是阴雨天，山谷里其黑如墨，可是自己家里那打牌的灯火，由窗户里透出光来，这廊子上还得着一点稀微的光影。他背了两手，在廊子正中来回地踱着,眼面前黑洞洞的,这身子以外,那响声像海潮似的闹成一片。头上是雨打着屋檐响,山洪由山坡上冲刷着响,面前是雨点打着地面草木响,脚下是山涧的急水,冲击着石头响,这些大大小小的声音,连成一片,那声音已让人分不出高低段落。在这如潮的声海中,隐隐约约地看到远处有几个模糊的光圈,那是人家的灯光。他那灯光只有一片而不分点,仍是为雨雾所遮掩的关系。在这情景中,除了那几位太太们,应该是没有什么人的动作了,但大声浪中却有人喃喃地连喊念着"阿弥陀佛"。这事情颇也有点奇怪了。

在这个村子里,很少有迷信分子。敬佛拈香的事,可说从来没有见过。在这样大雨的情形下,是谁深夜念佛呢?他心里想着,就静立在走廊上,更向下听着。当头上的阵雨,稍微停止以后,这就把声音听出来了,乃是袁先生家里发出来的声音。这袁氏夫妇,完全是在钱眼里过生活的人,他们根本就不知道什么叫神佛。他们正在向发财的路上走,也没有什么事要求神求佛,何以这个时候要冒夜念佛呢?他知道了这声音的来源,便向这发声的地方走近两步。这声音从袁家窗户里送了出来,虽然还有山溪里的水流声搅乱着,但这声音自山溪上面传了来,还是可以隐约入耳。由于五分钟的细察,可以猜出来佛声是念的《心经》。这虽是念佛人的初步工作,但对佛学不感兴趣的人,是不会这样沉迷着念下去的,同时,也听出来了,这是袁太太的声音。白天她在家里练习体操,以便减轻体重;到了晚上,她又这样诚心诚意念佛经,分明是个两极端的行为。什么事情逼得她这样颠三倒四呢?这样想着,对于家里的打牌事件,倒已置之度外,却是更向走廊尽头走去,要听出更详细的声音。他这个想法,倒是对的。当袁太太把《心经》念着告一段落之后,忽然"啪"的一声,窗户打开,接着听到在窗户边,她声音沉重地祷告着:"观世音菩萨,你保佑我呀!"

第二十三章　未能免俗

李南泉听了这声祷告,倒也吓了一跳。难道袁家出了什么乱子不成?怎么女主人半夜告天?这也许是一种秘密,不要看破人家的,于是将身子慢慢地向后退着,退到自己房子门口来。这算是大灾大难,已经熬过去了,屋子里的牌已经散场,屋子里亮起三四盏纸灯笼,太太们分别提着。因为除了打牌的人,还有看牌的,接人的,屋子里挤满了。下江太太首先提了灯笼出门,看到李南泉"哟"了一声道:"吓我一跳,门口站着一个大黑影子,原来是李先生给我们守卫。你真有那忍性,对着这样热闹的场面,你都不来看一盘。"李南泉笑道:"你们有你们的工作,我也有我的工作吧?招待简慢得很,对不起。"下江太太把手上的灯笼,提着高过了自己的头,向李先生脸上照着,笑道:"我要看看李先生这话,是不是由衷而言,若是俏皮着挖苦我们两句,我们受了。若是真话,我觉得今天是二十四分给面子,只要这样招待,我们可以常来。"白太太由后面出来,笑道:"别开玩笑了,你要把李先生气死。"李南泉道:"那也不至于。因为是各位太太都把我当一个疲劳轰炸的目标,那就是十分看得起我。石太太,你以为如何?"那位石正山夫人走在最后,却是默然,因之故意提名问她一声,免得把她冷落了。她道:"不能再打搅你了。明天到我家去开辟战场,我要翻本。李先生,不能不让你太太加入。没有她,这场面不精彩。"

李南泉笑道:"那倒是很好。我们这村子里各家草顶公馆,来个车轮大战。足可以热闹他十天半个月的了。"石太太一路走着,一路笑道:"我是新加入战团的单位,恐怕是不堪一击。不过我已经下了最大的决心,及时行乐,要快活大家快活,我不能让别人单独的快活。打麻将是家庭娱乐,这是正当的行为,那比讨小老婆的人犯着刑法,那就大为不同了。"她说到"讨小老婆"这句话,声音是特别的提高。当然，李先生知道她用意所在，不便在这时说什么话。可是隔壁邻居，却有人在黑暗中插言了："好，要得嘛，就是这样办，明天我也加入战团。"这声高大而尖锐，是奚太太走出来说话。石太太听了有人帮腔，这就高兴了，站在高坡的行人路上，将白纸灯笼高高举起，笑道："老奚，你还没有睡觉吗？不要这样。我们应该吃得饱，睡得着，满不在乎。要糟糕大家糟糕。要好好地干呢，我们自然也可以好好地搞。必须这样，我们才可以得到胜利。"说着，将举起来的纸灯笼，在暗空中晃动着。奚太太笑道："路上是滑的，不要熄了灯摔上一跤呀，我们这条命，还得图着给人拼一拼呢！"李南泉听到，觉得这就不成话了。别人家里闹家务，是别人家里的事，尽管你有家务，也不可和人家的事混为一谈。正是这样想着呢，可是又出来一位搭腔的，袁太太在她后门口发出声音了。她说："这叫长期抗战！"

奚太太笑道："袁太太，你也加入我们的抗战集团吗？欢迎欢迎。"李南泉听了这话，心里想着，这是什么话？太太对付了丈夫，这叫抗战？他觉得这很不像话。就向屋子里退了去。李太太看见后面屋子里，还是灯火辉煌，留着打牌的痕迹。这就赶快跑到后面屋子里，把所有的灯烛都吹熄了。然后拿了一盒纸烟出来，高高地举着，向他笑道："还有几支'小大英'。"李南泉笑道："这是作战剩余物资，应该减价出卖，要多少钱呢？"说着，就伸手到衣袋里去，把几张零票掏了出来，问道："够不够呢？我就只有这一点钱。"李太太笑道："你还是这样怨愤不平呢，我今天晚上也没有输钱。"李南泉道："我也不是为了你输赢的问题。"李太太抽出一支纸烟来，递到李先生手上，又取出火柴来，站到他面前，给他点着烟。李南泉笑道："这好像是我完全胜利了。不过前两小时，我那滋味也不大好受。"李太太笑道："得了，不要再说了。再说就贫了。"李南泉笑道："那我也无所谓，至多你加入石太太、奚太太那抗战团体。"李太太站着迟疑了一会子，脸色似乎有点不大好看。就扭转身去，向外叫着王嫂。王嫂来了，她笑道："今天晚上夜太深了，房子不要收拾了，明天早上再……"李太太沉着脸子道："你也和我别扭吗？我要戒赌了，打这鬼牌还不够受气的呢，至少我戒一个礼拜，戒三天也是好的。反正明天石家打牌我不去。"

484

巴山夜雨

李先生一看这情形，太太预备马上就开始抗战。这到底夜深了。夫妻一开火，就叫邻居们首先受到影响。他一声不言语，就缩到后面屋子睡觉去了。李太太第一次的精神战，就叫李先生宣告失败，她也是很得意。精神一松懈，让她感觉到了疲劳和饥饿，这就叫王嫂找了一壶水，泡了一碗冷饭吃。王嫂问她还吃不吃时，她笑道："就剩了一点咸菜，这开水泡冷饭，还有什么滋味不成？我赢了钱就存不住，明天早上，我们上菜市去买点好菜打牙祭吧。"李先生在床上听了这话，心里想着，这是太太抗战胜利，明天吃凯旋酒。想到这里，觉得有趣，也就哈哈一笑。李太太在隔壁屋子里问道："你睡在床上笑什么？"李南泉道："我恭喜你胜利。但不知道你明天劳军，我这俘虏也有份没有？"李太太道："你都睡觉了，还没有把这事丢开来哪？"李南泉道："你赢了钱，你买肉吃，那是你的权利。我问一声，是不是有我一份，这也不见得就是失言吧？"李太太叹了口气道："你别闹了。我再声明一句，不打这造孽的牌了。"李南泉笑道："那好极了。从前有人戒赌，把指头砍了，作为纪念。可是指头还有布包扎着，又上赌场了。你当然不会砍掉半截指，不过你有任何纪念的表示，我都劝你不必。据我揣想，从这时起，你至多戒赌十二小时。"李太太道："我争一口气至少也要戒赌十三小时。"李南泉道："十三是个不祥的数词。再延长一小时，行不行呢？"

李太太道："你不要讥笑我，戒不戒赌，那是我的自由。你这样说了……"她没说下这个结论，就听到王嫂在隔壁屋子里接嘴笑道："撇脱一点，就是一个钟点也不戒。这是好耍的事嘛！有钱有工夫就赌，没得钱没得工夫就不赌。戒个啥子？"李氏夫妇都笑了。李先生知道这场争论，自己是完全的失败，也就不必再说什么了。一觉醒来，见窗户外面，阳光灿烂，天是大晴了。起床之后，见四围的青山，经过大雨二三十小时的洗濯，太阳照得绿油油的。门前山溪里，山洪还留下一股清水，像一幅白布，在涧底下弯曲地流着，撞着石头或长草，发出泠泠淅淅之声。隔溪的那丛竹子，格外地挺直，那纷披的竹叶，上面不带一些灰尘，阳光照得发亮。有几只小鸟，在竹叶丛里，吱吱乱叫。重庆的秋季，本来还是像夏天样热。甚至在秋日下走路，还比夏日晒人。这日上午，虽是天空晴朗，可是那东南风，由对面竹林子里吹了来,拂到人身上和人脸上,但觉凉飕飕的,非常舒服。他突然精神焕发,在走廊上来去缓步踱着,不免想到昨晚那篇榨油榨出来的寿序。心里默着将文字念了一遍,自摇了几下头,立刻走到那小屋子去,将摆在桌上的文稿取了过来,三把两把,扯了个粉碎,一把捏着向字纸篓里丢了去。李太太在旁边看到,不免呆了,问道:"你还生气啦。你这撕的是那一百五十元支票呀。你和钱有仇吗?"

李南泉笑道:"这是一张一百五十元的支票,我当然知道。不过我撕了并不要紧,那张真支票,在你手上,还能飞掉吗?"李太太道:"我也不能那样不讲理。你不交人家那篇寿序,我倒要用那一百五十元。你是有心拼我。过这穷日子,也不会是我一个人的事,你挣钱的人穷得过去,我们坐享其成的人,还有什么穷不过去。支票在这里,你拿回去退给人家吧。"说着,在身上摸出那张支票来。李南泉笑着摇了两摇手道:"你不要多疑,我决不能故意和你捣乱以致让我自己受到困难。你拿着钱买吃买喝,我不也是可以沾点光吗?稿子虽然撕掉了,可是我这里的存货有的是。"说着,连连拍了两下肚子。李太太道:"你还打算再写一篇吗?"李先生笑了一下,回到写字桌子边,摊开了纸笔墨砚,立刻就写起文章来了,他低下头去,并不停笔,就一行行地写了下去。约莫是二十分钟的时候,他就把一张稿纸,写了大半篇。李太太站在桌子边,两手按了桌沿,只管把两只眼睛,对了稿子纸注视着,于是燃了一支烟,连吸了两口,就把烟支送到他面前,笑着说了个"啰"字。李先生把烟支接着吸起来,李太太又斟了一杯热茶,放到他手边,低声笑道:"休息两分钟,先喝一杯茶。"李南泉对她看了一看,带着笑容点了两点头,还是提起笔来,一个劲儿地向下写,前后四十分钟,就把这篇寿序写完了。

李南泉这时正是文思潮涌,就没有顾到太太这些动作,将寿序写完之后,又从头至尾看了一遍,然后将桌子一拍道:"一百五十元挣到手了,准可以说得过去。"李太太向后退了一步,笑道:"你吓我一跳。"李南泉挥着手道:"把这张支票到街上兑钱去,没有问题了。"李太太道:"你这人不识好歹,我看你写文章写得太忙,站在桌子边和你着急,你以为我是怕你这文章写不出来吗?这支票在这里,不放

巴山夜雨

心你就拿了回去。"说着,又在衣袋里把那张支票掏了出来。李南泉笑道:"我们心照不宣。先不必生气,今天午饭以后,石太太家里那桌牌,我决不干涉。理由是石太太乃新加入战团的人。昨天既然在我们家里凑了一脚,今天她家里打牌,你若是不去的话,道义上说不过去。这是打牌的规矩,我很知道。你用先发制人的办法,打算把我的气焰压下去,你就可以不必征求我的同意去参战了。你说是不是?"李太太手上拿着支票,递给他不是,向袋里揣着也不是,禁不住笑了,摇着头道:"你这全是……"她把这个结论忍住了,改着口道:"反正我要打牌,谁也拦不住我。我也犯不上费这些手段。"说完,她又笑了。王嫂由外面走了进来,笑道:"不早了,太太不是说去买菜?吃了晌午,你还有事。"李太太道:"有什么事?先生正在和我抬杠呢。"王嫂道:"不生关系嘛!过了十二点钟,就过了十三小时的限期。"李太太笑道:"你这也是废话。"

　　这时,窗子外面,有人叫着李太太。伸头看时,是斜对门的袁太太。李先生为了那房子股本的事,昨日没见着袁四维,今日应该得着结果,这就迎出来问道:"袁先生在家吗?"她还没有答应,她一群孩子四五个人站在后门口,同声答道:"我爸爸不在家。"李南泉心想,这事情有点不妙。袁四维好像诚心躲开。正想追着问,可是看到袁太太和她那群孩子,脸色都不正常,而且每人手上都拿了根棍子。李太太对于袁家,向来没有好感。不过人家既是指了名叫着,自也不能不睬,这就站到走廊上问道:"袁太太上街吗?我们可以一路。"说着话向她看去,见她今天的装束改换了,脑后的两条长辫子,在头上挽了个横如意髻。她本来是个大肚囊子,穿起长衣服来,老远就可以看到她那个大肚子的。她的苦心孤诣的确把这个缺点,遮掩了不少。她身上穿着肥大一点的衣服,先撑起了上身。经过她一个星期的苦熬,每日只大半碗饭,并绝对禁用脂肪。肉固然是不吃,她自己的菜,连素油都不放下一点:那个大肚囊子在猛烈压迫下,缩小了一半。看时,自然有些改观了。她穿着一件短平膝盖的花布长衫,光了两条腿,蹬着白皮鞋,手里拿了根很粗的乌木手杖。围绕着她的孩子们也每人手上各拿了一根棍。最小的孩子,只有五岁,也拿了一柄坏的锅铲在手上。这是什么意思,就很让人猜疑了。

袁太太见这边人对她注意着,也感到孩子们一律武装,确是不好。这就回转头来向他们道:"无论我干什么事,都是成群地跟着,这是什么意思?都给我滚回去。"她对孩子表示过了,这才答复李太太道:"我不上街,我带孩子们到朋友那里去,大概来回有上十里路。我家里没人,只好把门锁着,想把钥匙存放在你这里,可以吗?"李太太道:"可以的,难道你家用人都跟了去吗?"袁太太道:"要他挑一点东西,让他也跟了去。"说着,她就让一个八岁的小男孩将钥匙送了过来。小山儿也站在走廊上问道:"你们大家拿棍子做什么?"那孩子手里拿了一根长可三尺的竹棍,摇着做个鞭打的样子,操川语道:"杂伙儿的,打人。"小山儿道:"打哪个?"他道:"打一个臭女人。"袁太太在她后面叫道:"你又胡说。我把你丢在家里,不要你去。"那孩子真怕不带他去。将钥匙抛在李太太手上,转身就走。袁太太向这边点了个头,说声"多请照顾",就喊着大家都出来。果然,他们家全走出后门来了。除了袁太太和她大小六个孩子,还有个男用人,另外他们来借住的一双夫妻,各各手上拿了东西。袁太太将后门锁着,手上拿了手杖,当了领队,带着这群人,顺了大路走去。她的两个男孩子,手上拿了棍子在空中乱舞,口里乱喊:"投降不投降?不投降就打死你!"李南泉夫妻都看了出神,猜不出这是怎么回事。

袁太太那一队人马,似乎没有介意到别人的注意,浩浩荡荡,顺了大路走。这却看到这村子里的刘保长太太,很快地追了上去跑到袁太太面前,站着说了几句话,然后满脸笑容,向回路上走。这村子里乡下人,照例叫她保长太太。可是避难到这村子里来的下江人,却瞧不起她。但她又很有些权势。地方上的事,非找保长不可,而保长又绝对服从她的话。因之太太们在玩笑中,又给她起了个外号,叫她作"正保长",把她丈夫贬成副的。她对于这个称呼,倒也满意。李太太就叫道:"正保长,请过来谈谈,我有话问你。"她很高兴地道:"你打听袁太太的事唆?你们下江人,发财容易,扯拐也容易。他们家扯拐,你不晓得?袁完长要是不发财的话,也不会跟太太扯拐。"她说着话向这里走。走到半路,对山顶上忽然大叫道:"是哪个?快滚下来。你再动一下,我把你送到局子里去。"山上也有人答话:"慢

巴山夜雨

说这是巴县的公地,就是你家的私山,山上的野草,个个人都割得!"保长太太发出尖锐的声音骂道:"龟儿,你还嘴硬。老子做保长,门前的山草,都管不到吗?"说着,她在地面上拾起一块石头,向山上抛去。大家向对面山上看,原来有两个小伙子,弯腰拿着镰刀,在割山上的乱草。这些乱草,长有三尺多,乡下盖的草屋,都是把这草做材料。挑了去卖,一百捆扫帚大的草,可以卖到两升米的钱,所以,这不失为一种生产。

刘保长太太那一石头,当然是砸不着那山上割草的人。可是她训练得有两条狗,当她发出尖锐的声音去骂人的时候,那两只狗一定奔到她身边来,听候调遣。她对着山上骂,又向山上抛着石头,这两条狗就知道她目的何在,汪汪地叫着,就向山顶上直奔。那两个割草的,第一是怕刘保长和他为难,第二怕这两条狗。只好扛了扁担,拿着镰刀,悄悄地走了。刘保长太太脸上,发出了笑容。她昂了头向山上骂道:"龟儿,怕你不走,我门口的小草,就不许人割。"她一面骂着,一面带了胜利的微笑,走到李太太面前来。李太太笑道:"正保长真有一点威风。刚才你找袁太太说话,又是什么公事?你说袁先生扯拐,他扯什么拐呢?"刘保长太太四围看了一下,笑道:"袁完长,弄了一个女人,租了房子住。这个女人的老板,是在学校里守门的。袁完长天天都在她家吃上午,一天有大半天在那里。不是猪肉,就是牛肉,天天同那个女人吃油大①。袁太太打听得确实了,带着全家人去捉奸。"李南泉由屋子里跑出来问道:"这是真事?不至于吧?袁先生吸一支纸烟,都要剪成两半截,分两次过瘾,他也舍得这样浪费?"刘保长太太道:"他和我没得仇没得恨,我为啥子乱说他?袁太太托我打听这件事,我天天亲眼看到袁完长到那女人那里去。有得吃,有得穿,这女人好安逸。龟儿,上年和我扯皮,于今叫她晓得我老子的厉害!"

李南泉笑道:"原来你是对那女人取报复态度,可是你就没有想到这件事要连累着袁先生,你应当知道袁先生做过院长,将来他还会做院长,这次你得罪了他,

---

① 川语,即多量荤菜之意。

下次你有事，找他帮忙的时候，你就要碰他的钉子了。"刘保长太太头一扭道："难道袁完长不听太婆儿的话？袁太太叫我这样做，我就应当这样做。女人总要帮着女人嘛。"李南泉点点头笑道："要得，这话我听得进。"于是向李太太道："她也可以加入你们的集团了。当然，你们这里面，也少不了一名保长。"保长太太挺了胸脯子道："那是当然。太太们有啥子事……"她这句话还没有说完，掉转身来，赶快就跑，口里大声吆喝道："是哪个？在我这里打猪草，龟儿，你走不走？你不走，老子把你背篼都要撕烂来。"原来四川人养猪，除了喂它杂粮而外，大批的食料，还是山野里长的植物，大概没有毒性，而叶子长得粗大一点的植物，都在可用之列。农家的老弱，不问男女，每日背了一只竹片编扎的大背篼，手里拿了镰刀，四处去寻觅这种植物。这些野生的东西，不会有主人的，所以打猪草的人，他并不用征求人的同意。这时，有三个男孩子和两个女孩子，沿着人行路打猪草，穿过这村子，虽然保长太太在此，他们也未曾介意。刘保长之家，在村子中心，不免就割草割到他家门口了。

这位刘保长太太，认为这种情形，是犯了禁的，她一阵风地跑了过去，脚板和人行路上的石板，合着拍子，她口里骂道："朗个的，没有了王法咳？你们打猪草，打到老子门前来，你不认得我是刘保长？"那打猪草的孩子里面，有一个癫痫，他是个初生的犊儿，僵了颈脖子道："哪里有女保长？你是保长，我也不怕。猪草也不是你蓄的，朗个是你的？打猪草也不是派款子，你管不到。"保长太太抢上前，先把他放在地上的背篼一脚踢着向山坡下滚去，直滚到山沟里去，骂道："龟儿子，瞎了你的狗眼，你不认得老子？打了你，你就认得老子了。"说着，横出手掌去，就要扇他的大耳光。几个打猪草的孩子，首先跑了，这个癫痫头，势子孤了，也只好像那背篼似的，连跑带滚地到沟里躲去。刘保长太太两手叉了腰道："龟儿子，你不认得老子，现在认得老子了吧？我认得你是抬滑竿老姜的儿子。二天修公路，老子就派你家两名夫子，你死癫痫也逃不脱老子的手。你和老子扯皮，你会有相因占，那才是怪事！"村子里的人家，听到这番叫骂，都跑出来观望，见她获全胜，都有点不服。吴春圃先生将蒲扇拍了大腿，在走廊上缓缓踱着步子，笑道："当保长有这样大的威风,将来胜利复员了,我也回山东老家当保长去,教书哪有保长这份权威呢?谁家门前的野草能够不许人动?"

李南泉笑道:"事情也不是那样简单。例如你看到刘保长到方院长公馆里去伺候差事的那分辛苦,你看了一回,也就不想做保长了。"吴春圃道:"当然义务与权利相对等。不受那份罪,他太太哪里来的这分威风。"李南泉道:"不过这话又说回来了。这位保长太太今天所享受的这分权利,并没有付出什么代价。我就是最好一个比例,点起菜油灯,搜索枯肠,在那里做诔墓式的文字。可是这边屋子里灯火辉煌……"李太太正提了一只菜篮子,由厨房那边出来,要上街去买菜。这就将提的空篮子使劲一摔,篮子在地面上打了几个滚。她沉着脸色道:"你又来了。"站着望了李先生。把眼睛瞪着。李南泉笑着鞠了躬道:"这算是我的错误,下不为例,好在我冒犯的话,还没有说出来,你总可以原谅。"说着,他就弯了腰把地面上那个菜篮子拾起,交到李太太手上。李太太当然不好意思再发脾气,脸色缓下来,低了声音道:"你这不叫成心吗?"这句话没有得到答复,隔壁邻居家里,有很尖锐的声音,叫着好:"要得!"同时"啪啪"地鼓了几下掌。原来是奚太太笑嘻嘻地站在她家屋檐下,向这里望着。她今天又穿了一套新装。上身穿的是蓝漏纱长衫。由白衬裙托着,这并没有什么稀奇。只是她胸襟前,挂了一个很大的鲜花球,直径够八九寸。那球是白色的茉莉花编扎的,在花中心,又用几朵红花做了红心。她手上拿了一把小花纸扇,上面带有蓝毛边,一开一展地在手上舞弄。

奚太太在发生家庭问题以后,就是三天一次新装,大家对于她这举动,也认为平常,并没有什么惊异。不过胸前面悬挂这样一个花球,却是奇迹。因为这山下虽然有个市集,不过是两条小街,究竟都是乡下气氛。卖花球排子的,一星期难得有一两次,而且也不过是茉莉花的小蝴蝶儿,和白兰花两三朵的小花排子。像盘子大的花球,除了人家举行结婚仪式,新娘子定制,临时是买不到的。因之李太太向她招招手道:"过来让我看看,好大的花球。"奚太太笑道:"这是本店自造的,你看好不好。"说着,她摇了那柄花折扇,款步而来。到了面前,更看到她两耳朵上挂了两只蓝色的假宝石耳坠。脚下踏着蓝皮鞋,就是手摇的那柄花扇子,扇子边上,也围着蓝羽毛,这就笑道:"老奚太摩登了。记得战前的一二年,京沪作兴这么一个装束,由头到脚,全是这样一个颜色。不想这样的行头,你还保存着。"奚太太脸上表示了得意的样子,她微微地摇着头道:"别人逃难,连儿子女儿都不要,我是有用的东西,一点不失散,全数都带齐了的。"说着话她也走到了面前。这让李太太看清楚了。她胸前挂的那个花球,并不是用茉莉花编的。乃是这村子里人家的院坝里长的洗澡花。北方人叫着草茉莉。有些地方,叫着小喇叭花。这花最贱,每天就是黄昏时间,开这么两三个小时,是根本没人佩戴的东西。

李太太笑道:"你倒是会推陈出新的,居然把这洗澡花利用起来了。"奚太太笑道:"并不是我推陈出新。我见得这花颜色既好看,又有香气,只是开谢的时间短一点,就为大家所鄙视,这是太冤屈它了。无论什么东西,总要有人提倡才可以让人注意。例如陶渊明爱菊花,菊花就出名了。我当然算不了什么。若是自这时候开始,大家就一倡百和地玩起草茉莉来,不也是一桩雅事吗?我在南京穿这一身衣服的时候,我总在胸前面挂上一个大茉莉球。若是不挂一个白花球,这蓝色的衣服,就烘托不出来。这街上哪有这样巧就可以碰到卖花的贩子呢?我就把我墙脚下的草茉莉摘了百十朵,用细竹篾子代了钢丝做成圈圈,把这些新开的花一个一个连串地编起来,就成了个花球了。"李太太道:"这小竹丝倒是不容易找到的东西,你在哪里找来的这种珍品?莫不是锅刷子上撕下来的?"奚太太脸上一红,笑道:"那何至于?"李南泉哈哈笑道:"你别瞧我这口子,平常不说幽默话。说起幽默话来,还真是有点趣味。"李太太经他这样补叙一句,更是觉得不好意思,这就挽了奚太太一只手道:"走,我们一路上街去,你穿得这样漂亮,若不上街去露露,那也太委屈了这一身衣服。"奚太太笑道:"你还要幽默我吗?"李太太道:"不是我幽默你。我真有这个感想。我觉得我们下江装束,也该让抗战的后方人士见识见识,人家外国不还有时装展览会吗?"她说着,挽了奚太太就走。

吴春圃只是微笑,等奚太太走远了,他就叹口气道:"国家将亡,必有妖孽。"李南泉笑道:"我兄也是对人家不谅。在她现时的立场上,现在只要挽回丈夫的欢心,打倒对方的女人,什么手段都可以利用,而不必加以选择的。你看我们这位袁

巴山夜雨

太太的表现,那不是更单刀直入吗?"另一位邻居甄子明先生,这时架上老花眼镜,正捧了一张英文报,坐在走廊檐下看,这就抬起头来笑道:"时局是这样紧张,生活是这样逼迫,弄点桃色新闻点缀点缀,也可以让人的呼吸轻松一下吧?"吴春圃道:"甄先生哪里找到了英文报?"甄子明道:"这是洋鬼子带来的《香港报》。虽然隔了一个星期了,这里面究竟有许多我们看不到的新闻。尤其是这样雪白的报纸,眼睛看了舒服之至,这些时重庆的报纸,更不像话,印报的纸,颜色像敬神的黄表,那还不去管他,印出来的字,反面的广告,透过正面的新闻。将报纸拿到手上还不许折叠,一折叠就没有法子展开来。看报,也就是看那几个大字标题吧?所以这份洋报纸,我是越看越有味,连广告我都全看过了。"李南泉道:"有什么新闻没有?"他道:"新闻不新鲜,这上面有一篇评论,他说,中国对日本的抗战,至少还要熬过五年。等到美国非打日本不可了,这才有希望。"吴春圃一摇头道:"还要等五年?谁受得了?若以我个人而论,再抗五个月我都受不了,今天的平价米,就只够一餐的了。"

这三位邻居,老是如此,逢到一处,必须谈天。谈天无论是由什么问题谈起,必会谈到战争,谈到了战争,也就是谈到生活,谈到了战争,已是百感交集,可是总还要存个最后胜利必属于我的希望。及至谈生活问题,可就谁也没有了主意,只是发愁。结果,就谈得不欢而散。这时吴先生提到了平价米将完,大家对于米价之逐月涨价,都是极大的苦恼,也就跟着讨论下去。这时,隔溪人行路上,有几个挑箩担的人过去。有人叹气说:"下江人成千成万地进川,硬是把米吃贵了。"另一个道:"那还用说?四川人百万壮丁去脚底下,打了几年国仗。我们硬是合了啥子标语上的话,'有钱出钱,有力出力',那倒公道咯。格老子,没有钱的人,出了力还要出钱;有钱的人,不出钱,也不出力。"原先那个人道:"硬是这样。当绅粮的人,一年收几百担谷子,家里再没有人做官,硬是没得人敢惹他。谷子卖了钱,男的把皮鞋穿起来,洋装穿起,女的穿上旗袍,头发烫起,摩登儿红擦起,比上海来的下江人还要摩登,打国仗,关他们屁事。"这三个人说着话,慢慢走远,却让这三位教授听入了神。吴春圃点点头道:"这话非常公道,也十分现实,无可非议。"三个人继续地向这三人看去。这却有了新鲜事，把他们的目标移开，那袁太太带着一家人回来。小孩依然舞了棍子，口里唱着《义勇军进行曲》："冒着敌人的炮火，前进，前进！"

甄先生笑道："这是怎么回事？他们好像是打架得胜回朝？"李南泉道："确乎如此。据刚才刘保长女人的报告，这也是桃色事件。袁夫人直捣香巢而归。"甄子明道："什么？袁先生那种俭朴万分的人，也有桃色事件发生？"李南泉道："那就关乎经济问题了。"大家议论着，袁太太已到了门口，李南泉便把她寄存的钥匙送了过去。看她的面色，却很是自然。而且她还表示了很从容的样子，向李南泉点了个头道："天气还是这样热。李先生准备吧。刚才从街上经过，得了重庆的电话，又有消息了。"当年所谓的消息，与一切事情无关，就是敌人的飞机，有了向川地飞行的报告，凡是在交通便利的城市，先是看到市民忙着交头接耳，接着全街人一阵跑步，那就是有了消息的表现。后来有了挂警报球的制度，不必由机关透露出敌机的消息，索性先挂红球告警。但挂红球以前，也是有敌机进窥的情形的，只是更难于证明敌机有袭重庆的企图而已。市民有了长久时间的经验，没有看到红球，倒是不跑，不过"有消息了"这一句话，见着熟人，必得转告诉给人家。否则有了消息都不告诉人家，那是最不友好的态度。李南泉笑道："才晴了半天，敌机就来捣乱。这倒是和米价一样的逼人。"袁太太接了钥匙，已是走向她家的后门去开锁，听了这话，她就回过头来笑道："李先生，你说的话，也不尽然吧？这社会上是什么样子情形的人都有。有人就在米价大涨的时候反是荒唐起来。米价和空袭都逼不到他的。"

李南泉听她的话音，就知道她是攻击她丈夫的。在这村子里，她和袁先生是一对功利主义的信徒，非常能合作。做邻居两三年并没有看到夫妻俩冲突过。不想她随在奚太太、石太太之后，也突然地变了。这牵涉到人家的家事，当然也就不好跟着说什么。只是微笑着点了点头。约莫是两小时，李先生把作的那篇寿序誊清了一张。正在校阅着笔误，却听到袁太太在窗子外叫了一声。抬头看去，不由得吓了一跳，原来她在很快的时间，已经变了一个人了。首先是她身上穿了一件

巴山夜雨

花绸长衫。乃是红底小白花点子,虽然那衣服不是完全新式样,可是那两只袖子完全去掉了,长衫等于一件长背心。她本来是梳两条辫子以外,并没有在头上另翻花样。现在却是把头顶心里那片黑发,微微地烫了许多层波浪。而在额顶前面,还来了一弯刘海发。本来中年以上的妇人,头上还梳辫子,这是有点过分的装束。但是可这样解释,热天长发披在脑后,很是不舒服,打了辫子把头发规束起来,可以凉快些。至于前额梳刘海发,这可不能那样解释了。而且那件红衫,在这村子里,平常也很少人这样穿起来。警报期间,只有灰绿色是可以随便穿的。白的和红的,绝对为人家所禁止。刚才她说"有了消息",虽然警报球没有挂起,可能随时都会挂起来,她穿了这样一件颜色鲜明的衣服,那不是有心捣乱?同时,她那向来不带颜色的胖脸,这时也抹上了两大片胭脂晕,眉毛画得长长的,像两只爱情之箭,插入了刘海发里面。

李南泉对于袁太太,还不十分熟识。虽然看到她这分奇异的装束,却不敢和她开玩笑,便起身相迎道:"有什么事见教吗?请屋里坐吧。"袁太太在她那木桶似的衣襟胁下,抽出一方紫色的手绢来,在脸腮上轻轻拂拭了两下,将手绢掩了嘴笑道:"没有别的事,还不是那房子。我们干亲家来信,他们不打算搬到这里来住了,让我们把房子转租别人。那么,我们也不能要李先生介绍的那位张玉峰先生久等。他若愿意搬来,就随便哪天搬来吧。房子就是这样算完了。张先生若是不愿意搬来,我们也不能招住人家的资本,张先生所付的那笔资本,我们愿原物奉还。"李南泉听到,心想,这是什么意思?人家房子不但没有住而且连什么样子也都没有看见过。现在毫无缘故的,要人家退股,这情理未免欠通。他心里这样想,口里可就是没有把缘故说出来,只是微笑着。所幸李太太和奚太太已一路走了回来。李太太手上提着菜篮子,另一只手拿了手绢擦着额头上的汗。到了走廊上,袁太太道:"李太太自己买菜回来?自己买的菜好,做出来是合口味的。"她先放下了手上的篮子,然后向袁太太注视着,笑道:"我以为是我家又来了贵客了。"奚太太将手上带毛的扇子,远远地指点了袁太太笑道:"好漂亮的衣服,老远就看到这草屋檐下红了半边天。"袁太太提了手绢头,将手绢在空中使劲一摔,表示着不然的意思，笑道："什么呀！这不过是战前的旧衣服翻出来试试罢了。不穿，放在箱子里也就变坏了。"

奚太太对于这个说法，非常之赞同。她拍了手道："我就是这个见解。陈丝如烂草。我们这些衣服，老放在箱子里，不但是样子不入时，而且过久了，衣服也会烂了，再说，我们一年比一年老，等到抗战结束了，这些衣服，也许我们不能穿了。"李太太站在走廊中间，向两人看看，一位是红得像个红皮萝卜。一个周身蓝色，像只涂蓝油漆的自来水管子，便笑道："你们还怕一年比一年老吗？我看起来如花似玉，还正在争奇斗艳的日子呢。你就看我们这位芳邻胸面前挂的花球吧。"说着，她向奚太太身上一指。原来草茉莉这种花，寿命非常之短。就是长在原枝上，它也只能维持一晚和一个早晨，现在把它摘下来，又用锅刷子上的竹丝给它穿编起更是不经事。奚太太要在街上表现这一身衣服，和李太太上了一趟菜市，在大太阳里一晒，花是萎了，颜色是退了，挂在胸前，像只旧了的胭脂扑儿，又像带红色的棉絮团子。这一指，把奚太太提醒了，低头看时，这花球实在不成样子，立刻把它扯着，丢到山沟里去。李太太笑道："你这就不对了。凡是美人，都应该爱花。贾宝玉把花瓣送到清水沟里去。林黛玉都嫌他不仔细，得亲自把花埋了。你自己亲自佩戴的花球，又是亲手做的，你为什么扔了它？若是选举我们这村子里的皇后，就得在选票上扣你五分。美人的作风……"奚太太捏了个拳头，举将起来，笑道："老李，你再把话幽默我，我就要揍你了。"袁太太从中叹了口气道："其实，我们都不爱美。"

李太太笑道："我这话并不冤枉的。哪个女人都愿意自己做个美人。袁太太为什么发感慨？"她笑道："说句现成的话，我们这是未能免俗。假如环境可以让我们不俗，我们也落得高雅些。"李太太因为要送菜篮子到厨房里去，却没有追问她环境为什么要她未能免俗。奚太太却引她为新同志，笑道："袁太太，到我们家坐一会儿吗？我上次曾请教袁先生，供给我许多法律知识。我也希望你指示我一些法律上的问题。"袁太太一扭头道："你不要听我们袁先生的话。他自然有一肚子法律知识。可是他这套法律，只能编成讲义，到学校里去教学生。你要他实际引用,那是一团糟。他自己就常常落到法律条文的圈子里去。"李南泉望了她道:"这话怎样解释?"袁太太顿了一顿,笑道:"我也没有法子解释。"她似乎觉得自己失言,拉了奚太太一只手道:"你到我们家去坐坐吧。我有话和你说。"奚太太很欢迎她这个约会。于是一胖一瘦,一红一蓝,两个典型式的太太携手而去。这时,袁家的孩子们,又在开留声机,而且还是那张唯一可听得出来的片子,《洋人大笑》。隔着山溪,发出那带沙沙的笑声,哈哈呵呵,闹成一片。这象征着孩子们必在高兴头上。于是走到廊子的尽头,向那边张望了去。见孩子们手上,有的拿着糯米糖,有的拿了把花生米,口里不停地咀嚼着。那个五岁的孩子向一个大孩子道:"我们明天还去打那个女人吗?打了回来,妈妈还给吃的。"

　　李南泉看了那孩子,将手招招,意思是想他们走了过来,好问他们是什么事高兴。那个吃米糖的孩子,将糖举了起来,向他噘了嘴道:"你想吃我的糖吗?我可不来。"李南泉笑道:"你不来就不来吧。你们到哪里去了?买了这些吃的回来。"那孩子道:"妈妈带我们去打那个骚女人。打赢了回来,我妈妈劳军。"李南泉道:"你们怎样打的?"小孩子笑道:"硬是打得热闹。我们把那屋子里的家私都打烂了,那个骚女人和爸爸都逃了。我拿了棍子,打烂桌上两只碗。我看到那桌上有几只碗,拿了棍子一扫。"说着,他将拿米糖的手,在栏杆上做个扫的姿势。这一下不小心,把手上的米糖,落到山沟里去了。他见这东西丢掉了,"哇"的一声哭了起来。袁太太在屋子里叫道:"你这是怎么回事?"说着,跑了出来。这时,她已不穿红绸衣服了,上身穿了件白布背心,下身穿了绿短裤衩。这在最热的天气,闲居家里的太太,这样的装束,也是常事,倒并没有什么奇怪。令人触目惊心的,却是她将两张纸,贴在胸前背后,上面写着"重庆",并有三个阿拉伯数码——264。这分明是个运动员上运动场的姿势,为什么这样,这也是未能免俗吗?他正注意着,袁太太一抬头看到了隔溪有人,红了脸笑道:"奚太太高兴起来,要我跟她练运动,索性连运动衣都穿起来了。她说学什么就要像什么。"

　　李南泉笑道:"我知道,袁太太是减肥运动。我当年为了长得胖的时候,也曾打过太极拳。为了精神贯注,穿起运动衣来,那是非常之对的。"他虽然是这样说了,袁太太究竟不好意思。红着脸进屋子去了。李南泉站在走廊上,为这事出了一会神。这时那丛竹子上,有只秋蝉,正"吱喳吱喳"不断地叫。竹子下有只大雄鸡,雪白的毛,不带一点杂色。头上戴个红冠子,正好相配。偏了头,把一只眼睛向竹子上望着。它那意思,好像是说,你是什么小东西,敢在我头上叫着?于是有几只母鸡,围绕在身边来。那白公鸡斜着身子,弹了两只腿,向母鸡身边靠着。它口里"叽咕叽咕"叫着。那样子,正是它对秋蝉的反面,要对母鸡,卖弄它一身白毛和那个鲜红的冠子。他又想到,人家说秋蝉的声音是凄惨的,殊不知它也是正在得意。它正是弹了它的翅膀,向雌虫去求爱。世界上只有人和一切动物相反。是女人要美丽去求男人的爱。女人若不美丽,就没有法子控制男人。男人算是和一切动物报复了,他是要女人向他表现美丽的。不像那只大雄鸡去和母鸡表示美丽。假如男人也像大雄鸡一样,必然是人人都得装成戏台上的梅兰芳,那倒是太有趣味了。他想到这有趣的地方,禁不住"嗤嗤"笑了起来。李太太在屋子里看到,叫道:"你怎么了?一个人对了竹子发笑。"

　　李南泉笑道:"我为什么笑?我笑这宇宙之间,说什么就有什么。俗语说的返老还童,那倒是真有其事。"李太太道:"你又看见什么了,发这妙论?"李南泉走到家里,悄悄地把所看到的事说了一遍。李太太笑道:"真是事情出乎意料。要说老奚这个人,有点半神经,可以弄成现在这副形象。石太太自负是个妇运健将,就不应当突然摩登起来。至于袁太太那样腰大十围,怎样美得起来?"李南泉笑道:"有志者事竟成,她那大肚囊子,被她一饿二运动,至少是小了一半。"李太太笑道:"还有第三,你不知道呢,她那肚子是把带子活勒小的。我真不懂,为什么那样要美?美了又怎么样?"李南泉道:"你要到了那种境遇,你就知道人为什么要美了。"李太太道:"我决不要美。"她只交代了这几个字。有人叫道:"老李呀,到我家里去吃午饭吧。我家来了女客,请你作陪。"李南泉向外看时,是那位石正山太太。今天换了一件黑拷绸长衫,不是花的了。不过这件黑拷绸氏衫,黑得发亮,像是上面抹了一层蜡。这是当年重庆市上最摩登的夏装了。穿这种衣服的人,以白皮肤的人最为适宜。衣服没有袖子,露出两只光膀子。下襟短短的,露出两条光腿。石太太就是这样做的。而且为了黑白分明一点,她赤脚穿了双白皮鞋。李太太笑道:"呵!真美。我忙了一上午,你等我洗把脸,拢拢头发吧。"说着,望了李先生笑道:"我这可不是要美。"

李南泉笑道:"哪个男人,也希望他太太长得美一点。我对此事,并无拖你后腿之意。"他们说着话,石太太也就走近了。她听到李先生的话,就在门口笑道:"谁来拖谁的后腿?"李太太笑道:"我说石太太近来美丽极了。真是那话,'女大十八变'。"石太太伸起手来,遥遥地要做打人的样子,笑道:"作兴这样骂人的吗?"李太太笑道:"你不要忙,让我解释这句话,我以为南泉一定会问我,我为什么就不变呢?"说着,牵着石太太的拷绸长衫下襟,弯着腰看着,笑道:"这实在不错。是新买的料子了。"她笑道:"我钱在手,为什么不花一点呢?以前我是错误,养了一个贼在家里害我。我家的石正山,简直是无法批评的人,说他的中国书,在家乡读过私塾;说他的外国书,在外洋多年。你看,他会在家里做出这种丑事来。"李南泉笑道:"石太太,你又何必看得这样重大。石先生也不过是未能免俗而已。"石太太一摇头道:"不行,这个俗,一定要免。"她那大圆脸,本来是浓浓地抹了两腮的胭脂,这时,却是红上加红,那是有点生气了,李南泉就没有跟着说下去,抬头望了窗子外道:"今日天气很好,恐怕有警报吧?"说着,就搭讪着走到廊子下面去了。石太太在那里看守着李太太化过妆,换过衣服,手拉着手就走出去。她们经过走廊下的时候,并未和李先生打招呼,嘻嘻哈哈,笑着走去,李先生看了这两个人的后影,只是摇头微笑。

李南泉站着出了一会神,自有许多感慨。回到屋子里,见书桌上纸笔还是展开着,于是提起笔来,在白纸上写了一首打油诗:"放眼谁民主?邻家比自由。夫人争试验,聚赌又抽头。"写完了,高声朗诵了两遍,廊子外有人接嘴道:"李先生,你怎么谈这样的新鲜字眼,也不怕犯禁律?"看时,是那位刘副官来了。他左手提着一只酒瓶子,又是一只大荷叶包。看那荷叶上油汁淋淋的,可想里面装的是油鸡卤肉之类的下酒菜。右手拿了根云南藤的手杖。他今天的打扮也不同:穿了一套灰色派力司的西装,戴着白色的盔形帽,真有点绅士派头。李南泉立刻起身相迎道："我是久候台光了。这篇序文，昨夜就已经作完。因为自己看着不大如意，今日早起，又重新作了一篇。怕老兄来了，交不出卷子，那可是笑话，因之我花了些本钱，将文字赶起来。"刘副官道："你花什么本钱呢？"李南泉道："香烟和茶叶，这都是提神的。"说着，在抽屉里将那张誊清了的寿序稿子交给他。刘副官看到是李先生亲笔写的字，首先点头说了两个"好"字，把稿子向西服口袋里一揣，看到书桌上行书写的那首打油诗，字大如钱，就摇摇头道："老夫子，你怎么也谈民主？这是摩登字眼，也是骗人的字眼。他妈的，干脆，我只要挣钱发财，管他什么主义不主义！"

李南泉笑道："你又不做官，你怕什么民主不民主？"刘副官道："我虽然不做官，我们院长是个大官。口里乱说民主的人，就反对我们院长。老实说，反对我们院长，那就是打碎我们的饭碗。"李南泉道："老兄一趟昆明，就赚钱无数。你当这个副官，根本是挂个名，你为什么放在心上？我有个朋友，在省政府里当秘书，他就写信问我，为什么不到昆明去玩玩？"刘副官把手上的东西，全都放在茶几上，然后拍着两手，大叫一声道："这是好机会。"这还不算，他又将帽子揭了下来，笑道："李先生没事吗？我得和你谈谈。来支好烟。"说着，在衣袋里掏出烟盒子来，反向主人敬烟。他吸着烟，使劲喷出烟来，烟在半空里射出几尺长的箭头子，笑道："若是云南省府有熟人，那是天字第一号的发财机会。得着一封八行，不但过关过卡，可以省了许多钱，省了许多手续，而且要在昆明买什么东西，都可以找到路子。由重庆带了东西到昆明去，也可以免掉许多地方的检查。你若是愿意去，我陪你走一次，川资不成问题，我和你筹划。你愿坐飞机或者走公路车子，我全可以买到票。"李南泉笑道："要说对我们这条路线，感到兴趣，或者有之。你院长手下的副官，有中央来人的身份，还要借重地方政府吗？"他笑道："云南的局面，你还不知道吗？你真是个书呆子，有朋友在云南政府当秘书，你不去昆明，你在这里穷耗着，可惜可惜！"

李南泉笑道："不会做生意的人，那总是不会做生意的。现在慢说让我去昆明，我没有办法，你就是让我去黄金岛，见了满地的金，我照样发愁。因为我实在不明白怎样去利用它。"刘副官对主人看看,又对这主人的屋子四周看看,笑道:"唉!你老夫子,实在可以说是安贫乐道。既是这样想法,那就没法子和你说什么了。你不是提到黄金吗?这也就是生意。昆明的黄金,现在比重庆的价钱高,由重庆带了金子到昆明去卖掉,这就大赚其钱。昆明的卢比,比重庆的便宜。你把赚的钱,在昆明买了卢比回来,到了重庆,又可以赚他一笔。带这类东西,还不用你吃力,揣在身上就行。"李南泉笑道:"你说得这样简单,在重庆,到哪里去买金子?在昆明,哪里买卢比,我也全不知道。难道满街去问人吗?"刘副官昂起头长长叹了口气道:"中国就是你们这些念书的人没有办法。"说着,把帽子戴起来,提起酒瓶和荷叶包,就要走去,可是他忽然想起一件事来,然后又把东西放下,向主人笑道:"大概在两个星期以后,我又要到昆明去一趟,你能不能够写一封介绍信,让我认识认识那位秘书?"李南泉道:"朋友介绍朋友,这没有什么不可以。不过在信上,我不便介绍你是做生意的。"刘副官笑道:"那是当然,我不是院长公馆里一名副官吗?我也不能挂出做生意的幌子。我到了昆明,还是见机行事。"说着,伸出手来,紧紧地握着主人的手,连连摇撼了一阵,笑道:"我拜你做老师,我拜你做老师!"说着,还再三邀李南泉到他家去细谈。

　　李南泉笑道:"你拜我做老师,你跟我学什么呢?学着我假如有黄金在手上的话,我不知道到哪里去卖?"刘副官点点头笑道:"可不就是这样。因为我太会买会卖了,反是感到许多不方便。"李南泉笑道:"奇谈!会买会卖,反有许多不方便?"刘副官已是把帽子戴起来,将东西提着,做个要走的样子。这就回转身来向他笑道:"这当然是很奇怪。可是说破了,就一点也不奇怪。因为我们总是在外面跑,不发财也带上一种发财的样子,很是让人注意。我们养成了一个坏习惯,有钱在手,就是胡用胡花,你让我们装成那穷样子,可装不出来。没有穷样子,在这抗战期间,那不是好现象。我们住家,又住在这山窝子里,仔细人家吃大户。"李南泉笑道:"你说教人有好本领,我不会;教人做书呆子,我有这点长处,保证做到。"他说着话,将客送到走廊外。刘副官已是走上过山溪的木桥了。他突然又跑回来,低声笑道:"你那位女学生,接受了你的劝告没有?你也是教她做书呆子吗?"李南泉道："哪个女学生？"刘副官周围看了一看笑道："你又装傻了。听说杨艳华红鸾星照命，婚姻动了。她和她母亲闹着别扭，不肯嫁。那个茶叶公司的小伙子，风雨无阻，天天向她们家跑。她母亲不是还要你劝劝她吗？"李南泉笑道："事诚有之。可是人家婚姻大事，我一个事外之人，劝她做什么？"刘副官将酒瓶提起来，高举过了肩膀，笑道："来，到我家去喝几杯，我和你谈谈这件事。我比什么人都明白。你不劝她，我非常地赞成。"

李南泉看他这副情形，就知道他是什么用意。虽然向他点两点头，当然没有打算去赴约。过了十来分钟，刘副官就派了个小孩子来请，而且还拿了他一张名片来。在名字上面，添着"后学"两个字。在抗战的大后方，纸张已是宝贵的东西。像印名片的洋纸，那价值很是可观的。许多提倡节约的人，收了人家的名片，总是给人家退回去，让人家再用第二次。李先生也有这个习惯。但这张名片，上面已另添了两个字，退回去也已无用。拿了名片，在手上想了一想，于是将名片的反面，楷书了自己的名字，也在名字头上，附添了"愚弟"二字。这就交给那孩子道："对刘副官说，我在家里等城里来的一个朋友，商量门口这所房子的事情。这事情刘副官也晓得的，你一提他就明白了。"那小孩子举着那张名片向回家路上走，正好邻居吴先生缓缓地走回来。他后面跟着两个孩子，将一根竹棍子，抬了一只斗大的木桶。吴先生左右两手，提着两只大瓦壶。他走在门外桥头上，等后面抬小桶的两个孩子，把瓦壶就放在地上。正好一弯腰，看到那张名片，便笑着"咦"了一声，在小孩子手上接过名片看了一看。因见李南泉站在走廊上，点个头笑道："老兄想入非非，节约更进一步，许多人利用朋友来信的信封，翻个面写了再寄出去，这已经够程度了。你竟利用到了朋友的名片。"李南泉笑道："你看，那样好的东西，背面是空白，岂不可惜。"

吴春圃道："本来这种卡片是多余的。在抗战期间，我们还要什么排场？试用一张草纸，写着自己的名字，人家也不会见笑。"李南泉道："我连草纸也不用。到什么地方，我也不用名片。"吴春圃笑道："你节约得不彻底。我是任什么要报门而进的地方，我都不去。朋友介绍的地方，我的口就是名片。自我介绍，报告姓

巴山夜雨

名,我就说口天吴,春夏秋冬的春,花圃的圃。山东济南府历城县人氏。"说着,他来了句戏词:"家住山东历城县。"李南泉笑道:"吴先生真是乐天派。"这时,吴家两个孩子,已经抬了那只木桶过去,原来里面装的是水。他就指着木桶道:"学校里的校工,这两个月又在怠工,不肯送水了。若是临时抓人送水,这价钱是可观的。为了和平抵抗,我就采取了甘地的精神,自己带了孩子们去舀水。除了孩子们的一小桶,我还自己提上两小壶。这样,我一天有三四次跑,就连煮饭和洗衣服的水都有了。这也可以说斯文扫地之一。"李南泉笑道:"老兄,你这精神是够伟大,我非常之佩服。不过身体是太苦了。我们耍笔杆儿的,根本就没有力气可言,再加上营养不够。这条身子,就有点支持不住,若是再找些柴米油盐的事,加重我们这条身子的疲劳负担,来个竭泽而渔的手腕,把这条身子弄得油干火净,将来抗战结束,连回家的一条穷命都没有了,这是不是合算,也很可考虑吧?"

吴先生笑道:"人身是贱骨头,越磨炼他就越结实。水呢,倒不要紧,这两天的校米没有发下来,我全是在朋友家里借米来吃。谁家有富余的米?老借人家的米,这也不是办法。"说着,他家的两个孩子,全走了过来,每个人提着一瓦壶水走了。吴先生也不拦他们,继续向李南泉说话。他笑道:"我不怕饿,不怕渴,更不怕累,我就是不愿精神受痛苦。现在社会把我们当先生的人,看成什么材料了?什么都不给也罢了,瞧着我们穿了这一身破烂,好像我们身上有传染病,远远地离着我们。掏出钱来买东西,多还一声价钱,他脸上那分难看,就不能形容了。"说着,又唱了一句摇板:"好汉无钱到处难。"他唱时,还摇着脑袋。李南泉笑道:"吴先生今天和《卖马》干上了。"他笑道:"我现在还不是被困天堂县的秦叔宝吗?我正打算把我一套测量仪器卖了它。可是拿出来看看,我觉得仪器上画的每一个度数,都有我的心血在里面,实在舍不得……"他正要向下说,吴太太在身后插言道:"俺说,伲又拉呱拉上了。那一小桶带两壶水,够做什么用的,伲还去掮两桶水来是正理。站在这里念穷经,天上会掉下馅儿饼来咱过日子?"说时,她正用一只大竹筛子,端了平价米出来。米是黄黄的,谷子占有百分之二十的成分,掺杂在米里。她将两只青布褂子的袖口,卷得高高的,正是有个筛米的样子。

李南泉道:"吴太太还有这份能耐。"她两手端了筛子,站在廊檐下,伸手将筛子播弄着。那米在筛子里打着旋转,所有米里掺杂的谷子,都旋转到一处。然后她放下筛子,将那谷子抓起来,放到窗户台上。她笑答道:"俺哪里会这个。当年在济南的时候,也下乡去瞧过几次,看到庄稼人是这样筛,咱就学来了。学是学来了,也不过好玩,现在咱就用得着了。俺说,打日本鬼子,还有完没完啦?咱这苦哪年熬出头?"李南泉道:"这倒是件没法子答复的事。幸是吴太太有这种手艺,吃起饭来,不用挑谷子。我对于这事,都十分苦恼:带了谷子吃下去,怕得盲肠炎。要一面吃饭,一面挑谷子,把碗里谷子挑完,桌上的饭菜,完全凉了。这生活真没法子形容。可是也有人认为这日子是好过的,化妆的化妆,打牌的打牌。"他说到这里,那边路上,有人插言道:"李先生,不作兴这个样子,太太不在家,你就在邻居面前胡乱批评,这非常之不民主。"山溪那边,隔了一丛竹子,看不到人影。可是听那口音,知道是下江太太,这就笑道:"这是事实,也不算叛逆大众吧?"说到这里,下江太太由竹林子里出来了。她今天也换了一身装束。上面穿的是翻领子白衬衫,下面系一条黑绸短裙子,成了个女学生打扮。裙子下面光着两条腿,穿了白色皮鞋。而且她真能配合这装束,手里还拿了个大书包。

李先生笑道:"下江太太,不,胡太太。你若是不嫌我冒昧的话,我有一个字的批评奉送。"下江太太站在路头上,向他望了笑道:"你就批评罢,我是愿意接受朋友的批评的。"李南泉道:"胡太太是到过北平的。北平人对于十分美好而又不是'美好'可以形容的,叫着'劲儿'。这'劲儿'两个字拼音,念成一个字。现在对于胡太太这番装束,我也打算用这个'劲儿'两个字来拼音,恭赞你一番。"下江太太笑得将身子一扭,将一个手指指了他,连连地指点了几下。李南泉道:"下来坐一会吧。"她笑道:"你太太不在家,叫我下来,这是什么意思?"她说着,只管拿起书包向李先生指点着。李南泉本来是一句客气话。经她这样一说,臊得满脸通红,捧着拳头,连连作揖道:"言重言重。"下江太太笑道:"盐重,多掺一点儿水吧。我要看牌去了。"说着,她也自行走去。吴太太在走廊上筛着米,低声问道:"这位太太,还上学念书哪?"李南泉笑道:"她有工夫还多摸两圈呢,念什么书。"说着把声

巴山夜雨

音低了一低道:"这位太太满口新名词,却是识字无多,她认为这是生平莫大的憾事。真的要她补习补习,她又耐不下那个性子去。所以她兴来,就全身打扮女学生的装束,聊以解恨。"本来这种学生装束,还是战前高小和初中的学生打扮,大概她也最憧憬着这个时代,所以并不装出一个大学生的样子来。吴先生叹口气道:"这年头儿什么花样都有。"

甄先生在廊沿那头,笑着答道:"可不就是这样,这年头什么玩意儿都有。各位,看我在干什么!"李吴两个人看时,见他将一块擀面板放在凳子上。面板上堆了很多的干面粉。甄先生将一只矮竹凳子放在那面板面前。他俯了身子坐着,鼻梁上架起了大框眼镜,手上拿了个小镊子,只管在面板上钳了东西向地下扔。他这脚边上,有两只鸡,脖子一伸一缩,在地面上啄甄先生扔下来的东西。李南泉问道:"甄先生,你这是什么意思?"他两手取下鼻梁上的眼镜,放在面板上,然后叹口气笑道:"我这和吴太太用筛子筛米,有异曲同工之妙。我那机关在大轰炸以后,已经无法在重庆城里生存。前几天疏散到乡下去了。为了路远,我实在不能跟着去。自请放在遣散之列。于是机关里给了我两个月的遣散费和两个月应得的粮食。这粮食有米也有面。面本来坏。只为了日子多一点,既有点气味,而且里面还生有虫子。让我把虫子在粉里和面,明知吃了也不会毒死人的,可是心理作用,做了任何面食,我都吃不下去。这粉里的虫子,我不知道有什么法子可以把它爬剔了出去。只得把粉给它分了开来,用手和镊子,双管齐下,把虫子挑选出来。好在这虫子是黑的,虽然它的体积小,可是用镊子一个个地摘出来,那事情实在是大大容易的。"吴春圃笑道:"此甄先生所以为南方人也。在我们北方人是认为没有什么问题的。"

甄子明笑道:"有什么良好的办法呢?若是一袋粉,全用筛子过滤,那是太麻烦的。"吴春圃笑道:"这办法非常简单,你摊开粉来在太阳里一晒,所有的虫子,自然就飞的飞,爬的爬,完全离开面粉了。"甄子明道:"这也许是可以办到的。不过万一太阳大了,将虫子晒死在面粉里呢?"吴春圃笑道:"那不会的,以我们人来打比,在大太阳里晒着,你能够不走开吗?"甄先生站起,抱了个拳头,向吴先生连连拱了两下,笑道:"受教良多,若不经你这番提醒,我家里还有两袋多面,天天让我挑虫子,这困苦的工作,那可不知道要出多少汗。抗战以来,关于日用生活的常识,我实增加得多了。"三人一谈到生活问题,情绪立刻感到紧张,这就三个人站在一处,继续向下谈着。总有一小时,还不曾间断。又有人在竹林子外面,嘻嘻哈哈笑着道:"不要见笑,这是未能免俗的举动。现在谁也谈不上高雅,只有从俗,俗得和所有的老百姓一样,这才算是民主。民主就是俗啊。"这声音说得非常地尖锐,不免引得三个人都向那边看着。原来这又是奚太太发生了事故。她身上还是穿起那件蓝绸长衫,似乎在袁家做的室内运动,已经告一段落了。她左手提了一串纸银锭,右手拿了一把佛香,恭恭敬敬地举着,像是到什么地方去敬佛爷似的。她所谓未能免俗,大概就是这一点吧?李南泉对她这行为,尤其感到有趣。在一小时内,她竟变成两个时代的人了。

　　奚太太虽是在那边路上走着,她对于这里三位谈话的先生,却是相当注意。她看到李南泉那种含笑不言的样子,就把右手拿着的佛香交到左手,腾出右手来,老远地向他招了两招,笑道:"李先生,怎么?你对我这个作风,有什么批评呢?"李南泉道:"不敢不敢。"她笑道:"你不说出来,我也明白。你必定心里这样想,奚太太那样一种思想前进的人,为什么还拿着这迷信的东西呢?可是我这是有原因的。一个人到了中年以后,必定要有一种宗教的信仰,精神才有所寄托。我觉得我也当有一种精神上的寄托才对。"李南泉道:"你这话根本不合逻辑。"奚太太一听到他说出这样严重的批评,脸色就是一变,瞪了眼道:"怎么会不合逻辑呢?"他笑道:"你说中年以后,应当有精神上的寄托才好。我也很赞成的。可是你不但没有到中年以后,你根本还赶不上中年,怎么还说这暮气沉沉的话呢?以前我就有这么一个感想,老远看着你,我以为是由这里来了一位十八岁的摩登小姐呢,你不要妄自菲薄呀。"奚太太立刻笑了,笑得两道眉毛弯着,让隔了二十丈之远的李先生,全看得清清楚楚。她抬起手来,在鼻子尖上,横着抬了一下,笑道:"我们这样的老朋友,开什么玩笑。"李南泉道:"我说的话你若不相信,你可以问问甄、吴两位芳邻,我这话是否属实?"奚太太听了这话,非常高兴,径直向走廊上走来,伸了

巴山夜雨

颈脖子,笑着问道:"二位先生,我真的看不出来是中年人吗?"

她在远处,还只是看到她满脸的胭脂粉而已。及至走近了,就把原形露出来了。大概是粉擦多了,而汗也流得不少,于是,这张粉脸,就像湖南的湘妃竹,左一块斑,右一块斑。尤其是那个嘴圈子,左右上下,泛出个黄色的圈子。那样子实在是不怎么好看。但她自己并没有什么感觉,拿了那佛香和纸锭,慢慢走近前来。向李南泉道:"谁都愿意看出去年轻,女人更是这样。不过我的想法,还有不同之处,就是在抗战的期间,什么人都把身体拖得疲苦不堪了。我假如也是这样,我就当考虑,怎样把身体修养好来,经过这个严重艰苦的阶段。若是我身体果然看出去年轻呢,我心里先落下一块石头,我也有我的打算。究竟是不是年轻,自己看镜子是没有用的。因为自己哪一天也看镜子,天天看镜子,是不会有什么比较,所以朋友对我的观感,那是客观的,应该是靠得住。所以我要问三位先生,是不是真的?"吴、甄、李三人这又异口同声道:"真的真的!"她听到这个说法,闪动了嘴上那个黄嘴圈子,闪动了身子格格地笑。李南泉道:"我们还是谈到本题,你怎么突然信仰起菩萨来了?看你这样子,那是到庙里去进香的样子。"奚太太道:"我听到说过,山后仙女庙的仙女,非常地灵验,我倒要去试验试验。"吴春圃道:"你怎样试验呢?菩萨也不像一瓶药水,可以拿到化学室里去化验的。"吴太太还在筛米,她就插嘴道:"俺说呀,你也不怕罪过!"

吴春圃笑道:"奚太太,你也当请俺太太加入你们太太群。论起敬菩萨这一类的事,那只有她在行,由买香烛到进庙磕头,吃花斋,吃长斋,什么菩萨管什么事,她全在行。"吴太太笑道:"吃斋念佛这是好事,这个伲也笑俺吗?"吴春圃笑道:"不是说你内行来着吗?可是俺也不外行。咱应当敬马王爷,马王爷三只眼,专管咱事。"李南泉听了他这话,呵呵大笑。李太太刚是由外面回来,将近走廊,也是缓缓地移着步子,听他们同奚太太开玩笑,听到吴先生说"敬马王爷"这句话,也是"咮咮"笑着,向屋子里一钻。其余的人,莫名其妙,都向吴先生瞪了眼望着。他笑道:"这也不值得这样大笑。这是北方'老妈妈大全'上摘下来的一句话。说是别的菩萨两只眼,管事有限。马王爷三只眼。中间那只眼,在额头顶上长着,和鼻子一条线,那眼专看着人家庭闹纠纷。所以老戏里《双摇会》那出戏,大奶奶、二奶奶闹别扭的时候,就向空祷告马王爷了。"吴太太对于戏剧也是个外行,见吴先生这样有源有本地说着,便正了颜色道:"不要拿佛爷开玩笑,行不行呢? 这罪过俺受不了。"奚太太站在旁边看这样子,又像不是什么撒谎的事了,这就向吴太太问道:"真有马王神吗?"吴太太点点头道:"怎么没有? 俺济南还有马王庙,庙大着呢。"奚太太道:"他是三只眼吗?"吴太太一摆头道:"对佛爷不要那样称呼,要说他老人家。马王爷是有三只眼。"奚太太道:"马王爷专管女人的事吗?"

甄子明先生是不大和奚太太开玩笑的。这时他看到她对吴先生的话非常相信,也就笑道:"我对这事,实在太外行。原来我在各地看到马王庙的匾额,总以为这像火神庙管火,雷祖庙管雷一样,马王必是管马的呢。原来这位佛爷倒是管人事的。"奚太太望了他道:"甄先生也看到马王庙? 重庆有吗?"他笑道:"重庆有没有我不知道,不过这也是相当普遍的一尊神,可能各处都有。奚太太是不是要亲自到这庙里去进香?"她把手上的佛香,举了一举,笑道:"这个我是预备敬仙女庙的仙女。今天是来不及去马王庙了。"吴春圃道:"敬佛爷,心香为上。怎么叫作心香呢? 就是心里已经决定了去敬这佛爷了。佛爷都是前知五百年后知五百年的。你有了这个心,他老早就受了你这番感的。不去都行。若是心里并不是诚心敬神,假装进香到庙里去混上一起,那反是大罪。"奚太太笑道:"哪里有假装到庙里去敬香的呢?"吴春圃道:"奚太太,你算是幸运,没有赶上那个时代。当年专制家庭,妇女就不能无事出门。当年的妇女,又没有朋友,只有亲戚家里可走。到亲戚家也必得有点缘故。至于小姐们,就是亲戚家也不能去。简单地说吧,小姐们是在家庭里坐牢的。人总是人,男人们成天在外跑,女人怎不羡慕。于是就在走亲戚以外,想到一个出门的好理由,就是进庙焚香。这个理由,任何顽固的父母公婆全不能反对。哪里知道,这就是个漏洞,许多小姐们就在佛殿上去会她要见的白面书生。你说这敬神不是假的吗?"

奚太太撇着嘴,将下巴连连地点上了两下,笑道:"你们这话,挖苦得旧式女子没有道理。旧式女子,都是迷信很大的,她们怎敢在庙里做这样非法的事?"吴太太笑道:"那倒是真的。旧式家庭,真讲规矩的,连大姑娘进庙烧香,也是不许的。不过大家都是这样,做姑娘的人,也没有什么稀奇的。我们老一辈子,不也是都活着吗?"奚太太是很相信吴太太的,听了这话,她站着出了一会神,笑问道:"那么,像这一类找爱人的,到马王庙去烧香,是最好不过的了。我们杭州西湖,有个月下老人祠。因为那里是说明了管人家婚姻的,闹得女人倒不好意思去。我想马王神既是专管人家庭纠纷的,哪个女人要到马王庙去敬香,就是告诉人她家里有了纠纷了,那倒反而不好。"李南泉笑道:"这个你倒不必和那些女人操心,她们在家里预备好了香神,猪头三牲,向空一拜,口里念念有词,说着马王爷,我求求你了。神的感觉最是敏捷,比无线电还要快,马王神他立刻知道是谁在敬他。他若对人表示好感,立刻就腾云驾雾,前来消受香烟。至于男子们更是不会错敬了别的神,他用一张黄表纸,恭楷写了马王大帝之神位,供在桌案上,清清楚楚是敬马王神,也就没有别的散神来受香烟了。"奚太太道:"我不会写楷书怎么办?"李南泉道:"奚太太要敬马王神,这件事我可以代劳。"奚太太摇着头道:"我敬他……不,他老人家。我,哦,对佛爷是不许说谎的。我这里一说话,无线电打过去了。我倒是不敢否认。"她"哧哧"地笑了。

李南泉笑道:"这是真话,孔夫子这个人,你不能说他是迷信分子了,他就说过祭神如神在。若是心里要敬这尊神,那就要把他当作一位有威严的活人坐在面前。奚太太打算敬马王爷,那就当心口如一,不能随便开玩笑的。神就是这样,你不信他,他不怪你,这是各人的自由。你若是信了他,那就把他当作时刻都在头上。俗言道得好,举头三尺有神明,也许我们在这里说马王爷,马王爷就在这头上。"他说着这话,伸手向头顶心里直着一指。奚太太随了他这手指向头上看去,恰好有一朵白云,凝结在半天空里。那白云是多边形的,而且又很有层次。奚太太看时,很像那道士给人念经,挂的神似的。有个神人穿甲顶盔,手里拿了一柄大刀,骑在白马上。她心里想着,这莫非就是马王爷?马王爷有三只眼,看这云里的像是不是三只眼?她这样想着,看那云头幻成的神像,果然是三只眼。她倒觉心里有股凉气,直透顶门心,情不自禁地,把手里拿的佛香,高高举起,向白云作了三个男子揖。而且她还怕别人不知道，连说"马王爷来了"。别人罢了，吴太太看到她触了电似的，要相信，就得向空中敬礼，有点儿不好意思，不相信又看到她那诚惶诚恐的样子，好像有神附体。不敬礼，也怕得罪了神佛。她手扶了走廊的柱子，呆呆地望了奚太太，作声不得。吴、李、甄三位先生，三人六目相视，都忍住了笑。正不知怎样是好。可是奚太太给他们解了围，掉转头就跑。

吴春圃对她的后影望着，不觉发了呆，笑问道："这又是怎么回事？"李南泉道："你别忙，可以正视她的发展。"大家带着一分笑容，向她注视着。果然，不到一会儿，她就搬了一个茶几在廊檐下，接着就是两个大萝卜，一大碗米，随后把她家预备的腊肉腊鱼，也搬了出来，放在茶几上。她将两支蜡烛，插在两个萝卜上，将几根佛香插在米碗里，抢忙着擦了火柴，把香烛点起。他们家的周嫂，捉了一只活雄鸡来。两只腿和翅膀，都是用大粗草绳子，紧紧缚住，那雄鸡挣扎着颤动了身体，咯咯乱叫。奚太太手上拿了一柄雪白发亮的剪子，就在鸡冠上一剪。立刻，红血点点滴滴地向地面上流着。她在茶几下面，抢着拿出一只杯子来，将鸡冠血接住了，两手捧着高高一举，向天空做个敬献的姿态。然后把它在腊肉、腊鱼中间放下。她又将插在米碗里的佛香提了起来，两手十指交叉地捧着，对天空高高三举，再插进米碗里去。那样子看来，实在也够得上李先生转述孔夫子的话，"祭神如神在"。这时，周嫂自然是走开了。那只剪了冠子的雄鸡，她们并没有给它治痊伤痕，就把它扔在地上。这时，经它过度的挣扎，缚着翅膀的草绳子已经挣扎脱了。两只翅膀松了绑来，它就有了武器，使劲一张，飞了起来。鸡的身体重，加之两只脚被缚着，飞起来不多高，立刻就向奚太太摆的香案上一冲，把香烛一齐打倒。

奚太太要伸手去扶那香烛时，雄鸡在茶几上又是一跳，而且张着两只翅膀，"呱呱"乱叫，向奚太太脸上直扑过来。奚太太虽然"呀"的一声，将身体让开了，但这只鸡却已扑到她肩膀上。翅膀上的硬毛，在她脸上重重地刷刺了一下。奚太太身子倒退着，也是"哇哇"乱叫。同时，伸了两手，打那雄鸡。那雄鸡被她打得惊了，更是乱飞乱跳乱叫，把茶几打翻，米碗砸在地上，撒了满地的白米。两个萝卜带着蜡烛，在地面上滚着，直滚到屋檐下干沟里去，把沟里长草燃着，直冒青烟。

巴山夜雨

那供马王的腊鱼腊肉,也都滚到屋檐的滴水沟里,沾着许多烂泥。奚太太退到自己房门口,将手扶了自己的头发,睁了眼骂着鸡道:"该死的东西,把什么东西都弄得这样稀糟。早一刀把你杀了,省掉多少事。周嫂哪里去了?还不把这鸡捉了去。"那只雄鸡飞跳了一阵,恐怕也是太累了,伏在走廊的柱子下,一点不动。只是偏着头,将一只眼睛向奚太太看着。奚太太大怒,走向前,对雄鸡一脚尖踢了去。她穿的是高跟黑皮鞋,底子是相当地坚硬。一脚尖踢去,不偏不斜,踢在那鸡的胸部,雄鸡"喔喔"两声,像足球一样,在半空中飞跃了出去。落下去的地方,正是沟沿上一块大石头,"扑笃"一声,鸡滚了两滚就不动了。随着这鸡叫的声音,却是一位老太婆的怪叫声,连喊:"不得了,不得了!"

这个叫的人,就是奚家的周嫂,她拍了两只手道:"朗个做?朗个做?这是我借来的一只大鸡公。把别个踢死了!鸡公的主人家,要扯闲咯。我不招闲,太太去和别个打交代,该歪哟①!"奚太太听到说把那只雄鸡踢死,始而还不肯信,跑到沟边,提起那只鸡来看看,确是被马王爷收去了。她怔怔地站在沟边上,不知如何是好。那边走廊上站的李、吴、甄三位先生,看得实在忍不住笑,各各向屋子里跑。李先生到家,李太太正将一条手绢,包了一大包零碎票子要向外走。李南泉道:"饷筹足了没有?"李太太将手绢包举了一举,笑道:"今天你猜石太太为什么这样高兴?是她生日,我们总也未能免俗,该当应酬一下。"李南泉道:"这也难得很!古称竹林七贤,你做竹林之游,这还是未能免俗吗?这正是未能免雅。奚太太割鸡祭神,那才是未能免俗哩。"李太太道:"我没有工夫和你说闲话,我走了。"她说时,将手上的手绢包,捏着像个白兔子似的,在空中又摇撼了一阵,抢着步子就向外走。李南泉追出门来,正还要奚落太太几句,只见甄、吴两位先生,还有甄家的小弟弟,分别拿着盆和钵子,舀了水,陆续向奚家门口那段沟沿泼了去。那沟沿上的长草,有未烧尽的焦糊,还在冒烟。他说了句"了不得",跑进厨房,将瓦盆舀着水,加入了救火队。

---

① 川语,此处指"不成体统"之意。常作叹语用,示"了不得"之意。

第二十四章　月儿弯弯

原来四川的秋初，异常干燥，在大太阳下，那些活草，也晒得焦枯了，经着那雄鸡打翻的烛火，滚到深草里去燃烧着，把活草也烧着了。那活草燃烧了，像扇子边沿似的，向外延长着。环着这山沟，左右前后，都是草顶房子，万一火势再向上伸张着，这草屋子就难于保险。所以甄、吴两位先生看了着急，都拿了水向草上去浇泼着。李南泉加入救火队以后，添了一支生力军，就没有让火蔓延开去。直把火头都打熄了，三位先生，都在奚家走廊上走着，把眼睛对那火睁了望着。奚太太烧这炷马王香，原来是求求马王神的第三只眼，好管管家庭里的纠纷。不想接二连三地出了乱子。她也只有呆呆地站在走廊上望着。这时火已熄了，她才向三位先生深深地点了个头，笑道："多谢多谢。万一这火烧大了，我们这里全是草房子，那可是个麻烦。"李南泉笑道："大概今天马王神不在家，到哪里开会去了。而刚才头上经过的，却是火神爷。所以……"吴春圃摇着头笑道："那也不对。若是火神爷由这里经过，奚太太割鸡滴血敬他，他为什么还在这里放火呢？"李南泉道："可能奚太太刚才献香献血的时候，口中念念有词，说明了是敬马王爷。火神听了这话，当然不愿意。明知火神由这里经过，为什么敬马王呢？那不是有意侮辱吗？"奚太太抱着两只光手膀子，正呆着听了出神，这就摇着手道："冤枉冤枉，我怎会明知是火神由这里经过呢？"

吴春圃笑道："这是奚太太运气不好。你烧香的时候，口里念念有词，是供奉马王爷。假如那个时候，是财神爷经过这里，他一发脾气，至多由半天云里摔下两个元宝来，那还怕什么的。"甄子明笑道："假如财神发怒，是拿元宝砸人的话，区区胆大妄为，就愿意常引着财神爷生气。"于是引着在场的人全哈哈大笑。只有那位周嫂，却是噘了她的两片老嘴唇皮，手里提着那只死雄鸡，呆呆地站在走廊尽头,向大家望着。奚太太道:"你发呆干什么?那只鸡死了,算我买下就是了。值多少钱,我给多少钱,那还不行吗?"周嫂把那死鸡提着举了一举道:"这是刘家里的报晓鸡公,别个不卖哩咯。"奚太太道:"那什么意思,还要讹我一笔不成吗?"周嫂道:"不要说那个话。别个借了鸡公你敬神,那是好意嘛!别个又不是鸡贩子,他讹我们做啥子?"奚太太道:"鸡已经死了,我除了折钱,还有什么法子?他们若是肯等两天,我就去买只雄鸡赔他们罢。"周嫂道:"那是当然,不过大小要一样,毛也要一样。"奚太太道:"我手上没有金元宝。假如我有金元宝,我一定拿出来,向你乱赏一阵。别的东西,还可以找同样的来赔偿,这活的东西,总有大小颜色不同之处,那怎能够找同样的东西来赔呢?这种不讲理的人,只有拿金元宝砸他。"李南泉笑道:"好阔气的手气,砸人是要用金元宝的。"

吴春圃笑道:"这个作风,恐怕美国的钢铁大王、煤油大王,都有难色吧?何必金元宝砸人,就是拿铜子砸人,也就很够出一阵子气的。"周嫂听他们这样说笑着。甄子明笑道:"周嫂,你有点不明白吧?打人,那总是让人家生气的,若是拿钱砸人,人家还会生气吗?可以白打一阵。"周嫂道:"现在还哪里去找洋钱铜元,你拿票子砸我,也要得!"李南泉操着川语道:"你好歪哟!票子每元一张,十元一张,打了人不痛,又值钱,朗个要不得?"这样说着,大家都笑了,奚太太也是扛了肩膀格格地笑个不了。三位先生看到火已熄了,自行走去。奚太太也就向自己屋子里走着。周嫂提了那只死鸡,跟到屋子里向她问道:"太太,你倒是说一句话,赔不赔别个嘛!"奚太太对着那只花鸡,出了一会神,看看外面屋子无人,这就低声向她笑道:"你说,我肯无缘无故,受这番损失,杀一只鸡吃?我应当借了这机会,请一次客。"周嫂自从这雄鸡死后,她就噘着两片嘴唇,头发散了两仔,披到布满了皱纹的脸腮上。听了奚太太这话,突然高兴起来,就伸手把脸上的散发摸着向耳朵上放着,近前两步,笑道:"要得!那些太太们,天天打牌,一抽头钱,就好几十块。我们家里请她们来打一场牌,说是杀鸡给她们吃,她们一定会多打几个头钱。太太请了客,我也落几个零钱用。硬是要得!"

奚太太看了她这样子,就禁不住要笑,因道:"这样的事,你比我聪明得多。我只提到一半,你就晓得全局。打牌的话,你先别提。可以到石太太那里去看看。据说,今天是她的生日。她若说请我去吃饭,你就说我明天请她吃早饭。为她补祝生日。"周嫂道:"吃早饭,朗个来得及?"奚太太道:"我们这鸡,今天下午就得炖熟了。晚上天气凉快。我们把炖鸡的瓦钵,用凉水冰着,或者还可以留到明天早上。若请她们吃午饭,一定要等到明日两三点钟,天气一热,顶好一只大鸡,那就馊了。"周嫂道:"就是请人家吃一只死鸡公唆?"奚太太道:"废话。什么东西可以活的吃?不都是杀了吃吗?什么叫死鸡呢?家里还有腊肉腊鱼,再煎上三个鸡蛋,你看这菜还不能请客吗?"周嫂道:"说起了烟肉①,我倒想起了一件事。太太把烟肉和咸鱼祭菩萨的时候,落到沟里去了,我捡起来,放到灶房里桌子上,预备拿水洗洗。大家抢着救火,我就……"奚太太两手一拍道:"糟了。厨房门敞开的,野狗和猫都可以进去。快!"她说着,就向厨房里跑了去。总算她有先见之明:一只大花猫,两爪按住了那咸鱼,伸着脖子"吱咯吱咯"在啃嚼着。她大叫一声。大花猫衔着鱼一溜烟地夺门而出。奚太太喊道:"救命啰,救命啰!"

这几声"救人",当然把邻居们都惊动了。大家都以为是那山沟里的长草,死灰复燃。于是大家全跑了出来。可是并不看到什么,都发了怔。但奚太太却光了两只赤脚,追到屋角上,捡着石头,向山沟里乱砸。幸而山沟里有几个打猪草的孩子,远远地和那抢鱼的野猫相遇,大家齐声叫喊,把那猫吓着了,便放下嘴里衔的鱼,打猪草的孩子捡起来,周嫂正赶上,摇着手道:"我们太太还要请人吃寿酒,你不能拿去咯。"一个满脸鼻涕的小孩子,手里拿了条咸鱼,跑了过来。站在沟底,将鱼向上一抛,打得干皮"扑通"一声响。他道:"好稀奇哟!哪个要你这家私。比树皮还要硬!"周嫂弯腰捡起来,举着向奚太太笑道:"不要紧!还可以做大半碗菜。"奚太太道:"拿到厨房去放着吧,总不能再让猫拖去了。"周嫂拿了这半条咸鱼,慢条斯理地走向厨房,她又大声叫道:"朗个搞的?烟肉又让野狗叼起走了,有两三斤咯。"奚太太"哇"地怪叫一声,向厨房里跑去。果然,一条黄毛狗,口里衔

---

① 四川腊肉,以柏烟熏之,其香,故曰"烟肉"。

巴山夜雨

着一刀腊肉,半截拖在地下,顺了这里的走廊,向大路上跑去。奚太太看到李南泉站在他们家走廊上,就抱了拳头,乱拱着手道:"李先生,快快!帮个忙,把那狗拦住。"李南泉见她面无人色,这倒也不可袖手旁观,只好一面吆喝着那狗,一面向前伸了两手,作个拦阻之势。狗是邻居家里的,不免常来打点野食。它也不愿决绝,见追赶得急,也就把肉放在路头石板上,夹了尾子跑去。

李南泉人情做到底,跑到大路上,将那块烟肉捡了起来。四川的烟肉,照例是挂在土灶的墙壁上,让灶口里的柴烟,不分日夜地熏着。那肉的外表,全涂抹上一片黑漆。而且那肉块上的油,陆续向外浸冒。这时落在地上,又涂抹上一层轻灰,乃是黑的上面,又抹上了一层赭黄色的灰尘。看这样子,简直无从下手。不过这肉块的头上,还有一根黑绳子。他就将一个手指,勾住了那绳子,远远地伸了出去,免得挨住了身子。奚太太看了这块肉已经由狗口夺下来了,赶快就跑上前去,像捧太子登基似的,两手搂抱着,拿回家去。那周嫂看到太太亲自忙着,就跑拢来接力,伸手要将肉块接着。就在这时,她那鼻子里,忙着黄鼻涕直流,将手背在鼻子下一摔,又将右手做个猴拳式,捏着鼻子尖,"呼哧"一声,将鼻涕挤出,然后向地上一摔。那鼻涕在空中旋转着打了个圈子,不歪不斜,正好落在那块烟肉中间。奚太太顿着脚,重重"唉"了一声。周嫂笑着将头一扭道:"该歪哟!比飞机丢炸弹还要准,就落在烟肉上。不生关系嘛,总是要拿水洗的。"奚太太道:"那是当然,难道我煮腊肉,把鼻涕煮给人吃吗?"周嫂笑道:"悄悄儿的。不要吼。吼出来了,让别个晓得了,那是不好意思的。"说着,把那块烟肉夺了就走。边走边笑,苍白的头发乱扭。

李南泉在走廊上看到,心里也就暗自计算,她们主仆二人,简直有点当面欺人。这里大叫大闹鸡是踢死的,咸肉咸鱼,是猫口里狗口里夺下来的,而咸肉上还有老妈子的鼻涕。她们却是要把这个来请客。无论所请的客是谁,这种佳肴的来源,一定会传说到客人耳朵里去的。这岂不让客人听了恶心?自然,她所请的若是生客,自也不必理会;若请的是太太群,就有自己的太太在内,这样的酒席,一定不能让她去赴会。心里这样想着,当时带了微笑回家。在夏末秋初的时候,当时的重庆有个口号，叫着"轰炸季"。而没有大月亮的时候，自上午十时起，到下午三时止，也就正是敌机来袭的时候，所以遇到天晴，这几小时以内，正是大家提心吊胆的时候。要忘记这个时候的危险，只有太太们打牌，先生们看书。李家夫妻，也就是这样做的。李南泉在茅屋的山窗下，陪着小孩子们吃过一顿午饭，把锁门的锁，逃警报的凳子袋子全预备好，直到下午三点半钟，还没有警报到来。他放下书本，在走廊上散着步，自言自语地嘘了一口气道："今日又算过了一天。"吴春圃在屋里答道："李先生等警报等得有点不耐烦了吗？"李南泉笑道："春圃兄可谓闻弦歌而知雅意，我只说了这么一句，你就知道是等警报的缘故。"吴春圃笑道："这是经验而已。我同事张先生，怕孩子在防空洞里吵闹，总是预备一点水果饼干。到了下午点把钟，小孩子们就常是跑到山坡上去看挂了红球没有。并问他们的妈妈，怎么警报还不来。张太太说是丧气，把水果饼干免了。"

　　李南泉笑道："我觉得这也是对日本人一种讽刺。他们将空袭的手段，对付中国人民，作为一种心理的袭击。可是像这些小朋友对于空袭感到兴趣，而希望能够早点来空袭的事实上来看，这是日本人的失败。因为农村里的老百姓，像小孩子这样想法的，那还是很多的。"吴春圃笑道："那是诚然，不过这还是阿Q精神最现实的事莫过于我们这里的太太群，她们能够在放过警报之后，就在屋子里摊开桌子打牌。理由是看到十三张，把头上的飞机炸弹就忘记了。请问，那敌机的驾驶员能够预测下面在打牌，他就不向下面扔炸弹吗？"李南泉道："还不算阿Q精神。敌人不是拿死来威胁我们吗？我们根本就不怕死，你又其奈我何？"正说着，却见石太太在前，下江太太压阵，带了一大群太太，顺着大路向这边走来。李太太满脸带了笑容，也夹在人群里走着。吴春圃低声笑道："这是什么意思？"李南泉笑道："她们的作风，我无法揣测，像奚太太那样祭马王爷的故事，不是我们亲眼得见，谁肯相信？"正是这样说着呢，那些太太，忽然哗然大笑。虽是在太阳地里，她们还是两三个人纠缠在一处，花枝招展地，笑得大家扭在一处。对此，吴春圃绝对外行，不知道这是怎么回事。就是李南泉对于太太这些行动向来注意的，这时也不知是什么用意，只是各睁两只眼睛，向她们望着。最后看到她们笑了一阵子，又

巴山夜雨

扭转身向原来的方向走回去。

李先生看了这样子,实在忍不住不说话,这就抬起手来,远远向李太太招了两招手。李太太没有看到,下江太太却看到了。她回转身来,点了头道:"我们并不游行示威,没有什么了不得的事。我们到街上去吃午饭。刚才我们走错了路,挑着一个向山里的路走了,回头见,回头见!"说着,她也就扭转身向街上的大路走去。吴春圃笑道:"这是怎么回事?青天白日,大门口的大路,又是这么一大群人,竟会走错了方向。"李南泉笑道:"那有什么奇怪,她们的神经,都整个地放在十三张上。走着路,也许后悔着刚才那一条龙吃错了一张牌,以致没有和到。若是少吃一张牌,那手牌也许就和了。你想,她们的心都在牌上,哪会有心看到眼前的路。"说着话,向村子里那条大路看时,那里还遥遥地传来笑声。吴春圃笑道:"果然的,她们这种高兴,必定有奇异的收获。但不知道这收获究竟是些什么?"说着手扶了走廊上的柱子,挺起脚尖来,只管向那路上看着。这些太太们把那条路都走完了,还遥遥地传来一种嘻嘻的笑声。吴春圃道:"这是一件新闻,石太太向来是和这些太太的作风不同的。怎么这两天突然改变,大家这样水乳交融起来?"李南泉道:"这原因还不是很明白吗?这是由内部发生出来的。"正说到这里,只见奚太太又换了一件白翻领衬衫,下面套着蓝绸裙子,肩上扛着一把花纸伞,手里却用了一把小如掌的小花折扇,慢慢在路上走。

李南泉笑道:"奚太太,你府上的问题,已经解决了?"她站着将扇子招了两招,笑道:"我家里还有什么问题吗?雄鸡捣乱,我烹而食之;咸肉、咸鱼已收回来了,我煮而食之;米落到地上,我用水洗上一洗,照样吃它。还有什么事吗?"李南泉笑道:"这样解决得干脆。怪不得你的态度是这样的潇洒自如。"奚太太听到人家这样称赞她,自然是十分高兴,把刚才祭马王爷的那一幕趣剧,就完全抛到了一边,为了表示潇洒起见,索性把扛在肩上的那柄小纸伞,提着柄儿一晃,在身上周围,晃出了个圈子的姿势。当然,那伞就张开了。这伞并不是完整的,缺了一个很大的口子,舞起来,像是狮子大张嘴。奚太太看了这样子,立刻把伞收折起来。依然扛在肩上,另一只手将小扇子展了开来,伸在鬓角上,将脸子微微地遮了半边。

李南泉这就明白了,她所以把伞扛在肩上,而不肯张开来,就为的是要带伞,希望有个点缀品。同时,这把伞又是不能张开来的,只有当了手杖带着了。这事不便再问,笑道:"刚才我看到你们的民主同志,成群结队,到街上吃馆子去了。奚太太也是加入这道阵线吗?"她笑道:"哦,忘了一件事,今天是石太太的生日,她自己请客,我明天和她补祝生日,请你太太作陪。你当然不肯加入我们群的,为了表示我有诚意起见,我明天把我家做的四川烟肉,特别切一碟子送给你尝尝。"李南泉想到她家周嫂甩鼻涕的事,不觉"哎呀"一声。

奚太太笑道:"你为什么这样吃惊?"李南泉笑道:"你有所不明,我到了夏天,就禁止吃烟肉。你若把烟肉送我吃,我接受了,吃不下去;我不接受,又顶回了奚太太的人情。我在受宠若惊之下,所以哎哟一声了。"奚太太笑道:"我知道你这是嫌那烟肉,由狗口里夺下来的。你想,我就是个白痴,也不会那样办事。我能把那肉送给你吃吗?"李南泉实在没有什么话说,只有站在走廊上,微微地向她笑着。奚太太看了看他的情形,将那小扇子张开,将扇子边送到嘴唇里,微微地咬着。彼此虽是站在相当远的地方,还可以看到两只眼角,辐射出许多鱼尾纹。脸上的胭脂粉只管随了皱纹闪动着。那个枣核脸的表情,实在不能用言语去形容。李南泉忍不住笑,只好念出诗来道:"欲把西湖比西子,淡妆浓抹总相宜。"奚太太竟是懂得这两句诗,把小折扇子收起来,远远地将扇子头向李南泉笑着啐了一声,然后扭着头走了。李南泉站在走廊上还是呆呆地望着,可是身后忽生了一阵哈哈大笑。回头看时,吴春圃弯着腰,将手掌掩了嘴,笑着跑了出来。李南泉道:"老兄何以如此大笑?"他道:"这样的妙事,你忍得住笑,我可忍不住笑。不过当此抗战艰苦之时,难得有这样的轻松噱头,我们有这位芳邻,每天引我们大笑两次,倒也不坏。"

吴、李二人说着话,那边邻居甄子明先生也出来了,笑道:"这两天,这些太太们,好像来了个神经战,不知道要有什么新事故发生。"李南泉道:"倒不是将来有什么事故发生,乃是已经发生了事故。"甄子明道:"这些太太们是集体行动,难道这些太太们的家庭,也是集体发生了事故吗?例如李太太也在他们这一群里,可是李先生家里,并没有发生什么事故。"吴春圃听了这话,站在李南泉身后,只管耸了小胡子,龇着牙齿微笑。甄子明笑道:"难道李先生家里会有……"说到这里,吴先生抬起手来,连连地摇着。甄子明看到,当然不说。吴春圃道:"李先生,你家里有客来了。在大路走着呢!"李南泉回头看时,是杨艳华同胡玉花两人先后走着。两人都是光着手臂,光着腿子,身穿黑拷绸长衫,肩上扛着一把花纸伞,撑开了,挡着身后的太阳,脸上笑嘻嘻地,带说着话。李南泉道:"你说的是那两位小姐,她们不见得是来看我的,这村子里,他们有很多熟人。"说着话时那两位小姐,已在对面的大路上站着。杨小姐笑道:"李先生,你没有出去吗? 我们来看你。"吴春圃站在旁边,向他点了两点头,还是微微地笑着。那意思就是说:我所说的并没有错误吧? 这两位小姐说着话,已是向这廊沿上走来。李南泉道:"杨小姐笑容满面,一定有什么高兴的事情吧?"胡玉花道:"她特意来给你报一个喜讯的。"

李南泉听到"喜讯"两个字,就知道是怎么回事,于是向杨艳华笑着点了两点头道:"恭喜恭喜。"说着,还抱着拳头拱了两拱。杨艳华站着呆了一呆,将眼光向他瞅了一下。李南泉看这情形,就知道这事情已到了车成马就的阶段,笑着点了两点头道:"那么,请到屋子里坐吧。"两位小姐跟到屋子里来,杨艳华道:"师母不在家?"李南泉道:"她是忙人。开庆祝会去了。"她听了这话,就知道这里面另有文章,不便再问,笑道:"我也没有什么事,不过请她去吃顿晚饭。"李南泉笑道:"是吃喜酒?"她笑道:"我请吃一顿饭,这问题也简单,何必还有什么缘故。你看那刘副官,隔个三五天,就大吃大喝一次,那又算得了什么? 他家哪里又有这样多次的喜事?"李南泉向胡玉花望着,只是微笑。她笑道:"人家究竟是个女孩子。这和戏台上抛彩球招亲的事,到底有些不同,亲自来请你去吃喜酒,那就很大方了。你还一定要人家交代明白,未免过分一点。"李南泉笑道:"好吧。喜酒我准去喝的。是哪一天的日子?"胡玉花道:"中秋前五天。喜事过中秋,这是最合理想的办法。"杨艳华将手拍了她两下肩膀,先是笑着,随后又微微叹了口气道:"别人开我的玩笑,你胡玉花也开我的玩笑,那是说不过去的。我的事,哪里还有一个字瞒你不成。就是李先生他也很能够了解我,我绝不是愿意把结婚当为找职业的女子,但我究竟走上了这条路,这不是我的本意。"说着又微微地叹了口气。

李南泉看她的样子,似乎还抱着很大的委屈,便笑道:"二位没有什么事吗?可以在我这里坐着多谈谈。"杨艳华笑道:"实不相瞒,自昨天起,我也不知有了什么难过的事,总是坐立不安。说有事,我想不起有什么事。说没有事,可是我心里总拴着一个疙瘩。"她微微叹着气,在椅子上坐下,刚是屁股挨着椅子边沿,又站了起来,向胡玉花道:"我们还是走吧。"李南泉对着这两位小姐看了看,料着这里面有深的内幕,点点头道:"好的,等我太太回来了,我让她约你来谈谈。我相信她能和你出点主意。"杨艳华好像忍不住心里的奇痒,低着头"噗"一声笑。李南泉道:"你以为我是开玩笑的?我也不能那样无聊,在你心里最难过的时候,还和你开玩笑,那也太不讲人情了。现在我们这村子里的太太群,有个无形的集会,一家有事,大家同出主意。你虽没有加入这太太群,可是你'杨艳华'这三字,就很能号召。假如你愿意和她们拉拉手,她们二三十个人,遇事一拥而上,倒也声势浩荡。"胡玉花笑道:"这话倒是真的,刚才我就看到这一群太太到街上去吃馆子。不过妇女若不愿受委屈,可以请她们出来打抱不平。若是自己愿意受那份委屈,那还有什么话说?人家出面多事,碰一鼻子灰,那也太犯不着吧!"她说着,脸子就板了起来。杨艳华道:"玉花,你也是这样不原谅我。我……"说到这个"我"字,便哽咽着嗓子,说不下去,两行眼泪,挂在脸腮上。

李南泉不觉轻轻地"哟"了一声,向杨艳华道:"杨小姐我是很了解你的。不过那位陈惜时先生,倒也少年老成,而且我看他,风雨无阻,每日总是来看你一次,那也很可以表示他的诚意嘛!"杨艳华在衣襟纽扣上抽出来一条手绢,将眼泪缓缓地抹拭,默然坐着。李南泉道:"天下事,都是互为因果的。现在你对于这婚事,觉得委屈一点。也许十年八年之后,你觉得这委屈是对的。"杨艳华还是默然坐着,看看自己的鞋尖,又扯扯自己的衣襟,然后低声道:"十年八年之后,这委屈不也太长久一点了吧?"李南泉笑道:"小姐,你要知道我不是算命。我是根据人生经验来的。你还是想开一点的好。"杨小姐笑道:"这不是想开得很吗?我若是想不开,我也不会自己来请客了。"她交代完了这句话,又是默然坐在椅子上。胡玉花笑道:"你有什么话,马上就和李先生说说吧。老是这样沉默着,不但李先生受窘,

巴山夜雨

我坐在这里陪你的人,也跟着受窘。"她还是轻轻叹了口气,微微摇了两摇头。李南泉觉得和她正面谈话,那是不好,说不出什么道理来的,便侧面地只和她谈些艺术的事情。先问她自小怎么学艺的,后又谈她到四川来,是哪几场戏叫座。最后就问她,她自己觉得哪一场戏最为得意。这样说着,杨艳华的脸色就变得和缓,而且也常有笑容了。

李南泉把杨艳华说得解颜了,又慢慢把话归到了本题,笑道:"小姐,天下没有完全如意的事。人也总是不满于环境的。据我个人的经验,男女之间,有三种称谓,第一是朋友,第二是爱人,第三是夫妻。这个异性朋友,只要彼此在事业或性情上,甚至是环境上,有点相接近之处,都可以相处的。没有时间,也没有空间的限制。第二是爱人,杨小姐,胡小姐,你恕我说得鲁莽一点。这是男女之间一种欲的发展,而促成的。这个欲念,倒是千变万化。有的是属于精神方面的,有的是属于肉体方面的。做爱人的目的,是图享受,是图快乐,也是将彼此的欲念尽量发泄,对其他一切不管,是纯情感的,不是理智的。第三才是夫妻,旧式婚姻,不要谈它,那是中国人的一种悲喜剧。新式婚姻,男女成为夫妻,不外两个途径,一是由普通朋友而来,一是由爱人而来,由于前者好像是结合得还不够成熟。但我看多了,由一个普通朋友才变成的夫妻,结合是由第一步进到第二步,往往是变得更好一点。男女之间的情爱,已发展到了顶点。男的迁就女的,女的也迁就男的,总怕拆散了。做了夫妻,没有这种顾虑,不会互相迁就,而男的只要有事业,要接受负担,女的要维持家庭,也要接受负担,像做爱人时代,挽着手膀子进出,一来就是一个亲密的吻,这工夫没有了。"说到这里,两位小姐都情不自禁"嗤嗤"一笑。李南泉道:"这是真话。外国人说,结婚为恋爱之坟墓,就是为这类人说的。所以由爱人变到夫妻,是退步了。"

胡玉花笑道:"我们今天算是到李老师这里来上了一堂补习课。原来朋友、爱人、夫妻,是有这么一个三部曲的。受教良多。"李南泉还没有答复这句话,外面有人接嘴笑道:"失迎失迎,二位小姐几时来的?"随着这话,李太太春风满面地走了进来。杨艳华笑道:"师母回来了?我是特意来请老师和师母吃顿晚饭。"李太太道:"你不看我脸色红红的,闹了一阵酒。我只喝了十分之二的一杯酒,就晕头晕脑了。谢谢了。"李南泉笑道:"你真有点醉了。人家不是请的今天,请的日子,还有两天呢。"杨艳华笑道:"这是我说急了,对不起。就是后天,请老师、师母到舍下去喝杯淡酒。务必赏光。"李太太道:"为什么这样客气呢?"李南泉道:"杨小姐订婚了。这是喜酒。"李太太连说:"喜酒一定是要喝的。"杨艳华本来没有打算在这里多坐,正因为听李先生的劝导,把话听下去,没有走开。现在话已告一个结束,客也请妥了,就向他夫妇点头道:"我告辞了。后天务必请到。"胡玉花又独向李太太笑道:"她不是虚约,务必请到。我们就等着李太太回来请的。"李太太在这两位小姐当面都是有好感的,也就客气了几句。二人走后,李太太舀水洗手脸,李先生随便拿了一本书看。李太太由后面屋子里走出来,突然问了六个字:"这是怎么回事?"李先生放下书,望了她有点愕然。李太太道:"我不在家,你对这两位小姐,有说有笑,谈个滔滔不绝;我回来了,你就闷闷不乐,一言不发,是讨厌我回来得不是时候吗?"

　　李南泉笑道:"先发制人,后发制于人。你是先给我一个打击,让我无话可说。"李太太道:"笑话,我为什么要先发制人? 我不过是为朋友祝寿,加入个宴会,这也没有什么怕你之处。"她说着话时,本是拿起桌子上的茶壶来斟茶,但没有看到杯子,把茶壶又重重地向桌面上放了下去。她道:"回家来,水都喝不到一杯,我还是走。"李南泉站起来,向她拱拱手道:"且慢,我有两句话解释解释。"李太太手里捏着个手卷包,向口袋里塞了去。她一方面沉住脸色道:"有什么话你只管说。"李南泉满脸是笑,一点不生气,笑道:"我很明白,你并不是回家来,故意做这个先发制人的姿态,不过是会逢其适,就这样利用机会而已。我猜着,今天这一场庆寿麻将,你是全军覆没,不能不回家来补充粮弹。补充完了,你再上战场。可是你就怕我不愿意。因为家里这笔现款,是我那篇寿序换来的。菜油灯下,双眼昏花,上身流着汗,下身蚊子叮着大腿。这钱说是挣来容易,可也不怎么好受。何况精神上,我就是勉为其难,为了几个钱,用文字去恭维那不相干的人,和口头上叫人家老爷太太,那有什么分别? 这样得来的钱,我们不买点柴米油盐,在十三张上

巴山夜雨

送掉,这实在不合算。不过我替你说这分甘苦,你绝对知道,你所以还要回来补充粮弹,完全是为了骑虎之势已成。其实,这没什么,不过是不义之财,输了就输了吧,我也没花本钱换来的。"

李太太听了他这一大篇解释,越说是越对劲,不知什么缘故,装着生气的那个面孔,就板不起来了,笑着一摆头道:"没那回事,你现在无事可做,就专门研究女人的心理。你大可以著本妇女心理学的书了。"李南泉道:"不是那话,夫妻之间,彼此犯不上用什么政治手腕。有什么话尽管公开。人生在世,都免不了有朋友,有朋友就免不了有应酬,你今天既是为应酬花了几个钱,那也是正当用途,你输光了,也总要终局。回来取钱也是情有可原的。今天我这分谅解,我想你一定知道的。你回来的时候,干脆,你就告诉我回来拿钱得了,何必……"李太太伸出两手,同时摇着道:"不用提了,不用提了,算我错误就是,这还不成吗?"说时,自然满脸都是笑容。李南泉笑道:"那就行,只要你说实话就行。那么,刚才两位小姐来请我们去吃饭,并不算我什么轨外行动了。"李太太笑道:"你要做什么轨外行动,也不得行了。人家一位是早有主儿的,一位是要订婚了。人家都要找她的青年如意郎君,会找着你这半老徐娘?"李南泉笑道:"半老徐娘?还是城北徐公那个故事,妻之美谀我也。"他说着话,还是站在房门口。李太太道:"站开点吧,让我出去。吃饱了饭,两口子在家里耍骨头,什么意思?"李南泉回到椅子上坐着,将桌上放着的那本书举着,叹了口气道:"我还是这个打算,预备一点稿费,交给你去当应酬费。"李太太一面笑着,一面向外走着。

石太太正在这张做梦的桌上占庄,看到李太太来了笑道:"你不忙来呀,我还要永久地占庄下来呢。今天我赢几个钱,好做明天的赌。哦!我还没有告诉你,明天老奚请我们吃饭,你一定要到的。"李太太猛然想起李先生对她谈过的那些话,连连摇着手道:"罢了罢了,我不想吃她那高贵的菜了。"石太太正将手上一副大牌看定了神,把两手遥遥地围抱着,回转头来问道:"怎么回事?她是你的近邻,你不会不肯赴她的约会呀!"李太太一看里面两间屋子有十几位女同志,怎好当着人说明奚太太家的咸肉,是有鼻涕扔在上面的?这就笑道:"没有什么。不过我想她请的客一定不少。我和她是近邻,随时都可以在一处吃饭,又何必挤到一处?"石太太倒不疑心她这是什么用意,这就向她笑道:"你这叫多余的顾虑。奚太太请多少客,她必有一个统计。有多少人,她自然就安排多少座位。何至于挤着了你?"正说着这话,奚太太由外面屋子里走了来,高高举着手,向大家招着道:"不成问题,不成问题,我预备下两桌,每桌坐六个人,可以坐得松松的。"石太太笑道:"我得问问你,你到底预备了什么菜?"奚太太道:"有辣子炒鸡,有咸肉、烧肉,有四川烟肉,有鸡蛋……"她说到"有鸡蛋",觉得这项菜,未免太平凡。便拖着口气,没有把这话说完,转了话锋道:"反正总够大家饱啖一顿的吧。"

李太太一听她所报的菜,正是李先生所说不可过问的那几项菜。这就望着她苦笑了一笑。奚太太道:"你不赏光吗?"她笑道:"只怪我口福不好,明天我正要到城里去取一笔款子,恐怕不能赶回来吃你这顿四川烟肉。"奚太太将身体扭着道:"那不好,少了你,就不热闹了。我们希望你能在吃饭之后,来一段余兴。"李太太向她望着道:"你为什么这样高兴呢?你今天敬的是马王菩萨,并不是敬的财神爷呀!"奚太太道:"你不要问这些,关于这些,那我完全是失败的。我现在只是需要找一点麻醉。过一天是一天。若是明天开始第二次疲劳轰炸,一下子把我炸死了,我大吃大喝之后死去,倒也落个痛快。"说着,白太太在隔壁屋子里插言道:"不要说丧气的话了,街上已经挂球了。"石太太在牌墩上摸了一张牌,正是堪当二筒的自摸双。将牌摊了下来,连连摇着头道:"不管了,不管了,我又和了。"说着,把摊下来的牌,一张一张向下扒,口里念着:"不求人,姊妹花,无字,八将……"白太太摇着手道:"不要算了,已经放警报了。"石太太道:"放警报怕什么?放了紧急,我们进防空洞。"白太太提着个旅行袋,举了一举。脸上带了忧郁的样子道:"你看,我已经准备长期抗战,又预备了一批干粮了。城里有人来,说是听到敌人的广播,这次疲劳轰炸,要两三百架飞机,炸两个星期。这可是受不了。"

奚太太一拍手道:"这话不假,我向来不大躲警报的人,今天可要远远地躲着了。"石太太究竟和她是最友好的,看了她这样子,倒也有几分相信,便停止了牌,站起来问道:"你又是哪里得来的消息?"她道:"消息我虽是没有得着,据我的观测,日本人会这样办的。因为他们上次疲劳轰炸,相当得意。而且知道了我们的防空力量究竟有多大。一次走熟了,就有二次。"石太太道:"我以为你真是得了什么确实情报,原来你是神机妙算。"奚太太道:"你看我是神机妙算吗?请你看看外面吧。"说着,她把对着大路的窗子打开,将手向外一指。果然,今日的情形,有点特别,逃警报的人,除了成串地由山下向这山谷里走来,而且那脸上的神色显得十分惊慌。石太太看到人阵中一个老头子,是街上摆零食摊子的,倒相当地熟识,就问道:"王老板你今天怎么也向山上跑?山下的洞子不好吗?"老人家都是喜欢说话的。他就站着向里面道:"今天情形厉害,听说有三百多架飞机,要分无数批来联珠轰炸。从今晚上起,要轰炸两个礼拜。"石太太道:"你要准备准备呀!这不是闹着玩的呀!"说着,将手向天空乱指点道,好像敌人的飞机,就在头顶上乱飞。他更不答话,扯腿就走了。奚太太本来就有点惊慌,听了那王老板的话,立刻脸上青一阵白一阵,直了两只眼睛的视线,两手扶了椅子靠背,手掌心里的冷汗,像泼水似的向外流着。望了石太太道:"这这这……"说着,嘴唇皮子直管抖颤。

李太太平常对于警报,就不大安神,现在听了这紧急的消息,而手摇警报器的悲鸣,又刚是由耳朵里经过,这就摇着手道:"不打了,不打了。等解除了警报,再算账吧。"她反正是没有上桌的,扭转身躯,就向外走。一个人走动,全体也走动了。石太太家里的热闹场面,立刻一哄而散。奚太太看到李太太放快了步子走,跟着在后面叫道:"老李,你今天躲哪里?我们躲到一处吧。"李太太道:"我原来都是躲村口上这个洞子的。不过传来的消息,有点吓人,洞子里坐久了,人是不舒服的,我打算躲到山里人家里去。"奚太太赶上前两步,握了她的手道:"这话说得对极了,我和你同去。我还有点重要的东西带着。"说着话,抬头向天上看看,笑道:"不要紧的。今天是初七,月亮很小,只有一把钩。而且在十二点钟以前,它就落山了。没有月亮,敌机还是不能来的。我们还是可以回来睡觉。我希望你们全家和我全家,今晚上同回家。"她说这话,李太太也不懂什么意思,只是含糊答应着。李太太回家时,李先生和王嫂,已把逃难的包裹预备好了,大家都在走廊上等着呢。李太太道:"我们就走吧,今天我们应当走得远一点。有人听到敌人的广播,说这是二次疲劳轰炸开始。"李南泉手里照样拿了两本书,举了一举道:"疲劳轰炸有什么要紧?你有你的抵抗武器,我也有我的抵抗武器。听说二条暗二坎叫高射炮,回头在防空洞口,摆起场面来,多来几回二条暗坎,就把敌机打跑了。"这时,奚太太在她家门口"哎呀"大叫一声。

大家都是在心惊肉跳的情形下,突然有人大叫,自然都向那里看了去。只见奚太太两只手乱抓,有时摸着前胸,有时又摸着后背,好像有一只耗子钻到她衣服里去了,不由得她不伸手乱摸。李南泉跑过来,正要开口去问,奚太太两只手,却摸到了肩膀上,忽然笑道:"在这里!"李南泉看那情形,好像她身上有什么东西,失而复得,所以立刻之间,神色屡变,笑问道:"芳邻,发生了事情吗?有要我为力的地方没有?"奚太太将右手按了两下左肩膀,又把左手按了右肩膀,笑道:"没有什么事,我有点东西,放在身上,怕是失落了。还好,依然在身上。"李南泉听了她这话,向她肩上看去,发现了两只肩膀上,各各高起了一块,因道:"这是什么东西,可以拿出来看看吗?"奚太太向前后看看,并无别人,这就抓着他的手,低声笑道:"你是我们邻居的老大哥,我有什么事,也不能瞒着你。我有十四两金子,这是早已对你说过的,这是我全家的第二生命,平常我不大逃警报,就为了这金子不好带走。因为夏天衣服穿得少,十几两东西,无论揣在什么地方,人家也是看见的。现在我一定要去躲警报,这就不能不把这东西带着了。原来我是用个袋子盛着,挂在脊梁后衣服里的,我试验了几回。实在不好受。现在分着两个包,在左右肩膀各捆着一包,每肩七两,倒是舒服的。不过两只肩膀,都高出了一块吧?你看不看得出来?"

这时,李家一家人,已经各拿着逃警报的东西,走上了大路。李南泉见奚太太还表示着亲密的态度,只管低声说话,心想这样子肯定是引起太太的不快,就向她大声笑道:"你若是小心过分,就跟着我们一路走吧。最妥当的办法,你不如花几个钱雇一乘滑竿。"说着,扭身就走。奚太太为了两肩的金子,倒真是需要两人保护。看到他要走开,伸手一把就把他手臂扯着,笑道:"不忙不忙,带了我们这小队人马一路走。"她说话急促,手上用力,也就过分一点,那右肩上绑着的一只小布口

巴山夜雨

袋,脱了绳索,由衣服里面坠将下来,打在地上,"扑笃"一声响。李南泉看那口袋,是青布缝的,四四方方,有豆腐块那么大。她"哟"了一声,立刻蹲在地上,把那只布口袋捡了起来。可是就在她弯腰的时候,左肩上那个小布口袋又落了下来。她再捡起来,两手托着,却是没有个作道理处。李南泉明知道这两只小口袋里都是金子,一来避嫌,不敢看人家的东西;二来太太在路上等着,他不敢久耽误,就离开她向大路上赶了去。李太太皱了眉向他低声道:"你大概有这么一个毛病,见了女人说话,不问好丑老少,都是话越说越多。"李南泉笑道:"这样的人,不但我没有法子对付,你是女人,不也无法对付吗?"李太太道:"你也应当知道放了警报多久了。紧急警报一放,可能敌机马上就临头。拖儿带女这样一大群,你是对人家的安全要紧呢,还是对自己的安全要紧呢?"

李南泉对于这位奚太太,在闹笑话上是感到兴趣的。无论在什么场合上,他不会遇到这样一个妙造自然的小丑。所以尽管太太不满意,他也不能忘情这位奚太太,他很了解,这绝不会让自己太太疑心到别的事情上去。尽管把她看下去,并没有关系。所以他走着路的时候,不住回头向奚公馆看。果然,不到五分钟,奚太太带着一群儿女飞奔而来。她在跑警报的时候,不能穿着花的衣服。她穿了件蓝夏布长褂子,腰身紧紧的,在瘦小的身上箍着。老远就看到她胸面前,异乎寻常的女人,拱起了三个峰包,那左右两个,自然是给小孩子吃的粮库。而中间一个,正在胸口,却很是触目。人像枯树,顶起了个秃节。马王爷有三只眼,不能奚太太有三只乳。于是大家都望了她。她气喘吁吁地跑到了面前,向李太太道:"老李,今天你要帮我一个忙,我们要在一处躲警报。"李太太笑道:"这也是很平常的事。躲警报的地方,大家都能去。"正说到这里,街市的紧急警报声,顺了风吹进这山村里来。这时,太阳已经偏西,照着乱草丛山,是一片黄黄的颜色。热风由谷口吹到山村里,草木发出瑟瑟的响声,似乎就有股肃杀之气。这紧急警报的声音,是"呜呀呜呀"地叫着,十分凄惨。李氏夫妻看到奚太太胸前,顶起了三个包,本来是忍不住笑的。听到了这悲惨的叫声,把心里那股子高兴,就完全消失了,大家还是开了步子快走。他们害怕,当然,奚太太也害怕,她就跟着他们后面跑,但终于没有跟上。

奚太太见人都对她胸口望着,她也就感觉到这三个峰包在胸前顶着,一定是不雅观。正自想分辩自己为什么胸前有这个大包。现在看到李氏夫妇跑步走,而在这路上的人,也在找地方藏身,只得也就跟了人群走。这人群寄居的山,依着一条长谷,稀稀落落地盖着房子,拉长了总有两里路长。现在跑着,只走了村子的三分之二,还有些人家,散聚在村子的尾上和村子中心区,隔了一段空地。所以奚太太这群人虽是跑了几分钟,依然未跑出村子去。放了紧急警报以后,这些住在村子尾上的人,也都开始疏散。他们所以这时候才疏散的缘故,就是出了村口,完全是空山空谷,总有两里路长,没有房屋。而且人行路两旁,随处山上山下,都有石槽和石洞。飞机临头,就可以随时随地把身子掩藏起来。奚太太和李氏夫妇脱了伴,却和这村子尾上的人相连起来了。那些人看到奚太太胸前堆着三个大包,走快了路,就不免把胸脯顶得更高些。而且走起路来,三个包都随了步子的高低,上下颤动。因为她那三个包颤动得厉害,连带着周身肌肉也颤动起来。谁看到都觉得是件怪事。有多嘴的小孩子看到,就指了奚太太道:"你看奚太太哟,人家逃警报,把包袱挂在衣服里面,这是什么缘故呢?"奚太太见人家指明了,倒不是有什么难为情,她觉得收藏金子让人看到了那却是老大的不便。天色晚了,可能让人把金子抢了去。

奚太太看到大家都向她注意,又难为情,又害怕,而胸前的这个大包,一时又想不出一个遮掩的法子。小孩子手上,正拿着一把雨伞,她立刻取了过来,将伞面撑开,就在胸面前顶着。其实这个时候,太阳偏了西,不在前,也不在后,却是在左手旁边山头上,雨伞在前面顶着,一点儿都没有遮挡着。反之,却是挡住了自己的视线。在发警报的时候,大后方的人,都是神经过敏的,看到任何不顺眼的东西,都说是给了敌人的目标。雨伞的纸面是黄的,而伞骨子外面,又是绿的,看去却是圆圆的一大块。奚太太这样顶了伞走着,好几处有人叫着:"把雨伞收起来,汉奸!"奚太太因那吆喝声甚厉,而且天空中又遥遥地传来飞机的马达声,可能敌机快要临头,只好把伞收了。也不知道什么缘故,伞柄上的撑子恰好在这时候卡住

巴山夜雨

了,尽力量伞也收不下。两旁山坡下的石缝里,随处都藏躲着人。四处都发来了轻轻的吆喝声,道:"敌机来了,快躲下,快躲下。"奚太太情急智生,看到人行路旁边,是庄稼地里一条干沟,四围长着乱草,把山沟大半边遮盖了,就把伞向里面一扇,因为用力太猛,人也随了伞,向干沟里栽了下去。所幸这沟里没有水,都是些湿土。沟又只有四五尺深,两三尺宽,人跌在里面,倒像是藏在防空壕里。这时,飞机马达声,哄哄地破空而至。她在沟里,由乱草堆里张望出来,就看到三架日本战斗机,成品字形,在谷口山顶上,顺着长谷飞了来。

奚太太伸出一只手来,对小孩子乱招着,三个小孩也都吓慌了,像蛤蟆跳井似的,跳进干沟里去。她的一个男孩子,跳得最猛,头先向下,正撞到她胸门这个小包袱上。小孩子头加上那包袱里的十四两金子,齐齐地向她胸口上一撞,正是一根金条的尖端,在小包裹里面突起,把她的胃部外面皮肤,重重扎了一下,她"哎哟"了一声,痛晕过去,两行眼泪齐流。小孩子的头,碰到包金子的小包裹上,原来也是要哭的,看到母亲流泪,将手揉着眼睛,撇了嘴没有出声。大孩子轻轻喝道:"飞机在头上,不要哭,不要哭。"奚太太忍住了声音,只有牵着衣裳角擦眼泪。呆坐在沟里十来分钟,听不到头上的飞机响声了。奚太太才由沟里的乱草缝里伸出头来。看到行人路上,有一位穿灰布衣服的防护团丁,料着无事,才把小孩子一个个送出。那把伞垫着坐,已是稀烂了。她走出沟来,团丁也是本村里人,向她挥着手道:"奚太太,你带着孩子走远一点吧。今天上半夜有月亮,一定是接着夜袭,时间长得很呢。小孩子在这里会闹的,受别人的干涉。"奚太太四围一看,深长的山谷里,除了这位防护团丁,并没有第二个人。看看胸面前那个盛金子的小包裹,正是顶出来几寸高,再看看那团丁脸上,很带几分笑容。她一时敏感,很怕这位团丁起非分之想,立刻在地面抓了几次土,然后故意把手摸着脸。把那张枣子脸,变成了蜜枣的颜色,然后牵着个孩子,由团丁身边冲过去。

那位团丁,看到她这样子,倒忍不住哈哈大笑。奚太太看了这样子,牵着孩子,就径直跑去。出了村子,两边是山,中间夹着一条人行石板路。在紧急警报后,一切声音停止,便是乡下人也停止了行动。太阳已经落到山后去,长谷里显着阴暗，十分寂寞。他们一行四人，跑得那石板路"啪啪"作响。山上有个天然石洞，正躲着一群人，被这脚步声惊动着，早有两个人由石头洞口子里伸出头来吆喝着："不要跑，不要跑。"人家越吆喝，她越跑得厉害。一口气跑了两小里路，到了她的目的地。这里是两个套着的山谷，在四围山峰中，有七八户人家，让紧密的竹枝和高大的树木遮掩着，不露目标。人家后面，到处有水成岩的深浅石槽和石洞，也很可以当防空壕。村子里下江人到此躲警报，喝茶，喝酒，看书，下棋，打牌，都相当自由。尤其是对付夜袭，大可以在这里打开铺盖卷睡长觉。奚太太到了这里，算是放下了心，放慢了步子走着。这村子口上，就是一大丛竹林子，她的意思，也就是想在竹林下休息片时。这时，竹林子里先有人"哟"了一声，然后下江太太和白太太同时走了出来。奚太太跑累了，已经把脸上的那两片黑泥给忘记了。下江太太执着她的手道："我的太太，你这脸上是怎么回事？你成了女李逵了。"奚太太两只乌眼珠，在黑脸上转着，笑道："我好害怕哟，我这样年轻，我怕在路上遇到了歹人，对我强行非礼。急中生智，就把脸抹黑了。"

下江太太回头看看，左右还没有别人，笑着低声道："真的，前几天，为了逃夜袭，离我们这里二十多里路的地方，就出了一个强奸案子。是一位二十多岁的少妇……"奚太太将手连摆了几下，笑道："说得这样的粗鲁。"白太太笑道："对了，要说强行非礼。奚太太你若不抹这一脸泥土，身段是这样苗条，面孔是这样漂亮，你在无人的山缝里走，那真不敢替你保险。所以在这离乱年头，女人长得太漂亮了，实在不是什么幸福。你们奚先生对于这样漂亮的太太，用那广田自荒的手腕来对付，实在是错误。奚太太万一出了事情，是应当负责任的。"奚太太抓住白太太一只手，另一只手捏了个拳头，在她肩上乱敲着，笑道："你这个死鬼！"三位太太，于是笑着滚成一团。这时候听到竹林子外面，有人咳嗽了一声。这声音听得出来，正是李南泉。奚太太甩开了白太太手，回头就向竹林子下的田水沟里蹲下去，两手捧了田沟里的水，向脸上乱抹着。先抹了一遍，然后再把头伸到水面上，将水在脸上乱泼，泼了四五分钟，然后掀起一片衣襟，将脸子抹着。她这分化装工夫的耽误，李南泉已走到竹林子里了。看到她蹲在田沟边洗脸，这就笑道："奚太太,高雅得很。你还在做这样有诗意的动作。"奚太太站起来笑道:"躲在防空洞里,揩了一脸一身的泥土,所以在这田沟里找点清泉洗洗。"李南泉笑道:"这也很好。泉水里面有落花香,你这无异用花露水洗了一把脸了。"

下江太太听了这话,明知道是李先生打趣奚太太的。这就故意走近她一步,将鼻子吸了两下,笑道:"让我闻闻,是不是有点花露水香?"奚太太将手向她轻轻推了一下,笑道:"飞机又在响了,还要开玩笑哩。"下江太太道:"在这里不怕飞机,你看这是个有诗意的环境,又遇到你这富有诗意的动作,我们是应当轻松一下,不要放过这机会。"原来这时,越是暮色苍茫了。仅仅是西边天角,略有点淡红色的云脚,反映出一片轻微的红光。其余当顶的天幕,已变成了深蓝色。一弯镰刀似的月亮,配着三五粒灿烂的星点,已经是像白铜磨洗出来一样。这四围小山绕着的平谷,就落在幽暗的深渊里。这竹林子更在这幽暗的环境中,发出苍黑的一群影子。人在这种地方,本来就很少听到嘈杂的声音。这又是警报期间,乡下人虽不听到警报声,但是这些躲警报的难民来了,也就给他们带来一种恐怖的压力。所以在这情景中,他们也是停止了一切声音。这个山谷里分明藏着很多人,却是连这四围的山,都一同睡过去了。李南泉在太太群里,自也有些不便,就向下江太太道:"天色已经晚了,三位可以到人家草屋子里去坐坐。我在这竹林子下给你们做防空哨,万一飞机临头,我去给你们做报告。"三位太太听了他这样说了,环境也实在过于悄静,大家都走到乡下人家去了。李南泉自站在竹林下,心里静下来,但听到四处草里的虫子,发出各种响声来。

他心里想着,这大自然的美丽,并没有因为战争而减少。好山,好水,好月亮,好的一切天籁,人为什么不享受,而要用大炮飞机来毁灭?世界上的侵略国家,用大炮飞机去毁灭别人的国家,他自己的国家,也就未必能安然置身事外。日本本土,现在一切大自然,还是顺着天然的秩序前进,可是能永久这样吗?天上这一弯月亮,照着此地躲警报的人,也照见日本国内在拼命制造军火的人。虽不知道日本国内现在是什么心理,可是他们会替警报声中的中国人设想一下吗?人间天上这一弯月亮,她也许知道。因为她同时也正照临着日本。他这样想着,不免抬起头来,对天上那一弯月亮注意地看着。天色已完全昏黑,那月亮虽是半弯,倒显得格外发亮。她的浅薄的光辉,洒在地面的深草上,洒在树上,洒在山上,都像淡抹了一层粉痕,较远的地方,就模糊着带点似烟非烟、似雾非雾的情景。那草里的虫,在这种光辉下,更是兴奋,大家在暗草丛里,都振动了它的翅膀。有的作嘟嘟声,有的作喳喳声,有的作叮叮声。李南泉听到这响声,更是引起他心里那番空虚寂寞的观念。正抬头观察着东边天角,却发生了轰轰轧轧的响声,这是敌机群又已来临的象征。他心里立刻紧张起来,对西边天角下注视着。就在这时,对面山峰的后身,一道白光,向天空、山上射去。那白光在天空中笔直一条,在半空里摇撼了几下。平地又是一道白光直射上去。

山后那两道白光,在天空里来回摇撼,最后就在天空里把敌机照着。那敌机像是一群白燕子,在巨大的白光条里向上升,可是第二道也照到了,正好像夜空里拦上了个十字架。随后第三道、第四道白光,都由山后涌起,全像架花格子似的,把这群白燕子照着。敌机走,这若干条白光,也随着移动。那群敌机,除了尽量升高,同时也向外兜着圈,用高和远,躲开白光的探照。最后,它们逃出了白光的花格子。但在更远的地方,又在平地向半空里射出了几道白光,每道白光同时晃动着,又把那群敌机捉住了。这次不是仅仅捉住而已,顺着这白光十字架的交叉点,地面上已发射了高射炮。那高射炮像联珠一串,向天空里发射着小红球。那红球就在那群白燕子中间射去。可是并看不到有一只白燕子碰在这红球上。由肉眼看去,有一个红球,在两只白燕子中间穿过去,相隔简直不到一尺。李南泉看到,不住顿着脚说:"可惜可惜!"这威胁给予那敌机群大概是不小,机群分开了。白光所笼罩的,现在只有一架敌机,其余都以爬高战术,逃出了天罗地网。不到三分钟就听到"轰隆轰隆",一阵炸弹声,分明是敌机已于目标所在地投弹。李南泉站在竹林下手扶了一根竹枝,对天上一弯冷月,不由得叹了一口气。心里想着,这一片响声中,又不知道有多少人已经丧失了生命财产。中国人若不能对日本人予以报复,这委屈实在太大了。正想着呢,一片轰轰之声,又很清楚地送进了耳朵。

巴山夜雨

那飞机的马达声越来越近,而天上探照灯的白光,正好向这里斜过去。在白光顶端,已看到几只小白蛾似的影子。飞机的头,正是向这里指着。李南泉不敢再看了,掉转身子就向村子里跑。在人家后面,无数的石槽,那都是藏躲惯了的,哪个石槽,比较的深曲,都有经验。他晓得这人家围墙靠近一道斜坡有个四五尺深的洞子,而且洞门直立,非常之像防空洞。他就直奔那里去。他走得快,飞机也飞得快。飞机脱离探照灯强烈的光线网,已经在探照灯淡光顶端。而探照灯在天空上,已斜着倒下,高射炮也就不能射击了。敌人对这种角度的选择,自然是很内行的。他们飞到这面前一带山峰天空,已低下了一半。转眼过了山峰,更降低了,而探照灯就无法擒捉它。他们已不怕高射炮,自己和自己的飞机联络,机身四周,放出信号枪。那信号枪放出之后,像是红绿四彩的带子,在天空中曲折飞舞。这信号枪和马达的重响,有声有色地向头上跑来。李南泉看着飞机临头,虽明知在这山谷里,不会盲目投弹,可是在神经过度紧张之下,两只脚情不自禁地向斜坡下小洞子边跑去。到了那洞口,飞机已正到了头顶,他弯着腰就向洞里钻去。这时,他发现了洞里已有人预先藏着了,因为有了唧唧的轻语声。他只好伸出两只手在面前试探,手摸了石壁前进。洞里有人"呵哟哟"一声,怪叫起来。李南泉吓得身子向后一缩,不敢再进。

洞里的人,连连问道:"哪个哪个?"在这南腔北调的当中,李南泉就听出是奚太太的声音,便笑道:"别害怕,邻居姓李的,飞机已过去了。"奚太太道:"我活该有救,偏是李先生也躲的是这个洞子。你进洞子来吧。"李南泉道:"不必了。飞机已经过去了。等第二批敌机来了,我再躲进来。"奚太太道:"飞机还在响呀,你躲进来吧。"李南泉道:"不要紧,我站立在洞门口,可以看到飞机的,他们一路都放着信号枪呢。"他说了,果然不动。奚太太道:"你果然不进来,我就出来了。有男子在场,我的胆子大多了。"随了这话,洞里先挤出奚太太三个孩子,随后她带了笑音道:"这天然洞子躲不得。又小又没有灯亮,只有摸进摸出。"李南泉站在洞口,怕挡了她的路,正要闪开。奚太太一只手就搭在他肩上,笑道:"对不起,李先生你扶我一把,这洞口上正有一个大坑。"李南泉只好伸着手,将她搀出洞口,自己也跟着出来了。防空洞里,总是漆黑的,无论白昼,或月夜,出洞的人,总会感到是两个世界。奚太太站定了脚,抬头对天上望着,先赞叹了一声道:"好月亮,这样的新月之夜,不在月光底下,做些有诗情画意的事,而是钻防空洞躲警报,真是大煞风景。"她说这话是有理由的。在这山村的人家四周,正簇拥着参天大树。把这个山谷,罩得阴沉沉的。那像把银梳子的新月向西微斜着,正是在高大树影的边沿上。月亮的光,落在山谷里和树的阴影,略微地画出了阴阳面。看眼前的山影子,也是半边光,半边暗,就很有趣味。

奚太太道:"李先生,你看这夜景是多么好!记得有支情歌,说是'月儿弯弯照九州,几家欢乐几家愁'。今天这月亮就是这样,你看有多少人家在躲警报,又有多少人家在吃西瓜赏月,还有在屋顶花园跳舞的呢,那更是安逸。"李南泉哼了一声,他还是看了月亮出神。奚太太道:"李先生会不会跳舞?"他随便道:"跟人学过,不算会。"奚太太道:"那你就一定会。你教给我好不好?"李南泉笑道:"教你跳舞?你可知道跳舞是怎样的教法?"奚太太道:"那有什么不知道,无非是男女搂抱着在一处跳。这是交际,那没关系。"她说着,从旅行袋里,抽出一方手绢来,把身边一块大石头,拂了两拂,笑道:"李先生,我们坐着谈谈,不要离开这个洞,说不定飞机又来了。"李南泉道:"你带着孩子在这里躲吧。这里是相当安全的。我得看看我太太去。"奚太太笑道:"她比你更宽心。她和白太太几个人,在那草屋里打麻将。我今天需要你保护,你不要离开我,行不行?"李南泉听了这话,倒是愕然,重声问道:"这是什么意思?我不懂!"奚太太笑道:"你有什么不懂?我的秘密都告诉你了。"于是将声音低了一低道:"你看,我身上带了十四两金子,让我在这山窝里孤单单地躲着,不害怕吗?"李南泉道:"原来如此。可是你那秘密,有谁知道?不还有几个孩子陪着你吗?你若不放心,可以去看她们打牌,那比我陪你坐在这里强得多。奚太太你不要遇事神经过敏。若是遇事都过敏去揣测,这个年月,人会疯狂的。"她道:"那何须你说,我根本就半疯了。"

李南泉笑道:"这可是你自己说的。你为什么自己要承认已经半疯了?"奚太太做出了演话剧的姿态,两手高高举着,做一个叹气的样子,摇了几摇头,然后低

巴山夜雨

声道:"天啊! 我为什么不疯呢! 我们的家庭是个美满的家庭,而且我和老奚是患难夫妻。远的不说,就是到了重庆以来,我和他带着这群儿女,在乡下茅草屋子里过这惨淡的生活,始终没有怨言。他回得家来不是炖肉,就是煮鸡蛋,宁可我们三个月不开荤,我们也不让他回家来吃素。可是他在重庆街市上,大吃大逛,那都不算,又在重庆玩女人,看那情形,还要和那女人结婚呢! 我在这乡下住着,还有什么意思? 我继续地吃苦,他倒是在城里继续地高兴。我要找他理论,他躲着不见我。我要告他,又是投鼠忌器,怕损害了我的名誉,断送了我孩子们的前途。我曾托过新闻界的人,要在报上登一段新闻揭破他的秘密,说什么人家也不登。这样,逼得我走投无路,我怎么不疯呢? 不过我情感虽是竭力地奔放,可是我的理智还能克服一半情感。我仔细想了一想,我现在只有一着棋可以对付他,就是你胡闹我也胡闹,我闹到不可收拾,看你怎么样? 至少我先报复他一下,闹得他啼笑皆非。无论怎么样,我心里先痛快了一阵。"她一连串地这样说着,李南泉站在石头边静听。他将一只脚踏在石头上,横架了一条单腿,两手按在自己腿上,像搓麻绳子似的,在大腿上搓着,始终不发一言。等她说完了,抬头望着月亮,微微叹了口气。

奚太太笑道:"李先生,你对于我这话做何感想? 怎么只是叹气? 坐着坐着。"她这样说着,把原来掸拂石头的那方布手巾,继续在石头上掸拂着。在清微的月光下,还可以看到她的脸色,是带了几分笑意的,他不愿再和她说什么,还是仰了头望着天上的半弯月亮,缓缓移着步子向月亮地里走去。晚风在四围的树梢上,向这山谷里吹了来,凉飕飕地拂到人的衣服上,只觉周身毫毛孔都有点收缩。于是挑着山梁上的乱石坡子,一耸一跳地向前走着。奚太太也在后面跟着,抬起手来,在月光下乱招了一阵,笑道:"喂! 老李,你这是干什么? 若是有什么话要和我说,你就站着远一点说也可以,何必像小孩子逃学似的躲开?"李南泉道:"我觉得在这山岗上看这一钩新月,非常有意思。银河是这样的清淡,星点是这样的稀疏,晚风是这样的凉爽,再看到这月光下重重叠叠的山峰,发出那青隐隐的轮廓,这风景好极了。"奚太太手抬起来向他招着,两只脚不肯停住,还是向这边山坡脚

535

下走,口里问着:"李先生,你说天上的银河,真是星云吗?我觉那牛郎织女的神话,倒是怪有趣的。我现在就是织女在天河边上的心情。"她说着话,人是越走越近。李南泉突然一个转身,做个惊恐的样子,然后低声道:"不要走,那边人行路上,好像有三四个人影子走了过来。让我来大声喝问他们一下。这深山冷谷,来歹人是太可能的。"

奚太太根本就有些怕鬼,尤其今天在身上藏着十四两金子,她简直是草木皆兵。这就吓得身子向回一缩,转身就走。当紧急警报放过以后,照例是不许点灯的。这对于城郊附近的村落,也不能例外。因为地下有若干点灯光,就可引起天空上的误会,把来当了城市目标。这山谷里的灯光,原来也可以不受限制。但是两三里路外,有了几个学校,又有了几个疏建区,受着防护团丁的干涉,也照样熄灯。所以奚太太在人家外面躲洞子,对于这个小村落,却是看不见,它已隐伏在树阴里面了。这时,回转身来,却看到竹林子被风吹动,里面闪出几道灯光。这正是人家所在。她猜想,这必是那几位跑警报的太太,牌打得高兴,忘记把灯光掩盖起来。她对了那竹林子跑去,打算死心塌地去看牌,不再在外面躲野洞了。同时,她自然也不能忘记那个袋子,于是伸手到胸面前摸着,以便好跑。可是她这一摸,把她的魂魄,抛到了九霄云外了——胸前挂着的那个装金袋子,早已不翼而飞。她"呀"的一声,呆站在竹林子外面,静静地把时间回溯过去。记得清清楚楚,进那天然洞袋子还挂在脖子上的。于是奔回那天然洞子,掏出旅行袋里的手电筒,寻找了一遍。洞子里并无踪影,她又想着站在洞口上和李南泉谈过话的,也许落在洞口上。于是,亮着内光手电筒,在山谷里四处乱晃。这时,飞机声又在远处有点呜呜之声了,李南泉在小山岗上看到这电光,也是呵呀怪叫。

奚太太知道这一声叫是为了灯光,便道:"不要紧的,我是拿手电筒朝地面上打。李先生你快来帮个忙,我丢了我的生命了。怎么办呢?我只有自杀了!"李南泉虽知道她是半神经病。可是她这样高呼大叫,也是扰乱秩序的行为。只管让她叫喊着,自是不便,只好下山跑到她面前来,因道:"太太,你为什么这样大声疾呼,还亮着手电?飞机又在响了。"奚太太道:"你不知道,我遭遇着一件大不幸的事,

巴山夜雨

我身上挂的那个袋子,整个丢了。我这半辈子的生活,完全摧毁了,怎么办?"李南泉道:"真的?这事可严重。"奚太太全身颤抖着,带了哭声道:"这不完了吗?这不完了吗?"李南泉道:"你不要急,反正你我都没有离开这里,在草里摸索摸索吧。哪怕熬到天亮,我们都不要走开,这东西总可以找出来的。"奚太太倒真的听了他的话,弯着腰伸手在草里和石头上,就着浑浑的月色,带看带摸,在她刚弯腰之后,她忽然"哟"了一声,接着又反过手去在脊梁上摸了一下,"噗哧"笑道:"在这里了,在这里了!"然后她站了起来。李南泉道:"怎么回事?我的太太!"奚太太道:"老李,你怎么老占我的便宜?刚才叫了一声太太,这次索性叫'我的太太'。"李南泉"呵呀"一声道:"误会误会!这是习惯上的惊叹之词。你说正经的吧。"她伸手到衣襟里面拨弄了一阵。立刻她胸面前拱起了一个包,然后拍着胸道:"在这里不是?当你也躲进防空洞的时候,我悄悄把这个袋子移到脊梁上去挂着,绳子还是套在头上的,刚才我只顾胸前,我就忘了背后了。你可别误会,我这样做,不是怕你抢我的袋子,我完全是好意。"

这一幕喜剧,在李南泉先生看来,简直是啼笑皆非。他也不敢在这屋后山谷里徘徊了,立刻找出石缝乱草里的一条小路,背着西斜的半边月亮,向树林子外面走了去。那月亮照着自己的影子,斜斜地在面前草地上,步步向前移动。西南风由侧面吹来,把自己这件当保护色的蓝布大褂,吹得离开了身子,不停地招展,白天很热,到了晚上,地面的暑气已退,这凉风拂到身上,让人有一种说不出的清凉滋味,他觉得这个环境还是不错。虽然是在躲警报的场面下,那天角边的飞机马达声,已经没有了。抬头看四面山峰的山顶,中间透出一片深蓝色的夜幕,因为天气非常晴朗,这半边月亮还发出很充足的光辉,山谷下,全撒下了一片银粉。那树木的影子,一丛丛的深黑色,在这银粉世界里挺立着,很像是一幅投影画。觉得比起刚才看探照灯高射炮的情怀,完全是两样了。因为心里轻松,就走出了一个小山谷,踏进一个大山谷里来。这山谷里有上十亩地,都栽着高粱和玉蜀黍,这两种植物,全长得一丈高上下,把这个大山谷,变成了绿叶之海。人在山谷里走,也就是在绿海的叶浪里游泳。所以,前后几尺路,都是看不见的。他走了一截路,看到一块石头,就在上面坐下。抬头看高粱叶子,在月光里反映出油漆似的绿光,颇感到有趣,只管看了出神。就在这时,却有一片唧唧哝哝的声音,传入耳鼓。虽不知道这声音来自何方,猜想着也不太远。

巴山夜雨

第二十五章　群莺乱飞

李南泉听了这声音,不由得吃上一惊。虽然这惊骇是无须的,可是他心里的确怦怦然地连跳了几下。但是他沉静了两分钟,第二个感想,就是这在跑警报的时候,这种事情很多,那很算不了什么,也就不必再去研究了。为了避免冲破人家谈话的机会起见,自己还是走开为妙。于是缓缓地站起身来,扭转身躯,想由原来的路上走回去。这就听到有个男子的声音,嘶嘶地笑起来。接着他就低声道:"这个不成问题,过了几天,我要进城去,你要的是些什么东西,我一块给你买来就是。"随后就听到有个妇人接着道:"你说的话,总是要打折扣的。东西是给我买了,要十样买两样,那有什么意思?老实告诉你,这次你买东西要是不合我的意,我就不理你了。"那个男子笑道:"这话不好。若是这样说,那我们的交情,是根据了东西来的,那很是不妥;觉得你为人,很合我的脾气,我是想把我们的交情拉得长长的远远的。虽然我们还不知道抗战要经过多少年,可是我相信总也不会太远,到了抗战结束了,我的家眷,都是要回下江的。我私人还要在重庆做事,那个时候,我对你就好安顿了。"那妇人笑道:"你信口胡说,拿蜜话来骗我,到了战争结束,怕你不会飞跑了回下江。"那男子连说:"不会不会,一千个不会。"说到这里,李南泉听出那个男子的声音来了,那正是芳邻袁四维先生。他是个自诩正人君子之流的,而且处人接物,又是一钱如命的,怎么会带了一位女友来赏月呢?

这当然是一件奇怪的事。李南泉并不要知道袁四维的秘密,但既然遇到了这事,他的好奇心让他留恋着不愿走开。他又在这高粱地的深处站定,这就听到袁先生带着沉重的声音道:"你这样漂亮的人,跟着一个勤务,哪天是出头之日?虽然他年轻,可是年轻换不到饭吃。你若不是遇到我,像身上这一类的新衣服,从哪里来?在这一点上,可以证明我绝不是骗你。我现在大大小小盖了好几所房子,随便拨你一所住，比你现在住那一间草屋子都舒服得多吧？"那妇人道："这房子是你和人家合伙盖的，你也可以随便送人吗？"袁四维道："现在就不算和人合伙了。那几个合伙的人，我用了一点手段，分别写出信去，说是遇到空袭，这地方并不保险，村子附近已经中过两回炸弹了。还一层，这里晚上出土匪。"那妇人道："你这些话，人家会相信吗？"袁四维笑起来了："戏法人人会变，各有巧妙不同。我当然不是这样直说。我说必须在这乡下，再找一个疏散的房子，最好离村子在五里路以外，各位股东，有自用武器，最好带了来。否则一家预备两三条恶狗。这些股东都是有钱的人，要搬到这里来住，本是图个安全，现在无安全可言，他们还来做什么呢？所以都回了信不来了，只有李南泉介绍的一位姓张的，我还没有法子挡驾。我想把钱照数退还给那个姓张的，也就没有什么事了。所怕的就是李南泉从中拿了什么二八回扣，那就不好办了。他不退给姓张的，姓张的也许不肯吃这亏。"

李南泉听了这话，不由得一腔火要自头顶心里冲出去。但他转念一想，这本是偶然的巧遇，若挺身而出，把这事揭穿了，袁四维很可反咬一口，说是有心撞破他的秘密，就是他不这样说，撞破他的秘密，那是件事实，他也会一辈子饮恨在心。于是站着沉思了一会儿，还是悄悄地走开。他心里想着，谁人不在背后说人？他这只是说着，李南泉要佣金，若是他要说李南泉欺骗敲诈，亲自没有听到，还不是算了吗？他越想心里倒越踏实，慢慢走着。他到了那村屋子里去，见掩着门的人家，由门缝子里露出一条白光来。同时，也就由门缝里溜出整片的烟，在下风头，就可以嗅到那烟里面有着浓浊的气味。这是熏蚊子的烟味。他走近了将门一拉，那烟更像一股浓雾向人身上一扑。在烟雾外面看那屋子正中，四个打牌的女人，六七个站着看牌的男女，还有两盏菜油灯，全都埋葬在腾腾的烟雾中。四个打牌的女人，也有李太太在内。他便笑道："你们这样打牌，那简直是好赌不要命。你们鼻子里嗅着这砒霜味，不觉得有碍呼吸吗？"下江太太正好和了个一条龙，高兴得很，她就偏过头来笑道："各有一乐，我们坐在这里熏蚊烟，固然难受，但看到十三张就可以把这痛苦抵消了。你在竹林子里喂蚊子，那也是痛苦的。可是你也有别的乐趣,也就把蚊子叮咬的痛苦抵消了。"最后她还补了一句文言,"不足为外人道也。"

李南泉听到她这话,心里倒是一惊。下江太太为人,口没遮拦,什么话都说得出来,刚才和奚太太躲飞机的一幕,很是平常,若是经她口里一说,那是不大好的,因此对她和自己太太看了一眼,并没有作声。那位奚太太虽不大会打牌,可是她身上那布袋子里装有十四两金子,她也不敢在野地里再冒险。所以她也远远地站在牌桌后边,看大家的举动。下江太太这几句话,她就多心了,笑道:"喂!让我自己检举吧。刚才在这屋后躲月亮的时候,正好一批敌机来了。那里有个天然洞子,我带着三个孩子躲了进去,李先生随后也来了。这是不是有嫌疑?有话当面言明。大丈夫做事,要光明磊落。"李南泉隔了桌子,向她作了两个揖,拱了两拱手,笑道:"这是笑话说不得。罪过罪过。你是我老嫂子。"下江太太抹牌,正取了一张白板,她右手将牌举了起来,笑道:"看见没有?漂亮脸子是要加番的。当年老打麻将,拿着这玩意那还了得!"说着,她左手蘸了桌角杯子里一点茶水,然后和了桌面上的纸烟灰,向牌面上涂抹了,笑道,"你又看见没有?白脸子上抹上一屋黑灰,这就不好打牌了。奚太太今天来的时候,就是这样子做的。一个女人长得漂亮了,处处受着人家的欣慕,也就处处惹着嫌疑。"李南泉对于她这些比喻,不大了解,可是桌上三位打牌的太太,笑得扶在桌面上都抬不起头来。原来奚太太在和奚先生没有翻脸以前,化妆不抹胭脂,雪花膏抹得浓浓的,干了以后,鼻子眼睛的轮廓都没有了。太太们暗下叫她"白板"。

就在这时,门外有一阵喧哗声。有人叫道:"就在这里,就在这里,一定躲到这里来了!"听那口气,多么肯定而严重。李南泉一想,一定是捉赌的来了,自己虽是个事外之人,可是自己太太在赌桌上,真的被拉到警察局里去了,这事可不大体面。为了这些太太说话,不好应付,正要躲开,现在倒可以迎出门去,替她们先抵挡一阵。于是先抢着到大门口来。在月亮下看看,倒并不是什么捉赌的,乃是袁四维太太带着她一大群孩子,还有男女二位帮工。李南泉受了这一次虚惊,很有点不高兴,笑道:"这可把我骇着了,我以为是防护团抓人。"警报期间,本是不应该打牌的。袁太太手上拿了根粗手杖,还是那天赶场买米那个姿势。手杖撑在地上,顶住了她那腰如木桶的身体。她笑道:"对不起,小孩子们不懂规矩。我们家里有点事,找袁先生回家去商量。他在这里吧?"李南泉是拦门站着的,他并不让路,摇摇头道:"他不在这里,这里是太太集团。我也是刚进来看两牌。现在并没有解除警报,你怎么能邀袁先生回去?"袁太太道:"不回去也可以,我要和他说几句话。"李南泉笑道:"他实在是不在这里的。他不会到这里来熏蚊烟的。"袁太太见他这样拦着,越是疑心,将手杖对她的一个大男孩子身上轻轻碰了一下道:"你先进去看看。"那男孩子倒有训练,就在李先生腋下钻了进屋去。李南泉笑道:"我不会帮袁先生瞒着的,你自己进去看吧。"他说时,故意把声音放大一点,然后放开路,自己向外走去。袁太太以为他是放风,更抢着向里。李南泉和她碰撞了一下,好像是碰了棉絮团子。

这给李南泉一个异样的感觉:人碰人居然有碰着不痛的。但也唯其是碰得没有感觉,这位袁太太于李先生慢不为礼,径自走向屋子里面去。李南泉事后又有点后悔。尽管这位芳邻不大够交情,也不常和她开玩笑。她找不着袁四维,证明了受骗,那倒是怪难为情的,赶快走开这里为妙。他于是不作考虑,顺了出村子的路走。远远地听到两个人说话而来,其中一个,就是袁四维。这就有点踌躇了,是不是告诉他,袁太太已经总动员来搜索他呢? 于是闪在路边,静静地等他。这就听着他笑道:"我家里太太,向来是脾气好的。这回到你那里去把东西砸了,完全是受人家的唆使。好在东西我都赔了你,过去的事不必谈。她已经和我表示过,以后再不胡闹。而且你新搬的家,也不会再有人知道。若再有这种事情发生,那我就不管是多少年夫妻,一定和她翻脸。"说着话,二人已慢慢走近。在月亮下,李南泉看得清楚,袁先生学了摩登情侣的行动,手挽着一个女人走了来。只得先打了他一个招呼道:"袁先生也向这里找休息的地方吗? 不必去了,这几间草屋子,家家客满。"袁四维听了,立刻单独迎向前来,拱拱手道:"呵! 是是。我遇到一位亲戚,在这荒僻的山谷里,又已夜深了,不能不护送人家一程。"李南泉近一步,握了他的手低声道:"袁太太也在这里。大概……"袁四维不等他报告完毕,扭转身来就跑,口里道:"大概敌机又要来了。"然而他跑不到三五步,老远地有袁太太的声音,叫了一声"四维"。

袁四维听了这郑重的叫喊声,只好站住了脚。突然向李南泉道:"李先生,前面你那位朋友还等着你呢,你过去看看吧。"说着,还向前指了一指。然后转身就去看他的太太。当他挨身而过的时候,虽看不到他太太脸色,可是在月光底下,还见他偏过头来向自己很注意地看着。身子走过去了,头还倒过来看着,他那内心的焦急是可知的。李南泉那份同情心,不觉油然而生,这就向他点了个头道:"多谢多谢,我实在也应该送人回去了,月亮快落山了,夜袭不会再有多久的时间的。"他说着,人就向前面走去。路头上有两棵不大的树,在树下现出两个桌面大的阴影,有个女人,手扶了树干,站在树阴里。这样,那自然就看到一个更浓黑的影子,什么样的人,是分不出来的。而且她还是背过脸去的,只能看到一个穿长衣的人影,肩上拖着两条小辫子。由此也可知道这位女士,也是很怕袁太太的。这就站近了她身边,低声向她道:"张小姐,快要解除警报了,我先送你回家吧。"他本不知道这位女人姓什么,这不过信口胡诌这么一个称呼。那女人倒是很机灵,也不说什么,就走了过来,在他前面走。一直走出了村口,她回头看看,才向李南泉笑着点了个头道:"李先生,谢谢你了,我不怕什么。我是一个穷人,为了吃饭,没有法子。袁四维的那胖子老婆,她要和我闹,我就拼了她。不过那样袁四维面子上很不好看,所以我就忍下来了。迟早我要和她算账。"

李南泉笑道:"我不管你们的私事。因为袁先生叫我送你回去,所以我送你一程。"她道:"你怎么知道我姓张?"李南泉道:"我并不知道,刚才是我情急智生,张三李四,随便叫出来的。张小姐要到哪里?我可以送你出我们村子口上。"她大声笑起来了,接着道:"李先生,我知道你是老实人。你也怕伤了邻居的面子。可是那没有关系的。姓袁的夫妻两个,向来就不做好事。大路上人人可走。只要我不和袁四维在一处走,那个胖女人她敢看我一眼吗?这条路上,哪天我不走个三四五回的?笑话,我走路还要人送?"李南泉一听这口气,倒是怪不好意思的。又默然地送了她几步,这就笑道:"张小姐,过去不远,就有人家了。你一人走吧。"她停住了脚，对李南泉周身上下打量了一番，笑道："你生我的气？刚才我这句话，并不是对你说的。你送送我，我也欢迎呀。你想，姓袁的那个老头子，我还可以和他交朋友，对你这个人我还有什么不愿交往的吗？走吧走吧！"说着，她就伸手拖着李先生的衣襟。李南泉这就不客气了，身子向后一缩，把衣襟扯脱开来，沉重的声音道："现在不是在躲空袭吗？严重一点说，这是每个人的生死关头。在这个时候，若还是有点人性的人，也不会痰迷心窍。你要我送，我送你就是。不要拉拉扯扯。"那妇人将身子半扭着，偏过头来，对他望着，"哟"了一声道："说这一套干什么？你在月亮底下，对我也许看不清楚，在白天你见见我看。我要人家送我走路，恐怕还有人抢着干呢。"

李南泉也只有随了她这话，打上一个哈哈，不再说什么。又默然地走了二三十步路，抬头看那一弯月亮，已是落到对面山顶上。那金黄色的月亮，由山峰上斜斜地射下来，射到这高粱簇拥的山谷里，浓绿色的反映，使人的眼面前，更现出一派清幽的意味。唯其是景色清幽，所以在这高粱山谷里走路的人，也感到有清幽的意味。他有点诗意了，步子越走越缓，结果和那妇人脱离了很远。也就在这个时候，顺着风吹来一阵呜呜的响声。那是解除警报了。路边正有一条小路，他就悄悄地插上小路。因为周围都是高粱地，这样一转，就谁也看不见谁了。在路旁挑了一块干净石头，又悄悄坐下。那中国旧诗文上颂祝月亮的好字句，不断涌上心头。料着在山村里躲警报的人，一定会随着解除警报的消息陆续回家，自己也就在这里等着。等了一会，但来的不是自己家里人，而是袁氏夫妻。袁太太打破了她向来在家庭的沉默，一路说着话走路。只听到她道："女人的美有什么一定的标准，不都是在胭脂花粉、绫罗绸缎上堆砌起来的吗？"袁四维拖长着声音，每个字和他的腿步响，都有点相应和，他道："那也不尽然吧？譬如瘦子，那是肉太少；胖子，那是肉太多。这与胭脂花粉绫罗绸缎有什么关系？嘿嘿，你说是不是？"他笑着是"嘿嘿"，而不是"哈哈"，分明这笑声是由嗓子眼发出，而憋住了一大半没有发出来。袁太太以很重的声音道："胖子有什么不好？杨贵妃还是国色呢！你嫌我胖？"

巴山夜雨

袁四维笑道："杨贵妃是个胖子,这也是书上这样传下来的罢了。她有多胖,胖成个什么样子,有谁看见过?我想,她纵然胖,也不会是个腰大十围的巨无霸。"说着,他又是"嘿嘿"一笑。袁太太最苦恼的,就是她生成个大肚囊子。最近为了治这个毛病,既是拼命少吃饭,而且还做室内运动。自己觉得是很有成绩的。就是邻居们也都看到她的肚囊子减小,为她庆祝。这时,袁先生的语意,又是讽刺她的大肚子,坐在暗地里的李先生,也想到袁太太将无词以对。可是袁太太答复得很好,她道："你是个糊涂虫。你以为现在还是个大肚子吗?我已经有三个多月的喜了。假如你嫌我的肚子大,我就把肚子里这个小生命取消他就是。"袁四维笑道："你何必多心?我也不过是一种比喻话。"说到这里,他们已经走了过去,说话的声音,也就越来越小,不过一连串的全是袁太太的话。李先生独自坐着,发生了许多感慨。觉得男人对于自己太太,无论怎样感情好,总是打不破这个爱美的观念。袁四维夫妻,在打算盘一方面,可说是一鼻孔出气的。而袁太太实在也能秉承他的意志,和他开源节流,而一个大肚囊子,他却是耿耿于怀。他这样想着,不免幻想出袁太太穿了短衣,顶着大肚子在屋子里做赛跑的姿态。越想越笑,借了这笑破除寂寞,开始向回家的路上走。

他这笑声,引起了身后一大群笑声。正是那些打牌的太太,也由先生们护送回家。他的太太,自然也在内。下江太太在后面问道："李先生,你什么事情这样高兴,一个人这样大笑?"李南泉道："我想起了个笑话。"奚太太也在后面,就接了嘴道："我就知道你说的是什么笑话,准是说我半疯了。世界上是两种人才会疯,一种是最愚蠢的人,一种是最聪明的人,我总不是那最愚蠢的人吧?"下江太太道："你当然是最聪明的人。你若是不聪明,胸面前怎么会长三个乳峰?"这样一说,大家又是一阵哈哈大笑。他们走着路,月亮是正落到山后去,长谷里已现着昏黑,抬头看去,满天的星,繁密了起来。星光下的山,不像月亮下的人那样好看,但见两条巍峨的黑影,夹住人行的深谷。虽是成群的人走路,各人的心情,都觉得很沉重。虽是人群里有两三支电筒,前后照耀着,可是大家要留心脚下的斜坡路,就停止了说笑,沉默地走了一程,将近一家门口,却有一阵低微的哭泣声,呜呜咽咽,随风送来。警报声中，人是恐怖的。解除了警报，这恐怖的心情，还未能完全镇定。这种哭泣声，颇是让大家不安。走近了那哭声，却是袁四维家里。李南泉很明白，这袁太太伤心那大肚囊子，为丈夫所不喜。下江太太是喜欢热闹的人，首先问道："刚才看到他夫妻两个，还是有说有笑，怎么到家之后，立刻有人哭起来了？我们看看去。"

奚太太在这人群里，是个急公好义者，"呀"了一声道："天暗月黑，不要是出了什么乱子吧？"下江太太笑道："老奚，你心眼里大概只有桃色纠纷这些事件。"奚太太道："我猜着是不会错的。这世界上只有两个大问题，金钱和女人。"她说着话，径直向袁家走去。躲了几个钟头的夜袭，大家也都要回去休息，并没有人理会她的行动。李氏夫妇带着孩子们回家，喝点儿茶水，也就预备睡觉。这时，房门敲得咚咚地响，奚太太在门外叫道："李先生你开开门，我有要紧的话和你说。"李南泉只好将门开了。她点个头笑道："对不起，我问你一个字。"李南泉道："你问一个字吧。"她道："两个字行不行呢？"李南泉道："你说吧，只要是我所能知道的。"奚太太将一个食指，在他家打开了的房门上比画着，问道："鞋子的'鞋'字，'革'字在左呢，还是在右呢？大概是在右。"李南泉随便答道："在右。"她道："郁郁不乐的'郁'字，一大堆，我有点闹不清。是不是草字头下面一个'四'字。'四'字下是个必须的'须'字吧？"他随便答道："对。"奚太太道："算了吧，我问什么，你答什么，一点也不纠正我的错误。外面漆黑，你把菜油灯照着送我一截。行不行？"李南泉道："好，我送你一截。你可别再问什么，大家都该休息了。"李南泉举了菜油灯在前，她跟随在后，直送到奚家走廊下，回身要走。奚太太一伸，低声笑道："我告诉你一条好新闻，袁先生那样大年纪，还不学好，还要闹桃色纠纷。刚才我看袁太太，她就为了这事哭的。"李南泉道："我们又何必要知道这件事呢？我也并没有打听人家家事的瘾，大家做邻居，总是相当和睦的。若是彼此打听对方的家事，很可能卷入是非旋涡呢！"说着，端了灯自转身回家去。遥远地听到奚太太说："这个人简直是个书呆子。听话是死心眼子地听。"她虽是自言自语，那声并不小，每个字全都可以听到。那分明是取瑟而歌之意。李南泉心里好笑，回家

巴山夜雨

去放灯,自将门关了。李太太站在屋中间,向他连连点了几下头,笑道:"你这行为,可以写在标准丈夫传里。"李南泉挺起腰杆子,竖着右手的大拇指,指了自己的鼻子尖,嘻嘻笑着。李太太笑道:"你得意什么?假如杨艳华对你这样卿卿我我,表示好感,你也只好是逆来顺受吧?"李南泉笑道:"你还不放心她,人家就在中秋的前一天订婚了。"李太太道:"订婚算什么?刚才和你表示好感的女友,她不是几个孩子的母亲?"李南泉笑道:"罪过罪过。我们固然是很好的邻居。就算我们不是好邻居,我们试闭着眼睛想一想,在你也不堪一击吧?"李太太笑道:"你这样说,难道就不罪过?"说着,她又点了点头道,"这种人要和我闹三角故事,当然是不堪一击的。"于是夫妻两人都笑了。在他们正高兴的时候,斜对过的袁家,还是有细微的哭泣声,隐隐地传了出来。他夫妻对这哭声,自也感到奇怪。在他们睡醒了一觉之后却听到袁家很多人说话。半夜里的说话声,是很惊人的。李先生赶快起来,打开头门来看,却见袁家灯火通明,很多人进出来往。

这当然是一件怪事。不免就走到长廊上向那边呆望着。看到那里停着一乘滑竿。有两个白纸灯笼亮着,有人提在手上晃摇。李南泉慢慢向长廊小木桥上,背了两手,向袁家后门走去,那是他家的厨房,灶火熊熊,正在烧饭。他们家的厨子端了盆凉水要向外泼,李南泉就大声叫着"有人"。那厨子笑道:"李先生也是这样的早?"他笑道:"被你们的声音惊动了。你们家今天有什么举动?"厨子道:"我们太太要去看病,要进医院,走晚了恐怕在路上遇到警报,所以半夜里就走。"李南泉对他们家探望了一下,也不见有什么惊慌的气氛,因道:"这就奇怪了。上半夜我们还在一处躲空袭的,这几小时的工夫,她怎么病得要抬到医院去?"厨子道:"不但上半夜是好好的,现在也是好好的。我们做好了早饭,先送给她吃,她还吃了两碗呢。"李南泉道:"若是这样,根本就用不着看病,还抬着上医院干什么?"厨子道:"太太要这样办,我们院长也赞成,我们哪里晓得?"李南泉笑道:"那是你们太太骗你的。"厨子道:"我们叫的滑竿,就说明了到歌乐山中央医院,那一点不会错。"正说着,他们房子前面院子里一阵喧嚷,李南泉绕过屋角去观望着,但见灯光照耀之下,袁太太左右两手都提了包袱,跨上了滑竿。袁先生在后面,笑道:"我

547

一定去。我坐第一班车子进城。进城之后，就赶上歌乐山的车站，可能赶上第二班车。那么，我十一点钟以前可以到医院，恐怕你还在半路上走呢。"

听他们这个口音，的确是上医院。袁太太对于胖病，是很伤脑筋的，原来就有意治这个胖病，和袁四维一度口角之后，大概是到中央医院去治胖病去了。李南泉站着出了一会神，觉得晓星雾落，东方天角，透露着一片白光。那南风由山缝里吹拂过来，触到人身上，很让人感到轻松愉快。信步走到竹子下面，那低垂的竹叶，拂到人的皮肤上，还是凉阴阴的。这更是感到兴趣，索性顺了人行小路，放着步子往前走。不知不觉到了村子口上。自己很徘徊了一些时间，便觉得眼前的山谷人家，渐渐呈现出来。正是天色大亮，赶早场的人，也就继续由身边经过，那村口上有个八角亭子，高踞在小山峰上。由亭子上下视，山脚下一道小山河，弯曲着绕了山脚而去。正有一只平面渡船，在山脚浅滩上停泊着，不少人登岸，在沙滩上印出一条脚印，那也是到这山脚下街上赶早市的。这些人都走了，那船静悄悄地半藏在一株老垂杨树里，这很觉得有点诗意，更是对山下看出了神。耳边上忽然有人叫了一声"李先生"。回头看时，那是个摩登女郎，新烫的飞机头，其不蓬松之处，油水抹着光亮如镜。她穿了件花夏布长衫，乃是白底子，上面印了成群的粉色蝴蝶，鲜艳极了，正是晨妆初罢。脂粉涂得非常地浓厚。尤其是她的嘴唇，那唇膏涂得像烂熟了的红桃子。这是谁？看那年纪，不过二十岁，还难得见这样一个熟人呢。

那女人见李南泉只管望了他，这又笑道："李先生怎么起得这样早？这两天看见正山吗？"李南泉被她这样一提，就想起来了。她是石正山的养女小青姑娘。她现在已升任为石正山的新太太，所以她径直地称呼他的号。李南泉点头道："好久不见，由城里而来吗？"她道："昨天下午回来的，住在朋友家里，今天回家来取点东西。石正山的那个阎王婆这几天闹了没有？"李南泉道："我不大注意石正山家里的事，似乎没有发生什么问题。"小青索性走近了两步，向他笑道："李先生，你是老邻居，我们家的事，你是知道的，我在石家的地位，等于一个不拿工薪的老妈子。他们认我为养女，那是骗我的。请问，谁叫过我一声石小姐呢？不过有一句

巴山夜雨

说一句,正山总是喝过洋墨水的人,他还晓得讲个平等。他对我处处同情。为了这一点,他和我发生了爱情。我原来姓高,他姓石,我们有什么不能谈爱情的呢?又有什么不能结婚的呢?"李南泉也没说什么,只是点头笑着。小青道:"我听到那阎王婆昨天晚上不在家,我趁个早,把存在那里的东西拿了走。我并不是怕她,吵起来,正山的面子难看。在这里遇到李先生,那就好极了。请你到石家去看看,阎王婆在家里没有,我怕我得的情报,并不怎样的准确。"李南泉心想她说了这样多的话,原来是要替她办这样一件差事,便沉吟道:"大概石太太是不在家。"小青向他鞠了半个躬,笑道:"难为你,你帮我去看看吧。"她不会说国语,说了一句南京话。

这时,天色更现着光亮了。大路上来往的人也多了些。小青又向李南泉笑道:"我看到李先生和杨艳华常来往,对我们青年女子,都是表示同情的。还是请你到石家去看看。若是那个人在家里,我就不进去了。"她说着话时,带了一种乞求哀怜的样子,倒不好怎样拒绝着,就向她点个头道:"我倒是不愿意给你去探听一下消息。不过石太太现在变了,和我太太很要好,在一处说笑,在一处打牌。我若是和你去问消息,她在家,我不作声也就算了;她若不在家,我把你引去了,她家的孩子们知道的,将来告诉了石太太……"小青笑道:"你是邻居,她还把你怎么样吗?她是石正山的太太,我也是石正山的太太,看在正山面上,你也应当给我帮个忙。"她说着,只是赔了笑脸。李南泉道:"好,你就站在这亭子里,我和你去看看。"这里到石家,正是一二百步路。他走到石家大门外,见门还是关闭着的。绕墙到了石先生卧室的外面,隔了窗户叫道:"正山兄在家吗?我有点消息报告。"里面立刻答应了一声,石正山开了窗户,穿条短裤衩,光了上身,将手揉着眼睛。李南泉低声道:"有个人要见你,怕嫂夫人在家,让我先来探听探听。"石正山立刻明白了,脸上放满了笑容,点了头低声道:"她昨天下午就走到亲戚家去了。她来了?在什么地方?"李南泉道:"她要回来拿东西。"石正山且不答话,百忙中找了面镜子,举着在窗户口上先照了照,再拿了把梳子,忙乱着梳理头上的分发,又伸手摸摸两腮,看看有胡子没有。

李南泉笑道："你何必修饰一番方才出去？要你去见的人，并不是生人。"这句话倒把石正山抵住了，他红着脸道："我刚起床，总也要洗一帕脸吧？"他一面说着，一面穿衣服。最后，他究竟不能忘记他的修饰，就扯下了墙钉子上的湿毛巾，在脸上脖子上乱擦乱抹。他也来不及开门了，爬上窗台，就由窗台上跳了下去。脚底下正是一块浮砖，踏得石头一翻，人向前头一栽，几乎摔倒在地。幸而李先生就在他面前，伸着两手，把他挽扶住了，笑道："老兄，你这是怎么回事？怎不开门，由窗户里跳了出来呢？小青小姐是要回家拿东西的，你叫人家也由窗户里面爬了进去吗？"石正山"呵哟"了一声，他又再爬进来，然后绕着弯子，由卧室里面开了大门，一直走将出来。这时，小青已经远远地站在人行路上，看到石先生出来了，抬起一只手来，高举过了头，连连地招了几下。只见她眉毛扬着，口张着，那由心里发出来的笑意，简直是不可遏制的高兴。石正山也是张了大口，连连地点了头，向着小青小姐面前奔了去。但是，他走路虽然这样的热烈，而说话的声音却非常地谦和。站在她面前，弯下头去，对她嘻嘻地笑道："这样早你就回来了？城里下乡的样子，有这样的早吗？"小青见李南泉还站在他身后，向前瞟了一眼，就不再说什么，只是微笑着。她同时拿出一条小花绸手绢捂住了自己的嘴，而将牙齿咬着手绢角的上端，把手扯着手绢角的下端，连连地将手绢拉扯着，身子扭了两三扭。

李南泉也觉着人家冒了极大的危险来相会，自己横搁在人家面前，这是极不识相的事，抬起一只手来，向石正山招了两招，说是"回头见"，也就走开了。他直到自己家门口，向石家看去，见小青已是回了家了，这事算告一段落，自也不再介意。他们的屋子和石家的屋子，正是夹了一条山溪建筑的。李家的屋子在山溪上游，石家的屋子，在山溪的下游。两家虽然相隔几十丈路，可是还是遥遥相对。在李南泉家走廊上，可以看见石家走廊。石家的走廊，在屋子后面，正是憩息游览之所，那也是对了山溪的。他们的走廊相当地宽敞，平常总是陈列着一套粗木桌椅，还有两张布面睡椅。向来，石正山夫妻二人横躺在睡椅上向风纳凉，小青送茶送水。这时，见小青睡在布面椅子上，单悬起一只脚来，只管乱摇着。石先生坐在一张矮凳子上，横过了身子，半俯着腰。看那情形，是向她说些什么。过了一会，石

巴山夜雨

先生燃了一支烟,递给小青姑娘,随后又捧一只茶杯过来。小青躺在睡椅上,并不挺直身子来,只是将头抬着。石正山一只手撑了椅子靠,一只手端了那杯茶,向小青面前送着。小青将嘴就了茶杯,让石先生喂她茶。李南泉看了,情不自禁地点了几点头,心里正有几句打油诗,想要倾吐出来。可是还不曾在得意之间吟咏了出来,忽然一阵尖锐的声音,破空而至:"你们好一对不要脸的东西,青天白日做出这样无耻的事!"看时,正是石太太在村口上飞奔而来,奔向她家的门口。

李南泉看到了,倒是替石正山先生捏着一把汗,料着这是有唱有打的一出热闹戏,也就赶着站在走廊沿边上向前看去。这时,石正山一扭身避开了,小青却是从容不迫地站起来,将两手叉了腰,做一个等待拼斗的样子。石太太口里骂着道:"好个不要脸的东西,还敢跑到我家里来!"小青道:"你少张口骂人。重庆是战时国都所在,这是有国法的地方,我要到法院去告你。你不要凶,我有我的法律保障。你若动我一根毫毛,你就脱不到手。"石太太骂着跑着,已走到了走廊上,听到小青说的话这样强硬,就老远站住了脚,指着她道:"你这臭丫头,你忘恩负义,你做出这样不要脸的事!"小青道:"你骂我臭丫头,你要承认这句话。你不要反悔。你自负是知识女子,你蹂躏人权,买人家女孩当奴隶,你没有犯法?"石太太指了她道:"好!我白养活了你这么多年,你还咬我一口。你没有叫我作妈妈,你没有叫石正山作爸爸?你和义父做出这种乱伦的事,你还要到法院里告我?"小青道:"哪个愿意叫你妈妈?是你逼迫我的,这也就是你一大罪行。我们根本没有一点亲戚关系。你丈夫爱我,不爱你,这有什么关系?你又有什么法子?你有本领,叫你的丈夫不要爱我。你说我乱伦,你也未免太不要脸,我和你石家里五伦占哪一伦?你是个奴役人家未成年女儿的凶手。你到现在还不觉悟,还要冒充人家的尊亲,就凭这一点我也可以告你公然侮辱。"

小青姑娘已不否认是丫头出身。这样的人,会有多少知识?现在听她和石太太的辩论,不但是理由充足,而且字眼也说得非常得劲。凭着她肚子里所储有的知识,可以说出这些话来吗?唯其如此,她所说的话是更可听了。这就更向廊沿边上走近了两步。同时,左右邻居,也都各走到门口或窗子边,观看他们所能看到的戏剧。远邻如此，近邻也就不必作壁上观，都跑到石正山家来。而来的也都是太太们。这些太太，虽然有正牌的有副牌的，可是到了石家新旧之争的战斗场面上，她们表示着袒护旧方的情形，大家全在石太太前后包围着，向她笑说了劝解。石太太看到同志来了，气势就更兴旺，拍了手，大声说话。有两位小姐来了，也把小青拉开。小青一面走着，一面歪着脖子道："我并不要到这种人家来。但是这屋子里有我血汗换来的东西，我当然还要拿走。这还算是我讲理。我若不讲理的话，我把这国难房子也要拆掉一角。这房子上不也有我许多血汗吗？日子长着呢，我慢慢地和他石家人算账。不过石正山除外，他很爱我，我也很爱他。"小青说着最后一句话，还回过头来，向石太太看了一眼。石太太就最是听不得这一类的话，望望左右的女友道："你们看这丫头，多……多……不要脸。我看不得这不要脸的女人。"她说着这话时，把两脚乱顿。看到身边窗户台上有只铁瓷脸盆，顺手拿了起来，就向小青砸了过去。其实她这时已经进屋去了。只听脸盆"呛啷啷"由墙上滚到地上，一阵乱响。

　　小青已经是走到屋子里去了，对于这个打击，当然没有理会。石太太觉着这一瓷铁盆打得对方并无回手之力，完全占了上风，越是在众人面前破口大骂。旁人劝一阵，她接着骂一阵，不知不觉，骂了有三四十分钟。有一个小孩子报告道："石太太，你不要骂，他都走了。石先生说，他走了，叫我们小孩子不要告诉你，让你骂到吃午饭去，累死你。"石太太听了这话，料着石正山正和小青同路走了，赶快追了出来。直追到村口亭子上，向山下一看，见那道山河里漂着一只小平底船。船后艄有个人摇着榷艄橹，船中舱坐着男女二人，女的是小青，男的是自己的丈夫石正山。两个人肩膀挨着肩膀，并坐在一条舱板上，那还不算，石正山又伸了一只手，搭在小青的肩膀上。小青偏过头来，向他嘻嘻地笑着。石太太看到，真是七窍生烟。可是这里到山下，有二百级石头坡子，而且这种山河是环抱了山峰流出去的，要赶到河边总有一里路。赶到那里，河水顺流而去，那一定是走远了。还有什么法子将他赶上呢？待要大声喊骂几句，那又一定惊动了全村子里的人，必是让着大家来看热闹，这和自己的体面也有关系。只有瞪了两只眼睛，望了那只小船

巴山夜雨

载着一双情侣从容而去。当时,她鼻子里呼呼地出着气,只有在亭子外面来回地走着。在石家劝架的人,都跟着走到亭子上来,还是将石太太包围着。石太太两手抓了下江太太的手,全身发着抖道:"你看这事怎样教我活得下去呢?我恨不得跳下山去呀!"说着,两行眼泪齐流下来。

下江太太笑道:"你又何必这样生气?石先生虽然走了,他今天不回来,明天不回来,还能永远不回来吗?等他回来了,你总有法子和他讲理。"石太太将两手环抱在怀里,只管在亭子檐下来来去去地走着。白太太也就拉着她的手道:"回家去吧。把自己的身体气坏了,那才不值得呢。"说着,拉着她的手,就向她家里走。石太太的鼻孔呼呼作响,两只脸腮,像是喝醉了一样。一群太太如群星拱月似的,把她护送到了家里。石太太一屁股坐在椅子上,将手肘拐子撑了椅子靠,手掌托了头,眼皮都下垂着,不能张开眼睛来。白太太站在屋子中间,四周看了一看,笑道:"那屋子一切寻常,倒并没有什么漏洞。"这"漏洞"两个字,又引起了石太太的一腔怒火,她将手拍了一下茶几道:"我就知道石正山这东西,太靠不住,非时刻监督他不可。可是我昨天下午五六点钟才走开的,预定今天一大早就回家,料着也不会有什么事情。可是到了半夜里,心惊肉跳,我还是不放心,今天天不亮就起来向家里跑。走到村子口上,孩子们向我报告,这贱丫头已经到了我家里了。我听了这话,真是魂飞天外。"在屋子里的太太们,听了这话,哄然一笑。下江太太笑道:"这事情何至于这样的严重?他们也不是今天才成双成对,你魂飞天外,早就蹬了三十三天了,到现在你还能在这里坐着吗?"石太太听了这话,也就笑了。她点点头道:"我急了,说话没有一点次序。我是说听到这个消息,实在太气了。我怕什么?石正山跟她跑了也没关系。"

下江太太笑道:"有你这句话,什么问题都解决了。我们还劝导些什么呢?"石太太看到有友人吸烟,伸着要了一支,然后擦着火柴,将烟点上,深深地吸了一口,将烟像标枪似的喷了出来。下江太太笑道:"石太太虽然不会吸烟,这个姿势好极了。"石太太笑道:"我什么不会?我样样都会,我就是不肯干。"白太太看她这样子,走向前,轻轻地拍着她的手膀子道:"不要生气,奚太太不是还要替你补祝生日吗？她是难得请客的人，她一切都预备好了，你若不去吃喝她这一顿，那她是大为扫兴的。"石太太将两手环抱在怀里，把那支烟衔在嘴角里，偏了头向大家斜望着："那也好，你们先回家去预备，趁着上午天气还凉快，我们先来个八圈。牌打饿了，多多吃奚太太一点。"

大家听了石太太的话，信以为真，各自分手回家。白太太家到石家最近，相隔只有一条人行路。白家大门对了石家后门的竹篱，由白家的窗户里，可以看到石家人的进出。一小时后，见石家来了一位老太太。这是石正山的同乡，倒是常来给他们管家的。又过了半小时，却见石太太带了个手提包，坐着滑竿走了。白太太在家里是穿短汗衫的，披起长衣，追到屋子门口来，在大路上看时，滑竿已是无影无踪了。白太太还不知道石太太是什么意思，就把石家的大女孩子叫出来，问道："你妈妈呢？"她道："我妈妈追我们家的那个大丫头去了。"这位小姐也有十三四岁，她提了大丫头这句话，脸色沉了下来，把眼瞪着，仿佛这大丫头就站在面前。白太太笑道："你别叫她大丫头了。她是你的姨娘了。"那小姑娘"呸"的一声，向地面吐了一片口沫。白太太笑着，只是望了她。这时，石太太的好友奚太太，也走来了，望着这石小姐道："刚才我看你妈坐滑竿走了，到哪里去了？"女孩子道："我妈想起来了，明天就是八月十五。我爸爸不在家过，跟那大丫头到城里去团圆，那是绝不能放过他们的，追到城里去，让他团圆不了。"奚太太听了这些话，先是呆了两分钟，突然脸色一变，拍了手道："我活不了了！"说着，像发了疯似的，扭转身子，径直地就跑回家去。这路边上正有砍柴人丢下来的一株野刺，她跑得后衣襟飘飘然，挂在野刺上，拖得那野刺就地滚着跟她跑。

白太太看着，笑道："这是怎么回事？奚太太中了魔了吗？"石小姐也笑了，想了一想道："她是要在今天请我母亲吃午饭的，东西都预备好了，现在我妈进城去，她请了许多客，预备下许多菜，很可惜了。"白太太摇了两摇头道："不大像。我去看看。"说着话，她向李南泉家走来，因为李家和奚家是走廊连着走廊的，白太太慢慢地向李家门前走来，口里叫着："老李呀，今天天气凉快呀。"正好，李太太由屋子里迎到走廊上来，挥着手向她摇了两摇，又伸手向屋子里指了一指。白太太道：

巴山夜雨

"我们还是谈民主的人哩,你先就泄了气了。难道说天气凉快,一定是请你打牌?不许看书或者做点儿针线活儿吗?"说时,走到她身边,把刚才奚太太的行为说了一遍,接着低声道,"我看她是要玩什么花样。"李太太道:"只要她不放火烧房子,无论她有什么表演,我都不含糊。"正说着,见奚太太四个男女孩子,在她家走廊上一排站立着。奚太太站在他们前面,喊了口号道:"向左看齐!立正!"白、李二位太太一怔,心里想着,她跑回来是给孩子教体操的?奚太太等孩子们站好了,她就正了脸色,向孩子们说了一大套话,最后是:"我有办法,一定把你爸爸找回来,大家过个团圆节。不然的话,我不回来过节的。你们好好跟着周嫂。吃的喝的,我全预备好了。散队!"孩子们也真有训练,直听到"散队"两个字的口令,方才散去。李、白二人这才明白,原来她是训话。

奚太太训话完毕,掉转身就向屋子里走。她左手倒提了一柄纸伞,右手提了旅行袋就走了出去,走到大路上将伞举了一举道:"孩子们,你们若是和我合作,就要听话,不要在家里吵。你们相信你妈妈。你妈无论做什么事,是不会失败的。"说着,她就撒开了跑警报的步子,奔向村子外去。李、白二位太太站在走廊上,她的行为,使她们呆了。白太太直把她的影子看没有了,才问李太太道:"这位半神经什么意思?"李太太笑道:"我已听见她说了。她和石太太是棋逢敌手,石太太能做到的事,她也可以做到。石太太到重庆去抓丈夫回来,她也要这样做。不过我看这事成功的希望很小。"白太太笑道:"不过她说请我们做陪客的,这一顿吃给她赖了。"李太太听到,向地面上吐了一下口水,笑道:"现在你们是不叨扰她了,我告诉你吧。"于是把奚太太踢死的鸡,猫衔的咸鱼,狗咬的腊肉,以及腊肉上有老妈子鼻涕的话,详细叙述了一遍。白太太骂了句"该死",也就不再提了。这一大早晨,经过奚、石两家的事,也就到了八九点钟。四川秋日的太阳,依然是火伞高张。蔚蓝色的天空,望着空洞洞的,偶然飘了一两片大白云,那太阳晒照在山谷里,有一片强烈的白光,反射人的眼睛。这样晴朗的日子,表示川东一带天气都很好,那也正好是日本飞机肆虐的日子。大家正注意着警报,半空里又有"哄咚哄咚"的声音。有这种声音,表示是敌人侦察机来了。

照着向例，侦察机上是不带炸弹的。所以侦察机机临市空，警报台上，只挂一个纸的灯笼，俗话叫作"三角球"。这虽是个矛盾而不通的名词，可是大家相习成风，也没有什么人见怪的。这个名词有趣，在挂三角球的时候，也就不为什么人所注意，所以直到临空的头上，听到"轰轰"的声音，大家才知道敌机到了。这侦察机给人一个印象，就是两小时之内，一定有大批轰炸机来到。这理由是敌人知道侦察机来逼之后，我方必有准备。要来就是大批，以便有恃无恐。大家听到侦察机声，就赶紧准备逃警报。精神一紧张，大家把袁、白、奚三位太太的故事，也都忘了。这天的警报，趁着充分的月色，由早晨直闹到晚上两点钟。在两点钟以后，四川山地，每有薄雾腾空而起。这才解除了警报。大家回家，自是筋疲力尽。第二日起来，便是八月十五。四川的中秋，依然不脱夏季气候。李氏夫妇刚起来，就见杨艳华穿一件白底红花的长衫，撑了一把同样的花纸伞，穿着高跟鞋，走得风摆柳似的过来。李太太迎到廊子上笑道："杨小姐，好漂亮。趁着警报还没有放，先美一阵子也好。"杨艳华笑道："师母，你忘记了吗？今天我们请你吃午饭。"李太太道："哦，今天是杨小姐大喜的日子。你是诚心诚意地请客，还要自己来呢。假如今天上午没有警报，我们一定来吃喜酒的。"杨小姐道："有警报也不要紧，我们家旁边就是防空洞。"

李南泉道："我一定来。你那里的防空洞小，我太太要带着孩子逃警报，只好谢谢了。"杨艳华笑道："不要老向警报上想，我们要干什么，还要干什么。若遇事先估计着警报要来，那就什么事都干不了。师母，你一定要来。"她说着话，还向李太太深深一鞠躬，那就是表示着十分诚恳的样子。李太太笑道："既然这样，我就再捧你一场。一直捧到你订婚，我这个捧场的，可就也够交情的了。"她说着，望着李南泉微微一笑。这里面可能含着什么双关的意思，李先生不便说话。杨艳华笑道："老师和师母成全我的意思，我是十分明了的。以后可能我还要唱戏，还有请关照的日子。那并不是说姓陈的不能供给我生活，我想一个人生在社会上，无论男女，最好是各尽所能。我就只会唱戏，除了唱戏，我就是个废人。我怎么能把废人永久做下去呢？"她站在走廊上和李氏夫妇说着话，左右邻居，都各自走出了门，

巴山夜雨

三三两两站住,远远向这里望着。李太太点着头笑道:"这就很好!你看,我们这些邻居,听到说你不唱戏了,都是大失所望。看到你来了,大家全是探头探脑的,看着恋恋不舍。"说着,她伸手向各处的邻居,指点了一番。杨艳华笑了,探看的邻居也都笑了。她点个头道:"老师、师母一定赏光,我还要去请几位客呢。"她说着走了。李太太立刻把脸色沉了下来。李南泉道:"你看她多么喜气洋洋。"李太太将手一摔道:"你不要和我说话。人家请我去吃喜酒,你为什么当面代我辞了?我偏要去!"

李先生摇了头笑道:"我真愚蠢,我想不起来,你为什么要发脾气。难道我留你在家里,免得逃警报,还有什么坏意不成?"李太太道:"我的应酬,我愿去不愿去,有我的自由,用不着你多管。你在人当面说了这话,那是表示我出门做客,全没有自由,都得听你的命令。谁都有个面子,教人怎么不难为情?"李南泉先是有点生气,沉静着想了一想,也笑起来了点头道:"我粗心,真没想到这一点。你要挽回这个面子,那非常之容易。回头我们一路到杨艳华家去,我随在你后面,给你拿着大皮包,像是个听差的样子。你并可以当着众人的面,叫我给你倒茶点烟。我对于这个很无所谓,怎么着也不会取代我这个做丈夫的资格的。"他是站在走廊上说话的,连邻居们听着都笑了。李太太道:"你也不怕人家笑话?"李南泉道:"我若怕人家笑话,你怎么能挽回你的面子呢?我故意在这里大声疾呼,就是给你挽回面子呀。各位邻居,你们都听到了,我是愿意给太太当听差的。"吴先生在他自己屋子搭腔道:"我们听到了,李太太面子十足。"邻居们又是一阵狂笑。这样一来,李太太就什么都不能说了。到了十一点钟,她整理衣妆完毕,也就预备去吃杨小姐的喜酒了。隔了窗户,看对面人行路上,来往的人,又在放开步子跑。跑的人口里说着:"挂了球了,挂了球了。"李太太叫了声:"糟糕!所有吃喜酒的人,都不会去的,我们也不算失礼。"李南泉道:"不去不合适吧?等紧急警报来了,就躲她附近的洞子好了。"

李太太道:"拖儿带女,跑到人家那里去吃喜酒,根本就不像话。若是遇到警报,又拖一大群去躲人家的防空洞,那是很勉强人家的事。"李南泉道:"放了空袭，你再回来就是。"李太太笑道："你不必只管将就，反正我原谅你就是。放了警报向家里跑，再收拾好了东西出去，要费多少工夫？要去你现在就去。他们那洞子实在不好，我希望你也早点回来。"她说着，将一件灰绸大褂、一把折伞、一根手杖，都交给了他，口里还连连说着："去吧去吧。"李先生看看太太的脸色，似乎还不太坏，只好接过东西，交代清楚，放着警报就回来，这才穿起长衫，向杨艳华家走去。平常挂起预行警报红球之后，总在半小时之后才放警报，甚至敌机不来，警报器也就永远不响。所以李南泉走着缓步，并没有当着什么急事。当他走到杨家门口还有十来步的时候，长空里发出"呜呜"的悲号声，空袭警报终于发出了。这让他很尴尬，到了人家门口了，纵然不吃饭，也应当进去向人家打个招呼。可是今天的警报，又来得急迫，也许十分钟之内，紧急警报就来了，那时候是在人家那里周旋着，还是立刻走开呢？他正是这样犹豫着，恰好杨老太由大门里出来。她笑道："李先生快请进来坐，不要紧的。我们这里，隔壁就是防空洞，放了紧急，也可以来得及躲洞子的。李太太没有来？"李先生在人家这殷勤招呼之下，实在也不能抽身向回走，只有点了头，随了人家进去。

　　杨艳华家楼上楼下，倒还有十多位男女来宾，除了她的同行，还有左右邻居，他们都是附近洞子里的主顾，所以虽然放了警报，并不慌张，依然在这里谈笑。楼上有一张麻将牌，和杨小姐订婚的陈惜时，就是牌角的一个。他新理的头，头发梳拢得油光淋淋，脸上笑嘻嘻的，也是喜气迎人。他穿了一套纺绸裤褂，没有一丝皱纹。看到李南泉来了，他两手扶了桌上的牌，站立起来，笑着点点头道："李先生，你来玩两牌。"杨老太也随着上楼来了，她笑道："放警报很久了，不要打了。"陈惜时笑道："没关系，防空洞就在门口，不用三分钟就进了洞，老早地预备干什么呢？李先生给我来看两牌吧。"李南泉对于他这个请求，自然不必婉谢，就在他身后椅子上坐着看牌。杨艳华来回地伺候茶水。陈惜时的手气很好，打四牌就和了三牌。因为警报放过去很久，并没有紧急警报，大家也都将警报这件事忘了。又打了几牌，陈惜时正把牌要造成清一条龙，长空里又放出了"呜呜"的声音。这个警告，是让人不能安神的，牌客都随着声音站立起来。陈惜时笑着摇摇手道："不要忙,可能是解除警报。"大家听了他的话,沉默着听下去。可是那警报声到了最后,是"呜呀呜呀"的惨叫。这告诉人飞机已临市空,是最紧急的时候了。杨艳华道:"不要打了,从从容容地进洞子,也可以找一个好一点的地方。"陈惜时还想说什么时,同桌的人都放下牌走了。

李南泉立刻站了起来道:"这紧急警报过了许久,突然又响起来,可能是敌机在外围绕了个大圈子来个空袭。不用提,来势是很猛的,大家还是提防一二,回头见吧。"陈惜时笑道:"没关系,我们这乡下,有什么值得敌机轰炸的?"但是在楼上的人,都不能像他那样镇定,全站起来了,都是半偏了头去听那警报器的悲号声。结果,那警报是"呜呀呜呀"继续叫,证明那警报确是紧急,大家一窝蜂地下了楼。李南泉想着,这时也无须去和主人客气,提起刚脱下的长衫,也随着众人下楼。杨家的屋子,面对了一个山麓,下斜对门,都只一两户人家。人家两头上通山峰,下到山溪,倒是相当空阔的。走出屋子来的人,一面走路,一面抬头向天空里张望。当时就有一片马达声直临到头上。看时,两架驱逐机,由山头上飞过去,便是用肉眼,也看到飞机翅膀上,涂着两块红膏药。李南泉心里暗叫声不好,看到斜对面山麓上有一条斜直的石缝,赶快缩了身子,钻到那石缝里去。这当然只有一两分钟的事,天上的两架飞机,对这个乡镇,绕了圈子,也就过去了。不过这也是敌机临头了,李南泉要由这里回家,还有两三华里的路,在半路再遇到了敌机,可就不容易找着躲避的地方,只好舍去了原来的计划,就在这山麓上找附近的洞子躲去。这洞子是依照天然洞子,由人工在里面加深加宽的,并在洞旁开了个侧门。

李南泉觉得这个洞子,相当地安全,立刻就奔向这个洞子。好在看守洞门的,都是镇市上的熟人,并不拦阻,就让他进去了。这时,洞子里挂着两盏菜油灯,昏黄色的光,照着男女老少,分在洞子两边长凳子上坐着,已经没有了一点空当。便是洞子中间,放下矮凳和小箱子,也都坐满了人。直到洞子半深处,有人叫道:"欢迎欢迎,李先生也来了。就在这里坐着吧,里面挤不下了。"昏暗中听到是这里的保长说话,这得听人家的指挥,觉得脚下有个布包袱,也不管是谁的了,便缓缓地坐了下去。刚坐下,洞子口上的人,就是向里面一阵拥挤,李南泉身上,就有两个人压着。这不用说,是洞口上的人,已经看到敌机临头。他不便和人争辩,正要站起来,突然一阵猛烈的风,夹着飞沙石子,就向洞子里一扑。两盏菜油灯同时熄了。耳朵里但听到风声大作。他感觉到挨着旁边坐的两个人,周身都在发抖。洞子深处"哇"的一声,有两个人哭着。也有人喝道:"不要作声,敌机在头上还没有离开呢。"可是这哭的人,并不肯停止。在这样紧张的情形下,李南泉也是无法镇定,身上被两个人斜压着,也不敢动,只觉得这一颗心,"扑突扑突"跳个不住。那两个人哭声停止了,洞子里挤着一二百人,全沉静了,死过去一般。忽然有人在洞口叫起来道:"不好!炸死了人了!这是谁呀?"又有人道:"是陈先生,杨小姐家的客人!"

这一声喊叫,首先把洞子里的杨太太惊动了,"哇呀"一声,就向洞子外跑去。有人叫道:"杨太太,跑不得,敌机还没有飞走呢!"杨太太哪里管,自己就直奔洞口。到了洞口,她见新定身份的姑爷陈惜时,倒在地上,伏面朝下,下半身给血糊了,一条新的纺绸裤子,已有一大半是红的了,她又"哎呀"一声,蹲在地上,手扶着他问道:"惜时,你怎么了?哪里受了伤?"他哼着道:"不要紧,我是让一块碎片,打在屁股上了。也不知道……"他说不下去了,继续哼着。杨艳华随也跟着来了,看到陈惜时下半身全是血渍,一声不响,就哭了起来,站在洞门,只是掀起衣襟角去擦眼泪。李南泉入洞不深,洞子口上的声音,他全都听到。为了彼此的交情,实在不能含糊,他就挤到洞口上来。低头一看陈惜时的脸色,已经成为一张灰色的纸,这就向杨太太道:"不要惊动他,就让他躺着吧。等解除警报了,送他上医院,这个时候,没有人送;有人送,医院也是没有人的。"杨太太顿了脚道:"哪知道什么时候能解除警报呢?病人能等着这样久吗?"杨艳华道:"现在有个救急的办法,就是先给他一点云南白药吃。这东西家里现成。你想,他下身这样流血不止,还能等下去两三个钟头吗?若是……"她口里说着话,人就向洞子外奔走,径直回家去。杨老太招着手道:"跑不得,敌机还在头上呢!"可是杨艳华并不听她的话,径自走了。

李南泉也觉得杨小姐激于义愤,并没有顾虑到危险,这很是可取。便点了两

巴山夜雨

点头道:"杨太太,你随她去吧。到家不远,好在第一批敌机已经过去了。"杨太太面对着这位受了重伤的女婿,也没有什么法子,只好呆望着。等着杨艳华把白药取来的时候,洞子里人把紧张的情绪,已掀了过去,也都纷纷来到洞门口观望着。大家七嘴八舌说着,让杨氏母女站在人丛中,更是发了呆没有主意。纷乱了一小时之久,还没有解除警报。镇市上的防护团,搬了一张竹床来,将陈惜时放到上面,陈惜时已是不发哼,昏沉地睡过去了。有几个人建议,他实在耽误不得,应当赶快救治。杨艳华就站在人丛里举着手道:"歇了这样久,敌机并没有来,大概不会有第二批了。我出一百块钱,把病人抬到学校诊疗所去。"在人丛中有个乡下人,口里衔着短旱烟袋,青布裤衩,露出两只光腿,赤着膊,黄皮肤里,胸骨外挺,肩上搭了一件破烂白布褂子,斜斜地站着,缓缓答道:"这张竹床,总要三个人抬。一百块钱不好分,加二十元嘛。"杨艳华道:"救人要紧,就是一百二十元,你们快收拾。"那人就四面张望着道:"哪个抬? 一百二十元,两个人分。"于是人丛中又出来一个卖力气的汉子,点点头道:"要得,两个人抬。"他走到竹床前,弯着腰,将竹床端了一端,立刻向下一丢,叫道:"抬啥子? 人全都完了。"杨太太低头看着,人已面如白纸,一点气没有了。

　　杨艳华看到这情形,说了句"我真薄命呀",身子向上一耸,头向旁边一歪,就要向旁边石头崖上撞了去。李南泉正站在她身边,赶快两手将她扯住,正了颜色道:"你这不是太欠考虑吗? 死了一个,你们老太,已经伤心透顶。你再有差错,那还了得?"杨老太看到陈惜时死去,也是泪如雨下。她擦着眼泪,摔了鼻涕道:"惜时,这虽是你自己大意,也是我害了你呀。谁让你们挑着今天这个日子订婚呢? 今天订婚,你今天就过去了,也害得艳华好苦呀!"这个话勾动了杨小姐的心事,又号啕着哭着,跳了起来。李南泉目观此情,也真觉得杨艳华是红颜薄命,陪着几位熟人,将她母女劝说一阵。糊里糊涂地听到了解除警报声,大家分途散去。李南泉也陪着她母女回家,周旋了几分钟然后才回家去。李太太老远地迎着他笑道:"今天这顿喜酒,你吃得够热闹的吧?"李南泉叹口气道:"还提呢,喜事变成丧事了。"因把陈惜时被炸的事说了。李太太道:"嘻! 杨小姐也是运气太坏。他们家到防空洞那样近,为什么还来不及躲洞子?"李南泉道:"说句造孽的话,这位陈先生也是该着。已经过了紧急警报了,他在牌桌上还不肯下来。我一出她家门,就遇到两架战斗机,若是开枪的话,也许我都没命。我进了洞子了,这位陈先生还站在洞门口。一块炸弹碎片,大概打在他腰上,当时就不行了。他要是再进洞一尺路,就没事。这岂不是命里该着?"

李太太叹了口气道:"每到逃了警报回来,我心里想着,又捡到了一条命。假如中了炸弹,两分钟内,不就什么都完了吗?人生在这大时代里,继续活下去,就算侥幸万分,何必把事情看得太认真。你看那位年轻的陈先生,兴高采烈,耗费了多少金钱,耗费了多少光阴,盼得今天订婚,得着杨艳华这样一个如意太太。可是理想刚变成事实,就结束了他的人生,假如把订婚结婚这件事,稍微看淡百分之几十,就不会有这样的结果。"李南泉道:"以后的杨艳华,也绝不会再唱戏了。我猜想着,她一出家门口,看了那个防空洞,心就要动一下。那里不能继续住下去了。她一定会离开这里的。"李太太不由"扑哧"一声笑着道:"你何必兜了这么一个大圈子和我解释。我不是说了吗?凡事都看破一点。我既是说看破一点,我岂能在心里头又怀疑到你捧角?话又说回来了,就凭你来回跑三十里的路,去买两斗便宜米来论,你若有那闲情逸致去捧角……"李南泉接了嘴道:"那也是不知死活。"李太太摇了两摇头道:"不对,那也是应该的。你捧角是不花钱的,正如你常说的,清风明月,不用一钱买。让你精神上轻松愉快一下,那也是无所谓的。尽管人家叫你老师,我很相信,这年头不会跑出一个柳如是来。"李南泉笑道:"你骂人不带脏字,把我比钱牧斋,那无异说我是汉奸文人啦,这可承当不起。"

这时,有人在桥那边叫起来:"李先生,今天赶着热闹了吧?君子人不跟命斗。命不做主,白费力气干什么呢?订婚?订鬼!哈哈!"说话的正是捧杨艳华的刘副官。他穿了身短装,左手拿了根手杖,右手提了两个月饼盒子,站在路头上,对了这里望着。李南泉走出来向他点个头道:"刘先生,到舍下喝杯水吧。"他将手里提的月饼盒子,高高举着,笑道:"时候不早了,该回家去预备过中秋了。晚上到我家里吃月饼去。我家里缺少火腿馅的,我这可补齐了。晚上我家里预备一桌果子席,有云南来的梨,贵阳来的石榴,最难得的,是成都来的苹果。四川种苹果,还不到五年,现在苹果上市,可说是第一批新鲜玩意。我自己找了几支好嫩藕,用糖醋腌上,晚上准吃个爽口。"他说着这话,非常得意,不觉手之舞之,足之蹈之地,在路上跳了起来。李南泉道:"是呀,今天已经是中秋了,一闹警报,我把这事都忘记了。"刘副官道:"那么,你府上大概连过中秋的菜都没有预备了?那不要紧,连太太和小朋友我都请了。请到我家吃晚饭。我东西办得很充足。"李南泉笑道:"这一类的事情,太太是不会忘记的。"刘副官道:"吃饭不来,赏月不能不来,晚上很有些朋友来,高兴还消遣两段。可惜有了杨艳华这件不幸的事情,恐怕几位小姐是不会来的了。我也看穿了,这年月我们乐一天是一天。晚上来呀!"说着,又把两盒月饼高高举了起来,然后一路笑着走了。

李太太笑道:"这真是南枝向暖北枝寒。杨艳华今天这样的大不幸,什么叫过中秋,什么叫赏月?我想她一齐都忘记了。这位刘副官,你看是多么高兴,既然办了酒肉过中秋,晚上还有果子席,要消遣皮黄。"李南泉笑道:"你现在对于杨艳华,充满了同情心。"李太太道:"根本我就同情她。世界上男女相承的场合,女人无罪,全是男子生出是非来的。"李南泉笑道:"那么……"说着,他向太太拱了两拱手,接着笑道,"我们揭过这页辩论去。今天不是中秋吗?人家都在谈中秋团圆,我们纵然不欢喜喜,可是也不必在今天抬杠。"李太太向他笑着,似乎想说什么,但是她抿嘴笑了一笑,又忍回去了。李南泉点点头道:"这最好,缄默是最大的抗议。"李太太笑道:"我没有抗议。你大概喜酒没喝成,连干粮也没有尝到,我们是带了烧饼到防空洞里去吃了的。警报解除得太早,今天晚上中秋月夜,正是夜袭最好的机会,可能下午又是一场猛烈的空袭。我也买了点肉,现在帮着王嫂,赶快把这顿饭弄出来。晚上躲警报,我希望我们在一处。你不愿躲洞子,我带着孩子们,和你到村子外面踏月去。反正是悠闲这一晚上,只要是安全地带,走远一点也不妨。"李南泉笑道:"你那意思,就是今天晚上必须团聚。"李太太笑着,也没多说,换了件旧布衫,将一只竹筲箕,端了猪肉、粉条、小白菜之类,向厨里送去。一路走着笑道:"吃不起广东月饼,自己做一顿馅儿饼吃罢。"

李南泉对于太太这种动作，觉得女人的心，也是不容易窥测的，也就引动了他许多文思。他坐在横窗的那张小桌子边，心里反而感到有一种说不出来的滋味。正好奚家、石家的孩子，合并了在一处，都在涵溪对过竹林子下面玩。李先生的孩子小山儿，拿了个土制的芝麻月饼，高高举起，向那群小朋友，操着川语道："安得儿逸①，今天过中秋，你们家发好多？"石家孩子道："我们爸爸妈妈都不在家。"奚家的孩子道："我妈妈说，找爸回来过节，还没有回来。"小山儿道："你们今天吃不到月饼吗？好惨啰。"奚家的孩子道："好稀奇！明天我妈回家，会带了来。"小白儿拿了一大把新花生，一路剥着来，他笑道："你们割了肉没有？"石家一个大女孩子，她特别的聪明，噘了嘴道："我们家过阳历，不过节。"两个孩子和他们说着话，也终于加入了他们的集团。这在李先生看到，倒很为这些天真的孩子难过。他们老早要过节，为什么到了今天不想过呢？正自替他们伤感着呢，忽然如潮涌一般，来了一阵突发的哭声。伸头看时，这哭声来自袁家的屋子里。这哭声来得猛烈，而且不是一个人哭。李先生跑出来看着，听到小孩子哭声中，夹带了惨叫"妈"之声。这把所有的邻居都惊动了，全跑出了屋子来观看。袁家有个女工，正自廊子上过去。李南泉问道："你家怎么回事？"她道："嘻！我家太太过去了。"李南泉道："没有的话！好好的怎么死了？"

那女工道："今天是大中秋节，我们能张口乱咒人？死了自然就是死了。"李南泉道："这真是奇怪。前天我们一路出去躲警报，她还是生龙活虎的一个人。就是她坐滑竿去医院的时候，一路说着话出门，也不见有什么重病，这么短的时间，怎么说过了就过了？"邻居们这时站在走廊上，除了惊愕之外，大家又有些惆怅的情绪，彼此互相望了一眼。李太太听了这些话，也是相当奇怪的，看到袁家小男孩子，站在他家后门口，靠了门框，呆呆站着，就向他招了两招手。那个小男孩跑了过来，昂了头问道："叫我有啥子事吗？"李太太道："你妈妈好好儿的，怎么过去了？"他道："哪个晓得？说是诊肚子诊死的。我妈妈肚子里有个娃娃，没有打

---

① 川语，意为舒服之至。

巴山夜雨

得出来。"李太太向李南泉看了一下,低声道:"这样子,是打胎?"李南泉道:"现时医学进步,在医院里取胎,不会有什么危险,那怎么会把这条命送了呢?"这句话恰是让那小男孩儿听懂了。他道:"先上大医院,大医院劝她不要打下娃娃。晓得朗个的,格外又找了个医生,吃了一瓶药去,昨天晚上,就在城里我爸爸办事处那里死了。我们看不到妈妈了。"他说着这话,脸上平常,可是在旁边的人,听到都心里为他跳了一下。就在这时,李太太向隔溪路上指着。只见杨艳华换了件白布长衫,头上将一条粗白布扎了个圈圈,三四个人圈着她,向山缝里走去。那里原是一片客籍人葬墓之地。人家全是悄悄的,没有一个人说话。正有一片白云,遮住了偏西的太阳。山谷里阴沉沉的。一阵风吹得山草瑟瑟作响,这环境立刻显得凄惨了。

第二十六章 天上人间

在这个村子里住的人,百分之九十几,都是由重庆市疏散来的人。而这百分之九十几的住民,也都是流亡的客籍。他们住着那一种简单的房屋,只有简单的用具,加上每日窘迫的生活费用,这日子就有些如坐针毡。遇到了年节,除了办点食物,敷衍小孩子,整个情绪,都是十分恶劣的,再加上整日地闹警报,可以说没有人欢喜得起来。这时,大家正为了袁太太打胎而死,各人感到十分惊异。偏是杨艳华穿了一身缟素,带了一群人去参观坟地。在夕阳乱山的情况下,大家都是黯然的。眼望着杨艳华低了头随在人后,走到山谷小径里面去,那个最难于忍住话头的吴春圃,就望了这群人,连连摇了几下头,然后向李南泉道:"人死于安乐,生于忧患,我看这话,实在是不磨之论。那位茶叶公司的副经理,若不是手上有几个钱,何至于忙着在这种闹警报的日子订婚!就是订婚,没有钱的人,也就草草了事吧,他可要大事铺张。这好,自己是把性命玩儿完了,连累这位漂亮的年轻杨小姐,当一名不出门的寡妇。虽然当寡妇并不碍着她什么,可是这个薄命人的名义,是辞不了的了。"他正在很有兴致地发着议论,吴太太在屋子里接嘴道:"你哪里这样喜欢管闲事?你自己还不是为了穷发脾气吗?"他笑道:"李兄,我没有你这君子安贫的忍性。刚才为了过中秋吃不到一顿包饺子,我曾发牢骚来着。于今我为人家杨小姐担心,太太拖我的后腿了。"

李南泉笑道:"老兄虽然慨乎言之,不过中秋吃月饼,而不吃包饺子。"吴春圃还没有答复这句,他的一位八岁公子,却不输这口气。他手臂上挽了个空篮子,手里拿了一大块烙饼,送到口里去咀嚼,正向屋后的山上走。于是举了烙饼道:"我们有饼。我们到山上去摘水果来供月亮。"吴春圃哈哈大笑道:"你还要向脸上贴金,少给你爸爸现眼就得。你瞧,我们该发财了。这山上竟是随便可以摘到水

巴山夜雨

果!"那孩子已走到山斜坡一片菜地里。这里,有吴先生自己栽种的茄子、倭瓜和西红柿。尤其是西红柿这东西,非常茂盛,茎叶长高了,有二三尺,乱木棍子支持着,蓬乱着一片。上面长的西红柿,大大小小像挂灯笼似的。那孩子摘了个茶杯大的,红而扁圆。他高高举着道:"这不是水果?"吴春圃笑道:"对了,这是水果。你把茄子、倭瓜再摘了来,配上家里原有的干大蒜瓣,我们还凑得起四个碟子呢。"李南泉道:"不是这么说。迷信这件事,大家认起真来,讲的是一点诚心。果然有诚心,古人讲个撮土为香呢。"吴太太道:"李先生,不怕你笑话。小孩子们早几天就叫着要买月饼。那样老贵的零食,买来干什么?敷衍着他们,答应中秋日子买。今天中秋了,大清早,孩子睁开眼睛就要吃月饼。我就把学校里配给的糖,和起面来,烙了几张饼给他们吃。"吴先生笑道:"没错。什么月饼,不是糖和面做成功的吗?"他这么一说,邻居们都笑了。

这时,王嫂已经把馅儿饼烙好了二三十个,将个大瓦瓷盘子盛着,向屋子里送了去。她喊着小孩子们道:"都来都来,吃月饼。"吴春圃回头看见,笑道:"李府上的月饼,也是代用品。"李南泉道:"虽然是代用品,我们家的孩子,已很足自傲。今晚上,我们这村子里的小朋友,就很有几家,连代用品都吃不到的。"吴春圃道:"的确,人生总得退一步想。"说到这里,把声音低了一低道:"像我们这几家芳邻,根本就无事。何必闹得这样马仰人翻。"吴太太道:"这是你们男子们说的话,那全是为了自己说的。像石先生做的这件事,石太太还不应该反对呀?"李太太在屋子里叫道:"馅儿饼凉了,可不好吃。你应该懂得儿童心理。孩子可不和你客气,等一会可都全吃完了。"李南泉向邻居笑着看了一眼,向家里走。大路上突然发了呜咽的哭声,他又站住了。

大家正是让不如意的事袭击得多了,一听到这哭声,就不由得都向那大路上看去。只见奚太太左手倒拖着一把纸伞,右腋下夹了一卷报纸和一个包袱,将手捏了手绢,不住地揉着眼睛走了过来。她看到这边走廊上,站了许多人,就抬起一只手来,向大家招了几招,叫道:"老李,你来你来!"李太太料着她是失败而归,倒不好意思不理,就迎了上去。她把手上的东西丢在地上,两手拿了李太太两只手道:"我受骗了。"只这四个字,她一咧嘴又哭了起来。李太太道:"有话慢慢说,我们村子里,今天层出不穷,有了许多不幸的事。你别乱了,镇定一点,有什么要朋友帮忙之处,我们并不辞劳。"奚太太揉擦了一阵眼睛,才道:"我们那个不争气的东西,他偏知道我会去找他。昨天在公事房里静静地等着我。我去了,他表示十分欢迎。昨晚上陪着我看了一次话剧,今天又陪我上街吃东西。警报来了,陪我躲防空洞,约了一路回家过节。我看这样子,就没有提防他。下午他还和我一路到车站买票,一路上公共汽车,我就更不会想到什么意外了。上车子的时候,挤得很。他找着一个座位,让我坐下。我以为他还挤在车子前面呢。车子一开,我就发现了他不在车上。车门已经关上了,我要下车,已不可能,这是直达车,一直到了此地,才开车门。我想再搭车回重庆,今天的班车又没有了。这样好的团圆佳节,由他去陪着那臭女人呀!"说着,顿脚直哭。

李太太笑道:"我问你一句话。"说着,她回头看了看,身后还不曾有人过来,然后笑道:"昨天奚先生请你看话剧,不能只有这个节目吧?"奚太太对于她这一问,倒没有怎样的考虑,便答道:"在他昨天的态度上,可以说殷勤备至,我若不是因为他殷勤备至,也就不上他这个当了。看完了话剧之后,他是约我去消夜的。重庆现在染了不少的下江风味,半夜里,小面馆子里生意还很好,口味我们也都合适。"李太太道:"吃过消夜之后,还有什么节目呢?"奚太太道:"到了那样夜深,街上还有什么可玩的呢?"李太太笑道:"反正不能抄用一句小说上的言语'一宿无话'吧?"奚太太这才明白了,也不免破涕为笑,将手在她肩膀上轻轻敲了一下道:"人家满腹是心事,你还和我开玩笑呢!"李太太摇了两摇头道:"不是开玩笑,这和你今天的情形,有极大的关系。假如不是昨日的节目周到,今天的情形,就会两样的。"奚太太道:"你不是外人,我就告诉你吧,他在旅馆里开了一间上等房间。"李太太笑道:"够了,假如用我做福尔摩斯的话,这个案子,我就完全可以破案。"奚太太和她说着话,已是把她两只手都放下来了,听了这话后,又握住了她的手,笑着表示出很恳切的样子,只管摇撼了她的手道:"你到底是我的好朋友,我……"李太太笑道:"你家里孩子,盼望着你回来吃月饼,眼泪水都要等出来了,你快回去吧,什么事今天也来不及办。"

奚太太被她一句话提醒,捡起地面上的包袱、雨伞,就向家里奔了去。他们家孩子,也看见了母亲了,口里叫着"妈妈",蜂拥而上。奚太太叫了一声"我的孩子",在大路上高举了两手,"哇"的一声又哭了起来。那哭声非常尖锐,像夜老鸦叫那样刺耳。李南泉站在走廊上,有点受不了,只好缩进屋子里去。这时茅屋里唯一的方漆桌子上,两个大搪瓷盘子,堆叠着油烙得焦黄的馅儿饼。上位空着,放了一只大玻璃杯子,可以看到里面茶叶整片地沉淀,正泡好了一杯新茶。另外有一碟麻油拌好的辣椒酱,一碟油炸花生米。三个小孩子围了桌子吃得很香。李太太进来,指着上席的竹椅子道:"虚席以待,这把椅子,也是你写字的椅子,临时移过来用一用。"李南泉道:"随便搬个凳子就行了,既要让我上座,又把竹椅子移过来,吃馅儿饼还这样的郑重其事?"李太太笑道:"你忘了今天是中秋,这是中秋团圆宴,你是一家之主,不能不让你上座,没有酒,给你泡好了一杯龙井茶,馅儿饼蘸着香油辣椒酱吃,一定可口。"李南泉向桌上看看,笑道:"还有一碟油炸花生米呢?"李太太道:"虽然是吃馅儿饼,若是不带一点菜,那太不像样子。今天早上去菜市晚了,遇到了警报,什么也来不及买,只有将家里存的花生米炸一盘出来,这也不是很可以品茶的吗?这个中秋,对于你是太委屈一点,等着款子来了,我们补过这个节。"

李南泉笑道:"人有悲欢离合,月有阴晴圆缺,此事古难全。"说着时,他仰起头来摇晃着。李太太道:"你若是赏光,你就赶快吃吧。小孩子吃得很来劲,他们回头把两盘烙儿饼都吃光了。中国的文人,真没有办法,有吃有喝,会来点酸性;没吃没喝,更会来点儿酸性。"李南泉笑道:"这也就是文人的一点好处。我们还有猪肉白菜的馅儿饼吃,多少是过中秋的味儿。人家吴先生家里吃烙饼、生西红柿,绝找不出中秋的味儿来,你看吴先生有说有笑,哪里放在心上?"他说着这话,似乎因赞赏吴先生的行为,而心向往之。他就在屋子里来往地踱着步子,背了两手,口里沉吟着。李太太站在旁边,看看他这样子,先是笑了,然后把桌上的筷子拿过来,递到他手上,又托着一盘馅儿饼到他面前,笑道:"请赏一个吧,味儿倒是怪好的。"李先生接过筷子，就夹着饼吃了。李太太见他如此，又把那玻璃杯拿了来。李先生一手拿着筷子，一手端着茶杯，而太太又端了盘馅儿饼在面前，这倒是怪不方便的，只得到椅子上坐着，向太太笑道："为什么这样客气？"李太太道："我若是不这样客气一番，你还是在屋子里徘徊寻诗呢。"李南泉笑道："原来你的用意在此，多谢多谢。我倒不是见了东西不想吃。难得这样通量地吃一回馅儿饼，就让小孩子们吃个自由吧！我若坐下来吃，他们就有了顾虑，又不能通量了。我无非也是为他们设想。大人到现在，还过什么节，这不都是小孩子的事吗？"

这时，彼此的心境，静止了一点，屋外的声音，可又陆续地传了过来。南腔北调的尖锐的演讲声，就由奚家的走廊上发出。李南泉吃着馅儿饼，微偏了头向外听去。这就听到奚太太道："孩子们，我们要抵抗外侮，必须精诚团结。我也想破了，我们不快活，人家快活；我们发愁，人家并不发愁。我们愁死，气死了，那更好，人家得着我们现成的江山。我们死了，岂不是冤枉？来，我们乐一下子，唱个歌，以解愁闷。你们会唱什么歌？"这就听到孩子们说："会唱国歌。"奚太太道："国歌不能乱唱，那是有时间的，你们还会唱什么歌？"孩子们答应："会唱《义勇军进行曲》。"奚太太道："好！我们冒着敌人的炮火前进。一二三！"由这句口令喊过，"起来，不愿做奴隶的人们……"歌声高昂地传达了半空。这不但是李先生一家人惊动了，就是左右邻居也惊动了。大家都看到奚太太在路上哭着回来的，不料没有半小时，这激昂的歌声又唱起来了。一个人弄得这样歌哭无常，这不是有点发疯了吗？于是所有的邻居，都跑出屋子来张望。奚家三个小孩，像奚太太出门训话的时候一样，还是一排地站着。奚太太做了个音乐导师，手上拿了根鸡毛掸子，当了指挥棍，领导着小孩子们唱。她唱一句，小孩子们和一句，唱到"前进，前进"的最后一句，奚太太右手举了鸡毛掸子，高高过了头顶高声疾呼，颈脖子涨得通红。

这时，对溪的人行路上，也有人站成了一串，向奚家走廊上望着。这群人后面，立着一匹枣红色的大马，马上骑着一位穿藏青短裤袄，披着米黄色夏威夷衬衫的人。她有一顶大草帽子，并没有戴着，挽在手臂，露出她溜光的西式分发，圆胖的脸儿,远望着有红有白,又像是个女人。李南泉也在走廊上,是碰过她的钉子的,认得她,乃是名声在外的方二小姐。于是回转头来,向站在身边的吴春圃低声道:"看吧,这就是鼎鼎大名的二小姐。"吴春圃看时,见她骑在马上,两手拿了根很软的鞭子,绷得像弯弓似的,嬉笑自若,高高在上。她左右前后,不少的西服壮汉,围绕了那匹马。她将鞭子指了奚太太道:"那个女人,是小学教员吗?怎么只教三个学生?今天中秋节,她连假都不放,这个人倒还不错。"这就有那过于奉承的人,跑到奚太太走廊上来,问道:"我们二小姐问你,是在哪个小学里教书?"奚太太对于大路上那些人望着她,正是高兴,以为自己的行动,引起人家的注意。现在这个人跑下来问,她就更是得意,正昂着头等问话,及至人家说出二小姐来,她不由身子一颤动,问道:"是方二小姐吗?"那人道:"是的。这样有名的人,你难道都不认识?"奚太太听说,老远就向大路上行了个九十度的鞠躬礼,又笑嘻嘻地叫了声:"小姐!"二小姐坐在马上,微微地点了一下头,然后提起马鞭子,向她招了几招。

　　奚太太对她的小孩子道:"你们看,方二小姐叫我去说话呀。"说着,她就走到人行路上去,又向方二小姐行了个鞠躬礼。这个鞠躬礼,行得未免太早,到马前还有好几丈路。她行过礼抬起头来,见相距还有这么些个路,二小姐还是两手扳着软马鞭子游戏,对于行礼的人,只是微微看了一眼,并没有加以回答。奚太太想着,也许我这个礼行得太快,人家没有看见吧?于是又向前两步,再向她行了个鞠躬礼。奚太太这个礼,还是行得功夫周到,两手垂下来,双放到腹部,然后直立了身子,深深地弯着腰,行了个九十度的弧形礼。方二小姐一天不知经过多少行礼,经过多少人奉承,对于这种应享受的礼貌,本来是不在意的。不过奚太太再三地鞠躬,这印象给予她就深了。在这三度鞠躬以后,她居然受到了感动,向奚太太点了个头,笑问道:"你姓什么?倒是很不偷懒,今天还教学生呢。"奚太太道:"我姓奚,这是我自己三个孩子,今天不上学,过节又没有什么吃的,那给他们一些什么娱乐,让他们混过半天的时间呢?所以我就想了这么一点办法,和他们唱两个歌。"二小姐笑道:"这也很好,不花钱,也不会浪费时间。"说着,回过头来向她的随从道："倘若人人都能这样想，这日子不也都是很快乐地过去吗？何必天天叫着生活过不了？"奚太太听了，心想，她这样天下闻名的有钱小姐，倒是主张在家过苦日子的。

她在路上站着，想了一想，觉得不管怎么样，对于二小姐，总是一个接近的机会，这就又向二小姐鞠了个躬道："我们这破草房子，也是很有意思的。二小姐要不要下马来参观一下呢？"二小姐举着马鞭，向山溪两旁的房子，横扫着指了一下："就是这些房子，不都看到了吗？你们全是公教人员的家庭吧？"奚太太道："是的，都是公教人员家庭。公教人员的生活……"二小姐对于哭穷求救济的话，听得实在太多了，凭了她的经验，不但人家说完了上句，她就知道下句是什么，而且只看人家的颜色，她就知道人家是什么意思了。所以奚太太说到这里，她立刻就拦阻着道："公教人员的生活，现在不算坏呀。你们没有到战区去看看，我们在前方作战的士兵，那都过的是什么生活！人家不但生活苦，而且还要拼了性命去打仗呢！这地方风景很好，柴水又很便宜。你们住的这房子，既然是风景很合宜，而且空气新鲜，这太舒服了。还有一件好处，就是这里四围是山，中间是个深谷，对于躲避空袭，乃是很安全的地方。现时在重庆住家，要找这样一个安全地方，那是很不容易的，你们住在这里，实在是应该十分满意的。"奚太太想着，有新鲜空气，人就该满意，难道人生在世，光呼吸空气，就可以过日子吗？她心里这样想着，脸上自也透出了一点犹豫，对二小姐勉强地笑着，像是有话要说出来，却又忍了回去，只是对着人家扬着眉毛。

站在马前马后的那些护从人士，看奚太太那种吞吞吐吐的样子，不用多所揣测，就可以知道她是求援助的。无论所求的是经济或权力，这都是二小姐向来讨厌的事。等到她开口出来，二小姐再予拒绝，倒不如不让她开口。这就有名护从，走了向前，挡着马头向二小姐道："时间不早了，二小姐快回公馆吧，恐怕院长有电话来。"二小姐向奚太太看了一看，又向远处站在各家门口的人看了一看，然后将马鞭子指着奚家那几个小孩道："他们倒是怪好的，歌唱得不错，回头送点月饼来给他们吃吧。"说着一兜缰绳，马抬头便走。奚太太正是站在去路上，想鞠躬道

巴山夜雨

谢,抢着偏身一躲,这路边就是一堵四五尺高的小悬崖,身后没有了立足之地,她身子向后仰着,两只脚挣扎着要站立起来的时候,重心已失,来了个鲤鱼跌子,翻着滚到崖底下去。所幸这崖下是一片深草地,她在深草丛中,滚了几滚,却自行爬了起来,坐在草丛里。原来二小姐看她滚下去,骑在马鞍上,是怔了一怔的。现在看到她又坐了起来,却耸着双肩,格格地笑了。她将马鞭子在马屁上,随便敲了两下。那匹枣红马,四蹄掀起,踏着石板路,笃笃有声,径直走了。那些护从们,有的跟在马后跑,有的站着对奚太太看了一看,也继续跟着走了。奚太太眼望了他们走去,慢慢由深草里爬了起来,低头向身上看着,衣上、腿上、手臂上,粘遍了两三分长的软刺。

大家看到她这样子,都忍不住要笑,有些邻居,已经缩回到屋子里去了。奚太太站了起来,两手互相摩擦着手臂上的软刺,无奈那软刺粘得紧紧的,无论如何,搓不下来。她走出了那草丛,将手抖动着衣服,连抖了十几下,刺毛也不曾落下来一根。再走到石板路上,将脚连连跳跃了十几下,那在腿上、鞋子上的刺,依然不曾掉下一根。她看着左右邻居,全向她望着,她也不免恼羞成怒了,将手指着大路的去程道:"中国就亡在这财阀手上,她家只知道挣钱,只知道搜刮民脂民膏,不把这些人打倒,中国没有打败日本的希望。"她这样说着,那三个孩子也追过来了。大家围着她,七手八脚,在她衣服上钳刺。她顿了脚道:"满身几十根刺,钳到哪一天,我回去洗个澡吧。真是倒霉极了。"大孩子道:"妈妈和骑马的人那样客气,她还把妈妈撞到崖下去,真是岂有此理。"小孩子道:"我们和妈妈鞠躬,妈妈和那个人鞠躬,真是好玩得很。"奚太太板了脸道:"胡说!我和她鞠躬,她也得配!我是有心骗她下马来,让她看看公教人员的家庭。她倒是很乖巧的,不肯下来。我迟早看到他们财阀垮台,我们老百姓要努力打倒中国的财阀。"她说到这句话,十分感到兴奋,就抬起一只手来,高举过额头,高声叫道:"打倒中国的财阀,打倒搜刮民脂民膏的财阀,打倒财阀的女儿。"她越叫声音越大,叫得所有忍住笑进屋子的邻居,又走了出来。

吴春圃先生,实在也不愿和她开玩笑的。可是看到她这样大为兴奋,实在是忍耐不下去。这就先耸了两耸肩膀,老远望了她道:"奚太太,你怎么了?在空旷里演说吗?"她依然举着手道:"这些财阀,没有一点良心,把国家弄成这个样子,他们还要搜刮民脂民膏,我们不把他打倒,那怎么能让老百姓抬头?老百姓不抬头,抗战是不会有希望的。谁要发起打倒财阀,我决定参加。"她说着,非常得劲,脸皮涨红了,颈脖子也气涨了。就在这时,大路上有两个二小姐的护从,一个人提了一个大包袱,匆匆地向这里走了来,远远地抬了手,叫道:"奚太太,等着,二小姐有东西送来了。"奚太太还是红着颈脖子,余怒还没有发泄干净。听到人家叫着说是二小姐有东西送了来,这就先把脸上的红色,平淡下去了。站在路上,等了那两个人,到面前向他们点了两点头。那两人不是先前在二小姐当面那样昂头天外了,到了面前,就含了笑道:"奚太太,我们二小姐,对你的印象很好。这里两个包袱,一包是月饼水果,还有几斤猪肉,这都是交给你的孩子们吃的,这个包袱呢,是两斗米。过两天,你可以去谢谢二小姐,快接过去吧,沉甸甸的,我们拿不动了。"奚太太对这些东西,倒只是看了一眼而已,对于"二小姐印象很好"这句话,比喝了一剂清凉散,还要高兴十倍,笑着身子一扭道:"怎么着?二小姐对我印象很好吗?她真是个贤明的人啦!"

现在这两个方家随从,要到奚太太家里去,她倒是不好拒绝,点头笑道:"你们是住那高楼大厦的人,到我们这茅草屋子里去,我可是招待不周呀。"她这样说着,还是在前面引路,将上客引到家去。吴春圃是为着奚太太的口号声,惊异地注视着的。这时候,见她在两三分钟内,就把喊口号的态度变更过来了,这确乎是件奇事,越是要看个究竟。因之,他就站在自己走廊上,没有离开。十分钟前后,奚太太送着那两位贵客出来了。她伸了手臂,向两人先后握着手,然后笑道:"二位回公馆去,除了替我向二小姐请安之外,多多给我道谢。明天我就会到方公馆去登门叩谢。"那两个人点着头走了。奚家的孩子们,早是一拥而上,奚太太道:"好!你们站着不动,我把月饼拿来,分给你们吃。你们不许到家里来看。"小孩子倒不疑心母亲有别的作用,以为母亲是把月饼收起来,不让大家看见,也就依了她的话,在走廊下站着。一会儿奚太太从屋子端了个大盘子出来,里面堆着切开了的

巴山夜雨

月饼。她将两个指头夹住一块,高高举着道:"这是广东月饼,火腿馅的。"放下一块,再夹一块,报告这是"五仁馅的"。一直报告了七八回,才笑道:"孩子们,不是方家二小姐,你们哪能得到这样好的月饼? 方二小姐,是一位女中丈夫,她一个人,足抵十个部长的能力,我们应该佩服她呀!"

在自己走廊上的吴春圃,不但是对之十分奇怪,而且是气破了肚。他想,天下有这样变幻莫测的思想吗? 他心里是这样想着,态度也是随着表现了出来,只是不住地摇头。李南泉已经把那月饼代用品——馅儿饼吃完了,也是望了外面,只管出神,看到吴春圃横叉了两手,还是不住摇头。这虽是在身后看他的后影,料着他有些大不以为然,便隔了窗户,轻轻叫了两声"吴兄"。吴先生那种北方人的爽直脾气,立刻发作了。回转头来向李南泉笑着,低声说了四个字:"岂有此理。"在隔壁走廊上的奚太太,正是把这句话听到了。她抬起手来,向这边招了两招,笑道:"二位芳邻,我必须和你们解释一下,要不然,你们又说我奚太太犯了神经病了,二位不要走开,我马上就来。"说着,她回家去了。李南泉伸手搔搔头发,笑道:"老兄何必多事,这场辩论,可能是半小时以上的事。"两个正议论着,奚太太两手各端了一只碟子,笑嘻嘻地走了来,点了头道:"这是不义之财的东西,二位尝尝。这两碟广东月饼,是方家二小姐送我的。送我,我就收了,丝毫不用客气。严格地说,这月饼我们就出过钱的。他们搜刮民脂民膏,人人在被搜刮之列,难道我们会例外吗? 我们把我们的脂膏收了回来,有何不可?"说着,她交吴、李各一碟。她是先声明理由,然后把东西交出来的。这让吴、李二人都说不出个拒绝不受的理由。

李南泉端了那碟子笑道:"我们的器量未免太小一点,吃大户,就是闹着这一碟月饼吗?"说着,他把那碟子放在窗户台上,向奚太太一抱拳道:"我有两句话,不知当说不当说?"奚太太笑道:"老李呀! 你到现在还不大了解我呀。我对你是以师礼相待的。自然,我不能像杨艳华那样老远就叫老师。"说着,她将肩膀乱扛了几下。李南泉道:"既是这么着,我就说了。我们当公教人员的,虽然现在清苦一点,风格依然存在。尤其是教书匠,我们还负责国家民族的正气呢。这方家的人物，三岁的孩子，也不会和他们表示好感。自然也寻得出和他们表示好感的，那正是捧着他们饭碗的人。哪一天不捧他们的饭碗了，也就哪一天和他们不表示好感。我也知道，你并不想找方家二小姐为你搞份工作，更不想向她请笔救济金，你以为和方家认识了，就可以利用他们的压力，解决家庭纠纷？其实那是一种错误。他们的脑子里只有政治和金钱。要谈金钱，脑子里就挤不下人类同情心，因为有人类同情心……"他这串话，说中奚太太的心病，她正是睁了眼睛，向他望着。路那边有人叫了来道："呵哟，奚太太，我不晓得你转来了。要是晓得，我早来和你拜节。咯啰！这里有几斤地瓜，送给你们小娃儿吃。你吃了方完长家里的月饼，也尝尝我们的土产。你硬是要升官发财，方完长的小姐，都送东西你吃，好阔哟！"说话的是刘保长的太太。她满脸是笑，手里提了一串绿藤蔓，下面挂着十几个茶杯大的地瓜。她的身子扭着，扭得一串地瓜全都摇摆起来。

刘保长太太提地瓜来，当然是奚太太欢迎的。不过这保长太太的东西，严格执行私有制。连住家所在，山上柴草，田地里野菜，都不许人损坏一根。而且这些田地，根本也不是她的产业。现在，她会送一串地瓜给邻居吃，那实在是破天荒的举动。囚之站在走廊上，又把这一举动当了新鲜事。她口里恭维着，走到了奚太太面前，笑道："刚才你和方完长的小姐说话，我看到的，你朗个认识的？她的架子好大哟！平常她骑马、坐轿走街上过，好远好远别个就要躲开她。哪个有那样大的胆，敢跟她摆龙门阵？奚太太跟她说了话，她又派了手下的官员送你东西，怕你不会发财。该歪！我早不晓得，要是早晓得的话，我就叫刘保长对你家里的事，多多照应些。"

奚太太对于刘保长太太这番恭维话，倒是却之不恭，受之有愧，勉强笑道："你们只知道拿了收款条子，到老百姓家里去收钱，你分得出什么方家圆家？"保长太太笑道："朗个不晓得？中国要出啥子官，大官小官，都是方完长派出来。县政府收来的款子，也都送到完长衙门里去。对不对头？官由那里出，钱由那里进，你怕不是阔人？天上玉皇大帝，也不过那样安逸。认得这种人家，怕没有官做？怕不发财？"吴春圃站在旁边点点头道："这些话虽然欠雅一点，倒是至理名言。"保长

巴山夜雨

太太笑道:"我说得对头不是?奚太太,你要是做了官,你硬是要帮帮我们咯。由不得我想咯。若是做上县长,做上乡公所的区长,进进出出坐滑竿,后面前面两个卫队跟起,好威风哟,就怕做不到。那天我到县政府去,看到隔壁县银行里,也有女的,阴丹大褂穿起,头发烫起,黄色皮鞋着起,手上戴起金箍子,脚底下柜柜里,整大捆钞票放起,看了都心爱死人咯。我做一天那个差使,我死了都闭眼睛。"李南泉笑道:"原来如此,你和你们刘保长怎么的想法呢?"保长太太道:"管粮仓嘛!你看乡公所那个管库的管事,好阔哟,坐在藤椅上,香烟标起,啥事不管,就看手下人量米,一担米里抓一把,一百担米里抓好多?当周年半载管库,比做皇帝还安逸些咯。"

奚太太笑道:"保长太太,送我一串地瓜就为的是运动我给你夫妇找钱粮两便的好差事吗?"保长太太扭了身躯,"哟"了一声道:"没有那个话,这是我们的土产嘛。"她也只能交代到如此明白,她不能说丝毫没有贿赂的意思。那串地瓜放在地下,她倒搞得进退两难,手扶了廊柱,发出尴尬的笑容。奚家的孩子,对此都大为高兴,刚有人送了月饼,又有人送地瓜。跑过来,提着那串地瓜,就向家里跑。保长太太笑道:"要得!还是这个弟侄儿懂事。"奚太太倒也不嫌家里多有收入,就一笑了之。李南泉抬头看看天色,笑道:"太阳落山了,天空里还是这样明亮,月亮不久就要上升。日本人对于中国人过中秋的习惯,最为明白。这样好的月色,他们的飞机,一定会来扫兴,大家吃饱了饭,还是预先去准备一点吧。奚太太,虽说是不义之财,究竟是由你手上交来的,我谢谢了。"说着,他端着碟子进屋子去了。奚太太觉得吴春圃这个人爽直,也不敢和他多说话,向他微笑了一笑,就回家去。这给予了吴先生一个暗示。她所说的话,是靠不住的,也就很愿留心她的行为,以作消遣。两小时后,明月满空,把眼前的山峰树林,照耀得像水洗了似的。而且最近的草木,在绿叶上还浮着一层银光。抬头看看天上的月亮,悬在蔚蓝色碧空里,四周是一点云彩渣儿都没有,真像是悬起来的。当人仰了面看的时候,就觉得清凉的空气,缓缓由面上经过。四川的中秋气候,依然是夏季的温度,而在这大月亮下面,却多少有点秋意了。

这种风光,很给予人一种轻松之感。李南泉的那一脑子的故纸堆,这时就不免翻动起来。他走到月亮下面,在空地上来回走着,看到路边上有一块浑圆的青石,月光照着没有一点尘埃,在地面上画了一块影子,觉得这倒是可以休息之处,于是抱着膝盖坐在那里看山景。这块石头,正斜对了奚太太的家。虽然隔一条山溪,可是对她家的情形,还看得很清楚。他看看碧空的月亮,有时也回转头向她家看去。她似乎在家里有所作为。三间屋子的窗户,都透露着灯光,人影子在窗户上不住地摇晃。因此,李先生发了一点诗兴,觉得"嫦娥应悔偷灵药,碧海青天夜夜心",这十四个字可以送给月亮,也可以送给奚太太。有许多烦恼,在奚太太是多余的。这样想着,不免对奚家的窗户,又多看了两眼。窗户上一个人影子不动,而奚太太的话也在清静的空气中传过来了。她道:"是,对不住,我来晚了。"李南泉听了这话,大为吃惊,她到哪儿去了?又向谁道歉?这更引起了他的注意,又很凝神地向下听了去。她接着道:"我昨天晚上就想来向二小姐致敬的。可是因为这山下的公馆守卫,恐怕不让上山。而且我也想到,昨天晚上月亮很好,二小姐一定在这山上赏月,我若来了,烦劳二小姐赐见,未免扫了二小姐的兴。"李南泉听得清楚了,更是奇怪。奚太太在家里做梦说梦话吗?听这口吻,分明是和方家二小姐说话,方家二小姐难道在她家里吗?不在她家里,她又是向谁说这些话?

他越听越奇怪,就缓缓起身,走到溪岸边向奚家听了去,听她继续道:"我虽然没有什么学问,可是这一点忠心,倒是很坚强的。二小姐若有什么命令,我一定遵守了去办。"说到这里,顿了一顿,她又继续道:"多谢二小姐,你这天大的恩惠,我一辈子不忘记。"李南泉到了这时,也听出来了。奚太太实在是一个人说话。他的好奇,遏止不住他的越轨行为。轻轻走到奚家廊檐下,然后找了一条透光的门缝,向里面张望了去。这让他看清楚了,屋子里实在只有奚太太一个人,她面前放了一把有靠背的木椅子。在椅子靠背上,披了一件女衣。奚太太半俯了身子,像是向那椅子行礼似的。然后自握着女衣的一只袖子,像是和人握手的样子,微弯了腰道:"我告辞了,改日再来拜见。"说完了这句话,她自言自语道:"行了。无论她二小姐多么骄傲,这个样子和她去说话,她实在是不能不动心了。我就是这么办。

巴山夜雨

今天晚上早点睡觉,明天一大早六点钟就到方公馆去等候接见。这是我一生上升的大关键,可不要失掉这样好的大机会呀。"李南泉这算明白了,原来她是在训练自己怎样去见方家二小姐。这与其说她有神经病,倒不如承认她是个绝顶聪明人。他暗暗地叹了一口气,悄悄走开。不过奚太太想早一点睡觉的这个计划,却没有实现。就在这时,警报器又在天空里"呜呜"地放出哀鸣,在这清凉的月夜里,那声音还是相当地惊人。在警报放过之后,老百姓又实行躲飞机的一套功课,直到深夜两点多钟,方才完毕。

这个时候,当然大家都要抢一个时间去睡觉。谁知明日什么时候又有警报来到呢?可是奚太太的见解不这样,她怕一觉睡去之后,天亮起来不了,因之泡了一壶沱茶,枯坐一夜。天亮以后,洗脸梳头,换了件蓝布长衫。将奚先生留在家里的名片,用毛笔在旁边注了一行字,写着自己的姓名。可是自己向来没写过正楷字,而且也少用毛笔,连写了几张名片,全都不像个样子,只好把那些名片,全都扯个粉碎,还是空了两手出门。这时,太阳还没有由山顶上爬出来,只是东边山后,一片灿烂的金光。山的阴处,凉风习习,吹到人身上,倒很是爽快。她顺着人行的石板路走,脚踢着路草上的露水珠子,光腿的脚背都是凉的。她这时猛然想起一件事。昨天看到二小姐的时候,记得她是穿了袜子的,自己光了两条腿,这是不是有点失礼呢;慎重一点,还是穿上袜子为妙。于是转身回家,找了一双丝袜穿上。这丝袜是肉色的,还是战前的遗物,穿上之后,将腿伸直,来回看着,又感觉不妥。这袜子颜色鲜艳光滑,不是寒酸的公务员家中所应出的现象。二小姐见了,可能把她的同情心,完全减少,于是把那丝袜子脱下,重新换了一双灰色的线袜子。而且这袜子上有跳纱。用棉线缝连起来,正可以代表着穷苦。换好了袜子,又站着出了一会神,觉得再没有什么破绽,才二次出门去。

方公馆在这乡下,是第一等的洋式房子,恐怕这地方自有史以来,也没有建筑过这样好的房子。在高达两里路的山巅上,用青石和青砖,建筑了三层楼的大厦,由山脚下直到屋子的走廊,全是大青石块,砌着宽可一丈的坡子路。这路砌得像洋楼的盘梯一样,旋转着上了山坡,而四周都是松林环绕,风景也十分好。奚太太平常也走山麓下过的,抬头看着这立体式的洋楼,涂着淡绿的颜色,矗立在高山上,倒觉得这是人间的神仙府。抗战期间,到后方来的人,谁不是冒着莫大的牺牲,来挣这口硬气的?这里就是数人住着竹片黄泥夹壁的屋子,屋顶上只盖了些乱草。而方家却是这样舒服,单说这大青石砌的山坡,也够穷公务员盖几百间瓦房的。所以她每次经过这里,受了正义感的冲动,总得在路上吐出几片口沫。这次不然了,她到了山脚下,首先定一定神,对那青石山坡的起点所在,先注视了一下。因为那地方对峙着立了两根石柱,好像是个山门的形势。那里就站着一位守门的卫士。要上山,首先就得说服这个人。她注视过后,她高兴起来了。这个卫士,就是昨天送东西去的一个。他必然认识她。于是缓步前去,先向那个人点了个头,笑道:"这位先生,你还认识我吗?"他笑道:"我怎么不认识?昨天下午,我还送东西到你家去的。你真到公馆来回谢吗?"奚太太道:"那是当然呀。我怎么上山去呢?"

那卫士对于她这个要求,并不认为是意外。点了头笑道:"你来得正是时候。二小姐早上起来,要在屋外面散步,没什么事。我送你到第二段岗位吧,你随我来。"奚太太虽不懂他是什么意思,也就跟了他走,走到半山腰里,山坡路转弯的地方,有个六角亭子,那里又有一个卫士。护送上山的人,向前对他说了,他引着奚太太,再向山上走。她这才明白了,这就是所说的第二段岗位。由第二段岗位再上百多级梯子,就到了那立体式的洋楼下。在山脚抬头看这所别墅,高高站在山顶上,好像并不怎样宽大。及至到了面前,一片大广场,就在楼面前,虽然是山顶,也栽满了各种花草。立体式楼墙外,留有一排四五丈高的松树,每棵树的枝叶,修剪得圆圆的,像一把伞。在楼和广场之间,长了一道绿走廊,有钱的人,真也能够利用天然的风景。奚太太正在赏鉴这建筑之美,那楼底下正门里,就同时出来两个人。他们都是穿了白哔叽布短裤,紫色皮鞋,上身是草绿色绸子的夏威夷衬衫。而且,各人手上戴着金链子手表。奚太太认得,他们是经常由村子里经过的,乃是刘、王二位副官。刘副官点了头笑道:"奚太太早哇,这个时候,就到这大山上来了。"她道:"专诚拜见二小姐,不敢不早。我可以请见吗?"刘副官对她周身上下

巴山夜雨

看了一看,笑道:"昨天二小姐回来,倒是提起你的。我替你去请示一下吧,你也不会白来,我让你在公馆里参观参观。"

奚太太道:"那还是请你在二小姐面前,多美言几句。我到这里来,就是感谢二小姐,必须向她鞠躬致敬,方才能够心里痛快。"说着,她连连向刘、王二位副官点了几个头。刘副官笑道:"这也好,你随我先到楼下客厅里坐着罢。"她跟他由门廊里进去。左右两方,是个对照的客室门,悬着碧色珍珠罗的垂帘。刘副官引她到左边的客室里坐着。那里是绿色皮的大沙发两套,中间围着一张矮圆桌,也是由绣花绿绸子蒙着的。那脚底下的地板,更不用说,漆得像镜面子那样光滑。这在战前,当然不算什么,可是在这避难的疏建区里,无往不是泥墙草屋。屋子里的家具,除了竹子的,就是白木不上漆的。现在看到这样堂皇的布置,实在耳目一新。尤其是在这样的高山上,向来是人迹不到。这样贵重华丽的东西,居然搬到这里来陈设着。这简直是个天堂。墙上挂的字画好歹是分不出来,可是那作家的题款,却多是很有名的人。

她走上山来,本就是一身热汗。现在到了这里,耳朵里一点声音没有,第一就感到这身子换过了一个环境。屋子外的树木,和屋子里的家具,全是绿阴阴的。山风由窗纱里吹了进来,不但一点不热,而且那凉气扑到身上,却是让人毫毛孔有点收缩。她心里想着,若是这样抗战,就是抗战一百年,那又有什么关系?怪不得在这里服务的人,连轿夫都是欢天喜地的了。这时,听到一阵脚步响,有人操着上海音的国语道:"这个人倒算是多礼。既然是表示敬意的,就让她来吧。到二层楼见我。"那脚步声就由客室外的门廊,走上楼去了。奚太太晓得这是二小姐,赶快牵牵自己的衣襟,又理理自己的头发,然后站在屋子里等着。刘副官一掀纱帘,向她招了两招手,她也就跟着他走了出去。这门廊转弯,有个靠壁的衣帽架子,配合了两块大玻璃砖的镜子,奚太太向镜子里看时,一个枣子脸的人,穿了一件旧蓝布大褂,瘦削着两只肩膀,像是衣服沾不着身。尤其是那脸色不正常,又好像是被捕的犯人,要到法庭上去听候宣判,满脸带了恐惧的情绪。她心想着,这不就是我奚太太吗?怎么会弄成这样一副形象?

她这样一怀疑,对那镜子就多看了两眼。刘副官回转身来,向她又招了两招手,轻轻地叫着来。奚太太为了要把镜子里所表现的缺点,予以纠正,她就极力耸起两块腮肉,并翘起两只嘴角,当是由内心里发生笑容来。两只肩膀,也微微地抬起。因为如此,这两只垂下来的手,就有点像张着翅膀似的。走到二层楼口上,刘副官回过头来看到,却吓了一跳,低声问道:"奚太太,你这是干什么?"奚太太道:"我不干什么呀。我怕我的样子,过于愁苦。特意放出一点笑意来。这样,也免二小姐见了我们说是来求事求钱的。"刘副官摇着头,同时摇着两手,笑着一弯腰道:"不用,你还是自然一点的好。我看了都受不了,何况是二小姐。"奚太太没想到自己特别地谨慎,倒反惹起人家的不满,只得强笑道:"专诚来见二小姐,我是怕太随便了,对二小姐失敬。"刘副官笑道:"若是你怕失敬的话,倒是照老样子去好些。你两只手别张开来呀!这好像是沾了两手油,不敢挨着身体似的,那是怎么回事?"说着,他还亲自把她两只手扶了一扶。奚太太到了这里,也只好一切都由着他摆布,把姿态恢复了平常的样子,跟了他走去。到了楼中间,有两扇阔大的白漆门,张开着,又是垂着白纱的垂幕。隔了漏纱,就可以看到里面的陈设,摆得富丽堂皇。因为她到这里,已没有工夫,也没有勇气,敢去仔细端详。她已看到二小姐身上穿了件杏黄色绣牡丹大花的睡衣,在屋子里端坐着。她坐的是一张极大的沙发,上面铺了织花的龙须草席。在沙发面前,摆了一张茶几,上面放了一方福建乌漆的托盆,里面有西洋瓷的杯碟,有银制的刀叉。这不用说,是二小姐进早点用的。在这个疏建区里,不要说用这些洋东西是不可能的事,而且也很少听到说。连整个大重庆,西餐馆子的西餐,每人就只有刀叉一把,杯碟早就改了国产瓷器。二小姐在家里,就是这种排场,这实在把整个大重庆都比下去了。她还没有进去看主人翁,早已震惊,这已不是重庆人家了!她这样怔怔地站着,听到二小姐说了句"叫她进来吧",刘副官就代掀着垂下来的纱幕,点了头请奚太太进去。她走到那大客室里,还是先来个鞠躬礼。二小姐向她将下巴颏点了两点,问道:"你来到我这里什么意思,要找什么事情工作吗?"奚太太心里,当然是如此。不过她想到了,原来是说明了向二小姐致敬的,现在绝不能见面就承认这句话,便笑道:"承二小姐赏了那些东西,今天特意来致谢的。"二小姐提起托盆里的牛乳罐子,向咖啡杯子里斟了去。很不在意地向她回话道:"那些月饼呢,是人家送我的。我在这里也只住几天,吃不了这么些个。都赏给底下人了。赏完了还有余,所以送点你的孩子吃,放在我这里,也许是白喂了耗子。至于猪肉和米,也是这样。我赏给公馆里的听差、轿夫们各一份。给你的多些,大概够两三份,这算不了什么。"奚太太一想,好哇,原来是给轿夫吃的。可是她依然满脸堆笑地道:"我们穷公务员人家,过节哪有这些吃的,真是全家都沾了恩惠。"二小姐斟完了牛乳,将托盆里的白手巾,擦抹着刀叉,笑道:"你老远跑了来,就是向我道谢,那也太客气了。你总还有什么事要找我吧?我先声明,你若是向我募捐要钱,可免开尊口。凡是中国人,都说我家有钱,都向我家募捐,我还捐不了许多呢!就算是我家有钱吧,也是本分。为什么人家看了都眼红?"奚太太看看二小姐的脸上,略带了几分怒色,心里一嘀咕,更不敢说什么了,笑道:"不敢,不敢,我实在是向二小姐道谢来的。"这时,刘副官在垂幕外,伸头张望了两次。二小姐将手上的刀叉,向外招了两招。刘副官进来了,笔挺地站着。二小姐望了他道:"这位奚太太,她起个大早,爬上山来见我,她说只是表示谢意,什么也不要求。"刘副官道:"是的,她在外面见着我也是这样说的,她是很钦佩二小姐的。"二小姐点点头道:"这倒让我过意不去。她家住在这里,有便,也不妨周济她们一点。这附近的机关,若是有用女职员的,你给她留点意,顺便向我提一声,我可以给她介绍介绍。"奚太太真没有想到二小姐一转念头,就有这样大的好处,怎样也忍不住内心发出来的笑意,简直连眉梢、眼角全活动了,立刻垂着两手,深深地向二小姐鞠了个躬,不够九十度,也有七八十度。二小姐将手上的叉子,指了刘副官道:"以后有什么事,可以和他商量。这个地方,我一个月来不了几天。好啦,没什么事,你就走吧。我怕人家站在我面前要求事情。"奚太太又鞠了个躬,说一声"谢谢二小姐"。她觉得二小姐有恩惠了,不能把背对着她走出去。她竟是半侧了身子,作螃蟹走路,走到垂幕边,手掀着纱幕,第三次又鞠了个躬,才背转身出去。刘副官随在后面,将她送到楼下。她回转身来伸手和他握着,还俯了半截身子,笑道:"刘先生,多谢你的盛意。改天我请你。"刘副官因二小姐对她果然有好感,也向她客气着道:"往后有机会,我再去奉看吧。"

这时,奚太太真是踌躇满志,带了笑容,走下山去。在第二、第一两个岗位边经过的时候,那卫士也没有向她打听什么。她却自我介绍地向人家点了个头笑道:"我见着二小姐了,对我非常的客气。她答应我以后还可以来见她。以后免不了还要麻烦呢。"卫士们对她,也就换了一副颜色,向她嘻嘻地笑着。到了山下,首先遇到的,就是村子里的地方权威人士刘保长。他原是在路旁一块石头上坐着的,看到奚太太来了,老远地站起,向她深深一个鞠躬。假如奚太太向二小姐行的鞠躬礼,并没有超过九十度的话,她这就算捞了本了。刘保长笑道:"奚太太已经见到二小姐了?"她一昂头道:"那是什么话,她约我去的,有见不着的道理吗?她和我足谈两小时,谈得非常得劲。我还是在她那里吃的早点。"刘保长笑道:"是的,他们家有下江厨子,一定做好了鸡丝面、大肉包子。"奚太太淡笑道:"你们乡下人,就只知道肉包子、鸡丝面罢了。人家讲卫生,早上要进营养品,吃的是西餐,乃是乳油面包,真正咖啡,还有麦片粥,云南火腿,鸡丝汤。"刘保长笑道:"我还是猜到了一样,有鸡丝。奚太太,晓得这样清楚,自然是二小姐把这些东西,全都请你吃了。"奚太太道:"那是当然啦。她约我早上去,一来为了天气凉快,二来就为的是请我吃早点。假如她这两天不进城的话,一定还要大大地请我一次。我临走的时候,她拉着我的手,亲自送到半山腰,约了再会呢。"

刘保长笑道:"昨天我就听到我的太婆儿说,奚太太在大路上和二小姐说了好多话。二小姐对奚太太的意思,硬是不错。现在的二小姐,我是晓得的。别说啥子县长委员啰,就是部长也没得她那个身份。她要是和哪个谈交情的话,怕不官运亨通,财源茂盛!我就常说,我们这个疏建新村,风水不错,迟早要出一个阔人咯。你府上那两间房子,盖在龙头上,要发的话,先发你府上。我的地理,自负的话,投过名师,硬是有几分灵咯,想不到我只看中了一半。我谙①你府上发起来,发在奚先生身上,今年子要升官;哪个谙得到是发在奚太太身上。别个升官发财,

---

① 川语,猜测、估计等意。

巴山夜雨

我不招闲。只有奚太太升官发财,我应当伺候。你问那个是朗个说法?就为了奚先生展到敝地来,就是我的介绍人。我叫别个看看嘛,我刘保长是不是有眼睛的人!确实,奚太太你要是发起来了,我们保长就有个面子。二天你有啥子事要我,你只要吩咐一声。我要不拿出三条腿来和你跑路,我就不姓这个刘。"他一面说着话,一面半侧了身子,在前面引路。奚太太听到他这一说法,自是心里好笑。不过人家一副笑脸相迎,自也不便拒人过甚,笑道:"我本来和二小姐认识,我们是妇女运动会里的同志。不过我没有什么事,也就不去麻烦人家。现在大概有什么事需要我去做,所以特意派人来接我去谈谈。"刘保长道:"呵哟,二小姐没有把轿子送你,我去给你叫乘滑竿来。"

那位刘保长,对奚太太说的话,虽不免要打点扣头。可是他亲眼看到她由山上方公馆里下来的,就是那门岗的卫士,对她也相当地客气。这绝不会完全架空,便笑道:"奚太太,这山路不大好走,你在这石头板上稍歇一下,我到街上去给你找乘滑竿儿来,要得不?"奚太太道:"那倒不必。我既可以走了来,自然也可以走了回去,而且二小姐看得起我,也就因为我能吃苦耐劳;若是我走这一点路都得坐轿子,那显着我是太无用了。"她这样说着,表示她精神饱满,在后面走得更快。他们在前面走路,却没想到身后有人听着,"呼哧"一声,有人在身后冷笑着。奚太太回头看时,那个人穿着灰色短布褂裤,赤脚踏着草鞋,虽然黄黄的面孔,却还精神饱满。尤其是两只眼睛,显然有两道英光射人。她想起来了,在村子外山谷里躲空袭的时候,常可以看到他。这人平常不多说话,若是有人攀谈起来,他又激昂慷慨,能说一大套。不过他在村子里并没有什么朋友,也就不知道他姓甚名谁。不过面孔是很熟的,这就向他点了个头。这人笑道:"奚太太,今天很得意,由财神宫里出来。"她知道这人爱批评人,却没敢再说,点个头道:"偶然到山上参观参观。"那人冷笑道:"不用参观,可以想得到的,里面一切的布置,还是像战前人家大公馆里一样。其实,那些东西,也都是我们老百姓贡献的。在这里,我们看出现在是一种什么社会。我是连这山脚下都不愿意经过的。"

刘保长笑道:"这话不大对头。你若是不愿意过这条路,朗个现在就走这条路?"那人翻了眼向他望着,冷笑道:"你不认得我,我认得你,你不就是那疏建新村里的保长吗?你懂得什么?你就只知道拿了收据,到老百姓家里去,要粮要钱,再耍威风一点,就是拿着绳子带了甲长到老百姓家里去抓人。可是你若遇到了我这种人,你就一点办法没有。第一,我没有钱。第二,我没有粮。第三,人我是一个,可是你还不敢抓我。"刘保长看他穿一身旧灰布衣服,至多是个穷学生,所以说起话来,先用言语吓唬他。倒不想他反攻得这样厉害,立刻气得颈脖子都涨红了。站住脚道:"你……你……啥子家私?走拢就和我绊灯①。你乱说,我拿住你当汉奸办。"那小伙子听他说了声汉奸,丝毫没有考虑,伸过手去,就给他一个耳光。刘保长猛不提防,被他打得头向旁边一偏。他站稳了脚,要向那小伙子回手时,他跳到山坡上,攀了小松树,连枝带叶,折了一大枝在手上,指了他道:"你来,我带你到山上松树林里去比比。解决了你这小子,多少在人类里面,去了一匹害马。你开口就骂人汉奸,教训教训你。"说毕,举起手上松枝,哈哈大笑。他也不管这山坡上有路无路,一步步踏着向上,直往山腰松树林里走去。走得不见人了,还听到他叫道:"姓刘的,你有胆子,你就来,这松树林子里,也没有伏兵,就是我一个。你若不来,就白挨了一耳光了。痛快痛快!"说毕,又是一阵哈哈大笑。

刘保长断定了松树林里不会有伏兵,可是在力量上比较,绝不是这小伙子的对手,若上山去和他较量,一定吃亏,就指了山上骂道:"龟儿!你不要逃嚅!老子认得你的鬼脸,二天在山脚底下遇到我,我会剥你的皮。"奚太太因他前来欢迎自己,而遭受了委屈,就再三安慰他。刘保长将手抚摸着那被打的脸腮道:"我若不是欢迎奚太太,我朗个会遭龟儿子的打。你硬是要给我找一份好事,才能赔补我这次损失咯。"奚太太心想,我自己的事,还是人家一句淡话,哪有能力给你找事?便带了笑容向他点着头道:"你今天就是不来接我,我也会替你想办法的。昨天二小姐送了我两斗米,几斤肉,米可以留着,天气热,肉是留不下来的。回头我叫小孩子送半斤肉你吃。"刘保长的手,还在抚摸着被打的脸,听到说给肉他吃,立刻笑

---

① 川语,捣乱也。

巴山夜雨

了,点着头道:"要得!这龟儿子打我一下,我身上怕不了落了半斤肉,你赏我一斤肉吃,也不算多,让我多进一点补品。"奚太太也就点头答应了。同他经过这截山路,到了街头,口子上停有几乘滑竿,站着一群轿夫等生意。刘保长抓着一个小伙子道:"杨老幺,你把奚太太抬回家去,她是由方公馆里回来,是正当公事。你送了这一趟,明天补修公路,我不派你的差。"站在杨老幺身边,还有个四十多岁的穷汉子,刘保长瞪了眼道:"李老二,不要发呆,你同老幺抬这乘滑竿去,这是公事,懂不懂?不为公事,哪个能到方公馆去?"

刘保长这个命令,非常地灵验。那两个轿夫,一点也不踌躇,抬着滑竿过来,就放在奚太太的身边。她想着:"今天看了二小姐一趟,虽然承她不弃,答应了代谋工作,可是这事情丝毫没有着落。现在就摆了架子坐滑竿回去,实在尚非其时。"她这样想着,因之站在滑竿边,就含着笑没有移步。刘保长向前一步,想挽她上轿,可是只略微伸了伸手,立刻止住了,抱了拳头拱揖道:"奚太太你请坐上,绝不要你花钱。他们抬你一趟,那是比明天修公路要好得多呀,他为啥子不抬呢?你坐这滑竿去,你是帮了他们的忙。"那两个抬滑竿的,倒不否认刘保长的话,只管催她,奚太太看那样子,大概是不必给钱,也就让他们抬着了。她这些疏建新村的太太,大都是由南京、上海、北平来的,坐汽车也早认为平常。但是到了这地方以后,上等的是有警报才跑路,次等的每日提着篮子上街采办食物,下等的都是在屋后山上种菜,养鸡,不生病,教人抬着到村子里来,那简直是新闻。这时奚太太坐着滑竿回来,邻居都不免向她遥远地望着。她见邻居这样对她注意,大为兴奋,就在滑竿上高高举起一只手来,笑道:"对不起呀!我实在是体力太坏。一大早上方公馆去,就累得上气不接下气。下山的时候,他们一定要我坐轿子,我觉得却之不恭,坐了回来也好。到方公馆的山坡,已经够爬了,而且还要上他家的三层楼。主人待我是太客气了,一直把我让到最高的一层楼上去。不要看我们这疏建区国难房子,也有伟大的建筑呀。可惜能到方公馆去的人是太少了。"

邻居听了她这话,就没有人和她表示好感,都淡淡笑着,没有什么人理会她。她到了这时,已是兴奋得自制不住了。高举了一只手大声呼道:"孩子们,快快来接我呀。我由公馆回来,你看看妈妈多阔呀!"在她欢笑声中,滑竿抬到她家走廊旁,方才停住,她的三个孩子,当然是一拥而上。奚太太由滑竿上跳下来,一手牵着一个孩子,连连摇撼了一阵,笑道:"孩子,你看妈妈的脸色怎么样?一脸的喜气吧?"说着,她伸了一个食指,指着自己的脸。小孩子蹦着跳着,叫道:"妈妈给我糖吃呀。"奚太太牵着孩子,走进了屋子,向自己家里一看,但见白木桌子,黄竹椅子,不成秩序地摆着。里面是钵子、罐子、破布、烂棉花,什么地方堆得都有,恰好她不在家,这些孩子又造了反,弄得满地满桌子,全是纸片草屑,奚太太不免跳了脚道:"你们这些孩子,真是不给我争气呀。我从方公馆回来,真是由天堂降到了地狱了。你这不是气死人吗?将来二小姐给了我一份工作,我就不要这个家了。"她的大孩子道:"那是自然,他们那里,天天有肉吃。"正说到这里,屋外有人接嘴道:"你们要搬到方公馆去住,那太好了。一切问题,都解决了。"说话的,正是奚敬平先生。他穿了一套灰色派力司西服,手里拿着盔式帽子,一步一摇地走回家来。这对奚太太,是意外的事情发生,她不由得"呵唷"一声,叫起来了。

在中秋的前夕,奚太太让丈夫骗着,还是一个人回家。本打算把中秋节过去了,和丈夫作殊死战,来解决这个问题。现在他竟是自行回来,这倒不知是何缘故。她一腔怒火,看到了奚先生就减除了一半,情不自禁地迎到屋子外来,笑道:"今天回来得这样早?"奚敬平淡淡地道:"坐第一趟车子回来的,怎样会不早呢?"他走进屋子来,取下头上的帽子,对屋子周围看了一看,并没有把帽子放下。奚太太赶快把一张白木椅子上堆的杂乱衣服挪开,还向椅面上吹了两口灰,笑道:"请坐请坐,我不知道你今天会回来,要是知道,我早就把屋子收拾好了。"奚敬平道:"这倒无所谓。"说着,将帽子放在桌上,把腿伸直着,算是伸了一伸懒腰,摇摇头道:"这几天我忙死了。"奚太太道:"好了,你回家来了,一定是忙过去了,在家里好好休息几天吧。"奚敬平道:"我们哪里有工夫休息呢?下午我就要回到城里去。"奚太太正是在打开桌上的茶叶瓶子,要取茶叶,给奚先生泡茶。听了这话,立刻怒向心起,将手上的茶叶瓶子,向桌上一扔,"扑通"一声响。她掉转头来,瞪着眼道:"什么?你下午就要走?你还回来干什么?这里现在不是你的家了?"奚敬平道：“我知道，我一回来，你就有得啰唆，你也等我坐定了几分钟之后，再和我办交涉，也不嫌晚，为什么立刻就冲突起来？你若是不愿意我回来，我马上就走。”说着，手取了座上的帽子，就站将起来。

第二十七章 灯下归心

奚太太跑上前,一把拉住奚敬平的衣服,瞪了眼道:"你放明白一点。你若是和我翻了脸,我告你一状,让你在重庆站不住脚。我老实告诉你,我今天去见了方家二小姐,把家庭的纠纷都告诉她了,她当然站在女人的立场上,是同情我的。她一个电话,就可以叫你吃不消。"奚先生道:"方小姐,圆小姐又怎么样?谁管得了我的家事?"奚太太道:"管不了你的家事?你有本领,马上就和我一路去见二小姐。"说着,扯了他的衣服就向外拖。奚敬平瞪了眼道:"你也太不顾体统了。滚开!"说着,两手用力将她一推,她站不住脚,就倒在地下。这一下,她急了,连连地在地面打了两个滚,口里连叫"救命",那声音叫得是非常地凄惨。随了这声音,左右邻居,一窝蜂跑了来。奚敬平叉了两手,站在门外走廊上。奚太太原来是在地下打滚的,李南泉看了这副情形,伸手扯她起来,有些不便,不扯她,眼看她坐在地上,又像是不同情。只好虚伸两只手,连连向她招着道:"有话站起来说吧。"奚太太哭着道:"不行呀不行呀,姓奚的把我打得站不起来了。我不想活了,我死了,请你们和我申冤吧。"说着,两手在椅子上面敲敲,又在地面打打。那眼泪、清鼻涕、口水,三合一地向下流着。李南泉没法子叫她起来,就回转身问奚敬平道:"老兄本是刚才回来的吗?"他"唉"了一声道:"其可恶就在这一点了。我一落座就和我吵,而且随着也动起手来了。"

李南泉笑道:"事情的发生,绝不是突然,总有些原因在内。老兄还是应当平心静气地想上一想。或者,你到我那里去坐坐。"说着,牵了他向自己家里走。奚敬平看了太太这种撒泼的情形,料着就是这样走去,也不能解决问题,托李先生转圜一下也好。于是就到他家里去。他见李家外面这间屋子,拦窗一张三屉桌,配上一把竹制围椅,而手边就是一个大书架子,堆满了西装和线装书。正面靠墙一张方桌,配上两把椅子,还擦抹得干干净净。空着什么东西也没放。书架对面,放了一张竹子条桌,上面两只瓦盆,栽了很茂盛的两盆蒲草。又是个陶器瓶子,里面插了一束野菊花,配着山上的红叶子。地面上固然是三合土的,却扫得像水泥地面一样平整。奚先生点了头笑道:"老兄这屋子,可说窗明几净,雅洁宜人。"李南泉笑道:"什么雅洁宜人。你指的这三样盆景吧? 这蒲草在对面石板路的缝里就长得有,只要你肯留心去找,不难找到像样的;这瓶子里的东西,屋后山上更多,俯拾即是。"奚敬平道:"话不是这样说。东西不在贵贱之分,只要看你怎样利用它,住草屋子,也有布置草屋之办法。珍珠玛瑙,自然搬不进这屋子。野草闲花,可随地就有。但是你家里可以布置得这样干干净净,还很有生气,何以我家里就弄得猪窝一样? 有道是人穷水不穷,干净是不分贫富都可以做到的。而我家……"李南泉笑道:"不要发牢骚,我们慢慢谈谈吧。我愿意和你们做鲁仲连。"

奚敬平笑道:"提起鲁仲连,我自己真好笑。我现在免不了请李兄做鲁仲连,而事实上,我就是做鲁仲连下乡的。"李南泉道:"你和谁做鲁仲连?"奚敬平道:"中秋节前,石太太进了城,找着正山,在大街上扭起来,实在不像个样子。最后,这位太太就跟着石先生,他到哪里,她也到哪里。她不吵也不闹,就是这样老跟着石先生。上街买东西,看熟朋友,不怕她跟。若是接洽一点什么事情,或者看生疏的朋友,太太跟着,就怪不便当。一连三天,他熬不过太太,只好和她一路回家来谈判,共谋解决之道,而且约了我来作证。其实这无谈判可言,也用不着朋友作证。石太太只希望丈夫抛开了那位小青姑娘,一切没有问题,不但过去的事,她可以忘个干净,而且往后愿改变态度,绝对好好地伺候先生。"李南泉道:"这问题似乎是很简单了,石先生的意思怎么样呢?"奚敬平将两道眉毛皱了起来,摇摇头道:"越简单越不好解决。正山的意思,认为小青这个女孩子,孤苦伶仃,若将她抛弃了,人海茫茫,叫她依靠谁去? 而且站在一个男子的立场,始乱而终弃之,在良心上说不过去。他固然不希望石太太在家里容留她,可是把她另安置在别的地方,并不干犯石太太什么事,却要石太太不过问。依我看来,这本来是无所谓的,然而石太太有个更简单的原则,要石先生守一夫一妻制度。但石先生不守这个制度,她也不离婚。她也不去告石先生重婚,她认为小青不配做她的对手。"

李南泉笑道:"这论题,颇有点别扭。一个是把小青离开了,什么都好办。一个是只要不离开小青,什么都好办。"奚敬平道:"所以这问题越简单越不好办。其实正山对石太太的爱情,只要不变更的话,就是把小青安顿在别的地方,这和家庭并无妨碍,大可接受。"李南泉还没有接嘴呢,只听到走廊外面有人接了嘴道:"这像人话吗?简直是放狗屁。姓奚的,你要想存这么一个心思,打算另盖一个狗窝,安顿那个臭女人,我就把这条性命拼了你!"这正是奚太太在门外走廊上窃听之后,忍不住地发泄。奚先生站起来向窗子外骂道:"你不知道这是朋友家里?"奚太太道:"你知道是朋友家里,你就不该来。"这时,那涸溪对岸,有人叫道:"老奚呀,你不要为我的事加入战团呀!"说着话走来的,正是石太太。她两张脸腮,像戏台上的关羽,胭脂漫成了一片。身上穿件绿底子带白花的绸长衫。手里拿了一把花折扇,展开了举在头上,遮着两三寸宽的阳光。当然谁也不怕这两三寸的阳光,她的目的,是要展开那把花扇子,或者是表现举扇子的姿势。她走到走廊上,早是一阵很浓的香味,送到了屋子里来。李南泉道:"呵!石太太,请到屋子里坐吧。"石太太走在走廊柱子边,身子一扭,将折扇收起,将扇头比了嘴唇道:"叫石太太,为什么加上一个惊叹词?我来不得吗?"李太太在屋子里迎出来笑道:"岂敢岂敢?他是惊讶着你今天太美了。我们村子里的美化,是和抗战成正比例的,抗战越久,大家越美。"

石太太听到人家说她美,也是掀开了两片红嘴唇,露着白牙齿笑了起来。她一扭头道:"我倒不是一定要化妆,不过人家若误会我们不能化妆,我不能承认这种谬误的观察,也化起妆来,给人家看看。老实一句话,我们美的时候,那些黄毛丫头,她做梦还没梦见呢。"奚太太在屋子外拍了手道:"还是石太太的话,说得非常中肯。要不信,黄毛丫头们就和我们比着试试。"李太太笑道:"奚太太说这话和石太太说的,有些不同。石太太说的黄毛丫头,那话是双关的,你说这话,可就滋味不同了。"石太太听了这话,抢着走进屋子,抬起手来伸到李太太面前,将大拇指和中指夹了一弹,"啪"一声响,笑道:"偏是你看得这样周到。"这三位太太一阵说笑,就把刚才奚敬平生气的那段故事,扔到一边去了。他也是感到无聊,就在口袋里掏出烟盒子来。李太太没有考虑到奚先生的环境,就笑道:"嗯！奚先生现在也正式吸纸烟了。"奚太太还是在门外走廊上站着的,她遥远地指了他骂道:"你看吧,这是个十足的伪君子,现在是图穷匕见了。他原来根本就吃烟,只是瞒着我而已。他有时在家里有二十四小时以上的,你看他就忍住了烟瘾不吸。可是一离开了我,身上就带纸烟盒子了。"李南泉道:"这就是你的不对了,人家能在太太面前,忍住二十四小时的烟瘾,这对于太太,是怎样的恭敬！这正是标准丈夫的美德。你为什么还要说他伪君子?"奚太太道:"美德?你问他干了什么好事?"李南泉道:"那还怪你管制得不彻底呀。"于是大家都笑了,连奚氏夫妇也笑了。

　　这一阵笑声,应该是解开这里的愁云惨雾。可是相反地,有一个凄惨的对照。在那边人行路上,沿着山麓,走来一串男女,最前面是个小伙子,挽着一篮子纸钱,沿路撒着。他后面是个道士,头戴瓦块帽,身穿红八卦衣。手里拿了一面小鼓,和一只小鼓锤。半响,咚咚两下。而这位道士上面是古装,下面却是赤脚草鞋。道士后面是三个赤脚短衣农人,一个打小锣,一个扯小钹,一个吹喇叭。这几项乐器全不合作,鼓响锣不响,锣响钹不响,于是"咣"一下,"咚"两下,且又三四下,喇叭等这些声音过去了,"呜哩啦,呜哩啦",断断续续,像是人在哭。这后面就是八个人抬口白木棺材了。四川的杠夫,有个极不大好听的呼喊,就是大家喊着"呵呵嘿"。这"呵呵嘿"的声音,代替了《蒿里》和《薤露歌》。老远听到这"呵呵嘿"的声音,就可以知道是棺材来了。在屋子里的人,听到这声音,就知道这大路上在出丧,齐奔出门来看着。棺材后面,跟着一群送葬的男女,其间有位青年女子,穿件粗灰布长衫,手臂上绕了个黑布圈。而她的头发上,又绕了一圈白带子,在鬓角上斜插了一朵白的纸花。大家认得,这就是杨艳华。石太太拉着李太太的衣襟低声道:"你看,这位女伶人,到了这送丧上山的时候,还打扮得这样俏皮,这不是要人的命吗?"李太太道:"反正要不了你的命。"石太太道:"前面那口棺材里的人,已经被她把命要了去了。不知道她现在又打算要谁的命?"说着,她向李南泉身上瞟了一眼。那路上的女伶人,正低了头走。目不斜视,走得非常慢。李南泉看远不看近,叹了口气道:"红颜薄命。"

他这声叹气,正和石太太的眼风相应和。李太太也觉着他这一声叹息,太合了人家的点子了,也就忍不住"扑哧"一笑。李太太一笑,大家都随了这笑声笑起来了。李南泉道:"哭者人情,笑者不可测也。"李太太道:"什么笑者不可测?人家说杨艳华还这样的俏皮,会要了谁的命。石太太说:前面那口棺材里的人,已经让她要了命,不知该轮着谁?人家正向你看着呢。你就说起她红颜薄命来了。这不是答复了人家的推测吗?"李南泉道:"那只有太太能替我解释了。"李太太摇摇头道:"我没有法子和你解释。我们这里不正有几件公案摆着吗?"奚太太在走廊上鼓了掌道:"欢迎欢迎,李太太也加入我们的阵线呢。"奚敬平道:"李兄,你不要听她胡说八道。你们好好的家庭,为什么要加入她们的阵线呢。"奚太太道:"姓奚的,你出来,我们回家去说,我若不要你的小八字,我算你是好的。"李太太向大家摇着手,笑道:"今天没有警报,大家高高兴兴地谈一谈风花雪月吧。"奚敬平看到主人有点烦恼,也就起身向石太太一点头道:"正山在家吗?我到你府上去谈谈。问题总是要解决的。"说着,他起身就走。当然,石太太跟着去了,奚太太也回去了,各家的邻居,原都站在各家的门口探望,以为这是一出热闹戏。不想大路上抬口棺材过去,把这问题就冲淡了,大家也一笑而散。在两小时以后,有了个奇迹,石正山夫妇,反送奚敬平回家,石太太又换了一件衣服,乃是翠蓝色的漏纱长衫,里面托了白衬裙。学着杨艳华的样子,旁边也斜插了一朵茉莉花排。

李氏夫妇在这一番谈笑之后,也就把事情忘过去了。又是两小时的工夫,石正山夫妻,先由对面大路上过去。随后是奚敬平过去。最后一个,却是奚太太了。她又把那套最得意的学生装束,穿了起来。上身穿着对襟的白绸衬衫,敞着上层两三个纽扣,露出一块胸脯。下面将紫色皮带束着一条蓝绸裙子。头发为了自己这套衣服的配合,也就梳了两个老鼠尾巴的小辫子。在辫子根上各扎了一朵白粉色的绸辫花。自然裙子下是光了两条腿子,踏着皮鞋的。手上还是提了那柄曾经裂了大口的花纸伞。这时她并没有将伞张开,那裂口自然也不会透露出来。她这时一步三摇摆,皮鞋拍着石板路在下面摇,两只老鼠尾巴,在上面摇,手里提了那

巴山夜雨

把花纸伞在中间摇。这样的三处摇着，远看去可说婀娜多姿了。而她还嫌不够，另一只手，拖了一条花绸手绢，不时提了起来，捂着自己的嘴。她走到李家山窗外那段路，要表示她已经胜利，故意站住了脚，举起伞来，横平了眉额，挡着前面的阳光，半回转了头，向这边看了来。其实，这时天气已经阴了，灰色的云，遮遍了天空。李先生因为受了太太一点制裁，心里究不能无事，只是坐了闷着看书。这时，李太太觉得是说和的机会，闪在窗户旁边，笑道："你看看我们村子里这个人妖，现在又出现了。"李南泉在窗下头看着，先是一笑，然后点点头道："若用另一副眼光来看她，我倒是对她同情的。为了挽回丈夫的心，三十多岁的人，竟是以这少女的姿态出现了。"

石正山教授紧紧跟随在太太后面，神色十分平常，似乎他家并没有争吵过似的。奚敬平放着步子，又在他两人后面走。大家都默默地没有说什么。李太太由窗子里向外张望着。她也很引为稀奇。见李南泉正低着头在书桌上写文稿，就走向前，轻轻地摇撼了他的肩膀，低声道："你看看对面大路上，这是怎么一回事。"李先生向外看过，笑道："这有什么不明白的？男子都是这样，他无论如何意志坚强，一碰到了女人的化妆品，就得软化。你想为什么化妆品这样值钱？又为什么抗战期间，太太小姐们可以跟着先生吃平价米，而不能不用化妆品？"李太太笑道："女人用化妆品，也不是为着降伏男子。我们黄种人，脸上有些带有病容的，擦点胭脂粉，可以盖遮病容。"李南泉道："这话也不尽然。白种人不会有面带病容的情形，为什么白种女子，也化妆呢？而且我们黄种人现在用的化妆品，百分之八十，就是由白种人那里买来的。"李太太正了颜色道："这很简单，假如你反对女子化妆，我就不化妆。可是人家要说我是个黄脸婆子，就不负责任了。"李南泉站了起来，一抱拳笑道："我失言，我失言，你可别真加入了奚太太的阵线。我绝对拥护太太化妆。何以言之？太太化妆以后，享受最多的，还不是太太的丈夫吗？言归本传，唯其如此，大路上行走的石正山，就跟随在太太后面不作声了。反过来说，太太不化妆，是最危险的事。石太太老早不谈妇女运动，早这样爱美，小青的那段公案，就不会产生了。所以太太们为正当防卫起见，也不能不化妆。"

奚太太站在那面大路上，看到李南泉向外面笑着，她就索性扭过身来，向窗户里面点了个头，笑道："你们笑我什么？以为我做得太美了吗？"李南泉站起来，向她连连欠了两下身子，笑道："到我们舍下来坐坐吗？"奚太太将伞尖子向前一指道："他们在街上吃小馆子，约我作陪呢。你二位也加入，好不好？"李太太道："你们的问题，都算解决了吗？"奚太太道："谈不到什么解决，反正总要依着我的路线走。而且老奚现在他也知道，我和方二小姐已经认识，二小姐有个电话，怕他老奚的差使不根本解决。加之我这么一修饰，他把我和人家比试比试，到底是哪个长得美呢？他也该有点觉悟吧？"她说到了这句"美"，将身子连连地扭上了几扭。李南泉实在忍不住心里的奇痒，哈哈大笑起来。奚太太左手提了伞，右手向他一指道："缺德！"她就颠动着高跟鞋，踏得石板路"扑扑"作响，就这样地走了。李太太在窗子缝里张望着，笑得弯了腰，摇着头道："我的老天爷！她自己缺德，还说人家缺德呢！"李南泉道："你现在可以相信我的话不错吧？女人的化妆品，就是做征服男子的用途用的。"李太太叹了口气道："女人实在也是不争气。像袁太太为了要美，打胎把小八字也丢了。结果，为男子凑了机会，他又可以另娶一位新太太了。我想起一件事，刚才我看到有几个道士向袁家挑了香火担子去。袁四维还和他的太太做佛事吗？"李南泉道："祭死的给活的看，这倒是少不了的。"

李太太道："这是做给新来的人看吗？新来的人还不知道在哪里呢！"李南泉笑道："你是桃花源中人，不知有汉，而你也太忠厚了，以为男子们都是像我姓李的这样守法。你向外看看吧。"说着，他将嘴巴向外一努。李太太在窗户里伸着头一看时，只见那边人行路上，有一个青年妇人，穿了一身白底红花点子的长衫，在袁家屋角上站着。她也带了个皮包，却将皮包带子挂在肩上，左手拿了一面小粉镜举着，右手捏了个粉扑子在鼻子两边擦粉，头发自然是烫的，而且很长，波浪式，在肩上披着。李太太道："这是个什么女人？在大路上擦粉。"李南泉道："你说的新人，就是她。在躲夜袭的时候，我会见过她的。她还是真不在乎。"李太太道："当然是不在乎。若是在乎，会在大路上擦粉吗？这真要命！"正说着，袁家屋子里锣鼓声大作，而且还是"噼噼啪啪"，一大串爆竹响着。李太太道："这是什么意思？"

巴山夜雨

李南泉道:"和死去的袁太太超度呀!"李太太道:"我说的是大路上那个女人。人家家里,正在超度屈死鬼的亡魂,她为什么来看着?"李南泉道:"据我所闻,这里面有新闻。原来袁太太在世,袁先生不过是和这个女人交交朋友而已。现在袁太太死了,他要正式娶一位太太。这样,站在大路上擦粉的女人,就不十分需要了。可是这个女人,她在袁四维的反面,正要去填补袁太太那个空额。她不能放松一天的任何机会,就在这屋子外面等着袁先生了。可能袁先生为了超度亡魂,没有去看她。"

李太太道:"那么,这又是一幕戏,我们坐包厢看戏吧?"这样,两个人说着闲话,不断地向窗子对面路上望着。那个女人带着粉镜擦完了粉,又在皮包里取出一支口红,在嘴唇上细细涂抹着。胭脂涂抹完了,又将手慢慢抚理着头发。她对了那面举起来的小粉镜,左顾右盼,实在是很出神。她似乎有心在大路上消磨时间,经过了很多时候,她才化妆完毕,接着又是牵扯衣襟,手扶了路边上的树枝,昂起头来,望着天上的白云。这样的动作,她总继续有半小时以上。而袁家的道士,锣钹敲打正酣。那妇人几次挺着胸,伸着颈脖子,正在叫人的样子。可是这锣鼓声始终是喧闹着,她又叫不出来。她睁了两眼,向袁家的房屋望着。最后,她于是忍不住了,在地上抓了一把石子,向那屋顶上抛掷了过去。这人行路是在半山腰上,而袁家屋子,却是在山腰下面。这里把石沙子抛了过去,就洒到那屋瓦上沙沙作响。这个动作,算是有了反响,那屋子里有个孩子跑了出来,大声问着:"哪个?"那妇人第二把石子,再向袁家屋顶上砸去,同时将手指着小孩子道:"你回去告诉你爸爸,赶快给我滚出来,我有要紧的话和他说。他不出来说话,我就要拆你袁家的屋顶了。袁四维是个体面人,玩玩女人就算了吗?他若是不要脸的话,我一个乡下女人!顾什么面子,看你这些小王八蛋,就不是好娘老子生的。"那孩子听到她恶言恶色地骂着,"哇"的一声,哭着回家去了。

这当然激怒了那屋子里的主人。袁四维就跑了出来。看到那妇人在山路上站着,左手叉了腰,右手攀了路上的树枝,正对了这里望着,这就笑着点了两点头。还不曾开口说话呢,那妇人就两手一拍道:"袁四维,你是什么东西?你玩玩女人,随便就这样完了？现在这前前后后几个村子，谁不知道我张小姐和你袁四维有关系？除了你糟蹋了我的身体，你又破坏我的名誉。你不知道我是有夫之妇吗？幸而我的丈夫不知道；若是我的丈夫知道了，我的性命就有危险。你现在得保障我生命的安全，赔偿我名誉的损失。"说着，她拍了手大叫，偏是那做佛事的锣鼓停止了，改为道士念经，这位张小姐的辱骂声，就突然像空谷足音似的，猛可地出现。而且她的言词，又是那样不堪入耳，引得左右前后的邻居，全跑到外面来观望。袁四维为了面子的关系，不能完全忍受，就顿了脚指着她骂道："你这家伙，真是岂有此理，怎么这样的不要脸？"张小姐听了这话，由坡子上向下一跑，直冲到袁四维面前来。她将手抓着他的衣服，瞪了眼道："姓袁的，你是要命，还是要脸？"袁四维见她动手，当了许多邻人的面，更是不能忍受，他伸着两手，将那女人一推，把她推得向地面倒坐下去。那妇人大叫"救命，杀了人了"。声音非常尖锐，像天亮时被宰的猪那样叫号，袁家的道士穿着大红八卦衣，左手里拿了铜铃，右手拿了铁剑，奔将出来。看到那妇人由地上爬起，披了头发，一头向袁四维撞了过去。道士叫句"要不得"，横伸两手向中间拦着。

  这道士伸着两手，自是铜铃在左，铁剑在右。那个蓬头女人，只是在铜铃铁剑之下乱钻。李南泉在自己山窗下遥远地看到，笑道："这有些像张天师捉妖。的确是一出好戏。"李太太也忍不住笑，叹口气道："女人总是可怜的。不能自谋生活，就只有听候男子的玩弄。这个像妖怪的女人，还不是为生活所驱？她要是生活有办法，又何必弄到这种地步呢？"他们这里批评着，那边的打骂，是更加厉害。男主角家里男女小孩，一齐拥上。那女人拍着手，跳着叫道："你们都来，我要怕死，我就不来了。"邻居们有好事的，看到这样子实在不忍袖手旁观，也就奔了向前去排解。在远处遥观的人，只见一群人乱动，已看不出演变的情形了。正好起了一阵强烈的风，吹得满山的草木，呼呼作响，向一边倒去。站在山麓上的人，也有些站立不住。那妇人被几个人簇拥着走开，男主角也跟随了道士回去做佛事。中止了的锣鼓声音，又继续敲打起来。这大风把一场戏吹散了，却不肯停顿。满天的乌云，更让风吹着，挤到了一处，满山谷都被乌云照映，呈了一种幽暗的景象。树叶

巴山夜雨

和人家屋顶上的乱草,半空里成群乱舞。四川的气候,很难发生大风。有了突起的风势,必有暴雨跟在后面。李南泉走到屋檐下,向四处看望一番天色,回来向太太道:"我们不必仅看别人的热闹戏,应考虑自己的事了。这一阵大风,把屋顶上的草吹去不少,随后的雨来了,我们又该对付屋漏了。"李太太道:"我们要不是过着这种生活,那一样唱戏给别人看。"

李南泉笑道:"你总还是不放心于我。其实我并没有什么意外的行为与思想。抗战知道哪年结束哟?长夜漫漫,真不知以后的年月,我们怎样混了过去,哪里还有邻居们这些闲情逸致?"正说着呢,突然一阵"哗哗"的声音,由远而近,直到耳朵边来。李先生说句"雨来了",就向屋子外奔了去。他站在檐下向外一看,这西北角山谷口子外,乌云结成了一团,和山头相接。那高些的山头,更是被雨雾笼罩着。那雨网斜斜地由天空里向下接牵着,正是像谁在天上撒下了黑色的大帘子。这帘子还是活动的,缓缓地向面前移了来。在雨帘撒到的地方,山树人家,随着迷糊下去,在雨帘子前面,却是大风为着先驱。山上的树木和长草,推起了一层层深绿色的巨浪。半空的树叶,随着风势顺飞,有两三只大鸟,却逆着风势倒飞。还有门口那些麻雀儿,被这风雨的猛勇来势吓到了,由歪倒的竹林子里飞奔出来,全钻进草屋檐下。李南泉看了这暴风雨的前奏曲,觉得也是很有趣的。站在屋檐下只管望了出神。李太太走了出来,拉着他向屋子里走,皱了眉道:"怪怕人的,你怎么还站在这里?"李南泉道:"这雨景不很好吗?只有这不花钱的东西,可以让我们自由向下看。"正说着,头上乌云缝里,闪出了一道银色的光,像根很长的银带子,在半空里舞着圈圈。便是这人站的走廊上,也觉得火光一闪。李太太说句"雷来了",赶快就向屋里奔去。果然,震天震地的一声大响,先是"噼哩哩",后是"哗啦啦",再是轰然一声,把人的心房都震荡着。

四川是盆地,非常潮湿,夏季的雷,既多而且猛烈。尤其大风暴的时候,那雷,一个跟着一个,山谷里的土地,都会给雷电震撼着。李太太怕雷电,比怕空袭还要厉害。她下意识地将李先生拉进屋子去,把房门关上,把窗户闭了,端把椅子放在屋子中间坐着。三个小孩儿,当然也怕雷,就环绕了母亲。在闪电中,小孩子就向母亲怀里挤着，大家全将两只手伸着指头，塞住了耳朵眼。那闪电之后，自然是雷声的爆炸。"噼里啪啦"一声长响，竟可以拖长到一分钟。李太太呆了脸子，将手搂住了两个小孩。李南泉衔了一支纸烟，背了两只手，在屋子里散步，喷出一口烟来微笑道："天怒了。也许恼怒着日本人的侵略与屠杀。也许恼怒着囤积居奇，发国难财的人。往小地方说，也许恼怒着我们这村子里先生太太们的嚣张之气。要不然，这雷怎么老是在这附近响着呢？爆炸吧，把……"李太太向他瞪了眼道："你怎么了？这时候，你还开玩笑？你……"她不曾把话说完，又是一阵极烈的雷声，好像几十幢大楼，由平地裂了开来，一直透上了屋顶。李太太把话猛可地停止，闭上了眼睛，两手环抱了小山儿和玲玲，紧紧地搂着。就是较大的小白儿，也紧贴了母亲不敢动。随了这声猛雷，就是如潮涌的雨阵，已在屋外发生。李南泉道："不要紧，雨下来了，雷声就该停止，让我到屋子外面看看去吧。"李太太猛可地站起来，挡了门抵着，正了颜色道："开什么玩笑？"

李南泉笑道："你们女太太，就是这么一点能耐，怕雷。"李太太道："为什么不怕雷，电不触死人吗？"李南泉笑道："我也不敢和你辩论。正打着雷呢。"李太太那苍白的脸上，听了这话，也泛出笑容来。李南泉呆呆站着，只听到门外的大雨，像潮水一般下注。李太太还是抵了门，站着不让出去。因为雨既下来了，雷声就小了一点。李太太神色稍定，扭转头由门缝里向外张望了一下。李先生笑道："你怕雷，靠了墙根站着，那就相当危险，墙壁是传电的。"她听了，赶快就跑到屋子中间的椅子上坐着，两手环抱在胸前，也只是仰了头向窗外望着。李南泉没有拦阻，立刻将门打开来。随了这门的打开，那雨点像一阵狂浪，向人身上飞扑着。他只是开了门，倒退两步，向外看了去。那门外的雨阵，密得像一丛烟雾，遮盖着几丈路外，就迷糊不清。那茅草屋檐下的雨柱，拉长了百十条白绳子，由上到下，牵扯着成了一片水帘。对面山上的草木，全让雨水压倒在地。山顶上的积雨，汇合在低洼的山沟里，变了无数条白龙，在山坡上翻腾不定，直奔到山脚下，一直奔到大山沟里来。这门口一条山涧，已集合了大部分的山洪，卷着半涧黄水，由门前向前直奔。屋子前面就是山沟的悬崖，山洪由山上注到崖下，冲击出猛烈的"轰隆"之

巴山夜雨

声。这屋子后面的山,也是向下流着水,直落到屋檐沟里。以致这屋子周围上下,全是猛烈的响声,这屋子在雨阵里面,好像都摇摇欲倒。

李太太坐在屋子中间,身上也飘了三两点雨点。她摇摇头道:"好大的暴风雨。已经是秋天了,还有这样的气候。究竟四川的天气,是有些特别。"李南泉道:"不如此,怎么叫巴山夜雨涨秋池呢?"李太太说着话,突然凝神起来,不说话了。偏着头,向屋子里听了一听,失声道:"别闹唐诗了。里面屋子里,恐怕闹得不像样了,你去看看,恐怕有好几处在漏雨。"李南泉奔到屋子里去看时,东西两只房角,都有像檐注一样的两条水漏,长牵着,向下直流。东面这注水,是落在里外相通的门口,仅仅是打湿了一片地;西面这注水,落在自己睡的小床铺上。所有被条褥子,全像受过水洗似的。他"呵呀"了一声,赶快把被褥扯了开去,然后找了个搪瓷面盆,在床头上放着。小孩子们对于接漏,向来就很感到兴趣,立刻将瓦盆、痰盂、木盆,分别放在滴漏的所在。大小的水点,打在铜、瓷、木三种用具上,"叮当的笃",各发出不同的声音。小山儿拍了手道:"很有个意思,像打锣鼓一样。里面屋子中间,还有一注大漏,我们再用一样什么东西去接?"小白儿听说,跑出门去,在廊檐下提进一口小缸来了,笑道:"这东西打着好听。"李太太迎上前,伸手在他头上打了个爆栗,瞪了眼道:"家里让大水冲了,过的是什么日子,你还高兴呢。这种抗战生活,不知道哪一天是个了局,真让人越过越烦。"说着,把脸子板了起来,向李南泉瞪着眼。李先生笑道:"一下大雨,房子必漏;房子一漏,我就该受你的指摘,其实这完全与我无干。"

李太太道:"怎么与你无关,假使你肯毅然到香港去,怎么着也不会受这份罪吧?"李南泉笑道:"绕上这样一个大圈子,还是提到去香港的这件事。其实我们就是到了香港,也不见得有多大办法。"李太太道:"我想也总不至于住这种外面下小雨,家里下大雨的屋子吧?"李南泉被太太这样驳着,却也显得词穷,不声不响,走出房门。这时,天上的大雨,已经停止了,满空飞着细雨。那雨网里,三丝两丝的白线,在烟雾里斜垂着。好像那棉絮上面牵着丝网似的。山溪对岸,那丛竹子被积水压着,深深下弯,竹梢几乎被压倒下来,和那山溪的木桥接触。山洪把所有山上的积水，汇合在一处，把整个的山溪都塞满了。那水浪的翻腾，像一条大黄龙，直奔到崖口上去。那浪声，代替了刚才的烈雷，"轰轰"响个不断。所有的山峰，都让云雾迷漫着。就是对面的这一排山，也被那棉絮团似的云层，锁上了一道白围裙。白围裙上面一层，那苍绿色的山峰，就隐隐约约地露了出来。最好看的是两山缝里的树林，变了乌色，在树头飘起一排白云，和半空里的云层牵连着。这样，这山峰好像是在天上生长着一样。平素，这山谷的风景，时刻在眼，并没有什么奇异之处，甚至看着都有些烦腻了。这时，却是颜色调和，生面别开，看着非常有意思。他背反了两手，在走廊上来回走着，觉得心里倒很是空阔。

　　李太太也走到廊子下来了，问道："你怎么了，又动了诗兴了？"李南泉道："可不是有了点诗兴吗！在四川住了这多年，雨和雾是最腻人的事情。不过配合好的话，雨和雾，也还是可喜的东西。"李太太道："家里的漏，滴成了河，你觉得还有可喜之处，这不是件怪事吗？"李南泉道："诗以穷而愈工。诗兴上来，倒不一定在高兴时候。杜甫的茅屋顶，让风刮去了，他还作了一首长诗呢。我们家屋顶虽然漏雨，屋顶却还依然存在，怎能无诗？"李太太正了颜色道："家里弄成这样一团糟，你不管，我也就不管。今晚上不能睡觉，是我一个人吗？"说着，她"轰咚"一声，把房门关了起来。李南泉还是带了笑容，来回地在走廊上踱着。左邻吴春圃先生，先是左手提了一个铺盖卷，右手挟了把大竹椅子出来。他将椅子放下，把铺盖卷放在椅子上。随后吴太太提了一只网篮出来，篮子里东西塞得满满的，衣袖裤脚，篮沿外全拖得有。那匆忙收拾的样子，是看得出来的。随后，吴家的小孩子，很起劲地，把细软东西向外搬着。李先生问道："怎么了？吴兄家里也在下小雨？"吴先生两手抱了口箱子出来，摇了头道："了不得，全家逃水荒。外面大雨过了，家里就下大雨。现在外面下小雨，家里还是下大雨。眼见这外面的大雨丝，一条条加密，屋子里，少不得又要加紧。干脆，把东西都搬出来吧。我想接雨的盆子罐子，不久都要灌满的。天晴躲警报，下雨躲屋漏，这生活怎么过？"

　　李南泉笑道："我有个好办法，自杀。"吴春圃道："好死不如赖活着。我们得拿出勇气来活下去。"甄先生在走廊那头答话了，他笑道："不要紧，这一点折磨，

巴山夜雨

还不足难倒我们。屋里漏雨,我们廊檐下坐。廊檐下漏雨,我们到邻居家里借住。邻居家里再不借住,这里还有两所庙宇,我们到庙里去住着吧。"他口里如此说着,两只手抱着铺盖卷向走廊上搬。他家的孩子,已经在走廊下架起两张竹板床了。李南泉道:"怎么着?甄先生家里,也在下雨?"甄子明将手一摸下巴,做个摸胡子的样子,昂了头道:"那怎么会有例外呢?"他虽然没有胡子,这样一摸,也就是掀髯微笑的姿态。因为雨大转凉,甄先生已穿上一件深蓝色的旧布长衫,赤了双脚,斜靠廊柱站着,口里衔了一支烟,昂头望了天空的雨阵。喷了一口烟,他就微微地点上两下头,好像是在深思的样子。李南泉道:"甄先生这一套穿着,颇有点意思,你有点什么感触吗?"他喷了烟笑道:"当学生的时候,我们也偶然念念《唐诗三百首》。'巴山夜雨'这四个字,念到口里,好像是很顺溜,富于诗意,但想不到巴山夜雨,是怎么一个景象。现在实地经验这种风光,似乎不怎么好享受。"吴春圃手扶了门口的一根走廊柱子,正是昂起头来,无声地叹着气,笑道:"这首巴山夜雨的诗,不就是给我们写照吗?第一句就说着君问归期未有期。咱哪年回去?唉!"他说着话,咬住牙齿,连连摇上了几下头。大家都这样烦闷着,那隔溪的大路上却传来了一阵笑声。

这笑语声由大雨里走来,自然是引起大家的注意。大家向那边人行路上看去时,奚太太高撑了一把雨伞,将长个儿的奚敬平,罩在伞底下。奚先生倒是坦然处之,奚太太可是扭摆着身体,格格乱笑。她右手撑着伞,左手却把她的一双高跟皮鞋提着。看这样子,他夫妻两人是言归于好了。李南泉看到,就忍不住打趣,笑问道:"奚太太,你这倒是很经济的算盘。宁可两只脚受点委屈,也不能把这双高跟鞋弄坏了。"奚太太笑道:"我可没有打赤脚,穿了草鞋的。现在的高跟鞋,前后都是空的。"还怕人不相信,就抬起一只脚给人看。抬脚的时候,也就离开了奚敬平的身子,奚先生就暴露在雨里头。但是他对于有雨没雨,并不加以注意,依然放开步子,继续向前走。奚太太撑了伞追了上去,还是伸到奚先生头上盖着,口里连说"对不起"。但是奚先生没有表示,也不说话,木然地向自己家里走着。吴春圃走到李南泉身边,低声笑道:"奚先生做得有点过分,太太对他是这样恭敬,他简直不睬，我看到都有些不过意。"李南泉笑道："也许到家以后，问题就解决了。因为遭遇屋漏的命运，邻居们全是一样的，甚至他们家的屋漏，比我们家还凶。回了家逃水荒要紧，彼此就不会争吵了。"他们做邻居的是这样预料着，不想过了十五分钟，奚先生家里，就是一阵狂叫，接着那桌子面"轰咚轰咚"拍着响了两下。

这种声音，分明是表示奚家的内战，又继续发生。李南泉笑道："政局的演变，实在是太快了。这边如此，不知道石家的谈判决裂了没有？"吴春圃站在走廊的尽头，反背了两手，正观看着山谷口外的雨景。听到李先生的话，这就带了笑容，向他招招手。这走廊的尽头，是遥遥地正对了石家那幢沿溪建筑的草屋。李南泉走过去，就看到洗脸盆、凳子、竹篮子，陆续由窗户里抛出来，向山溪落下去。石正山教授两手抱了头，由屋子里窜了出来，靠了墙根站住。石太太在屋子里大声叫道："石正山，你有胆量，正式和那丫头结婚。你也不必隐瞒，那丫头原来是叫你作爸爸的。你还有一口人气，你就做出来试试看。"说着话，石太太两手举了根棍子，也就奔将出来。石先生身边，并没有武器，只有一只装炭的空篓子，扔在地上。他情急智生，把空篓子举着。正好石太太一棍子打下来，他将炭篓子顶住。吴春圃笑道："好家伙，若不是炭篓子防御得快，石先生马上就得上医院。这让我们长了一点见识，烧完了炭，空篓子可别扔了，这东西大有用处。"李太太为了家里漏雨，正是十分懊丧。听走廊上说得热闹，忍不住出来看看，笑道："现在社会上，还没有真正的男女平等，像石太太这种态度，也是需要的。空做好人，是不会等着人家同情的。"他们正这样说着，那边石太太为雨阵所阻，听不到小声说话。摇着手道："不劳各位劝解，我今天和石正山拼了。"

李南泉道："刚才我还看到各位谈笑风生，怎么又翻了案了？"石太太道："他没有诚意和我们谈判，完全用外交辞令拖时间。他以为拖得时间长了，就算生米煮成了熟饭，那简直是个骗局，要欺侮我们不幸的女人呀！这种骗子，天地所不能容！"她说着，气就上来，立刻举起棍子。石正山一只手把炭篓子举了起来，一只手凭空乱舞着，顺了墙角就跑。他跑出了屋角，也不管天上的雨点有多大，将炭篓子当了伞，举在头上，冒了雨走着。石太太追到屋角上，把棍子举了起来，向石正山

巴山夜雨

身后,胡乱指点着,叫道:"姓石的,你尽管跑。你是好汉,从此不要回来!"石先生连头也不回,就这样走了。大家看了这情形,倒很是替石先生难受。可是这一幕戏还没有完,奚敬平先生却是一样的葫芦,在大路上冒雨奔走。不过在他手上,没有举起那个炭篓子而已。奚太太在他身后,倒是撑了一把纸伞的。这回她手上不提那双高跟鞋了。她倒拿一把鸡毛掸子,像音乐队的指挥棒似的,不住在空中摇撼着,摇撼得呼呼作响。她口里叫骂道:"奚敬平!我看你向哪里走。你是好汉,从此不要回来。"李南泉听到,心里想着,这倒好,她和石太太说的话,如出一辙。那奚先生的态度,也正是和石先生一样,冒着雨阵向前走,简直头也不回。奚太太手上挥了鸡毛掸子,口里骂道:"我怕什么?我的家庭问题,也是公开了的。你走到哪里,我闹到哪里,让全村子、全镇市都看我们这一番热闹。李先生,你们看我家这一场喜剧吧。"

李南泉笑道:"得啦,奚太太!大雨的天,你就在家里休息休息吧。家庭问题也绝不是三天两天可以解决的。请到我们这里来坐坐。天快黑了,点起蜡烛,我们来个再话巴山夜雨时吧。"奚太太什么也不说,将伞高高撑起,只是在大雨里摇撼着。她板着脸,后面梳的两个小辫子,结子已脱了,几寸长的双辫,又变成了老鼠尾巴。她挺起胸脯走着,把那两条辫子,一撅一撅地在肩膀上摩擦着。她对于李南泉这位芳邻,始终表示着好感的,现在虽是好意奉约,但她在气头上不愿予以考虑。而走了一截路之后,想起李南泉那句"再话巴山夜雨时"的约会,就回转身来,深深地向走廊上点了个头道:"李先生,你还有这样的雅兴啦?我是很愿参与你们这个雅叙的。晚上见吧。那时,我打着灯笼来,不是更显着有诗意吗?"这时,李南泉看到溪上木桥下,水里漂泊着一件衣服,很像是自己的小褂子,便冒雨走上桥去,要去拾起他这件褂子。奚太太以为李先生追着上来了,自己正跟踪丈夫,还没有工夫和邻居闲谈,就遥远地向李南泉摇摇手。摇手之后,又感到这拒绝并不好,于是把三个手指比了嘴唇,然后向外一挥,学一个西洋式的抛吻。李南泉看了,真觉得周身都在起鸡皮疙瘩,只得哈哈大笑一声,振作自己的脑筋,以便镇压自己的肉麻。也是笑得大着力,身子一歪。幸是雨压的竹梢,已低于人高,赶快将竹梢子拉着，才没有滚下桥去。

甄子明在走廊上看到，笑道："李先生究竟是中国人，招架不住一个抛吻。"李南泉倒趁了这俯跌的势子，看清楚了沟里那件衣服，提起向家里走着，笑道："谁受得了哇？"吴春圃道："俗言说，乱世多佳偶，那简直是胡说。就我们眼前所看到的而论，没有哪家朋友的家庭，不发生问题。这事情不能说是偶然。不过甄先生家庭是个例外。"甄太太还在屋子里将东西向外搬移着，她摇摇头笑道："不，一样有问题。不过不像别家那样明显。这也是有原因的。一来甄先生不大在家，二来我们都老了，三来我遇事隐忍。一个巴掌拍不响，自然也就没事了。四来，我和甄先生，都有点宗教观念。"吴春圃点点头道："听了甄太太这话，就可以知道家庭问题。'甄先生'这个称呼，是多么亲切而且尊敬。而且甄太太又说了，这是宗教观念。也可见信道之笃，遇有机会，就要勤道。"甄先生笑道："这我们有了为宗教宣传的嫌疑了。我们虽然是教徒，但是我们主张信教自由，绝对不劝人入教。这在教条上原是不对的，但在中国的社会上，这个办法是比较适当的。"李南泉道："这个办法是正确的，我得跟着甄先生学学，从即日起，我得找个教堂去找本《新旧约》来看看。假如我看得对劲的话，我就入教了。现在求物质上的安慰求不到，精神上的安慰是求得到的。只要精神上求得安慰，管他归期有期无期，我们就这样安居下去了。说安居就安居，不发牢骚了。来，烧壶开水泡茶喝。"

李太太靠了门框站着，对于先生因奚太太这个抛吻而发生反感，她相当感到满意。这就插嘴道："这雨老下，我看这个晚上，不在西窗剪烛，倒是要在西廊剪烛了。我来自告奋勇，到厨房里烧开水去沏一壶好茶。让三位在这里谈一晚上。我看我们这三家，没有一家在屋子里安睡的。"吴先生搓了两只巴掌道："好嘛，我家里还有两盒配给的纸烟，没有舍得吸，现在拿出来请客。"甄先生回转头，由窗户里向屋子里张望了一下。见屋正中两注漏水，正牵连地向下滴着。他摇摇头道："今晚上的确没法子安睡。我家里也还有一点纸烟。一律公诸同好。现在天气还没有十分昏黑，这一个漫漫的长夜，看来真是不好度过。"吴太太笑道："我也凑个趣儿留下了一点倭瓜子，炒出来大家就茶喝。"李南泉笑道："好的，好的。我不能光

巴山夜雨

出一壶茶。我预备下面粉葱花,我们谈天谈得饿了,晚上还可以烙两张葱花饼当点心吃呀。"大家这样说着,真的预备去了。雨,紧一阵,松一阵,始终不曾停住了点滴。那屋子里盛漏的盆罐,都已盛上了大半盆水,漏点来得缓了,一两分钟,向盆里滴上一注,漏下来,总是"嘀笃"一声。三家人家,各有几个盆罐子接漏。各盆里继续地滴着漏注,"嘀笃嘀笃",左右前后,响个不断。天色已经昏黑了,紧密的细雨,落在草屋上和深草地上,是没有什么声音的,只风吹过去,拂着檐梢的碎草,和对溪的竹子,发出那沙沙瑟瑟之声。在昏暗中,与漏滴声配合,让人听到,说不出来是什么滋味。

在这种环境里,人是会感到一种凄凉的意味的。李南泉穿起一件旧布夹袍子,光了双腿,踏着一双旧鞋子,在走廊上来回踱着步子;那屋檐外的晚风,吹穿了雨雾,吹到人身上,让人感到一种冷飕飕的意味。他情不自禁地吟起诗来:"君问归期未有期,巴山夜雨涨秋池。"他只念这十四个字,却不念下面这两句。吴春圃笑道:"我是个搞点线面体的人,肚子里没有千首诗,不哼则已,一哼就全哼出来。所以冬天我哼春天的诗,晴天我也哼雨天的诗。"李南泉道:"不过我们的环境,现在恰好是这十四个字。我正想改了下面十四个字,来符合我们这时的意境。可是,我改不出来。我们这意境,不光是自己躲屋漏的情绪。除了我们这所屋子里三家,所有前后邻居,都在制造桃色新闻。要说生活艰苦,这些新闻不宜产生;若说不艰苦,很少人家是不吃平价米的。"李太太将搪瓷托茶盘,托着一把茶壶几只茶杯过来,笑道:"不谈人家的是非,好茶来了,喝着茶,谈远一点吧。"吴先生赶快搬了一张竹茶桌,放在窗子外面道:"窗子是关着的,隔了玻璃,点一盏菜油灯,很费了一番巧思。点灯在走廊上,会让风吹灭。不点灯而摸黑坐着,这好像又不合于我们这一点穷酸的诗意。这样隔窗传光,最是有趣。"甄先生在屋里拿半支洋蜡烛来,笑道:"我也凑个趣,这是我贪污的证据。是由机关里带回来的。"

于是大家在说笑声中,隔窗又添了一支烛,窗子里放出来的光,又充足些了。大家搬了椅子凳子围着那张竹茶几坐下,闲谈起来。天昏黑了,那半空的烟雨,又极其浓密,在山谷里的人家,就像是沉入了黑海里,屋檐以外两尺路,就什么都不看见。村子里的邻居，隔着烟雨亮上了灯，看着好像是茫茫夜海里，飘荡着几点渔舟的星火。李南泉道："看了这情景，让我想起一件事，当我们坐着大轮船，在扬子江里夜航的时候，遇到了星月无光之夜，两边的江岸，全看不到，只偶然在远处飘荡着几点灯光。当时，也就想着，这每点灯光，代表一只小船。船里照样有家人父子、男女老少。不知道他们看着这庞然大物，带了一船灯火经过，他们做何感想？这一点感想，是非常有意思的。不知何年何月，我们能够再领略这种景象？"吴春圃道："可不就是！人一离着家乡久了，家乡的一草一木，全都是值得回忆的。"甄子明在黑暗中吸着一支纸烟，在半空里只有一星火光，闪烁着移动，可想到他在极力地吸着烟。他忽然叹了口气道："提到家乡，我真是心向往之。现在初秋的天气，江南正是天高日晶的时候，在城里也好，在乡下也好，日子过得都很舒服。尤其是乡下人，这日子正是收割以后，家家仓库里，有着充足的粮食，我们江苏家乡，正吃着大肥螃蟹呢！"

李南泉道："不过论起橙黄橘绿来，重庆还是很有这番诗意的。将来我们有一日东下了，这倒是最值得我们留恋的一件事。"甄子明道："我所爱重庆的东西，和大家有点异趣。我第一爱的是雾，第二爱的是雨。"吴春圃道："雾和雨还有可爱之处呵？"甄子明道："假如说，今天若不是下雨，我们也许不能够这样自自在在地泡一壶茶，在这里剥瓜子。而很可能从防空洞里出来，还没有做晚饭吃呢。"吴春圃道："原来如此！这也就更觉得我们的生活可怜，在战前，秋夜在院子里看月亮，是最好的事假如家里或邻居家里有一棵桂花，这就是无异登仙。我的办公地点，常是在几里路以外，办公到了天亮，我也得回家，觉得家是最可安慰的一个地方。现在怎样呢？我们被这个家累苦了，若是没有家，也许这个时候，我在浙赣最前线，也许我在西康，躲在那最安全的所在。有了家就不行了，绳子绊住了脚了。从前人说，无官一身轻。其实这话不通之至。没有官还混什么，应该是无家一身轻。"李南泉听了这话，在暗中先赞叹了一声，还没有说点什么，对面邻居袁家叮叮当当道士摇铃念经的声音又起。同时，看到那走廊上点起一丛火光，正在焚化着纸钱。袁四维像是逢到什么大典一样，身上穿了一套中山服，头上戴了一顶圆顶

巴山夜雨

礼帽,两手捧了几根点着的佛香,对空深深地作了三个揖。也不知道是他家什么亲友,一个穿长衫有胡子的人,站在他身后,望空说话。他道:"我说,袁太太,你在阴曹里得显显灵呀!现在袁先生正在请道士超度。你丢下那一群儿女,你教袁先生又在外面挣钱,又在家里带孩子不成?"

天下事自有发生得很巧的。当那个人正在向空念念有词的时候,忽然半空里"哇"的一声,有个夜老鸦飞过,就在头上叫着。那个人说句"鬼来了",回身就向后走。袁四维原没理会到什么鬼怪。经那人这么一惊一叫,他下意识地把手里的佛香一丢,也就扭头便跑。只听到有人喊着敲锣鼓,立刻在袁家那些打醮的道士,把所有的法器,像开机关枪似的,全都敲打起来。同时,还有一个人燃了一挂长爆竹,扔在走廊上响着。这一阵响声,在寂寞的夜里,突然爆发,的确是把村子里的人惊动了,更不用说鬼了。这样闹了约莫十分钟,所有的声音,方才停止。在茅檐走廊上品茶夜话的三位先生,都被震惊着没有敢作声。这些声音停止了,隔溪传来一阵硫黄硝药味。吴春圃笑道:"这是什么意思?若在我们北方人,这就叫抽风。"李太太已把葱花饼给烙了,将个大瓦盆子盛着,送到竹子茶桌上,笑道:"我没有预备筷子,三位就拿手撕着吃吧。你们在这里清谈,乃是细吹细打,未免太单调了,应该有个大吹大擂的,才可以高低配合。"正说着,奚太太的屋檐下,撑出三个白纸灯笼来,听到奚太太发着凄惨的声音道:"我是能够忍耐的,他不能忍耐,我有什么法子呢?"她亮着灯笼在前面走。身后有两个大些的孩子跟着,也提了个灯笼。李太太道:"奚太太这样的黑夜,你向哪里去?天上还在下着雨呢!"奚太太道:"我家奚先生,在天快要昏黑的时候就负气走了。今天根本没有公共汽车进城,他到哪里去了呢?山河里发着大水,这不很可怕吗?"

李南泉道:"你是说奚先生和石先生,双双携手跳河了?"奚太太心里那句话,原是不肯说出来的。李先生这么一喊叫,把她的恐惧情绪,更引起来了,她"哇"的一声哭着,那发音非常像刚才夜老鸦在半空里叫。她道:"李先生,各位邻居,你看这事不是冤枉吗?我绝没有要把老奚逼死的意思呀。无论如何,我得把他找到。我们家庭的纠纷,何至于严重到这种地步?"她一面说着,一面撑了灯笼,摇晃着走去。到了石正山家门口，那石太太似乎和她一样神经过敏，遥遥看到她们家也举出两盏灯火来。这是雨夜，村子里人早是停止了一切的声音。空间是非常地寂静。这里虽有一条山溪的流水声，而石家那边的喧哗声，还可以传过来。但听到石太太叫着："他要拿死来拼我，我也没什么法子，那只好跟你去看看吧。"在这说话声中，石家门户里，也就随着举出了几盏灯火。慢慢地，这丛灯火，在夜的雨雾里消失了。那尖锐的叫嚣声，已经停止。隔溪道士超度鬼魂的法器，也都没有了声音，这个山谷，立刻感到了异样的寂寞。那山溪里的流水，虽已猛勇地流了几小时，因为雨是不断下着，这山溪里的水，也就陆续流着，由"轰隆轰隆"，变成"嘶嘶沙沙"的响。还有水经过那石头分叉所在，发出"叮叮"的响声，更觉着大自然的音乐，在黑夜十分凄凉。而小声音经过之后，偶然有一阵风经过，吹动了草木屋檐，和雨丝搅在一处，让人听到毛骨悚然。

这毛骨悚然的情绪，是两种原因造成的。一种是这些凄凉的声音，把人震动了。一种是半空里的雨风，吹到人身上，让人觉得身上冷飕飕的。李南泉道："二位的意思怎么样？我们就这样谈下去吗？"吴春圃道："我们西窗夜话，一句话没说，仅看了戏了，再谈谈吧。不谈，屋漏，没有停止，我们也没法去睡觉呀。"李南泉道："我们各加上一件衣服，在这里才坐得下去。"他这样说着，李太太先就送了一件夹袍子来。接着吴太太由屋子里伸出一只手来，手里举着一件毛线背心，笑道："穿着吧。带进四川来的衣服，就剩这一件了。"吴春圃操了川语道："要得。太太们都是这个样子，我想这村子里的桃色新闻，也就很少发生了。"李太太道："那倒不一定。凡是家庭发生的纠纷，多半是男子先挑衅，哪家的太太，不是像医院里看护似的，伺候着先生？"李南泉笑道："这么说，男子们都是病夫呀？"李太太道："女人可叫作弱者，比病夫还不如。"李南泉道："我觉得……"他只说了这三个字，突然把话止住，又笑道："不要觉得了。大家说着怪协调的，不要为了这事又冲突起来。"这时，甄家小弟弟提着一盏灯笼，甄太太提着一个小包揪过来，送交甄先生。她道："天凉得很，换上吧。"甄子明道："什么意思，这很像上洗澡堂子？"甄太太道："不是那话，你还赤着一双脚，没有穿袜子呢！你就是加上一件衣服，坐在这走廊下,大风飘着雨,可会向你身上扑,索性把这件雨衣也在身上加着,那不是很好吗?"吴春圃笑道:"我该吹喇叭了。"

甄子明道:"吹喇叭,那是什么意思?"吴春圃道:"这是台上传下来的。戏台上当场换衣,那是应该有音乐配合着。"甄子明哈哈大笑道:"的确,我这是有点当场换衣。太太,你可给我闹了个笑话了。"甄太太听说,也"咯咯"地笑着走了。李南泉道:"甄太太实在是我们村子里反派太太的典型人物。我说这话,甄先生不要误会。因为我们村子里的太太,是以奚太太这路人物为正宗的。自然,甄太太就是反派人物了。当然,在奚太太眼里,我们这类男子,也是属于反派的。想当年我们在京沪一带住家,不要说北方的大四合小四合罢,就是住一幢苏州式的弄堂房子……"吴春圃笑道:"我得拦你的话,弄堂式的房子,怎么还分个苏州式的呢?"李南泉道:"当然有,苏州城里盖的弄堂房子,只是成排的小洋房连着,并没有弄堂,前后都是空旷的地方。这空旷的地方,栽些花木,固然是美化一点。就是不栽花木,那空地上会自然长着绿草。而且这些地方,大半是前后临着小河沟或小池塘,那里会自然长着一两棵小柳树,甚至长一棵木芙蓉。由春天到秋天,上面可以看到燕子飞,下面可以听到青蛙叫。虽曰弄堂房子,那两上两下的格式,脱离不了上海鸽笼子规矩,可是在屋子外面,是没有一点洋场气味的,这样的房子,安顿一个小家庭,又得着我们现在这样的好邻居,那是让人过得很痛快的。"吴春圃道:"你是说这种弄堂房子,搬到这个山谷里面,我们也会住得很舒服吗?"吴太太接了嘴道:"这里有金銮殿,我也不愿意坐。"

吴春圃笑道:"没有这山坑,我们也许给炸弹都炸成灰了。我绝不讨厌四川,也不讨厌这山窝子。"吴太太也没再说什么,将只旧脸盆,端了一大盆水出来笑道:"劳你驾,把这盆水给倒了。"吴春圃说了句"好家伙",将那盆水泼了。吴太太又捧了大瓦钵出来,笑道:"把盆交给我,这个交给你。"吴春圃将瓦钵子里的水又泼了,吴太太提了个小木桶出来。吴先生笑道:"怎么老有呀?"吴太太道:"你不是绝不讨厌这山窝子吗?在哪里住家,有这样的滋味?"吴先生哈哈大笑道:"你在这里等着我呢。这事当分开来讲,太平年间,慢说这里照样盖琉璃瓦的房子,就是搬到西康去，也没有关系。现在抗战期间，公教人员到哪里去不过苦日子？隔了一座山，那是方公馆。奚太太去过一次，她就说那是天上，这巴山不穷是个明证，穷的是我们自己。我们住在这山窝子里嫌穷；我们搬到香港去，也还是穷。你说在这里住漏房，心里怪别扭。我们若是搬到香港去，漏雨的房子住不到，恐怕人家屋檐下还不许我们站着呢。"李南泉笑道："我太太老是埋怨我没有去香港，我一肚子的抗战伟论，只觉一部二十四史，无从说起，今天吴先生简单明了地把这问题给我答复了。感谢之至。"李太太道："你们这班书生，开口抗战，闭口抗战，我最是讨厌。抗战要上前线去，在山窝子里，下雨闲聊天，天晴跑警报，这也是抗战吗？还是谈谈故乡风月吧。故乡风味，谈得人悠然神往比吹大气就受听多了。"

这时，大路头上，突然有人叫道："喜怒哀乐，痛快之至！"大家听了这话，却没有看到人。只是昏暗中，有个不大亮的手电筒，偶然将光亮闪一下。李南泉听这是湖南朋友说话，而且声音也相当熟，便向暗空中问道："是哪一位朋友？"那人道："我知道问话的是李先生啦。我们在一处躲警报，曾爽谈过。"李南泉想起来了，是那位穿灰布短衣踏草鞋的少年，这人意志非常坚决，慷慨言谈天下事。记得他是复姓公孙，可能是假的。不过也不知道第二个姓，便笑道："我想起来了，是公孙白先生！请到家里来坐吧，我们正在煮茗清谈，趁着这巴山夜雨。"那人哈哈大笑道："清雅得很。不过我不能加入。你们的芳邻奚太太，她不满意我。尤其是贵保保长，他们由方公馆出来，带着一番骄气凌人的样子，让我教训了一顿。敌机轰炸得这样厉害，在这村子里的公教人员，还在大闹其桃色新闻。说什么幕燕处堂，简直行尸走肉。李先生，再见吧，我也离开这地方了。"说着，那微弱的手电筒灯光，又晃了几下，隐约地看到有个短衣人，顺了人行路走去。甄子明是个老于世故的人，听到暗空中这番激昂的语词，就没敢说什么。等着那一线微光，晃荡着出了村子口了，便低声问道："这是什么人，说话是气愤得很。"李南泉道："青年人气愤，现在还不是应有的现象吗？这位仁兄倒是个有志之士。只是我不知道他是干什么的。"

吴春圃道："这是一位青年，当然是学生了。"李南泉道："不一定是学生，反正

巴山夜雨

很年轻吧。于今年轻人,都会有这正义感的。"甄子明道:"他那意思说,从即日起,要离开这里。这样阴雨之夜,到处奔着,就为着辞行吗?"李南泉道:"在后方住得过于苦闷的人,都想到前方去。这位仁兄,又是湖南人,大概回湖南了。"吴春圃道:"这真让我们大动归心。你看这小伙子说是要离开重庆,那是多么兴奋。"李太太在屋子里叫起来道:"大家停止一下谈话。闻闻看,哪里来的这一股子浓浊的烟味?谁家烧了什么东西?"吴春圃跳了起来,四处观看,忙着叫道:"我也闻到了,准是蚊烟烧着什么了。"于是大家一面将鼻孔去作急促呼吸,一面分头去找焰火。阴雨的天,只有李家厨房里,还有些烘烧开水的炭火,并没有燃烧着什么。甄太太在这屋角上巡逻,她猛看到屋檐的白粉夹壁,并没有灯烛照着,却有一抹橘红色的光亮。就指了墙上问道:"大家来看,这墙上,怎么会无灯自亮?"甄先生还开着玩笑,他道:"果有此事,那是活鬼出现了。"他说着话,走过来向墙壁上一看,果然是一片红光,而且这光亮闪动不定,还是活的。他道:"那是反光,不是还有隔壁邻居屋脊的影子吗?让我……"说着话,回过头去,即刻叫道:"不好,村子北头失了火了。这样阴雨天,怎么会失火呢?"随了这话,大家都向走廊外伸出头去看。只见村子北头,一股烈焰腾空而起。上面是黑烟,下面是火光,飞出了人家的屋顶。

失火的所在,是村子顶北头。以距离论,大概在一华里上下。这时,飘了一天的雨还在下着。虽然全村茅屋,是容易着火的,但有了这两个条件,大家还相当安心,都从容地走到雨地里来看。那边的火势,并不因为阴雨天而萎缩,极浓的烟头子,做出种种的怪状,向天空里直奔。浓烟的下面,火光吐着几丈高的大舌头,像长蛇戏舌似的,四周乱吐。在火光上面,火星子像元宵夜放的花炮,一丛丛喷射。随了这火焰的奔腾,是许多人的叫嚣声,情形十分紧张。李南泉道:"吴先生,我们应当去看看吧?风势是向北吹的,家中大概无事。这些人家里面,很有几位朋友,我们不能隔岸观火。"吴春圃道:"对的,我们应当去看看。说一声守望相助,我们也不能不去。"说着,两人拔步就走。这时,大路上有一阵脚步声,正有两个人自发火的地方跑过来。吴春圃道:"是哪家失火,火势不大吗?"那人道:"是刘副官家里失火。火来得很凶，有好几个火头，恐怕是来不及救了。"李南泉道："我们应当去看看。"这过路的人，已经跑远了，但他还低声道："不必去看，人家不在乎。跑一趟昆明，做一次投机生意，方院长还不会赏他几个钱，重盖一所房子吗？"吴春圃道："嘿，谁这样说话？"那个人越走越远，并没有答复，却是一阵阵哈哈大笑。吴春圃道："李兄，这才叫人言可畏呀！怎么回事？"

李南泉道："这把火烧得有点奇怪呀，我们赶快去看看吧！火要烧得大一点，这么个茅屋村庄，也是很可虑的事吧？"两个人说着话，顺着石板路，就向村子北头跑了去。这虽然是阴雨的黑夜，可是那茅草屋顶上发生的烈焰，照得满谷通红。两人顺着石板路走，却是看得十分清楚，到了那村子口上看时，果然是刘副官的那幢瓦房着了火，在门窗里和屋顶上，正向四处吐着火舌头。在刘公馆左右，是两家整齐的草屋子，火并没有烧到，却是经人先拆倒了两间屋，草顶和竹片夹壁，倒了满地。因而这火势只烧刘副官这一家，还没有向两边蔓延了去。这火光自比燃了百十个火把还要通明，照见刘副官和他家几口人，全都在湿草地上站着。大树底下，乱堆了几件箱子、篮子之类。左右邻居也是这样，都把东西在前后树阴下放着。大家都是一副发呆的情形，仰了脸，向火烧的房子望着，刘副官倒是很安定地站着，两手叉了腰，口里衔了一支纸烟，斜站了身子，向那屋顶上的烈焰看了去。他那口里，还不时地向外喷着烟，虽然他左右前后，都站着家里人，嘀嘀咕咕地埋怨着，可是他就像没有听到一样，还是继续地抽着烟，向前看了去。李南泉倒是忍不住了，跑到他面前，点了点头道："刘先生，你这是大不幸呀，抢出一点东西来了吗？"刘副官竟不带什么凄惨的样子，冷笑了一声道："算不了什么，不过是全光吧。"

李南泉没想到他是这样的大方，便道："这是想不到的事。这阴雨天，怎么会失火呢？"刘副官毫不犹豫地，将头一歪道："没问题，这是人家放的火。"吴春圃听了这话，心里倒是一动，问道："不会吧？刘先生何以见得？"他道："在我后面这几间房子，堆些柴草，向来是没有人到的。尤其是这样的阴雨天，经过一大截湿地，更没有人到后面去。没有人去，也就没有了火种。可是刚才起火的时候，我到后

巴山夜雨

面去看,是两间屋子同时起火。那还罢了,我这前面屋檐下,堆了几百斤柴棍,原是晒过了一个时期,就要搬到后面去的。不想我到后面去救火,前面这些柴棍子也着了火。所以烧得非常猛烈,让我措手不及。什么东西,都没有抢救出来。这是火烧连营的手法,前后营,左右营,一齐动手,我几乎成了个白帝城的刘先主。"说着,他惨笑了一下。李南泉道:"真有此事,放火的人,什么企图?"刘副官道:"瞧我姓刘的有点办法,有点不服气吧?"这时,有几个乡下人来了,都拿着水桶水瓢。刘副官迎向前去,向他们摇摇手道:"我这屋子,四处是火,泼两桶水,没有用。两旁邻居的屋子,已经拆倒了,也用不着泼水。大家只要监视着这火星子,不要向远处的人家屋顶上飞,那就行了。我这个人是个硬汉,烧了就烧了,不在乎救两块窗户板出来。多谢各位的好意。"说着,他向各位来救火的人,连抱了两下拳头。

这时,来看热闹的邻居,也就益发增加了。听到刘副官对家里失火,抱着这样一个毫不在乎的样子,都很惊异,呆呆地瞪了眼睛望了他。他越发得劲了,将嘴角里衔的那半截烟卷向地上一丢,两手插在西服裤子袋里,将两只脚尖站着,悬起脚后跟来,把身子颠了两颠,笑道:"这的确算不了什么!我姓刘的到川来,就是两肩扛一口。什么根基也没有。现在呢,不敢大夸口,大概抗战胜利了,我回去吃碗老米饭,还没有多大问题。那些放火的人,有些想不开,他以为我刘某苦了这多年,就只盖了这所国难房子,一把火放着,我就完了。那真是鼠目寸光。老实说,有我们院长在,盖这样的国难房子,连里到外,他就是搞一万所,也毫不在乎。这种人只知道打我们这种芝麻大的苍蝇,他敢到我们院长公馆的山脚下多溜两趟吗?"说着,他高兴起来,还是将两手乱拍着。李、吴二人原是抱了一分守望相助的同情心而来,看到他这样狂妄的态度,把那份同情心,完全给冷水浇洗过了。他根本不需要人家怜惜,若去说安慰的话,反是要讨没趣。因之两个人倒是呆呆地站在火场边上,开口不得。这一幢国难房子,究竟不过七八间,几个大火头燃烧着,那腾空的烈焰,就慢慢地把势子挫了下去。四围的人家,又拿出全副的精神,监视着火势,料着也不会再有蔓延的可能,有些远道来的人,不愿在雨里淋着,也就开始后退了。

　　李、吴二人，对看了一眼。李南泉道："这火大概不要紧了。太太们在家里是害怕的，我们回去看看吧。"刘副官道："的确，二位赶快回家去看看。这年头，人心隔肚皮，难保府上茅草屋檐下，不会有人添上这么一把火。"李、吴二人对于这话，都是答复不会的。但是他们只能在心里答复，口里却说不出来。增加了一句"我们回去了"，也就走了。他们背着火场的红光，向回家路上走。而对面山路上，隔了两三里路，却射出两道白光来。这两道白光，像是防空的探照灯，直射着这边山峰，照得草木根根清楚。白光所照的地方，果然是如同白昼。吴春圃道："谁把探照灯带到这地方来玩？"李南泉道："这不是探照灯，这是汽车前面的折光灯。你想，在这泥泞的山路上，一九四几年的新式座车，知道跑得有多快，若是没有强烈的折光灯，坐车的主儿，就太不保险了。"正说着，路上有人大声叫着："刘副官，院长到了。"这人是刘副官的好友王副官。吴春圃是个爽直人，有话搁不住，两下相遇，就代答道："刘副官正遇了不幸的事情。家里被火烧了。"王副官一面走着一面笑道："火烧了屋子有什么要紧？刘副官火烧了眉毛，院长回来了，他也应当去迎接。我们这行当，是干什么的？不就是送往迎来吗？"说着，他又大声喊："院长到了！"他这喊叫，非常灵验，刘副官真丢了家里失火不管，摇晃着手电筒来了。

　　李、吴两人还没有到家，两位副官，已是很快地走了过去。只听到他们说："到了到了。今晚上，阴雨天，为什么还下乡来呢？"他两个人过去了，吴春圃站在路上呆了一呆，回头看看刘副官家里抽出来的火苗，还是两丈多高。在那火光中，还隐约看到他那瓦房的屋脊，分明还是不曾倒坍下去。他就叹口气道："这样看起来，做官的确是不自在。刘副官所做的官，拿等级分起来，恐怕还是小数点以下的。连家里着了火，都不去顾，而是接上司要紧。"李南泉笑道："他不是自己交代清楚了吗？只要有院长一天，他烧掉房子并不算什么。不过这样看来，抗战的前途，那还是相当地危险。做官的人，逢迎上司，比倾家荡产还要紧呢。"他们说着话，走近了家门。李太太举了一盏菜油灯，迎到茅檐外来，拦着道："你们说话，还是这样口

巴山夜雨

没遮拦。人家愿意,你管得着吗?雨止了,漏也止了,我们该休息了。"吴先生暂不回家,站在屋檐外,抬头向天上看看,又向周围看看。那村子北头的火光,照得头上的乌云,整个变成紫色,并不露一粒星点。只有那草屋上飞出来的火灰。山谷对过的人行路上,探照灯似的白光,又奔来了四道,像白虹倒地,在漆黑的夜空里,更觉得晶光耀眼。在这白光后面,却是汽车的喇叭声,发着"呜呜"怪叫。甄子明也在廊下,他淡淡笑道:"巴山夜雨环境之下,这情形,够得上说是声色俱厉吧?"

吴太太道:"放了警报了?"吴春圃笑道:"不要吓人,这是汽车喇叭响。"吴太太说着话,由屋子里走出来,站在廊檐下,静静地听了一阵,便道:"的确是警报,你们仔细听听。"这样说着时,太太们也都被那夜空中"呜呜"的响声催着走出来了。李太太跳了两下脚道:"这不是要命吗?既是夜里,又是这样的阴雨天。白天都没有警报,怎么晚上会有警报呢?"李南泉慢慢走回家里,笑道:"假如敌机真会来的话,今天晚上,我们这村子里不太稳便,一来是村子里这把火,是黑夜里很大一个目标。二来,阔人坐着汽车回来了,多少是讨厌的事。"甄太太也是战战兢兢地走了过来,问道:"阔人怎么会和警报有关呢?"李南泉道:"敌机当然找阔人炸呀。"甄太太道:"敌机怎么就知道阔人下了乡呢?"李南泉道:"你不看那面公路上的汽车折光灯。"大家随了他这话看去,果然,那平地射出来的白虹,一双双地朝乡镇上探照,牵连不断。喇叭虽然不响了,可是若干辆汽车在泥浆路上飞驰,在寂寞的深夜里,也发出了很大的声音。甄子明站在走廊上,淡淡地道:"人作有祸,天作有变。我们这村子里,这两天发生的事情太多了,今晚上不要真发生惨案吧?"他这句话,加重了大家的忧虑,在黑暗中彼此微微地叹着气。村子北头的火慢慢地熄下去,屋角上已不见红光。对过公路上的汽车忙乱了一阵,声音也都停止。眼前的雨雾,依然浓重,四周又浸入了黑海。不过这汽车喇叭声和警报,已是惊醒了所有村子里的居民。隔着暗空,可以听到埋怨的言语和叹息声。因为去天亮还早,又尚幸还没有放紧急警报,各人家预备避难,陆续地亮起灯。人家在黑海里彼此遥望,可见散落着几点鬼火似的灯光,让人民在恐怖情形,暂喘一口气。此外是黑茫茫的，什么也看不见。各家都有人站在屋檐下，听候二次警报，用耳代目，像死人似的等着。鸡犬无声，也不知到了什么时候。只觉得是长夜漫漫的，长夜漫漫的。